O ÚLTIMO GRITO

THOMAS PYNCHON

O último grito

Tradução
Paulo Henriques Britto

COMPANHIA DAS LETRAS

Copyright © 2013 by Thomas Pynchon

Grafia atualizada segundo o Acordo Ortográfico da Língua Portuguesa de 1990, que entrou em vigor no Brasil em 2009.

Título original
Bleeding Edge

Capa
Evan Gaffney

Foto de capa
Luis Martinez Molina/ luismmolina/ Getty Images

Preparação
Paula Colonelli

Revisão
Ana Maria Barbosa
Márcia Moura

Dados Internacionais de Catalogação na Publicação (CIP)
(Câmara Brasileira do Livro, SP, Brasil)

Pynchon, Thomas
O último grito / Thomas Pynchon ; tradução Paulo Henriques
Britto. — 1ª ed. — São Paulo : Companhia das Letras, 2017.
Título original: Bleeding Edge.
ISBN 978-85-359-2928-7

1. Ficção norte-americana I. Título.

17-03848   CDD-813

Índice para catálogo sistemático:
1. Ficção: Literatura norte-americana 813

[2017]
Todos os direitos desta edição reservados à
EDITORA SCHWARCZ S.A.
Rua Bandeira Paulista, 702, cj. 32
04532-002 — São Paulo — SP
Telefone: (11) 3707-3500
www.companhiadasletras.com.br
www.blogdacompanhia.com.br
facebook.com/companhiadasletras
instagram.com/companhiadasletras
twitter.com/cialetras

Nova York como personagem numa história de mistério não seria o detetive nem seria o assassino. Seria o suspeito enigmático que está sabendo de tudo, mas se recusa a abrir o jogo.

DONALD E. WESTLAKE

1.

É o primeiro dia da primavera de 2001, e Maxine Tarnow, embora em alguns sistemas o sobrenome dela ainda conste como Loeffler, está levando os filhos para a escola a pé. É, talvez eles já estejam grandinhos para isso, talvez Maxine não queira soltá-los ainda, são só dois quarteirões, é no caminho do seu trabalho, ela gosta, e aí?

Hoje, em todas as ruas, parece que todas as pereiras orientais do Upper West Side da noite para o dia se abriram em cachos de flores brancas. No momento em que Maxine está olhando, o sol ultrapassa a linha dos telhados e caixas-d'água e chega até o final do quarteirão, até uma árvore em particular, que de repente se enche de luz.

"Mãe?" Ziggy com a pressa de sempre. "O.k."

"Meninos, olhem só pra aquela árvore?"

Otis leva um tempo para olhar. "Sinistro, mãe."

"Demorou", concorda Zig. Os meninos seguem em frente, Maxine contempla a árvore por mais meio minuto antes de alcançá-los. Na esquina, ato reflexo, ela assume uma postura defensiva, posicionando-se entre os meninos e o eventual motorista que ache divertido virar a esquina e atropelar alguém.

O sol refletido pelas janelas dos apartamentos voltadas para o leste começa a formar padrões indistintos nas fachadas dos prédios do outro lado da rua. Ônibus articulados, uma novidade nessas linhas, arrastam-se pelas ruas do centro feito insetos gigantescos. Portas de aço estão sendo levantadas, os primeiros caminhões da manhã param em fila dupla, sujeitos munidos de mangueiras lavam seus trechos de calçada. Sem-tetos dormem em entradas de lojas, catadores de lixo arrastam enormes sacos plásticos cheios de latas vazias de cerveja e refrigerante em direção a mercados onde pretendem vendê-las, equipes de trabalho aguardam diante da entrada dos prédios a chegada do zelador. Adeptos do jogging saltitam sem sair do lugar junto ao meio-fio esperando o sinal abrir. Nas lanchonetes, policiais remediam sua carência de *bagels*. Crianças, pais e babás, sobre rodas ou a pé, seguem em todas as direções, rumo às escolas do bairro. Metade das crianças parece estar pilotando patinetes Razor, de modo que é preciso acrescentar esses veículos de alumínio à lista de coisas que podem armar uma emboscada a qualquer momento.

A Escola Otto Kugelblitz ocupa três casas geminadas entre as avenidas Amsterdam e Columbus, numa transversal que até agora conseguiu não aparecer em nenhum episódio de *Law & Order*. O nome da escola é uma homenagem a um pioneiro da psicanálise que foi expulso do círculo mais íntimo de Freud por conta de uma teoria da recapitulação por ele elaborada. Para Kugelblitz, era óbvio que toda existência humana passava por todas as variedades de doenças mentais conhecidas em sua época — o solipsismo da primeira infância, as histerias sexuais da adolescência e início da idade adulta, a paranoia da meia-idade, a demência da velhice... tudo isso culminando na morte, que por fim se revela como "sanidade".

"Ótima hora de fazer essa descoberta!" Freud, jogando cinza de charuto em direção a Kugelblitz e expulsando-o da Berggasse 19 para todo o sempre. Kugelblitz deu de ombros, emigrou para os Estados Unidos, instalou-se no Upper West Side e fez sua clientela, formando em pouco tempo uma rede de ricos e poderosos que haviam recorrido a ele em momentos de sofrimento ou crise. Em ocasiões sociais chiquérrimas, cada vez mais ele se via apresentando um indivíduo a outro como "amigos" seus, e um reconhecendo o outro como mais uma alma remendada.

Fosse lá o que fosse o efeito que a análise kugelblitzana tinha sobre seus cérebros, o fato era que esses pacientes estavam se dando tão bem em plena Depressão pós-1929, que depois de algum tempo fizeram uma vaquinha para abrir a escola e ainda deram a Kugelblitz uma participação nos lucros, criando um currículo em que cada série seria considerada uma determinada perturbação mental e manejada como tal. Um hospício com dever de casa, basicamente.

Hoje, como sempre, Maxine encontra a enorme varanda da escola cheia de alunos, professores encarregados de toureá-los, pais e baby-sitters, bem como irmãos menores em carrinhos. O diretor, Bruce Winterslow, reconhecendo a chegada do solstício com um terno branco e um panamá, está confraternizando com os presentes, de todos os quais ele conhece o nome e o resumo de currículo, dando tapinhas nos ombros, manifestando uma atenção simpática, distribuindo conversa fiada ou ameaças, conforme o caso.

"Maxi, oi!" Vyrva McElmo, do outro lado da varanda, levando muito mais tempo do que o necessário para atravessá-la, coisa de californiano, é o que pensa Maxine. Vyrva é um amor, mas bem que podia ser um pouquinho mais obcecada pelo tempo. Já houve quem levasse bola preta no clube de Mães do Upper West Side por muito menos do que ela faz.

"Hoje à tarde minha agenda está um pesadelo de novo, sabe", ela observa, a alguns carrinhos de distância de Maxine, "nada muito sério, quer dizer, não até agora, mas ao mesmo tempo..."

"Tudo bem", só para apressar as coisas um pouco, "eu pego a Fiona e levo ela lá pra casa, depois você vem pegar quando puder."

"Obrigada. Vou tentar não demorar muito."

"Último caso ela pode dormir lá."

Quando ainda não se conheciam direito, Maxine lhe oferecia chá natural, depois de servir-se de café, até que um dia Vyrva perguntou, com muito jeito: "Vem cá, por acaso eu ando com placa da Califórnia na bunda?". Hoje Maxine repara que ela não está usando o traje improvisado costumeiro dos dias de semana: em vez do macacão jeans, o que Barbie chamava de Terninho de Almoço Executivo, para começar, e o cabelo preso levantado em vez das tranças louras de sempre, e, em lugar dos brincos de borboleta de plástico, o quê, brilhantes, zircão? Algum compromisso mais tarde hoje, negócios, sem dúvida, procurar trabalho, talvez outra expedição de financiamento?

Vyrva tem diploma do Pomona College, mas não tem emprego regular. Ela e Justin foram transplantados do Vale do Silício californiano para o Beco do Silício, sua contraparte nova-iorquina. Justin e um amigo de Stanford têm uma pequena empresa de informática que, sabe-se lá como, resistiu à catástrofe da indústria pontocom do ano passado, ainda que não exatamente com uma exuberância irracional. Por enquanto estão conseguindo pagar as mensalidades da Kugelblitz, para não falar no aluguel do subsolo e do térreo de um prédio perto de Riverside, o qual provocou em Maxine, na primeira vez que esteve lá, um ataque de inveja imobiliária. "Magnífica residência", ela fingiu regozijar-se, "será que eu escolhi a profissão errada?"

"Conversa com o Bill Gates aqui", Vyrva tranquila, "eu fico

só no aguardo, esperando vencer o prazo das minhas opções de ações. Certo, meu bem?"

Sol californiano, águas tão profundas que dá para fazer mergulho, pelo menos quase sempre. Mas de vez em quando... Maxine já está trabalhando na sua área tempo suficiente para desenvolver antenas que captam o que não foi dito. "Boa sorte com essa história, Vyrva", pensando, seja lá o que for essa história, e percebendo uma sutil hesitação californiana quando ela desce da varanda, beijando as cabeças de seus filhos ao passar por eles, e retoma sua caminhada matinal.

Maxine tem uma pequena agência de investigações de fraudes naquela rua, chamada Vigiar e Flagrar — a ideia original era "Vigiar e Punir", mas logo se deu conta de que isso seria uma pretensão excessiva, até mesmo delirante — num prédio em que outrora funcionava um banco, com um saguão cujo pé-direito é tão alto que, no tempo em que fumar era permitido, às vezes o teto ficava invisível. Aberto como um templo das finanças pouco antes da Quebradeira de 1929, num momento de desvario não muito diferente da recente bolha da internet, o prédio foi reformado e re-reformado ao longo dos anos, transformando-se num palimpsesto de paredes secas em que há lugar para crianças problemáticas, sonhadores fumantes de haxixe, agentes de talentos, quiropráticos, oficinas com empregados sem carteira, miniarmazéns para sabe-se lá que variedades de contrabando, e hoje em dia, no mesmo andar que a empresa de Maxine, uma agência de encontros chamada Expresso Yenta, a Agência de Viagens Ida e Volta, o oloroso conjunto de salas do acupunturista e herbanário dr. Ying, e no final do corredor, bem no final, o Aluga-se, antes ocupado pela Pacotes Ilimitada, uma sala raramente procurada mesmo quando era ocupada. O pessoal do andar lembra-se do tempo em que aquelas portas agora fechadas com correntes e cadeados eram ladeadas por brutamontes uniformizados munidos de Uzis, que assinavam documentos referentes a misteriosas encomendas que saíam e chegavam. A possibilidade de que aquelas submetralhadoras entrassem em ação a qualquer momento dava certo elã motivador ao cotidiano, mas agora o Aluga-se é só um lugar vazio, à espera.

Assim que sai do elevador, Maxine ouve a voz de Daytona Lorrain ecoando no corredor, atravessando a porta, em modalidade dramalhão, mais uma vez agredindo o telefone do escritório. Entra na sala na ponta dos pés mais ou menos na hora em que Daytona grita: "Eu assino a porra da papelada depois vou embora; se você quer ser o pai, cuida dessa merda toda", e bate o fone com força.

"Bom dia", Maxine gorjeia em terça descendente, talvez com um leve sustenido na segunda nota.

"É a última chance desse puto."

Tem dias que dão a impressão que todo mau-caráter da cidade tem o cartão da Vigiar e Flagrar numa agenda Rolodex velha e ensebada. Na secretária eletrônica acumularam-se alguns recados, até mesmo alguns referentes a casos em andamento. Depois de fazer uma triagem, Maxine retorna a ligação de um informante nervoso de uma companhia de fast-food em Nova Jersey, segundo o qual a empresa está há algum tempo negociando com ex-empregados da Krispy Kreme a compra ilegal de informações referentes à temperatura e umidade da "caixa de fermentação" do fornecedor de *donuts*, juntamente com fotos secretas do extrator de *donuts*, as quais, porém, ao serem examinadas, mais parecem ser polaroides de peças de automóveis tiradas anos atrás no Queens, que passaram por um Photoshop bem amadorístico. "Estou começando a desconfiar que tem alguma coisa esquisita nessa história", a voz do contato treme um pouco, "vai ver que não é nada disso."

"Não será por ser uma operação criminosa, Trevor, nos termos do Código Penal?"

"É uma operação secreta do FBI!", grita Trevor.

"Mas por que é que o FBI…"

"Ãáã? *Donuts* Krispy Kreme? Em favor dos policiais, parceiros deles na luta contra o crime?"

"Está bem. Vou falar com o pessoal da Promotoria do Condado de Bergen, de repente eles estão sabendo de alguma coisa…"

"Peraí, peraí, tem alguém vindo, ih, agora eles me viram! Melhor eu…" Cai a ligação. Como sempre.

Maxine agora está encarando o mais recente de ela nem sabe mais quantos episódios de fraude de estoque envolvendo o varejista de quinquilharias Dwayne Z. ("Dizzy") Cubitts, conhecido em toda a região pelos anúncios da "Uncle Dizzy", em que ele aparece rodopiando em alta velocidade sobre uma espécie de plataforma giratória, que nem uma criança querendo ficar tonta para curtir um barato ("Uncle Dizzy faz os preços dar a volta!"), apregoando araras para closets, saca-rolhas a laser, telêmetros que calculam qual fila do supermercado deve andar mais rápido, alarmes sonoros que se prendem ao controle remoto da televisão para que você nunca mais o perca, a menos que você também perca o controle remoto do alarme. Nenhuma dessas engenhocas ainda está à venda nas lojas, mas elas podem ser vistas em ação na televisão, altas horas da madrugada.

Embora já tenha mais de uma vez corrido o risco de ir parar atrás das muralhas da prisão de Danbury, Dizzy continua vítima de uma atração fatal por opções sublegais, colocando a própria Maxine diante de abismos morais que fariam um burro do Grand Canyon pensar duas vezes. Sendo que o problema é o charme de Dizzy, ou pelo menos uma ingenuidade de quem acaba de sair da plataforma giratória, a qual Maxine não consegue acreditar de todo que seja falsa. Para um fraudador típico, o impacto sobre a família, a vergonha pública e a temporada no xilindró bastam para que ele procure alguma atividade legal, ainda que não honesta. Mas mesmo em meio aos trapaceiros de baixa voltagem com quem ela está fadada a lidar, a curva de aprendizado de Dizzy é uma reta constante.

Desde ontem, o gerente de uma filial da Uncle Dizzy's em Long Island, numa parada do trem de Ronkonkoma, vem deixando mensagens cada vez mais desorientadas. Um problema no depósito, irregularidades no estoque, alguma coisa que seja um pouco diferente, puta que o pariu, Dizzy, por favor. Quando será que Maxine vai poder dar a volta por cima e virar Angela Lansbury, só lidar com gente de classe, em vez de viver ali naquele exílio, em meio a gente medíocre que assume compromissos financeiros e depois não consegue arcar com eles?

Na sua última ida a trabalho à Uncle Dizzy's, Maxine deu a volta em torno de uma pilha enorme de caixas e literalmente esbarrou no próprio Dizzy, ostentando uma camiseta Crazy Eddie de um amarelo berrante, seguindo uma equipe de auditoria, os membros da qual tinham uma idade média de cerca de doze anos, pois a firma em que eles trabalhavam era famosa por contratar cheiradores de solvente, viciados em video games, casos diagnosticados de deficiência de pensamento crítico, que eram imediatamente enviados para trabalhar em controle de estoque.

"Dizzy, que foi?"

"Putz, aprontei outra vez, como diz a Britney."

"Vamos lá", andando de um lado para o outro entre as fileiras de caixas lacradas e levantando uma ou outra a esmo. Algumas daquelas caixas, para a surpresa de quem não tivesse a experiência de Maxine, pareciam, embora lacradas, não ter nada dentro. Ora. "Ou bem eu sou a Mulher Maravilha ou então você está com um probleminha de inflação de estoque. Melhor não empilhar tanta caixa vazia, Dizzy, porque aí é só olhar pra que está por baixo da pilha e ver que ela *não* está afundando sob o peso das outras. O que normalmente é uma ótima pista, e quanto a esses garotos da auditoria, você devia pelo menos esperar eles saírem do prédio pra *só depois* estacionar a porra do caminhão pra levar as mesmas caixas vazias pra próxima filial, está entendendo?"

"Mas", olhos arregalados do tamanho de pirulitos, "com o Crazy Eddie deu certo."

"O Crazy Eddie acabou na cadeia, Diz. Você vai ganhar mais uma denúncia pra sua coleção."

"Ah, tudo bem, a gente está em Nova York, onde júri de acusação não livra a cara nem de salame."

"Bom... enquanto isso a gente faz o quê? Chamo logo a SWAT?"

Dizzy sorriu e deu de ombros. Os dois estavam na sombra, em meio ao cheiro de papelão e plástico, e Maxine, assobiando "Help me Rhonda" por entre os dentes, resistiu ao impulso de atropelá-lo com a empilhadeira de garfo.

No seu escritório, ela contempla o arquivo de Dizzy pelo tempo máximo que consegue ficar sem abri-lo. Exercício espiritual. O interfone toca. "Tem um Reg não sei das quantas aí que não tem hora marcada."

Salva pelo gongo. Maxine guarda a pasta, que, tal como um bom *koan*, não ia fazer sentido, mesmo. "Bom, Reg. Entra logo. Quanto tempo."

2.

Coisa de uns dois anos, aliás. Reg Despard parece ter tomado umas boas porradas nesse ínterim. É um documentarista que começou como pirata nos anos 90, entrava no cinema na sessão da tarde com uma câmara de vídeo emprestada para filmar da tela a primeira exibição de um filme, tirava cópias em cassete que depois vendia na rua a um dólar cada, às vezes dois dólares quando achava que dava pé, e muitas vezes já estava tendo lucro antes mesmo de terminar o fim de semana do lançamento. A qualidade profissional sofria um pouco, gente ruidosa que entrava com comida em sacos de papel barulhentos, ou que se levantava no meio do filme e tapava a imagem, às vezes por vários minutos. A mão de Reg que segurava a câmara também não era muito firme, e a imagem da tela dançava no enquadramento, às vezes de modo lento e onírico, mas às vezes de modo surpreendentemente abrupto. Quando Reg descobriu o zoom da câmara, começou a fazer zooms que não há como não chamar de arbitrários, detalhes da anatomia humana, figurantes em cenas de multidão, carros interessantes passando no fundo etc. Num dia fatídico na

Washington Square, calhou de Reg vender um de seus cassetes a um professor de cinema da NYU, o qual no dia seguinte veio correndo pela rua para perguntar a Reg, esbaforido, se ele tinha consciência de estar na fronteira da forma de arte pós-pós-moderna que ele praticava, "com a sua subversão neobrechtiana da diegese".

Por achar que aquela história parecia um convite para um regime cristão de perda de peso, Reg começou a se desinteressar, mas o acadêmico empolgado insistiu, e em pouco tempo Reg passou a exibir suas fitas em seminários de doutorado, e daí a começar a fazer seus próprios filmes foi só um pulo. Vídeos institucionais, clipes para bandas ainda sem contrato, infomerciais para passar na tevê de madrugada e sabe-se lá o que mais, pensa Maxi. Trabalho é trabalho.

"Pelo visto, peguei você muito ocupada."

"É a época do ano. Pessach, Semana Santa, finais da NCAA, Dia de São Patrício caindo num sábado, as coisas de sempre, problema nenhum, Reg — então, o que foi, conflitos matrimoniais?" Há quem ache esse jeito de Maxine meio brusco, e ela já perdeu alguns clientes por conta disso. Por outro lado, é bom para eliminar quem vem procurá-la só de farra.

Cabeça inclinada num ângulo melancólico. "Isso não rola desde 98... peraí, 99?"

"Ah. Logo ali, Expresso Yenta, não custa tentar, especializados em encontros em cafés, o primeiro *latte grosso* é de graça se você lembrar de pedir o cupom à Edith — então, Reg, se não é nenhum problema doméstico..."

"É uma companhia que eu estou fazendo um documentário sobre ela, sabe. A toda hora pinta uma questão de..." Uma daquelas expressões estranhas que Maxine já aprendeu a não ignorar.

"Atitude."

"Acesso. Estão escondendo muita coisa de mim."

"E é coisa recente, ou a gente vai ter que mergulhar no passado, software herdado que já não roda em nenhum computador, leis na véspera de prescrever?"

"Não, é uma dessas empresas de internet que *não* quebraram na bolha do ano passado. Nada de software velho", meio decibel abaixo do esperado, "e acho que também não é caso de prescrição, não."

Ih... "Porque, sabe, se você só quer fazer um levantamento de patrimônio, pra isso não precisa de pessoa jurídica, é só entrar na internet, LexisNexis, HotBot, AltaVista, se você consegue guardar um segredo industrial, e de repente até as Páginas Amarelas..."

"O que eu estou realmente procurando", mais solene do que impaciente, "provavelmente não vai dar pra achar com nenhuma ferramenta de busca."

"Porque... o que você está procurando..."

"São só os registros normais de uma empresa — livro-caixa, livro-razão, planilha de imposto. Mas se você tenta dar uma olhada, aí a coisa fica estranha, tudo escondido muito além do alcance do LexisNexis."

"Como assim?"

"A deep web, né? Não tem como chegar lá com uma busca de superfície, pra não falar na encriptação e nos redirecionamentos estranhos..."

Ah. "De repente você precisa é de uma pessoa mais da área de informática? Porque eu não..."

"Já botei um cara pra trabalhar nisso. O Eric Outfield, gênio do colégio Stuyvesant, fodão comprovado, preso quando ainda era moleque por atividade de hacker, confio nele cegamente."

"Mas afinal, essa companhia é o quê?"

"Uma empresa de segurança informática, lá no centro, o nome é hashslingrz."

"Já ouvi falar; é, eles se deram muito bem, cociente preço/ lucro astronômico, contratando gente adoidado."

"E a minha abordagem é essa. Sobreviver e prosperar. Um negócio pra cima, certo?"

"Mas... peraí... um filme sobre a hashslingrz? Mostrar o quê, um bando de nerd olhando pro monitor?"

"No roteiro original tinha muita perseguição de carro, explosão, mas aí o orçamento... Eles me deram um pequeno adiantamento, e ainda tenho acesso total, pelo menos era o que eu pensava até ontem, que foi quando eu resolvi te procurar."

"Um problema de contabilidade."

"Só queria saber pra quem eu estou trabalhando. Ainda não vendi a alma — é, quem sabe uns pedacinhos aqui e ali, mas enfim, achei melhor pedir pro Eric dar uma olhada. Você sabe alguma coisa sobre o presidente deles, Gabriel Ice?"

"Vagamente." Reportagens de capa em publicações da área. Um dos jovens bilionários que emergiram incólumes do estouro da bolha. Ela se lembra de algumas fotos, terno Armani creme, chapéu de castor feito à mão, não exatamente distribuindo bênçãos papais a torto e a direito mas preparado para tal, caso surgisse a necessidade... no bolso, bilhete de permissão dos pais em vez de lencinho dobrado. "Eu li até onde aguentei, não fiquei nem um pouco, sabe, fascinada. Perto dele o Bill Gates é carismático."

"Isso é só a máscara que ele usa nas festas. Ele tem recursos profundos."

"O que é que você está dando a entender? Máfia, atividades clandestinas?"

"Segundo o Eric, um objetivo na vida escrito num código que nenhum de nós consegue ler. Com a possível exceção de 666, que a toda hora reaparece. Por falar nisso, você ainda tem aquele porte de arma?"

"Prontinha pra usar, sim… por quê?"

Um pouco evasivo. "Essa gente não é… do tipo mais comum do mundo da informática."

"Tipo assim…"

"Eles não têm nenhum jeito de nerd, pra começar."

"É… isso? Reg, com base na minha experiência, é raro precisar dar tiro em caso de desfalque. Normalmente, basta a humilhação pública."

"É", quase se desculpando, "mas e se não for desfalque? Ou se não for só isso. Se tiver outra coisa também."

"Profundo. Sinistro. E todos eles estão envolvidos."

"Paranoia demais pra você?"

"Pra mim, não, a paranoia é o alho na cozinha da vida, não é? Nunca é demais."

"Quer dizer que não deve ter nenhum problema…"

"Detesto quando as pessoas dizem isso. Mas claro, eu dou uma olhada e depois te digo."

"Beleza! Eu me sinto a própria Erin Brockovich!"

"Hm. Bom, agora chegamos a um assunto meio constrangedor. Acho que você não veio aqui me contratar, nada disso, não é? Não que eu me incomode de trabalhar sem um pagamento acertado, mas é que tem umas questões éticas nesse caso, que nem papa-defunto correndo atrás de ambulância, não é?"

"Vocês não fazem um juramento? Quer dizer, quando você vê uma fraude acontecendo…?"

"Isso era em *Fraudbusters*, aquela série que eles tiveram que cancelar, as pessoas ficavam tendo ideias. A Rachel Weisz até que estava bem, não é."

"Só estou dizendo isso porque vocês duas são cara de uma, focinho da outra." Sorrindo, mãos e polegares levantados, como se enquadrando uma tomada de cena.

"Ora, Reg."

Com o Reg sempre se chegava a esse ponto. Eles se conheceram num cruzeiro. Logo depois da separação de Maxine, no que ainda não se tornou exatamente O Dia, do seu então marido, Horst Loeffler, depois de passar um tempo excessivo fechada em casa, persianas baixadas, ouvindo vez após vez Stevie Nicks cantando "Landslide" numa fita de compilação cujas outras faixas ela ignorava, bebendo horrorosas misturas de *shirley temples* com uísque alternadas com goles de groselha direto da garrafa e gastando meia tonelada de Kleenex por dia, Maxine finalmente deixou que sua amiga Heidi a convencesse de que um cruzeiro pelo Caribe de algum modo daria uma levantada em seu moral. Um dia, fungando, ela foi de seu escritório à Agência de Viagens Ida e Volta, onde encontrou superfícies empoeiradas, móveis surrados e um modelo desmazelado de um transatlântico que tinha várias características em comum com o *Titanic*.

"Você está com sorte. Acaba de haver um…" Pausa longa, sem troca de olhares.

"Cancelamento", sugeriu Maxine.

"Por aí." O preço era irresistível. Para qualquer pessoa que estivesse com a cabeça no lugar, dava para desconfiar.

Seus pais toparam com o maior prazer cuidar dos meninos. Maxine, ainda com o nariz escorrendo, deu por si dentro de um táxi com Heidi, que viera para o bota-fora, seguindo em direção a Newark ou talvez Elizabeth, que era de onde costumavam partir os navios de carga, porque na verdade o "transatlântico" de Maxine era um porta-contêiner húngaro a frete, o *Aristide Olt*, navegando com bandeira de conveniência das ilhas Marshall. Foi só na primeira noite passada em alto-mar que ela se deu conta de que estava participando da "Folia 98 da ASATRANSPELI", a Associação Americana de Transtorno de Personalidade Limítrofe. Muito divertido, cancelar por quê? A menos que… aahhh! Ela olhou para o cais, em direção a Heidi, que talvez experimentasse um pouco de *schadenfreude*, cada vez menor naquela costa industrial, que já estava longe demais para que Maxine pudesse voltar a nado.

Assim que se sentou à mesa na hora do jantar, constatou que o clima reinante era de festa, todos reunidos sob uma faixa onde se lia BEM-VINDOS LIMÍTROFES! O comandante parecia nervoso, arranjando desculpas para passar algum tempo debaixo da toalha de mesa. A cada noventa segundos, um DJ tocava o início do hino semioficial da ASATRANSPELI, a canção de Madonna "Borderline" (1984), e todos entravam no coro no trecho "*O-ver-the-bor-derlinnne!!!*" com ênfase especial no *n* final. Uma espécie de tradição, pensou Maxine.

Mais tarde, naquela noite, ela percebeu uma presença discreta e deslizante, com o olho grudado num visor, gravando o que lhe parecia digno de registro com uma Sony VX2000, passando de um convidado a outro, deixando que eles falassem ou não falassem, tanto fazia, e essa presença era Reg Despard.

Achando que desse modo talvez conseguisse sair do possível erro catastrófico que havia cometido, ela tentou segui-lo pela multidão. "Opa", após algum tempo, "estou sendo seguido por uma *stalker*, é a fama, até que enfim."

"Não tive a intenção…"

"Não, você podia até me ajudar a despistar essa gente, a não ficar achando que está todo mundo olhando pra mim."

"Não quero prejudicar a sua reputação, eu já devia ter pintado o cabelo há semanas, esse meu traje completo aqui custou menos de cem dólares na ponta de estoque da Filene…"

"Não se preocupe, porque ninguém vai ficar sabendo disso."

Ora. Quando foi a última vez que alguém lhe dera a entender, ainda que de modo muito indireto, que estava disposto a… talvez não desfilar, mas a se deixar ver com ela? Seria o caso de se ofender? Ao menos um pouco?

Fazendo um *tracking* de um grupo de passageiros a outro, localizando por fim um cidadão de aparência mais ou menos normal interessado em selos de caça de aves migratórias e de conservação da natureza, conhecidos pelos colecionadores como "selos de patos", e sua esposa, talvez não tão envolvida assim, Gladys —

"... e o meu sonho é ser o Bill Gross dos selos de patos." Não apenas selos de patos federais, veja lá, mas também todos os selos estaduais — tendo se aventurado no decorrer dos anos nos sedutores charcos do fanatismo filatélico, este completista já totalmente sem escrúpulos fazia questão de ter tudo, versões de caçadores e de colecionadores, selos assinados pelos artistas, provas, variantes, defeituosos, edições de governadores... "Novo México! O Novo México só produziu selos de patos de 1991 a 1994, terminando com a joia da coroa de todos os selos de patos, de uma beleza sobrenatural, o dos patos-de-asa-verde em pleno voo, de Robert Steiner, dos quais por acaso eu tenho um bloco inteiro..."

"O qual um belo dia", proclama Gladys, saltitante, "eu vou tirar do plástico protetor, estragar a cola no verso com minha língua bem babada e usar pra pôr no correio o pagamento do gás."

"Não tem valor postal, amorzinho."

"Está olhando pro meu anel?" Uma mulher com um terninho bege de poderosa dos anos 80 entrando em cena.

"Uma bela peça. Tem uma coisa... familiar..."

"Não sei se você é ligada em *Dynasty*, mas sabe aquela vez que a Krystle teve que pôr no prego o anel dela? É uma imitação em zircão, quinhentos e sessenta dólares, no varejo, é claro, o Irwin sempre compra no varejo, ele é que é o 301.83 do casal, eu sou só a parceira que dá apoio a ele. O Irwin sempre vai comigo nesses encontros todo ano, e eu termino comendo que nem uma freira e tenho que aumentar o meu manequim porque nunca acho ninguém pra conversar."

"Não vai no papo dela não, ela é a tal que tem todos os duzentos e sei lá quantos episódios em Betamax. Põe fanática nisso. Você acredita que lá pros meados dos anos 8o ela chegou a mudar o *nome* pra Krystle? Um marido menos compreensivo diria que isso não é normal."

Reg e Maxine acabam indo parar no cassino do navio, onde pessoas com smokings e longos mal-ajambrados jogam roleta e bacará, fumando um cigarro depois do outro, trocando olhares lúbricos e brandindo, furibundos, maços de cédulas de mentirinha. "É bondismo", explicam-lhes, "ou Síndrome de James Bond Sem Diagnóstico, um grupo de apoio totalmente diferente. Ainda não entrou no *Manual diagnóstico e estatístico de transtornos mentais*, mas eles estão fazendo lóbi, quem sabe na quinta edição... São sempre bem recebidos nas nossas convenções porque são estáveis, dá pra ver, né?" Na verdade, Maxine não via nada, mas comprou uma ficha de "cinco dólares" e terminou ganhando o bastante, se fosse dinheiro de verdade, para fazer uma curta viagem à Saks, se e quando conseguisse escapar daquela roubada.

A certa altura, um rosto vermelho de álcool, que o destino quis que pertencesse a um certo Joel Wiener, surge no visor. "É, já sei, você me reconheceu do noticiário, e agora qualquer um pode me filmar, certo? Apesar que eu fui inocentado, aliás pela terceira vez, desse tipo de acusação." E desarrolhou uma longa epopeia de injustiças, tendo alguma ligação com o mercado imobiliário de Manhattan, a qual Maxine não consegue acompanhar em todas as suas nuanças. Talvez tivesse sido melhor ela prestar atenção, e aí teria evitado alguns problemas no futuro.

Limítrofes saindo pelo ladrão. Por fim Maxine e Reg dão um jeito de passar alguns minutos tranquilos no tombadilho, vendo o Caribe passar. Contêineres empilhados para todos os lados, quatro ou cinco por pilha. É como estar em certos trechos do Queens. Com o pensamento ainda não de todo presente naquele navio,

Maxine dá por si a perguntar-se quantos daqueles contêineres estarão vazios e até que ponto seria possível descobrir algum tipo de fraude de estoque em andamento.

Ela observa que Reg não fez nenhuma tentativa de incluí-la na filmagem. "Eu achei que você não devia ser uma limítrofe. Imaginei que fizesse parte da equipe, tipo diretora social ou coisa parecida." Surpreendendo-se ao se dar conta de que, sei lá, há uma hora ou mais ela não pensa no caso Horst, Maxine tem consciência de que se esboçar o mais leve comentário sobre o tema, a câmara de Reg vai voltar a rodar.

É uma prática antiga nessas reuniões da ASATRANSPELI visitar fronteiras geográficas, cada ano uma diferente. Viagens de compras a outlets de *maquiladoras* mexicanas. Sessões de apostas nos cassinos de Stateline, Califórnia. Comilanças de culinária teuto-pensilvaniana ao longo da Linha Mason-Dixon. A região limítrofe deste ano é a que fica entre o Haiti e a República Dominicana, onde paira um carma melancólico desde os tempos do Massacre do *Perejil*, sobre o qual pouco é dito no folheto. Enquanto o *Aristide Olt* entra na pitoresca baía de Manzanillo, as coisas rapidamente começam a perder o foco. Tão logo o navio ancora no porto de Pepillo Salcedo, os passageiros interessados em peixes grandes estão animadamente alugando barcos para tentar pegar camarupins. Outros, como Joel Wiener, em quem o mercado imobiliário deixou de ser um interesse para tornar-se uma obsessão, ficam zanzando de uma agência a outra, sendo arrastados para as fantasias daqueles cuja motivação possivelmente se deve à ganância, sem excluir a hipótese de vamos-sacanear-esses-gringos.

A gente do local fala uma mistura de *kreyòl* com *cibaeño*. No final do cais, bancas de suvenires brotaram rapidamente, e também barracas de comida servindo *yaniqueques* e *chimichurros*, praticantes de vodu e *santería* apregoando feitiços, vendedores de *mamajuana*, uma especialidade dominicana que vem em gigantescos potes de vidro contendo o que parece ser um pedaço de árvore marinando em vinho tinto e rum. Como uma espécie de cereja no sundae da fronteira, um autêntico *feitiço de amor de vodu haitiano* foi lançado em cada pote de *mamajuana* dominicana. "Agora sim!", exclama Reg. Ele e Maxine entram num pequeno grupo que está provando a bebida e passando potes de mão em mão, e logo se veem a alguns quilômetros da cidade num lugar chamado El Sueño Tropical, um hotel de luxo semiconstruído e atualmente abandonado, gritando pelos corredores, balançando-se no pátio agarrados a cipós, que estão presos nas árvores, correndo atrás de lagartos e flamingos e também dos companheiros de viagem, e aprontando nas camas *king-size* mofadas.

Amor, emocionante e novo, como se cantava na música tema do *Barco do amor*, Heidi tinha toda razão, aquilo era mesmo O Maior Barato, se bem que depois Maxine não teria tanta certeza a respeito dos detalhes.

Agora, pegando no controle remoto da memória, ela aperta o PAUSE e depois o STOP, e depois o botão de desligar, sorrindo sem nenhum esforço visível. "Cruzeiro estranho, aquele, Reg."

"Você teve notícia de alguma daquelas pessoas?"

"Um e-mail de vez em quando, e é claro que todo ano, na época apropriada, a ASATRANSPELI me pede uma contribuição." Maxine olha para ele por cima da xícara de café. "Reg, a gente chegou a, hum…"

"Acho que não, eu fiquei mais foi com a tal da Leptandra de Indianápolis, e você sumia a toda hora com o maníaco de mercado imobiliário."

"Joel Wiener", os globos oculares de Maxine, num constrangimento semi-horrorizado, vasculhando o teto.

"Eu não ia tocar no assunto, desculpe."

"Você soube que cassaram meu certificado. Indiretamente, culpa do Joel. Que, sem querer, acabou me fazendo o maior favor. Tipo assim, quando eu tinha certificado de investigadora de fraudes eu era bonitinha, mas agora que meu certificado foi cassado eu fiquei irresistível. Pra um certo tipo de pessoa. Você pode imaginar o que me aparece aqui no escritório, nada pessoal."

O grande atrativo de uma Investigadora de Fraudes Certificada rebelde, ela imagina, é uma aura de moralidade conspurcada, uma disposição para atuar fora da lei e conhecer os segredos profissionais dos auditores e fiscais de impostos. Tendo tido contato com membros de seitas que delas foram expulsos, Maxine por algum tempo temeu que fosse parar nesse tipo de limbo social. Mas o boca a boca funcionou, e em pouco tempo a Vigiar e Flagrar tinha mais clientes do que nunca, mais do que ela conseguia dar conta. Os novos clientes, é claro, nem sempre tinham reputação tão boa quanto os do tempo em que ela possuía certificado. Uma turma do mal que entrava pelas frestas, entre eles Joel Wiener, para quem ela andou quebrando uns galhos e acabou levando galho na cabeça.

Lamentavelmente, em seus longos solilóquios sobre injustiças imobiliárias, Joel por um motivo qualquer se esqueceu de mencionar alguns detalhes cruciais, como seu hábito de ser membro de inúmeras cooperativas residenciais, as brigas resultantes de quantias confiadas a ele na qualidade de tesoureiro das cooperativas, além de seu indiciamento num caso de corrupção no Brooklyn, e da esposa também, envolvida em suas próprias questões imobiliárias, "e por aí vai. Não é fácil explicar", agitando todos os dedos acima da cabeça, "antenas. Eu me sentia suficientemente à vontade com o Joel pra passar a ele umas dicas do ofício. Eu achava que não tinha problema nenhum, tipo fiscal da Receita que ganha uns trocados extras preparando declarações de renda."

Só que com isso ela violou o código de ética da Associação de Investigadores de Fraudes Certificados, em torno de cujos limites demarcados ela vinha patinando havia anos. Dessa vez o gelo, sem rachaduras nem manchas escuras que a alertassem, afundou debaixo dela. Um número suficiente de membros da comissão de ética viu conflito de interesses, não apenas uma vez, mas de modo sistemático, onde Maxine via, e até hoje vê, apenas uma escolha óbvia entre a amizade e a aderência excessivamente escrupulosa à letra do regulamento.

"Amizade?" Reg está perplexo. "Mas você nem gostava dele."

"Um termo técnico."

O papel de carta em que veio a cassação era todo cheio de guéri-guéri, valia mais do que a mensagem, a qual era, em suma, vá tomar no cu, mais o cancelamento de todos os seus privilégios no Eighth Circle, um clube exclusivo de investigadores certificados na Park Avenue, e também a exigência de que ela devolvesse o cartão de membro e pagasse a conta do bar. Havia, porém, no pé da página, um P.S., que falava na possibilidade de um recurso. Vinham também alguns formulários. Interessante. Pelo visto, aquela história não iria para a fragmentadora de papel, pelo menos não por ora. Um detalhe preocupante, que Maxine observou pela primeira vez, era o brasão da entidade, uma tocha ardendo violentamente à frente e ligeiramente acima de um livro aberto. O que é isso? A qualquer momento as páginas desse livro, talvez uma alegoria da Lei, podem ser incendiadas por essa tocha, talvez a Luz da Verdade? Será que alguém está tentando dizer alguma coisa, a Lei está em chamas, o terrível preço da inflexibilidade da Lei... É isso! Mensagens anarquistas em código!

"Uma ideia interessante, Maxine", Reg tentando fazê-la baixar o facho. "Mas então, você recorreu da decisão?"

Acabou que não — os dias foram passando, e sempre havia um motivo para não fazer nada, os gastos com advogados seriam muito altos, o processo de recurso talvez fosse só para inglês ver, e o fato era que colegas seus, que ela respeitava, a tinham jogado no olho da rua, e será que ela queria mesmo voltar para aquele meio vingativo. Essas coisas.

"Excesso de escrúpulos desses caras", opina Reg.

"Eu entendo eles. Querem que a gente seja o único ponto fixo e incorruptível no meio de toda essa bagunça, o relógio atômico em que todo mundo confia."

"Você disse 'a gente'."

"O certificado foi engavetado, mas continua pendurado na parede da minha alma."

"Grande rebelde que você é."

"*O mau contador*, é uma série que estou bolando, olha aqui, já tenho o roteiro do piloto, você topa ler?"

3.

O passado, fora de sacanagem, é um convite descarado ao consumo de vinho. Assim que ela ouve as portas do elevador se fechando com Reg dentro dele, Maxine vai direto para a geladeira. Onde, naquele caos gélido, estará o Pinot E-Grigio? "Daytona, acabou o vinho de novo?"

"Eu é que não estou bebendo aquela merda."

"Claro que não, você é mais chegada a um Night Train."

"Ah. Você não vai entrar numa de enoísmo hoje, vai?"

"Peraí, eu sei que você parou, é só brincadeira, está bem?"

"Terapismo!"

"Como é que é?"

"Você acha que quem faz programa de doze passos é de uma classe inferior à sua, sempre achou, você vai e faz um spa, deitada na praia com alga na cara, sei lá o quê, você não faz ideia como é — pois eu vou te dizer…" Pausa dramática.

"Não vai dizer não", retruca Maxine.

"Pois vou te dizer, dá trabalho, minha filha."

"Ah, Daytona. Seja o que for, desculpa."

Aí a coisa toda sai aos borbotões, aquele fluxo de caixa emocional, cheio de contas a receber e dívidas incobráveis. Moral da história: "Nunca, mas nunca, mesmo, se meta com gente da Jamaica, que quando você fala em 'baseado na lei' eles pensam que é legalização da maconha".

"Eu dei sorte com o Horst", observa Maxine. "O fumo não fazia nenhum efeito nele."

"Faz sentido, é toda essa comida branca que vocês comem, pão branco e ainda por cima essa", parafraseando Jimi Hendrix, "maionese! Tudo no seu cérebro — vocês são todos *terminalmente* brancos." O telefone está esse tempo todo piscando pacientemente. Daytona retoma o trabalho, enquanto Maxine tenta entender o que as preferências de drogas dos rastafáris têm a ver com Horst. A menos que Horst por algum motivo esteja na sua cabeça, o que não parece ser o caso, não muito, já há algum tempo.

Horst. Um produto do Meio-Oeste americano de quarta geração, tão emotivo quanto um silo, tão fatalmente sedutor quanto uma Harley-Davidson *knucklehead*, tão indispensável (Deus a livre) quanto um autêntico sanduíche Maid-Rite quando bate a fome, Horst Loeffler até hoje conseguiu não errar quase nunca ao prever como certas commodities vão se comportar em diferentes partes do mundo, muito antes que elas próprias saibam, de modo que quando Maxine entrou em sua vida ele já tinha acumulado uma boa pilha de grana, a qual ele via crescer cada vez mais ao mesmo tempo que tentava permanecer fiel a uma espécie de juramento que fez aos trinta anos de idade, no sentido de gastar todo o dinheiro que entrasse o mais depressa possível e viver indo a festas enquanto aguentasse.

"Então... ele te dá uma pensão boa?", perguntou Daytona, em seu segundo dia no emprego.

"Nem um tostão."

"O quê?", olhando pasma para Maxine.

"Posso te ajudar em alguma coisa?"

"Essa é a história mais maluca de garota branca maluca que já ouvi na minha vida."

"Você precisa sair mais", Maxine dando de ombros.

"E o que é que tem um cara gostar de festa?"

"Problema nenhum, a vida é uma festa, não é, Daytona, e o Horst também não via problema nenhum, só que ele achava que o casamento também era uma festa, bom, e aí a gente viu que não pensava igual."

"O nome dela era Jennifer não sei-das-quantas, certo?"

"Não. Muriel."

A essa altura — parte da expertise de um Investigador de Fraudes Certificado está em ter uma tendência a procurar padrões ocultos —, Maxine começou a cismar... será que Horst teria uma preferência por mulheres com nomes de charutos baratos? Quem sabe não havia, escondida em Londres, uma Philippa "Philly" Blunt com quem ele anda aprontando, ou uma arbitradora asiática chamada Roi-Tan, que usava *cheongsam* e cortava o cabelo bem curto... "Mas vamos mudar de assunto, porque o Horst são águas passadas."

"O.k."

"Eu fiquei com o apartamento, e ele, é claro, ficou com o Impala 59 em perfeitas condições, mas já estou eu gemendo de novo."

"Ah, pensei que era a geladeira."

Daytona é um anjo de compreensão, é claro, comparada com a amiga de Maxine, Heidi. A primeira vez que as duas se sentaram para conversar sobre o tema, depois que Maxine já havia falado por um tempo excessivo, que deixou até mesmo a própria Maxine constrangida.

"Ele me telefonou", Heidi fingiu deixar escapar.

Certo. "O quê, o Horst? Telefonou…"

"Me chamou pra sair!" Olhos arregalados demais para a inocência ser total.

"Que foi que você disse pra ele?"

Exatamente um segundo e meio, e então: "Ah, meu Deus, Maxi… mil desculpas!".

"Você? E o Horst?" Parecia estranho, mas não muito mais do que isso, o que Maxine tomou como um sinal positivo.

Porém Heidi parecia transtornada. "Deus que me perdoe! Ele ficou falando sobre você o tempo todo."

"Sei. Mas…?"

"Ele parecia distante."

"A taxa Libor de três meses, sem dúvida."

Embora essa conversa se prolongasse até bem tarde, para uma véspera de dia útil, a escapadela de Heidi não parece tão séria quanto algumas desfeitas do tempo do secundário, que até hoje de vez em quando Maxine fica a remoer — roupas emprestadas e jamais devolvidas, convites para festas inexistentes, encontros com sujeitos sugeridos por Heidi que, como Heidi sabia muito bem, eram casos clínicos de psicopatia. Esse tipo de coisa. Quando as duas puseram fim à conversa por motivo de exaustão, talvez Heidi tenha ficado um pouco decepcionada de constatar que aquela leviandade fora simplesmente catalogada dentro de uma série em andamento, iniciada muitos anos atrás em Chicago, que foi onde Horst e Maxine se conheceram.

Maxine, passando a noite debruçada sobre algum trabalho de examinadora de fraudes, deu por si no bar do prédio da Câmara de Comércio, o Ceres Cafe, onde o tamanho físico dos drinques já fazia há muito tempo parte do folclore. Era a happy hour. Feliz por quê? Meu deus. Irlandês, o que para alguns já é dizer tudo. Quem pedia um "drinque misturado" ganhava um copo gigantesco, cheio até a borda de uísque, por exemplo, com uma ou duas pedrinhas de gelo boiando, mais uma lata de soda de trezentos e cinquenta mililitros, e também um segundo copo para misturar tudo nele. Por algum motivo Maxine acabou entrando numa discussão com um babaca a respeito da Deloitte and Touche, que o tal babaca, que era o próprio Horst, insistia em chamar Deleite & Tocha, e quando por fim conseguiram entrar em acordo Maxine já não sabia se ia conseguir ficar em pé, quanto mais voltar para o hotel, de modo que Horst teve a bondade de colocá-la dentro de um táxi e, ao que parecia, entregar também seu cartão de visita para ela. Antes que tivesse tempo de curtir a ressaca, Horst já estava telefonando para ela e ardilosamente envolvendo-a no primeiro do que viria a ser uma longa série de casos malsucedidos de fraude.

"Uma irmã em perigo, sem ninguém pra pedir ajuda" etc. e tal, Maxine caiu naquela conversa, como continuaria a cair, assumiu o caso, uma pesquisa de ativos bem tranquila, depoimentos rotineiros, já tinha quase esquecido até que um dia, manchete no *New York Post*, GOLPE DO BAÚ! TRAMBIQUEIRA SERIAL ATACA DE NOVO, MARIDÃO PASMO.

"Diz aqui que é a sexta vez que ela fatura desse jeito", Maxine pensativa.

"Seis que a gente sabe", concordou Horst. "Pra você isso é um problema?"

"Ela casa com o sujeito e aí..."

"O casamento faz bem a algumas pessoas. Pra alguma coisa tem que servir."

Aaah.

E para quê, afinal, examinar a lista? De passadores de cheques borrachudos e manipuladores de contas eletrônicas até dramas de vendeta que fizeram o ponteiro do seu vingançômetro cravar no extremo da escala onde nunca há perdão e tudo termina em contravenção, mesmo assim ela seguia em frente, todas as vezes. Porque era Horst. A porra do Horst.

"Tenho mais um pra você. Você é judia, não é?"

"E você não."

"Eu? Luterano. Já não sei mais que tipo, porque essas coisas que estão sempre mudando."

"E a minha religião é relevante porque…"

Fraude de *kashruth* no Brooklyn. Pelo visto, uma gangue de falsos *mashgichim*, supervisores de kosher, andam atacando o bairro, realizando "inspeções" de surpresa em lojas e restaurantes, vendendo certificados de aparência sofisticada para serem exibidos nas vitrines enquanto examinam o estoque, carimbando *hechshers* fajutos ou logotipos kosher em tudo que encontram. Piradões. "Isso tem mais cara de extorsão", segundo Maxine. "Meu negócio é examinar registro."

"É que eu achei que você tinha tudo a ver."

"Chama o Meyer Lansky — não, peraí, esse já morreu."

Então… um luterano de algum tipo. Cedo demais para entrar em questões de namorar um *shaygetz*, é claro, mas mesmo assim, já estava posta a questão da diferença de religiões. Mais tarde, quando o namoro já estava fervendo, Maxine ouviria algumas falas ensandecidas — em se tratando de Horst — sobre a possibilidade de converter-se ao judaísmo. Com o tempo, Horst começou a se dar conta de alguns pré-requisitos, como aprender hebraico e ser circuncidado, o que levou ao tipo de reconsideração que era de se esperar. Tudo bem para Maxine. Se é uma verdade universalmente reconhecida que os judeus não fazem proselitismo, Horst certamente era e continuava sendo um bom motivo para essa não prática.

A certa altura, ele lhe ofereceu um contrato de consultoria. "Eu acho que você realmente pode me ser útil."

"Às suas ordens", uma resposta pronta comum na sua área, que dessa vez, porém, se revelaria fatídica. Mais tarde, pós-núpcias, ela se tornou muito mais cuidadosa com esse tipo de comentário impensado, a ponto de chegar, já perto do final da história, quase ao silêncio, enquanto Horst, impassível, explorava um aplicativo de planilhas, chamado Luvbux 6.9, que ele havia encontrado numa ponta de estoque de informática chamada Software Etc., somando quantias na faixa de Polpudas a Astronômicas que ele havia gastado com o único objetivo de fazer Maxine calar-se. Para se torturar mais ainda, abriu um recurso do programa que calculava o preço a que estava lhe saindo cada minuto de silêncio obtido. Aaahh! Roubada!

"Depois que eu percebi", como Maxine apresentou a situação a Heidi, "que se eu ficasse reclamando ele me dava qualquer coisa que eu quisesse, só pra eu calar a boca, bom, sei lá, o lado romântico da coisa simplesmente acabou pra mim."

"Sendo você uma reclamadora nata, a coisa ficou fácil demais pra você, eu entendo", Heidi compreensiva. "O Horst é um tremendo otário. E também alexitímico ainda por cima. Você nunca percebeu isso nele. Ou então, você percebeu…"

"… tarde demais", Maxine completou, fazendo coro. "É verdade, Heidi, mas assim mesmo tem vezes que eu quase tenho vontade de ter uma pessoa tão flexível na minha vida de novo."

"Você, ãã, quer o telefone dele? Do Horst?"

"Você tem?"

"Não tenho não, eu ia perguntar a você."

Uma sacode a cabeça para a outra. Sem precisar de espelho, Maxine sabe que elas parecem duas avós depravadas. O que tornava necessário um ajuste incomum, pois os papéis que elas interpretavam costumavam ser um pouco mais glamorosos. Em algum momento no início da relação entre elas, que vem durando para sempre, Maxine percebeu que ela não era a princesa ali. Heidi também não era, é claro, só que não tinha consciência disso, pelo contrário, achava que era mesmo a princesa, e mais ainda, ao longo dos anos concluiu que Maxine era a *amiguinha maluquete* e um pouco menos atraente da princesa. Seja o que for que estiver rolando, a princesa Heidrofobia é sempre a protagonista, enquanto lady Maxipad é a soubrette espirituosa, a carregadora de pianos, a fadinha prática que aparece quando a princesa está dormindo ou, o que é mais comum, com a cabeça em outro lugar, e faz o que tem que ser feito no princesado.

Provavelmente teve peso favorável o fato de que as duas tinham um pezinho na Europa Oriental, pois mesmo naquela época ainda se podia encontrar no Upper West Side algumas antiquíssimas linhas de fratura intrajudaicas, das quais a menos divertida era talvez a que separava os *hochdeutsch* dos asquenaze. Volta e meia uma mãe pegava um filho ou filha que fugira de casa para se casar e ia com o rebento até o México para conseguir um divórcio rápido de um rapaz com uma carreira promissora no comércio ou na medicina, ou da boazuda que na verdade era mais inteligente do que o rapaz com quem ela julgava estar se casando, porque a pessoa em questão tinha o defeito fatal de ter um nome indicativo de uma origem num recanto pouco recomendável da diáspora. Aliás, coisa parecida aconteceu com a própria Heidi, cujo sobrenome, Czornak, desencadeou toda uma série de suspeitas, ainda que a coisa não chegasse até o aeroporto. Nessa peripécia em particular, foi a Fadinha Prática que atuou como agente e entregadora do dinheiro, contendo os Strubel graças a uma quantia bem maior do que a que eles haviam oferecido de início para comprar Heidi, a polaquinha. "Galícia, e não Polônia", comentou Heidi. Para Maxine, não se tratava de nenhum problema de consciência, porque afinal o tal Evan Strubel se revelara um babaquara que morria de medo da mãe, Helvetia, que ao chegar na hora exata naquele dia, com um terninho da St. John e um péssimo humor, impediu Evan de continuar a cantar a própria Maxine, para vocês verem como eram sérias suas intenções a respeito de Heidi. Não que Maxine tenha contado à princesa os detalhes da perfídia do jovem Strubel, pois se limitou a comentar: "Acho que para ele você é basicamente uma maneira de escapar da casa da mãe". Heidi não ficou nem um pouco — muito menos do que Maxine imaginava — arrasada. As duas se instalaram na enorme mesa da cozinha de Heidi contando o dinheiro dos Strubel, comendo sanduíches de sorvete e rindo. De vez em quando, sob a influência de uma ou outra substância, Heidi tinha uma recaída. "Ele era o amor da minha vida, foi aquela mulher perversa e preconceituosa que acabou conosco", o que sempre provocava o contra-ataque da Amiguinha Maluquete: "Você tem que reconhecer, minha querida, que os peitos dela são maiores que os seus".

É possível que alguns lóbulos da alma de Heidi tenham ficado comprometidos — por exemplo, como a sra. Strubel a havia apenas ameaçado vagamente com o prospecto de um divórcio mexicano, Heidi começou a encarar um embate com o idioma castelhano que fazia pensar em Bob Barker no concurso de Miss Universo. A questão do idioma começou a afetar outras áreas. Na cabeça de Heidi, a latina típica parecia ser Natalie Wood em *Amor sublime amor* (1961). De nada adiantava observar, como Maxine tem feito repetidamente, com paciência cada vez menor, que Natalie Wood, nome real Natalia Nikoláievna Zakharenko, era de origem vagamente russa, e que seu sotaque no filme talvez esteja mais próximo do idioma russo do que do *boricua*.

O babaquara entrou como aprendiz numa firma de Wall Street, e a esta altura já deve ter passado por várias esposas. Heidi, aliviada por ter permanecido solteira, fez carreira na academia, tendo recentemente adquirido estabilidade em seu cargo no City College, no departamento de cultura pop.

"Você realmente me salvou a derme e a epiderme nessa história", Heidi um tanto afetada, "não pense que não vou ser grata a você eternamente."

"Eu não tive escolha. Você sempre achou que era a Grace Kelly."

"E era mesmo. Sou."

"Não a Grace Kelly da carreira toda", corrige Maxine. "Só, especificamente, a Grace Kelly de *Janela indiscreta*. No tempo em que a gente ficava vigiando as janelas do outro lado da rua."

"É isso mesmo que você está dizendo? Veja bem, nesse caso você seria quem?"

"É, a Thelma Ritter, eu sei, mas talvez não. Eu achava que era o Wendell Corey."

Brincadeiras de adolescentes. Se existem casas mal-assombradas, então também podem existir prédios com problemas de carma, e o prédio que elas gostavam de vigiar, o Deseret, fazia o Dakota parecer um Holiday Inn em comparação. O edifício é uma obsessão de Maxine desde que ela se entende por gente. Maxine foi criada do outro lado da rua, e desde aquela época o prédio domina o bairro, tentando se fazer passar por apenas mais um residencial pesadão do Upper West Side, doze andares e um quarteirão inteiro de apetrechos sinistros — escadas de incêndio helicoidais em cada esquina, torreões, sacadas, gárgulas, criaturas de ferro fundido com aspecto de serpentes cobertas de escamas com presas na boca sobre as entradas e enrodilhadas junto às janelas. No pátio central há um chafariz complicado, cercado por uma pista circular onde caberiam tranquilamente duas limusines das compridas em ponto morto, sobrando espaço para uma ou duas Rolls-Royces. Equipes de filmagem frequentam o pedaço para fazer longas, anúncios, séries, projetando luzes fortíssimas na goela insaciável da entrada principal, mantendo acordados a noite toda os moradores dos quarteirões mais próximos. Embora Ziggy jure que tem um colega que mora no prédio, o Deseret está fora do círculo social de Maxine — as luvas por um mero estúdio no prédio, segundo se diz, está na faixa dos trezentos mil dólares, daí para cima.

Em algum momento nos tempos do colegial, Maxine e Heidi compraram binóculos baratos na Canal Street e começaram a se instalar no quarto de Maxine, por vezes até altas horas da madrugada, para ficar espionando as janelas acesas do outro lado da rua, esperando que alguma coisa acontecesse. Qualquer aparecimento de um vulto humano era um grande evento. No início, Maxine achava aquilo romântico, todas aquelas vidas desconexas transcorrendo em paralelo — mais tarde começou a adotar uma visão, digamos, gótica. Haveria outros prédios mal-assombrados, mas aquele parecia ser ele mesmo um morto-vivo, um zumbi de pedra, que só despertava quando caía a noite, caminhando invisível pela cidade para dar vazão a suas compulsões secretas.

As meninas viviam bolando planos para entrar no prédio de fininho, ou então de grossão, mesmo, transpondo os portões com sacolas Chanel fajutas e disfarçadas com vestidos de grife saídos de lojas de consignação, mas o máximo que conseguiram foi serem encaradas de alto a baixo por um porteiro irlandês debochado, que em seguida consultou uma prancheta. "Não tem nenhuma instrução", dando de ombros de modo afetado. "Só se tiver alguma coisa anotada aqui, vocês entendem", e, encerrando o colóquio com um bom-dia mal-humorado, fechou o portão com um baque metálico. Diante de um par de olhos irlandeses pouco amistosos, só com um bom álibi ou então um bom par de tênis de corrida.

A coisa se arrastou desse modo até que teve início a onda de malhação dos anos 80, quando os administradores do Deseret se deram conta de que a piscina da cobertura podia ser utilizada como o elemento central de uma academia, aberta a visitantes, gerando uma boa renda adicional, e foi desse modo que Maxine finalmente conseguiu entrar — se bem que, como pessoa de fora ou "sócia da academia", continua sendo obrigada a usar a entrada dos fundos e pegar o elevador de serviço. Heidi se recusa a continuar a ter qualquer relação com aquele prédio.

"Ele é amaldiçoado. Repara que a piscina fecha bem cedo, ninguém quer ficar lá de noite."

"De repente é só pra não ter que pagar hora extra a ninguém."

"Me disseram que a academia é da máfia."

"Qual máfia em particular, Heidi? E isso faz alguma diferença?"

Muita, como se veria depois.

4.

Algumas horas depois, Maxine tem uma consulta com seu emoterapeuta, que tal como Horst valoriza o silêncio como uma das commodities do mundo que não têm preço, ainda que talvez não pelos mesmos motivos. O consultório de Shawn fica num prédio sem elevador perto do acesso ao Holland Tunnel. A bio que consta em seu website fala vagamente em andanças pelo Himalaia e exílio político, mas embora ele afirme ter acesso a uma sabedoria antiquíssima além dos limites terrenos, basta uma pesquisa de cinco minutos para revelar que a única viagem de Shawn em direção ao Oriente de que se tem conhecimento foi uma ida de ônibus de sua terra de origem, o sul da Califórnia, a Nova York, não muitos anos atrás. Não tendo concluído o curso secundário da Leuzinger High School, surfista compulsivo que já sofreu alguns traumatismos cranianos causados por impactos com pranchas após quebrar o recorde de tombos numa mesma estação, na verdade o único contato de Shawn com o Tibete consiste em assistir a exibições de *Kundun* (1997), de Martin Scorsese, na televisão. O fato de que ele continua pagando um aluguel absurdo para manter esse consultório, com um armário que contém doze ternos pretos Armani idênticos, deve-se menos à sua autenticidade espiritual do que à credulidade, que de resto não é um traço muito característico, dos nova-iorquinos que têm cacife para pagar o que ele cobra pelas consultas.

Nas últimas duas semanas, chegando ao consultório, Maxine encontra seu jovem guru cada vez mais transtornado com o noticiário do Afeganistão. Apesar de pedidos enfáticos que vêm do mundo inteiro, duas estátuas colossais do Buda, as mais altas estátuas que representam o Buda em pé existentes no mundo, esculpidas no século V numa encosta de arenito perto de Barniyan, há um mês vêm sendo dinamitadas e bombardeadas repetidamente pelo governo dos talibãs, até serem reduzidas a escombros.

"Turcos filhos da puta", é o comentário de Shawn, "'uma ofensa ao islã', então o jeito é explodir, é assim que eles resolvem tudo."

"Não tem uma história", Maxine observa, delicadamente, "que se o Buda é um obstáculo no seu caminho rumo à luz, você pode matá-lo?"

"Claro, se você é budista. Esses caras são wahhabistas. Eles fingem que é uma questão espiritual, mas é política, tipo assim, eles não querem nenhuma concorrência."

"Shawn, desculpe, mas você não devia estar acima dessas coisas?"

"É, apego excessivo ao plano material. Mas pensa só, 'Maomé' começa com 'mau'."

"É, dá o que pensar, Shawn."

Uma rápida consulta ao TAG Heuer no pulso. "Espero que você não se incomode se a gente terminar um pouco mais cedo hoje, tem uma maratona da *Família Sol-Lá-Si-Dó*, sabe…?" A paixão de Shawn por essa conhecida série dos anos 70 vem provocando comentários entre todos os seus clientes. Ele é capaz de anotar certos episódios tal como outros professores anotam os sutras, sendo um de seus favoritos o segmento de três episódios que relatam a viagem da família ao Havaí — o *tiki* azarento, o tombo da prancha de surfe que quase mata Greg, a participação especial de Vincent Price no papel de um arqueólogo desequilibrado...

"Eu pessoalmente prefiro aquele em que a Jan compra uma peruca", Maxine uma vez cometeu a imprudência de comentar.

"Interessante, Maxine. Você gostaria de, tipo assim, falar sobre isso?" Sorrindo para ela com aquela expressão vazia, talvez exclusivamente californiana, que significa "o universo é uma piada que você não entendeu", a qual muitas vezes tem o efeito de provocar em Maxine devaneios indignados, nem um pouco budistas. Ela não o qualificaria exatamente de "cabeça de bagre", mas imagina que deve haver fortes semelhanças estruturais entre o cérebro dele e o de um peixe siluriforme.

Mais tarde, na Kugelblitz, Ziggy tendo ido à aula de krav maga com Nigel e sua baby-sitter, Maxine vai pegar Otis e Fiona, que ao chegar em casa se instalam diante da televisão da sala para assistir à *Hora da aporrinhação*, da qual participam ambos os atuais super-heróis favoritos de Otis — Esculacho, que se destaca por seu tamanho e sua atitude, a qual poderia ser qualificada de proativa, e o Contaminador, que quando à paisana é um garoto que faz a cama e arruma o quarto obsessivamente, mas que, ao assumir sua identidade super-heroica, torna-se um solitário paladino da justiça que atua espalhando lixo em órgãos governamentais antipáticos, grandes empresas gananciosas, até mesmo países inteiros dos quais ninguém gosta muito, desviando rotas de tubulações de esgoto, enterrando seus antagonistas em montanhas de dejetos nojentos. Justiça poética em ação. Ou, na opinião de Maxine, uma grande sujeira.

Fiona está naquele vale entre criança levada e adolescente

imprevisível, tendo encontrado um equilíbrio — longa vida a ele —que quase arranca lágrimas de Maxine, quando ela pensa que em pouco tempo essa tranquilidade poderá ser perturbada.

"Tem certeza", Otis está operando em modalidade de cavalheiro, "que não é violento demais pra você?"

Fiona, cujos pais deviam pensar seriamente em fazer uma apólice de seguros contra fofura fatal, pisca os olhos de cílios talvez acentuados pelos despojos de um saque aos recursos de maquiagem da mãe. "Você me avisa que eu não olho na hora."

Maxine, reconhecendo a técnica, característica das meninas, de fingir que qualquer pessoa pode lhe dizer qualquer coisa, põe uma tigela de Cheetos naturebas na frente deles, juntamente com duas latas de refrigerante diet, e com um gesto de *Bom apetite* sai da sala.

"Esses fiosdamãe estão começando a me encher o saco", murmura Esculacho, quando veículos blindados de transporte pessoal e helicópteros convergem nele.

Ziggy chega da aula de krav maga com seu ar habitual de angústia sexual da primeira adolescência. Ele está amarradão na professora, Emma Levin, a qual, segundo se diz, já foi membro do Mossad. No primeiro dia de aula, seu amigo Nigel, munido como sempre de excesso de informação e escassez de reflexão, foi logo dizendo: "Pois é, sra. Levin, quer dizer que antes a senhora era, como é que diz, do Kidon, encarregada de assassinatos?".

"Eu podia responder que sim, mas aí eu ia ter que matar você", voz grave, debochada, erógena. Várias bocas se abriram. "Ah, nada disso, eu não queria decepcionar vocês, mas eu era só analista, trabalhava num escritório, quando o Shabtai Shavit saiu em 96, eu saí com ele."

"Ela é bonita, é?" Maxine não conseguiu deixar de perguntar.

"Mãe, ela é..."

Depois de trinta longos segundos: "Você não tem palavras".

E tem também Naftali, o namorado, também ex-Mossad, que mata qualquer um que olhar para ela até mesmo de relance, a menos que seja só um garoto incapaz de conter um impulso pré-adolescente.

Vyrva telefona dizendo que só vai chegar depois do jantar. Felizmente, não se pode dizer que Fiona seja uma garota enjoada, na verdade ela come qualquer coisa.

Maxine termina de lavar os pratos e enfia a cabeça na porta do quarto dos meninos, onde os encontra com Fiona, olhando com muita concentração para uma tela onde aparece um game de tiro em primeira pessoa, com uma gama generosa de armas numa paisagem urbana que parece muito Nova York.

"O que foi que eu falei com vocês sobre violência?"

"A gente desabilitou a opção de sangue espirrado, mãe. É tudo tranquilo, pode ver." Apertando algumas teclas.

Uma loja que lembra o mercado Fairway, com legumes frescos expostos à entrada. "Ó, fica de olho nessa mulher ali." Vindo pela calçada, classe média, bem vestida. "Tem bastante dinheiro para fazer compras, certo?"

"Errado. Olha só." A mulher para diante das uvas, que até agora, na bruma orvalhada da manhã, permanecem intactas, e sem o menor sinal de culpa começa a futricar, arrancando uvas dos galhos e comendo-as. Passa então para as ameixas e nectarinas, apalpa algumas delas, come uma e outra, põe mais algumas dentro da bolsa para comer depois, continua a tomar seu café da manhã na seção de frutas vermelhas, abrindo as embalagens e roubando morangos, mirtilos e framboesas, devorando tudo sem a menor vergonha. Estendendo a mão para pegar uma banana.

"O que você acha, mãe, vale uns cem pontos tranquilo, não é?"

"Tremenda glutona. Mas acho que não…"

Tarde demais — nesse momento emerge, do lado da tela que pertence ao atirador, a ponta do cano de uma Heckler & Koch UMP45, a qual vai girando até mirar na predadora humana, e então, ao som de uma metralhadora, com o grave amplificado, a desintegra. Completamente. A mulher simplesmente desaparece, sem deixar sequer uma mancha na calçada. "Está vendo? Não tem sangue, é praticamente sem violência."

"Mas roubar fruta, isso não é caso de pena de morte. E se um sem-teto…"

"Não tem nenhum sem-teto na lista de alvos", garante Fiona. "Nem criança, nem bebê, nem cachorro, nem velho — nunca. O que a gente pega é tudo yuppie."

"É o que o Giuliani chama de questões de qualidade de vida", acrescenta Ziggy.

"Eu não imaginava que esses video games fossem feitos por velhos ranzinzas."

"Quem fez esse foi o sócio do meu pai, o Lucas", informa Fiona. "Ele diz que é a declaração de amor deles a Nova York."

"A gente está testando a versão beta", explica Ziggy.

"Ângulo de duzentos e quarenta graus", anuncia Otis, "olha só."

Homem adulto de terno, pasta na mão, parado no meio da calçada, engarrafando o trânsito de pedestres, gritando com o filho, que terá seus quatro ou cinco anos. O nível do volume se torna abusivo. "E se você não obedecer", o adulto levanta a mão, ameaçador, "você vai ver as *consequências*."

"Ah, hoje, não." Lá vem a opção automática outra vez, e logo o homem que grita desaparece, o menino olha a sua volta perplexo, o rostinho ainda molhado de lágrimas. O total de pontos no canto da tela sobe quinhentos.

"Agora o menino está sozinho no meio da rua, grande favor que você fez a ele."

"Não tem problema..." Fiona clica sobre a criança e a arrasta para uma janela onde se lê Zona Protegida. "Aí vem alguém da família que é confiável", ela explica, "e compra uma pizza e leva o garoto para casa, e daí em diante na vida dele está tudo bem."

"Vamos", diz Otis, "dar uma rodada por aí." Começam então a percorrer uma galeria infindável de mazelas nova-iorquinas, gente berrando nos celulares, ciclistas cheios de superioridade moral, mães carregando em carrinhos geminados crianças gêmeas que já podiam perfeitamente estar andando. "Um depois do outro, a gente só faz dar um alerta, mas essa aqui não, olha só, dois carrinhos que fecham completamente a calçada? Nem pensar." Pof! Pof! Os gêmeos saem voando sorridentes, por cima da cidade, até chegarem ao Cantinho da Criança. Os passantes não dão muita atenção àquele desaparecimento súbito, só os cristeiros é que ficam achando que foi um caso de Assunção Celestial. "Gente", Maxine atônita, "eu não imaginava — peraí, o que é isso?" Ela acaba de ver alguém furando uma fila num ponto de ônibus. Ninguém se liga. Uma tarefa para a Mulher da Submetralhadora! "Está bem, como é que eu faço agora?" Otis, muito contente, dá as explicações, e antes que se tenha tempo de dizer "Seja mais educado", a cretina da furadora de fila é despachada, e seus filhos são transportados para um lugar seguro.

"É isso aí, mãe, são mil pontos."

"Sabe que é mesmo divertido?" Vasculhando a tela em busca do próximo alvo. "Peraí, eu não disse isso não." Tentando ver a coisa por um ângulo positivo, Maxine imagina que talvez seja apenas uma maneira virtual e infantil de entrar no mundo da repressão às fraudes...

"Oi, Vyrva, pode entrar."

"Não imaginava que eu ia chegar tão tarde." Vyrva põe a cabeça dentro do quarto de Otis e Ziggy. "Oi, amor!" A menina levanta a vista, murmura oi, mamãe e retoma suas atividades yuppicidas.

"Olha aí, eles estão matando nova-iorquinos, que gracinha! Quer dizer, não é nada pessoal."

"Você encara isso numa boa — Fiona, assassinato virtual, essas coisas?"

"Ah, não tem sangue, quer dizer, o Lucas nem colocou a opção de espirrar sangue. Eles acham que foram eles que desativaram, mas nem tem."

"Quer dizer", livrando-se com um dar de ombros de qualquer sinal de reprovação no rosto e na voz, "é um jogo de tiro em primeira pessoa aprovado por mães."

"É justamente isso que a gente vai dizer no anúncio."

"Anúncio onde, na internet?"

"Na deep web. Lá só agora é que estão começando a botar anúncio. E o preço, como diria o Bob Barker, é 'correto'." Pondo aspas com os dedos, os cabelos de Vyrva, mais uma vez dispostos em tranças, saltam de um lado para outro.

Maxine pega um saco de café Fairway no congelador e joga os grãos no moedor. "Tampa o ouvido um pouquinho." Ela mói o café, põe o pó num filtro da cafeteira elétrica e liga.

"Então o Justin e o Lucas agora estão entrando no mercado de games."

"Não é o tipo de coisa que aprendi no curso de administração", confessa Vyrva, "porque a essa altura a vida devia ser uma coisa séria. Eles estão se divertindo demais pra idade que têm."

"Ah — ansiedade masculina é muito melhor, sim."

"O game é só um brinde de promoção", Vyrva fazendo uma cara de quem pede desculpas não muito a sério. "O nosso produto mesmo continua sendo o DeepArcher."

"E o que é isso?"

"*Archer*, arqueiro de arco e flecha."

"Uma coisa zen", arrisca Maxine.

"Uma coisa de fumo. Agora todo mundo anda atrás do có-

49

digo-fonte — governo, fabricantes de games, até a Microsoft, porra —, todo mundo fazendo proposta. É a questão da segurança — os caras nunca viram nada igual e estão enlouquecidos."

"Quer dizer que hoje você estava por aí correndo atrás de investidor de risco? Quem vai ser o sortudo desta vez?"

"Promete que não conta a ninguém?"

"É a base do meu trabalho. Guardar segredo."

"Sabe", Vyrva pensativa, "a gente devia jurar de dedinho cruzado."

Paciente, Maxine oferece o dedo mínimo, enganchando-o no de Vyrva e olhando-a nos olhos. "Pensando bem…"

"Puxa, se não dá pra confiar numa outra mãe da Kugelblitz…"

Assim, com as ressalvas de praxe, Maxine mantém a mão esquerda no bolso com os dedos cruzados no momento solene do juramento. "Acho que hoje a gente vai topar uma oferta de preferência. Mesmo no tempo do auge da bolha da internet ia ser considerado uma grana preta. E não é capital de risco não, é uma outra empresa da área de tecnologia. Está arrasando no Beco este ano, a hashslingrz."

Epaepaepaepa. "É… acho que… já ouvi falar. Foi lá que você foi hoje?"

"Passei o dia todo lá. Até agora estou, tipo assim, elétrica. O cara transborda energia."

"Gabriel Ice. Ele fez uma proposta polpuda pra adquirir o tal, o código-fonte?"

Da orelha ao ombro, um daqueles prolongados dar de ombros californianos. "É, não sei onde que ele arranjou uma dinheirama dessas. Caso de repensar a oferta pública inicial. A gente até parou de espalhar notícia falsa."

"Peraí, que história é essa de febre de aquisição no Beco? Isso não acabou ano passado com o estouro da bolha?"

"Não pra quem trabalha com soluções integradas de segurança, esses estão faturando no momento. Quando todo mundo está com medo, o alto escalão só pensa em proteger o que tem."

"Quer dizer que vocês andam conversando com o Gabriel Ice. Você me dá um autógrafo?"

"Ele nos recebeu na mansão dele nos East Side, numa soirée vespertina. Ele e a mulher, a Tallis, ela é quem dirige a contabilidade da hashslingrz, parece que também é da diretoria."

"E vai ser compra, compra mesmo?"

"O que eles querem é essa coisa de ir a algum lugar sem deixar rastro. O conteúdo, eles não estão nem aí. O barato não é o destino nem mesmo a viagem, esses caras não estão com nada."

A essa altura do campeonato, Maxine já conhece muito bem, que Deus a perdoe, até mesmo intimamente, essa atitude de não deixar rastros. Começa como ganância inocente e acaba virando uma forma reconhecível de fraude. Maxine fica a imaginar se alguém já aplicou um modelo Beneish à hashslingrz, para ver até que ponto chegou o assassinato ritual das contas divulgadas. Lembrete — encontrar tempo para fazer isso. "Esse tal de Deep-Archer, Vyrva, é o quê, um lugar?"

"É uma viagem. Da próxima vez que você aparecer lá em casa, os meninos fazem uma demonstração pra você."

"Ótimo, eu não vejo o Lucas há um bom tempo."

"Ele não tem aparecido muito. Tem rolado umas, sabe, divergências. Ele e o Justin ficam procurando um motivo pra sair no pau, agora brigam até mesmo por conta da questão de vender ou não vender o código-fonte. É o velho dilema clássico da internet, ficar rico pra sempre ou então zipar o código e postar gratuitamente, pra manter o crédito e a autoestima de *geek* mas continuar com uma renda mais ou menos mediana."

"Vender ou dar de graça", um olhar demorado, "não é fácil não, Vyrva. E qual deles quer fazer o quê?"

"Os dois querem fazer as duas coisas", ela suspira.

"Faz sentido. E você?"

"Ah. Dividida. Você pode achar que a gente é meio riponga, mas nada disso, agora com o dinheiro jorrando, entrando na nossa vida de repente. Isso tem um efeito muito destrutivo, a gente conhece uma ou duas pessoas lá em Palo Alto, a coisa fica feia e muito triste em pouco tempo, eu preferia ver eles dois tocando pra frente o trabalho deles, de repente até começando uma coisa nova." Um sorriso torto. "Sei que isso é difícil de entender pra um nova-iorquino, desculpe."

"Estou careca de saber, Vyrva. A direção do fluxo, entrando ou saindo, não faz diferença. Acima de uma massa crítica, é sempre uma coisa ruim."

"Não que eu esteja vivendo por tabela, através do meu marido, não, ouviu? Mas é que eu detesto quando os dois brigam. Eles se amam, porra. Eles ficam o tempo todo dizendo afinal qual é a sua, mas no fundo eles são que nem dois skatistas que fazem tudo juntos. Seria o caso de eu ficar com ciúme?"

"Ciúme por quê?"

"Sabe aqueles filmes antigos que tem dois garotos que são amicíssimos, aí eles crescem e um deles vira padre, e o outro mafioso? Pois é isso, o Lucas e o Justin. Agora, não me pergunta quem é quem."

"Mas então, se o Justin é o padre..."

"É, o cara que... não termina no tiroteio no final do filme."

"Então o Lucas..."

Vyrva fixa o olhar num ponto distante, como se estivesse numa praia da Califórnia contemplando o horizonte, porém com uma expressão que Maxine já viu no rosto dela mais vezes do que gostaria. Não, não se meta, ela aconselha a si própria, embora a pergunta irresistível se imponha — será que Vyrva anda comendo, perdão, "saindo" com o sócio do marido às escondidas?

"Vyrva, não me diga que você…"

"Eu o quê?"

"Deixa pra lá." Em seguida, as duas mulheres se derretem em sorrisos complexos e dão de ombros, uma rápido, a outra devagar.

Mais um desvão inexplorado aqui, um entre muitos outros. Foi só recentemente, por exemplo, que Maxine ficou sabendo do envolvimento de Vyrva com os Beanie Babies. Pelo visto, Vyrva está metida num esquema de arbitragem que tem a ver com esses bonecos que estão na moda, estofados com bolinhas de isopor. Pouco depois do lançamento deles, "Fiona tem todos os Beanie Babies", disse Otis, enfatizando suas palavras com o movimento de cabeça, "do mundo". Parou um minuto para pensar. "Quer dizer, todos os *tipos* de Beanie Baby. Todos do mundo, não… quer dizer, os que existem em todos os depósitos."

Como acontecia de vez em quando nas conversas com os meninos, Maxine de repente lembrou-se de Horst, dessa vez, de seu literalismo obtuso, e teve que se conter para não agarrar Otis, cobri-lo de beijos babados, apertando-o como um tubo de pasta de dentes etc.

Em vez disso, perguntou: "A Fiona tem… o Beanie Baby da princesa Diana?".

"Se tem? Tenta outra, mãe. Ela tem todas as variações, até mesmo a edição comemorativa do aniversário da entrevista à BBC. Debaixo da cama, por todos os armários, quase que não tem lugar mais pra ela no quarto dela."

"Você está me dizendo que a Fiona… é uma beaniebabimaníaca."

"Não é bem ela não", responde Otis, "é a mãe dela que é completamente obsessiva."

Maxine já percebeu que pelo menos uma vez por semana, assim que deixa Fiona na Kugelblitz, Vyrva pega o ônibus da rua

86 em direção ao outro lado da cidade, para mais uma aquisição de Beanie Babies. Ela compilou uma lista de todos os varejistas no East Side que recebem os bichinhos praticamente direto da China, através de certos armazéns suspeitos ao lado do aeroporto JFK. Os bonecos não apenas caem dos caminhões, como também são lançados do avião de paraquedas. Vyrva compra-os a preço de banana no East Side, depois volta correndo para várias lojas de brinquedos e suvenires do West Side, cujas datas de entrega ela anotou cuidadosamente, vende-os por um preço um pouco mais baixo do que as lojas vão pagar quando seus próprios caminhões chegarem, e todo mundo embolsa a diferença. Nesse ínterim, Fiona, que está longe de ser uma colecionadora, ganha mais itens para sua coleção de Beanie Babies.

"E isso é só a curto prazo", explica Vyrva, num tom que, para Maxine, parece bem entusiasmado. "Daqui a dez, doze anos, quando essa garotada estiver na faculdade, você imagina quanto esses bonecos vão valer pros colecionadores?"

"Muita grana?", arrisca Maxine.

"Incalculável."

Ziggy não tem tanta certeza. "Tirando uma ou duas edições especiais", observa ele, "os Beanie Babies estão sem as embalagens, o que é importante pros colecionadores, e também quer dizer que noventa e nove por cento dos bonecos estão soltos pela casa, sendo pisados, mastigados, babados, perdidos debaixo dos móveis, roídos pelos ratos, e daqui a dez anos não vai ter nenhum em estado aproveitável, quer dizer, só se a sra. McElmo está guardando nesses plásticos de arquivo em algum lugar além do quarto da Fiona. Tipo assim, no escuro e com temperatura controlada. Mas essa ideia ela nunca vai ter, porque é racional demais para ela."

"Você está dizendo que..."

"Ela é maluca, mãe."

5.

Como membro remunerado da sucursal local da Enxeridas Assumidas, Maxine vem sistematicamente investigando a hashslingrz, e em pouco tempo já está se perguntando onde Reg foi se meter e, pior ainda, para onde está arrastando a própria Maxine, contra sua vontade. A primeira coisa que salta do meio dos arbustos, balançando a pica, por assim dizer, é uma anomalia da Lei de Benford em algumas das despesas.

Embora já exista de uma maneira ou outra há um século, a Lei de Benford como arma de investigador de fraudes só agora está começando a aparecer na literatura especializada. A ideia é a seguinte: o sujeito quer fazer uma lista falsa de números e acaba randomizando bem *demais*. Fica achando que os primeiros nove números, de 1 a 9, vão ser todos distribuídos de modo uniforme, e assim cada um deles vai aparecer 11% das vezes. Quer dizer, onze e uns trocados. Mas na verdade, na maioria das listas de números, a distribuição dos primeiros nove não é linear, e sim logarítmica. Mais ou menos 30% das vezes, o primeiro dígito tende a ser 1 — depois, 17,5% de probabilidade de ser 2, e assim por diante, caindo numa curva a apenas 4,6% quando se chega ao 9.

Pois bem, quando Maxine examina as cifras referentes a desembolsos da hashslingrz, contando quantas vezes aparece cada primeiro dígito, não dá outra. Muito longe da curva de Benford. É o que o pessoal da área chama de Me Engana Que Eu Gosto.

Em pouco tempo, fazendo contas, ela começa a encontrar outros sinais. Números de fatura consecutivos. Totais *hash* que não batem. Números de cartões de crédito que não passam pelo algoritmo de Luhn. Fica melancolicamente claro que alguém anda tirando dinheiro da hashslingrz e espalhando para todos os lados, abastecendo empreiteiras misteriosas, algumas das quais são quase certamente fantasmas, chegando a um total de seis dígitos dos grandes, ou até mesmo sete dos pequenos.

O mais recente desses credores problemáticos é uma pequena empresa no centro da cidade chamada cagfcisedgpw.com, uma sigla derivada de Cara, A Gente Faz Coisas Iradas e Sinistras Em Design Gráfico Pra Web. Fazem mesmo? Não dá para levar a sério. A hashslingrz estava mandando pagamentos a ela regularmente, com intervalos de menos de uma semana, com faturas que é quase certo que sejam fajutas, até que de repente a tal empresa vai para o espaço, e mesmo assim a outra *continua enviando* quantias polpudas para a conta dela, coisa que alguém lá na hashslingrz, naturalmente, está tentando ocultar.

Maxine detesta se dar conta de que a paranoia do tipo da de Reg às vezes aparece no mundo real. Mas vale a pena dar uma olhada naquilo.

Maxine se aproxima de sua meta vindo do outro lado da rua, e assim que vê o prédio, seu coração, se não chega a ir exatamente para o pé, pelo menos se encolhe todo dentro daquele submarino para um único tripulante em que é necessário entrar para navegar pelos esgotos sinistros e labirínticos de ganância que correm por baixo de todos os negócios imobiliários desta cidade. É que o prédio é bem bacana, com revestimento de terracota, não excessivamente enfeitado como era comum em prédios comerciais um século atrás, época em que este foi construído, porém discreto e curiosamente hospitaleiro, como se os arquitetos tivessem mesmo pensado nas pessoas que iriam trabalhar ali todos os dias. Mas é bacana demais, é um alvo fácil que pede para ser derrubado em breve, quando então todos os ornamentos de época vão ser reciclados, terminando na cobertura milionária de algum yuppie.

No lobby, consta que a cagfcisedgpw.com fica no quinto andar. Alguns investigadores de fraudes das antigas que Maxine conhece admitem que a essa altura dos acontecimentos vão embora, dando-se por satisfeitos, para depois se arrependerem. Outros a aconselharam a seguir em frente, custe o que custar, até que ela consiga de fato entrar naquele espaço mal-assombrado e tente fazer com que o vendedor-fantasma surja naquele nimbo de silêncio proposital.

Subindo até o quinto andar, ela vê os pisos se sucederem pela escotilha do elevador — gente com traje de malhação reunida ao lado de uma fileira de máquinas de vender fast-food, bambus artificiais em torno de uma mesa de recepção de uma madeira mais loura do que a loura sentada atrás dela, garotos com uniforme escolar, gravata e tudo, sentados, com expressão vazia, na sala de espera de algum professor particular ou terapeuta ou uma combinação das duas coisas.

Maxine constata que a porta da empresa está aberta e ela está vazia, é mais uma firma de informática que foi para o ciberespaço — superfícies metálicas que perderam o lustro, revestimento acústico cinzento já despencando, biombos da Steelcase e áreas de trabalho da Herman Miller — já começando a se decompor, papéis espalhados pelo chão, poeira se acumulando...

57

Bom, quase vazia. De algum cubículo longínquo vem a melodia eletrônica que Maxine reconhece como a "Korobúchka", o hino da irresponsabilidade no local de trabalho, nos anos 90, tocando cada vez mais depressa e acompanhada por gritos de ansiedade. Vendedor-fantasma, sim. Terá ela entrado em algum sobrenatural desvão da dimensão do tempo onde as sombras de empregados relapsos continuam a desperdiçar incontáveis horas-homem jogando Tetris? Levando-se em conta o Tetris e a Paciência para Windows, não admira que o setor de informática tenha entrado em crise.

Pé ante pé, Maxine se aproxima da melancólica canção folclórica, chegando lá quando uma voz virginal exclama "Merda", e depois sobrevém o silêncio. Sentada em posição de lótus no assoalho gasto e sujo de um cubículo, uma moça com óculos de nerd olha feroz para o console de game portátil que tem na mão. A seu lado há um laptop, iluminado, plugado num cabo telefônico que sai do carpete.

"Oi", diz Maxine.

A moça levanta a vista. "Oi, e o que é que eu estou fazendo aqui, pois é, estou só baixando umas coisas, 56K é uma puta velocidade, mas mesmo assim leva algum tempo, então estou praticando Tetris enquanto esse meu laptop velho vai rodando. Se você está procurando um terminal ainda com sinal, acho que ainda tem uns aí nesses outros cubículos. Deve ter um outro equipamento que ainda ninguém pegou, tipo cabo RS232, conector, carregador, essas coisas."

"Eu queria mais era achar alguém que trabalha aqui. Ou que trabalhava, pelo visto."

"Eu fazia umas coisas temporárias aqui de vez em quando, antes de fechar."

"Pegou todo mundo de surpresa, não é?", indicando com um gesto o vazio em torno.

"Que nada, estava na cara, eles gastando o que tinham e o que não tinham tentando comprar tráfego, a típica ilusão do pessoal de informática, e eis que de repente é mais uma liquidação, mais um bando de yuppies descendo pelo ralo."

"Estarei ouvindo uma manifestação de solidariedade? Preocupação?"

"Que se fodam, tudo um bando de maluco."

"Depende da praia tropical em que eles estão pegando sol, enquanto a gente continua ralando aqui."

"Arrá! Mais uma vítima, aposto."

"Meu chefe acha que eles estavam fazendo duplo faturamento conosco", Maxine improvisa, "e a gente até bloqueou o último cheque, mas alguém lá na firma resolveu que era preciso dar um toque pessoal. E eu por acaso estava passando por perto na hora do chilique."

O olhar da jovem a toda hora se volta para a tela de seu pequeno computador. "É uma pena, todo mundo se mandou, agora só tem gente saqueando. Você já viu aquele filme, *Zorba, o grego* (1964)? Assim que a velha morre, todo o pessoal da aldeia vai correndo na casa dela fazer uma limpa? Pois é, isso aqui é Zorba, o grego."

"Não tem nem um cofre de parede fácil de abrir, nem..."

"Tudo esvaziado, assim que vieram as demissões. E a sua companhia? Pelo menos eles fizeram o site de vocês funcionar direitinho?"

"Sem querer ofender ninguém..."

"Ah, já sei, uma sopa de palavras, banners horríveis abrindo pra todo lado, cada um de um jeito, que nem divisória de banheiro de escola? Tudo travando ao mesmo tempo? Depois de olhar para a tela algum tempo, a vista começa a doer? E os *pop-ups*! Nem me fale, 'windows.open' é a maior merda que já foi feita em Java, os *pop-ups* são os goombas do web design, tinha mais é que acabar com essa praga, é um negócio chato, mas alguém tem que fazer isso."

"'Coisas incríveis em design gráfico', quem diria?"

"Muito estranho. Quer dizer, eu fiz o que pude, mas dava pra ver que eles não estavam muito a fim de nada, não, sabe?"

"Que de repente fazer design gráfico na verdade não era o que eles faziam a sério?"

A moça faz que sim com a cabeça, cuidadosa, como se alguém pudesse estar ouvindo.

"Olha, quando você terminar aí — aliás, eu sou a Maxi..."

"Driscoll, prazer..."

"Eu te pago um café, sei lá."

"Melhor ainda, tem um bar aqui na rua que ainda serve Zima na pressão."

Maxine olha para ela de esguelha.

"Puxa, cara, cadê a sua nostalgia, Zima é *a* bebida mulherzinha dos anos 90; vamos lá, eu pago a primeira rodada."

O Fabian's Bit Bucket foi aberto no início do boom da internet. A garota do balcão acena para Driscoll quando ela e Maxine entram e vai direto para a torneira de Zima. As duas se acomodam num reservado, cada uma com seu copázio daquela bebida outrora popularérrima. No momento, o bar está tranquilo, mas a happy hour se aproxima, e com ela virá mais uma festa de comemoração de passaralho, que está virando uma especialização do lugar.

Driscoll Padgett é uma web designer freelance, "aprendendo e fazendo, como todo mundo", que também faz trabalhos temporários como *code writer* a trinta dólares por hora — ela é rápida e conscienciosa, e o boca a boca está funcionando, de modo que ela tem trabalho mais ou menos constantemente, se bem que de vez em quando há uma falha no ciclo do aluguel que a obriga a recorrer à página de classificados para frilas internéticos, ou a fichas de arquivos empilhadas ao lado da lata de lixo e coisa e tal. Às vezes também festas em lofts, só que isso é mais para beber sem gastar muito.

Driscoll foi à cagfcisedgpw.com hoje para procurar *plug-ins* de filtros para Photoshop, tendo, como tantos outros em sua geração, se tornado viciada nisso, o que a obriga a sair procurando variedades cada vez mais exóticas. "Eu é que devia fazer os meus *plug-ins*, estou tentando aprender sozinha a linguagem Filter Factory, não é muito difícil não, é quase que nem C, mas pirataria é mais fácil ainda; hoje eu consegui baixar uma coisa daquele pessoal que fez Photoshop no dr. Zizmor."

"O quê, aquele dermatologista com cara de bebê, o do metrô?"

"Sinistro, não é? Trabalho de primeira, a clareza, o brilho?"

"E… a situação legal…"

"É o seguinte, conseguiu pegar, pegou. Nunca viu isso acontecer?"

"O tempo todo."

"Onde que você trabalha?"

Está bem, pensa Maxine, vamos ver no que dá. "Na hashslingrz."

"Epa." Um olhar daqueles. "Fiz umas coisinhas lá também. Mas nunca que eu ia conseguir trabalhar lá direto. Antes lamber os restos de uma torta de banana jogada no rosto do Bill Gates. Em comparação com eles, a porra da Microsoft é a Greenpeace. Acho que nunca te vi por lá não."

"Ah, eu também só trabalho lá de vez em quando. Vou uma vez por semana e atualizo o livro-razão de clientes."

"Se você é tiete do Gabriel Ice, não me leve a mal não, mas — sabe, mesmo numa área em que a arrogância é a norma — num raio de um quilômetro em torno do Gabe todo mundo devia usar aquele traje especial que protege da radiação."

"Acho que eu só vi ele uma vez. Talvez. De longe, não é? Todos os lados que eu olhava, só dava puxa-saco, esse tipo de coisa."

"Nada mau para quem entrou na última hora."

"Não entendi."

"Questão de credibilidade. Quem entrou antes de 97, tudo bem — de 97 a 2000, aí já depende, nem sempre o cara é legal, mas normalmente não é o tipo de filho da puta de quatro costados que a gente vê na indústria agora."

"E ele é considerado legal?"

"Não, é um filho da puta, mas um dos primeiros. Um pioneiro da filhadaputice. Você já foi numa das lendárias festas da hashslingrz?"

"Não. E você?"

"Uma ou duas vezes. Numa delas saiu um monte de garota nua do elevador de serviço, cobertas de *donuts* Krispy Kreme. E a outra em que a Britney Spears veio fantasiada de Jay-Z? Só que era uma imitadora da Britney Spears."

"Poxa, tanta coisa que eu perdi. Eu sabia que não devia ter tido tanto filho…"

"Mas isso tudo agora é coisa do passado", Driscoll dá de ombros. "Ecos distantes. Se bem que a hashslingrz continua contratando como se a gente estivesse em 1999."

Hmm… "É, eu bem que reparei que estava tendo umas contratações novas. O que é que está havendo?"

"O velho pacto satânico de sempre, só que agora é mais ainda. Eles sempre gostaram de pegar hackers amadores — agora eles criaram um, bom, é mais do que um *firewall* num computador falso, é toda uma empresa virtual, completamente fajuta, que está ali só para atrair os *script kiddies*, pra ficar de olho neles, e assim que um deles está quase quebrando o código eles pegam o sujeito e ameaçam com um processo. Aí o garoto tem duas opções — um ano de cadeia ou uma oportunidade de dar mais um passo em direção a uma carreira de 'hacker profissa'. É assim que eles dizem."

"Você conhece alguém que passou por isso?"

"Mais de uma pessoa. Umas aceitaram, outras foram embora de Nova York. Eles matriculam você num curso de árabe lá no Queens, e aí você aprende a escrever em *leet* árabe."

"Quer dizer...", arriscando, "usar um teclado convencional pra fazer caracteres que parecem árabe? Então a hashslingrz está, sei lá, querendo entrar no novo mercado do Oriente Médio?"

"É uma teoria. Só que quando alguém vai lá e dá uma olhada, não tem pista nenhuma, mesmo quando o negócio está rodando no monitor ao seu lado no Starbucks, ciberguerra total, vinte e quatro horas por dia, sete dias por semana, um hacker contra o outro, ataque de DOS, cavalo de Troia, vírus, verme..."

"Não deu um negócio no jornal outro dia sobre a Rússia?"

"Eles estão levando a sério mesmo essa história de ciberguerra, gastando orçamento, mas a Rússia até é o de menos, o problema é" — fingindo fumar um narguilé — "os nossos irmãos islâmicos. Eles é que são a verdadeira força global, dinheiro saindo pelo ladrão, tempo de sobra. Como diziam os Rolling Stones, o tempo está do lado deles, sim. A barra vai pesar. Estão dizendo nos cubículos que pintaram uns contratos milionários do governo federal, todo mundo está atrás deles, alguma coisa grande vai acontecer no Oriente Médio, tem gente na comunidade dizendo que vai ser a segunda Guerra do Golfo. Parece que o Bush quer botar o pai dele no chinelo."

O que faz Maxine entrar imediatamente em modalidade de Mãe Preocupada, pensando nos filhos, que no momento ainda estão muito pequenos para ser recrutados, mas daqui a dez anos, do jeito que tendem a se arrastar essas guerras que os Estados Unidos criam, eles vão estar prontos para entrar no barril, desses

63

com capacidade de quarenta e dois galões que valem, no momento, cerca de vinte, vinte e cinco dólares...

"Você está bem, Maxi?"

"Estou pensando. Pelo visto, o Ice quer ser o próximo Império do Mal."

"O mais triste é que não falta *code monkey* por aí doido pra entrar nessa às cegas, pra ser devorado pela máquina."

"Será que eles são tão burros assim? E a tal vingança dos nerds?"

Driscoll dá uma risadinha. "Não tem nenhuma vingança dos nerds; quando tudo desabou ano passado, mais uma vez ficou claro que os nerds se deram mal e os machões é que ganharam. Como sempre."

"E todos esses nerds que ficaram milionários, segundo o jornal?"

"Isso é perfumaria. O setor tecnológico afunda, umas poucas companhias conseguem sobreviver, maravilha. Mas a maioria se ferrou, e quem se deu melhor foram os homens bem-dotados daquela tradicional burrice de Wall Street, que no final nunca perde."

"Ah, peraí, não vá me dizer que todo mundo em Wall Street é burro."

"Tem uns analistas quantitativos que são até inteligentes, mas eles vêm e vão embora, são só nerds contratados que se vestem um pouco melhor. Os machões podem se dar ao luxo de nunca ter visto um *crossover* estocástico mais gordo, mas eles têm aquele instinto de se dar bem, estão em sincronia com os ritmos profundos do mercado, isso daí é sempre mais importante do que a nerdice, por mais esperta que ela seja."

Quando começa a happy hour e o preço do drinque cai para dois dólares e cinquenta centavos, Driscoll começa a tomar zimartini, que é basicamente uma mistura de Zima com vodca.

Maxine, alegando sua condição de mãe que trabalha fora, permanece fiel ao Zima.

"Seu cabelo está o máximo, Driscoll."

"Eu estava fazendo como todo mundo, sabe, preto tipo noite fechada, com aquelas franjas curtas? Mas no fundo o tempo todo eu queria ficar parecida com a Rachel de *Friends*, e aí comecei a colecionar essas imagens da Jennifer Anniston, sabe, da internet, jornal, essas coisas?"

Tendo enchido uma bolsa com fotos recortadas ou baixadas, e ido de um salão de beleza a outro, cada vez mais desesperada, tentando fazer seu penteado ficar igualzinho ao de J.A. — uma coisa que, um dia a ficha começou a cair, muito provavelmente ia dar errado, porque mesmo passando horas tingindo o cabelo fio a fio e usando os equipamentos mais estranhos, desses que aparecem em filmes bizarros, os resultados eram no máximo do tipo que fica só no quase.

"Não sei, não", Maxine com jeito, "mas de repente o problema é que você não quer, sei lá, *ser* ela…?"

"É justamente isso, isso mesmo! Eu amo a Jennifer Anniston! Jennifer Anniston é a minha ídola! Sabe baile à fantasia? Eu sempre vou de Rachel!"

"É, mas… será que não tem nada a ver com o Brad Pitt, ou…"

"Ah, e isso não vai durar, não, a Jen é muita areia pro caminhãozinho dele."

"Muita areia pro… Brad Pitt."

"Quem viver, verá."

"Tudo bem, Driscoll, sei que é loucura minha, mas você não quer ir lá no Murray 'N' Morris, no Flower District?" Catando na bolsa um dos cartões do salão, ou melhor, um daqueles cupons que dão dez por cento de desconto na primeira ida. Esses dois tricologistas enlouquecidos, embora membros da profissão com carteirinha e tudo, recentemente perceberam que havia um bom mercado no boom de obcecadas por Aniston, e estão investindo pesado em encrespadores Sahag e vivem indo a resorts caribenhos para participar de oficinas intensivas de tingimento com *weave*. Seus impulsos incontroláveis rumo à inovação também se estendem a outros serviços oferecidos em seu salão.

"Quer uma carne facial hoje, sra. Loeffler?"

"Hm, explica como que é."

"A senhora não recebeu a nossa oferta pelo correio? É o especial desta semana, é uma maravilha para a tez — o animal é recém-abatido, é claro, antes que as enzimas comecem a se decompor, que tal?"

"Bom, eu não…"

"Maravilha! Morris, pode matar… o frango!"

No fundo do salão vem um grito de pavor de galináceo, e depois, silêncio. Maxine, nesse ínterim, é inclinada para trás na cadeira, piscando de animação, quando então… "Agora, a gente aplica um pouco de" poff! "… *carne* aqui, diretamente nesse rosto tão bonito, mas um pouco depauperado…"

"Mmff…"

"Como é? (De leve, Morris!)"

"Por que é que… ah, está se mexendo assim? Peraí! Isso é… vocês botaram uma galinha morta de verdade na minha… aaahhh!"

"Ainda não está bem morta, não!", diz Morris, jovial, a Maxine, que se debate enquanto sangue e penas se espalham para todos os lados.

Todas as vezes que ela vem aqui, acontece alguma coisa desse tipo. Todas as vezes ela sai do salão jurando que foi a última vez. Mesmo assim, não há como não reparar nas multidões de semiclones de Jennifer Aniston disputando os secadores nos últimos tempos, como se o centro de Manhattan fosse Las Vegas e Jennifer Aniston fosse o novo Elvis.

"É muito caro?", Driscoll indaga. "O que é que eles fazem?"

"Ainda está nisso que vocês chamam de fase beta, quer dizer, eles provavelmente vão te oferecer um desconto."

A multidão começou a se dividir em grupos de hackers e garotas hackers e ternos-e-gravatas repaginados segundo uma concepção de traje de baratonista, procurando amor ou mão de obra barata, o que pintar.

"A única coisa que anda escasseando agora", observa Driscoll, "é o tipo que anda atrás de golpe do baú, de ambos os sexos, crente que tinha um monte de milionários nerds prontos pra sair do banheiro e entrar na vida deles. O que nos bons tempos já era uma ilusão, hoje em dia então, até mesmo uma tecnoaventureira hard-core tem que admitir que a maré está em baixa."

Maxine percebeu que há dois homens no balcão que estão olhando para ela, ou para Driscoll, ou para as duas, com uma intensidade incomum. Embora seja difícil dizer o que é normal naquele ambiente, Maxine tem a impressão de que os dois não são lá muito normais, e não é só o efeito do Zima, não.

Driscoll segue a direção de seu olhar. "Você conhece esses caras?"

"Conheço não. Achei que era você que conhecia."

"É a primeira vez que eles aparecem aqui", Driscoll tem certeza disso, "e eles têm a maior pinta de policial. Era para eu entrar em noia?"

"Acabo de lembrar que já está na hora de eu puxar o carro", Maxine com um risinho, "de modo que vou deixar você aí. Vamos ver qual das duas eles estão secando."

"Vamos trocar e-mail e telefone da maneira mais ostensiva, pra não ficar parecendo que a gente já se conhece há um tempão."

Fica claro que o interesse deles é Maxine. Uma boa notícia, uma má notícia, Driscoll parece ser boa gente, e aqueles dois idiotas não têm nada a ver com ela, mas por outro lado é Maxine, imersa numa névoa de *cooler* limonado, que precisa se livrar deles. Ela pega um táxi indo em direção ao centro, finge que muda de ideia, para grande irritação do motorista, e vai parar na Times Square, um lugar que há alguns anos ela faz questão de evitar, se possível. A velha praça de que ela se lembra dos tempos da juventude não tão responsável não existe mais, Giuliani e sua turma de urbanistas e as forças da moral e dos bons costumes transformaram o lugar numa Disneylândia estéril — os bares melancólicos, as vendas de colesterol e gordura, os cinemas pornôs foram todos derrubados ou reformados, os sem-teto, sem-nome e sem-grife foram expulsos de lá, não há mais traficantes, nem cafetões, nem vigaristas, nem mesmo garotos matando aula nos velhos antros de diversões eletrônicas — tudo isso acabou. Maxine sente certa náusea diante da possibilidade de haver um consenso entorpecido a respeito do que deve ser a vida tomando conta de toda essa cidade de modo impiedoso, uma espécie de garrote vil se fechando, cinemas multiplex e shoppings e megalojas onde só faz sentido ir quando se tem carro e uma garagem ao lado da casa lá no subúrbio. Aaahh! Eles vieram, eles estão entre nós, e ainda por cima o prefeito, que tem raízes lá nos cafundós, é um deles.

E estão todos aqui hoje, convergindo nessa imitação renascida da América profunda, em plena Big Apple do Mal. Compactuando com aquele ambiente até não aguentar mais, Maxine por fim busca refrigério no metrô, pega a linha 1 até a rua 59, passa para a C, salta no edifício Dakota, atravessa costurando uma multidão de turistas japoneses tirando fotos do lugar onde John Lennon foi assassinado e, quando olha para trás, não vê ninguém a segui-la, se bem que, se já estavam de olho em Maxine antes mesmo de ela entrar no Bucket, então provavelmente já sabem onde ela mora.

6.

Pizza no jantar. Grandes novidades.

"Mãe, hoje uma mulher muito doida foi lá na escola."

"E aí? Fizeram o quê, chamaram a polícia?"

"Não, a gente se reuniu, e ela era a palestrante convidada. Ela estudou na Kugelblitz muito tempo atrás."

"Mãe, sabia que a família Bush negocia com uns terroristas sauditas?"

"Negocia petróleo, não é?"

"Acho que foi isso que ela quis dizer, mas…"

"O quê?"

"Como se tivesse outra coisa. Que ela queria dizer, mas não na frente de um monte de criança."

"Pena que eu não estava lá."

"Vem na formatura da última série. Ela vai ser palestrante convidada de novo."

Ziggy entrega um folheto que anuncia um site chamado Tabloide dos Malditos, autografado "March Kelleher".

"Ora, quer dizer que você viu a March. Ora, ora, mesmo." A

lenda da hashslingrz continua, aqui. March Kelleher vem a ser ninguém menos que a sogra de Gabriel Ice, tendo a filha dela, Tallis, e Ice sido namorados na faculdade, talvez na Carnegie Mellon. Depois, ao que se conta, houve um esfriamento, pari passu com o crescimento da renda do bilionário da internet, sem dúvida. O que não é da conta de Maxine, é claro, se bem que ela sabe que a própria March é divorciada e tem mais dois filhos além de Tallis, dois meninos, um trabalha em informática na Califórnia e o outro foi para Katmandu e desde então leva uma vida à base de nomadismo e cartões-postais.

March e Maxine se conhecem desde os tempos da febre das cooperativas residenciais, coisa de dez ou quinze anos atrás, quando os proprietários puseram as manguinhas de fora e passaram a usar táticas da Gestapo para obrigar os inquilinos a se mudarem. Eles ofereciam uma compensação ridícula, deixando claro seu desprezo, mas houve quem aceitasse. Os que não topavam enfrentavam percalços vários. Portas de apartamento removidas para "manutenção de rotina", lixo acumulado, ataques de cães ferozes, capangas contratados, música pop dos anos 80 tocada a todo o volume. Maxine viu March num piquete de protesto no bairro, pessoal da velha esquerda, ativistas do movimento pelos direitos dos inquilinos e por aí vai, na frente de um prédio na Columbus Avenue, aguardando a chegada do gigantesco rato inflável do sindicato. Entre os slogans escritos nas placas havia SEJAM BEM-VINDOS, RATOS — FAMÍLIA DO PROPRIETÁRIO e COOP = CRUELDADE OFENSIVA E ONEROSA DOS PROPRIETÁRIOS. Colombianos sem documentos carregavam móveis e pertences pessoais para a calçada, fingindo não ver a manifestação passional. March havia encurralado contra um caminhão o chefe da equipe de despejo, que era anglo-saxônico, e dizia o diabo a ele. Estava magra, com o cabelo ruivo, que chegava até os ombros, partido ao meio e preso numa rede, um dos itens de vestuário retrô que haviam se tornado sua marca registrada no bairro. Naquele dia em particular, já no final do inverno, a rede era escarlate, e Maxine teve a impressão de que o rosto de March estava prateado nas bordas, como uma fotografia antiga.

Maxine estava tentando achar uma oportunidade para puxar conversa com ela quando chegou o proprietário, um tal de dr. Samuel Kriechman, cirurgião plástico aposentado, juntamente com um pequeno pelotão de herdeiros e cessionários. "Seu unha de fome filho da puta", March saudou-o com alegria. "Como que você tem coragem de dar as caras aqui?"

"Sua vaca feia", retrucou o simpático patriarca, "nenhum profissional da minha área tinha coragem de chegar perto de uma cara como a sua; quem é essa vadia, tira ela daqui, porra." Um ou dois bisnetos avançaram, ansiosos para obedecer.

March tirou da bolsa uma lata de spray de limpa-forno Easy-Off e começou a agitá-la. "Meninos, perguntem ao famoso médico aí qual o efeito do hipoclorito de sódio nas suas fuças."

"Chamem a polícia", ordenou o dr. Kriechman. Piqueteiros aproximaram-se e começaram a discutir a situação com a entourage de Kriechman. Houve, digamos assim, gesticulação argumentativa, que transbordou em contatos físicos ocasionais, que podem ter sido ligeiramente aumentados na matéria que saiu no *New York Post*. A polícia chegou. À medida que escurecia e se aproximava a hora de entregar a matéria na redação, a multidão foi escasseando. "A gente não faz piquete à noite", disse March a Maxine, "detesto sair do piquete, pessoalmente, mas por outro lado um trago ia cair bem agora."

O bar mais próximo era o Old Sod, oficialmente irlandês, se bem que de vez em quando um ou outro inglês mais velho aparecia por lá. A bebida que March tinha em mente era um Papa Doble, que o barman, Hector, que até então só fora visto tirando chopes e servindo doses, preparou para March como se não tivesse feito outra coisa naquela semana. Maxine pediu um para si, também, só para fazer companhia a ela.

Descobriram que estavam morando a uma distância de uns poucos quarteirões uma da outra esse tempo todo, March desde o final dos anos 50, quando as gangues de porto-riquenhos estavam apavorando os anglos do bairro, e ninguém era besta de passar da Broadway depois que o sol se punha. Ela odiava o Lincoln Center, cuja construção causara a demolição de todo um bairro e a remoção de sete mil famílias *boricuas*, só porque um bando de anglos que na verdade estava cagando para a Alta Cultura tinha medo dos filhos daquela gente.

"O Leonard Bernstein fez um musical sobre isso, não é *Amor sublime amor*, não, o outro, aquele em que aparece o Robert Moses cantando assim,

> Ponha esses porto-
> -riquenhos no olho da
> rua — Isso aqui é uma
> favela, Vamos acabar com
> é-é-éla!"

Isso com uma voz de tenor da Broadway plausível o bastante para fazer a bebida coalhar no estômago de Maxine. "E ainda tiveram a cara de pau de filmar a porra do *Amor sublime amor* no mesmo bairro que eles estavam destruindo. Cultura, você me desculpe, mas o Hermann Göring tinha razão, cada vez que você ouvir a palavra, pegue a sua arma. A cultura atrai os piores impulsos dos ricos, não tem honra, implora pra ser aburguesada e corrompida."

"Você devia conhecer meus pais. Não gostam do Lincoln Center não, mas não saem da Metropolitan Opera."

"Você está de sacanagem, a Elain, o Ernie? A gente se conhece há um tempão, a gente participava das mesmas manifestações."

"Minha mãe numa manifestação? Pedindo o quê, desconto numa loja?"

"Nicarágua", muito séria, "El Salvador. O Ronald Reagan e os amiguinhos dele."

Isso era no tempo em que Maxine estava morando com os pais, cursando a faculdade, escapulindo nos fins de semana para pintar e bordar e curtir um barato nas boates, e na época só reparando que Elaine e Ernie pareciam estar com a cabeça em outro lugar. Foi só anos depois que eles se sentiram à vontade para contar a ela suas aventuras com algemas de plástico, spray de pimenta, camburões sem nada escrito por fora, a polícia nova-iorquina fazendo o que ela sabe fazer melhor.

"E eu fiz o papel de filha insensível mais uma vez. Eles devem ter percebido algum sinal, algum problema no meu caráter."

"De repente eles só não queriam que você se metesse em encrenca", disse March.

"Eles podiam ter me convidado. Aí eu ficava de guarda-costas deles."

"Nunca é tarde demais pra começar, Deus sabe que tem muita coisa pra fazer, você acha que alguma coisa mudou? Cai na real. Os fascistas filhos da puta que mandam em tudo continuam precisando que uma raça tenha ódio da outra, é assim que eles mantêm os salários lá embaixo e os aluguéis lá em cima, e todo o poder concentrado no East Side, e tudo feio e retardado que nem eles querem que seja."

"Eu me lembro", diz Maxine aos meninos agora, "que a March sempre foi assim meio… politizada?"

Ela gruda um *post-it* na agenda para não esquecer de ir à formatura, para ver o que aquela maluca com rede no cabelo anda aprontando.

* * *

Reg apresenta seu relatório. Foi consultar seu guru informático, Eric Outfield, que andou investigando os segredos da hashslingrz na deep web. "Me diz uma coisa, o que é Altman-Z?"

"Uma fórmula usada pra prever se uma empresa vai falir, por exemplo, daqui a uns dois anos. Você põe os números nela e aí vê se dá um índice abaixo de 2,7, mais ou menos."

"O Eric achou uma pasta inteira de cálculos de Altman-Z que o Ice anda fazendo sobre várias empresas pequenas de informática."

"Pra quê... pra fazer aquisição?"

Ele desvia o olhar. "Pô, eu só estou levantando dados."

"O garoto te mostrou algum desses cálculos?"

"A gente não tem se encontrado na web, ele é todo paranoico", sei, Reg, "só se encontra com alguém pessoalmente no metrô."

Hoje um cristeiro branco maluco estava numa extremidade do vagão disputando com um coral de negros a capella na extremidade oposta. Situação ideal. "Trouxe uma coisa pra você", Reg lhe entregando um disco. "Mandou dizer que foi pessoalmente benzido pelo Linus, com xixi de pinguim."

"Isso é pra eu me sentir culpada agora, certo?"

"É, bem que ajudava."

"Eu estou nessa, Reg. Mas muito tranquila não estou, não."

"Antes você que eu, porque, sinceramente, eu não ia ter colhões pra isso." A coisa acabou sendo um mergulho de bala de canhão em profundezas estranhas. Eric está usando o computador do lugar onde ele está fazendo um trabalho temporário, uma firma grande que não tem grandes tecnologias informáticas, no meio de uma crise que ninguém previu. Uma coisa um pouco diferente. Cada vez que emerge da deep web, ele está um pouco mais encagaçado, ou pelo menos é o que parece para os que estão em cubículos próximos ao dele, se bem que essa gente passa tanto tempo na sala do mainframe cafungando halon dos extintores de incêndio que talvez sua palavra não seja de todo confiável.

A situação não está tão clara quanto Eric talvez imaginasse. A encriptação é um desafio, para não dizer que é uma loucura. Enquanto Reg sonha com um caso rapidinho, Eric constata que os atendentes da loja de conveniência que ele frequenta têm fuzis de assalto prontos para entrar em ação.

"A toda hora eu esbarro num arquivo oculto, hermeticamente fechado, não dá pra saber o que tem lá dentro enquanto eu não conseguir entrar."

"Acesso limitado, não é?"

"A ideia é ter uma cópia de segurança em caso de desastre, natural ou de causa humana; você esconde o seu arquivo nuns servidores redundantes em lugares remotos, na esperança que pelo menos um deles sobreviva a uma catástrofe que não chegue a ser o fim do mundo."

"Tal como o conhecemos."

"Se você quer levar a coisa na gozação."

"O Ice está esperando um desastre?"

"O mais provável é que ele só quer esconder alguma coisa de gente enxerida." A tática original de Eric era fingir que era um *script kiddie* a fim de aprontar alguma, tentar entrar pelo Back Orifice e aí instalar um servidor NetBus. Imediatamente apareceu uma mensagem escrita em caracteres de *leet*, algo assim como "Parabéns novato você acha que conseguiu entrar, mas na verdade você entrou foi pelo cano". Algo no estilo dessa resposta chamou a atenção de Eric. Por que motivo a segurança da firma se dera ao trabalho de mandar uma mensagem tão pessoal? Por que não algo curto e burocrático, como "Acesso negado"? Alguma coisa, talvez apenas o tom de veemência bem-humorada, o fez pensar nos hackers mais velhos dos anos 90.

Será que estão brincando com ele? Que espécie de brincadeira será essa? Eric pensou que, se a ideia era bancar um simples *packet monkey* fuçando a web, ele teria que fazer de conta que não sabia o quanto aqueles caras eram barra-pesada — aliás, nem mesmo quem eles eram. Assim, no começo ele tenta encontrar a senha como se fosse uma coisa bem antigona, tipo o LM *hash* da Microsoft, que qualquer mongo consegue descobrir. A resposta do pessoal de segurança, novamente em *leet*: "Novato, você realmente sabe com quem está se metendo?".

A essa altura Reg e Eric já estavam no meio do Brooklyn, tendo deixado para trás o grupo de *doo-wop* e o pregador, Eric já prestes a dar no pé. "Você entra e sai de lá o tempo todo, Reg, por acaso já esbarrou em alguém da segurança de lá?"

"Me disseram que é o próprio Gabriel Ice que cuida desse departamento. Dizem que isso daí tem uma causa no passado. Alguém tinha um terminal on-line numa gaveta e esqueceu de dizer a ele."

"Esqueceu."

"De repente surgiu por aí afora um monte de código proprietário de graça. Levou meses para consertar, e por causa disso eles perderam um contrato grande com a Marinha."

"E o empregado descuidado?"

"Sumiu. Tudo isso é folclore da empresa, você entende."

"Isso me tranquiliza."

Não é mais perigoso do que uma partida de xadrez, pensa Reg. Defesa, recuo, finta. A menos que seja uma pelada no parque, e o adversário, sem avisar, vira um psicopata violento, é claro.

"Paranoia, sei lá, mas o Eric continua intrigado", conta Reg a Maxine. "Está começando a pensar que isso pode bem ser uma espécie de vestibular. Se quem está do outro lado for o tal do Ice, e se Eric mostrar que é muito bom, pode ser que deixem ele entrar. Mas de repente eu devia era falar pra ele cair fora depressa."

"Ouvi dizer que é uma tática de recrutamento lá, você podia dizer isso para ele. Por outro lado, Reg, estou achando você bem menos empolgado com seu projeto."

"Isso que você está ouvindo é tudo papo de Costa Leste. Na verdade, eu nem sei mais o que é que estou fazendo aqui."

Ih... Alerta de intuição. Maxine sabe que não é da sua conta, mas... "A ex."

"A mesma lenga-lenga de sempre, nada importante. Só que agora ela e o maridão volta e meia vêm com uma história de se mudar pra Seattle. Sei lá, parece que agora ele está se dando bem numa grande empresa aí. Vice-presidente de questões de extremidade do membro inferior no invólucro escrotal."

"Ah, Reg. Você vai me desculpar, mas nas novelas antigas 'transferir pra Seattle' era uma espécie de código com sentido de 'tirar fora do roteiro'. Eu achava que a Amazon, a Microsoft e eles tinham sido fundados por trechos rejeitados de roteiros de novelas fictícias."

"É só esperar que não dá outra — cartãozinho fofo da Gracie anunciando, 'Maravilha! Estamos grávidos!'. Deve ser pra agora, não é? Então, que acabe logo com esse suspense."

"Pra você, tudo bem?"

"Antes isso que um cara aí ficar achando que o meu filho é dele. Pra mim, é um pesadelo. Literalmente. Se lá, de repente o sacana é pedófilo."

"Ah, *menos*, Reg."

"Qual é. Essas coisas acontecem mesmo."

"Excesso de seriados sobre famílias faz mal pro cérebro, melhor assistir desenho animado no horário da tarde."

"Sério, como é que eu encaro essa situação?"

"É, não é o tipo de coisa que é só deixar o barco correr, não."

"Sabe, eu até estava pensando numa tática mais proativa?"

"Ah, isso não, Reg. Você não está..."

"Andando armado? Dar um tiro na bunda do filho da puta, uma bela fantasia, não é... só que aí eu acho que a Gracie nunca mais ia querer falar comigo. As meninas também."

"É, é o mais provável."

"Também pensei em simplesmente pegar as meninas e me mandar, mas nem isso dá. Mais cedo ou mais tarde eu ia ter que trabalhar, ter um número da previdência social, e aí eles me acham de novo, e quem vai decidir como vai ser o resto da minha vida são os advogados. E o cara do topete acaba ficando com as meninas assim mesmo, e eu nunca mais posso nem chegar perto delas. Por isso o plano mais recente é de repente eu ir lá e me comportar."

"Sei... eles estão te esperando?"

"Acho que o melhor é arrumar um emprego antes, e depois chegar lá de surpresa. Agora, não vá ficar pensando o pior de mim. Eu sei que parece que eu estou fugindo de alguma coisa, mas é justamente aqui em Nova York que eu estou fugindo, e agora vai ter um continente inteiro me separando das minhas filhas. É chão demais."

Maxine tem como praxe, ao investigar *startups* pequenas como a cagfcisedgpw.com, também dar uma checada nos investidores envolvidos. Se alguém está pondo em risco seu dinheiro, sempre há a possibilidade, por conta de questões como gases de escapamento de veículos de emergência ou lá o que seja, de que eles irão contratar Maxine. O nome que ela encontra com frequência associado à cagfcisedgpw é o de uma investidora de risco que opera no SoHo com o nome de Streetlight People. Que nem na música "Don't Stop Believing", imagina Maxine. Que tem, entre outros clientes que aparecem na lista — uma coincidência, sem dúvida — justamente a hashslingrz.

A Streetlight People fica numa ex-fábrica com fachada de ferro fundido um pouco fora das principais rotas de compras do SoHo. Os ecos cármicos dos tempos industriais passados há muito são abafados por isolantes acústicos portáteis, painéis e carpetes, transformados num silêncio neutro e livre de assombrações. Bancos projetados por Buddy Nightingale numa gama de túneis hesitantes de azul esverdeado, amarelo-narciso e fúcsia, e estações de trabalho assinadas por Zooey Chu, tudo pontuado aqui e ali por cadeiras executivas de couro preto, da grife Otto Zapf.

Se lhe perguntassem, Rockwell "Rocky" Slagiatt explicava que a perda da vogal no final do seu sobrenome era o preço que ele pagava para dar um ritmo mais fluido às negociações, tipo letra de ópera. Na verdade, era porque ele achava que assim parecia mais um nome inglês, se bem que para visitas especiais, e pelo visto ele acha que Maxine é uma delas, ele volta e meia troca de polaridade e se torna espertamente étnico outra vez.

"E aí? Alguma coisa para *mangiare*? Sanduíche de ovo com pimenta-do-reino."

"Obrigada, mas eu acabei..."

"É o sanduíche de ovo com pimenta-do-reino da *mama*."

"Bom, sr. Slagiatt, aí depende, não é? O senhor está dizendo que a receita é da sua mãe? Ou, sei lá, que é o sanduíche de ovo com pimenta-do-reino dela, que ela guarda ali na dispensa em vez de pôr na geladeira, que era o lugar certo?" Com base em suas observações de Shawn, Maxine aprendeu a dominar a exótica técnica asiática de "comer sem comer", de modo que, se for o caso, basta que ela *finja* que está comendo o tal sanduíche, o qual, apesar de sua aparência autêntica, pode estar envenenado com quase qualquer substância.

"Tudo bem", pegando de volta o objeto, o qual demonstra agora uma malemolência antinatural. "É de plástico!" Jogando-o dentro de uma gaveta da escrivaninha.

"Meio difícil de mastigar."

"Você tem espírito esportivo, Maxi; tudo bem eu chamar você de Maxi?"

"Claro. Tudo bem se eu não chamar o senhor de Rocky?"

"Você é que sabe, ninguém está com pressa", de repente, por um momento, Cary Grant. O quê? Em algum lugar no perímetro de Maxine, antenas sem uso há muito tempo estremecem e começam a rastrear.

Ele pega o telefone. "Não me passa nenhuma ligação, está bem? O quê? Me diz... Não. O *drag-along* é inegociável. Agora, a cláusula de antidiluição, isso aí a gente até pode ver, mas primeiro consulta o Spud." Desligando, abrindo um arquivo no computador. "Tudo bem. É essa história da cagfcisedgpw ponto-com, que deu com os burros n'água."

"Na qual o senhor é, de repente era, investidor de risco."

"É, a gente fez a Série A deles. De lá pra cá a gente está tentando criar uma imagem mais tipo financiamento mezanino, o começo é sempre fácil demais, o desafio", digitando o tempo todo, "é na hora de estruturar as *tranches*... avaliar a empresa, e aí é aplicar o princípio de Wayne Gretzky, o do hóquei no gelo — o negócio é saber onde o disco vai estar, e não onde ele está agora, está ligada?"

"E onde que ele estava?"

Apertando os olhos fixos na tela: "O lado sacal da coisa é manter um registro diário, ficar tudo arquivado, as impressões, esperanças e preocupações... Estou vendo aqui... até mesmo na hora de fazer a carta de intenções esses caras estavam cheios de nove-horas com os termos exatos da liquidação. Levou bem mais tempo do que era para ter levado. A gente acabou com um múltiplo 1-X só sobre uma posiçãozinha de nada, e aí… sem querer ser enxerido, por que é que você está tão interessada nesses detalhes?".

"Esse meu interesse incomoda o senhor?"

"Aqui a gente não é agiota, não. Olha ali aquela prateleira."

Ela olha. "Vocês têm… uma equipe de boliche."

"Prêmios da indústria, Max. Desde que a Comissão de Valores Mobiliários começou a dar aquelas notificações em 98, sabe? Aquilo pra nós foi um alerta", sério como uma vítima num programa de entrevistas, "a gente fez um retiro lá em Lake George, tremendo exame de consciência, botamos em votação e começamos a jogar limpo, essas coisas agora ficaram no passado."

"Parabéns. É sempre legal a gente encontrar uma dimensão moral. Pode ser que isso ajude o senhor a entender uns números meio estranhos que eu encontrei."

Ela lhe fala sobre a curva de Benford e outras discrepâncias da hashslingrz. "Quem mais recebe dinheiro desses gastos fajutos é a cagfcisedgpw.com. O estranho é que depois que a companhia foi liquidada, os pagamentos feitos a ela aumentaram muitíssimo, e o dinheiro parece estar indo todo pra algum paraíso fiscal."

"Gabriel Ice, que filho de uma puta."

"Como é que é?"

"O negócio desse cara é o seguinte: ele assume uma posição, normalmente menos de cinco por cento, em cada uma de toda uma carteira de *startups* que ele sabe que vão dançar a curto prazo, porque ele aplicou a fórmula Altman-Z nelas. Aí usa elas como empresas de fachada pra transferir dinheiro sem que ninguém perceba. Pelo visto a cagfcisedgpw é uma delas. Agora, pra onde vai, e pra quê, a gente fica querendo saber, não é?"

"Eu estou investigando."

"Se você não se incomoda de eu perguntar, quem foi que te pôs nessa jogada?"

"Uma pessoa que prefere não ser envolvida. E olhando pra sua lista de clientes, você também tem vínculos comerciais com o Gabriel Ice."

"Eu, diretamente, não, há um bom tempo."

"Nem mesmo contatos sociais? Você e talvez a...", indicando com a cabeça uma foto emoldurada na mesa de Rocky.

"Essa aí é a Cornelia", Rocky concordando com a cabeça.

Maxine faz sinal para a foto. "Muito prazer."

"Além de bonita, como você está vendo, é uma anfitriã elegante, da velha escola. Enfrenta qualquer desafio social."

"Quer dizer que o Gabriel Ice é... um desafio?"

"Está bem, nós jantamos juntos, uma vez. Duas, talvez. Esses lugares lá no East Side que vem um cara com uma trufa e um ralador que começa a ralar em cima do teu prato até você pedir pra parar? Champanhe com data de safra, e por aí vai — o Gabriel sempre faz questão do preço... Eu não vejo eles dois desde, sei lá, o verão, lá nos Hamptons."

"Os Hamptons. Tudo a ver." Refúgio de miliardários, onde passam o verão os ricos, famosos e candidatos a yuppie. Metade dos casos investigados por Maxine mais cedo ou mais tarde vai bater em alguém que tem uma fixação doentia nos Hamptons, uma fantasia que na verdade já está com o prazo expirado há um bom tempo, caso ninguém ainda tenho reparado.

"Acho que foi em Montauk. Não na praia, na floresta."

"Quer dizer que você e ele..."

"De vez em quando a gente se cruza, sim, no supermercado, comendo uma *enchilada* no Blue Parrot, mas o Gabriel e a mulher dele agora estão circulando em outras esferas."

"Eu imaginava que fosse na Further Lane, no mínimo."

Ele dá de ombros. "Até mesmo em South Fork, diz a minha mulher, ainda há uma certa resistência a dinheiro como o do Ice. Uma coisa é você construir uma casa com os alicerces na areia, outra é pagar por essa casa com dinheiro que muita gente acha que não existe."

"Papo de I Ching."

"Ih, ela reparou." Aquela expressão semissacana de novo. Certo. "E iate, eles têm iate?"

"Pelo menos um."

"Transoceânico?"

"Vem cá, eu tenho cara de Moby Dick? Está curiosa, vai lá e vê."

"Tudo bem, mas quem é quem vai pagar o transporte, qual vai ser a diária, e por aí afora, não é?"

"Peraí. Você está nessa por conta própria?"

"Até agora foi um dólar e meio de metrô, isso acho que dá para eu mesma arcar. Agora, se passar disso…"

"Não tem problema." Pega o telefone. "Oi Lupita, *mi amor*, dá pra você preparar um cheque aí, por favor, deixa eu ver… hã", arqueando as sobrancelhas para Maxine, que dá de ombros e exibe cinco dedos, "cinco mil dólares, em favor de…"

"Quinhentos", suspira Maxine, "quinhentos, pelo amor de deus, nossa, estou impressionada, mas é só pra eu esquentar os motores. Da próxima vez eu deixo o senhor bancar o Donald Trump ou lá o que seja, está bem?"

"Estou só tentando ajudar, não tenho culpa se sou um cara generoso, é ou não é? Posso pelo menos te pagar o almoço?"

Ela arrisca uma olhadela para o rosto dele, e não dá outra — o Sorriso Interessado à Cary Grant. Aahh! O que faria a Ingrid Bergman, a Grace Kelly? "Não sei…" Na verdade ela sabe, sim, porque tem implantada no cérebro uma espécie de chave de *fast-forward* que consegue vê-la daqui a um ou dois dias, diante do espelho dizendo a si própria, "Mas que merda, o que foi que passou pela sua cabeça?", e justamente naquele momento a tal chave está dando um aviso de Sem Sinal. Hmm. Vai ver isso quer dizer apenas que ela merece um almoço.

Eles contornam a esquina e entram no Enrico's Italian Kitchen, que ela se lembra de ter visto ganhar todas as estrelas possíveis no Zagat, e encontram uma mesa. Maxine vai ao banheiro feminino, e na volta, aliás mesmo enquanto ainda está dentro do banheiro, ouve Rocky discutindo com o garçom. "Não", diz Rocky com uma espécie de prazer maligno que Maxine já observou em certas crianças, "não foi pasta e *fagioli*, acho que o que eu disse foi *pastafazool*."

"Se o senhor olhar no cardápio, está escrito direito", apontando para cada palavra, "'pasta, e, *fagioli*'"

Rocky olha para o dedo do garçom, tentando decidir qual a melhor maneira de arrancá-lo da mão. "Mas eu não sou um sujeito razoável? Claro que eu sou, então vamos consultar a fonte clássica, e me diz uma coisa, meu filho, o que é que o Dean Martin canta, é 'When the stars make-a you droli / Just-a like-a pasta e fagioli'? Não. Não, o que ele canta é..."

Maxine fica sentadinha em silêncio, contando o número de vezes que pisca os olhos, enquanto Rocky, nem um pouco *sotto voce*, mas com entonação perfeita, prossegue com sua imitação de Dean Martin. Marco, o dono, põe a cabeça para fora da cozinha. "Ah, é você. *Che si dice?*"

"Você explica pra esse recém-contratado?"

"Ele está te incomodando? Daqui a cinco minutos ele tá no lixo junto com as conchas de *scungilli*."

"Que tal mudar a ortografia do menu para ele?"

"Tem certeza? Vou ter que mexer no computador. É mais fácil demitir o sujeito."

O garçom, em cujo currículo constam dois episódios de *A família Soprano*, entendendo o que está a acontecer, fica parado, tentando não revirar os olhos demais.

Maxine acaba pedindo o *strozzapreti* caseiro com fígados de frango, enquanto Rocky escolhe ossobuco. "E que vinho a gente pede?"

"Que tal um Tignanello 71? — mas depois de toda essa tiração de onda, acho que basta um, hã, que tal um mero Nero d'Avola? Uma taça pequena?"

"Transmimento de pensação." Não chegou a se assustar ao ouvir a menção ao supertoscano carérrimo, mas surgiu certo brilho nos olhos dele, o que talvez tenha sido a intenção dela provocar. Mas por quê?

O celular de Rocky dispara, Maxine reconhece que o toque é "Una furtiva lagrima". "Olha aqui, meu anjo, o negócio é o seguinte — peraí, *un gazz*, eu estou falando com um robô, certo? Então vamos lá. E aí? Como é que vão as coisas? Há quanto tempo você é robô... Por acaso você é judeu? Pois é, quando você fez treze anos os seus pais fizeram um *bot mitzva* para você?"

Maxine faz um *scrolling* no teto. "Sr. Slagiatt. Posso lhe fazer uma pergunta? Apenas curiosidade profissional — quem foi que entrou com o capital inicial pra hashslingrz, por acaso o senhor saberia dizer quem foi?"

"Na época rolou muita especulação", relembra Rocky, "os suspeitos de sempre, Greylock, Flatiron, Union Square, mas a verdade é que ninguém sabia. Tremendo segredo. Podia ter sido qualquer um que tivesse recurso pra fazer a coisa na surdina. Até mesmo um dos bancos. Por quê?"

"Estou tentando reduzir as possibilidades. Investidor-anjo, algum direitista excêntrico numa mansão no Sul com ar-condicionado central? Ou uma forma mais institucionalizada de mal?"

"Peraí — o que é que você está querendo insinuar, como diz a minha mulher?"

"Gente como vocês", Maxine com um rosto sem expressão, "com ligações antigas com os republicanos e..."

"Gente como nós, papo antigo, Lucky Luciano, o oss, por favor. Para com isso."

"Sem nenhum estereótipo racial, veja lá."

"E se eu começar a falar no Longy Zwillman? Bem-vinda à Streetlight People", levantando a taça e batendo de leve na dela.

Maxine ouve, vindo de dentro de sua bolsa, o cheque ainda não depositado rindo dela, como se ela tivesse caído numa pegadinha monstruosa.

Já o Nero d'Avola, por outro lado, não é nada mau. Maxine sorri, simpática. "Vamos esperar até a minha fatura."

7.

Maxine finalmente vai à casa de Vyrva uma noite para dar uma olhada no famoso aplicativo DeepArcher, tão desejado embora ainda mal definido, trazendo consigo Otis, que de imediato se enfia com Fiona no quarto dela, onde, juntamente com o depósito de Beanie Babies, ela tem um Shopping da Melanie, pelo qual Otis anda estranhamente obcecado. Melanie é uma Barbie em escala reduzida, munida de um cartão de crédito dourado que ela usa para adquirir roupas e cosméticos, pagar o salão de beleza e outras necessidades, porém a identidade secreta que Otis e Fiona lhe atribuíram é algo um tanto mais sombrio, que exige algumas rápidas mudanças de indumentária. Há no shopping um chafariz, uma pizzaria, um caixa eletrônico e — o mais importante de tudo — uma escada rolante, ótima para tiroteios, pois Otis introduziu naquele idílio adolescente suburbano certo número de figuras de ação de doze centímetros de altura, muitas delas provenientes da série de desenhos animados *Dragonball Z*, como o príncipe Vegeta, Goku e Goham, Zarbon e outras mais. Os roteiros costumam se concentrar em ataques violentos, pilhagens terroristas em lojas e confusões yupíticas, que sempre terminam com a destruição generalizada do shopping, principalmente por obra do alter ego de Fiona, a própria Melanie, com capa de super-herói e cinturão de munições. Em meio à fumaça e à destruição fervorosamente imaginadas, com corpos plásticos genéricos desmontados espalhados na horizontal por toda parte, Otis e Fiona selam cada episódio batendo *high fives* e cantando o estribilho do anúncio do Shopping da Melanie: "O Shopping da Melanie é demais".

O sócio de Justin, Lucas, que mora em Tribeca, chega um pouco mais tarde hoje, por ter atravessado meio Brooklyn correndo atrás de seu vapor, tentando descolar um fumo famoso no momento conhecido como Desastre de Trem, usando uma camiseta fosforescente com a sigla LOF, que de início Maxine imagina ser uma abreviação de "Lucas, o fodão", mas que depois fica sabendo que, em Unix, quer dizer "Lucas, olhe a fonte".

"A gente não sabe o que a Vyrva já te falou sobre o DeepArcher", diz Justin, "ainda está em versão beta, então não se espante se der uns probleminhas de vez em quando."

"Vou logo avisando, não sou muito boa nessas coisas, não, meus filhos é que se amarram, a gente joga Super Mario e os danadinhos fazem gato-sapato de mim."

"Não é um game", Lucas informa.

"Se bem que até tem precursores na área dos games", é a nota de rodapé de Justin, "que nem os clones de MUD que começaram a entrar on-line lá nos anos 80, que eram mais texto. Eu e o Lucas já começamos na era VRML, a gente sacou que dava pra fazer a coisa gráfica que a gente quisesse, e foi o que nós fizemos, quer dizer, o Lucas fez."

"Só a estrutura básica", Lucas, modesto, "influências óbvias — Neo-Tokyo do Akira, Ghost in the Shell, Metal Gear Solid do Hideo Kojima, mais conhecido entre nós como Deus."

"Quanto mais você vai se aprofundando, passando de um nó pro outro, o visual que você vê é todo uma contribuição de usuários do mundo inteiro. Tudo de graça. Ética de hacker. Cada um fazendo um pedacinho, e depois desaparecendo sem deixar crédito. Acrescentando mais um véu de ilusão. Você sabe o que é avatar, não sabe?"

"Sei sim, já tive até receita, mas me dava assim, sei lá, uma náusea..."

"Na realidade virtual", Lucas começa a explicar, "é uma imagem em três dimensões que você usa pra representar você mesma..."

"É, eu sei, minha casa está cheia de viciado em game, mas alguém me falou que na religião hinduísta avatar quer dizer encarnação. E aí eu fico pensando — quando você passa do lado de cá da tela pra dentro da realidade virtual, é tipo morrer e reencarnar, sabe?"

"É um código", Justin um pouco perplexo, talvez, "você deve sempre lembrar que uns nerds passaram uma noite em claro comendo pizza fria e tomando Jolt Cola morna pra fazer isso, não exatamente em VRML, mas enfim, uma hipermutação derivada disso, só isso."

"Metafísica não é com eles", Vyrva dirigindo a Maxine um sorriso que, dá para ver, não chega a ser exatamente de ternura condescendente. Ela deve ouvir esse tipo de coisa o tempo todo.

Justin e Lucas se conheceram em Stanford. Estavam sempre se esbarrando, no âmbito de um círculo estreito que tinha como centro o Margaret Jacks Hall, que naquela época era onde funcionava o departamento de informática e que era afetuosamente apelidado "Marginais Hackers". Juntos eles atravessaram as semanas dos exames finais na base do grito primal, e quando se formaram já haviam acumulado semanas de peregrinação subindo e descendo a Sand Hill Road, tentando vender seus respectivos peixes para as firmas de capital de risco que ladeavam aquele logradouro que em breve se tornaria lendário, tendo discussões jocosas, tremendo de expectativa nervosa ou, decididos a ser zen, simplesmente presos nos engarrafamentos típicos daquela era, apreciando a vegetação. Um dia entraram na rua errada e foram parar na corrida anual de carrinhos de rolimã de Sand Hill. As calçadas estavam cobertas por fardos de feno e dezenas de milhares de espectadores, assistindo a um bando de carrinhos descendo a ladeira a toda a velocidade e em direção à torre de Stanford ao longe, supostamente movidos apenas pela força da gravidade terrestre.

"Aquele garoto ali, que acabou de passar com aquele carrinho tipo nave espacial dos anos 50", disse Justin.

"Não é garoto, não", corrigiu Lucas.

"É, eu sei, não é o tal do Ian Longspoon? O investidor de risco que almoçou com a gente semana passada? Tomando Fernet-Branca com ginger ale?" Um entre vários almoços lamentáveis da dupla. Provavelmente no Il Fornaio no Garden Court Hotel, Palo Alto, embora nenhum dos dois agora se lembrasse com certeza, de tão bêbado que todo mundo tinha ficado. Mais para o final, Longspoon havia começado a preencher um cheque, mas não conseguia parar de acrescentar zeros, que acabaram saindo do papel e continuaram pela toalha de mesa afora, sobre a qual a cabeça do investidor de risco acabou desabando.

Lucas sorrateiramente pegou o talão de cheques e viu Justin indo em direção à porta. "Peraí, cara, de repente alguém aceita esse cheque, aonde que você está indo?"

"Você sabe o que vai acontecer quando ele acordar. Não tem nada a ver a gente ficar pagando esses almoços completamente fora do nosso orçamento."

Não foi o momento de maior dignidade da dupla. Os garçons começaram a gritar, afobados, nos seus microfones de lapela.

Tecnofofuras bronzeadas que haviam encarado os dois com interesse quando eles entraram agora desviavam a vista de cenho franzido. Cumins truculentos espirravam sopa neles ao vê-los passar correndo. O cucaracha do estacionamento, tendo pensado por alguns momentos em riscar com uma chave o carro de Justin, acabou limitando-se a cuspir nele.

"De repente podia ter sido pior", comentou Lucas, quando já estavam sãos e salvos na 280.

"O Ian não vai ficar nada satisfeito."

Pois lá estava ele agora na corrida de carrinhos de rolimã, uma ótima oportunidade para descobrir como, afinal, ele reagira, mas os dois sócios foram se abaixando atrás do painel do carro. Julgavam que já sabiam a resposta, via intimidação, mas àquela altura ainda não haviam esbarrado em nenhum dos financistas nova-iorquinos.

Maxine pode bem imaginar. No Beco do Silício dos anos 90 o que não faltava era trabalho para investigadores de fraudes. O dinheiro que estava em jogo, principalmente a partir de 1995, mais ou menos, era uma fábula, e não admirava que membros da comunidade fraudulenta quisessem embolsar uma parte dele, principalmente os executivos de RH, para quem a invenção da folha de pagamento computadorizada era muitas vezes confundida com uma licença para roubar. Se essa geração de vigaristas de vez em quando era prejudicada por sua relativa ignorância em matéria de tecnologia de informática, eles mais do que compensavam com sua expertise em engenharia social, e muitos nerds empresários, tendo almas puras e confiantes, levaram trolha. Mas às vezes as fronteiras entre enrolar e ser enrolado tornavam-se turvas. Maxine não deixou de observar que, dada a valorização das ações de algumas firmas *startup* que só poderiam interessar a loucos varridos, talvez não houvesse mesmo muita diferença. Afinal, qual a distinção entre um plano de negócios que depende da crença de que "efeitos de rede" vão se materializar um belo dia e o exercício de fé cega conhecido como "esquema de pirâmide"? Constatava-se que investidores de risco temidos em toda a indústria por sua voracidade emergiam de negociações com carteiras abertas e olhos marejados, tendo sido submetidos a vídeos produzidos por nerds cheios de mensagens subliminares e trilhas sonoras com pot-pourris de sucessos antigos que despertavam lembranças apelativas de toda espécie. Quem era menos inocente nessa história?

Tentando detectar em Justin e Lucas sinais da presença de *malwares* espirituais, Maxine, cujos conhecimentos do mundo *geek*, desde o boom de tecnologia, haviam se tornado extensos, ainda que longe de exaustivos, constatou que os dois sócios, mesmo pelos padrões permissivos da época, passavam por honestos, talvez até inocentes. Quem sabe, por serem da Califórnia, de onde supostamente vêm os nerds de verdade, enquanto na Costa Leste só se veem sujeitos de terno e gravata monitorando o que funciona e o que não funciona e tentando copiar a mais recente ideia genial. Mas todo aquele que se aventura a levar sua empresa da Califórnia para Nova York precisa ser alertado — seria falta de profissionalismo da parte de Maxine não dizer a eles o que ela sabe a respeito das variedades de roubalheira existentes ali no Leste. Assim, em suas relações com a dupla, ela se via oscilando entre a posição de Nativa Prestativa e a de sua variante mais sinistra, aquela distribuidora de conselhos que ninguém pediu, sempre a brandir uma colher de pau, figura que ela morre de medo de se tornar, conhecida localmente como Mãe Judia.

Pois bem, ela acaba concluindo que não há por que se preocupar — Lucas e Justin na verdade não são as moçoilas de colégio de freiras que Maxine imaginava que fossem. Em algum lugar no Vale do Silício, em meio àqueles laranjais rotineiramente transformados em instalações industriais, os dois tiveram uma epifania sobre a Califórnia e Nova York baseada nas suas experiências — segundo Vyrva, foi mais baseada nos seus baseados —, algo a ver com excesso de sol, autoengano e boa vida. Ouviram dizer que lá no Leste o conteúdo era rei, e não algo a ser roubado e transformado em roteiro de cinema. Concluíram que estavam precisando de um ambiente de trabalho duro e implacável, onde de vez em quando o verão chegasse ao fim e a disciplina fosse uma imposição cotidiana. Quando descobriram a verdade, que no Beco tinha tanto maluco quanto no Vale, já era tarde demais para voltar atrás.

Tendo conseguido descolar não apenas capital inicial e investimento-anjo, mas também uma rodada inicial de fundos de uma veneranda firma da Sand Hill Road, a Voorhees, Krueger, os rapazes, como americanos de um século atrás imigrando para o Velho Mundo carregado de História, foram mais que depressa fazer as visitas necessárias, abrindo a firma no início de 97 em duas salas sublocadas de um desenvolvedor de websites precisado de dinheiro vivo, naquele território ainda encantado, na época, entre o Flatiron Building e o East Village. Talvez o conteúdo ainda fosse rei, mas assim mesmo eles fizeram um curso intensivo em entrelinhas patriarcais, briga de foice no escuro entre príncipes nerds, histórias dinásticas cheias de segredos cabeludos. Em pouco tempo começaram a aparecer nas revistas especializadas, nas colunas sociais, nas festas de Courtney Pulitzer, dando por si às quatro da madrugada bebendo *kalimotxo* em bares instalados em estações-fantasmas de linhas de metrô abandonadas, flertando com garotas que para ficar na moda de muito-vivo exibiam implantes de caninos vampirescos feitos a preço de banana, em consultórios suburbanos, por ortodontistas lituanos.

"Então…", uma mocinha apresentável com as mãos espalmadas viradas para cima, "lugar legal, simpático, não é?"

"E depois de todas aquelas histórias que contaram pra gente", Lucas concordando com a cabeça e contemplando, sorridente, a peitaria da moça.

"Eu estive na Califórnia uma vez, e olha, sabe, a gente chega lá achando que vai ser o maior clima de vibração positiva, não é, e aí leva o maior choque — sabe essas pessoas que se *acham?* Gente desconfiada? Aqui no Beco ninguém esnoba você que nem aquele pessoal lá de Marin. Ah, desculpa, você não é uma pessoa tipo 'é, mas', não é?"

"De jeito nenhum", ri Lucas, "a gente é do tipo 'é menos'."

Quando o mercado de tecnologia começou a deslizar em direção ao ralo, Justin e Vyrva já haviam economizado o bastante para dar entrada numa casa e num terreno razoável no condado de Santa Cruz e tinham mais um pouquinho guardado no colchão. Já Lucas, que estava guardando dinheiro em lugares um pouco menos domésticos, investindo em IPOs, comprando instrumentos entendidos apenas por sociopatas que só pensam em números, levou um tombo maior quando o entusiasmo pelas empresas de tecnologia desabou. Não demorou para que viessem pessoas querendo saber, às vezes com maus modos, do seu paradeiro, e Vyrva e Justin tinham de bancar os bocós para desviar aquelas atenções.

"Vamos lá." Subindo com Maxine por uma escada espiral que levava ao escritório de Justin, um amontoado obsessivo de monitores, teclados, discos soltos, impressoras, cabos, Zip drives, modems, roteadores, sendo os únicos livros à vista um manual de CRC, um livro sobre PERL e alguns de histórias em quadrinhos. O papel de parede customizado imita um *dump* hexadecimal, no qual Maxine por força do hábito tenta encontrar células repetidas mas não acha nenhuma, e alguns cartazes de Carmen Electra, a maioria da fase *SOS Malibu*, e no canto uma gigantesca máquina de café expresso Isomac em estilo *steampunk*, à qual Vyrva se refere repetidamente como Insôniac.

"Central do DeepArcher", Lucas com um daqueles gestos expansivos do tipo *voilà*.

A ideia inicial da dupla, e não se sabe até que ponto ela foi profética, era criar uma espécie de santuário para fugir das inúmeras variedades de incômodo do mundo real. Um motel em grande escala para os aflitos, um destino a que se chegava via expresso da meia-noite virtual a partir de qualquer lugar onde houvesse um teclado. Surgiram, é claro, Divergências Criativas, mas curiosamente não foram assumidas. Justin queria voltar atrás no tempo, a uma Califórnia que jamais existira, livre de perigos, ensolarada o tempo todo, onde o sol só se punha quando alguém queria ver um pôr do sol romântico. Já Lucas estava em busca de um lugar, digamos assim, um pouco mais escuro, onde chove bastante, percorrido por grandes lufadas de silêncio que contêm em si forças destrutivas. A síntese disso deu no DeepArcher.

"Pô, tremendo Cinerama."

"Lindão, né?" Vyrva ligando um gigantesco monitor de LCD de dezessete polegadas. "Novinho em folha, no varejo sai por mais ou menos mil, mas a gente conseguiu um preço especial."

"Você está virando nova-iorquina." Maxine, enquanto isso, pensa que até agora nunca conseguiu entender exatamente como esses caras ganham dinheiro.

Justin vai até uma mesa, senta-se diante de um teclado e começa a digitar enquanto Lucas enrola uns baseados. Instantes depois, as persianas com controle remoto excluem a cidade profana lá fora, as luzes se atenuam e as telas se iluminam. "Pode usar aquele outro teclado ali se você quiser", diz Vyrva.

Surge uma tela de abertura, com duzentas e cinquenta e seis cores, nenhum título, nenhuma música. Um vulto alto, de preto, sexo indefinido, cabelo longo preso atrás com um grampo de prata, o Arqueiro, viajou até chegar à beira de um enorme abismo. Atrás dele, na estrada, numa perspectiva acentuada, as lonjuras ensolaradas do mundo da superfície, mata virgem, terra cultivada, subúrbios, vias expressas, arranha-céus enevoados. O resto da tela é engolido pelo abismo — longe de ser uma ausência, é uma escuridão a pulsar com o que havia em matéria de luz antes que a luz fosse inventada. O Arqueiro posiciona-se à beira dele, o arco tenso, mirando num ponto no fundo daquela profundeza incriada e imensurável, à espera. O pouco que se discerne do rosto, visto de trás, virado meio de lado, é atento e distanciado. Um vento suave agita o mato e os arbustos. "Pode parecer que a gente economizou e não fez muita animação", comenta Justin, "mas se você olhar de perto vai ver que o cabelo também se mexe, acho que os olhos piscam uma vez, mas tem que olhar com muita atenção. A gente queria imobilidade, mas não paralisia." Quando o programa termina de carregar, não há página principal nem trilha sonora, apenas som ambiente, crescendo pouco a pouco, um som que Maxine reconhece de mil ferroviárias e rodoviárias e aeroportos, e uma imagem a surgir diagonalmente de um interior cujo detalhamento, estonteante por um momento, vai muito além de qualquer coisa que ela já tenha visto nas plataformas de games que Ziggy e seus amigos costumam usar, partindo do marrom básico dos video games da época e chegando ao espectro cromático completo do raiar do dia, polígonos delicadamente se refinando em curvas praticamente contínuas, o traço, o volume, as sombras, os matizes e as transições, tudo trabalhado com elegância, até mesmo com... dava para chamar de genialidade? Quer dizer, comparado com aquilo, o Final Fantasy X parecia um desenho feito numa tela de Traço Mágico. Um sonho lúcido emoldurado, que vem se aproximando, até envolver Maxine, e estranhamente, sem pânico, ela se entrega.

Aparecem letreiros — Saguão DeepArcher. Os passageiros que aguardam ali têm rosto de verdade, alguns deles à primeira vista Maxine acha até que conhece, ou devia conhecer.

"Muito prazer, Maxine. Vai ficar conosco um pouco?"

"Não sei. Quem te falou o meu nome?"

"Vá fundo, explore o ambiente, use o cursor, clique onde você quiser clicar."

Se era para Maxine fazer alguma baldeação ali, ela repetidamente perde a conexão. A partida é adiada o tempo todo. Ela conclui que tem que pegar uma espécie de veículo. De início ela nem percebe que o veículo está prestes a partir, até que ele vai embora. Mais tarde já não consegue nem chegar à plataforma correta. Do bar suntuoso do piso superior tem-se uma vista magnífica de vagões ao mesmo tempo antiquados e pós-modernos indo e vindo, imensos, até depois de onde o mundo se curva. "Tudo bem", as caixas de diálogo a tranquilizam, "faz parte da experiência, a experiência de se perder construtivamente."

Daí a pouco Maxine está zanzando de um lado para o outro, clicando em tudo, rostos, papéis largados no chão, rótulos de garrafas atrás do balcão, e depois de algum tempo está menos interessada em onde vai parar do que na textura da própria busca. Segundo Justin, Lucas é o membro criativo da dupla. Foi Justin que traduziu tudo em código, mas o design visual e sonoro, a comoção densa e cheia de ecos do terminal, a profusão de tons de cores hexadecimais, a coreografia de milhares de figurantes, cada um desenhado e detalhado de um modo diferente, cada um imbuído de sua missão pessoal, alguns apenas fazendo hora, as vozes nada robóticas, cada uma com sua origem regional cuidadosamente marcada, tudo isso é obra de Lucas.

Maxine finalmente encontra uma tabela geral dos horários dos trens, e quando clica em "Midnight Cannonball" — bingo. Na mesma hora ela se vê numa transição de imagens subindo e descendo escadas, atravessando túneis escuros para pedestres, emergindo num ambiente cavernoso mergulhado em luz modulada por vidro e ferro metavitorianos, passando por roletas cujos guardiões, que vistos de longe parecem enormes robôs insensíveis, sofrem um *morphing* à medida que ela se aproxima, virando curvilíneas moças havaianas com colares de orquídeas, e então ela chega a um trem cujo maquinista simpático lhe sorri de sua cabine e diz: "Não precisa correr, mocinha, a gente está esperando você...".

Assim que ela entra no vagão, porém, o trem acelera loucamente, de zero a mil por hora num décimo de segundo, e lá se vão rumo ao DeepArcher. O detalhamento da paisagem campestre tridimensional que passa voando pelas janelas de ambos os lados é sem dúvida muito maior do que precisava ser, sem nenhuma perda de resolução por mais que ela tente fixar a vista. Comissárias de bordo saídas das fantasias praieiras de Lucas e Justin passam a toda hora com carrinhos cheios de tira-gostos, bebidas com conotações californianas como *Tequila Sunrise* e *mai tai*, drogas com graus variados de ilegalidade...

Quem tem grana para bancar uma banda larga dessas? Maxine recua, timidamente, para o fundo do vagão, esperando encontrar uma vista grandiosa de trilhos ficando para trás, e em vez disso encontra o vazio, a ausência de cor, uma entrópica dissolução em cinza Netscape do outro mundo, mais colorido. Como se aqui qualquer ideia de buscar refúgio não contivesse a possibilidade de voltar atrás.

Embora esteja dentro do trem, Maxine não vê motivo para parar de clicar — ela clica nos anéis que as comissárias usam nos dedos dos pés, nos biscoitos de arroz com chili incluídos no *mix* de salgados que elas servem, nos palitos de cores festivas em que vêm empalados os pedaços de frutas tropicais dos drinques, nunca se sabe, talvez o próximo clique...

E é o que acaba acontecendo. A tela começa a tremeluzir, e abruptamente, pode-se dizer brutalmente, Maxine é levada a uma região de lusco-fusco constante, numa espécie de subúrbio longínquo, não está mais no trem, nada de maquinista sorridente nem de comissária boazuda, ruas subpovoadas cada vez menos iluminadas, como se estivessem deixando que as lâmpadas dos postes de rua fossem queimando uma por uma até que o império da noite por fim se restaurasse. Acima dessas ruas escuras, torres inverossimilmente fractais se estendem como plantas numa selva em direção à luz que só chega àquele nível inferior de modo indireto...

Maxine está perdida. Não há mapa. Não é como se perder num lugar turístico no espaço carnal. Aqui os acasos felizes se tornam improváveis, só há uma sensação que ela conhece dos sonhos, a sensação de que alguma coisa não necessariamente boa está prestes a acontecer.

Ela sente cheiro de fumo no ar e a presença de Vyrva junto a seu ombro, com uma caneca de café onde se lê ACHO QUE VOCÊ ESTÁ COM O MEU GRAMPEADOR. "Puta merda. Que horas são?"

"Não está muito tarde, não", diz Justin, "mas é bom a gente fazer o log off daqui a pouco, sabe-se lá quem está monitorando."

Logo agora que ela estava começando a se aclimatar.

"Mas não tem encriptação? *Firewall?*"

"Tem, sim, até dizer 'basta'", diz Lucas, "mas se alguém quiser entrar, entra mesmo. Pode estar na deep web ou onde estiver."

"É nela que isso aqui roda?"

"Bem no fundo. Faz parte do conceito. Pra tentar escapar dos *bots* e rastreadores. Um protocolo tipo robots.txt quebra o galho na web de superfície, com *bots* bem-comportados, mas tem bots que não são só malcomportados, eles são maliciosos, mesmo, assim que eles veem código de bloqueio eles entram na mesma hora."

"Por isso é melhor ficar no fundo", diz Vyrva. "Depois de um tempinho você fica viciadona. Tem até um provérbio dos hackers — navegar na deep web é tão bacana que não dá mais nem vontade de ir pra cama."

Eles agora estão reunidos em torno da mesa da cozinha. Quanto mais doidões ficam os sócios e mais enfumaçado fica o ar, mais eles curtem falar no DeepArcher, embora seja um papo pesado de hacker que Maxine só acompanha com alguma dificuldade.

"É tecnologia de ponta", diz Lucas. "Não tem utilidade comprovada, é de alto risco, uma coisa que só mesmo viciado em versão beta pra mexer."

"As loucuras que os investidores de risco bancavam", relembra Justin. "Naquela época, 98, 99, eles botavam dinheiro numas coisas que só vendo. Pra eles se assustarem, tinha que ser uma doideira muito maior que o DeepArcher."

"Pra eles a gente era praticamente feijão com arroz", concorda Lucas. "Pra começar, a gente já tinha nome em matéria de web design."

Segundo Justin, as raízes do DeepArcher remontam a um remetente anônimo, desenvolvido com tecnologia finlandesa do tempo do penet.fi e que veio dar nos métodos de encaminhamento tipo cebola que estavam surgindo na época. "O que o remetente anônimo faz é mandar pacotes de dados de um nó pro próximo com o mínimo de informação necessária pra dizer a cada nó da cadeia onde fica o próximo, mais nada. O DeepArcher dá um passo adiante e esquece de onde veio, imediatamente, e pra sempre."

"Tipo uma cadeia de Markov, em que a matriz de transição fica o tempo todo reiniciando."

"De modo aleatório."

"Pseudoaleatório."

E os dois ainda por cima acrescentaram links podres propositais, para disfarçar caminhos saudáveis que eles não querem que sejam revelados. "É um outro labirinto. Você está procurando links transparentes, cada um de um pixel por um pixel, cada link desaparecendo e se relocalizando assim que alguém clica nele... um caminho invisível que se autorrecodifica, não tem como registrar."

"Mas se o caminho se apaga atrás da gente, como é que a gente consegue sair de lá?"

"Você bate um calcanhar no outro três vezes", diz Lucas, "e... não, peraí, isso é outra coisa..."

8.

A paranoia de Reg tem o efeito colateral de distorcer seus juízos de valor a respeito de lugares onde comer. Maxine o encontra naquela região estranha e superpovoada em torno da Queensboro Bridge, sentado junto à janela num lugar chamado Bagel Quest, encarando os pedestres para ver se alguém estava manifestando interesse excessivo em sua pessoa, tendo atrás de si um interior escuro, talvez amplo, do qual não parece emergir nenhum som e nenhuma luz, e quase nada em matéria de garçons.

"Então", diz Maxine.

Ele tem uma expressão no rosto. "Estou sendo seguido."

"Tem certeza?"

"Pior ainda, já entraram no meu apartamento também. De repente entraram até no meu computador." Examinando, como se temendo encontrar nele alguma presença, um pastel de queijo que comprou num impulso.

"Se quiser, larga essa história."

"É, é uma ideia." Pausa. "Você acha que eu estou maluco."

"Eu sei que você é maluco", diz Maxine, "o que não quer

dizer que você não tenha razão. Alguém também está interessado em mim."

"Vamos ver. Eu começo a investigar a companhia do Ice, e daí a pouco estão me seguindo, e agora estão seguindo você? E você vai me dizer que não tem nenhuma ligação? Que eu não devia estar com medo de estar correndo risco de vida, sei lá." Com um acorde suspenso, prestes a se resolver.

"Mas tem outra coisa também", ela insiste. "É da minha conta?"

Uma pergunta retórica que Reg ignora. "Você sabe o que é *hawala?*"

"Sei sim... é, tipo naquele filme *Férias de amor* (1956), não é, a Kim Novak vem descendo o rio num barco, toda gente da cidade vizinha levanta a mão e..."

"Não, não, Maxi, por favor, é... me disseram que é uma maneira de transferir dinheiro de um lugar pro outro sem código SWIFT nem taxa bancária nem essas coisas todas impostas pelo Chase Manhattan e os outros. É cem por cento confiável, oito horas no máximo. Não deixa nenhum registro em papel, não tem nenhuma regulamentação, nenhum controle."

"Como é que pode?"

"Mistérios do Terceiro Mundo. São operações em família, normalmente. Tudo depende da confiança e da honra pessoal."

"Gozado, por que será que eu nunca vi isso aqui em Nova York?"

"Aqui a *hawala* costuma rolar no setor de exportação e importação, eles cobram a taxa deles como desconto nos preços, essas coisas. Os caras são feras em matéria de registro, guardam tudo de cabeça, coisa que ninguém aqui no Ocidente consegue fazer, de modo que lá na hashslingrz alguém está escondendo muita transação importante por trás de uma sequência de senhas e diretórios sem links e não sei que mais."

"Quem te falou isso foi o Eric?"

"Ele consegue extrair informações da hashslingrz."

"Alguém lá anda com um grampo?"

"Não, é... na verdade é um Furby."

"Oi? Um..."

"Parece que tem um chip de reconhecimento de voz dentro dele que o Eric alterou..."

"Peraí, aquele bonequinho fofo que todas as crianças da cidade, inclusive as lá de casa, queriam ganhar uns dois Natais atrás, o tal do Furby? Esse teu amigo gênio *põe grampo dentro de Furby*?"

"É uma coisa comum na subcultura dele, parece que fofura entre eles tem baixa aceitação. No começo o Eric só queria inventar maneiras de sacanear os caras — sabe como é, ensinar palavrão pro bicho, fazer ele ter piti, essas coisas. Aí ele se deu conta que nos cubículos dos codificadores lá onde ele trabalha sempre tinha um Furby. Então pegamos o Furby em que ele estava mexendo, aumentamos a memória, montamos uma conexão wireless, pusemos o bicho na prateleira e agora de vez em quando eu passo por ele com um transdutor no meu Nagra 4 e baixo um monte de coisa confidencial."

"Por exemplo, a tal *hawala* que a hashslingrz está usando para tirar dinheiro do país."

"Eles mandam pro golfo Pérsico. A *hawala* que eles usam tem sede em Dubai. Tem mais — o Eric descobriu que pra conseguir chegar no lugar onde os livros da hashslingrz estão guardados você tem que passar por um negócio complicado escrito numa espécie de, sei lá, um árabe esquisito que ele chama de *leet*? A coisa acaba virando um filme passado no deserto."

Isso é verdade. A possibilidade de um paraíso fiscal, um negócio com mais dimensões do que se pode imaginar, é coisa que não escapou da atenção de Maxine. Ela tem consultado as atualizações recentes de um recurso sempre útil, o Índice de Pagadores de Suborno, e seu complemento, o Índice de Percepção de Corrupção, que listam os países do mundo em ordem conforme sua maior tendência a adotar comportamentos desonestos, e a hashslingrz pelo visto tem ligações com gente suja em todo o mapa-múndi, principalmente no Oriente Médio. Nos últimos tempos, Maxine tem se informado a respeito da conhecida alergia dos islâmicos a qualquer coisa que renda juros. Praticamente não mexem com títulos de dívida. Em vez de vender a descoberto, recorrem a complicados mecanismos que obedecem à charia, como os leilões *arboon*. Por que essa preocupação com as fobias islâmicas a respeito da cobrança de juros, a menos que...?

A menos que Ice esteja se preparando para ganhar uma nota preta no Oriente Médio, é ou não é?

As correntes de convecção do café de Maxine a toda hora trazem à superfície alguma coisa apenas pelo tempo suficiente para que ela possa começar a dizer "Peraí, mas...", antes de submergir outra vez sem lhe dar tempo de identificá-la. Ela não está a fim de pôr o dedo na ferida e explorar. "Reg, vai que o tal do Eric quebra todos os códigos. O que é que você planeja fazer com o que você descobrir?"

"Está acontecendo alguma coisa", impaciente, também ansioso. "De repente, uma coisa que não era pra estar acontecendo."

"Que você acha que é mais séria do que uma mera fraude. O que é que podia ser?"

"A perita é você, Maxine. Se fosse um paraíso fiscal clássico, as ilhas Cayman, sei lá, seria uma coisa. Agora, sendo o Oriente Médio, e com alguém tomando medidas extremas pra manter o segredo, como se o Ice ou alguma outra pessoa que trabalha com ele não estivesse só fazendo um pé-de-meia, mas financiando alguma coisa, alguma coisa grande e invisível..."

"E... mandar uma nota pretíssima para os Emirados não pode ter um motivo completamente inocente porque...?"

"Porque eu fico tentando encontrar um motivo completamente inocente e não consigo. Você consegue?"

"Eu não sou do ramo de intriga internacional, certo? Bom, no máximo e-mail nigeriano, mas de modo geral eu vivo às voltas com balconista desonesto e vigarista barato."

Ficam um tempo em silêncio, enquanto formas desconhecidas de vida se dedicam a atividades recreativas na comida deles.

"Espero que você continue andando com a sua Tomcat na bolsa."

"Ah, Reg. De repente você é que devia ficar com ela."

"Eu devia era planejar uma viagem pra um lugar bem longe. O Eric, é claro, quanto mais se aprofunda no caso vai ficando cada vez mais paranoico. Agora ele só quer se encontrar comigo na deep web, e não no metrô, e pra falar com franqueza, eu estou meio relutante."

"Relutante por quê?"

"Você já esteve lá?"

"Há pouco tempo. Parece ser um lugar bem tranquilo pra marcar um encontro."

"Já que você gosta tanto de lá, você é que devia se encontrar com o Eric. E dispensar o intermediário."

"Pode ser, se você não se incomodar." Será que ela está pensando em *hawalas*, na hashslingrz, até mesmo na segurança de Reg — mas não, é aquele terminal com decoração art déco bolado pelo Lucas e pelo Justin que talvez lhe dê, ou não dê, acesso ao DeepArcher. Seja lá o que for o tal do DeepArcher. Ela ainda não seria capaz de admitir o fato, mas já está começando a esboçar o primeiro rascunho de uma fantasia em que Eric, o xerpa da deep web, fiel e talvez até bonitinho, a ajuda a se orientar naquele labirinto. Nancy Drew, a detetive amadora. "Talvez fosse melhor primeiro um contato no mundo real. Presencial. Pra ver se um pode confiar no outro."

"Boa sorte. Você acha que *eu* sou paranoico? Atualmente, só de você chegar perto dele o cara entra em parafuso."

"Eu posso dar um jeito de parecer que foi um encontro por acaso. É uma manobra bem tradicional. Me arruma uma lista dos lugares que ele frequenta?"

"Eu te mando por e-mail." E logo Reg, depois de dar uma olhada geral na rua, sai de fininho em direção ao centro da cidade, a quilômetros dali no mormaço primaveril.

Um dos sensores mais úteis de Maxine é sua bexiga. Quando está fora do alcance das informações que está procurando, ela consegue passar dias inteiros sem nem pensar em mijar, mas quando está na proximidade de números de telefones, *koans* ou dicas a respeito de investimentos na Bolsa que talvez lhe rendam lucros, uma vontade intensa já a fez chegar a tantos banheiros que ela aprendeu a lhe dar atenção.

Desta vez ela está na vizinhança do Flatiron Building quando o alarme dispara. Ignorando o bom senso, entra no interior mal iluminado, engordurado e fumacento do Wall of Silence, outrora lugar da moda frequentado pela turma da bolha da tecnologia, que de lá para cá foi reduzido à mais abjeta pé-sujice. O caminho que leva aos banheiros não é tão bem balizado quanto podia ser. Maxine dá por si perambulando por entre as mesas ocupadas por fregueses que são ou casais infelizes ou homens solitários, talvez fortes candidatos ao disque-ajuda. Aliás, um deles parece estar a chamá-la pelo nome, com certa insistência. Bem, é um conflito entre duas insistências em sentidos opostos. Ela aperta a vista para enxergar na penumbra.

"Lucas?" Ele mesmo, e os sinais de decadência pessoal são visíveis inclusive ali. "Você por acaso sabe onde eles guardam a privada aqui?"

"Oi, Maxine, vem cá, já que você está indo lá, dá pra me fazer um favor..."

"Você acabou de terminar com alguém", pois aquele lugar era bem apropriado para se escolher numa hora dessas, "e quer saber como ela está. Claro. Como é que ela se chama?"

"Cassidy, mas como é que você..."

"E onde que fica?"

Tem que passar pela cozinha, descer uma escada e virar duas vezes num corredor. Tão mal iluminado quanto o andar de cima, o que para alguns seria até uma maneira delicada de se expressar. Há um cheiro de cânhamo sendo queimado intencionalmente. Maxine corre a vista pelas cabines, que não são muitas. Não há sangue saindo por baixo de nenhuma das portas, nenhum som de choro incontrolável, muito bem, muito bem...

"Cassidy?"

"Quem é?", vindo de dentro de uma das cabines. "A piranha pela qual ele me trocou, é claro."

"Não, obrigada pela parte que me toca, mas eu já estou com muitos problemas. Vou dar uma entrada rápida aqui", escolhendo a cabine ao lado da de Cassidy.

"Eu devia ter adivinhado o que estava acontecendo assim que entrei nesse lugar", diz Cassidy. "Melhor se a gente resolvesse tudo na rua."

"O Lucas está se sentindo meio culpado, quer saber se você está bem."

"Tudo bem, vim aqui pra mijar, não pra cortar os pulsos. Quem é o Lucas?"

"Ah."

"Faz sentido, isso é que dá eu me meter nessas boates. Ele disse que o nome dele era Kyle."

Estão sentadas lado a lado, uma sem ver a outra, a divisória que as separa coberta de inscrições em *pilot*, lápis para olhos, batom depois esfregado e borrado à guisa de comentário, se esparramando pela parede em sombras vermelhas, números de telefone com prefixos já expirados, carros à venda, confissões de amores perdidos, encontrados ou desejados, queixas raciais, comentários ilegíveis em caracteres cirílicos, arábicos, chineses, uma rede de símbolos, um folheto de viagem para excursões noturnas que Maxine ainda não pensou em fazer. Enquanto isso, Cassidy está esboçando um roteiro ainda não encomendado a respeito de namoros doentios ao sul da rua 14, o piloto de um seriado no qual Lucas, ao que parece, vai ser apenas um figurante. Só que depois, de modo inexplicável, mas inexplicável só por um momento, Cassidy começa a falar no DeepArcher.

"É, aquela tela de abertura", Maxine entusiasma-se, "é irada."

"Fui eu que fiz. Que nem aquela mulher que desenhou as cartas de tarô. Irada e além disso sinistra", semi-, mas apenas semi-, irônica.

"Espera aí, irada e sinistra, onde foi que eu já ouvi isso?"

Isso mesmo, vem à tona que quando ela conheceu Lucas, Cassidy estava trabalhando na cagfcisedgpw.com.

"Você tinha algum tipo de contrato com o Lucas, ou Kyle, ou lá o que seja?"

"Não, mas também não estava trabalhando por amor, não. Difícil de explicar. A coisa vinha de algum lugar, durante mais ou menos um dia e meio eu fiquei achando que estava sendo envolvida por forças fora do meu perímetro normal, tá ligada? Não era medo não, eu só queria era acabar com a coisa logo de uma vez, escrevi o arquivo, transei o Java, não olhei mais pra aquilo. Depois eu me lembro que um deles falou caralho, isso aqui é muito foda, mas sabe, não sei como é que eles vão conseguir encontrar tráfego. Se eu fosse uma usuária nova, e de repente esbarrasse naquilo, não é, eu ia fazer Public Void Close rapidinho e tentar esquecer o negócio. Melhor eles procurarem um cliente único, o Gabriel Ice, sei lá."

Depois de algum tempo, através de uma estranha percepção extrassensorial latrinal, as duas moças emergem ao mesmo tempo de suas respectivas cabines e se encaram. Maxine não se espanta muito de encontrar tatuagens, *piercings*, cabelos num tom de orquídea que não consta em nenhum mapa do genoma humano, uma idade um pouco abaixo do limite legal para qualquer coisa. Por outro lado, a maneira como Cassidy olha para ela a faz sentir-se meio, assim, Hillary Clinton.

"Dá pra você dar uma olhada lá em cima pra ver se ele ainda está lá?"

"Com prazer." Maxine ascende para o trevoso círculo da decadência. Sim, ele ainda está lá.

"Eu estava começando a ficar preocupado com vocês duas."

"Lucas, a menina tem doze anos. E é melhor você começar a pagar os royalties dela."

9.

De vez em quando um órgão arrecadador de impostos, como o Departamento Financeiro da prefeitura de Nova York, contrata uma auditoria externa, principalmente quando o prefeito é republicano, já que seu partido aceita a curiosa teoria de que o setor privado é sempre bom e o público é sempre mau. Maxine chega no escritório a tempo de receber um telefonema de Axel Quigley, da John Street, com as últimas a respeito de mais um caso tristíssimo de sonegação do imposto sobre a venda, levando a coisa para o lado pessoal como sempre, muito embora o caso já esteja se desenrolando há algum tempo. Os informantes de Axel costumam ser empregados insatisfeitos, aliás ele e Maxine se conheceram numa Oficina de Empregados Insatisfeitos coordenada pelo professor Lavoof, geralmente reconhecido como o padrinho da Teoria da Insatisfação no Trabalho e criador do influente Programa de Simulação de Insatisfação Crônica e Outras Situações Estressantes, conhecido também como PSICOSE.

Segundo Axel, alguém numa cadeia de restaurantes chamada Muffins and Unicorns está usando um *phantomware* que falsifica os recibos da caixa registradora. Os dispositivos que suprimem vendas ou bem já vêm instalados da fábrica nas próprias registradoras ou bem rodam num aplicativo customizado conhecido como *zapper*, mantido num CD. Há indícios de que o culpado seja alguém dos altos escalões da administração, possivelmente o dono. Para Axel, o principal suspeito é Phipps Epperdew, mais conhecido como Vip porque ele sempre parece que acaba de sair de uma sala VIP de aeroporto, ou então que acaba de exibir um cartão de descontos contendo a sigla em questão.

O que Maxine acha interessante nas fraudes que envolvem *zappers* é o contato cara a cara. Você não aprende a usar o *zapper* através de um manual, porque não há nada impresso. As características do software que não estão no manual têm que ser transmitidas em pessoa, oralmente, do vendedor da caixa registradora para o usuário. Assim como algumas mágicas secretas são transmitidas por rabinos bruxos para aprendizes de cabala. Se o manual é a escritura, os tutoriais dos programas-fantasmas são o conhecimento secreto. E os *geeks* que o promovem são — com a diferença de um ou dois detalhes menores, como a retidão e os poderes espirituais elevados — os rabinos. Tudo estritamente pessoal e, de um modo enviesado, até mesmo romântico.

Sabe-se que Vip está envolvido com elementos suspeitos no Quebec, onde a indústria do *zapper* está a todo vapor no momento. No auge do inverno passado, Maxine foi contratada pelo município, secretamente como sempre, e foi de avião até Montreal para *chercher le geek*. Arrolada no manifesto do Dorval Airport, fez o check-in no Courtyard Marriot na rue Sherbrooke e foi bater pé na cidade, indo de uma roubada para outra, entrando em prédios cinzentos aleatórios onde, muitos andares abaixo do térreo, nos corredores, ouvem-se ruídos de lanchonete, e lá estava *le tout Montréal* almoçando numa longa série de comedouros, formando na cidade subterrânea um verdadeiro arquipélago, o qual naquela época parecia expandir-se tão depressa que ninguém conhecia um mapa confiável que cobrisse tudo. E lojas e mais lojas a ponto de levar Maxine à náusea, entradas dos fundos de estações do metrô, bares com jazz ao vivo, empórios de crepes e depósitos de *poutine*, mais e mais corredores reluzentes descortinando-se, prestes a encher-se de mais lojas, tudo isso sem necessidade de aventurar-se nas ruas gélidas ao rés do chão. Por fim, graças a um número de telefone encontrado na parede do banheiro de um bar em Mile End, ela localizou um tal de Felix Boïngueaux, que trabalhava num apartamento de porão, que lá eles chamam de *garçonnière*, perto da rue Saint-Denis, e para quem o nome de Vip evocava não reconhecimento mas pânico, pois ao que parecia havia uma questão de pagamentos atrasados. Marcaram um encontro numa lavandaria automática com internet chamada NetNet, que em breve se tornaria uma lenda no Plateau. Felix parecia ter quase idade para tirar carteira de motorista.

Depois que passaram da troca de *enchantés*, Felix, como todo mundo na cidade, não viu nenhum problema em trocar de marcha e passar a falar em inglês. "Quer dizer que você e o sr. Epperdew são colegas?"

"Vizinhos, na verdade, em Westchester." Fingindo ser mais uma comerciante desonesta interessada nas "opções ocultas de deletar" para sua rede de pontos de venda, apenas por curiosidade técnica, é claro.

"Sou capaz de passar por lá em breve, procurando financiamento."

"Mas nos Estados Unidos não haveria um problema legal?"

"Não, aliás é pra iniciar um projeto de MAP."

"Algum novo movimento político?"

"Medidas anti-*phantomware*."

"Peraí, mas você não é pro-*phantomware*? Como é que pode ser 'anti'?"

"A gente cria, a gente desabilita. Você está torcendo o nariz. Aqui nós estamos acima do bem e do mal, é tecnologia, é uma coisa neutra, né?"

Chegam ao apartamento subterrâneo de Felix a tempo de pegar o filme daquela noite na Rede dos Povos Aborígines, cuja cinemateca continha todos os filmes de Keanu Reeves já feitos, inclusive, naquela noite, o preferido de Felix, *Johnny Mnemonic — O cyborg do futuro* (1995). Fumaram um baseado, pediram pizza à Montreal coberta com formas pouco conhecidas de salsicha, mergulharam no filme e Nada, como diria Heidi, Aconteceu, só que dois dias depois Maxine voltou para Nova York com um arquivo sobre Vip Epperdew bem mais gordo do que era antes, e o órgão que a contratou concluiu que o dinheiro tinha sido bem gasto.

Então, durante meses, não teve notícia do caso, e de repente lá está o Axel de novo. "Só queria te avisar, o Vip está fodido e mal pago, e o Departamento de Finanças é o fodedor em questão."

"Obrigado pelo boletim, eu não estava nem conseguindo dormir."

"A Promotoria Pública está dando início à papelada neste exato momento. Só falta a gente saber uns pequenos detalhes. Por exemplo, onde ele está. Você por acaso não saberia, não é?"

"Eu e o Vip não somos exatamente amiguinhos, Axel. Puxa. É só a gente sorrir pra uma testemunha que todo mundo começa a ficar cismado."

A descida para o sono esta noite é helicoidal e lenta. Assim como os insones rememoram certas melodias e letras da juventude, Maxine fica rodando em círculos em torno de Reg Despard, a bordo do *Aristide Olt*, aquele garoto magrinho e lépido, atravessando com um sorriso determinado o dia a dia infeliz do cineasta independente que não conhece ninguém. Nutrir a esperança de que esse projeto hashslingrz não acabe se tornando um horror para ele é chafurdar num banho morno de negação. Alguma outra coisa está acontecendo, Reg sabia exatamente quem deveria procurar, ele entendeu Maxine muito bem, sabia que ela seria capaz de sentir algo comparável à preocupação que lhe proporcionava a transgressão das fronteiras da ganância comum, os motores da noite e do olvido forçado, já na pista, acelerando...

Quando então, no instante antes da transição para a fase REM, o telefone toca, e é o próprio Reg.

"Não é mais um filme, não, Maxi."

"Que horas você pretende acordar amanhã, Reg?" Ou, em outras palavras — isso são horas de telefonar, porra.

"Não vou dormir esta noite."

O que significa que Maxine provavelmente também não vai. Então eles se encontram para um café da manhã ultracedo numa lanchonete ucraniana vinte e quatro horas no East Village. Reg está num canto ao fundo, digitando no seu PowerBook. É verão, a umidade e o calor ainda não estão horrendos, mas ele está suando.

"Você está com uma cara péssima, Reg, o que houve?"

"Oficialmente", afastando as mãos do teclado, "eu tenho carta branca pra explorar a hashslingrz, certo? Só que eu sei desde o começo que não tenho, não. E ontem, bom, finalmente, eu entrei na porta errada."

"Tem certeza que ela não estava trancada e você apelou pro pé de cabra?"

"Ora, não devia estar trancada, na porta tinha uma placa — 'Banheiro'."

"Quer dizer que você entrou ilegalmente..."

"Seja o que for. É uma sala, sem nenhuma louça de banheiro, parece um laboratório, com bancada, equipamento, o cacete, cabos, plugues, peças e mão de obra pra alguma encomenda que na mesma hora eu percebo que não sei nem quero saber o que é. E ainda por cima eu vejo que tem vários árabes falando pelos cotovelos, e assim que eu entro, todo mundo cala a boca."

"Como é que você sabe que são árabes, eles estão de turbante, com camelos?"

"O que eles falavam parecia árabe, eles não eram americanos nem chineses, e quando eu levantei a mão e disse: 'Ó ferozes habitantes dos desertos, qual é...'."

"Reg."

"Bom, na verdade o que eu falei foi *Ayn al-hammam*, onde fica o banheiro, e um deles chega pra mim, frio, educado: 'O senhor está procurando banheiro?'. Eles cochicham, mas ninguém atira em mim."

"Eles viram a câmara?"

"Não sei. Cinco minutos depois eu sou chamado à sala do Ice, ele mesmo, e a primeira coisa que ele quer saber é se eu filmei a sala e os caras que estavam lá dentro. Eu digo que não. Claro que é mentira.

"E ele: 'Porque se você tivesse filmado, eu ia precisar que você me entregasse o que você filmou'. Foi aí, sabe, com esse 'precisar', que nem quando o policial te diz que vai precisar que você salte do carro, foi aí que eu comecei a ficar assustado. Sério, já não sei mais se estou a fim de levar esse projeto adiante."

"O que os caras estavam fazendo? Montando uma bomba?"

"Espero que não. Tinha muito circuito integrado espalhado na bancada. Bomba não precisa de tanta eletrônica, né? Vem merda por aí."

"Posso ver o que você filmou?"

"Eu queimo um disco pra você."

"O Eric já viu?"

"Ainda não, ele está numa missão, neste momento exato, lá na região fronteiriça entre o Brooklyn e o Queens, fingindo que é um viciado a fim de descolar *khat*. Mas o que ele está procurando mesmo é o *hawaldar* do Ice."

"Por que é que ele ficou tão motivado de repente?"

"Acho que tem a ver com droga, mas eu evito perguntar."

Ela está no banho tentando ficar lúcida quando alguém enfia a cabeça dentro da cortina do boxe e começa a fazer aquele barulho agudo dos efeitos sonoros da cena do chuveiro em *Psicose* (1960). Em outras épocas Maxine teria gritado e tido algum tipo de surto, mas agora, reconhecendo a intenção chistosa, limita-se a murmurar "Oi, meu bem", pois é claro que não é outro senão o ainda presentíssimo Horst Loeffler, aparecendo sem avisar, tal como Basil St. John na vida de Brenda Starr, mais um ano de rugas a aprofundar-se em seu rosto, já pronto para a partida, enquanto do outro lado pequenos brilhos polarizados de lágrimas, na hora exata, surgem nas bordas das pálpebras de Brenda Starr.

"Oi! Vim um dia antes, levou susto?"

"Não, e por favor nada de olhares libidinosos, tá bom, Horst? Já estou saindo." Estaria ele de pau duro? Ela voltou para dentro do boxe depressa demais para ter certeza.

Maxine entra na cozinha, corada e úmida, o cabelo retorcido envolto numa toalha, com um roupão atoalhado roubado de um spa no Colorado onde uma vez eles passaram duas semanas, no tempo em que o mundo era romântico, e encontra Horst cantarolando, por algum motivo a respeito do qual ela jamais lhe perguntará, o tema de *Mister Rogers*, "It's a beautiful day in this neighborhood", enquanto explora a geladeira. Fazendo comentário sobre seus diversos descobrimentos arqueológicos cobertos de gelo. Pelo visto, o lanche servido no voo foi bem frugal.

"Achei." Horst, que tem o dom da rabdomancia limitado a sorvete Ben & Jerry's, tira da geladeira um pote semicristalizado de Chunky Monkey e, com uma colher avantajada em cada mão, mete bronca. "E então", depois de algum tempo, "cadê os meninos?"

A segunda colher, ela constata, é para amolecer o sorvete. "O Otis foi jantar com a Fiona, o Ziggy está na escola, num ensaio. Eles vão montar *Eles e elas* agora no sábado à noite, de modo que você chegou na hora certa, o Ziggy vai ser o Nathan Detroit. Tem sorvete no teu nariz, aí."

"Saudade de vocês." Algo no seu tom de voz dá a entender, não pela primeira vez, que, se Maxine quisesse, ela poderia muito bem reconhecer que, longe de exigir uma busca obsessiva pelo soro de orquídea negra por todo o mundo, na verdade, embora ele próprio não tenha consciência do fato, o que o sistema imunológico de Horst não anda processando muito bem é a terrível Depressão de Ex-Marido.

"Hoje a gente deve pedir comida em casa, assim que o Ziggy chegar, se você estiver interessado."

É justamente então que Ziggy chega. "Mãe, quem que fez essa bagunça, xovê se eu adivinho, mais um namorado da internet?"

"Ora", Horst olhando-o de alto a baixo, "você de novo."

Um abraço, é o que Maxine acha, olhando de fininho, um pouco mais prolongado do que era de se esperar.

"E aí, como vai lá na luta judaica?"

"Indo. Ontem matei um instrutor."

"Sinistro."

Maxine fingindo folhear uma pilha de menus de restaurantes com entrega em domicílio. "O que é que vocês estão a fim de comer? Já sei que tem que ser um bicho ainda vivo."

"Qualquer coisa que não seja essas gororobas meganaturebas de hippie."

"Ah, qual é, pai — pão de alfafa? *Chips* de beterraba orgânica? Hmmmm!"

"Dá água na boca só de pensar!"

Logo junta-se a eles Otis, o mais luxento, ainda com fome porque as receitas de Vyrva tendem a ser meio experimentais, de modo que mais menus são acrescentados à pilha, e as negociações ameaçam prolongar-se pela noite adentro, com a complicação adicional das Regras de Vida de Horst, entre elas evitar restaurantes com logotipos em que a comida tenha rosto ou use um traje engraçadinho. Terminam, como sempre, telefonando para a Comprehensive Pizza, cujo cardápio de sabores, massas e formatos tem a espessura aproximada de um catálogo da Hammacher Schlemmer no período natalino e cuja área de cobertura na verdade não se estende ao prédio em que eles estão, o que exige a tradicional discussão talmúdica a respeito da possibilidade ou não de fazer o pedido.

"Desde que eu esteja sentado na frente da tevê às nove", sendo Horst um espectador fiel do canal a cabo BPX, que só transmite cinebiografias, "o U.S. Open está chegando, esta semana vai ser só filmes sobre grandes golfistas, o Owen Wilson faz Jack Nicklaus, o Hugh Grant em *A história de Phil Mickelson...*"

"Eu estava planejando assistir uma maratona de Tori Spelling no Lifetime, mas tudo bem, eu uso a outra televisão, sinta-se em casa."

"Muita bondade sua, meu bagelzinho com tudo."

Os meninos reviram os olhos, mais ou menos em sincronia. Chegam as pizzas, todo mundo começa a pegar fatias, vem à tona que nesta viagem Horst pretende ficar um tempo em Nova York. "Eu subloquei um escritório no World Trade Center. Lá no andar cento e tantos."

"Não é exatamente uma plantação de soja", comenta Maxine.

"Ah, hoje em dia tanto faz onde a gente está. O pregão viva voz já está com os dias contados, todo mundo agora vai de Globex via internet, eu estou só demorando mais pra me adaptar do que os outros, esse trabalho de corretor já era, no futuro vou acabar ganhando uns trocados como figurante em filme de dinossauro."

Altas horas, conseguindo desligar-se das complexidades do caso hashslingrz, Maxine é atraída ao quarto de hóspedes por uma voz da televisão de lá, falando com uma ênfase graciosamente desengonçada, quase familiar — "Eu respeito a sua... experiência e intimidade com esse campo mas... acho que no caso desse buraco... um ferro cinco não seria... adequado..." e lá está Christopher Walken estrelando A história de Chi Chi Rodriguez. E Ziggy e Otis e o pai deles estão todos na cama, cochilando em frente à tela.

Bom, os dois adoram o pai. O que é que ela pode fazer? Maxine tem vontade de deitar-se ao lado dos três, é verdade, e assistir ao resto do filme, mas eles ocuparam todo o espaço. Vai para a sala e liga a tevê na mesma estação, e adormece no sofá, mas não antes que Chi Chi ganhe o Western Open de 1964 por uma tacada, derrotando Gene Hackman, no papel de Arnold Palmer.

Se você realmente estivesse com tanta raiva quanto todo mundo — quer dizer, Heidi — acha que você devia estar, Maxine diz a si mesma antes de pegar no sono, seria o caso de conseguir um mandado de distanciamento e mandar os meninos para uma colônia de férias nas montanhas Catskill...

No dia seguinte Horst leva Otis e Ziggy para conhecer seu novo escritório no World Trade Center, e eles almoçam no Windows on the World, onde se exige traje passeio completo, de modo que os meninos vão de terno e gravata. "É que nem estudar no Collegiate", resmunga Ziggy. Por acaso, naquele dia o vento está um pouco acima da média, fazendo a torre balançar um metro e meio para cada lado, dando a impressão de serem três metros. Em dias de tempestade, segundo Jake Pimento, que divide a sala com Horst, é como estar no cesto da gávea de um navio altíssimo, e dá para ver lá embaixo os helicópteros e jatinhos e os arranha-céus da vizinhança. "Parece meio frágil, aqui em cima", diz Ziggy.

"Que nada", responde Jake, "é sólido que nem um encouraçado."

10.

Na noite de sábado, na Kugelblitz, embora a equipe de iluminação, doidona de fumo, se atrapalhe e esqueça as deixas, e embora as crianças que interpretam Sky e Sarah, que na vida real estavam namorando, tenham brigado feio, publicamente, no ensaio geral, *Eles e elas* é um tremendo sucesso, e vai ficar melhor ainda no DVD que o sr. Stonechat, o diretor, está gravando, por conta dos numerosos problemas de visibilidade do auditório Scott and Nutella Vontz, cujo arquiteto, por efeito de um problema mental, mudou de ideia várias vezes a respeito de detalhes como fazer com que as poltronas estivessem de fato voltadas para o palco e coisas semelhantes.

Os avós gritam "bravo!" e tiram fotos. "Volte pro apartamento", Elaine dirigindo a Horst seu tradicional mau-olhado de *shviger*, "vamos tomar um café."

"Eu vou com vocês até a esquina", diz Horst, "mas depois tenho um compromisso de trabalho."

"Quer dizer que você vai levar os meninos para o Oeste?", pergunta Ernie.

"O Meio-Oeste, onde eu passei a infância."

"E você vai ficar o tempo todo nos fliperamas da vida", Elaine muito simpática.

"Nostalgia", Horst tenta explicar. "Quando eu era garoto, os fliperamas estavam no auge, e acho que agora não consigo admitir que esse tempo passou. Hoje em dia é game de computador em casa, Nintendo 64, Play Station, e agora essa tal de Xbox; de repente eu quero é que os meninos vejam como é que a gente matava *alien* nos velhos tempos."

"Mas... a rigor isso não é sequestro? Atravessar divisa de estado com menores de idade, essas coisas?"

"Mãe", Maxine surpreendendo-se a si própria, "ele... é o pai."

"Olha a minha vesícula, Elaine, por favor", Ernie admoesta. Felizmente, a esquina. Horst acena. "Até mais, pessoal."

"Telefona se for chegar mais tarde?" Maxine tentando relembrar sua voz normal de casada. O olho no olho com Horst também ajudaria, mas neca.

"A essa hora da noite?", Elaine pergunta depois que Horst se afasta. "Que espécie de 'trabalho' pode ser, hein?"

"Se ele viesse conosco, você ir reclamar dele ter vindo", Maxine perguntando-se por que de repente está defendendo Horst. "Ele pode estar querendo ser educado, já ouviu falar nisso?"

"É, mas a gente comprou comida pra abastecer um exército, quem sabe eu não podia chamar..."

"Não", rosna Maxine, "não chama ninguém, não. Nada de advogado e ginecologista com short de Harvard, nem pensar. Por favor."

"Ela nunca vai me perdoar", diz Elaine, "uma vez só. Paranoia, que coisa."

"Quem será que ela puxou", Ernie não chega exatamente a perguntar. Um trecho de um dueto que Maxine talvez já tenha ouvido uma ou duas vezes ao longo da vida. Hoje, começando como uma discussão civilizada sobre os méritos de Frank Loessler como compositor de óperas, a conversa vai perdendo o foco e acaba versando sobre a ópera em geral, incluindo um animado debate sobre quem canta melhor o "Nessun dorma". Ernie acha que é Jussi Björling, Elaine acha que é Deanna Durbin em *A irmã do mordomo* (1943), que passou na tevê recentemente. "Aquela versão inglesa da letra?" Ernie fazendo careta. "Abaixo da crítica. Horrível. E ela é uma moça muito bonita, mas não tem *squillo.*"

"Ela é soprano, Ernie. E o Björling devia ser expulso do sindicato, com aquele jeito sueco de cantar '*Tramontate, stelle*', inaceitável."

E assim por diante. Quando Maxine era criança, eles insistiam em tentar arrastá-la à Metropolitan Opera, mas não adiantou, ela nunca se transformou numa Aficionada, passou anos achando que Jussi Björling era nome de um campus na Califórnia. Nem mesmo aquelas matinês facilitadas para crianças, com celebridades televisivas com chifres saindo dos elmos, conseguiam interessá-la. Felizmente a coisa só fez saltar uma geração, e tanto Ziggy quanto Otis se transformaram em companheiros confiáveis para seus avós em suas incursões à ópera, sendo que Ziggy prefere Verdi, e Otis, Puccini, nenhum dos dois se entusiasmando muito por Wagner.

"Por mim, vovó, vovô, com todo o respeito", ocorre a Otis agora, "é a Aretha Franklin, aquela vez que ela substituiu o Pavarotti na entrega dos Grammys, uns anos atrás, em 98."

"'Uns anos atrás, em 98'. Tanto, tanto tempo atrás. Vem cá, sua pestinha." Elaine estendendo a mão para beliscar-lhe a bochecha, o que ele consegue evitar.

Ernie e Elaine moram num apartamento clássico de três quartos, mais dependências de empregada, construído antes da guerra, com aluguel controlado, o pé-direito comparável ao de um estádio esportivo. Nem precisa dizer que dá para ir a pé à Met.

Elaine brande uma vara de condão, café e acepipes materializam-se.

"Só isso!" Cada garoto segura um prato contendo uma pilha pouco saudável de pastéis, *cheesecake*, strudel.

"Vocês estão querendo é levar um *frosk*..." enquanto os meninos correm para o quarto ao lado para ver *Space Ghost de Costa a Costa*, todos os episódios do qual foram prestativamente gravados pelo avô deles. "E não quero ver farelo aí no quarto, não!"

Por reflexo, Maxine dá uma olhada nos quartos outrora ocupados por ela e por sua irmã, Brooke. O de Brooke agora está cheio de móveis novos, cortinas, papel de parede também. "Que é isso?"

"Pra Brooke e pro Avi, quando eles voltarem."

"E quando é que eles voltam?"

"O quê?" Ernie, com uma cara sapeca. "Então você não viu a coletiva deles? Parece que vai ser antes do *Labor Day*, se bem que ele provavelmente chama de *Likud Day*."

"Ernie, Ernie."

"Eu disse alguma coisa? Se ela quer casar com um fanático, problema dela, a vida é cheia de surpresas agradáveis assim."

"O Avram é um bom marido", Elaine sacudindo a cabeça, "e eu vou dizer uma coisa, ele nem é muito de política."

"Me desculpa, mas software pra aniquilar os árabes, isso não é política?"

"Vamos tomar um café em paz, hein", Maxine intervém, melíflua.

"Está bem", Ernie levantando as mãos para o céu, "é sempre o coração materno que cai da caixa de sapato na neve, ninguém nunca pergunta pelo pai, não, pai não tem coração."

"Ah, Ernie. Ele é um nerd de informática que nem todo mundo da geração dele, é uma pessoa inofensiva, seja mais generoso."

"Se ele é tão inofensivo, então por que é que o FBI vive vindo aqui querendo saber dele?"

"O quê?" Ao soar de um gongo em algum filme de Fu Manchu jamais lançado, abrupto e estridente, em algum lóbulo cerebral nem tão obscuro assim, Maxine, apesar de ter sido diagnosticada há anos com Deficiência Crônica de Chocolate, imobiliza-se, garfo no ar, ainda olhando fixamente para o bolo de mousse de três chocolates da Soutine, tendo sofrido um súbito redirecionamento de interesse.

"Então é a CIA", Ernie dando de ombros, "a NSA, a KKK, sei lá, 'Só mais uns detalhes pros nossos arquivos', é o que eles costumam falar. E depois, ficam horas fazendo perguntas muito constrangedoras."

"Quando que isso começou?"

"Logo depois que o Avi e a Brooke foram pra Israel", Elaine tem certeza.

"Que tipo de pergunta?"

"Conhecidos, empregador antigo ou atual, familiares, e já que você vai acabar perguntando mesmo, o seu nome foi citado, e", Ernie com uma expressão marota que ela conhece bem, "se você não quer esse pedaço de bolo…"

"Depois você vai ter que explicar lá pros plantonistas do Lenox Hill por que levou uma garfada na mão."

"Toma aí, um dos caras deixou o cartão dele", Ernie entregando-o, "quer que você dê uma ligada pra ele, sem pressa, só quando você tiver um tempinho."

Maxine olha para o cartão. Nicholas Windust, Encarregado de Casos Especiais, e um número de telefone com código de área 202, que é Washington, D.C., tudo bem, mas fora isso não tem nada no cartão, nenhum nome de um órgão, nem mesmo um logotipo.

"Muito bem vestido", relembra Elaine, "ao contrário do modo que eles costumam andar. Sapatos ótimos. Sem aliança no dedo."

"Não acredito, ela está querendo me cafetinar pra um agente federal? Quer dizer, é claro que eu acredito."

"Ele fez muitas perguntas sobre você", prossegue Elaine.

"Rrrr..."

"Por outro lado", tranquila, "você tem razão, sim, ninguém devia namorar um agente federal, a menos que ele já tenha assistido à *Tosca* pelo menos uma vez. A gente até estava com os ingressos, mas você já tinha compromisso naquela noite."

"Mãe, isso foi em 1985."

"Plácido Domingo e Hildegard Behrens", Ernie sorridente. "Lendário. Você não está metida em nenhuma confusão, não, não é?"

"Ah, pai. Eu estou sempre envolvida nuns dez casos ao mesmo tempo, e sempre tem alguma coisa a ver com o governo federal — um contrato com o governo, uma regulamentação bancária, algum problema com a Lei do Crime Organizado, uma papelada a mais, e depois a coisa acaba e começa outra." Tentando não dar a impressão de estar atenuando a ansiedade de algum dos presentes.

"Ele parecia..." Ernie apertando os olhos. "Ele não parecia um burocrata. Mais uma pessoa que faz trabalho de campo. Mas pode ser que eu é que já não tenha sensibilidade pra essas coisas. Ele me mostrou o *meu* dossiê, já te contei?"

"Ele o quê? Pra ganhar a confiança do entrevistado, claro."

"Esse aqui sou eu?", disse Ernie quando o homem lhe mostrou a foto. "Estou a cara do Sam Jaffe."

"Algum amigo seu, sr. Tarnow?"

"Ator de cinema." Explicando àquele Efrem Zimbalist Jr., que em *O dia em que a Terra parou* (1951) Sam Jaffe, no papel do professor Barnhardt, o homem mais inteligente do mundo, o Einstein, só que diferente, depois de escrever umas equações avançadas no quadro-negro, dá uma saída rápida. O extraterrestre Klaatu aparece procurando por ele e encontra o quadro-negro coberto de símbolos, tipo assim a pior aula de álgebra da sua vida, repara no que lhe parece um erro no meio daquilo, apaga uma coisa e escreve outra, depois vai embora. Quando o professor volta à sala, ele imediatamente vê a mudança feita nas suas equações e fica sorrindo para o quadro-negro. Foi mais ou menos essa a expressão que surgiu no rosto de Ernie no momento exato em que o obturador oculto do agente federal desceu.

"Já ouvi falar nesse filme", lembrou o tal do Windust, "propaganda pacifista no auge da Guerra Fria, creio que foi assinalado como de inspiração possivelmente comunista."

"É, vocês puseram o Sam Jaffe na lista negra também. Ele não era comunista, não, mas se recusou a depor. Passou anos sem conseguir ser contratado por nenhum estúdio. Ganhava a vida como professor de matemática no colegial. O que é curioso."

"Ele dava aula no colegial? E quem é que era desleal a ponto de contratar esse cara?"

"Estamos em 2001, Maxeleh", Ernie agora sacudindo a cabeça de um lado para o outro, "a Guerra Fria está oficialmente encerrada, não é possível que essas pessoas não tenham mudado e tocado em frente, de onde vem essa inércia terrível?"

"Você sempre dizia que o tempo delas não passou, ainda está por vir."

Na hora de dormir, Ernie costumava contar às filhas histórias assustadoras do tempo da lista negra. Outras crianças ouviam histórias dos sete anões, mas Maxine e Brooke ficavam sabendo dos dez de Hollywood. Os ogros e feiticeiros maus eram normalmente republicanos dos anos 50, cheios de um ódio tóxico, presos no tempo em algum ponto perto de 1925, com uma repulsa quase física de qualquer coisa que fosse à esquerda do "capitalismo", termo que para eles normalmente significava manter uma pilha crescente de dinheiro protegida das depredações do imposto de renda. Para quem estava sendo criado no Upper West Side, era impossível não ouvir falar de gente desse tipo. Maxine muitas vezes se pergunta se isso não a teria influenciado a trabalhar em investigações de fraudes, tal como talvez tenha levado Brooke em direção a Avi e sua versão high-tech da política.

"E aí, você vai ligar pra ele?"

"Você está parecendo a nossa amiga aí. Não, pai, não tenho nenhum plano de fazer isso."

No entanto, parece que não é Maxine quem decide. No dia seguinte, na hora do rush vespertino, está começando a chover... tem vezes que ela não consegue resistir, precisa sair à rua. O que poderia ser apenas um ponto no ciclo do cotidiano, uma reconvergência do que o dia dispersou, como disse Safo em algum curso da faculdade de anos atrás, Maxine já não lembra, se transforma em um milhão de dramas de pedestres, cada um deles carregado de mistério, mais intenso do que permite a luz do dia quando o barômetro está elevado. Tudo muda. Tem aquele cheiro limpo de chão molhado de chuva. Os ruídos do trânsito se liquefazem. Reflexos da rua nas janelas dos ônibus enchem o interior dos coletivos de imagens tridimensionais ilegíveis, em que superfícies inexplicavelmente transformam-se em volumes. Os típicos babacas agressivos nova-iorquinos que abundam nas calçadas também ganham alguma profundidade, algum propósito — eles sorriem, desaceleram, até mesmo com um celular grudado no ouvido é mais comum encontrá-los cantando para alguém do que berrando. Alguns são vistos levando plantas em vasos para passear na chuva. Até mesmo o mais leve contato entre guarda-chuvas ganha laivos de erotismo.

"Dependendo do guarda-chuva, é o que você quer dizer", Heidi uma vez tentou esclarecer.

"Heidi, como você é exigente, qualquer guarda-chuva, tanto faz."

"Maxi, como você é boba, e se for o Ted Bundy?"

E esta noite é algo do gênero, na verdade Maxine está debaixo de um andaime esperando que passe uma rápida intensificação do aguaceiro quando se dá conta de algum tipo de presença masculina. Guarda-chuvas que se tocam. *Strangers in the night, exchanging* — Não, peraí, é outra coisa.

"Boa noite, sra. Tarnow." Ele está estendendo um cartão de visita, que ela reconhece como uma cópia do mesmo cartão que Ernie lhe mostrou na véspera. Este ela não pega. "Tudo bem, não tem chip de GPS nem nada."

Ai porra. Aquela voz, sonora, excessivamente treinada, falsa como voz de secretária eletrônica. Ela olha de relance para o lado. Cinquentão, sapatos marrons quase pretos, que Elaine consideraria bonitos, capa de chuva com alto teor de poliéster, desde a escola primária o tipo de pessoa que todo mundo, ela inclusive, sempre lhe disse que era bom evitar. Então, é claro, Maxine começa a falar demais.

"Já tenho um desses. É você em pessoa, Nicholas Windust, imagino que você não deve andar com carteira de identidade da polícia federal, ou um mandado, sei lá. Estou só sendo uma cidadã cuidadosa, você entende, tentando dar a minha contribuição à luta contra o crime." Quando é que ela vai aprender a fechar a boca? É por essas e outras que o pessoal do Transtorno de Personalidade Limítrofe anda atrás dela, aquelas cutucadas periódicas na verdade são atualizações para calibrar a paranoia, e ela faz mal de ignorá-las. Afinal, qual é o meu problema, ela se pergunta, será que sou uma pessoa compulsivamente boazinha? Será que sou mesmo tão desesperada quanto a Heidi diz que sou?

Nesse ínterim, o homem abriu algum objeto de couro desses que cabem no bolso, fechou-o outra vez, pode ser um cartão de sócio da Costco, qualquer coisa. "Olha, você podia nos ajudar muito. Se você não se incomoda de ir até o prédio do governo federal, é coisa rápida…"

"Você tem merda na cabeça?"

"Está bom, então que tal o La Cibaeña lá na Amsterdam? Quer dizer, mesmo lá você pode acabar sendo drogada e abduzida, mas pelo menos o café deve ser melhor do que o do centro."

"Cinco minutos", ela murmura. "Um interrogatório-relâmpago." Por que motivo ela está lhe concedendo esses cinco minutos? Necessidade de agradar os pais, trinta, quarenta anos depois? Genial. Claro que Ernie até hoje acredita que os Rosenberg eram inocentes e odeia o FBI e todos os seus clones, enquanto Elaine é um caso não diagnosticado de OY, síndrome Obsessiva de *Yenta*. Além disso, há algo naquele sujeito, implacável como um alarme antirroubo num carro, a gritar: Inaceitável. Para o James Bond a coisa é fácil, os britânicos sempre podem recorrer aos sotaques, ao lugar onde você comprou o seu smoking, uma coleção de marcadores de classe em vários volumes. Em Nova York, tudo que se tem são os sapatos.

A essa altura de sua análise, a chuva estiou um pouco e eles já chegaram ao La Cibaeña, um café sino-dominicano. Aqui é o meu bairro, só agora o pensamento ocorre a Maxine, e se alguém me vir aqui ao lado dessa mala sem alça?

"Você devia provar as *catibias* do general Tso, são muito elogiadas."

"Porco, eu sou judia, tem uma passagem do Levítico, não me pergunte." Maxine na verdade está com fome, mas pede apenas café. Windust quer um *morir soñando* e conversa um pouco sobre seu pedido, no dialeto dominicano, com a garçonete.

"O *morir soñando* daqui é fantástico", ele informa Maxine, "uma velha receita de Cibao, passa de pai pra filho há várias gerações."

Maxine por acaso sabe que é o dono do café que está lá nos fundos batendo no liquidificador picolés de sorvete de creme. Pensa em comunicar essa informação a Windust e imediatamente se irrita ao se dar conta de que vai parecer que está contando vantagem. "Mas sim. É a respeito do meu cunhado? Ele deve voltar daqui a uns quinze dias, você pode falar com ele pessoalmente."

Windust expira ruidosamente pelo nariz, mais de tristeza do que de irritação. "Quer saber por que toda a comunidade de segurança anda nervosa atualmente, sra. Tarnow? É um software chamado Promis, criado para promotores federais, pra compartilhar dados entre tribunais diferentes. Funciona com qualquer idioma em que os arquivos estejam escritos, qualquer que seja o sistema operacional. A máfia russa está vendendo pros árabes, e, o que é mais relevante, o Mossad está correndo o mundo generosamente ajudando agências locais a instalar o programa, às vezes dando de brinde um curso de krav maga pra aumentar as vendas."

"E às vezes servem *rugelach* da padaria kosher, será que estou começando a perceber um toque de antissemitismo nisso?" Há no rosto dele algo de assimétrico, Maxine repara, não saberia dizer exatamente o quê, talvez sinais de uma ou duas brigas. Uma ou duas rugas, uma tensão não negociável, os primórdios daquela textura esburacada que às vezes os homens adquirem. Uma boca inesperadamente precisa. Os lábios mantidos fechados quando ele não está falando. Nada de trair expectativa com a boca entreaberta. O cabelo ainda molhado de chuva, curto, mantido liso, partido à direita, começando a ficar grisalho... Olhos que talvez tenham visto demais e que na verdade deveriam andar protegidos por óculos escuros...

"Hein?"

Não é uma boa ideia agora, Maxine, entregar-se a meditações. Vamos lá: "E porque eu sou judia, você acha que eu vou me interessar em software judaico? Deve ser algum seminário de relações humanas que vocês são obrigados a cursar periodicamente".

"Sem querer ofender", com um risinho que deixa claro que é justamente o contrário, "mas o que é preocupante nesse tal de Promis é que tem sempre um *backdoor* no programa, de modo que toda vez que ele é instalado num computador do governo em qualquer lugar do mundo — polícia, informações, operações especiais — qualquer pessoa que saiba desse *backdoor* pode entrar por ele e ficar à vontade — em qualquer lugar —, o que compromete todo tipo de segredo. Além disso, tem uns chips israelenses, muito sofisticados, que o Mossad instala junto às vezes, sem necessariamente informar o cliente. O que esses chips fazem é pegar informações mesmo quando o computador está desligado, segurar até a passagem do satélite Ofeq, e aí transmitir tudo pro satélite numa bolada só."

"Ah, esses judeus são mesmo pérfidos."

"E Israel não espiona a gente? Lembra do caso Pollard em 1985? Até jornais de esquerda, como o *New York Times*, deram a notícia, sra. Tarnow."

Até que ponto a pessoa tem que ser de direita, pensa Maxine, para achar que o *New York Times* é um jornal de esquerda? "Quer dizer que o Avram está trabalhando em quê, nos chips, no software?"

"Nós achamos que ele é do Mossad. Pode não ser formado na Herzliya, mas pelo menos é um desses agentes civis informais, que eles chamam de *sayanim*. Ele tem um emprego aqui na diáspora e fica aguardando a hora de entrar em ação."

Maxine consulta o relógio, pega a bolsa e se levanta. "Não estou disposta a vender o marido da minha irmã. Põe na conta de uma idiossincrasia minha. Ah, e os seus cinco minutos já terminaram há um tempão." Ela sente, mais do que ouve, o silêncio dele. "O quê? Que cara."

"Só mais uma coisa, está bem? Lá onde eu trabalho as pessoas ficaram sabendo do seu interesse, a gente imagina que seja profissional, nas finanças da hashslingrz.com."

"É tudo público, os sites que eu uso, nada de ilegal, e como é que você sabe o que eu estou pesquisando?"

"Isso é sopa", diz Windust. "Sabe aquela história — 'Todo clique será investigado'."

"Então, deixa eu ver se adivinho, vocês querem que eu pare de investigar a hashslingrz."

"Não, pelo contrário, se houver fraude, a gente gostaria de ser informado. Algum dia."

"Vocês querem me contratar? Por dinheiro? Ou você estava contando com o seu charme?"

Ele encontra um clone de Ray-Ban Wayfarer no bolso da capa e cobre os olhos. Finalmente. Sorri, com aquela boca precisa. "Quer dizer que eu sou mau que nem o pica-pau?"

"Ah. Agora eu tenho que levantar a autoestima do cidadão. Eu, a dra. Maxine. Escute aqui, só uma sugestão, você é de Washington, procura a seção de autoajuda da livraria Politics & Prose — porque empatia hoje está em falta, o caminhão não fez a entrega."

Ele faz que sim, levanta-se, segue em direção à porta. "Espero que a gente volte a se encontrar um dia desses." Agora que ele está de óculos escuros, é claro que não dá para entender o que isso quer dizer, se é que quer dizer alguma coisa. E além disso, o pão-duro deixou a conta para ela pagar.

Bom. Era para ser o fim do agente Windust. Assim, não ajuda nem um pouco o sonho que ela tem naquela mesma noite, ou mais exatamente na madrugada seguinte, logo antes do amanhecer, um sonho muito vívido, quase lúcido, com Windust, no qual eles não estão exatamente trepando, mas claramente em vias de. Os detalhes se esvaem assim que a luz do novo dia e os ruídos de caminhões de lixo e furadeiras começam a crescer dentro do quarto, até que só lhe resta uma única imagem que se recusa a desfazer-se, de um pênis federal, ferozmente vermelho, predatório, sendo Maxine sua única presa. Ela tentou fugir, mas não com uma sinceridade convincente, do ponto de vista do pênis, que estava usando uma coisa estranha na cabeça, talvez um capacete de futebol americano do time de Harvard. Ele consegue ler os pensamentos de Maxine. "Olha pra mim, Maxine. Não desvia a vista. Olha pra mim." Um pênis falante. Com aquela mesma voz malemolente de locutor de rádio.

Ela consulta o relógio. Tarde demais para voltar a dormir, mas quem é que ia mesmo querer dormir? O melhor a fazer é ir para o escritório e trabalhar em alguma coisa interessante e normal por algum tempo. Quando ela está prestes a sair para levar os meninos à escola, a campainha toca o habitual tema do Big Ben, que alguém, cem anos atrás, julgou apropriado à grandiosidade do edifício. Maxine recorre ao olho mágico e lá está Marvin, o kozmonauta, *dreadlocks* enfiados embaixo do capacete de ciclista, jaqueta laranja e calça tipo cargo azul, e no ombro uma bolsa de carteiro laranja com o logotipo do homenzinho correndo, símbolo da recém-falida kozmo.com.

"Marvin. Levantou cedo. Que roupa é essa — vocês foram à falência já faz umas semanas."

"Nem por isso eu vou parar de andar de bicicleta. Minhas pernas continuam boas, minha bicicleta funciona perfeitamente, eu vou continuar pra sempre, sou o Holandês Voador."

"Estranho, eu não encomendei nada, você deve estar me confundindo com algum outro personagem suspeito, de novo." Só que Marvin tem um misterioso histórico de sempre aparecer com produtos que Maxine sabe que jamais pediu mas que sempre acabam se revelando exatamente o que ela queria.

É a primeira vez que ela o vê à luz do dia. Antes ele pegava no serviço ao cair da tarde, e daí até o dia raiar ficava rodando na sua bicicleta de velódromo de marcha única, entregando sonhos, sorvetes e fitas de vídeo, com garantia de entrega em no máximo uma hora, para a comunidade insone de drogados, hackers, viciados em gratificação instantânea que achavam que o balão das empresas pontocom ia continuar eternamente a ascender.

"A culpa é desses bairros chiques aqui", é a teoria de Marvin. "Assim que a gente começou a fazer entrega ao norte da rua 14, eu sabia que era o princípio do fim."

Reza a lenda que o prefeito Giuliani, que odeia todos os ciclistas entregadores, teria declarado uma vendeta pessoal contra Marvin, o que, juntamente com sua origem trinitário-tobagense e seu status como um dos primeiros empregados da kozmo, fizeram dele um ícone da comunidade ciclista-entregadora.

"Eu estava com saudades, Marvin."

"Muito trabalho. Hoje em dia eu estou em tudo que é lugar, que nem a rede Duane Reade. E não me dá essa nota que você está agitando aí, não, é excesso de grana e de sentimentalismo, ah, e isso aqui é pra senhora."

Apresentando um dispositivo high-tech de plástico bege com cerca de dez centímetros de comprimento e uns dois de largura, que parece ter uma entrada USB numa das extremidades.

"Marvin, o que é isso?"

"Ah, sra. L, sempre fazendo as suas brincadeiras. Eu só faço entregar, minha querida."

Hora de consultar um perito. "Ziggy, o que é isso aqui?"

"Parece um desses *pen drives* de oito mega. Que nem um cartão de memória, só que diferente? A IBM faz um, mas esse aqui é uma cópia fabricada na Ásia."

"Então pode ter algum arquivo armazenado aqui?"

"Qualquer coisa, provavelmente texto."

"O que é que eu faço, é só enfiar no meu computador?"

"Naaaa! Não! Mãe, você não sabe o que tem aqui dentro. Eu conheci uns garotos que estudam na Bronx Science — deixa que eles dão uma olhada no laboratório de informática de lá."

"Você parece a sua avó, Zig."

No dia seguinte: "Aquele *pen drive*? Tudo bem, pode copiar, é só um monte de texto, parece uma coisa meio oficial".

"E agora os seus amigos já viram antes de eu ver."

"Eles… ah, eles não são muito de ler, não, mãe. Nada pessoal. Uma coisa de geração." O tal texto parece ser uma parte do dossiê de Nicholas Windust, baixado de algum diretório da deep web só para detetives chamado Facemask, exibindo a espécie de humor implacável que também pode ser encontrado naqueles álbuns de formatura de colégios.

Windust, ao que parece, não é do FBI. É algo pior, se tal coisa é possível. Se existe uma irmandade de terroristas neoliberais, Windust faz parte dela desde o início, um operador de campo cujo primeiro serviço registrado, como uma espécie de prova de iniciação, se deu em Santiago do Chile, no dia 11 de setembro de 1973, orientando os aviões que bombardearam o palácio presidencial e mataram Salvador Allende.

Começando com atividades subalternas de distribuir dinheiro, promovido para vigilância secreta e espionagem comercial, Windust a certa altura começou a desempenhar papéis sinistros, talvez já no momento em que atravessou os Andes e foi para a Argentina. Aí as responsabilidades de seu cargo começaram a incluir "técnicas intensificadas de interrogatório" e "relocalização involuntária de pessoas". Mesmo conhecendo pouco a história da Argentina no período, Maxine consegue traduzir muito bem essas expressões. Por volta de 1990, como membro de um grupo de veteranos norte-americanos da Guerra Suja, todos peritos em questões argentinas, que ficaram no país para dar assessoria aos testas de ferro do FMI que subiram ao poder logo em seguida, Windust foi um dos fundadores de um *think tank* em Washington chamado Treinar a América do Norte para a Globalização de Oportunidades (TANGO). Há trinta anos atua como professor visitante em diversas instituições, inclusive a infame Escola das Américas. Vive cercado pela costumeira gangue de acólitos mais jovens, embora aparentemente seja contrário a cultos de personalidade por uma questão de princípios.

"Maoista demais para ele, talvez", é um dos comentários menos ácidos sobre ele, e o fato é que seus colegas parecem ter nutrido dúvidas prolongadas a respeito de Windust. Considerando-se como se ganha dinheiro com os problemas econômicos de países em todo o mundo, em pouco tempo ele passou a levantar suspeitas por relutar em embolsar uma parte do lucro. Devidamente subornado, seria um parceiro confiável em atividades criminosas. Mas ser motivado apenas pela ideologia — se não fosse a ganância, o que mais poderia ser? — fazia dele um elemento estranho, quase perigoso.

Assim, com o tempo, Windust acabou se situando num meio-termo curioso. Sempre que um governo sitiado pelo FMI vendia um ativo, ele concordava em aceitar uma porcentagem, ou então, mais adiante, quando já tinha mais poder, até mesmo comprá-lo — só que, como um hippie maluco, ele nunca convertia nada em dinheiro. Uma usina de energia é privatizada por uma merreca, Windust se torna sócio comanditário. Poços que abastecem sistemas regionais de distribuição de água, servidões em terras tribais para a passagem de linhas de transmissão, clínicas especializadas em doenças tropicais desconhecidas no mundo desenvolvido — Windust assume uma posição modesta. Se num dia, coisa rara, ele não tivesse o que fazer e resolvesse dar uma olhada em seu portfólio para ver o que possuía, Windust haveria de constatar que detém controle acionário de um campo petrolífero, uma refinaria, um sistema educacional, uma companhia aérea e uma rede de energia elétrica, cada um localizado numa região diferente do mundo, recém-privatizada. "Nenhum desses ativos é de grande vulto", conclui um relatório confidencial, "mas considerando-se o conjunto como um todo, por efeito do Axioma da Escolha de Zermelo, houve épocas em que o elemento efetivamente controlou toda uma economia."

Com base no mesmo raciocínio, ocorre a Maxine, Windust adquiriu um portfólio de dores e danos causados a diversas partes do corpo humano que, somadas, dariam um total de centenas — quem sabe, até milhares — de mortos na conta cármica dele. Deveria ela denunciar o fato a alguém? Ernie? Elaine, que está tentando arrumar-lhe um marido? Eles iam *plotz*!

É de foder. Como é que isso acontece, como é que uma pessoa começa como soldado raso e acaba se transformando naquela criatura caída que a abordou naquela noite? O arquivo é só texto, sem imagens, mas Maxine de algum modo consegue ver Windust como era antes, um garoto de boa aparência, cabelo curto, calça cáqui, camisa de abotoar, só precisa se barbear uma vez por semana, membro de uma gangue de jovens metidos, que invade cidades grandes e pequenas em todo o Terceiro Mundo, enchendo velhos espaços coloniais de copiadoras e cafeteiras elétricas, virando a noite no trabalho, preparando planos muito bem encadeados que preveem a obliteração completa de países-alvos e sua substituição por fantasias de livre-iniciativa. "Tem que ter uma cópia pronta na mesa de cada um amanhã às nove da manhã, ¡ándale, ándale!" Um diálogo cômico do tipo Speedy

Gonzales seria habitual entre esses fodões, quase todos da Costa Leste.

Naqueles tempos mais inocentes, o mal causado por Windust, se mal houve, era todo no âmbito inofensivo do papel. Mas depois, a certa altura da coisa, num lugar que Maxine visualiza como o meio de uma planície enorme e implacável, ele deu um passo. Quase insignificante naquela imensidão, e no entanto, como se encontrasse um link invisível numa tela e clicasse nele, foi transportado no mesmo instante para sua próxima vida.

Normalmente, as narrativas puramente masculinas, a menos que envolvam times de basquete, torram a paciência de Maxine. De vez em quando Ziggy ou Otis a obrigam a assistir a um filme de ação, mas se quase não houver mulheres nos créditos iniciais, ela tende a perder a concentração. Algo semelhante acontece quando ela mergulha na folha corrida cármica de Windust, até chegar ao período 1982-3, quando ele foi enviado à Guatemala, oficialmente como membro de uma missão agrícola, numa região de plantio de café. O bom fazendeiro Windust. Lá, aconteceu de ele conhecer, cortejar e desposar — ou, no linguajar de seus biógrafos anônimos, "representou um roteiro matrimonial com" — uma moça muito jovem da localidade, chamada Xiomara. Por um minuto Maxine imagina uma cerimônia de casamento no meio da selva, com pirâmides, rituais maias nativos, psicodelismos. Mas não, foi na sacristia da igreja católica de lá, todos os presentes já desconhecidos, ou prestes a se tornarem desconhecidos...

Se órgãos governamentais fossem sogros, Xiomara seria um mau partido por uma série de razões. Politicamente, sua família era uma bomba-relógio, com "socialistas espirituais" arevalistas da velha escola e outros ainda mais de esquerda, militantes com um histórico de ódio não negociável pela United Fruit, tias e primas anarcomarxistas empedernidas que abrigavam fugitivos e falavam em *canjobal* com o povo do interior, mais um punhado de traficantes de armas e drogas que só queriam ser deixados em paz, mas que eram invariavelmente rotulados de Possíveis Simpatizantes dos Guerrilheiros, uma categoria que mais ou menos englobava todos os habitantes da região.

Afinal... o que era aquilo, amor verdadeiro, estupro imperialista, um disfarce para se enturmar com a gente da terra? O texto não deixa claro. Não se fala mais sobre Xiomara, nem sobre a passagem de Windust pela Guatemala. Meses depois ele está na Costa Rica, mas sem a cara-metade.

Maxine continua a leitura, mas agora está mais centrada no que teria levado Marvin a lhe entregar esse texto, e o que é que ela faz com aquilo? Tudo bem, tudo bem, de repente Marvin é uma espécie de mensageiro do outro mundo, até mesmo um anjo, mas sejam quais forem as forças invisíveis que o estão utilizando no momento, ela se vê obrigada a fazer perguntas profissionais, tais como — de que modo, no espaço profano, aquela geringonça de armazenamento de dados foi parar nas mãos de Marvin? Alguém quer que ela leia aquilo. Gabriel Ice? Gente da CIA ou sabe-se lá de onde? O próprio Windust?

11.

Mais ou menos uma semana depois, Maxine está de novo no auditório Vontz para assistir à formatura da oitava série. Depois do tradicional desfile ecumênico de clérigos, cada um deles usando seu traje típico, o que sempre a faz pensar em piadas que envolvem um padre, um pastor e um rabino, a Banda de Bebop da Kugelblitz toca "Billie's bounce", Bruce Winterslow quebra o recorde do livro *Guinness* de frase contendo o maior número de palavras com mais de quatro sílabas e entra em cena a oradora convidada, March Kelleher. Maxine fica um pouco chocada diante dos efeitos de apenas uns poucos anos — espere aí, ela se pergunta com um súbito ataque de pânico, quantos anos exatamente? Os fios grisalhos não apenas chegaram como estão inteiramente à vontade na cabeleira de March, e os óculos escuros enormes indicam uma perda temporária da fé na maquiagem em torno dos olhos. Ela veste um uniforme de camuflagem para uso no deserto e ostenta sua marca registrada, a rede de cabelo, hoje de um tom de verde-escuro. Seu discurso é uma parábola que não é para ninguém entender.

"Era uma vez uma cidade com um governante forte que gostava de se esgueirar pelos cantos disfarçado, fazendo seu trabalho em segredo. De vez em quando alguém o reconhecia, mas a pessoa em questão sempre aceitava um punhado de prata ou ouro para se esquecer do que havia acontecido. 'Você foi exposto por um momento a uma forma de energia altamente tóxica', era o que ele costumava dizer. 'Espero que esta quantia compense qualquer dano sofrido. Em breve você vai começar a se esquecer, e então vai se sentir melhor.'

"Nessa época, também perambulava pela cidade à noite uma mulher mais velha, provavelmente mais ou menos parecida com a avó de vocês, que andava sempre com um saco enorme cheio de trapos sujos, pedaços de papel e plástico, aparelhos quebrados, restos de comida e outras formas de lixo que ela pegava na rua. Ela ia a todos os lugares, vivia nas ruas há mais tempo do que todo mundo, sem proteção e sem cobertura, com tempo bom ou com chuva, e ela sabia tudo. Era a guardiã de todas as coisas que a cidade jogava fora.

"No dia em que finalmente se cruzaram o caminho dela e o do governante da cidade, ele levou um tremendo susto — quando ofereceu o tradicional punhado de moedas, a velha jogou-as de volta pra ele, irritada. As moedas caíram nas pedras do calçamento, a tilintar. 'Esquecer?', ela gritou. 'Eu não posso esquecer de jeito nenhum. A essência de quem eu sou está na minha memória. O preço do esquecimento para mim, meu senhor, é muito mais do que o senhor poderia imaginar, quanto mais pagar.'

"Perplexo, achando que certamente não teria oferecido uma quantia suficiente, o governante abriu a bolsa e começou a contar dinheiro, mas quando levantou a vista a velha tinha desaparecido. Nesse dia ele voltou de seu trabalho secreto mais cedo do que de costume, num estado de nervos anormal. Agora ele teria que encontrar aquela velha para fazer com que ela se tornasse inofensiva. Que situação.

"Embora por natureza não fosse uma pessoa violenta, o governante havia aprendido muitos anos antes que era impossível se manter na posição que ocupava a menos que estivesse disposto a fazer tudo que se tornasse necessário. Há anos vinha pesquisando métodos novos e criativos de evitar a violência, métodos que quase sempre tinham a ver com comprar as pessoas. As que perseguiam celebridades imperiais eram contratadas como guarda-costas, os jornalistas com tendências abelhudas eram nomeados 'analistas' e instalados em mesas do serviço de informações do Estado.

"Seguindo essa lógica, a velha com seu saco de lixo deveria ter se tornado ministra do Meio Ambiente, e no futuro dar nome a vários parques e centros de reciclagem do reino. Mas sempre que alguém tentava lhe oferecer algum emprego, ela não era encontrada. As críticas que ela fazia ao regime, porém, já haviam penetrado a consciência coletiva da cidade e não podiam mais ser apagadas.

"Pois é, crianças, é apenas uma história. O tipo de história que se ouvia na Rússia quando Stálin estava no poder. As pessoas contavam as fábulas de Esopo e todo mundo sabia o que representava o quê. Mas será que nós, nos Estados Unidos do século XXI, podemos dizer o mesmo?

"Quem é essa velha? O que ela acha que vem descobrindo durante tantos anos? Quem é esse 'governante' por quem ela não se deixa comprar? E que 'trabalho' é esse que ele fazia 'em segredo'? E se imaginarmos que 'o governante' não é uma pessoa, e sim uma força desalmada, tão poderosa que, embora nada tenha de nobre, tem o poder de conceder títulos de nobreza, o que, na cidade-nação da qual estamos falando, é sempre mais do que o suficiente? As respostas ficam a seu critério, formandos de 2001 da Kugelblitz, como um exercício. Boa sorte. Encarem a coisa como um concurso. Mandem suas respostas para o meu blog, tabloidofthedamned.com, e o prêmio de primeiro lugar é uma pizza com tudo o que você quiser em cima."

O discurso recebe alguns aplausos, mais do que teria recebido nas academias mais esnobes a leste e a oeste daqui, mas menos do que seria de se esperar em se tratando de uma ex-aluna da Kugelblitz.

"É a minha personalidade", diz ela a Maxine durante a recepção, depois. "As mulheres não gostam da minha roupa, os homens não gostam da minha atitude. É por isso que estou começando a investir menos na aparência e mais no meu blog." Dando a Maxine um dos folhetos que Otis trouxe para casa.

"Vou dar uma olhada nele", promete Maxine.

Indicando com a cabeça alguém do outro lado do pátio: "Quem é esse que entrou com você, que é a cara do Sterling Hayden?".

"Quem? Ah, o meu ex-marido. Quer dizer, mais ou menos ex."

"É o mesmo ex de dois anos atrás? Na época a separação não era definitiva, e continua não sendo, o que é que você está esperando? Nome de nazista, se não me engano."

"Horst. Você vai pôr isso na internet?"

"Não, se você me fizer um grande favor."

"Está bem."

"Falando sério, você é IFC, certo?"

"Cassaram meu certificado, agora sou frila."

"Vá lá. Tenho que aproveitar o seu cérebro pra alguma coisa."

"Vamos marcar um almoço em algum lugar?"

"Almoço, estou fora. Artefato corrupto do capitalismo tardio. Café da manhã, pode ser?"

Ela está sorrindo, porém. Ocorre a Maxine que, ao contrário do discurso que ela acaba de fazer, March não é uma bruxa,

145

e sim uma vovozinha. Com o rosto e o jeito de uma pessoa que, está na cara, cinco minutos depois de lhe ser apresentada vai dizer para você comer alguma coisa. Uma coisa específica, que já vai estar na colher que ela está segurando, indo em direção à sua boca.

O Piraeus Diner na Columbus Avenue é sujo, decadente, cheio de fumaça de cigarro e odores de comida vindos da cozinha, uma instituição do bairro. Mike, o garçom, larga na mesa dois pesadíssimos cardápios com encadernação de plástico marrom rachado e se afasta. "Não acredito que este lugar ainda está aqui", diz March. "Um sobrevivente, mesmo."

"Ah, essa espelunca é eterna."

"De que planeta você veio mesmo? Com esses proprietários filhos da puta e essas construtoras filhas da puta, nada nesta cidade permanece no mesmo endereço por cinco anos, me diz um prédio que você gosta, daqui a pouco ele ou bem virou um monte de lojas chiques empilhadas uma na outra ou então apartamentos pra yuppies que têm mais dinheiro que miolo. Você acha que tem algum espaço aberto que vai viver e respirar pra todo o sempre? Pois escreve o que eu digo — daqui a um tempo, já era."

"O Riverside Park?"

"Há! Esquece. Aliás, nem o Central Park está garantido, esses homens de visão, o sonho deles é ver um monte de residências uma ao lado da outra, da Central Park West até a Quinta Avenida. Enquanto isso o Jornal de Referência anda por aí com uma sainha plissada balançando os pompons, dando pulinhos com um sorriso idiota na cara toda vez que passa uma betoneira. Aqui só dá pra viver se desapegando de tudo."

Maxine tem ouvido o mesmo conselho de Shawn, ainda que não necessariamente com referência à especulação imobiliária.

"Eu entrei no seu blog ontem à noite, March, quer dizer que agora você anda atrás das empresas de informática também?"

"Imobiliária é fácil da gente odiar. Agora, essas empresas de tecnologia são uma coisa um pouco diferente. Você sabe o que a Susan Sontag sempre diz."

"'Eu gosto da mecha, vou deixar assim'?"

"Se você quer falar sério sobre uma sensibilidade, e não apenas se exibir, você precisa de 'uma profunda afinidade modificada pela repulsa'."

"A repulsa eu até entendo, mas e a afinidade?"

"O idealismo deles", talvez com um pouco de relutância, "a juventude deles... Maxi, eu não vejo nada parecido desde os anos 60. Essa garotada está a fim de mudar o mundo. 'A informação tem que ser gratuita' — eles estão falando sério. Ao mesmo tempo, tem essas empresas pontocom que são umas filhas da puta gananciosas, perto delas as construtoras parecem Bambi e Tambor."

A máquina de lavar roupa operada por moedas da Intuição entra num novo ciclo. "Deixa eu ver se eu adivinho. O seu genro não tão querido, Gabriel Ice."

"A mulher é mágica. Você se apresenta em festa infantil?"

"É que no momento a hashslingrz anda causando um pouco de *agità* a um cliente meu. Mais ou menos meu cliente."

"É mesmo? É mesmo?" Ansiosa: "Caso de fraude?".

"Nenhuma prova que dê pra apresentar num tribunal, pelo menos nenhuma por ora."

"Maxi, tem alguma coisa muito, muito estranha acontecendo lá."

Mike se aproxima com um charuto aceso entre os lábios. "Senhoras?"

"Hoje não", March sorrindo. "Que tal *waffle*, bacon, salsicha, batata *sautée*, café."

"Special K", pede Maxine, "leite desnatado, uma fruta?"

"Hoje, pra senhora, banana."

"Café também. Por favor."

March sacode a cabeça devagar. "Nazismo alimentar em fase inicial. Mas me conta, o que está rolando entre você e o Gabriel Ice?"

"Somos apenas bons amigos, não acredite no que está saindo na coluna social do *New York Post*." Maxine faz um resumo rápido — as anomalias da curva de Benford, os vendedores-fantasmas, o fluxo de capital para o golfo Pérsico. "Por enquanto eu só tenho uma visão superficial. Agora, pelo visto, tem muito contrato com o governo."

March concorda com a cabeça, com azedume. "A hashslingrz está *assim* com o aparelho de segurança nacional, quer dizer, com um braço dele. Coisa de criptografia, contramedidas, deus sabe o que mais. Você sabe que ele tem uma mansão lá em Montauk, pertinho da antiga base da Aeronáutica." Expressão estranha no rosto dela, uma curiosa mistura de humor e desesperança.

"Mas o que é que isso…"

"O Projeto Montauk."

"O… Ah, sei, a Heidi falou nisso, sim… Ela dá aula sobre essa história, é uma espécie de… lenda urbana?"

"Pode-se dizer que seja." Pausa de efeito. "Pode-se também dizer que é a verdade terminal sobre o governo dos Estados Unidos, pior do que qualquer coisa que você possa imaginar."

Mike traz a comida. Maxine começa a descascar a banana, fatiando-a sobre o cereal, tentando manter os olhos bem abertos e isentos de juízos de valor enquanto March ataca seu festival de colesterol e logo se põe a falar de boca cheia. "Eu volta e meia esbarro em teoria de conspiração, tem umas que claramente não têm nada a ver, tem umas que me dão tanta vontade de acreditar nelas que eu tenho que me segurar, e tem umas que não tem como negar, mesmo se eu quisesse negar. O Projeto Montauk é todas aquelas suspeitas horríveis que você já teve desde a Segunda Guerra Mundial, tudo que gera paranoia, uma instalação secreta enorme, armas exóticas, *aliens* extraterrenos, viagem no tempo, outras dimensões, já chega ou quer mais? E sabe quem tem o maior interesse no assunto, um interesse às raias da psicopatia? Aquele réptil do meu genro, o Gabriel Ice."

"Tipo assim, mais um garoto bilionário com uma obsessão maluquete, ou...?"

"Que tal 'babaca da CIA fissurado em poder'?"

"Isso se for verdade essa história de Projeto Montauk."

"Lembra do desastre do voo 800 da TWA em 96? O avião explodiu em pleno voo acima do estuário de Long Island, a investigação oficial foi tão cretina que no final todo mundo estava achando que a culpa era do governo. Os adeptos do Projeto Montauk dizem que estavam testando armas de feixe de partículas num laboratório secreto subterrâneo em Montauk. Tem umas conspirações que levantam o moral, a gente sabe quem são os vilões, a gente quer ver eles sendo punidos. Agora, tem outras que você nem quer que sejam verdade, porque é uma coisa horrível demais, profunda e abrangente demais."

"Como assim — viagem no tempo? Extraterrenos?"

"Se você estivesse fazendo uma coisa em segredo e não quisesse atrair atenção, a melhor maneira de ser ridicularizado e não levado a sério era incluir uns elementos californianos, não é?"

"O Ice não parece ser um cara metido numa campanha contra o governo, ou em busca da verdade."

"De repente ele acha que é tudo verdade e quer ser incluído na história. Se já não foi incluído. Ele nunca fala sobre isso. Todo mundo sabe que o Larry Ellison participa de corrida de iate e o Bill Gross coleciona selos. Mas isso, o que a *Forbes* provavelmente ia chamar de 'paixão' do Ice, não é de conhecimento geral. Ainda não."

"Pelo visto, você está a fim de postar isso no seu blog."

"Só quando eu souber mais. Cada dia aparece mais prova, é muita grana do Ice indo pra lugares diferentes por motivos desconhecidos. Pode ser que esteja tudo interligado, ou então só uma parte. Esses pagamentos-fantasmas que você está tentando levantar, por exemplo."

"Tentando. Eles correm mundo, fazendo escala em contas bancárias na Nigéria, na Iugoslávia, no Azerbaijão, e tudo acaba se juntando num banco nos Emirados, uma Sociedade de Propósito Específico registrada na Zona Franca de Jebel Ali. Que nem a vila dos Smurfs, só que é mais fofa ainda."

March olha fixamente para a comida espetada em seu garfo, e quase que dá para ver sua caixa de marchas de velha esquerda engatando a primeira e começando a rodar. "Está aí uma coisa que eu gostaria de postar."

"Melhor não. Não quero dar bandeira a essa altura da investigação."

"Mas vai que é coisa de terrorista islâmico? Aí quanto mais cedo, melhor."

"Por favor, March. Meu negócio é pegar fraudador. Você acha que eu tenho cara de James Bond?"

"Não sei, dá um sorrisinho de macho aí pra eu ver."

Mas algo no rosto de March agora, algum colapso obscuro, faz Maxine se perguntar se outras pessoas que não March vão fazer o que ela pede. "Olha, o cara que fez a denúncia tem uma fonte, um garoto que é um ultramegageek, ele está tentando ter acesso a umas coisas que a hashslingrz encriptou. O que ele achar, seja lá o que for, eu passo pra você, combinado?"

"Obrigada, Maxi. Eu gostaria de te dizer que vou ficar te devendo essa, mas por enquanto ainda não devo nada. Mas se você realmente está a fim de..." Ela parece quase constrangida, e a percepção extrassensorial materna de Maxine, sendo acionada, lhe diz que o que a outra vai dizer agora terá alguma ligação com Tallis, a filha que March não tem vergonha de reconhecer que chegou literalmente a rezar para ter, a filha de quem ela mais sente falta, que mora no Upper East Side, do outro lado do Central Park, mas que é como se estivesse vivendo em Katmandu, uma socialite, uma filha que March raramente vê — Tallis, a filha perdida, comprada e vendida para uma mundo que March jamais deixará de odiar.

"Deixa eu ver se adivinho."

"Eu não posso ir lá. Não posso, mas você talvez possa, dando alguma desculpa, só pra saber como ela está. Sério, eu só quero isso, um relato de segunda mão. Pelo que eu sei via internet, ela é a diretora de contabilidade da hashslingrz, de modo que você podia, não sei..."

"Ligar pra lá e dizer: 'Oi, Tallis, acho que tem alguém na sua empresa bancando o espertinho, de repente vocês estão precisando de uma investigadora de fraudes que perdeu o certificado'? Peraí, March, não vou bancar advogado de porta de xadrez."

"O que é que tem? Eles não podem cassar o teu certificado de novo, não é?"

Cuidadosamente: "Qual foi a última vez que você viu a Tallis?".

"Na Carnegie Mellon, quando ela concluiu o MBA. Faz uns anos. Nem me convidaram, mas fui assim mesmo. Mesmo eu estando lá nas últimas fileiras dava pra ver que ela estava radiante. Fiquei perto da famosa cerca, na esperança de que ela aparecesse por lá. Uma coisa meio patética, olhando pra trás agora. Que nem naquele filme da Barbara Stanwyck, sem aquele mau conselho sobre modas."

O que levou Maxine, num gesto reflexo, a conferir a indumentária de March. Percebe que a rede de cabelo combina com a bolsa. Um roxo nabo bem vivo. "Está bom. Posso até aproveitar a oportunidade pra fazer um pouco de engenharia social. Se ela não topar um encontro, até isso vai querer dizer alguma coisa, não é?"

12.

Tallis, que veio de Montauk para passar uns dias em Nova York, consegue abrir um espaço em sua agenda para Maxine antes do expediente. De manhã bem cedo, à luz nauseabunda do verão, Maxine vai primeiro para o centro e tem seu encontro semanal com Shawn, que parece ter virado a noite num tanque de privação sensorial.

"O Horst está de volta."

"Tipo, assim", abrindo aspas com as mãos, "'de volta'? Ou simplesmente de volta?"

"E eu é que sei?"

Dando um tapinha na fronte, como se ouvindo vozes distantes: "Las Vegas? Igreja de Elvis? Horst e Maxine II, o Retorno?".

"Para com isso, é o tipo da coisa que a minha mae diria se não detestasse tanto o Horst."

"Edipiano demais pra mim, mas eu posso te dar o contato de um freudiano de verdade, incrível, preços flexíveis e o escambau."

"Acho que não. O que você acha que o Dōgen faria?"

153

"Ele sentaria."

Depois de aparentemente transcorrer boa parte da hora de consulta: "Hmm... sentaria, certo, e...?".

"Continuaria sentado."

O motorista do táxi que a leva para o Upper East Side ouve com atenção uma estação de rádio cristã, um programa que fala com os ouvintes pelo telefone. Mau sinal. Ele resolve subir direto pela Park Avenue. O texto bíblico sendo discutido no rádio no momento é tirado da Segunda Epístola aos Coríntios — "De boa vontade suportais os insensatos, vós que sois tão sensatos" — o que Maxine entende como um sinal para ela não propor uma rota alternativa.

A Park Avenue, apesar das tentativas de reforma com base em algum critério de beleza, continua sendo, para todos que não os cronicamente sem noção, a rua mais sem graça da cidade. Planejada como uma espécie de tampa elegante para cobrir os trilhos dos trens que vão dar na Grand Central Station, o que deveria ela ser, a Champs-Élysées? Quando se passa por lá, à noite, dentro de uma limusine na disparada, digamos, a caminho do Harlem, ela até pode parecer suportável. À luz do dia, porém, a uma velocidade média de um quarteirão por hora, cheia de tráfego barulhento e toxicamente fumacento, veículos todos eles em estado avançado de decadência, cujos motoristas todos sofrem (ou desfrutam) de um nível de hostilidade semelhante ao do atual chofer de táxi de Maxine — para não falar nas barreiras policiais, placas de Pista Única à Frente, equipes com britadeiras, escavadeiras e retroescavadeiras, betoneiras, asfaltadoras e caminhões basculantes sem o nome da firma e muito menos o telefone —, torna-se uma oportunidade para exercícios espirituais, se bem que mais do tipo oriental do qualquer coisa que tenha a ver com esta estação de rádio, que no momento toca a todo o volume uma espécie de hip-hop cristão. É hip-hop mesmo? Não, ela não quer saber.

Depois de algum tempo são cortados por um Volvo com placas provisórias, exibindo suas zonas de deformação poliédricas, confiante de estar protegido de quaisquer acidentes.

"Judeu filho da puta", o motorista vocifera, "eles dirigem que nem animais."

"Mas... animal não dirige", tranquiliza-o Maxine, "e além disso... será que Jesus falaria assim?"

"Jesus ia adorar se uma bomba atômica acabasse com a raça dos judeus", explica o taxista.

"Ah. Mas", ela não consegue se conter, "Jesus... era judeu, não era?"

"Não me vem com essa conversa, não, moça." Aponta para uma imagem colorida do Redentor presa à sua viseira. "Já viu algum judeu assim? Olha pro pé dele — sandália, certo? Todo mundo sabe que judeu não usa sandália, não, usa é mocassim. Querida, você não deve ser aqui de Nova York."

É, ela quase responde, *não devo ser, não.*

"Você é minha última passageira de hoje." Num tom de voz tão estranho que as luzes de alerta de Maxine começam a piscar. Ela olha para o relógio no vídeo voltado para o banco de trás. Não há turno de trabalho que termine àquela hora.

"Será que eu fui tão dura assim com o senhor?" Num tom que ela espera que saia bem-humorado.

"Tenho que começar o processo. Eu vivo adiando, mas nunca tenho tempo, mas hoje é o dia. Não dá pra se deixar pegar que nem peixe numa rede, a gente sabe o que vai acontecer, tem que se preparar."

Qualquer projeto de dar uma gorjeta insultuosa ou uma lição de moral antes de saltar desaparece de sua mente. Se ela conseguir chegar inteira, vale... o quê? O dobro da corrida, no mínimo.

"Aliás, eu estou querendo andar um pouco, dá pra eu saltar aqui mesmo?" Ele topa de bom grado, e antes mesmo de a porta fechar direito o carro já fez a curva em direção ao leste, rumo a algum destino que ela não precisa tentar imaginar qual seja.

O Upper East Side não é um território desconhecido para Maxine, embora ainda a faça sentir-se constrangida. Quando garota, estudou na Julia Richman High School — bom, ela talvez estivesse sóbria uma ou duas vezes — na rua 67 leste, atravessava a cidade de ônibus cinco dias por semana, nunca se acostumou com aquilo. Terra de gente que usa elástico no cabelo. Cada vez que ela vai lá, é como se entrasse numa comunidade planejada para anões, tudo de tamanho reduzido, os quarteirões são menores, as avenidas levam menos tempo para ser atravessadas, tem-se a sensação de que a qualquer momento vai aparecer um funcionário pequenino dizendo: "Na qualidade de prefeito de Lilipute...".

A residência dos Ice, por outro lado, é o tipo de lugar que os agentes imobiliários louvam assim: "É enorme!". Em outros termos, é grande pra caralho. Dois andares inteiros, talvez três, não está claro, e Maxine compreende que não terá direito a uma excursão guiada. Ela entra por uma área pública, usada para festas, concertos, eventos para arrecadação de fundos etc. Ar-condicionado central bem forte, o que, à medida que o calor for aumentando, mal não há de fazer. Mais ao longe, a uma distância que equivale a uma fração respeitável de um quilômetro, ela vislumbra um elevador, que certamente deve levar a um lugar mais privado.

Os aposentos pelos quais ela tem permissão de passar são impessoais. Paredes céladon ostentam uma variedade de obras de arte caras — Maxine reconhece um Matisse da primeira fase, não consegue reconhecer certo número de expressionistas abstratos, talvez um ou dois Cy Twombley — que não tem coerência suficiente para indicar as paixões de um colecionador, e sim mais a necessidade de um comprador de exibi-las. Está longe de ser o Museu Picasso ou o Guggenheim de Veneza. Há um Bösendorfer Imperial num canto, no qual gerações de pianistas contratados providenciaram horas de pot-pourris de Kander & Ebb, Rodgers & Hammerstein e Andrew Lloyd Webber, enquanto Gabe e Tallis e seus asseclas circulam pelo salão, delicadamente diminuindo as contas bancárias de aristocratas do East Side em prol de causas variadas, muitas delas triviais pelos critérios do West Side.

"Meu escritório", anuncia Tallis. Uma escrivaninha George Nelson autêntica, mas também um dos relógios corujinha Omar do mesmo designer. Iih... O alerta de fofura dispara.

Tallis dominou aquele truque das telenovelas de atravessar sua rotina diária com a aparência de quem se aprontou para sair à noite. Maquiagem chiquérrima, cabelos curtos com mechas cuidadosamente despenteadas por um cabeleireiro caro, recuperando aos poucos, a cada gesto de cabeça, seu estado de confusão artística. Calças pretas de seda e blusa do mesmo tecido desabotoada até a metade, um conjunto que Maxine julga ter visto na coleção de primavera de Narciso Rodríguez, sapatos italianos que apenas uma vez por ano podem ser encontrados em liquidações por preços acessíveis a seres humanos — alguns seres humanos —, brincos de esmeralda de meio quilate cada um, relógio de pulso da Hermès, anel de brilhantes de Golçonda em estilo art déco, cujos brilhantes, cada vez que ela passa pelo sol que entra pelas janelas, emite um brilho que quase chega a cegar, como se fosse um raio da morte mágico de alguma super-heroína, usado para ofuscar os vilões. Entre os quais, Maxine pensará mais de uma vez durante a conversa que se segue, ela própria provavelmente está incluída.

Uma criada de baixo escalão traz uma jarra de chá gelado e uma tigela com chips de origem vegetal de cores variadas, entre elas azul-anil.

"Eu adoro ele, mas o Gabe é um cara estranho, isso eu sei desde que a gente começou a namorar", Tallis com aquela vozinha do desenho animado *Alvin e os esquilos*, que exerce um fascínio fatal sobre certos tipos de homens. "Ele tinha umas expectativas, né, não que fossem assustadoras, mas pra mim eram estranhas, sabe? Nós éramos garotos, mas dava pra eu ver que ele tinha potencial, e eu pensava com meus botões — toca em frente com esse programa, de repente vai ser a onda perfeita, e até agora... nos piores momentos foi até educativo, sabe?"

Eu quero um bambolê.

Tallis e Gabriel se conheceram na Universidade Carnegie Mellon, na fase heroica do departamento de informática de lá. O companheiro de quarto de Gabe, Dieter, estava se formando em gaita de foles, uma habilitação oferecida na época pela universidade, e embora o garoto só pudesse usar o ponteiro no dormitório, o som bastava para levar Gabe a refugiar-se na sala dos computadores, que mesmo assim não ficava a uma distância suficiente. Em breve ele começou a ir ver televisão na sala dos alunos ou então a usar as instalações de outros dormitórios, inclusive o de Tallis, onde rapidamente começou a levar uma vida de *geek*, à luz dos monitores, muitas vezes sem saber direito se estava acordado ou dormindo na fase REM, o que talvez explique as primeiras conversas que ele tinha com Tallis, que agora as relembra como "estranhas". Ela era, literalmente, a garota dos sonhos de Gabe. Sua imagem se confundia com as de Heather Locklear, Linda Evans e Morgan Fairchild, entre outras. Tallis se preocupava com a possibilidade de que, após uma noite bem dormida, Gabe a visse tal como ela era, sem a superposição de imagens do monitor.

"E então?", com certa expressão.

"Então por que é que estou me queixando, eu sei, exatamente o que a minha mãe dizia. No tempo em que a gente se falava."

Uma maneira de levantar o assunto, Maxine imagina. "Aliás, eu e a sua mãe somos vizinhas."

"Você segue ela?"

"Não sou muito de seguir, não, no colegial até achavam que eu tinha potencial de líder."

"Não, eu perguntei se você segue o blog da minha mãe. Tabloide dos Malditos? Não passa um dia em que ela não fale mal da gente, eu e o Gabe, a nossa empresa, a hashslingrz, ela cai de pau na gente o tempo todo. Típica coisa de sogra. Agora ela anda fazendo umas acusações malucas, uma história de remessas polpudas, que a gente está ligado a um esquema da política externa americana, mandando milhões pro exterior, mais ainda que no tempo do caso Irã-Contras nos anos 80. Segundo a minha mãe."

"Imagino que ela e seu marido não se deem."

"Como eu e ela também não. Na verdade, a gente se odeia, não é segredo nenhum."

Ao que parecia, ela começou a se afastar de March e do pai, Sid, quando estava no terceiro ano da faculdade. "Na Semana Santa eles queriam que a gente fizesse com eles uma viagem de férias horrorosa, pra ver os dois se esgoelando, o que eu já via acontecer muito em casa, e por isso eu e o Gabe resolvemos ir pra Miami só nós dois, e parece que me filmaram fazendo topless e o filme foi parar na MTV, com meus seios censurados e tudo, mas daí em diante a coisa só fez piorar. E os dois ficavam um infernizando o outro, e quando deram pela coisa eu e o Gabe já estávamos casados e aí era tarde demais."

Maxine a toda hora quer comentar que não se mete em questões familiares, muito embora seja justamente isso que a March quer que ela faça. Mas nos quilômetros de parquê que as separam, uma corrente de inércia de ressentimento parece arrastar Tallis. "Qualquer coisa ruim que minha mãe acha pra falar da hashslingrz, ela posta no blog dela."

Mas espere aí. Será que Maxine acabou de ouvir um daqueles "mas" implícitos? Ela espera. "Mas" — acrescenta Tallis (não, não, será que ela vai... Aahhh! Isso mesmo, olha só, ela está pondo a unha na boca, ora, ora) — "isso não quer dizer que ela esteja enganada. A respeito do dinheiro."

"Quem é que faz a sua auditoria, sra. Ice?"

"Tallis, por favor. Pois é, isso aí... um problema. A gente trabalha com a D. S. Mills, lá da Pearl Street. Sabe, o tipo de gente que usa sapato branco, essas coisas? Mas, eu confio neles? Hmmm..."

"Que eu saiba, Tallis, eles são kosher. Ou o equivalente disso pros protestantes. O fato é que a Comissão de Valores Mobiliários adora eles, talvez não tanto quanto uma mãe adora os filhos, mas enfim. Eu não consigo entender que tipo de problema vocês podem estar tendo com eles."

"E se está rolando alguma coisa que eles não estão pegando?"

Contendo o impulso de gritar "Al-vinnn?", Maxine pergunta, com muito jeito: "Que coisa... seria?".

"Ah, sei lá... tem a ver com os desembolsos depois da última rodada. Se a gente leva em conta que o mais importante no nosso ramo é ser sempre simpático com o investidor de risco..."

"E alguém na sua empresa está... tratando mal o investidor de vocês?"

"O dinheiro estava destinado à infraestrutura, que depois daquele... problema no segundo trimestre do ano passado barateou muito... Tem servidor, tem quilômetros de fibra óptica escura, banda larga, tudo a preço de banana." Parecendo se empolgar com os detalhes técnicos. Ou será outra coisa? Uma piscada rápida, como um defeito num disco, uma coisa que normalmente passaria despercebida. "Eu sou oficialmente a diretora de contabilidade, mas quando puxo o assunto com o Gabe, ele fica cheio de evasivas. Estou começando a me sentir meio que figura de proa." Fazendo beicinho.

"Mas... como dizer isso com tato... você e o seu marido certamente já tiveram uma conversa adulta, ou até mais de uma, sobre isso?"

Uma expressão travessa, jogando o cabelo para trás. Atenção, Shirley Temple. "Talvez. Se a gente não tivesse conversado, isso seria um problema?" Ela falou "poblema"? "Quer dizer..." Pausa mínima e interessante. "Enquanto eu não souber de nada concreto, pra que ficar chateando o Gabe?"

"A menos que ele mesmo esteja metido nisso até a ponta dos cabelos, é claro."

Tallis inspira rapidamente, como se a ideia lhe tivesse ocorrido naquele instante. "Bom... e se você, ou um colega recomendado por você, desse uma olhada no caso?"

Aha. "Não me envolvo em questões matrimoniais. Tallis. Mais cedo ou mais tarde a coisa explode. E este caso em particular, ao que me parece, pode enveredar pra esse lado tão depressa que não dê nem tempo de você dizer: 'Mas Ricky, é só um chapéu'."

"Eu ficaria muito agradecida."

"Hm, mas eu ia precisar falar com os auditores da empresa."

"Você não podia..." Com a unha.

"É uma coisa profissional." Sentindo-se na mesma hora, naquele interior obscenamente caro, uma otária de quatro costados. Será que Maxine está perdendo o pique? Está bem, de repente ela até pode cobrar daquela dondoca o que ela quiser, o preço de umas férias de milionário em algum lugar bem longe, no auge do inverno, e quando ela relaxar numa praia tropical, será que o drinque à base de rum dentro de um copo alto e gelado vai coalhar de repente em sua mão quando, tarde demais, rebentar sobre ela uma onda inesperada de entendimento.

Nada neste momento fatídico é o que parece ser. Esta mulher, apesar de ter MBA, o que normalmente é um verdadeiro atestado de idiotice, está usando você, que se acha tão fodona, e você tem mais é que sair daqui o mais depressa possível. Uma olhadela teatralmente estressada para o G-Shock Mini em seu pulso: "Ih, almoço com um cliente, no Smith & Wollensky, vai ser meu consumo de carne do mês, te ligo em breve. Se eu estiver com a sua mãe, digo que você mandou um abraço?".

"Prefiro que você mande ela pro inferno."

Não é uma saída muito digna. Dado seu fracasso, e a probabilidade de que Tallis permaneça fria com ela, Maxine será obrigada a contar a March toda a verdade, sem cortes. Isso só se ela conseguir dizer alguma coisa, porque March, achando que Maxine é uma espécie de guru nesses assuntos, começou mais um discurso de formatura, dessa vez sobre Tallis.

Alguns anos atrás, numa gélida tarde de inverno, March estava saindo do Pioneer Market na Columbia Avenue e indo para casa quando um yuppie sem rosto passou por ela dando-lhe um empurrão, dizendo "Com licença", uma expressão nova-iorquina que se traduz como "Sai da minha frente, babaca", e que acabou sendo a gota d'água. March largou as sacolas de compras que carregava na calçada coberta por neve imunda, deu um pontapé nelas e gritou a plenos pulmões: "Eu odeio esta cidade de merda!". Aparentemente ninguém prestou atenção, se bem que as sacolas e seu conteúdo espalhado pelo chão desapareceram em questão de segundos. A única reação foi a de um passante, que parou para retrucar: "Não gosta daqui? Então por que é que você não vai morar em outro lugar?".

"Uma pergunta interessante", ela diz a Maxine agora, relembrando o episódio, "mas me diz, quanto tempo você acha que eu precisei ficar pensando pra achar a resposta? Porque a Tallis está aqui, é por isso, e só por isso, grande novidade."

"Com dois meninos", Maxine concorda com a cabeça, "é diferente, mas às vezes eu fico imaginando, como é que seria, se fosse menina."

"É mesmo? Então arruma uma filha, você ainda é uma criança."

"É, o problema é que o Horst também é, ele e todo mundo que eu namorei depois dele."

"Ah, pena que você não conheceu o meu ex-marido. O Sidney. Vinha adolescente problemático dos quatro cantos do país só pra cheirar a fumaça que ele soltava e ficar calibrado."

"Ele ainda…"

"Vivinho da silva. Se algum dia ele morrer, vai levar o maior susto."

"Vocês mantêm contato?"

"Mais do que eu gostaria. Ele mora lá pros lados de Canarsie, com uma garota de doze anos chamada Sequin."

"Ele se encontra com a Tallis?"

"Acho que tem um mandado de distanciamento desde uns dois anos atrás, quando o Sid cismou de ficar na rua deles, bem debaixo da janela do apartamento, com um sax tenor, tocando uma música de rock que ela gostava antigamente, e é claro que o Ice acabou com a graça dele rapidinho."

"A gente tenta não desejar o mal a ninguém, mas esse tal de Ice, realmente…"

"Ela dá força a ele. A gente nunca quer que a filha da gente repita os nossos erros. Pois bem, aí a Tallis faz que nem eu e casa com o empresário promissor errado. O pior que se pode dizer do Sid é que ele não aguentou o estresse de conviver comigo o tempo todo. Já o Ice adora estresse, quanto mais, melhor, então é claro que a Tallis, minha filha espírito de porco, faz *tudo* pra não estressar o marido. E ele finge que gosta. Ele é do mal."

"Mas então", cuidadosa, "tendo cargo e tudo na hashslingrz, até que ponto você acha que ela está metida nisso?"

"No quê? Nos segredos da firma? Ela não seria capaz de fazer uma denúncia contra a hashslingrz, se você tem alguma esperança de que isso aconteça."

"Você quer dizer que ela não está suficientemente insatisfeita."

"Mesmo que ela vivesse espumando de raiva vinte e quatro horas por dia, sete dias por semana, não ia adiantar nada. O acordo pré-nupcial deles tem mais cláusula que a Constituição federal. O escroto do Ice é praticamente dono dela."

"Eu estive lá com ela uma hora, no máximo, mas foi essa a sensação que eu tive. Tem alguma coisa que ela não compartilha com o garoto-prodígio que casou com ela."

"Que coisa?" Esperançosa. "Um casinho."

"Nós só conversamos sobre fraude… mas… você acha que pode haver um namorado na história também?"

"É o que alguns capítulos da novela indicam. Pra falar com toda a franqueza, a mãe dela não ia morrer de desgosto, não."

"Lamento não ter notícias boas pra te dar."

"Então o jeito é continuar aproveitando as brechas que eu consegui, o meu neto Kennedy, eu comprei a baby-sitter dele, a Ofelia, de vez em quando ela dá um jeito de nós ficarmos sozinhos, só eu e ele, uns minutinhos. É só o que me resta, ficar de olho no meu neto, pra não deixar eles foderem com o garoto completamente." Consulta o relógio. "Você tem um minuto?"

Elas caminham até a esquina da rua 78 com a Broadway. "Por favor, não conta pra ninguém."

"Nós estamos esperando o seu traficante, ou o quê?"

"O Kennedy. Eles puseram o menino na Collegiate School. Claro, né? A vida dele já foi toda programada, de lá ele vai pra faculdade de direito de Harvard, depois Wall Street, a típica marcha da morte de Manhattan. Mas não se depender da avó dele."

"Imagino que ele deve adorar você. Dizem que é o segundo vínculo humano mais forte que há."

"Claro, já que os dois odeiam as mesmas pessoas."

"Epa."

"Está bem, posso estar exagerando, é claro que eu odeio a Tallis, mas também sinto amor por ela, de vez em quando."

No quarteirão em frente à escola politécnica da classe dominante, meninos de uniformes com gravata formam pequenos grupos. Maxine identifica Kennedy na hora, não é preciso ser vidente. Cabelo louro e encaracolado, um aprendiz de sedutor, ele se afasta graciosamente de uma rodinha de garotos, acena e corre a toda a velocidade para os braços estendidos de March.

"E aí, garotão. O dia foi difícil?"

"Eles estão me enlouquecendo, vó."

"Claro, as férias estão quase chegando, eles têm que aproveitar."

"Tem alguém lá fazendo sinal pra vocês", diz Maxine.

"Que diabo, a Ofelia já está aí? Pelo visto, o carro chegou antes da hora. Bem, meu jovem, foi rápido mas foi bom assim mesmo. Ah, toma aí, eu quase que esqueci." Entregando duas ou três cartas Pokémon.

"Gengar! O Psyduck japonês?"

"Esses, pelo que me disseram, só vendem em máquinas nuns lugares especiais de Tóquio. Tenho um conhecido lá que talvez consiga pra mim, fica ligado."

"Demorou, vó, valeu." Outro abraço, e ele vai embora. Vendo o menino correr em direção a Ofelia, March assume um olhar meio teleobjetiva. "O casal Ice, pode escrever o que eu estou dizendo, ou bem ainda eles não estão sabendo de mim ou então estão fingindo de bobos muito bem. Seja qual for o motivo, alguém mandou o Gunther vir mais cedo."

"Menino simpático, apesar de pokemaníaco."

"Rezo pra que a Tallis não tenha herdado nenhum gene de obsessão por arrumação do DNA da mãe do Sid. Ele até hoje está chateado com os cartões de beisebol que ela jogou fora quarenta anos atrás."

"A mãe do Horst também. Qual o problema daquela geração?"

"Hoje isso nunca que podia acontecer, porque esses yuppies dominam o mercado de coisas colecionáveis. Seja como for, eu sempre compro tudo com duplicata, pra se acontecer alguma coisa."

"Se você não se cuidar, acaba ganhando o troféu de avó do ano."

"Ora", March bancando a durona, "eu lá sei o que é Pokémon? Pôquer de japonês?"

Horst não consegue encontrar o sabor de sorvete de que ele realmente precisa hoje e dá sinais de impaciência crescente, o que é preocupante numa pessoa que costuma ser impassível.

"Massa de biscoito de chocolate com creme de amendoim? Não vejo isso há anos, Horst." Cônscia de ter dito isso com o tom exato de estraga-prazeres azeda que ela vem se esforçando esses anos todos para não ser, ou ao menos não parecer.

"Não sei explicar. É como medicina chinesa. Deficiência de yang. Yin? Um dos dois."

"Ou seja…"

"Não quero surtar na frente dos meninos."

"Ah, mas na minha frente, tudo bem."

"Como é que eu explico pra uma pessoa com o seu nível de educação alimentar? Aaahhh! *Massa de biscoito de chocolate com creme de amendoim.* Entende o que eu estou dizendo?"

Maxine pega o telefone sem fio e usa-o para fazer metade do

símbolo de "tempo". "Vou ligar pra emergência, tudo bem, meu querido? Se bem que, levando em conta o seu histórico de…"

Se isso ia terminar dando num incidente doméstico mais grave, jamais vamos saber, porque neste momento exato Rigoberto toca o interfone lá do hall. "O Marvin está aí."

Antes que ela tenha tempo de desligar o interfone, ele já está à porta. Entrega canábica, sem dúvida. "De novo, Marvin."

"Dia e noite levando o que as pessoas precisam." De sua sacola da kozmo, que em breve se tornará objeto de cobiça de colecionadores, ele tira dois potes de sorvete Ben & Jerry, sabor massa de biscoito de chocolate com creme de amendoim.

"Eles pararam de fazer este sabor em 97", Maxine, menos perplexa do que incomodada.

"Isso que você falou é a seção de negócios, Maxine. Isto aqui é desejo."

Horst, já devorando o sorvete com colheres nas duas mãos, concorda com um movimento enfático de cabeça.

"Ah, e mais isto aqui, pra você." Entregando um videocassete numa caixa.

"*Os gritos de Blácula?* Já temos vários exemplares aqui, inclusive o corte do diretor."

"Meu anjo, eu só faço entregar."

"Tem um número que eu possa te ligar se eu quiser passar adiante pra alguém?"

"Não é assim que a coisa funciona. Eu é que venho a você."

E Marvin mergulha na noite de verão.

13.

Chega o dia, tão depressa, em que de manhã bem cedo os meninos e Horst se acomodam numa espaçosa Lincoln preta e seguem para o aeroporto JFK. O plano para aquele verão é ir a Chicago, curtir a cidade, alugar um carro, rodar até o Iowa, visitar os avós de lá, depois dar uma volta por todo o Meio-Oeste, ou Meio-Ênstruo, como Maxine prefere, porque toda vez que vai para lá tem a sensação de que está menstruada. Ela também vai ao aeroporto, não que não consiga desgrudar dos meninos, nada disso, é só para aproveitar o vento fresco que entra pela janela do Town Car, certo?

As comissárias de bordo andam aos pares, com as mãos à frente, devotas, as freiras do céu. Longas filas de gente de bermuda com mochilas monumentais nas costas se arrastam lentamente diante dos balcões de check-in. Crianças brincam com as fitas divisórias elásticas que separam as filas. Maxine dá por si analisando a movimentação das pessoas para ver qual a fila que está andando mais depressa. É apenas um hábito, mas deixa Horst nervoso porque ela acerta sempre.

Maxine fica até que o voo é anunciado, abraça todo mundo, inclusive Horst, vê os três andando pela pista, e apenas Otis olha para trás.

Quando está indo em direção à saída, ao passar por um outro portão de embarque, ouve alguém gritar seu nome. Ou guinchá-lo, mais exatamente. É Vyrva, de sandálias e chapelão de palha, com um microvestido de verão naquelas cores vivas que são proibidas por lei em Nova York. "Indo pra Califórnia, né?"

"Duas semanas lá com a família, depois a gente volta passando por Las Vegas."

"Defcon", explica Justin, de short de surfista com estampa havaiana, papagaios e tudo mais, é uma conferência anual de hackers, onde *geeks* de todos os tipos, fora e dentro da lei, para não falar nos policiais dos mais diversos níveis crentes de que estão fazendo uma investigação secreta, convergem, conspiram e comemoram.

Fiona foi para uma espécie de colônia de férias de animação em Nova Jersey — oficinas de Quake e *machinima*, profissionais japoneses que garantem não conhecer nenhuma palavra inglesa além de *awesome* ("sinistro") e *sucks* ("uma merda"), que na verdade são perfeitamente suficientes para referir-se a uma ampla gama de empreendimentos humanos...

"E como anda o DeepArcher?" Só tentando ser sociável, mais nada...

Justin fica sem graça. "De uma maneira ou de outra, vão acontecer grandes mudanças. Quem estiver lá que aproveite enquanto pode. Enquanto ainda é relativamente impossível de hackear."

"E vai deixar de ser?"

"Em breve. Tem gente demais tentando entrar. Las Vegas vai ser uma loucura."

"Não olha pra mim, não", diz Vyrva. "Eu só faço enrolar baseado e servir junk food."

Ouve-se uma voz no alto-falante, anunciando algo em inglês, se bem que de repente Maxine não consegue entender uma palavra. Aquela voz tonitruante que prevê um evento de modo solene, o tipo de voz que ela nunca quer ouvir chamando-a pelo nome.

"É o nosso voo", Justin pegando a bagagem de mão.

"Abraços pro Siegfried e pro Roy."

Vyrva manda beijinhos até chegar ao portão.

No escritório, quando Maxine volta, lá está Daytona com um televisor pequenino que ela guarda na gaveta da mesa, absorvida por um filme exibido no Canal Romântico Afro-Americano (CRA), chamado *A defesa 4-2-5 do amor*, em que Hakeem, um *linebacker* de futebol americano profissional, no set em que está filmando um anúncio de cerveja, conhece e se apaixona por Serendypiti, uma modelo que atua no mesmo comercial, a qual imediatamente revigora o tal Hakeem de tal modo que em pouco tempo ele está despachando *running backs* tal como penetras despacham salgadinhos numa recepção. Estimulados pelo seu exemplo, os atacantes do time começam a desenvolver técnicas vitoriosas. O que até agora era uma temporada medíocre de um time que não ganha nem cara ou coroa sofre uma reviravolta. Vitória após vitória — zebra! Semifinais! O Super Bowl!

No intervalo do jogo no Super Bowl, o time está perdendo por dez pontos. Ainda há muito tempo para dar uma virada. Serendypiti atravessa como uma bala várias camadas de seguranças e entra no vestiário. "Meu bem, a gente precisa conversar." Pausa para os comerciais.

"Uuufa!" Daytona sacudindo a cabeça. "Ah, você já voltou? Olha, um branco azedo todo metido a besta ligou há uns dez minutos." Ela procura na mesa e encontra um recado, ligar para Gabriel Ice e o que parece ser um número de celular.

"Eu ligo na outra sala. O seu filme recomeçou."

"Cuidado com esse homem, minha filha."

Lembrando-se da tradicional distinção estabelecida pela Associação de Investigadores de Fraudes Certificados entre agir como cúmplice e limitar-se a retornar ligações telefônicas que provavelmente devem mesmo ser retornadas, ela liga para Gabriel Ice.

Nada de alô, tudo bem. "Você está usando uma linha segura?", é o que o magnata digital quer saber.

"Eu uso ela o tempo todo pra fazer compras, dou meu número de cartão de crédito, essas coisas, até agora não aconteceu nada de mau."

"Acho que a gente podia entrar na definição de 'mau', mas..."

"É, a gente podia entrar numa divagação irrelevante, o que é fatal na vida de uma pessoa ocupada, importante... Então..."

"Acho que você conhece a minha sogra, March Kelleher. Já viu o site dela?"

"Eu dou uma olhada nele de vez em quando."

"Talvez você já tenha lido algum comentário negativo, tipo assim todo dia, sobre a minha empresa. Você tem ideia de por que é que ela faz isso?"

"Pelo visto ela não confia no senhor. Uma desconfiança profunda. Ela deve pensar que por trás da saga extraordinária do rapaz bilionário levando uma vida de excessos, que todos nós achamos tão divertida, deve haver uma narrativa sinistra."

"O nosso negócio é segurança. O que é que vocês querem? Transparência?"

Não, eu prefiro opacidade, encriptação, enrolação. "Política demais pra mim."

"Que tal finanças? Minha *shviger* — quanto que você acha que eu teria que pagar pra ela me deixar em paz? Só ordem de grandeza."

"Sei não, mas eu tenho a vaga sensação de que a March não está à venda."

"Está bem, está bem, mas você pergunta pra ela assim mesmo? Eu ficaria muito, muito grato."

"Por que é que o senhor está tão preocupado? Ora, é só um blog, quantas pessoas será que leem?"

"Uma pessoa já é demais, se for a pessoa errada."

Impasse. O que Maxine devia retorquir era: "Com tantos amigos poderosos que o senhor tem, quem no mundo civil seria capaz de acusá-lo de alguma coisa?". Mas dizer isso seria admitir estar sabendo mais do que ela sabe oficialmente. "Seguinte, próxima vez que eu estiver com a March, eu pergunto a ela por que ela não elogia a sua empresa, e aí, quando ela cuspir na minha cara e me chamar de puta vendida ao capital e não sei o que mais, eu não vou estar nem aí, porque no fundo sei que estou fazendo um grande favor pra um sujeito muito legal."

"Você me despreza, não é?"

Ela finge pensar um pouco antes de responder. "Pessoas como o senhor têm licença pra desprezar — já a minha foi cassada, de modo que o jeito é me contentar em ficar puta, e a raiva nunca dura muito."

"É bom saber disso. Aliás, também pode ser bom pra você no futuro manter distância da minha mulher."

"Espera um pouco, rapaz", mas que sujeito mais barra-pesada, "está havendo um mal-entendido. Está certo que ela é muito bonitinha, mas o meu negócio não é…"

"Mantenha distância dela, só isso. Seja profissional. É importante você saber pra quem está trabalhando, certo?"

"Fala mais devagar. Estou tentando anotar tudo."

Ice, tal como ela queria, bate o telefone, cuspindo fogo.

Rocky Slaggiatt aparece. Como sempre, sem bagagem. "Oi, Maxi, eu vim aqui no seu pedaço pra intimidar, não, peraí, eu quis dizer 'impressionar', uns fregueses. Preciso ter uma conversa com você, pessoalmente."

"É importante, certo?"

"Talvez. Sabe o Omega Diner na rua 72?"

"Perto da Columbus, claro. Dez minutos?"

Rocky está num reservado nos fundos da lanchonete, nas profundezas sombrias do Omega, acompanhado de um tipo de executivo elegante, terno sob medida, óculos de armação clara, estatura mediana, jeito de yuppie.

"Desculpe tirar você do trabalho, incomodar. Esse aqui é o Ígor Dachkov, um cara bom pra você pôr na tua agenda."

Ígor beija a mão de Maxine e vira-se para Rocky. "Ela não está grampeada, espero."

"Tenho alergia a grampo", Maxine finge explicar. "Eu decoro tudo, e aí depois, quando me interrogam, repito tudinho, palavra por palavra, pra polícia federal. Ou seja lá de quem for que você está com tanto medo."

Ígor sorri, inclina a cabeça como quem diz "encantado".

"Até agora", murmura Rocky, "ainda não inventaram um policial capaz de fazer alguma coisa com esses caras além de incomodar um pouco."

No reservado ao lado, Maxine vê dois jovens capangas avantajados, ocupados com consoles de video games. "Acaba de sair Doom pra Game Boy. Capitalismo pós-tardio enlouquecido, 'United Aerospace Corporation', luas de Marte, portões do inferno, zumbis e demônios, inclusive, eu acho, esses dois. Micha e Gricha. Cumprimentem moça, *padónki*."

Silêncio e botões em atividade.

"Muito prazer em conhecer vocês, Micha e Gricha." Seja lá quais forem os nomes verdadeiros de vocês, oi, eu sou Marie da Romênia.

"Na verdade", um deles erguendo a vista, exibindo uma fileira de dentes de aço inoxidável, "a gente prefere Deimos e Fobos."

"Excesso de video game dá nisso. Acabaram de sair de gulag, parentes distantes, agora nem tão distantes assim. Brighton Beach pra eles é paraíso. Eu trago eles pra Manhattan pra eles verem como é inferno. E também pra encontrar meu velho amigo Rocco. E aí, como vai sua carreira de investidor de risco, meu chapa?"

"Meio devagar", Rocky dando de ombros, "*mi grato la pancia*, sabe, coçando a barriga."

"Nós dizemos *khuem gruchi okolatchivat*", sorrindo para Maxine, "arrancar pera de galho com pica."

"Deve ser complicado", Maxine sorrindo também.

"Porém divertido."

Embora ele ainda tenha cara de quem é obrigado a mostrar identidade em boate, pelo visto há por baixo daquela aparência tranquila de classe média, lá no fundo da matriosca, um sujeito durão, ex-combatente do Spetsnaz, doido para contar histórias de guerra de dez anos atrás. E sem mais nem menos Ígor começa a falar de um salto de paraquedas clandestino HALO no norte do Cáucaso.

"Descendo de noite, em serra, frio pra caralho, eu começo a meditar — afinal, que é mesmo que eu quero em vida? Matar mais tchetcheno? Encontrar amor verdadeiro e formar família, em algum lugar quentinho, tipo Goa? Quase esqueço de acionar paraquedas. Quando me vejo em chão de novo, tudo ficou muito claro. Totalmente. Ganhar muita grana."

Rocky gargalha. "Pô, isso eu já saquei, sem ter que pular de avião."

"De repente, se você pular, vai resolver doar todo seu dinheiro."

"Você conhece alguém que já fez isso?", pergunta Maxine.

"Acontecem coisas estranhas com homens em Spetsnaz", responde Ígor. "Pra não falar em altitudes elevadas."

"Pergunta pra ela", Rocky aproximando-se do ouvido de Ígor. "Pode perguntar, tudo bem."

"Me perguntar o quê?"

"Sabe alguma coisa sobre essa gente?" Ígor põe uma pasta à frente dela.

"Madoff Securities. Hmm, acho que ouvi umas fofocas na minha área. Bernie Madoff, um nome lendário. Lembro que me disseram que está rendendo muito bem."

"Um ou dois por cento a mês."

"Um bom retorno médio, qual o problema?"

"Não é médio, não. É isso todo mês."

"Hm." Ela folheia a pasta, dá uma olhada no gráfico. "Que porra é essa. Uma linha perfeitamente reta, que só faz subir sempre?"

"Você acha meio anormal?"

"Nesta economia? Olha só aqui — mesmo no ano passado, quando o mercado de informática entrou em parafuso? Não, isso só pode ser uma pirâmide, e levando em conta a escala desses investimentos, ele pode estar fazendo *front-running* também. Você investiu dinheiro com ele?"

"Amigos meus. Eles estão preocupados."

"E… eles são pessoas adultas que sabem receber uma má notícia?"

"De jeito deles. Mas eles sabem agradecer conselho bom."

"É comigo mesmo. Meu conselho é agir depressa, de preferência de maneira não emocional, e sair pela porta mais próxima. O tempo é essencial. Mês passado teria sido melhor."

"Rocky diz que você tem dom."

"Qualquer idiota, nada pessoal, ia tirar a mesma conclusão. Por que é que a cvm não está fazendo nada? A promotoria pública, alguém."

Um dar de ombros, sobrancelhas eloquentes, polegar esfregando nos dedos.

"É, sem dúvida, pode ser isso."

Já há algum tempo Maxine está consciente dos movimentos de braços e mãos na periferia de seu campo visual, para não falar nas falas discretas e efeitos sonoros de DJ, vindos da direção de Micha e Gricha, os quais são fãs da cena hip-hop russa, semiclandestina, em particular de um famoso rapper rastafári russo baixinho chamado Detsl — tendo eles decorado os dois primeiros discos do tal, Micha fazendo a música e a percussão, Gricha a letra, a menos que ela tenha trocado as bolas...

Ígor ostensivamente consultando um Rolex Cellini de ouro branco: "Você acha que hip-hop é bom pra eles? Você tem filhos? E eles, também...".

"Com o tipo de música que eu ouvia nessa idade, quem sou eu pra... mas essa que esses dois estão cantando agora é bem legal."

"'Vetcherinka u Dietsla'", diz Gricha.

"'Festa na casa do Detsl'", explica Micha.

"Peraí, vamos cantar 'Úlitchni boiéts' pra ela."

"Fica pra próxima", Ígor levantando-se para ir embora, "prometo." Troca um aperto de mãos com Maxine, beijando-a nas duas faces, esquerda-direita-esquerda. "Vou passar seu conselho pra meus amigos. Depois eu conto como ficou." E, musicalmente, sai da lanchonete.

"Aqueles dois gorilas", informa Rocky, "acabam de comer duas tortas de chocolate com creme. Cada um. E eu é que pago a conta."

"Então era o Ígor que queria falar comigo, não você?"

"Desapontada?"

"Não, meu caro. Ele é mafioso, ou o quê?"

"Ainda estou tentando descobrir. O pessoal que anda com ele lá em Brighton Beach, tinha uns que eram da turma do Iapóntchik, antes de matarem o japonesinho, e estava na cara que se conheciam há muito tempo. Agora, assim de vista, não tem nenhuma tatuagem visível, colarinho trinta e nove, ahh", gesticulando com a mão, "não sei, não. Tem cara de quem está nessa por conta própria."

Um dia, indo para a piscina do Deseret, Maxine constata que o elevador de serviço está ocupado, talvez até segunda ordem — mais uma família yuppie, essa praga, se mudando para o prédio, sem dúvida. Ela sai à procura de outro elevador e termina no labirinto do subsolo, prestes a entrar, muito contra a vontade, no infame Elevador dos Fundos, um legado de eras passadas, dotado, segundo os boatos, de volição própria. Na verdade, Maxine acredita que ele seja mal-assombrado, que anos atrás Alguma Coisa Aconteceu nele, uma coisa que nunca foi resolvida, e agora, sempre que vê uma oportunidade, o Elevador tenta levar seus passageiros para onde ele talvez encontre algum alívio cármico. Dessa vez, em vez de ir até a piscina, que foi o botão apertado por Maxine, ele a leva a um andar que de início ela não reconhece, e acaba sendo...

"Maxi, oi."

Ela aperta a vista para enxergar naquela penumbra de algum modo gordurenta. "Reg?"

"É que nem um filme de horror asiático", Reg sussurra. "Do Oxide Pang, provavelmente. Dá pra você vir até aqui se esgueirando pela parede pra gente se esquivar da câmera de segurança?"

"E por que mesmo é que a gente quer se esquivar da câmera de segurança?"

"Eles não me querem aqui no prédio. A essa altura, já deve haver no mínimo um mandado de distanciamento."

"Você agora... está fazendo assédio a prédios?"

"Sabe aquele falso banheiro na hashslingrz? Agora mesmo, na rua, vi um dos caras que estavam lá, eu ainda tinha bastante espaço na fita, aí saí atrás dele filmando. Ele andou em zigue-zague pelo bairro todo, depois de um tempo se juntou a mais uns dois ou três que eu também reconheci, e aí todos eles entraram aqui no Deseret, sendo tratados como VIPs no portão. Aí pensei que, como o Gabriel Ice é um dos proprietários daqui…"

"Peraí, o Ice? Desde quando?"

"Pensei que você soubesse. Mas enfim, agora isso tudo já não tem nada a ver, tendo em vista o que aconteceu. O Ice me despediu das filmagens ontem. Meu apartamento foi arrombado de novo, dessa vez quebraram tudo, roubaram tudo que eu filmei, menos o que eu tinha escondido."

Um acontecimento nada promissor. "Melhor você vir comigo. De repente um dos elevadores de serviço já está livre."

E através dele conseguem escapar pelos fundos pela Riverside Drive, onde entram, na última hora, num ônibus que vai rumo ao centro.

"Imagino que você não tenha falado com a polícia nem nada."

"Quer dizer, pros policiais darem uma boa gargalhada e se distraírem um pouco da rotina melancólica deles. E depois cair fora da cidade, certo?"

"Seattle."

"Chegou a hora, Maxi. O Ice até me fez um favor. Não preciso de um filme sobre a hashslingrz no meu CV, é ruim pra minha imagem, e sabe o que mais? A hashslingrz já era. Aconteça o que acontecer, eles estão fodidos."

"Eu não diria que eles estão à beira da falência."

"Se as empresas de internet tivessem alma", Reg estranhamente distante, como se já se dirigisse a ela da janela de um ônibus indo para o Oeste, "a hashslingrz teria uma alma danada."

Saltam na rua 8, encontram uma pizzaria, ficam por algum tempo sentados a uma mesa na calçada. Reg mergulha numa bruma filosófica.

"Eu não sou Alfred Hitchcock, não. Você pode assistir os meus filmes até ficar vesga que nunca vai encontrar nenhum significado profundo. Eu vejo uma coisa interessante, aí eu filmo, só isso. É o futuro do cinema, se você quer saber o que eu acho — algum dia vai ter muito mais banda larga, mais vídeos sendo postados na internet, todo mundo vai começar a filmar tudo, vai ter tanta coisa pra ver que nada vai ter nenhuma importância. Pode escrever que eu profetizei isso."

"Você está é bancando o modesto pra ser elogiado, Reg. E essa redecoração inesperada que o seu apartamento acaba de sofrer? Alguém deve ter em alta conta alguma coisa que você fez."

"Foi o Ice", ele dá de ombros. "Tentando cobrar o que ele acha que eu devo a ele."

Não, pensa Maxine com uma súbita dor nos dedos, Ice seria a melhor das hipóteses. E se for outra pessoa, Seattle talvez não seja longe o bastante. "Vem cá, se você precisar que eu fique com alguma coisa sua…"

"Não se preocupe, você está na minha lista."

"E você me avisa se for embora?"

"Vou tentar."

"Por favor. Ah, outra coisa, Reg."

"Eu sei, eu também assistia A *mulher biônica*. Mais cedo ou mais tarde o Oscar Goldman diz: 'Jaime… tenha cuidado'."

"Ela foi um grande modelo de mãe judia pra mim. Não esqueça que até a Jaime Sommers precisa ter cuidado de vez em quando."

"Não se preocupe. Antes eu pensava que desde que desse pra eu enxergar pelo visor da câmera, eu estava protegido. Levou um tempo, mas agora eu sei que não é bem assim. Você está satisfeita?" Com a maior cara de criança decepcionada.

"É, acho que dá pra encarar isso como a notícia boa, sim."

14.

Entre os vendedores misteriosos descobertos pelo engenhoso Eric Outfield em meio aos arquivos encriptados da hashslingrz há uma firma de cabo de fibra óptica chamada Darklinear Solutions.

Quem que tenha um pingo de juízo, a gente pensa, haveria de mexer com fibra óptica hoje em dia, depois do forte declínio no número de instalações novas desde o ano passado? Pois bem, ao que parece, durante o período da bolha foram instalados tantos cabos que agora há quilômetros de fibra inativa, ou "escura", como se diz, e é por isso que firmas como a Darklinear caíram de boca sobre os cadáveres da indústria, descobrindo cabos de fibra instalados em excesso e sem uso em prédios ativos, mapeando-os, ajudando os clientes a montar redes privadas customizadas.

O que Maxine não consegue entender é por que os pagamentos da hashslingrz à Darklinear estão sendo mantidos ocultos quando isso não é necessário. Os gastos de uma empresa com fibra óptica são legítimos, as necessidades de banda larga da hashslingrz mais do que justificam esses gastos, até mesmo a Receita

Federal parece estar satisfeita. E no entanto, tal como no caso da cagfcisedgpw.com, as quantias são muito altas, e alguém está exigindo um nível de proteção por senhas que é desproporcionalmente elevado.

Às vezes, em vez de deixar as coisas supurarem, dá um prazer maligno entregar-se à irritação. Maxine liga para Tallis Ice e tem sorte. Em outras palavras, não é atendida pela secretária eletrônica. "Recebi um telefonema desse seu marido encantador. Não sei como, ele ficou sabendo do nosso encontro no outro dia."

"Não fui eu não — juro que não, é o prédio, eles registram tudo, tem câmara de vídeo de segurança, bom, pode ser que eu tenha mencionado você, que você esteve aqui, não é?"

"Tenho certeza que apesar de tudo ele é uma pessoa maravilhosa", retruca Maxine. "Já que estou falando com você, posso explorar o seu cérebro um pouco?"

"Claro." Tipo assim, onde foi mesmo que eu o coloquei…

"No outro dia você estava falando sobre infraestrutura. Estou trabalhando para uma firma lá em Nova Jersey com um problema de capitalização, e eles estão curiosos a respeito de uma companhia de cabo óptico de Manhattan chamada Darklinear Solutions. Isso é totalmente fora da minha área — vocês já trabalharam com ela, ou conhecem alguém que já trabalhou?"

"Não." Mas acontece de novo, uma espécie de soluço na continuidade que, como Maxine já aprendeu, significa Examine Mais Detidamente. "Desculpe."

"Estava só tentando obter informação de graça, obrigada, Tallis."

A Darklinear Solutions é uma firma de aparência bem descolada, instalações à base de cromados e neon, no Flatiron District. Na versão video game dessa história, a firma vende *smoo-*

thies de *echinacea* e *panini* de alga, em vez de sílica envenenada utilizada para alimentar fantasias depravadas via banda larga que talvez ainda sobrevivam ao estouro da bolha.

Maxine está prestes a saltar do táxi quando vê uma mulher saindo do prédio, com uma macacão de oncinha bem apertado e óculos escuros Chanel Havana cobrindo os olhos e não levantados para prender o cabelo, a qual, apesar dessa tentativa, talvez consciente, de se disfarçar, é claramente, ora, ora, a sra. Tallis Kelleher Ice.

Maxine pensa em acenar para ela e gritar oi, mas Tallis parece estar um tanto nervosa, perto dela o paranoico urbano médio parece James Bond à mesa de bacará. O que é isso? Então fibra óptica de repente virou segredo de Estado? Não, na verdade é o traje dela, que claramente segue à risca o modelo de roupa provocante segundo os critérios de alguém, e Maxine, naturalmente, está curiosa para saber quem é esse alguém.

"A senhora vai saltar?"

"Liga o taxímetro outra vez, que eu vou dar um tempo."

Tallis segue pelo quarteirão, olhando à sua volta com ansiedade. Na esquina, finge estar examinando a vitrine de uma loja de louças de banheiro, os pés na terceira posição de balé, uma aluna do Barnard College numa galeria de arte. Um minuto depois, a porta da Darklinear Solutions se abre novamente, e dessa vez quem sai é um sujeito compacto, com blazer e calça de vendedor de loja, levando uma pasta 007 com alça a tiracolo e também olhando à sua volta com apreensão. Ele segue na direção oposta à de Tallis, mas só vai até um Lincoln Navigator estacionado bem perto, entra no carro e segue rumo a Tallis bem devagar. Quando chega à esquina, a porta do carona se abre e Tallis entra rapidamente.

"Depressa", diz Maxine, "antes que o semáforo feche."

"Seu marido?"

"Marido de alguém, talvez. Quero ver pra onde eles vão."

"A senhora é da polícia?"

"Eu sou o Lennie do *Law & Order*, não me reconheceu?"

Vão atrás do carrão bebedor de gasolina até a FDR Drive e seguem rumo ao norte, pegam a rua 96, depois viram na Primeira Avenida ainda no sentido norte, um trecho fronteiriço da cidade que não é mais o Upper East Side mas também ainda não é o East Harlem, onde antigamente as pessoas iam para descolar alguma coisa com o traficante ou ter um encontro noturno mediante pagamento, mas que agora começa a dar sinais de gentrificação.

O SUV pesado reconfigurado para à frente de um prédio recém-convertido, segundo uma faixa graciosamente colocada nos andares superiores, em apartamentos que custam mais ou menos um milhão de dólares o quarto, e depois leva mais ou menos uma hora para encontrar uma vaga.

"Antigamente", murmura o taxista, "deixar um carrão que nem esse aí na rua? Coisa de maluco, mas agora todo mundo morre de medo de mexer porque o dono pode ser um fodão que raciocina com o revólver."

"Lá vão eles. Você me espera aqui, eu só quero fazer uma coisa."

Dá a Tallis e ao homem do Navigator uns dois minutos para pegarem o elevador, e aí parte indignada para cima do porteiro. "Esses dois que entraram aí agora! Esses idiotas com aquele SUV enorme não sabem estacionar? Eles acabaram de arrancar a porra do meu para-choque."

É um garoto até simpático, não chega a se encolher de medo, mas realmente parece lamentar: "Eu não posso deixar a senhora subir".

"Tudo bem, também não precisa mandar eles descerem, não, vai ser a maior gritaria aqui no hall, do jeito que eu estou puta pode até terminar em derramamento de sangue, coisa que ninguém quer, não é? Olha", entregando-lhe o cartão de visitas de uma advogada tributarista famosa pelos seus excessos nos anos 90, a qual, até onde Maxine sabe, continua na cadeia em Danbury, "essa aqui é a minha advogada, por favor entregue pro casal Quatro Rodas assim que você estiver com eles, ah, e por favor me passe também o telefone deles e o e-mail, pros nossos advogados trocarem figurinhas."

A essa altura, alguns porteiros ficam todos cheios de tecnicalidades e nove-horas, mas este aqui, tal como o prédio em que ele trabalha, é novo no pedaço e está doido para se livrar daquela maluca criadeira de caso. Maxine consegue dar uma olhada rápida nos registros da portaria e volta para o táxi com todos os dados sobre o namorado de Tallis, menos os números dos cartões de crédito dele.

"Estou curtindo isso", diz o motorista. "E agora, pra onde?"

Ela consulta o relógio. O jeito é voltar para o escritório. "Upper Broadway, ali perto da Zabar's, pode ser?"

"A Zabar's, é?" Na voz dele já dá para perceber um tom de dr. Watson.

"É, tenho umas informações estranhas sobre um salmão defumado, vou dar uma conferida." Ela finge examinar a trava de sua Beretta.

"De repente eu devia te dar o desconto especial pra detetive particular."

"Mas eu sou só… tudo bem, pode ser."

"Maxi, que que tu vai fazer hoje à noite?"

Me masturbar assistindo a um filme do canal Lifetime, *O noivo psicopata*, se não me engano, mas por que você quer saber? Na verdade, o que ela diz é: "Você está me convidando pra sair, Rocky?".

"Oba. Ela me chamou de Rocky. Olha, é um negócio respeitável, a Cornelia vai estar lá, o meu sócio Spud Loiterman, talvez mais umas duas pessoas."

"Você está de brincadeira. Uma noitada. Onde que a gente vai?"

"Um caraoquê coreano, tem um... eles chamam de *noraebang*, lá na Koreatown, o Lucky 18."

"Streetlight People, 'Don't Stop Believing', as coisas de sempre, imagino."

"A gente ia sempre no Iggy's, lá na Segunda Avenida, mas no ano passado nós fomos — quer dizer, não eu, mas — por causa do Spud nós fomos..."

"Expulsos."

"O Spud..." Um pouco constrangido. "Ele é um gênio, esse meu sócio, se você algum dia tiver um problema, tipo regulamento do Banco Central... mas se põem um microfone na mão dele... bom, o Spud muda de tom o tempo todo. Mesmo com o sistema de compensação automática, a tecnologia não dá conta dele."

"Devo levar tapa-ouvido?"

"Não, dá uma reciclada na parada de sucessos dos anos 80 e aparece lá por volta das nove." Percebendo a hesitação dela, sendo um tipo intuitivo, acrescenta: "Ah, e vem bem mal-ajambrada, não quero que a Cornelia fique ofuscada".

O que a faz ir direto para o armário e pegar uma peça da Dolce & Gabbana, discreta porém digna de primeira página de tabloide, que ela encontrou no outlet da Filene's com desconto de setenta por cento, tendo que arrancá-la das mãos de uma mãe de aluno da Collegiate School, com elástico no cabelo à East Side e o escambau, que estava matando o tempo depois de deixar os meninos na escola e que de qualquer modo não ia conseguir caber naquela roupa, a qual Maxine desde então está esperando uma desculpa para usar. Noite de gala no Lincoln Center? Jantar de levantamento de fundos para candidato? Nada disso — um caraoquê com um bando de abutres capitalistas, a oportunidade perfeita.

Reunidos aquela noite no Lucky 18, numa das salas maiores, Maxine encontra o sócio desafinado de Rocky, Spud Loiterman, a namorada deste, Letitia, alguns clientes de outros lugares que vieram passar o fim de semana em Nova York, bem como um pequeno grupo de coreanos de verdade, usando, talvez como uma espécie de manifestação irônica, trajes amarelos brilhosos importados da Coreia do Norte, feitos de *vinalon*, uma fibra derivada, a menos que Maxine tenha ouvido errado, do carvão, os quais saíram de um ônibus de turismo e estão cada vez mais preocupados em conseguir voltar para ele. E Cornelia, que chega com um vestido confortavelmente chique e um colar de pérolas de lambuja. Mais alta do que Rocky mesmo se não estivesse de salto alto, ela irradia uma simpatia espontânea que não é comum de se encontrar em mulheres anglo-saxônicas, embora elas digam tê-la inventado.

Maxine e Cornelia estão começando a entabular uma conversa fiada sociável quando Rocky, subindo nos tamancos italianos como sempre acontece quando ele enverga terno Rubinacci e chapéu Borsalino, interrompe a conversa, brandindo um charuto. "Oi Maxi, só um minutinho, queria te apresentar a uma pessoa." Cornelia silenciosamente lhe dirige um olhar não está-vendo-que-estamos-ocupadas com talvez ainda menos compaixão do que a exibida pelos que lançam *shuriken* ninjas em filmes de artes marciais... e no entanto, no entanto, o que será a tensão quase erótica entre esses dois? "Depois do comercial, eu espero", Cornelia dando de ombros e esboçando um olhar revirado em direção aos céus, dá meia-volta e sai de cena. Maxine vê de relance um fecho de colar Mikimoto enfeitando uma nunca atraente, de ouro dourado como sempre, o que não é a escolha preferida de muitos em colares de pérolas, mas vá dizer isso ao pessoal da Mikimouse-o, que acha que nos Estados Unidos todo mundo é louro. Cornelia, por acaso, é loura — e a questão que se coloca então é esta, será ela loura por fora e por dentro da cabeça?

Algo a ser descoberto. Neste ínterim: "Maxi, este aqui é o Lester, que já trabalhou na cagfcisedgpw.com". Embora a empresa tenha sido liquidada ou coisa que o valha, pelo visto Rocky, capitalista de risco até a medula, está sempre em busca de ideias luminosas por toda parte.

Lester Traipse é um sujeito compacto, com óculos quadrados, gel de cabelo comprado em drogaria, que fala que nem Caco, o Sapo. A grande surpresa é seu braço direito de hoje. Visto pela última vez saindo de um Tim Horton's no Boulevard René-Lévesque, quando caía o que em Montreal se chama "*neige faible*" e no resto do mundo é "nevasca catastrófica", Felix Boïngueaux hoje está com um penteado estranho, que ou bem é um corte ultraespecial de mais de cem dólares, cuidadosamente projetado para fazer com que os observadores mergulhem numa falsa complacência com relação a sua própria aparência até que seja tarde demais, ou então foi ele mesmo que cortou e acabou fazendo merda.

Enquanto isso, Rocky e Lester silenciosamente se encaminharam ao bar. "Bom te ver de novo. Tudo nos conformes? Vem cá", dirigindo um olhar furtivo a Rocky, "você não toca no assunto da, hmm…"

"Do soft de caixa registradora…"

"Pssss!"

"Ah. Claro que não, falar nisso por quê?"

"É que estamos justamente tentando passar pra legalidade."

"Que nem o Michael Corleone, compreendo, tudo bem."

"Sério. A gente abriu uma startupzinha. Eu e o Lester. Um software antizapper, você instala no seu sistema e ele automaticamente desabilita todos os *phantomwares* num raio de um quilômetro e meio, se alguém tentar usar um *zapper* o disco rígido derrete. Quer dizer, nem tanto. Mas chega bem perto disso! Você é amiga do sr. Slaggiat? Olha, puxa a brasa pra nossa sardinha."

"Claro." Jogando dos dois lados contra o meio, hein? Eta juventude imoral, que coisa terrível.

Assim que ligam a máquina de caraoquê, os coreanos formam fila para o livro de pedidos, e por algum tempo tanto as conversas fáticas quanto as práticas passam a ter que competir com "More Than a Feeling", "Bohemian Rhapsody" e "Dancing Queen". Na tela, por trás das letras em coreano e inglês, aparecem clips enigmáticos, massas asiáticas correndo de um lado para o outro em ruas e praças de cidades longínquas, caleidoscópios humanos enchendo os campos de gigantescos estádios esportivos, trechos em baixa resolução de telenovelas e documentários sobre a natureza e outros estranhos artefatos visuais peninsulares, muitas vezes sem relação com a música sendo tocada ou com sua letra, por vezes estabelecendo insólitas desconexões entre elas.

Quando chega a vez de Cornelia, ela pede "Massapequa", a segunda ária de bravura para soprano de *Amy & Joey*, um musical off-Broadway sobre Amy Fisher que está em cartaz desde 1994, com lotação esgotada. Cantando num estilo meio neo-country, Cornelia, balançando-se no meio de um spot de luz salmão, diante de uma tela que mostra coalas, vombates e diabos-da-tasmânia, começa a cantar em altos brados,

Mass—a-pe-qua!
Que coisa i-ní-qua!

Faz tanto tempo,
Foi na Sunrise
Highway —
(*Yeah.*)
Pensei em te largar,
Mas vou sempre te lembrar,
Como estação de rádio
Que toca aquela canção...

Onde é que arranjo uma pizza?
E uma pista de dança?
Onde estão os nossos pais?
E aquela velha esperança?
(Deve ter ficado lá em)
Mass—
sape-qua,
Que lembrança oblíqua!
E eu que achava que ia
Jogar você fora...
Nunca mais vou ser tua,
Mas passou tanto tempo
E você ainda continua
No meu coração,
(Massapequa-ah!),
Presença ubíqua
No meu coração...

Bom, o pior de "Massapequa" é o trecho em que cantores brancos tentam fazer escalas vocais à maneira do blues e ficam parecendo, na melhor das hipóteses, insinceros. Cornelia deu um jeito de evitar esse problema. "Obrigada", Maxine mais tarde elogia, quando vai retocar a maquiagem no banheiro feminino.

189

"Adoro quando isso acontece, música de coadjuvante e presença de prima-dona, que nem Gloria Grahame em *Oklahoma!*"

"Muita bondade sua", Cornelia comedida. "As pessoas normalmente me comparam com a Irene Dunne no início da carreira. Sem o vibrato, é claro. E Rocky fala bem de você, o que eu sempre tomo como um bom sinal." Maxine arqueia uma sobrancelha. "Porque sobre outras pessoas ele não fala nada, é o que eu quero dizer." Não estando as atividades periféricas em relação ao matrimônio entre os temas favoritos de Maxine, ela dá um sorriso polido cujo sentido Cornelia capta. "Que tal a gente se encontrar um dia pra almoçar, fazer umas compras?"

"Vamos, sim. Mas devo avisar que não gosto muito de fazer compras como recreação."

Cornelia perplexa: "Mas você... você não é judia?".

"Ah, sou, sim."

"Praticante?"

"Não, não preciso mais praticar, já sei de cor e salteado."

"Eu me referia a um certo... dom de encontrar... pechinchas?"

"Devia estar no meu DNA, eu sei. Mas por algum motivo eu continuo esquecendo de apalpar o tecido ou examinar as etiquetas, e às vezes", baixando a voz e fingindo temer uma reprovação, "chego mesmo a... pagar o preço que está na etiqueta!"

Cornelia fingindo assustar-se, falsa paranoia. "Por favor não conte a ninguém, mas de vez em quando eu... pechincho nas lojas. E às vezes — por incrível que pareça — consigo baixar o preço. Dez por cento. Quase trinta uma vez, mas foi só uma vez, na Bloomingdale's nos anos 80. Embora a lembrança ainda esteja viva na memória."

"Quer dizer que... desde que uma não dedure a outra pra polícia étnica..."

Saindo do banheiro, elas constatam que os outros estão

bem mais barulhentos que antes. *Wallbanger* feito com *soju* em copos e jarras espalhados pelas mesas, coreanos estendidos horizontalmente nos sofás ou então, na vertical, cantando com os tornozelos cruzados, adolescentes obsessivos com laptops jogando DarkEden num canto, fumaça de Cohiba pairando em camadas, garçonetes rindo mais alto e subindo o nível de tolerância para brincanagens, a certa altura Rocky vai fundo em "Volare", tendo localizado uma filmagem de uma tela de tevê, Domenico Modugno no *Ed Sullivan Show* de 1958, quando a música ficou em primeiro lugar no hit parade americano por várias semanas, e com base nesse vídeo de baixa definição aprendido todas as inflexões e trejeitos de Domenico.

E quem, na verdade, é tão sofisticado e cabeça que não curte "Volare", talvez uma das melhores canções populares já compostas? Um rapaz sonha que está voando no céu, deixando tudo lá embaixo, desafiando a gravidade e o tempo, como se tivesse a crise da meia-idade mais cedo, na segunda estrofe ele acorda e dá por si na terra, e a primeira coisa que vê são os olhões azuis da mulher amada. E conclui que em matéria de céu azul eles lhe bastam. Todos os homens deviam ficar sensatos assim quando crescem.

Mais cedo do que se esperava, chega aquela fase da noitada em que Toto domina a lista de canções.

"Spud, eu acho que não é 'Deixei meu cérebro na África'."

"Hein? Mas é o que está escrito ali na tela." Onde se vê, para quem estava esperando manadas no Serengueti, clips mudos da segunda temporada de um programa de sucesso da tevê coreana, *Gag concert*. Caretas, risos enlatados. Tanta fumaça no ambiente agora que as imagens na tela estão agradavelmente borradas.

Maxine está tendo uma conversa longa, porém inclusiva, com um dos passageiros perdidos do ônibus coreano, a respeito do número 18 no nome deste *noraebang*.

"Número ruim", diz o coreano, com um olhar lascivo. "*Sip pal*. Quer dizer 'vender boceta'."

"É, mas pra quem é judeu", Maxine imperturbável, "dá sorte. Por exemplo, quem dá dinheiro como presente em bar mitzvah sempre deve dar em múltiplos de dezoito."

"Vender boceta? No bar mitzvah?"

"Não, não, na gematria, uma espécie de... código judeu, sabe?, dezoito dá *chai*, que é vida."

"Mesma coisa com boceta!"

Esse diálogo intercultural é perturbado por uma comoção vinda do banheiro masculino. "Com licença." Ela vai dar uma olhada e vê que Lester Traipse está no meio de uma discussão sobre web design, na verdade uma gritaria enlouquecida, com um sujeito enorme fazendo-se passar por nerd que talvez na verdade, teme Maxine, atue numa área muito diferente. Abafando até mesmo a música do caraoquê, o bate-boca supostamente tem a ver com os méritos relativos às tabelas e ao CSS, uma polêmica do momento, que para Maxine, dado o nível de passionalidade, sempre pareceu uma questão religiosa. Ela imagina que daqui a dez anos será difícil, independentemente do lado que termine ganhando a disputa, conceber a veemência da contenda. Mas o que está acontecendo agora não é bem isso. Ali, no banheiro, o conteúdo não é rei. O falso nerd, para começo de conversa, exibe um excesso de potencial criminoso.

Naturalmente, Maxine veio apenas com uma bolsa de sair à noite, onde não cabe uma Beretta Tomcat, esperando que a noitada seja agradável e que no dia seguinte a manchete do *Daily News* não venha a ser nada semelhante a bangue-bangue no *noraebang*. Armada ou não, ela sabe o que deve fazer. Irrompe no meio daquela tempestade de testosterona e consegue arrastar Lester para um lugar seguro, puxando-o por uma curiosa gravata com imagens múltiplas do Tio Patinhas em diferentes tons de laranja-escuro e violeta acinzentado.

"Um dos capangas barra-pesada do Gabriel Ice", Lester ofegante, "passado em comum. Desculpe. O Felix devia estar cuidando de mim pra eu não me meter em encrenca."

"Onde que ele se enfiou?"

"Olha ele lá cantando 'September'."

Depois de delicadamente deixar que transcorressem mais oito compassos de Earth, Wind, Fire e Felix, vulgo Fog (Neblina), como se falando só por falar: "Você conhece o Felix há muito tempo?".

"Não muito. A gente vivia se encontrando nas antessalas dos mesmos investidores de risco, sacamos que nós dois estávamos interessados em *phantomware*, quer dizer, eu estava meio à toa na vida e fiquei fascinado, e o Felix estava procurando uma pessoa que soubesse promover mecanismo de busca, e aí resolvemos trabalhar juntos. Melhor do que o negócio em que eu estava metido antes."

"Lamento o que aconteceu com a cagfcisedgpw.com."

"Eu também, mas meus sócios estavam todos virando nazistas de css que nem aquele cidadão lá no banheiro, e eu sou um tabelista renitente, como dá pra ver — cinza, alinhamento à esquerda, e aí, vai ter bronca? Se não restar nenhum dinossauro, as criancinhas não vão ter o que ver no museu, é ou não é?"

"Quer dizer que você achou até bom dar um tempo no web design?"

"Insistir pra quê? Toca pra frente que atrás vem gente, é só ter o cuidado de não cruzar o caminho do Gabriel Ice — a menos, é claro, que ele seja um grande amigo seu, e nesse caso, mil desculpas."

"Não conheço pessoalmente, não, mas quase não ouço dizer nada de bom sobre ele. O que foi que ele fez, tentou violar a carta de intenções?"

"Não, gozado, essa parte estava toda nos conformes."

"Estava rendendo bem?"

"Talvez bem até demais." Mexendo um pouco os pés calçados em Florsheims, para indicar que há mais, muito mais. "Isso eu nunca entendi. A gente tinha uma banda muito estreita, era muito lento, terceiro-mundo demais pra hashslingrz. CSS ou não, a questão da banda larga nunca foi levantada como um problema. Já o Ice, ele é um devorador de banda larga. Compra toda a infraestrutura barata que encontra no mercado. Sabe essas empresas que instalaram tanto cabo de fibra óptica que acabaram quebrando? O Ice vai atrás delas e se dá bem."

Alguém que não é Felix agora está bancando Michael McDonald em "What a Fool Believes", e vários dos presentes cantam junto com ele. Nesse ambiente festivo, o subtexto de rancor que Maxine detecta na narrativa de Lester é tão perceptível que seu alarme extrassensorial de pós-examinadora de fraudes certificada dispara. O que será que isso quer dizer?

"Então o seu trabalho com o Ice…"

"Páginas tradicionais em HTML, no caso 'Homem Tomando Mais Lítio', tudo encriptado, nada que a gente soubesse ler. O Ice queria *meta tags* robóticos em tudo. NOINDEX, NOFOLLOW, nada de nada. Diz que é pra que as páginas fiquem fora do alcance de quem estiver navegando, guardadas lá no fundo, onde é bem seguro. Mas qualquer um na firma do Ice sabe fazer isso, tinha mais nerd delinquente rondando aquele site que num servidor de Quake."

"É, e eu soube também que o Ice abriu uma espécie de clínica de reabilitação pra pivetes. Você já fez uma visita física ao quartel-general da hashslingrz?"

"Logo depois que ele comprou a cagfcisedgpw, o Ice me chamou pra uma reunião. Achei que pelo menos ia rolar um almoço, mas foi só café solúvel e tortilha chips natural numa tigela. Sem pimenta. Nem mesmo sal. E ele calado, só me encarando, olho no olho. A gente deve ter conversado, mas nem lembro o assunto. Até hoje eu tenho pesadelo. Menos por conta do Ice que dos capangas dele. Alguns eram ex-presidiários. Aposto."

"Imagino que eles fizeram você assinar algum documento de confidencialidade."

"Não podia revelar nada, ninguém ali estava abrindo o quimono, e mesmo agora, depois da liquidação da cagfcisedgpw, o documento de confidencialidade permanece em vigor até o fim do universo ou a chegada do Daikatana, o que vier primeiro. Eles dão as cartas em tudo — se acordarem com o pé esquerdo, com um pouco de azia, eles podem partir pra cima de mim quando der na veneta."

"Quer dizer que... aquela discussão no banheiro de cavalheiros... pode na verdade não ter nada a ver com web design?"

Lester revira os olhos para ela, e mesmo com a pouca luz a seu redor o globo ocular dele reflete um brilho de alerta. Tipo assim, não posso entrar nisso, melhor você não entrar também.

"Porque", insistindo, "aquele sujeito no banheiro não tem a menor cara de nerd."

"Era pra eles terem mais autoconfiança, não é?", com um olhar ao mesmo tempo distante e temeroso, como se estivesse vendo algo se aproximar vindo de um perímetro não muito distante. "Um cara cheio de contatos nos altos escalões. E no entanto ele está inseguro, ansioso, irritado, como se fosse um agiota ou cafetão que acabou de ficar sabendo que não dá pra confiar nos policiais que ele está subornando, nem nos escalões superiores onde ele tem que prestar contas — não vai poder se queixar da vida na cvm, nem no Serviço de Prevenção à Fraude, ele está sozinho."

"Então a discussão que você estava tendo na verdade era sobre alguém que vazou informação?"

"Quem dera. Quando a informação quer ser gratuita, dar com a língua nos dentes é no máximo uma infração leve."

Com algo a mais na frase seguinte, prestes a sair, quando então Felix se aproxima, quase desconfiado, como se entre ele e Lester vigorasse um outro acordo de confidencialidade.

Lester tenta fazer com que seu rosto fique inocentemente neutro, mas algo deve ter escapado, porque Felix agora dirige a Maxine um olhar do tipo "É bom que você não esteja se metendo em nada, porra", pega Lester e o arrasta dali.

Mais uma vez, tal como na cena com o falso nerd no banheiro masculino, Maxine tem a sensação de ter se aproximado de alguma intenção secreta. Como se as caixas registradoras customizadas fossem o tempo todo apenas uma fachada para as atividades reais de Felix.

Enquanto para alguns dos presentes a noite está perdendo o foco, para Maxine ela está se transformando num staccato, se decompondo em microepisódios separados por pulsos de esquecimento. Ela consulta a lista do caraoquê e se dá conta de que, sem saber exatamente por quê, pediu uma animada balada sobre memória e arrependimento do Steely Dan, "Are You with Me Dr. Wu". Quando dá por si, está diante do microfone, sendo inesperadamente acompanhada por Lester, que canta a segunda voz no refrão. Durante o solo de saxofone, enquanto os coreanos gritam "Passa o microfone", eles dois começam a dançar passos de disco music. "Paradise Garage", diz Maxine. "E você?"

"Era mais a Danceteria." Ela arrisca um rápido relance no rosto dele. Lester tem uma expressão furtiva de devaneio que ela já viu muitas e muitas vezes, o olhar de alguém consciente de que não apenas seu dinheiro, mas também seu tempo, está chegando ao fim.

Então Maxine está na rua, todos estão se dispersando, o ônibus dos coreanos apareceu, o motorista e as organizadoras trocam gritos com os passageiros haewonados, confusos, Rocky e Cornelia, trôpegos e beijando o ar, estão se acomodando no banco de trás de um Lincoln Town Car alugado, Felix fala muito sério ao celular, e o capanga disfarçado do banheiro masculino tira os óculos de armação de plástico grossa, põe na cabeça um boné, endireita uma capa invisível e desaparece meio quarteirão adiante.

Deixando para trás no Lucky 18 uma orquestra vazia tocando para uma sala vazia.

15.

Por volta das onze e meia da manhã, Maxine vê um veículo preto substancial, que lembra uma Packard antiga, só que mais comprido, estacionado perto do seu escritório, ignorando as placas que proíbem o estacionamento daquele lado da rua por uma hora e meia, para permitir o trabalho do gari. O normal é todo mundo parar em fila dupla do outro lado da rua e esperar que o gari passe, para depois voltar e estacionar de forma regular. Maxine percebe que não há ninguém à espera perto da misteriosa limusine e que, coisa ainda mais curiosa, a repressão ao estacionamento em lugar proibido, que naquele bairro costuma ser tão presente quanto os guepardos nas imediações de manadas de antílopes, está misteriosamente ausente. No momento exato em que ela está olhando, eis que surge na esquina o gari, no seu veículo que arqueja ruidosamente, e, ao defrontar a limusine, hesita, como se para pensar nas suas opções de ação. O procedimento normal seria parar atrás do automóvel infrator e esperar que ele saia do lugar. Em vez disso, subindo devagar o quarteirão, ele nervosamente contorna o carrão e mais que depressa dobra a esquina.

Maxine observa que há no para-choque um adesivo em caracteres cirílicos, os quais, como ela em breve ficará sabendo, formam os dizeres MINHA OUTRA LIMUSINE É UM MAYBACH, pois o veículo em questão é na verdade uma ZiL-41047, trazida peça por peça da Rússia e remontada no Brooklyn, pertencente a Ígor Dachkov. Maxine, olhando através do vidro escurecido, vê com interesse que March Kelleher está lá dentro, confabulando com Ígor. O vidro da janela desce, e Ígor põe a cabeça para fora, estendendo-lhe uma sacola de compras que parece estar cheia de dinheiro.

"Maxi, *kakdilá*. Conselho sobre Madoff Securities foi excelente! Hora certa! Meus sócios estão muito felizes! Sétimo céu! Tomaram medidas, ativos de firma estão protegidos, e isto é pra você."

Maxine recua, apenas em parte por efeito da clássica alergia que todo contador tem a dinheiro de verdade. "Você pirou?"

"Graças a você eles evitaram perda considerável."

"Não posso aceitar isso."

"Vamos dizer que é honorário."

"E quem exatamente está me contratando?"

Um dar de ombros, um sorriso, nada de específico.

"March, qual é a desse cara? E o que é que você está fazendo aí?"

"Entra." Ao entrar, Maxine percebe que March está contando uma pilha de dólares. "Não, e também não sou a namorada dele, não."

"Bem, nesse caso só pode ser... venda de droga?"

"Shh-shh!", agarrando-lhe o braço. Pois o fato é que o ex-marido de March anda distribuindo substâncias ilegais na pequena marina de Tubby Hook, no final da Dyckman Street, e Ígor, ao que parece, é um de seus clientes. "Eu disse 'distribuindo'", explica March. "Sei lá o que tem nos pacotes, mas o Sid só faz as entregas, ele nem abre pra ver o que tem dentro."

"Porque o que tem dentro dos tais pacotes…"

Bom, segundo Ígor é metcatinona, também conhecida como anfeta de banheira: "A banheira, no caso, eu acho, fica lá em Nova Jersey".

"Sid sempre tem produto bom", Ígor concorda com a cabeça, "não essa porcaria de *chniaga* letã que fica rosa de tanto permanganato que eles não tiram, quando você vê você está totalmente fodido, tipo nem anda direito, treme o tempo todo. *Djef* letão, vou te contar, Maxine! Nem chega perto, não é *djef*, é *govno*!"

"Vou tentar não me esquecer disso."

"Já tomou café de manhã? Tem sorvete aqui, qual que você gosta?"

Maxine vê que há um freezer de bom tamanho debaixo do bar. "Obrigado, está um pouco cedo pra isso."

"Não, não, é sorvete de verdade", explica Ígor. "Sorvete russo. Não essa merda que passa por inspeção de Comunidade Europeia."

"Altos teores de nata", traduz March. "Nostalgia da era soviética."

"Porra de Nestlé", Ígor remexendo dentro do freezer. "Óleo vegetal não saturado. Coisa de hippie. Corrompendo geração inteira. Eu tenho esquema, uma vez por mês chega em avião frigorífico a aeroporto Kennedy. Bom, tem Ice-Fili, Ramzai, também Inmarko, de Novosibirsk, *morojenoie* muito sinistro, Metelitsa, Talosto… hoje, especial pra você, avelã, chips de chocolate, *vichnia*, que é cereja azeda…"

"Posso levar um pouco pra tomar depois?"

Acaba pegando alguns pacotes-família de meio quilo, uma variedade de sabores.

"Obrigada, Ígor, acho que está certo", March guardando as cédulas na bolsa. Pretende ir encontrar-se com Sid à noite para pegar a encomenda dele para Ígor. "Você devia vir comigo, Maxi. É só pegar e trazer, vamos, vai ser divertido."

"Não entendo muito de legislação sobre drogas, March, mas a última vez que eu me informei a venda de substâncias controladas era crime."

"É, mas também é uma coisa do Sid. Uma situação complicada."

"É crime. Você e o seu ex — pelo visto vocês ainda são... muito próximos?"

"Sorriso lascivo dá ruga, Maxi", saltando da ZiL, esperando por Maxine. "Não esquece de contar o que está na sua sacola."

"Ora, mas eu nem sei quanto que era pra ser, entende o que eu estou dizendo?"

Na esquina há um carrinho de café e *bagels*. O dia está quente, elas se sentam na entrada de um prédio e tomam café.

"Diz o Ígor que graças a você eles não perderam uma grana preta."

"'Eles', no caso, inclui o próprio Ígor?"

"Se você perguntasse, ele ia ficar constrangido. O que é que estava rolando?"

"Um esquema de pirâmide."

"Ah. Uma coisa um pouco diferente."

"Você quer dizer, o Ígor? Então ele tem um histórico de..."

"Não, estou falando no capitalismo tardio, é um esquema de pirâmide em escala global, uma dessas pirâmides em que fazem sacrifícios humanos lá no alto, e eles convencem os otários que a coisa nunca vai terminar."

"Barra-pesada demais pra mim, até mesmo a escala do Ígor já me deixa nervosa. Eu me sinto mais tranquila com esses caras que fazem saidinha de banco, esse nível."

"Então, mais tarde a gente se encontra pra um pouco de drama de rua? Vem comigo viver uma fantasia daquelas, sabe esses caras dominicanos?"

"Hmmm. Até que um pouco de merengue tradicional caía bem."

March combinou de se encontrar com Sid no Chuy's Hideaway, uma danceteria perto da Vermilyea Avenue. Assim que saem do metrô, que naquele trecho do bairro corre numa pista elevada, ouvem música. Descem a escada meio que rebolando, chegando à rua, onde ritmos de salsa pulsam com graves profundos, vindos dos aparelhos de som dos Caprices e Escalades estacionados em fila dupla, dos bares, dos aparelhos de som carregados nos ombros. Adolescentes se estapeiam de brincadeira. As calçadas estão cheias, há frutarias ainda abertas, exibindo mangas e carambolas, e carroças de sorvetes nas esquinas atendem à clientela noturna.

Por trás da fachada modesta, o Chuy's Hideaway é um salão profundo, iluminado, barulhento, violento, que parece se estender até o outro quarteirão. Garotas com saltos agulha altíssimos e minissaias mais curtas que memória de doidão deslizam pelo ambiente ao lado de rapazes com camisas abotoadas só embaixo, cordões de ouro no pescoço e chapéus de abas estreitas na cabeça. Fumaça de maconha inflecte o ar. Tem gente bebendo cuba-libre, cerveja Presidente, daiquiri com rum Brugal. A atividade do DJ alterna com grupos locais de *bachata*, um som alegre, metálico, de bandolim e *slide guitar*, um ritmo do tipo não-dá-pra-não-dançar.

March está com um vestido vermelho largo e cílios mais longos do que Maxine jamais a viu usar antes, uma espécie de Celia Cruz irlandesa, os cabelos soltos atrás. Ela é reconhecida à porta. Maxine respira fundo e relaxa, entrando na sua modalidade de melhor-amiga-da-protagonista.

A pista está lotada, e sem hesitação March desaparece no

meio dos dançarinos. Um baixinho fofo, talvez menor de idade, que diz se chamar Pingo, surge do nada, agarra Maxine de modo cavalheiresco e sai dançando com ela. De início ela tenta embromar, usando o que guardou do tempo da Paradise Garage, mas não demora para que seu corpo retome os movimentos à medida que o ritmo a vai absorvendo...

Os parceiros vêm e vão numa rotatividade simpática. De vez em quando, no banheiro, Maxine encontra March contemplando a própria imagem no espelho com algo que não chega a ser desânimo. "Quem disse que branca não tem rebolado?"

"Uma pergunta capciosa, não é?"

Sid chega bem tarde, garrafa *longneck* de Presidente na mão, paternal, com um corte de cabelo desses militares, espetado, bem diferente da imagem assumidamente distorcida que Maxine faz de um traficante de drogas.

"Não vai me fazer esperar", March com um sorriso irritado.

"Achei que você ia precisar de um tempinho pra paquerar, meu anjo."

"Cadê a Sequin? Está na biblioteca, preparando o dever de casa?"

O grupo que está se apresentando toca no momento "Cuando volverás". Sid puxa Maxine da cadeira e começa a dançar passos de *bachata* adaptados ao espaço reduzido da pista de dança, cantarolando o gancho da melodia. "E quando eu levantar a sua mão, isso quer dizer que a gente vai rodopiar, não esquece de dar uma volta completa pra terminar virada pra mim de novo."

"Rodopiar nessa pista? Só com permissão especial. Ah, Sid", ela pergunta, educadamente, dois ou três compassos depois, "você por acaso está me cantando?"

"Como não cantar você?", Sid, galante. "Se bem que tentar irritar a ex é uma possibilidade também."

Sid trabalhou no Studio 54 como servente de banheiro, nos

intervalos ia para a pista de dança, no final do turno recolhia notas de cem dólares esquecidas pelos clientes que as haviam usado como canudos de cheirar cocaína, as que ainda não tinham sido catadas pelos outros empregados, se bem que ele próprio preferia usar um filtro de cigarro Parliament como uma espécie de colherinha descartável.

Eles não chegam a fechar a boate, mas já é bem tarde quando pegam a Dycman Street e seguem para a pequena marina de Tubby Hook. Sid leva March e Maxine até uma lancha a motor baixa, de vinte e oito pés, com cabine tripla, bem art déco, tudo em madeira de diferentes tons. "Pode ser machismo", diz Maxine, "mas isso aqui, só assobiando fiu-fiu."

Sid faz as apresentações. "É uma Gar Wood 1937, duzentos cavalos, testada em Lake George, todo um passado honroso de fugas de perseguidores em todos os níveis…"

March entrega o dinheiro de Ígor, Sid pega uma autêntica mochila surrada de adolescente no fundo do barco.

"Posso dar uma carona pra vocês?"

"Marina da rua 79", diz March, "e pé na tábua."

Zarpam em silêncio. A dez metros da costa, Sid inclina o ouvido em direção à nascente do rio. "Merda."

"Ah, não, de novo, Sid!"

"Dois V-8s, provavelmente Cats. A essa hora, só pode ser a porra da DEA. Que saco, até parece que eu sou o Pappy Mason!" Liga o motor, e saem no meio da noite, descendo o Hudson com um pique razoável, levantando água num ritmo constante. Maxine vê a marina da rua 79 passar rapidamente a bombordo. "Epa, era ali que eu ia ficar. Aonde que a gente está indo?"

"Com esse pateta pilotando", murmura March, "vamos parar no mar."

Sid chegou a pensar nessa possibilidade, como admite mais tarde, mas aí a Guarda Costeira entraria em cena, e por isso, apostando na cautela da DEA e nas suas limitações em matéria de equipamentos, com o World Trade Center a se elevar gigantesco, envolto numa cortina de luz, a bombordo, e mais ao longe na escuridão um imenso e implacável oceano, Sid segue bem rente à margem direita do canal, passando pela Ellis Island e pela Estátua da Liberdade, pelo Bayonne Marine Terminal, até ver o farol de Robbins Reef à frente, faz como se fosse passar por ele, e então, no último segundo, vira para a direita de repente, com muita agilidade e pouca consideração pelas normas de navegação, esquiva-se dos barcos ancorados que surgem de repente e dos navios-tanques que seguem viagem na escuridão, entrando no Constable Hook Reach e seguindo adiante pelo Kill Van Kull. Passando por Port Richmond: "Olha, o Denino's fica por aqui, alguém está a fim de uma pizza?". Pergunta retórica, tudo indica.

Debaixo do arco elevado da Bayonne Bridge. Tanques de armazenamento de petróleo, tráfego de petroleiros que não dormem nunca. A dependência química do petróleo converge com o outro vício nacional, a incapacidade de lidar com os dejetos. Maxine já está há algum tempo sentindo cheiro de lixo, e o fedor aumenta à medida que eles se aproximam de uma enorme montanha de imundície. Pequenos riachos obscuros, muralhas de lixo estranhamente luminosas, cheiro de metano, morte e podridão, compostos químicos tão impronunciáveis quanto o nome de Deus, aterros maiores do que Maxine imagina, chegando a quase sessenta metros de altura, segundo Sid, mais do que a altura média de um edifício residencial no Upper West Side.

Sid desliga as luzes e o motor, e o barco se instala atrás da Island of Meadows, na interseção do Fresh Kill com o Arthur Kill, a capital da toxicidade, o foco negro do lixo da Big Apple, tudo que a cidade rejeitou para que possa continuar a fingir que é ela própria, e aqui, inesperadamente, no coração de tudo, encontram-se quarenta hectares de charco preservado, diretamente debaixo da rota aérea do Atlântico Norte, protegidos da urbanização e do lixo pela força da lei, aves aquáticas dormindo em segurança. O que, levando-se em conta que quem manda nessa cidade são as imobiliárias, é na verdade, se você quer mesmo saber, muito deprimente, porque por quanto tempo isso vai durar? Por quanto tempo esses bichinhos inocentes vão se sentir seguros aqui? É exatamente o tipo de terreno que faz o coração de um incorporador imobiliário cantar "Esta terra é minha terra, e esta aqui também é minha".

Tudo — sacolas do Fairway cheias de cascas de batatas, borra de café, comida chinesa que não foi consumida, lenços de papel e absorventes e guardanapos de papel e fraldas descartáveis, fruta estragada, iogurte com data vencida — que Maxine jogou fora em sua vida está em algum lugar ali, multiplicado pelo número de pessoas que ela conhece naquela cidade, multiplicado pelo número de pessoas que ela não conhece, desde 1948, antes mesmo de ela nascer, e o que ela julgava perdido e fora de sua vida apenas passou a ter uma vida coletiva, o que é como ser judeu e descobrir que a morte não é o fim de tudo — ter de repente negado o conforto do zero absoluto.

Essa ilhota lhe lembra alguma coisa, e ela leva um minuto para entender o que é. Como se fosse possível entrar naquele aterro elevado e profético, aquele negativo perfeito da cidade em toda sua incoerência imunda e fervilhante, de encontrar um conjunto de links invisíveis para clicar neles e ser levada por fim a um refúgio inesperado, um trecho do antigo estuário isento do que aconteceu, do que continua acontecendo, e tudo mais. Tal como a Island of Meadows, o DeepArcher também está sendo cobiçado pelo equivalente a incorporadores imobiliários. Os visitantes migratórios que porventura ainda estejam lá, confiando na sua inviolabilidade, um belo dia vão ter uma surpresa desagradável quando ouvirem os representantes de empresas da internet descendo, aos cochichos, doidos para indexar e corromper mais um trecho de santuário em prol de seus objetivos nem um pouco altruístas.

Uma espera longa e tensa, para ver se tinham conseguido se livrar da polícia federal ou seja lá quem for. Lá no alto, invisíveis, movendo-se bem perto deles, máquinas pesadas no fundo da madrugada. "Eu pensava que esse depósito de lixo não estivesse mais ativo", diz Maxine.

"Oficialmente, a última barca esteve aqui por volta do final do primeiro trimestre", relembra Sid. "Mas eles continuam trabalhando. Aplainando, tampando, selando e cobrindo tudo, para transformar num parque, mais um lugar bom pras famílias, Giuliani, o abraçador de árvores."

Em pouco tempo, March e Sid entram numa daquelas discussões elípticas em voz baixa que os pais costumam ter sobre os filhos, no caso em questão principalmente Tallis. A qual, tal como os irmãos, já chegou à idade adulta, mas por algum motivo continua exigindo quantidades inflexíveis de tempo e preocupação, como se ainda fosse uma adolescente problemática a cheirar solvente na escola do Convento do Espírito Santo.

"É estranho", Sid pensativo, "ver como que aquele garoto, o Ice, virou quem ele é agora. Na faculdade ele era só um nerd simpático. A Tallis trouxe ele pra casa, a gente pensou, tudo bem, um garoto doido pra transar, fica tempo demais grudado na tela, em matéria de sociabilidade até que não era dos piores, mas March achou que ele tinha um bom potencial de provedor."

"O Sid fazendo gracinha como sempre — porco chauvinista não morre nunca. A ideia era Tallis aprender a se virar sozinha."

"Aos poucos a gente começou a ter cada vez menos contato com eles, e aí eles já estavam cheios da grana, o bastante pra um apê bem legal no SoHo."

"Alugado?"

"Comprado", March um pouco abrupta. "Pago em dinheiro vivo."

"A essa altura já tinha saído perfil do Ice na *Wired*, na *Red Herring*, então a hashslingrz entrou na lista de 'doze empresas promissoras' do *Silicon Alley Reporter*..."

"Vocês estavam acompanhando a carreira dele."

"Eu sei", Sid sacudindo a cabeça, "é patético, não é, mas o que é que a gente podia fazer? Eles nos expulsaram da vida deles. Parece que correram atrás dessa vida que eles têm agora, enquanto nós ficamos aqui no espaço real, vendo aquelas imagens na tela."

"Na melhor das hipóteses", diz March, "o Ice era um nerd inocente corrompido pelo boom da internet. Antes fosse. O garoto estava era comprometido desde o início, com forças que não se anunciam publicamente. O que é que elas viram nele? Essa é fácil de responder. Burrice. Uma burrice muito promissora."

"E essas forças — de repente manter vocês à distância fazia parte do programa delas, e não foi uma coisa da Tallis?"

Os dois dão de ombros. March talvez com um pouco mais de raiva. "Obrigada por pensar assim. Mas a Tallis colaborou. Seja lá o que for, ela entrou na história. E não precisava."

O barulho industrial que vem do fundo do pântano atrás dos gigantescos penhascos de resíduos agora tornou-se contínuo. De vez em quando os trabalhadores, obedecendo a uma antiga tradição do departamento de saneamento, se comunicam trocando berros entusiásticos. "Horário maluco pra trabalhar", observa Maxine.

"É. Alguém está ganhando uma boa nota fazendo hora extra. Parece até que estão fazendo uma coisa que eles preferem que ninguém fique sabendo."

"E quando é que alguém quis saber alguma coisa?" March

reassumindo por um momento a personagem de maluquinha de rua do seu discurso na Kugelblitz, a única pessoa dedicada a preservar tudo aquilo que a cidade quer negar. "Ou bem eles estão correndo atrás de tempo perdido ou bem estão preparando a reativação do depósito de lixo."

Uma visita do presidente? Alguém fazendo um filme? Sabe-se lá.

As primeiras gaivotas do dia aparecem e começam a dar uma olhada no cardápio. No céu surge o brilho discreto de alumínio escovado. Um savacu já com o café da manhã no bico decola após uma longa espera na borda da Island of Meadows.

Finalmente Sid liga o motor, voltando pelo Arthur Kill até chegar à baía de Newark, no Kerry Point vira à direita, entrando no sofrido e maltratado rio Passaic. "Vou deixar vocês duas onde der, e aí eu volto pra minha base secreta."

Contornam o Point No Point, sob o arco negro de treliça da Pulaski Skyway. A luz, inexorável como ferro, intensificando-se no céu... Chaminés altas de tijolo, pátios ferroviários... Amanhecer em Nutley. Bem, mais precisamente, amanhecer em Secaucus. Sid encosta num cais que pertence à equipe de remo da Nutley High School, tira um boné imaginário e com um gesto convida suas passageiras a desembarcar. "Bem-vindas à Nova Jersey profunda."

"O.k., capitão Stubing", boceja March.

"Ah, e não vá esquecer a mochila do Ígor, não é, meu tomatinho recheado."

O cabelo de Maxine está um caos, ela passou a noite toda na rua pela primeira vez desde os anos 80, o ex-marido e os filhos dela estão em algum lugar do país, certamente se divertindo sem ela, e talvez por um minuto e meio ela se sente livre — pelo menos à beira de um mundo de possibilidades, como os primeiros europeus que subiram o rio Passaic devem ter sentido, antes que ele fosse tomado por uma longa parábola de pecados empresariais e corrupção, antes das dioxinas e do lixo das estradas e dos atos de desperdício que ninguém lamentou.

Em Nutley passa um ônibus de Nova Jersey que vai até o Port of Authority via Newark. Elas conseguem cochilar uns dois minutos. Maxine tem um desses sonhos em trânsito. Mulheres de xale, uma luz sinistra. Todo mundo falando espanhol. Uma fuga meio desesperada num ônibus antiquado que atravessa selvas para fugir de uma ameaça, possivelmente um vulcão. Ao mesmo tempo, é também um ônibus de turismo cheio de anglo-saxões do Upper West Side, e o guia turístico é Windust, pontificando com aquela voz pretensiosa de locutor de rádio algo a respeito da natureza dos vulcões. O vulcão atrás deles, que continua lá, torna-se mais ameaçador. Maxine acorda nesse momento no viaduto de acesso ao Lincoln Tunnel. No terminal, March sugere: "Vamos sair pelo outro lado, evitando o Inferno de Disney, e tomar o café da manhã em algum lugar".

Elas encontram um café latino na Nona Avenida e acampam por lá.

"Você está com alguma coisa na cabeça, Maxine."

"Estou há algum tempo querendo te perguntar uma coisa — o que é que estava rolando na Guatemala em 1982?"

"Mesma coisa que na Nicarágua, El Salvador, Ronald Reagan e a turma dele, capangas à la Shachtman, como o Elliott Abrams, transformando a América Central num abatedouro por conta daquelas fantasias anticomunistas deles. A essa altura a Guatemala estava nas mãos de um genocida amicíssimo do Reagan chamado Ríos Montt, que naturalmente limpava as mãos sujas de sangue no Menino Jesus, como tantos caras dessa raça. Tinha esquadrões da morte financiados pelos Estados Unidos, o Exército vasculhando a serra, oficialmente procurando o EGP, o Ejército Guerrillero de los Pobres, mas na prática exterminando todas as populações nativas que eles viam pela frente. Teve pelo menos um campo de extermínio, na costa do Pacífico, onde a ênfase era na política, mas na serra era genocídio mesmo, não havia nem enterros em massa, os corpos eram entregues à selva, o que deve ter representado uma bela economia pro governo."

Maxine constata que não estava com tanta fome quanto imaginava. "E os americanos que estavam lá eram…"

"Ou bem essa garotada humanitária, ingênua ou mesmo idiota, ou então 'assessores' ensinando técnicas refinadas de extermínio de populações não brancas, coisa em que eles tinham vasta experiência. Se bem que àquela altura a maior parte desse serviço já estava terceirizado, entregue a estados clientes dos Estados Unidos que tinham o know-how necessário. Por que você está perguntando?"

"Só curiosidade."

"Está bem. Quando você estiver preparada, me avisa. Eu na verdade sou a dra. Ruth Westheimer, nada me choca."

16.

A sua espera à porta do escritório há uma caixa de vinho, e, ao ler o rótulo, Maxine exclama: "Caceta". Sassicaia safra 85? Uma caixa? Deve ser engano. No entanto, pelo visto tem um bilhete — "Acabou que você também nos poupou uma grana", sem assinatura, mas quem mais haveria de ser senão Rocky, o etnoenólogo? O que lhe proporciona uma quantidade de culpa suficiente para levá-la a retomar o problema cada vez mais complicado das contas da cagfcisedgpw/ hashslingrz.

Hoje uma coisa lhe parece estranha. Um daqueles padrões incômodos que nem sempre são bem-vindos quando surgem, porque implicam tempo de trabalho extra sem compensação, mas isso aí não é novidade. Ela faz mais café, dá outra olhada na trilha entre as contas da cagfcisedgpw e da hashslingrz nos Emirados e depois de algum tempo entende o que está vendo. Perdas financeiras persistentes e substanciais. Como se alguém estivesse desviando parte do fluxo. O que é curioso é a quantia. Parece equivalente a uma outra quantia, um excedente misterioso e persistente relacionado com a parte da compra da cagfcisedgpw.com que

Ice está pagando em dinheiro. Os cheques estão sendo depositados numa conta num banco em Long Island.

Depois que perdeu seu certificado, Maxine acumulou uma série de kits de software, os quais lhe foram dados por alguns clientes de reputação nada ilibada e lhe conferiram superpoderes que não estão exatamente incluídos nas Práticas de Contabilidade Geralmente Aceitas, tais como não entrarás clandestinamente na conta bancária de ninguém, deixarás esse tipo de coisa para o FBI. Ela remexe nas gavetas da escrivaninha, encontra um CD sem rótulo de um tom metálico de verde-vômito, e bem antes do almoço mergulha nas atividades particulares de Lester Traipse. Não dá outra — as perdas misteriosas têm como contraparte exata uma quantia regularmente transferida para uma das contas pessoais de Lester.

Suspirando, expressiva, "Lester, Lester, Lester". Pois então. Todo aquele papo de confidencialidade, tudo só para encobrir seus verdadeiros desígnios, algo bem mais perigoso. Lester descobriu o invisível rio subterrâneo de dinheiro que passava por sua empresa moribunda, e tem desviado uma parte substancial dos pagamentos-fantasmas de Ice, que em vez de terminar convertida em riais vai parar em alguma conta secreta dele, Lester. Crente que tirou a sorte grande.

Quer dizer que naquela noite, lá no caraoquê, quando comparou Gabriel Ice a um agiota ou cafetão, ele não estava falando por falar. Lester, ameaçado como uma mulher que faz ponto debaixo do viaduto e que há algum tempo anda embolsando parte do dinheiro do sujeito que a controla, precisando desesperadamente de ajuda, estava enviando a Maxine um SOS em código, o qual, vergonhosamente, ela não se deu ao trabalho de decodificar...

E o pior de tudo é que ela sabe muito bem, sabe que, por trás das megatretas do alto capitalismo criadas pelas grandes empresas e elogiadas pela mídia, há profundezas onde as pequenas fraudes tornam-se pecados sérios, muitas vezes mortais. Há certos tipos de personalidade que se distorcem até a loucura, o castigo é violento e — consultando nervosa o relógio na parede à sua frente — imediato. Esse cara talvez nem saiba o risco que está correndo.

Maxine se surpreende quando Lester atende o celular depois de ele tocar uma única vez. "Você deu sorte, resolvi que esta ia ser a última ligação que eu ia atender neste troço."

"Vai mudar de operadora?"

"Jogar fora o aparelho. Acho que ele tem um chip que me localiza."

"Lester, descobri uma coisa meio séria, a gente devia se encontrar. Deixa o celular em casa." Pela respiração dele, Maxine percebe que ele sabe do que se trata.

O Eternal September, que abriu no final nos anos 90, é um bar de informatas desusado, metido entre uma barbearia e uma butique de gravatas a meio quarteirão de uma estação de metrô pouco utilizada, de uma das velhas linhas IND.

"Saudosismo", Maxine olhando para os lados, tentando não fazer careta.

"Não, é porque eu acho que qualquer pessoa capaz de vir aqui no meio do dia é tão sem noção que a gente pode conversar tranquilo."

"Você sabe que está correndo perigo, não é, então não preciso ficar ralhando com você por conta disso."

"Eu tentei contar pra você aquela noite no caraoquê, mas..."

"O Felix se metia na conversa a toda hora. Ele estava te monitorando? Te protegendo?"

"Ele ficou sabendo do incidente no banheiro e achou que

devia me dar apoio, só isso. Eu tenho que partir do princípio de que o Felix é mesmo quem ele diz ser."

Essa frase lhe soa familiar. Não adianta discutir. Ele confia em Felix, é a sentinela dele. "Você tem filhos, Lester?"

"Três. Um vai entrar no ensino médio no outono. A toda hora eu fico achando que errei no cálculo. E você?"

"Dois meninos."

"A gente fica se dizendo que está fazendo isso por eles", Lester franzindo a testa. "Como se não bastasse usar os filhos como desculpa…"

Certo, certo. "Mas você *não* está fazendo isso por eles."

"Olha, eu vou devolver o dinheiro. Mais cedo ou mais tarde eu ia ter que devolver. Será que você conhece uma maneira segura de dizer ao Ice que é isso que eu quero fazer na verdade?"

"Mesmo se ele acreditar em você, e ele pode não acreditar, é muita grana… Lester. Ele vai querer mais do que só o que você tirou, também vai exigir uma taxa, uma espécie de multa, que pode muito bem ser pesada."

"O custo de fazer merda", em voz baixa, desviando a vista.

"Posso concluir que você aceita a cláusula referente aos juros exorbitantes?"

"Você acha que consegue resolver esse problema?"

"Ele não vai muito com a minha cara, não. Se a gente fosse aluno do ensino médio, talvez eu ficasse meio tristinha, por outro lado, o Gabriel Ice no ensino médio…" Sacudindo a cabeça, por que pensar nisso? "Meu cunhado trabalha na hashslingrz, tudo bem, vou ver se consigo passar o recado."

"Imagino que eu sou o tipo de fracassado ganancioso que você menciona nos seus depoimentos na justiça."

"Isso acabou, perdi meu certificado, Lester, a justiça não me reconhece."

"E meu destino está nas suas mãos? Genial."

"Mais baixo, por favor, as pessoas estão olhando. No mundo legal você não ia ter recurso nenhum. Agora você só pode encontrar ajuda em alguém que esteja fora da lei, e eu sou melhor que a maioria dos fora da lei."

"Quer dizer que agora eu lhe devo seus honorários."

"E eu por acaso estou esfregando uma fatura na sua cara? Deixa pra lá, quem sabe um dia você vai se dar bem na vida."

"Não gosto de ganhar nada de graça", murmura Lester.

"Sei. Você prefere roubar."

"Quem roubou foi o Ice. Eu desviei."

"Exatamente o tipo de racionalização que me fez perder o certificado e que agora está pondo o seu cu na reta. Realmente, cabeça de advogado é incrível."

"Por favor", isso num tom bem menos superficial do que ela está acostumada a ouvir, "deixa claro pra eles o quanto eu estou arrependido."

"Desculpe a franqueza, Lester, mas eles estão cagando pro seu arrependimento. Isso de 'lamento profundamente' é pro noticiário da tevê. Você pisou no calo do Gabriel Ice. Ele deve estar muito irritado."

Ela já falou demais e dá por si torcendo para que Lester não lhe pergunte quanto de juros Ice deve cobrar dele. Porque então, obedecendo ao seu próprio código, pós-IFC mas tão rígido quanto, ela terá de responder: "Espero que ele só queira o pagamento em dólares". Mas Lester, que já tem muitos motivos para preocupação, limita-se a assentir com a cabeça.

"Vocês dois já tinham alguma relação comercial antes dele comprar a sua empresa?"

"Nós só nos encontramos uma vez, mas o que ele emitia era inconfundível como um cheiro. Desprezo. 'Eu tenho diploma, dois bilhões de dólares, você não tem.' Ele sacou na mesma hora que eu não sou nem mesmo um nerd autodidata, só um pé-rapado que teve sorte. Uma vez. Como que ele pode deixar um cara assim impune, mesmo que fosse só por um dólar e noventa e oito cêntimos?"

Não. Não, Lester, a questão não é essa. Isso aí é evasão, não evasão fiscal, mas evasão numa situação de vida ou morte. "Tem uma coisa que você quer me dizer", delicadamente, "mas o preço de você me contar é a sua vida. Certo?"

Ele parece uma criança prestes a cair no choro. "Que outra coisa? O dinheiro já não é um problema muito sério?"

"No seu caso, acho que não é só isso, não."

"Desculpa. Não dá pra ir mais longe nisso, não. Nada pessoal."

"Vou tentar resolver o negócio do dinheiro."

A essa altura já estão indo em direção à saída, Lester a sua frente, como uma pluma numa corrente de ar, depois de escapar de um travesseiro, como se num sonho doméstico de segurança.

Bom, e tem também o videocassete trazido por Marvin. Plantado ali na mesa da cozinha, como se a matéria plástica tivesse de repente descoberto uma maneira de manifestar reprovação. Maxine sabe que está adiando a hora de ver o que há nele, movida pela mesma aversão supersticiosa que seus pais tinham pelos telegramas, no tempo deles. Existe uma possibilidade de que seja uma oferta de trabalho, e com base na dura experiência também não se pode eliminar a hipótese de uma brincadeira de mau gosto. Seja como for, se for muito desagradável de se assistir, ela pode tentar cobrar como gastos profissionais as sessões extras de terapia que se tornarem necessárias.

Os gritos de Blácula, não, não exatamente — uma coisa um pouco mais amadorística. A cena inicial é um travelling feito a partir da janela de um carro. Luminosidade de fim de tarde de inverno. O Long Island Expressway, indo em direção ao leste. Maxine começa a ficar apreensiva. Corte para uma placa de saída — aahhh! A saída 70, a coisa vai justamente para onde ela não queria que fosse, sim, mais um corte agora para a rota 27, e estamos seguindo, ou condenados a seguir, por assim dizer, rumo aos Hamptons. Quem teria tanto ódio dela que seria capaz de lhe mandar uma coisa assim, a menos que Marvin tenha errado o endereço, o que nunca acontece, é claro.

Ela fica de certo modo aliviada quando vê que não se trata dos Hamptons lendários, ao menos. Maxine já passou muito tempo lá, mais do que o lugar merecia. Aquilo na fita parece o lado pobre ou podre dos Hamptons, onde a população trabalhadora vive cheia de uma raiva que volta e meia explode em assassinato, porque todos ganham a vida servindo os ricos, cujos sacos eles jamais podem perder uma oportunidade de lamber. Casas baqueadas pelos anos, pinheiros mirrados, lojas de beira-estrada. Não há luzes nem enfeites, de modo que deve ser aquela parte vazia do inverno, profunda e sem datas, depois do período de festas.

A câmara entra numa estrada de terra ladeada por casebres e trailers, e aproxima-se do que à primeira vista parece ser um boteco, porque de todas as janelas jorra luz, gente entrando e saindo, sons animados e uma trilha sonora que inclui um cantor de música *psychobilly* de Detroit, Elvis Hitler, no momento entoando o tema de *Green Acres* com a melodia de "Purple Haze", proporcionando a Maxine um momento indevassável de nostalgia tão improvável que ela começa a sentir que foi escolhida pessoalmente como vítima daquilo.

A câmara sobe os degraus à entrada do estabelecimento e entra nele, abrindo caminho entre os festeiros, passando por duas salas em que o chão está cheio de garrafas de cerveja e de vodca, envelopes com janelas transparentes, sapatos descasados, caixas de pizza e de frango frito, atravessando uma cozinha, passando por uma porta e descendo ao porão, onde há uma versão curiosa da sala da recreação das casas de subúrbio...

Colchões espalhados no chão, uma colcha *king-size* de imitação de angorá com um tom de roxo que é exclusivo das fitas VHS, espelhos para todos os lados, num canto distante uma geladeira suja e babona que também zumbe bem alto, num ritmo gaguejante, como se estivesse fazendo a narração da bagunça em andamento.

Um rapaz, com cabelo mais ou menos comprido, trajando apenas um boné coberto por uma crosta de sujeira, com o pênis ereto apontando para a câmara. Uma voz de mulher em off: "Diz pra eles o teu nome, amor".

"Bruno", tom quase defensivo.

Uma mocinha com cara de anjo, botas de caubói e um sorriso malévolo, escorpião tatuado logo acima da bunda, que não lava o cabelo há um bom tempo, a luz da tevê refletindo-se no seu corpo pálido e rechonchudo, apresenta-se como Shae. "E esse aqui é o Westchester Willy, diz oi pro vídeo, Willy."

Acenando com a cabeça no canto da tela, um sujeito de meia-idade, nem um pouco em forma, que com base em fotos da polícia que lhe foram enviadas da John Street Maxine reconhece como Vip Epperdew. Zoom rápido no rosto de Vip, no qual se vê uma expressão de desejo indisfarçável, que mais que depressa ele tenta transformar numa cara típica de festa.

Gargalhadas vêm do alto. A mão de Bruno aparece em cena com um isqueiro a gás e um cachimbo de crack, e os três começam a ficar afetuosos.

Nada a ver com *Jules e Jim* (1962). Lembra mais é escrituração contábil pelo método de partida dobrada. Em matéria de erotismo, há limitações palpáveis. Ambos os sexos bem que podiam ser melhorados, Shae até que não é de se jogar fora, ainda que com um olhar meio que de peixe morto, Vip precisava ter frequentado uma academia por alguns anos e Bruno é um tampinha com fogo no rabo que tende a dar gritos agudos e tem um pau que, vamos combinar, é pequeno demais para o roteiro, provocando reações irritadas da parte de Shae e Vip sempre que se aproxima de um deles com algum objetivo. Maxine surpreende-se ao constatar que sente uma repulsa nada profissional por Vip, aquele yuppie pidão e servil. Se os outros dois supostamente valem a longa viagem de Westchester, horas no Long Island Expressway, uma dependência supostamente menos negociável do que o vício em crack, dependência não da juventude da dupla, e sim da única coisa óbvia para que a juventude deles tem serventia, então por que não escolher jovens que sejam ao menos capazes de fingir que sabem o que estão fazendo?

Mas peraí. Maxine se dá conta de que está tendo reflexos de abelhuda, tipo assim, ora Vip, você bem que podia arranjar coisa melhor, e por aí vai. Nem conhece o cara e já está criticando o gosto dele em matéria de parceiros sexuais?

A atenção de Maxine volta-se para a tela, onde os três já estão se vestindo, enquanto conversam com animação. Como é que é? Maxine tem certeza de que não cochilou, mas pelo visto não se viu ninguém esporrando, e sim, a certa altura, o que era para ser pornografia canônica degringolou em, aaahhh! improvisação! Isso mesmo, eles agora estão *inventando falas*, dizendo o tipo de frase que leva os professores de arte dramática do ensino médio a se tornarem toxicômanos. Corte, e vê-se um close dos cartões de crédito de Vip, esparramados feito cartas de cartomante. Maxine faz uma pausa no aparelho, repete a cena várias vezes, anotando os números que consegue ler, embora a gravação de baixa resolução torne alguns ilegíveis. Os três então começam a encenar um número de vaudevile vai da valsa com os cartões de Vip, passados de mão em mão, e fazem comentários espirituosos sobre cada um deles, menos sobre um cartão preto que Vip a toda hora exibe a Shae e Bruno, que recuam com um terror exagerado, como vampiros adolescentes diante de uma cabeça de alho. Maxine reconhece o famigerado cartão "Centurion" da American Express, que se você não gastar no mínimo duzentos e cinquenta mil dólares por ano é cancelado pela operadora.

"Vocês têm alergia a titânio?", Vip brincalhão, "ora, vocês acham que tem um chip nele, que detecta marginal e vai disparar com vocês?"

"Eu é que não tenho medo de segurança de shopping", Bruno com sua vozinha estridente, "a vida inteira eu corri desses babacas e eles nunca que me pegaram, não."

"Eu levanto a saia um pouco e pronto", acrescenta Shae. "Eles gostam."

Shae e Bruno seguem em direção à porta e Vip desaba na colcha de imitação de angorá. Sabe-se lá por que ele está cansado, mas moleza pós-orgasmo é que não é.

"E vamos lá pro Tanger Outlet, botar pra foder", exclama Bruno.

"Quer alguma coisa de lá, Vippy?" Shae olhando pra trás, com aquele sorriso tipo está-olhando-pra minha-bunda de novo?

"Custava nada", murmura Vip, "desligar esse troço de vez em quando."

A câmara continua a enquadrar Vip até que ele se vira para ela, irritado, relutante. "Meio chateado hoje, hein, Willy?", indaga uma voz por trás dela.

"Você reparou."

"Você está com cara de quem está encurralado."

Vip desvia a vista e faz que sim, arrasado. Maxine pergunta a si própria por que cargas-d'água resolveu parar de fumar. A voz, tem alguma coisa naquela voz que lhe é familiar. Ela parece que já a ouviu na televisão, ou então uma outra parecida com ela.

Não uma pessoa específica, mas um *tipo* de voz, quem sabe um sotaque regional...

De onde pode ter vindo essa fita? De alguém que quer que Maxine fique sabendo da vida sentimental de Vip, alguma invisível vizinha faladeira que é radicalmente contra o ménage à trois? Ou então alguém mais próximo a Vip, por exemplo, alguém que participa dos negócios dele, talvez até mesmo do esquema de desvios financeiros. Mais um daqueles Empregados Insatisfeitos? O que diria o professor Lavoof, além da frase que é sua marca registrada — "Tem que haver um caixa dois"?

O velho e triste esquema de sempre — a essa altura já deve ter um relógio contando as horas de Vip, talvez ele já esteja passando cheques sem fundo, a mulher e os filhos, como sempre, totalmente por fora. E isso tem como acabar bem? Não é que nem ladrão de joias e outros canalhas sedutores, esses estelionatários são capazes de trair qualquer um e qualquer coisa, a margem de segurança vai diminuindo, até que um dia eles são dominados pelo remorso e ou bem fogem de suas próprias vidas ou bem cometem uma burrice terminal.

"É a Síndrome Gradual de Pós-IFC, menina. Será que você não admite a existência de uma ou duas pessoas honestas aqui e ali?"

"Claro. Em algum lugar. Mas não no meu mundo cotidiano, mas obrigada assim mesmo."

"Meio cínica."

"Não, 'profissional' é a palavra. Vai fundo na sua Era de Aquário mental se você quiser, enquanto isso o Vip está à deriva, rumo ao alto-mar, e ninguém alertou a Guarda Costeira."

Maxine rebobina a fita, ejeta o cassete e, voltando à programação de tevê do mundo real, começa a zapear aleatoriamente. Uma forma de meditação. Quando dá por si está no meio do que parece ser uma terapia de grupo num dos canais abertos.

"E então — Typhphany, conta pra gente a sua fantasia."

"Minha fantasia é o seguinte: eu conheço um cara, a gente caminha na praia, aí a gente trepa."

Depois de algum tempo: "E aí...".

"Aí de repente eu encontro com ele de novo."

"É isso?"

"É. A minha fantasia é essa."

"Sim, Djennyphrr, você levantou a mão? Qual a *sua* fantasia?"

"Ficar por cima na hora da trepada. Tipo, sempre é ele que fica por cima, né? Minha fantasia é um dia ficar por cima pra variar."

Uma por uma, as mulheres do grupo relatam suas "fantasias". Vibrador, óleo de massagem e apetrechos de PVC são mencionados. A coisa não demora muito tempo. Reação de Maxine — horrorizada. Isso é fantasia? Fã-ta-zi-a? Então suas companheiras de infortúnio, vítimas de Mal de Insuficiência Romântica, não conseguem encontrar nada melhor quando tentam dizer o que acham que precisam? No meio da rotina de se preparar para deitar-se, Maxine dá uma boa olhada no espelho do banheiro. "Aaaahh!"

Hoje a questão não é tanto o cabelo nem a pele, mas o pulôver com a cor da segunda camisa dos Knicks que ela está usando. Nas costas, lê-se SPREWELL 8. Não foi sequer presente de Horst ou dos meninos, não, ela realmente foi até o Madison Square Garden, entrou na fila e pagou ela própria, o preço de varejo, por um ótimo motivo, é claro, já que tem o hábito de dormir sem roupa nenhuma, adormecer lendo *Vogue* ou *Bazaar*, e acordar grudada à revista. Tem também seu fascínio praticamente secreto por Latrelle Sprewell, que uma vez estrangulou o técnico, com base no princípio de que Homer estrangular Bart é de se esperar, mas quando Bart estrangula Homer...

"Claramente", ela dirige-se a sua imagem, "você está muito, muito melhor que aquelas fodidas do canal aberto. Então... Maksiiine! Qual é a sua fantasia?"

Hmm, banho de espuma? Velas, champanhe?

"Ah-ah? Esqueceu daquele passeio à beira-rio? Tudo bem se eu abrir a privada e vomitar um pouco?"

Shawn no dia seguinte lhe dá uma mega-ajuda.

"Tenho um... cliente. Bom, não é bem um cliente, não. Um cara que está me preocupando. Está metido em vinte encrencas diferentes, correndo perigo, e não larga o osso." Faz uma recapitulação a respeito de Vip. "É deprimente, eu vivo esbarrando na mesma situação toda vez, quando esses idiotas podem escolher, eles sempre apostam no corpo, nunca no espírito."

"Mistério nenhum, isso é até bem comum..." Ele faz uma pausa, Maxine espera, mas pelo visto não vem mais nada.

"Obrigado, Shawn. Eu não sei o que é que cabe a mim fazer nesse caso. Antes eu nem me importava, porque o que ia acontecer com eles era merecido. Mas de uns tempos pra cá..."

"Conta pra mim."

"Não gosto do que vai acontecer, mas eu também ia me sentir mal se dedurasse esse cara pra polícia. Por isso que eu achei que de repente eu podia te alugar um pouco. Só isso."

"Eu sei como é o seu trabalho, Maxine, sei que está cheio de armadilhas éticas, e não quero me meter. Não é? Mas sim. Presta atenção assim mesmo." Shawn conta a ela a Parábola Budista das Brasas Ardentes. "Um sujeito está segurando um punhado de brasas vivas, claramente sentindo a maior dor. Um outro cara aparece — 'Epa, vem cá, isso aí na sua mão não é um punhado de brasas vivas?'

"'Ai, ai, é sim etc., dói pra cacete, sabe?'

"'Dá pra ver. Mas se está te fazendo sofrer, por que é que você está com isso na mão?'

"'Bom, aaah? Porque eu preciso, né? Aaaaaai!'

"'Você... está sentindo muita dor? Você é pirado? Qual é? Por que é que você não larga isso?'

"'Está bem, mas olha só — você não vê como é bonito? Olha como brilha! As cores diferentes! E aahhrrhh, que merda...'

"'Mas se você ficar com essas brasas na mão, vai ficar com queimadura de terceiro grau, cara, não dá pra largar em algum lugar e ficar olhando pra elas?'

"'Alguém pode pegar elas.'

"E por aí vai."

"Então", pergunta Maxine, "o que acontece? Ele larga as brasas?"

Shawn lhe dirige um olhar fixo prolongado e, com uma precisão budista, dá de ombros. "Ele larga e não larga."

"Ih, eu devo ter falado alguma coisa errada."

"De repente foi *eu* que falei alguma coisa errada. A sua tarefa pra próxima vez é me dizer qual de nós fez o quê."

Mais um daqueles casos complicados. Ela devia mais era ligar para Axel e dizer a ele que Vip tem ido sempre a South Fork, depois lhe passar os fragmentos de números dos cartões de crédito que ela conseguiu copiar do vídeo. Mas calma aí, ela diz a si própria, vamos ver no que dá...

Ela vê o vídeo outra vez, especialmente o diálogo entre Vip e a pessoa que está operando a câmara, seja lá quem foi, cuja voz a está enlouquecendo, pois ela quase consegue identificá-la...

Rá! É um sotaque canadense. Claro. No canal de filmes Lifetime quase que não se ouve outra coisa. É *québécois*. Será que isso quer dizer que...

Maxine liga para o celular de Felix Boïngueaux. Ele continua em Nova York, correndo atrás de investidor de risco. "Tem notícia do Vip Epperdew?"

"Não devo ter tão cedo."

"Sabe o telefone dele?"

"Tenho alguns números. Casa, bipe, toca, toca e ninguém atende."

"Podia me passar?"

"Problema nenhum. Se você conseguir, pergunta pra ele cadê o nosso cheque, hein?"

É parecido. Bem parecido. Se era Felix que estava com a câmara, se foi Felix quem mandou o videocassete, então isso é o que os assistentes sociais chamam de pedido de ajuda de Vip ou, o que é mais provável, em se tratando de Felix, é alguma armação complicada. Agora, de que modo isso tem a ver com Felix estar na cidade supostamente atrás de investidores — vamos deixar isso em banho-maria, esse sacana fingido.

O prefixo de um dos números de telefone é de Westchester, ninguém atende, nem mesmo uma secretária eletrônica, mas tem também um número de Long Island, que ela checa no escritório, já com a pulga atrás da orelha, e não dá outra — é na banda podre dos Hamptons, quase certo que seja o cenário de filme pornô amador onde moram Shae e Bruno, onde Vip inventa desculpas para ir, para dar vazão à outra versão de sua vida. Atende um barulho eletrônico e uma voz de robô dizendo a Maxine que infelizmente este número não está mais ativo. Mas tem alguma coisa estranha no tom de voz, como se o robô não estivesse robotizado por completo, o tom de quem está sabendo das coisas, além de significar Sua Besta Quadrada. Em torno da cabeça de Maxine se condensa uma auréola de paranoia, ainda que não um nimbo de certeza. Em condições normais, não haveria dinheiro no mundo que a levasse a chegar a uma distância profilática da extremidade oriental de Long Island, mas ela dá por si pondo na bolsa a Tomcat, acrescentando um pente de balas extra, vestindo um jeans de briga e uma camiseta de ir à praia, e em seguida indo à rua 77 e alugando um Camry bege. Pega o Henry Hudson Parkway, passa para o Cross Bronx Expressway, toma a Throgs Neck Bridge, a linha de arranha-céus da cidade à sua direita está cristalina hoje, sentinela, e chega ao Long Island Expressway. Baixa as janelas e inclina o banco para trás, entrando na modalidade viagem, e segue rumo ao leste.

17.

Desde meados dos anos 90, quando a WYNY mudou de programação, trocando a música country por clássicos da disco music, ficou difícil achar um som bom para ouvir no rádio do carro, mas em algum lugar um pouco depois de Dix Hills Maxine sintoniza uma outra estação de música country, talvez de Connecticut, e daí a pouco Slade May Goodnight canta o grande sucesso do início de sua carreira, "Middletown New York".

> Eu te mandava uma cantora de country,
> Com chapéu e guitarra a tiracolo,
> Pra te dizer que eu estou sempre aqui,
> Sempre disposta a te dar colo —
>   Só que você
> Ia ficar de olho na cantora,
> Marcar um encontro pra depois do show,
>   A mesma velha
> história de sempre,
> e como sempre eu morro no fim —

Por isso, meu bem, esquece de mim —
E não me diga
que se eu não aguentar
viver sozinha, que eu me enforque,
penso em você quando ouço o trem
passando longe
de Middletown, Nova York.
[Depois de um solo de *pedal-steel guitar* que sempre toca no coração de Maxine]
No sofá, com uma cerveja, vendo desenho animado,
no solzinho do entardecer,
quando as sombras compridas contam
histórias do que nunca veio a ser...
nunca aterramos
o trailer Airstream que a parede
dava choque quando a gente encostava,
até que um dia,
sem que nem eu nem você percebêssemos,
ninguém sentia mais nada.
Então não diga
Que eu me enforque...

E por aí vai. A essa altura Maxine já está cantando junto com o rádio de modo bem concentrado, o vento soprando suas lágrimas para as orelhas, e os motoristas que passam nas outras pistas lhe dirigem olhares espantados.

Ela toma a saída 70 por volta do meio-dia, e como o vídeo de Marvin não dava atenção ao que Jodi Della Femina chama de atalhos, Maxine tem que seguir sua intuição, saindo da rota 27 depois de algum tempo e seguindo mais ou menos o tempo que ela acha que demorava na fita, até que vê uma taberna chamada

Junior's Ooh-La-Lounge, com picapes e motos estacionadas na frente.

Maxine entra, senta-se ao balcão e pede uma salada duvidosa, uma Pabst *longneck* e um copo. A jukebox toca uma música que ela muito provavelmente jamais ouviria em arranjos para cordas em qualquer restaurante de Nova York. Depois de algum tempo o cara que está sentado a três bancos dela se apresenta como Randy e observa: "É, a sua bolsa balança de um jeito que parece que tem uma pistola dentro dela, mas você não tem cara de polícia, e traficante não é mesmo, e aí eu fico pensando, o que será que você é". O sujeito poderia ser qualificado como gorduchinho, mas as antenas de Maxine o enquadram naquela subclasse de gorduchinhos que andam armados, talvez a arma não esteja no bolso dele, mas com certeza está bem à mão. Ele tem uma barba maltratada e usa um boné vermelho com alguma referência ao Meat Loaf, de trás do qual sai um rabo de cavalo já grisalho.

"Ó, de repente eu sou polícia mesmo, à paisana."

"Não, polícia tem uma coisa especial que a gente reconhece, pelo menos quem já tomou umas boas duras."

"Já eu só fui parar no tribunal umas poucas vezes. É caso de pedir desculpas?"

"Só se você está aqui pra criar problema pra alguém. Quem que você está procurando?"

O.k., vamos lá: "Shae e Bruno?".

"Ah, esses dois, pode criar problema pra eles à vontade. Todo mundo aqui já tem um carma meio pesado, mas essa dupla… mas o que diabo você quer com eles?"

"É que eles têm um amigo."

"Espero que não seja o Westchester Willy. Um meio baixinho, que gosta daquela cerveja belga?"

"Talvez. Você saberia me dizer onde que a Shae e o Bruno moram?"

"Ah, então... você é da companhia de seguros, é?"

"Como assim?"

"O incêndio."

"Não, eu sou só contadora do escritório dele. Ele anda sumido há um tempo. Que incêndio?"

"A casa pegou fogo há umas duas semanas. Deu no noticiário, veio bombeiro de tudo que é lado, o fogaréu iluminava o céu, dava pra ver lá do Long Island Expressway."

"E houve..."

"Salvados de incêndio? Não, não sobrou nada."

"Vestígios de substâncias aceleradoras?"

"Não me diz que você é uma dessas gatinhas que trabalham em laboratório de criminalística, que nem na televisão."

"Agora você está tentando me passar uma cantada."

"O que eu só ia fazer depois. Mas se você..."

"Randy, se eu não estivesse tão ligada em assuntos de trabalho agora..."

Pausa geral. Colegas que estão fazendo um intervalo no serviço se esforçam para não cair na gargalhada. Todo mundo aqui conhece Randy, e logo se instaura um clima de *schadenfreude* coletiva, e a dúvida é quem está se dando pior. Desde o ano passado, quando estourou a bolha da internet, a maioria dos donos de casa própria daqui que tomaram tombo no mercado anda inadimplindo a torto e a direito. É só de vez em quando que se encontram ainda ecos dos anos 90, da idade do ouro das reformas de moradias, e o nome que a toda hora é mencionado, para espanto nenhum de Maxine, é Gabriel Ice.

"Os cheques dele ainda têm fundos", arrisca Maxine. Randy ri gostosamente, como riem os gorduchos. "Quando ele passa algum cheque." Fazendo reforma de banheiros, Randy volta e meia leva um banho quando entrega a fatura. "Agora estou devendo pra tudo quanto é lado, chuveiro de dez mil dólares do tamanho de uma pizza, mármore pra banheira importado diretamente de Carrara, na Itália, espelho com borda de ouro feito sob encomenda." Cada um dos presentes contribui com uma história parecida. Como se a certa altura tivesse tido um encontro fatídico com os contadores de Donald Trump, Ice agora está aplicando o princípio universal seguido pelos miliardários de toda parte — pagar os grandes empreiteiros e dar o cano nos pequenos.

Ice não tem muitos fãs naquelas bandas — como era de se esperar, pensa Maxine, mas ela fica atônita quando constata que todos os presentes acham provável que ele também tenha tido algum envolvimento com o incêndio da casa de Bruno e Shae.

"Qual é a relação?" Maxine apertando os olhos. "Eu sempre achei que ele era uma pessoa mais ligada aos Hamptons."

"O bairro da traição, como diziam os Eagles, pra isso os Hamptons não servem, ele tem que escapulir das luzes e das limusines e ir pra alguma casa caindo aos pedaços que nem a do Bruno e da Shae, onde se pode pintar e bordar."

"Eles acham que aqui as pessoas são como eles eram antes", propõe uma jovem com macacão de pintor, sem sutiã, os braços nus recobertos de tatuagens chinesas, "nerds cheios de fantasias. Eles querem voltar atrás no tempo."

"Ah, Bethesda, deixa de ser boazinha, você está limpando a barra do Gabe. Como em tudo mais que ele faz, ele quer mesmo é trepar à vontade gastando o mínimo, só isso."

"Mas por quê", Maxine com sua melhor voz de agente de seguros, "tocar fogo na casa?"

"Eles estavam com fama de fazer coisas esquisitas, sei lá. De repente alguém estava chantageando o Ice."

Maxine corre a vista pelos rostos que estão a seu alcance, mas não vê nenhum que demonstre certeza.

"Carma imobiliário", alguém arrisca. "Uma casa descomunal como a do Ice implica a destruição de muitas casas menores, pra manter o equilíbrio geral."

"Põe incêndio criminoso nisso, Eddie", diz Randy.

"Quer dizer que... é uma mansão daquelas", Maxine finge perguntar, "a casa do Ice?"

"A gente chama de Palácio de Fuckingham. Quer dar uma olhada? Eu estava indo pra aquele lado."

Tentando dar uma de tiete: "Eu não resisto a uma mansão. Mas eles vão me deixar passar pelo portão?".

Randy exibe um cartão de identificação pendurado numa corrente. "O portão é automático, eu tenho o controle, sempre levo um sobressalente."

Bethesda explica. "A tradição daqui é a seguinte, esses casarões são muito legais pra levar namorada pra quem acha romântico ser interrompido de repente no melhor da coisa."

"Teve até um número especial da *Penthouse*, as cartas todas eram sobre isso", é a nota de rodapé de Randy.

"Peraí, deixa eu te dar uma caprichada." As duas vão para o banheiro feminino, onde Bethesda apresenta uma escova de acabamento e uma lata de spray Final Net e ataca o cabelo de Maxine. "Vamos tirar esse elástico, você está com cara de frequentadora do Bobby Van's."

Quando Maxine sai do banheiro: "Nossa", Randy baba, "pensei que era a Shania Twain". Taí, Maxine gostou dessa.

Minutos depois, Randy está saindo do estacionamento numa picape F-350 com bagageiro de empreiteiro no teto, Maxine vem logo atrás perguntando-se se isso é mesmo uma boa ideia e ficando do cada vez mais insegura à medida que o Junior's é substituído no retrovisor por ruas residenciais feias e esburacadas, cheias de lojinhas velhas e terminando como becos em estacionamentos cercados por grades de arame.

Fazem uma parada técnica para contemplar o lugar onde outrora Shae, Bruno e Vip faziam suas travessuras. Perda total. Plantinhas de verão já começam a brotar entre as cinzas. "Você acha que foi um acidente? Ou foi de propósito?"

"O teu amigo Willy eu não sei, não, mas a Shae e o Bruno não são pessoas muito evoluídas, eles são dois idiotas, pra falar com franqueza, então de repente um deles pode ter feito uma besteira qualquer com a fiação. Pode ter sido isso, sim."

Maxine remexe dentro da bolsa em busca de sua câmara digital para tirar umas fotos do lugar. Randy olha por cima de seu ombro e vê a Beretta. "Epa. É uma 3032? Que tipo de bala?"

"Três vírgula oito gramas, ponta côncava, e você?"

"Sou mais chegado a dundum. Bersa nove milímetros?"

"Maneiro."

"E... você na verdade não é contadora de firma, não."

"Mais ou menos. Meu manto está na lavanderia, e eu esqueci de trazer meu traje de lycra, de modo que o meu impacto sobre você está atenuado. Mas você podia tirar a mão da minha bunda."

"Meu Deus, eu estava mesmo...?"

O que, em comparação com o típico dia social de Maxine, é um gesto de muita classe.

Seguem em direção ao farol de Montauk Point. Todo mundo diz que adora Montauk porque o lugar evitou tudo que deu errado nos Hamptons. Maxine já esteve aqui uma ou duas vezes, quando menina, subiu até o alto do farol, ficou no Gurney's Inn, comeu muito fruto do mar e dormiu ao som das ondas batendo, como é que ela poderia não ter gostado? Mas agora, quando o carro desacelera no trecho final da rota 27, a única coisa que ela sente é o estreitamento das alternativas — tudo converge aqui, toda a Long Island, as fábricas ligadas à indústria de defesa, o tráfego assassino, a história do pecado republicano jamais expiado, terra endurecida, painéis de fibra e telhas de asfalto, grandes extensões sem árvores, tudo se concentrando, tudo convergindo nessa ponta terminal ante a imensidão vazia do oceano.

Eles deixam o carro no estacionamento dos visitantes do

farol. Turistas com crianças para todos os lados, o passado inocente de Maxine. "Vamos esperar um pouco, aqui tem vídeo de segurança. Larga o seu carro no estacionamento, a gente faz de conta que é um encontro amoroso e sai junto no meu. Assim a segurança do Ice fica menos desconfiada."

Faz sentido para Maxine, se bem que pode muito bem ser um plano cretino dele para conseguir comê-la. Saem do estacionamento, fazem o balão e tomam a Old Montauk Highway, depois viram à direita na Coast Artillery Road, indo em direção contrária ao mar.

A casa de veraneio de Gabriel Ice, adquirida com dinheiro sujo, é na verdade uma construção modesta, com dez quartos, da espécie que os corretores chamam de "pós-moderna", com círculos completos e incompletos nas janelas e alizares, espaços abertos sem divisórias inundados por aquela estranha luminosidade oceânica lateral que atraiu tantos artistas para lá quando South Fork ainda era uma realidade. Uma quadra de tênis Har-Tru, comme il faut, piscina de gunite que, embora "olímpica" em tamanho parece ter sido projetada mais para o remo do que para a natação, com uma cabine ao lado que poderia passar por residência familiar em muitas cidades de Long Island que Maxine conhece, Syosset, por exemplo. Acima das copas das árvores eleva-se uma gigantesca antena das antigas, dos tempos do terror nuclear antissoviético, que em breve vai virar atração turística.

A casa de Ice está cheia de empreiteiros, tudo cheira a massa corrida e serragem. Munido de um copinho de papel para café, um saco de argamassa e uma expressão preocupada, Randy finge estar ali para resolver um problema no banheiro. Maxine finge que está ali só para acompanhá-lo.

Como poderia haver segredos ali? Uma cozinha onde cabe um carro, sala de projeção high-tech, tudo aberto, nenhuma passagem dentro das paredes, nenhuma porta oculta, tudo novo em folha. O que poderia haver por trás de uma fachada, quando tudo que há é fachada?

Até que finalmente chegam à adega, que pelo visto era a meta de Randy desde o início.

"Randy. Você não vai..."

"O que eu não beber pode ir pra eBay, assim eu consigo recuperar uma parte do dinheiro que me devem."

Randy pega uma garrafa de bordeaux branco, sacode a cabeça ao ler o rótulo, repõe a garrafa no lugar. "O babaca acabou levando uma caixa da safra 91. Bem feito, nem a minha mulher consegue beber essa merda. Peraí, o que é isso aqui? Hm, isso aqui dá pra usar pra fazer molho." Passa para os vinhos tintos, resmungando e soprando a poeira e roubando até que os bolsos dele e a sacola de Maxine estão cheios. "Vou guardar isso no caminhão. Tem alguma coisa que a gente deixou passar?"

"Vou dar mais uma olhada, te encontro lá fora daqui a um minutinho."

"Cuidado com os seguranças, nem todos estão de uniforme."

Não foi nenhuma safra ou denominação de origem que atraiu seu olhar, e sim uma porta discreta, quase invisível, num canto, com um teclado de fechadura eletrônica ao lado.

Assim que Randy sai, ela pega seu fichário Filofax, que acabou virando uma pasta cheia de papeizinhos soltos, e à luz mortiça da adega tenta achar uma lista de senhas da hashslingrz que Eric encontrou em suas andanças na deep web e que Reg lhe passou. Maxine lembra que algumas das senhas estavam assinaladas como sendo de fechaduras eletrônicas. E não dá outra, depois de duas ou três dedilhadas, um motor elétrico entra em ação e um trinco abre.

Maxine não se considera uma pessoa medrosa, já entrou em eventos políticos usando roupas com as cores erradas, dirigiu carros alugados com caixas de marcha diferentes no exterior, conseguiu levar a melhor em discussões com cobradores de contas, traficantes de armas e republicanos hidrófobos sem grandes hesitações físicas ou espirituais. Mas agora, ao entrar por aquela porta, uma pergunta interessante se coloca — Maxine, você tem merda na cabeça? Há séculos que tentam doutrinar as meninas com histórias do castelo do Barba Azul, e não é que ela está mais uma vez ignorando todos aqueles sábios conselhos? Eis, diante dela, um espaço secreto, misterioso, que resiste à análise, e foi justamente por causa do impulso irresistível que a leva a entrar em espaços assim que ela foi expulsa de sua associação profissional, e que um dia ela é bem capaz de encontrar a morte. Lá em cima, no mundo externo, é um belo dia de verão, com passarinhos nos telhados, marimbondos nos jardins, cheiro de pinheiros. Aqui embaixo está frio, um frio industrial que ela sente até nas pontas dos dedos dos pés. Não é apenas que Ice não queira que ela esteja aqui. Ela sabe, sem saber por quê, que nunca deveria ter entrado por aquela porta.

Dá por si num corredor comprido, limpo, austero, com luzes bem espaçadas e sombras onde não era para haver sombras, que vai dar — a menos que ela tenha dado meia-volta sem perceber — na base aérea abandonada onde fica a enorme antena de radar. O que há ao final deste corredor, seja lá o que for, é tão importante para Gabriel Ice que merece ser protegido por uma fechadura eletrônica, donde se conclui que é pouco provável que seja apenas um hobby inocente de um milionário.

Maxine anda com cuidado, enquanto dentro de sua cabeça pisca silenciosamente o cronômetro dos transgressores. Algumas das portas que há ao longo do corredor estão fechadas e trancadas, outras estão abertas, dando acesso a salas vazias e frias, um frio proposital e antinatural, como se de algum modo fosse possível estabilizar e preservar por décadas um passado ruim. A menos, é claro, que sejam apenas salas de escritório protegidas, uma versão física do arquivo secreto da hashslingrz que Eric vem investigando. Há um cheiro de água sanitária, como se o lugar estivesse recém-desinfetado. No teto há vigas de aço, com acessórios que servem a algum propósito que ela não pode ou não quer imaginar. Nada de mobília, salvo escrivaninhas cinzentas de fórmica e cadeiras dobráveis. Algumas tomadas de duzentos e vinte volts, mas nenhum sinal de aparelhos que consumam muita energia.

Será que o excesso de laquê acabou transformando sua cabeça numa antena? Maxine começa a ouvir uns sussurros que em pouco tempo identifica como comunicações via rádio de algum tipo — olha à sua volta em busca de alto-falantes mas não vê nenhum, e no entanto o ar está cada vez mais cheio de números e letras fonéticas da Otan, entre elas Foxtrot, Delta e Papa, vozes impassíveis distorcidas pela interferência, diafonia, explosões de ruído solar... de vez em quando um pedaço de frase que ela nunca tem tempo de captar.

Ela está agora diante de uma escada que se aprofunda ainda mais na morena terminal. O pé da escada se perde na distância. As coordenadas de Maxine de repente sofrem uma torção de noventa graus, de modo que ela não sabe mais se está olhando para baixo, vendo uma infinidade de níveis, ou diretamente em frente, para mais um corredor comprido. A sensação dura apenas uma fração de segundo, mas é mais do que o bastante, não é? Ocorre a ela que alguém deve ter imaginado aquilo como uma salvação em plena Guerra Fria, cuidadosamente localizada naquele beco sem saída do território americano, uma manifestação de fé na profundeza extrema, de esperança religiosa de que uns poucos abençoados haveriam de sobreviver, resistir ao fim do mundo e à chegada do Vazio...

Que merda é essa — no próximo patamar da descida alguma coisa está a postos, vibrando, virada para cima, olhando para ela... naquela penumbra não dá para saber, ela torce para que seja apenas uma alucinação, alguma coisa viva, porém pequena demais para ser um segurança... não é um cão de guarda... não... uma criança? Alguma coisa usando um uniforme mirim, aproximando-se dela agora com uma graça atenta e letal, elevando-se como se batesse asas, os olhos também visíveis na escuridão, pálidos demais, quase brancos...

O relógio em sua cabeça dá um alarme ruidoso. Por algum motivo, pegar a Beretta agora não é uma boa ideia. "Vamos lá, Air Jordan, pra que te quero!" Maxine dá meia-volta e sobe correndo até o corredor, sai pela porta onde não devia ter entrado, vê-se de novo na adega, onde Randy está à sua procura.

"Tudo bem?"

Depende de como se define "tudo bem". "Esse Vosne-Romanée aqui, não sei se..."

"O ano tanto faz, pega, vamos embora." Para um ladrão de vinho, Randy de repente não parece muito tranquilo agora. Entram às pressas na picape e saem pelo caminho por onde entraram. Randy permanece em silêncio até chegarem ao farol, como se ele também tivesse visto alguma coisa na casa de Ice.

"Vem cá, você costuma ir a Yonkers? A família da minha mulher mora lá, e às vezes eu vou atirar num campo de tiros pra moças chamado Sensibility..."

"'Os homens são sempre bem-vindos', claro, conheço, aliás eu sou sócia."

"Quem sabe eu não esbarro em você lá um dia desses?"

"Tomara que sim, Randy."

"Não esquece do seu borgonha."

"Hm... você estava falando em carma, melhor ficar com você."

Ela não chega exatamente a pisar fundo, mas também não vai devagarinho, e fica olhando preocupada para o retrovisor pelo menos até chegar a Stony Brook. Mete bronca, carrinho, mete bronca. Uma viagem inútil. O último endereço conhecido de Vip Epperdew virou cinzas, a mansão de Gabriel Ice é o show de ostentação que era de se esperar, tirando um corredor misterioso com alguma coisa nele que ela prefere não saber se viu mesmo. Então... talvez dê para descontar alguma coisa, uma diária normal, desconto no cartão de crédito, um tanque de gasolina, um dólar e vinte e cinco cêntimos o galão, vamos ver se eles pagam um e meio...

Pouco antes de o sinal ficar fraco demais, a estação de música country toca o clássico de Droolin Floyd Womack —

Ah, minha cabeça
Vive agora latejando,
Às vezes quase rachando
de tanto doer...
E a noite
eu quase sempre passo em claro,
eu dormir é muito raro,
por causa de você.
[backing vocal feminina] Mas por que
dói sua cabeça?
Por favor, me esclareça...
[Floyd] Ah, por favor, me diga,
Se isso é coisa que eu mereça,
Se foi alguma mandinga,
Ah, para de latejar,
Para com isso, cabeça...

Naquela noite, Maxine sonha como sempre com a Manhattan-mas-não-exatamente que ela visita em sonhos com frequência, onde, quando se segue por uma avenida qualquer, depois de algum tempo a grade de ruas tão conhecida começa a se modificar, até que ela chega a um shopping temático que, ela percebe, foi projetado de propósito para parecer o campo de batalha de uma terrível guerra no Terceiro Mundo, tudo queimado e destruído, casebres abandonados e fundações de concreto queimadas, instalado num anfiteatro natural de tal modo que dois ou mais níveis de lojas ficam numa ladeira bem íngreme, tudo em tons melancólicos de ferrugem e sépia, e no entanto, naqueles cafés ao ar livre cuidadosamente destroçados, yuppies fazem uma pausa alegre nas compras para tomar chá, pedindo sanduíches estilo yuppie cheios de rúcula e queijo de cabra, comportando-se tal como se estivessem no Woodbury Common ou no Paramus. Maxine está ali para encontrar-se com Heidi, mas de repente se vê, à hora do pôr do sol, numa estradinha em um bosque. Há uma luz bruxuleante mais à frente. Cheiro de fumaça com um toque pungente de algum elemento tóxico, plástico, laboratório clandestino de drogas, sabe-se lá. Ela vira numa curva e se vê diante da casa que aparece no vídeo de Vip Epperdew, pegando fogo — uma fumaça negra formando nós e remoinhos, brotando de chamas com um tom vivo de laranja, subindo e fundindo-se com um céu nublado sem estrelas. Não há vizinhos reunidos assistindo à conflagração. Não se ouvem sirenes se aproximando. Ninguém tentando apagar o incêndio ou salvar quem talvez ainda esteja lá dentro, não Vip e sim, por algum motivo, dessa vez, Lester Traipse. Maxine permanece paralisada por aquela luz áspera, repassando suas alternativas e responsabilidades. O fogo é violento, destruidor, o calor é feroz demais para permitir uma aproximação. Mesmo àquela distância, ela sente que seu oxigênio está sendo consumido. Por que Lester? Maxine acorda com uma sensação de urgência, sabendo que precisa fazer alguma coisa, só que não sabe o quê.

Como sempre, o dia chega e a engole. Mais que depressa dá por si afundada até as orelhas em casos de sonegação fiscal, sujeitinhos ambiciosos que se acham, sonhando que vão dar um grande golpe, planilhas que não parecem ter pé nem cabeça. Mais ou menos na hora do almoço, Heidi aparece.

"Você é justamente o cérebro de cultura inútil que eu estou precisando alugar." As duas vão comer uma salada rápida numa delicatéssen ali perto. "Heidi, me fala de novo no tal Projeto Montauk."

"Está rolando desde os anos 80, a essa altura já virou uma expressão coloquial manjada. Ano que vem a antiga base aérea vai ser aberta aos turistas. Já tem umas companhias de turismo com ônibus que vai lá."

"O quê?"

"Sabe aquela história que tudo acaba virando musical da Broadway? É por aí."

"Então ninguém mais leva o Projeto Montauk a sério, é o que você está me dizendo."

Um suspiro dramático. "Maxi, sempre séria e legalista. Esses mitos urbanos têm uma função aglomeradora, eles acumulam fragmentos de estranheza aqui e ali, daqui a um tempo ninguém mais consegue olhar pra coisa toda e acreditar em tudo, é muito desestruturado. Mas mesmo assim a gente continua catando detalhes fascinantes aqui e ali, claro que ninguém vai cair nessa, a gente é muito esperta, não é, mas por outro lado não há uma prova cabal de que pelo menos uma parte *não* seja verdadeira. Prós e contras, e tudo termina em discussões na internet, com *flamers* e *trolls* trocando desaforo, linhas que acabam levando as pessoas a se perder ainda mais no labirinto."

Além disso, pensa Maxine, nem tudo que é turistificado é desintoxicado. Ela conhece pessoas que vão à Polônia no verão em pacotes turísticos que as levam para conhecer os campos de extermínio nazistas. No ônibus vinho barato é servido de graça. Lá em Montauk todo o terreno pode ficar coberto de turistas despreocupados, enquanto metros abaixo da superfície, a coisa, seja lá o que for, aonde vai dar o túnel de Ice, continua rolando.

"Se você não está comendo o…"

"Pode pegar, Heidi, pode pegar, numa boa. Não estou com tanta fome quanto eu achava que estava."

18.

Horas depois naquela tarde, o sol começa a amealhar uma nuança doentia de amarelo. Alguma coisa está a caminho, vindo do outro lado do rio. Maxine sintoniza a WYUP, que cobre o trânsito e o tempo na Big Apple, e depois da habitual sequência de anúncios a cem por hora, cada um mais repelente que o anterior, vem o conhecido tema de teletipo e uma voz de homem: "Você nos dá trinta e dois minutos — e a gente não devolve depois".

Num tom um pouco alegrinho demais para o que está sendo dito, uma locutora anuncia: "Foi encontrado um corpo num apartamento luxuoso no Upper West Side, que foi identificado como Lester Traipse, um conhecido empresário do Beco do Silício... aparentemente um caso de suicídio, embora a polícia afirme não excluir a hipótese de assassinato".

"Enquanto isso, a menininha Ashley, com uma semana de idade, salva ontem de uma caçamba de lixo no Queens, está passando bem, segundo..."

"Não", gritando com o rádio como se fosse uma pessoa muito mais velha e mais maluca do que é, "puta que o pariu, não, sua idiota, não pode ser o Lester." Maxine falou com ele ainda há pouco, como que ele não está vivo?

Maxine testemunhou a sequência básica do arrependimento pela falcatrua, entrevistas coletivas lacrimosas, aqueles olhares para o lado que dizem "por favor, me dê um soco", súbitos ataques de nevralgia, mas Lester é, era, um caso raro, estava mesmo tentando pagar o que havia embolsado, limpar seu nome, é raríssimo um tipo assim se matar...

Então o que foi? Maxine sente uma dormência desagradável no maxilar. Nenhuma das conclusões precipitadas que lhe ocorrem é coisa boa. O Deseret? A porra do Deseret? Qual o problema de levar Lester para Fresh Kills e largá-lo no depósito de lixo?

Ela dá por si olhando pela janela. Apertando os olhos, vê, além de uma linha de telhados, respiradouros, claraboias, caixas-d'água e cornijas àquela luminosidade de pré-aguaceiro, reluzentes como se estivessem molhados contra o céu cada vez mais escuro, a rua onde o amaldiçoado Deseret eleva-se sobre a Broadway, com uma ou duas luzes medrosas já acesas, antecipando a tempestade, as pedras da fachada parecendo, à distância, impossíveis de limpar, com um excesso de sombras que jamais serão devassadas.

Absurdamente, começa a pôr a culpa em si própria. Porque ela descobriu o túnel de Ice. Fugiu da coisa que vinha se aproximando, fosse lá o que fosse. É a vingança de Ice que a atingiu agora.

Não ajuda muito quando, mais tarde naquela noite, ela está andando na chuva e vê Lester Traipse do outro lado da rua, entrando na estação do metrô na Broadway esquina com rua 79, na companhia de uma louraça de certa idade. Está na cara que essa loura é quem está tomando conta de Lester, que eles vieram rapidamente à superfície para resolver alguma coisa, e agora ela o está levando de volta para as profundezas, Maxine atravessa correndo o cruzamento mais perigoso da cidade, e quando por fim consegue atravessar a barreira móvel de motoristas assassinos que levantam leques descuidados de água imunda e chegar à plataforma da estação, Lester e a loura não estão em lugar nenhum. É claro que em Nova York não é raro vislumbrar um rosto que, como você sabe, sem qualquer sombra de dúvida, pertence a alguém que não está mais entre os vivos, e às vezes, ao perceber que você está olhando para ele, este outro rosto também reconhece o seu, e em noventa e nove por cento dos casos os dois acabam constatando que nunca se viram antes.

Na manhã seguinte, depois de uma noite de insônia intermitente pontuada por clips oníricos, ela vai à consulta com Shawn num estado alterado. "Eu quase que gritei 'Lester?' e saí berrando pro outro lado da rua uma maluquice do tipo — 'mas você não tinha morrido?'."

"A primeira possibilidade a se levantar", Shawn aconselha, "é que a sua memória está indo pro espaço."

"Não, de jeito nenhum, era o Lester sim, sem erro."

"Ora… acho que isso acontece às vezes. Pessoas comuns, como você, que não são iluminadas, não têm nenhum dom especial nem nada, de repente conseguem ver através do véu da ilusão, que nem um mestre que tem, tipo assim, anos de formação, sabe? E o que elas veem é a pessoa real, o 'rosto antes do rosto' como a gente diz no zen, e aí, talvez, elas identifiquem com um rosto mais conhecido, né?"

"Shawn, isso ajuda muito, muito obrigada, mas e se era mesmo o Lester?"

"Hm ããh bom, ele estava andando assim, tipo, terceira posição de balé, por acaso?"

"Não tem graça nenhuma, Shawn, o cara acabou de…"

"Acabou de quê? De morrer? Não morrer? Deu no noticiário da WYUP? Entrou no metrô com uma namorada não identificada? Decida-se."

Em seus anúncios, colados em todas as máquinas de vender jornal da cidade, Shawn promete, "Garantido — jamais utilizo *kyosaku*", uma referência à "vara de meditação" que os instrutores de soto zen usam para focalizar a atenção dos alunos. Assim, em vez de bater nas pessoas, Shawn faz comentários agressivos. Maxine sai da sessão com a sensação de que jogou uma partida de um contra um com Shaquille O'Neal.

Na sala de espera do consultório ela encontra outro paciente aguardando sua vez, terno cinza-claro, camisa violeta, gravata e lenço num tom intenso de roxo-orquídea combinando. Por um minuto Maxine pensa que é Alex Trebek. Shawn põe a cabeça para fora da sala, todo simpatiquinho. "Maxine, queria te apresentar o Conkling Speedwell, algum dia você vai ficar achando que foi o destino, mas na verdade é só porque eu sou um abelhudo."

"Desculpe se eu me meti na sua sessão", Maxine trocando um aperto de mãos e observando que o aperto do tal sujeito é, digamos, desinteressado, coisa rara em Nova York.

"Me convida pra almoçar um dia desses."

Chega de Lester por ora. Ele pode esperar. Agora ele tem todo o tempo do mundo. Fingindo consultar o relógio: "Como está o seu dia?".

"Agora melhor ainda."

Certo. "Você conhece o Daphne and Wilma's, aqui na rua?"

"Claro, tem uma ótima dinâmica olfativa. Uma hora, mais ou menos?"

Dinâmica olfativa? Maxine fica sabendo que Conkling é um Nariz profissional frila, sendo naturalmente dotado de um olfato muito mais bem calibrado do que o da maioria dos mortais comuns. Ele teria uma vez seguido um *sillage* fascinante por dezenas de quarteirões até encontrar sua fonte, a mulher de um dentista de Valley Stream. Ele acredita que há um círculo no inferno específico para pessoas que aparecem para jantar ou mesmo entram num elevador com uma fragrância inapropriada. Cães a que ele não foi apresentado formalmente ficam a encará-lo com expressões interrogativas. "Um talento rentável, por vezes uma maldição."

"Então me diz, que perfume eu passei hoje?"

Conkling já está sorrindo, sacudindo a cabeça de leve, evitando olhá-la nos olhos. Maxine compreende que, seja lá o que for aquele seu dom, ele não é de andar por aí a exibi-lo.

"Pensando bem..."

"Tarde demais." Uma manipulação fajuta do nariz, como se abrindo as vias nasais. "Vamos lá — pra começo de conversa, é de Florença..."

Epa.

"Officina di Santa Maria Novella, e esse seu é a fórmula original dos Medici, número 1611."

Cônscia de que seu queixo está caído alguns milímetros mais do que ela gostaria: "Não vai me dizer como que você consegue, não faz isso, não, é que nem mágica com baralho, prefiro não saber".

"Na verdade, é raro eu encontrar pessoas usando Officina."

"Tem mais do que você pensa. Você entra numa sala linda, antiga, pé-direito alto, cheia de cheiros, tem gente que já foi cem vezes a Florença e nunca ouviu falar de lá, você começa a achar que é um segredo só seu — de repente, o pesadelo do consumidor, você começa a encontrar o perfume em todo lugar."

"Gente que não sabe a diferença entre um floral e um chipre", solidário. "É de enlouquecer."

"E... isso de ser Nariz... o trabalho é legal, paga direitinho?"

"Bom, é mais com grandes empresas, a gente passa de uma pra outra, depois de algum tempo você repara que as companhias mudam de dono, são reestruturadas, tal como as fragrâncias clássicas, e quando você vê está no olho da rua de novo. Eu passei anos sem me tocar que isso pode ser aquilo que o nosso guru em comum chama de mensagem do além. 'Quem é a pessoa sem status, que entra e sai pelos portais do rosto?' É como ele expressa a coisa."

"É, ele também já me disse isso."

"'Portais' no caso são os olhos, mas na mesma hora eu pensei nas narinas, o *koan* tinha tudo a ver, me deu o que pensar, e hoje eu sou frila, a lista de espera pros clientes novos é mais ou menos seis meses, e olha que nenhum dos meus empregos com aquelas companhias durou tanto assim."

"E o Shawn…"

"De vez em quando me encaminha um cliente e fica com uma pequena comissão. Que dá pra cobrir os gastos dele com Erolfa, que ele praticamente toma banho de Erolfa. A coisa de sempre."

"No seu trabalho como Nariz. Você produz um perfume, ou… ?"

Ele parece constrangido. "É mais uma espécie de agência de investigação."

Aahhh! "Um farejador particular."

"É pior do que você imagina. Noventa por cento dos casos que eu pego são matrimoniais."

Está na cara. "Meu Deus. E… como é que a coisa funciona?"

"Ah, o cliente chega e 'Dá uma cheirada no meu marido, na minha mulher, me diz com quem que ele anda, o que ela comeu no almoço, quantos drinques ele tomou, se anda se drogando, se faz sexo oral' — aliás, essa é a pergunta número um — e por aí vai. E o negócio forma uma sequência no tempo, cada indicação vem da anterior. Dá pra montar uma cronologia."

"Por coincidência" — será que isso é uma boa ideia? — "eu estou envolvida numa situação... Posso alugar o seu... Dito de outra forma, você ou um outro Nariz qualquer poderia ir a uma cena de crime, tipo vidente da polícia, dar uma fungada e descobrir o que rolou?"

"Claro, perícia nasal. O Moskowitz, o De Anzoli e mais um ou dois outros se especializaram nisso."

"E você?"

Conkling inclina a cabeça, ela reconhece que o gesto é charmoso e pensa por um minuto. "Meu negócio com a polícia... você faz uma investigação olfativa, os caras ficam paranoicos, acham que você está cheirando eles também, se aprofundando nos segredos policiais. E aí a gente sempre acaba entrando em choque."

"Com o Moskowitz nunca tem problema?"

"O Moskowitz tem condecoração por investigar caso de vigarice, o De Anzoli tem doutorado em criminologia, e tem também parente trabalhando na polícia, é uma cultura de confiança. Já eu me sinto mais à vontade trabalhando como independente."

"Ah, entendo perfeitamente." Maxine vira o rosto para o outro lado da sala e depois revira os olhos em direção a ele. "Ou será que o seu faro já detectou isso em mim?"

"Como se tivesse um feromônio especial que entra em ação quando... peraí, última forma, você vai ficar pensando que..."

Maxine sorri de orelha a orelha e toma um gole de chá de bambu orgânico Iluminação Súbita. "Pelo visto esse teu nariz deve complicar um bocado quando você sai com uma namorada."

"E é por isso que normalmente eu não falo sobre isso. Só falo quando o Shawn tenta bancar o cupido comigo."

Os dois se entreolham. De um ano para cá, Maxine tem saído com fetichistas de chapéus, especuladores da Bolsa, jogadores de sinuca, investidores fodões, e é raro ela ficar ansiosa pensando se vai voltar a ver o sujeito outra vez. Agora, já um pouco tarde demais, lembra-se de conferir a mão esquerda de Conkling, e constata que ela, tal como sua própria mão esquerda, não está confinada em nenhuma aliança.

Ele percebe que ela está olhando. "Eu também esqueci de verificar o seu dedo. A gente é terrível, não é?" Conkling tem um filho e uma filha no ensino médio que aparecem nos fins de semana, e hoje é sexta. "Quer dizer, eles têm chave de casa, mas normalmente me encontram lá."

"É, e eu também preciso ir pra casa. Toma aí, o da casa, o do escritório, o do bipe."

"Fica com os meus, e se você realmente está falando sério e precisa mesmo de alguém numa cena de crime, eu ponho você em contato com o Moskowitz, ou então…"

"Melhor se fosse você mesmo." Ela aguarda meia fração de segundo. "Não quero me envolver muito com a polícia de Nova York, só o estritamente necessário. Aliás, eles não gostam de ver civis metendo o… desculpe, eu quis dizer *se metendo* em assuntos da polícia."

Assim, o que eles acabam fazendo é combinar um encontro ao meio-dia na piscina do Deseret, tendo sido cientificamente provado, segundo Conkling, que o olfato humano está no ápice por volta de quinze para o meio-dia. Maxine usa uma essência média da Trish McEvoy que vai sair na água de qualquer modo, para que seu eventual abestalhamento não ultrapasse as fronteiras caso ele acerte em cheio de novo.

Conkling parece estar razoavelmente em forma, como todos os que nadam com regularidade. Hoje ele está usando uma peça de um dos catálogos *Wasp* dois números acima do dele.

251

Maxine evita comentários de sobrancelha. Teria previsto uma sunga da Speedo? Assim mesmo, discretamente examina o tamanho do pau, curiosa também para ver como ele poderia reagir à aparência dela com o que está usando hoje, uma versão cara do pretinho básico metamorfoseado em maiô, em vez daqueles mais ou menos descartáveis que ela recebe pelo correio com estampas de florezinhas e que é melhor nem lembrar... E pimba, olha lá. É ou não é?

"Alguma coisa, hein..."

"Ah eu estou procurando, hm, meus óculos de mergulho."

"Na sua cabeça?"

"Certo."

A piscina do Deseret, ao que parece, pode muito bem ser a mais velha da cidade. Olhando para cima, vê-se, elevando-se na névoa de cloro, uma enorme cúpula segmentada de alguma espécie antiquada de plástico translúcido, sendo os segmentos côncavos, em forma de gota d'água, separados por faixas cor de bronze — durante o dia, qualquer que seja o ângulo do sol, a luz sempre fica com o mesmo tom de verdete, a superfície vai ficando cada vez mais remota e menos visível ao anoitecer, e antes da hora de fechar a piscina desaparece num tom hibernal de cinza.

Joaquin, o cara que cuida da piscina, está no serviço. Normalmente falante pelos cotovelos, hoje Maxine o acha, digamos, pouco sociável.

"Você está sabendo de alguma coisa nova sobre o corpo que encontraram?"

"Nem eu nem ninguém. Nem mesmo o pessoal da portaria, nem mesmo o Fergus do turno da noite, que sabe tudo. A polícia veio, foi embora, agora está todo mundo com a pulga atrás da orelha, não é?"

"Não era nenhum morador, pelo que ouvi dizer."

"Eu não pergunto."

"Alguém deve estar sabendo alguma coisa."

"Aqui é tudo surdo-mudo. É a política do prédio. Desculpa, Maxine."

Depois de umas duas voltas pró-forma, Maxine e Conkling fingem que vão para seus respectivos vestiários, porém voltam a se encontrar, entram sorrateiramente numa escada reservada ao pessoal de serviço, e daí a pouco estão debaixo da piscina, só de roupão e sandália de borracha, percorrendo as sombras e os mistérios do décimo terceiro andar, que não é numerado, lugar de um desastre sempre prestes a acontecer, um espaço de buffer sob o risco constante de ser inundado se a piscina — de concreto, na época o que havia de melhor, e isenta, pela antiguidade, do que hoje em dia constituiria uma série de violações do código de segurança — algum dia, Deus nos livre, tiver um vazamento. Por ora é a forma externa e estrutural de uma história secreta de propinas pagas a empreiteiros e fiscais e gente que assina autorizações, autoridades desonestas que já se foram deste mundo há muito tempo, convictas de que o dilúvio ocorreria muito depois que todas as prescrições vencessem. Apoiada em treliças e vigas do início do século xx, que já começam a ranger. Uma fauna própria em que os camundongos talvez sejam os componentes menos preocupantes. A única luz vem, trêmula e débil, de janelas de observação à prova d'água dentro da piscina, cada uma encerrada dentro de sua cabine de observação, cabines das quais, segundo uma brochura de agência imobiliária das mais antigas, "os admiradores das artes natatórias podem, sem eles próprios estarem imersos, ter uma visão educativa da forma humana liberta das exigências da gravidade". A luz que vem de cima da piscina atravessa a água e as janelas das cabines antes de chegar a este nível inferior penumbroso, um tom de azul esverdeado estranho e rarefeito.

Foi num desses cubículos que a polícia encontrou o cadáver de Lester, colocado em pé como se estivesse olhando para dentro da piscina, onde mais cedo um banhista havia reparado nele e depois de mais algumas voltas, percebeu o que havia acontecido e entrou em parafuso. Segundo os jornais, uma lâmina havia sido cravada com muita força no crânio de Lester, aparentemente não por uma mão humana, porque uma parte do espigão ainda se destacava da testa de Lester. A ausência do cabo indicava o uso de uma lâmina balística lançada por mola, uma arma ilegal nos Estados Unidos desde 1986, e ao que se dizia parte do equipamento-padrão das forças especiais russas. O *New York Post*, que ainda guarda lembranças nostálgicas da Guerra Fria, adora notícias como essa, de modo que a histeria teve início, esquadrões da morte da KGB soltos pela cidade e por aí vai, e esse tipo de coisa iria dar pano para manga por boa parte de uma semana.

Quando viu a manchete — FACA BALÍSTICA! —, Maxine ligou para Rocky Slagiatt. "O seu velho colega de Spetsnaz, Ígor Dachkov. Ele não estaria sabendo nada sobre esse caso?"

"Já perguntei. Diz ele que essa tal faca é um mito urbano. Ele passou quase um século no Spetsnaz e nunca viu nenhuma."

"Não é bem o que eu perguntei, mas..."

"Ó, não estou dizendo que não pode ter sido um russo. Por outro lado..."

Certo. Também podia ter sido alguém tentando fazer com que a coisa *parecesse* obra de um russo.

Quanto à cena do crime em si, pelo visto ela já foi bem vasculhada. Cercada de fita amarela, riscos de giz, juntamente com bolsas de plástico para guardar provas descartadas, e também pontas de cigarro e sacos de fast-food. Isso para não falar na névoa de loção pós-barba de policial, fumaça de cigarro, efluxos estomacais de bares do bairro, solventes usados em laboratórios de criminalística, pó para recolher impressão digital, luminol...

"Peraí, você consegue sentir cheiro de luminol? Não dizem que é inodoro?"

"Que nada. Toques de aparas de lápis apontado, hibisco, óleo diesel número dois, maionese…"

"Desculpa, mas isso é papo de enochato."

"Epa…"

Tendo, porém, filtrado esses outros odores, Conkling entra em órbita ao redor do fato central de que o defunto esteve ali, que no sentido profissional da expressão ele continua ali, problemático agora por efeito daquilo a que os Narizes forenses costumam chamar de máscara mortuária, o modo como os indóis do apodrecimento de um cadáver se sobrepõem a todo e qualquer outro cheiro que ainda possa estar presente. Existem técnicas diferenciais para contornar esse obstáculo, é claro; há seminários curiosamente furtivos em Nova Jersey em que os especialistas passam o fim de semana inteiro aprendendo-as, às vezes têm valor prático, às vezes é só uma grande bobajada Nova Era dos anos 80 que os gurus envolvidos não conseguem deixar para trás, permitindo assim que o participante esperançoso despeje mais 139,95 dólares, acrescidos do imposto, no esgoto de suas questões fiscais. Metade da quantia pode ser declarada à Receita Federal, mas normalmente o desconto é pífio.

"Deixa eu pegar um negócio…" Conkling remexendo dentro da bolsa e tirando umas sacolas de plástico resistente, um pequeno equipamento que cabe no bolso e um estojo de plástico

"O que é isso?"

"Bomba pra pegar amostra de ar — uma gracinha, né? Funciona com bateria recarregável. Vou só pegar uns dois litros aqui."

Esperando até que eles saiam do elevador, social ou de serviço, e pisem na rua ruidosa e inocente: "Então… que foi que você farejou lá em cima?".

"Nada de muito inesperado, só… antes da polícia chegar,

antes da coisa acontecer, uma fragrância, talvez colônia, não dá pra identificar assim de saída, comercial, talvez de uns anos atrás…"

"Alguém que estava lá."

Emergindo de um momento de meditação: "Acho que é hora de dar uma pesquisada na biblioteca".

Referindo-se, na verdade, à sua enorme coleção de perfumes famosos, que Conkling guarda em seu apartamento no Chelsea, onde a primeira coisa que chama a atenção de Maxine é um instrumento de um negro reluzente instalado sobre um carregador de baterias, em meio a diversas samambaias enormes, talvez mutantes por efeito do aparelho que fica entre elas, zumbindo em mais de um tom, LEDs vermelhos e verdes luzindo e piscando aqui e ali, com uma empunhadura tamanho Clint Eastwood e um comprido tubo de descarga. Uma criatura escondida na folhagem da selva, olhando fixamente para ela.

"Este é o Naser", Conkling fazendo as apresentações, "o laser olfativo." Explicando em seguida que os cheiros podem ser encarados como se formassem ondas periódicas, como o som e a luz. O nariz humano comum recebe todos os cheiros embolados, tal como o olho recebe as frequências da luz de modo incoerente. "O que o Naser faz é separar as 'notas' que compõem o cheiro maior, isolar e pôr em fase cada uma delas, pra ficar 'coerente', e depois amplificar o quanto for necessário."

Parece um papo meio californiano, se bem que o objeto tem uma aparência intimidadora. "Isso é uma arma? É… é perigoso?"

"Do mesmo modo", Conkling imagina, "que dar uma cafungada em atar de rosas puro transforma o seu cérebro em gelatina vermelha. Não se deve mexer no Naser de brincadeira, não."

"É possível, sei lá, usar pra imobilizar uma pessoa?"

"Se eu precisar usar por algum motivo, é sinal de que cometi um erro." Vai até um armário com portas de vidro cheio de frascos e atomizadores, uns comprados prontos, outros feitos sob medida. "Esta fragrância — não consegui localizar imediatamente, é menos sabonete do que desinfetante. Menos cheiro de cigarro que de sarro de pontas de cigarro largadas no cinzeiro. Um pouco de almíscar talvez, mas Kouros passou longe. Urina de animal também." Maxine reconhece essa fala como conversa de prestidigitador. Conkling abre uma das portas do armário e pega um spray com cento e vinte centímetros cúbicos de capacidade, segura-o a uns trinta centímetros do nariz e, sem apertar o botão, parece inalar de leve. "Opa. É isso. Vem ver."

"'9:30'", Maxine lê no rótulo. "'Colônia para homens.' Peraí, é a boate 9:30 em Washington, D.C.?"

"Ela própria, só que não é mais naquele endereço da F Street, onde ficava quando essa colônia foi vendida, lá pelos anos 80."

"Já faz um bom tempo. Esse frasco deve ser o último de Nova York."

"Nunca se sabe. Até mesmo um exemplo como esse, um negócio efêmero, de repente tem milhares de litros por aí na embalagem original, esperando a hora de ser encontrados por colecionadores de fragrâncias, saudosistas, ou, no caso, adeptos de punk rock empedernidos e os malucos de sempre. O fabricante original foi comprado por outro fabricante, e o 9:30, se não me falha a memória, foi registrado de novo. Quer dizer, resta o mercado secundário, pontas de estoque, anúncios no jornal, eBay."

"Isso é importante?"

"É a cronologia que está me intrigando — perto demais do momento do crime pra não ter ligação com ele. Se a polícia chamou o falastrão do Jay Moskowitz, ele já se tocou, o que significa que todo mundo na polícia está sabendo também, inclusive os guardas de trânsito. O Jay é um Nariz forense de primeira, mas não tem uma atitude profissional em matéria de divulgação de informação."

"Quer dizer que... o sujeito que usa essa colônia..."

"Mas pode ser também uma mulher que esteve em contato com um homem que usava a colônia. Um dia ainda vão inventar um mecanismo de busca que você dá uma esguichadinha de um cheiro qualquer e, pronto, não tem pra onde fugir, onde se esconder, a história toda vai estar na tela antes de você ter tempo de coçar a cabeça de espanto. Enquanto isso, o jeito é recorrer à comunidade de Narizes. Informação solta. Vou investigar."

Chega, como sempre, o momento de silêncio constrangedor. Conkling continua de pau duro, mas, como se fosse um equipamento cujo manual ele tivesse perdido, hesita antes de usá-lo. Também Maxine está indecisa. Parece que está rolando alguma coisa que ninguém disse a ela o que é. Seja lá o que for, o momento passa, e quando ela dá por si está de volta a seu escritório. Tudo bem, como diz a Scarlett O'Hara no final do filme...

Ela sonha que está sozinha no último andar do Deseret, ao lado da piscina. Debaixo da superfície absurdamente lisa, visível através da água opticamente perfeita, quase como se fosse uma consequência do vazio ansioso do lugar, um cadáver branco do sexo masculino de terno e gravata jaz em decúbito dorsal no fundo da piscina, como se descansando das suas atividades no outro mundo, rolando, num sinistro estado de semiadormecimento, de um lado para o outro. É Lester Traipse e não é ele. Quando Maxine se aproxima da borda para olhá-lo de perto, os olhos do homem se abrem e ele a reconhece. Não é necessário que ele venha até a superfície para falar, ela consegue ouvi-lo no fundo da piscina. "Azrael", é o que ele está dizendo, e depois repete, com certa insistência.

258

"O gato do Gargamel", pergunta Maxine, "dos Smurfs?"

Não, e a decepção estampada no rosto de Lester/não Lester indica que ela deveria ter reconhecido o nome. Na tradição judaica não bíblica, como ela sabe muito bem, Azrael é o anjo da morte. No islã também, aliás... E logo em seguida ela se vê de volta no corredor, o túnel misterioso de Gabriel Ice em Montauk. Por quê? Seria uma questão interessante para investigar, só que Giuliani, incansável na tarefa de melhorar a qualidade da infraestrutura da cidade, fez com que não uma, mas várias britadeiras entrassem em ação bem antes de terminar o horário de silêncio, imaginando que os contribuintes não vão se importar de ter que financiar o pagamento das horas extras, e a mensagem, se mensagem havia, é corrompida, fragmentada, perdida.

19.

Enquanto isso, Heidi, recém-chegada da Comic-Con em San Diego, a cabeça ainda pululando de super-heróis, monstros, feiticeiros e zumbis, foi visitada por investigadores da polícia, que vieram consultar os cadernos de endereços de seu ex-noivo de tempos atrás, Evan Strubel, o qual recentemente foi detido por atividade de hacker, ligada a um caso federal de uso indevido de informação privilegiada. A primeira coisa que vem à cabeça de Heidi é — será que eu ainda estou no Rolodex dele?

"Vocês dois tiveram um envolvimento romântico?"

"Romântico, não. Barroco, vá lá. Faz anos."

"Foi antes ou depois dele casar?"

"Eu pensava que vocês fossem da delegacia, e não da defesa dos bons costumes."

"Ih, respondona", diz o Policial Mau.

"E perguntona também", Heidi devolve. "O que que você tem com a minha vida, hein, vossa eminência?"

"Estamos só tentando fazer uma cronologia", tranquiliza-a o Policial Bonzinho. "Só o que você quiser compartilhar conosco, Heidi."

"'Compartilhar', é? Eu pensava que o programa do Geraldo Rivera já tinha sido cancelado."

E assim por diante, numa espécie de pingue-pongue policial.

Quando eles já estão prestes a ir embora, Heidi constata que o Policial Mau está olhando para ela com um sorriso estranho. "Ah, Heidi, uma coisa..."

"Diga lá" — fingindo um esforço de memória — "investigador Nozzoli."

"Sabe esses filmes pra mulherzinha dos anos 50? Você às vezes assiste?"

"Nesses canais de tevê de filmes, de vez em quando", Heidi por algum motivo sem conseguir não tremular os cílios, "é, acho que sim, e quem é que vai querer saber disso?"

"Vai ter um festival de Douglas Sirk semana que vem lá no Angelika, e se você estiver interessada, quem sabe a gente não podia chegar mais cedo e tomar um café, ou então..."

"Peraí. Você está me convidando..."

"A menos que você seja 'casada', é claro."

"Ah, mas hoje em dia mulher casada já pode tomar café, consta até no contrato pré-nupcial."

"Heidi", Maxine quando ela fica sabendo disso, suspira como de praxe, "sempre desesperada, falando sem pensar antes, Heidi, esse tal de Nozzoli, ele, ah, *ele* é casado?"

"Mas você é mesmo a pessoa mais blasée do universo!", exclama Heidi "Podia ser o George Clooney que você ia pôr algum defeito!"

"Uma pergunta inocente, ora."

"A gente foi ver *Palavras ao vento* (1956)", Heidi prossegue, num tom de desfiar reminiscências deliciosas, "e toda vez que a Dorothy Malone aparecia na tela, sabe? O Carmine ficava de pau duro. Duraço."

"Nem me fala — aquele velho truque do pênis dentro da caixa de pipoca. Só pra manter o clima de anos 50."

"Ai, Maxi, liberal do West Side até a morte. Você não sabe o que está perdendo. Namorar polícia é uma delícia."

"É, mas me conta, Heidi, no que deu a sua obsessão pelo Arnold Vosloo d'*A múmia* e d'*O retorno da múmia*, e, e aquelas entrevistas que você tenta marcar com o escritório dele..."

"Inveja", opina Heidi, "às vezes é a única coisa que impede a gente de levar uma vida triste e vazia."

Hoje Maxine chegou à metade do seu arquivo de menus telefônicos quando Heidi aparece com o mais recente episódio de sua longa novela em torno da questão da bolsa. Tendo sobrevivido a uma crise de identidade causada pela sua velha Coach, que já levou observadores atentos para o significado das bolsas a atribuir a Heidi diversas nacionalidades asiáticas, ela agora está envolvida até a ponta dos cabelos na atividade princesesca de decidir se projeta uma aura de classe dominante com uma Longchamps, por exemplo, e convive com a impossibilidade de encontrar qualquer coisa dentro dela, ou se assume um modelo dividido em compartimentos e aceita uma leve desvalorização de sua autoimagem.

"Mas isso tudo são águas passadas agora, o Carmine felizmente resolveu o problema."

"O Carmine é... um desses... caras com fetiche de bolsa, Heidi?"

"Não, mas ele se liga nessas coisas. Olha o que ele me deu de presente." É uma bolsona barata com um estampado outonal, e um coração dourado no meio. "Outono e inverno, certo? Agora, olha só." Heidi enfia a mão no fundo e vira a bolsa do avesso, e ela se transforma em algo totalmente diverso, com uma cor clara e um padrão de florezinhas. "Primavera e verão! É flex! Duas pelo preço de uma, viu?"

"Muito criativo. Uma bolsa bipolar."

"E além disso, claro, tem uma história por trás." Num dos cantos, Maxine lê FEITO ESPECIALMENTE PARA VOCÊ PELA MONICA.

"Não entendi, não, a menos que... ah. Não. Heidi, peraí. 'Monica.' Vai me dizer que ele comprou isso lá na Bendel?"

"Isso mesmo, saidinha do forno — a moça do charuto sensual, ela mesma. Você imagina quanto não vai valer na eBay daqui a uns dois anos?"

"Criação da Monica Lewinski, sim senhora. É, mas eu apostaria no bom gosto, que é uma coisa atemporal."

"E ninguém melhor que você pra saber isso, não é, Maxi, você que já viu tanta moda passar nos seus muitos anos de vida."

"Ora, mas é claro, é uma sugestão sutil, não é? O Carmine está indicando certo ato *específico*, deixa eu pensar, o que será que é, uma coisa que talvez você nem esteja muito a fim de fazer..."

A bolsa é até bem leve, mas Heidi faz o possível para acertar Maxine com ela para valer. As duas correm pelo apartamento aos gritos, uma atrás da outra, por algum tempo, até que resolvem parar para jantar e fazem um pedido no Ning Xia Happy Life, que vive enfiando menus debaixo da porta dos fundos de tudo que é apartamento.

Heidi confere as opções olhando de banda. "Tem menu de café da manhã? Musli de Sichuan Longa Marcha? Shake Mágico Longevidade de Goji? Com perdão da má palavra, que porra é essa?"

O rapaz que faz a entrega não é chinês, e sim latino, o que confunde Heidi mais ainda. "*Seguro usted tiene el correcto apartamento? A gente pediu comida chinesa. Chino, capisco?*"

Ao tirar a comida dos sacos, não se lembram de ter pedido nem metade do que encontram. "Prova isso aí", Maxine dando a Heidi um rolinho primavera duvidoso.

"Esquisito... explosão de sabores exóticos... Isso é... carne? Que tipo de carne que você acha que é?"

Fingindo consultar o menu: "Aqui só diz 'Rolo Benji'. Achei interessante, aí...".

"Cachorro!" Heidi corre e cospe o que consegue cuspir na pia. "Meu Deus! Essa gente come cachorro! Como que você foi pedir isso? Você nunca viu o filme? Você não teve infância... Aaahhh!"

Maxine dá de ombros. "Você quer que eu te ajude a induzir o vômito ou se vira sozinha?"

A Lula Bêbada de Doze Sabores está um pouco passada do ponto. As duas resolvem jogar pedaços de lula do alto até o prato, para ver até que altura eles sobem depois de quicar. A Surpresa Energética de Jade Verde vem numa caixa plástica que imita um estojo de jade da dinastia Qing. "A surpresa", arrisca Heide, nervosa, "é uma cabeça encolhida lá dentro." Na verdade, é mais brócolis do que qualquer outra coisa. O Combo Vegetariano Gangue dos Quatro, por outro lado, é delicioso, ainda que misterioso. Qualquer um que, comendo nas instalações físicas do restaurante Ning Xia, resolva impulsivamente perguntar a respeito da composição do prato terá por resposta apenas um olhar gélido. Os biscoitos da sorte chineses são ainda mais problemáticos.

"'Ele não é quem parece ser'", Heidi lendo o seu.

"O Carmine, está na cara. Ah, Heidi."

"Ora, Maxi. É só um biscoito da sorte."

Maxine abre o seu. "'Até mesmo o boi pode conter violência no coração.' O quê?"

"O Horst, está na cara."

"Que nada. Pode ser qualquer um."

"O Horst nunca foi... violento com você, sei lá...?"

"O Horst? É um cordeirinho. Quer dizer, tirando uma vez que ele começou a me esganar..."

"O quê?"

"Ah? Então ele nunca te contou."

"Quer dizer que o Horst..."

"Vem cá, Heidi — ele segurou meu pescoço com as mãos e apertou. Como é que se chama isso?"

"O que aconteceu?"

"Ah, tinha um jogo rolando na tevê e desviou a atenção dele, alguma jogada do Brett Favre ou sei lá quem. Não sei, o fato é que ele relaxou, foi pegar uma cerveja na geladeira. Uma lata de Budweiser Light, se não me engano. A gente continuou a discutir, é claro."

"Pô, foi por pouco."

"Até que não. Me esgana que eu gosto." Um rápido rufar com hashis na cabeça de Heidi.

O investigador Carmine Nozzoli, com acesso ao banco de dados federal sobre crimes, revela-se um colaborador inesperadamente prestativo, permitindo, por exemplo, que Maxine faça um rápido levantamento da ficha do namorado de Tallis, o tal vendedor de fibra óptica. À primeira vista Chazz Larday parece ser um típico marginalzinho que veio de algum canto dos Estados Unidos para fazer fortuna em Nova York, tendo emergido de algum caldo de cultura fervilhante e silencioso na costa do golfo do México, com uma ficha corrida cheia de registros locais, todo um catálogo de infrações menores que em pouco tempo deságuam em crimes federais, entre eles fraude de telemarketing via fax, formação de quadrilha para venda de cartuchos de toner reciclados com rotulação enganosa, mais todo um histórico de transportar caça-níqueis de um estado para outro onde o jogo é ilegal, e rodar por ruas secundárias em subúrbios do interior vendendo estroboscópios de infravermelho que fazem o sinal vermelho mudar para verde, para pilantras e adolescentes infratores que não gostam de parar em semáforo à toa, sempre agindo supostamente em prol da máfia sulista, uma vaga confederação de ex-presidiários e meliantes munidos de armas automáticas, os quais, em sua maioria, nem conhecem uns aos outros, nem sequer se gostam.

Carmine limita-se a sacudir a cabeça. "Essas coisas de máfia eu até entendo, respeito à família — mas esses sulistas brancos, é chocante."

"Esse Chazz já esteve preso?"

"Só por coisinhas pequenas, xilindró do interior, desses que a mulher do xerife vai levar comida pro cara, mas todas as acusações mais sérias, dessas ele escapou. Parece que tem costas quentes. Às vezes."

Ó sra. Plibbler, sua infernal ex-professora de artes dramáticas, valei-me mais uma vez, pensa Maxine, invocando a padroeira dos investigadores de fraudes, com ou sem registro oficial. "Oi! Eu estou ligando da hashslingrz! É o sr. Larday?"

"Vocês não têm este número de telefone."

"Ah, bom, eu sou a Heather do Jurídico, sabe? Tentando esclarecer uns detalhes de umas coisas que vocês combinaram com a nossa contadora, a sra. Ice?"

"Sra. Ice." Pausa. Depois de algum tempo no ramo, a gente aprende a compreender os silêncios ao telefone. Variam a duração e a profundidade, o fundo sonoro e a maneira como o silêncio é quebrado. Este silêncio em particular diz a Maxine que Chazz sabe que não devia ter dito o que disse.

"Desculpe, mas a minha informação não está correta? Então o combinado foi o com o *sr.* Ice?"

"Meu bem, ou você está totalmente por fora ou então você é uma dessas blogueiras de merda que ficam divulgando fofoca, seja lá o que for fica sabendo que a gente vai rastrear o teu aparelho, sabemos quem você é e onde você está e se for o caso a gente vai te pegar. Passe bem, ouviu?" Ele desliga, e quando ela faz uma nova ligação, ninguém atende.

Aquela ameaça tirada de alguma série policial não vai levar a nada, porém o mais importante é qual é a da Tallis, até que ponto ela pode ser inocente nessa história? Se está envolvida, até onde? E se é inocente, é só inocência ou inocência mais burrice?

Dado o nível geral de corrupção nessa história, Gabriel Ice é bem capaz de estar sabendo da garçonnière do casalzinho de namorados no East Harlem, talvez até banque o aluguel. E aí? Será que está usando a Tallis como mula para levar dinheiro escondido para a Darklinear Solutions? Por que tanto segredo, meu deus? Perguntas demais e teoria de menos. Maxine vê a própria imagem no espelho. No momento, seu queixo não está caído, mas bem que podia estar. O diagnóstico de Henny Youngman talvez fosse safena de percepção extrassensorial.

Vyrva, nesse ínterim, voltou de Las Vegas e da Defcon, não bronzeada por sol de beira de piscina, como era de se esperar, aliás Maxine chega a achá-la, como é que se diz, reservada? perturbada? esquisita? Como se tivesse acontecido alguma coisa em Vegas que não ficou por lá de todo, alguma coisa ruim que transbordou, como DNA de extraterreno pegando uma carona sem ser visto na viagem de volta ao planeta Terra, para aprontar aqui o que tiver que aprontar quando chegar a hora.

Fiona continua na colônia de férias, trabalhando numa adaptação para o Quake de *A noviça rebelde* (1965). Fiona e seu grupo fazem os papéis dos nazistas.

"Você deve estar sentindo falta dela."

"Claro que estou", um pouco depressa demais.

Maxine coloca suas sobrancelhas na posição assimétrica que exprime "eu disse alguma coisa?".

"É até bom ela não estar aqui agora, porque está virando

uma loucura, todo mundo atrás do DeepArcher, os rapazes foram atacados a sério em Las Vegas, um depois do outro, a NSA, o Mossad, representantes de terroristas, a Microsoft, a Apple, umas *startups* que não vão durar nem um ano, dinheiro velho, dinheiro novo, enfim."

Por estar na sua cabeça, Maxine acrescenta: "A hashslingrz também, imagino".

"Claro. Nós dois, eu e o Justin, um casal de turistas inocentes andando pelo Caesars, de repente me aparece o Gabriel Ice, na tocaia atrás de um bufê, com uma pasta cheia de material de lobby."

"O Ice estava na Defcon?"

"No Briefing do Chapéu Preto, uma espécie de conferência sobre segurança que tem todo ano uma semana antes da Defcon, um hotel-cassino cheio de caras que são capazes de hackear até uma lâmpada, segurança de empresa, gênio de criptografia, farejador, enrolão, designer, especialista em engenharia reversa, gente de rede de televisão, todo mundo que tem alguma coisa pra vender."

Elas estão em Tribeca, um encontro por acaso numa esquina. "Vem, vamos tomar um café gelado."

Vyrva faz menção de consultar o relógio, reprime o gesto. "Vamos sim."

Encontram um lugar e mergulham no bendito ar-condicionado. Está rolando algum lance astrológico, Júpiter, o planeta da grana, em Peixes, o signo de tudo que é escorregadio. "Sabe..." Vyrva suspira. "De repente pode entrar uma boa grana."

Aah. "E antes não ia?"

"Sério, que diferença faz quem vai ser o dono da porra do código-fonte? Afinal, o código não é um ser consciente, o Deep-Archer está lá, qualquer um pode usar, não tem nenhum questionário moral nem nada, né? É só uma questão de grana. Quem vai acabar levando quanto?"

"Só que no meu trabalho", Maxine com jeito, "o que eu mais vejo é pessoas inocentes fechando negócio com a turma do mal, pra ganhar dinheiro numa quantidade nunca imaginada antes, e tem uma hora que a coisa toda leva elas de roldão, elas afundam e às vezes nunca mais voltam à superfície."

Mas Vyrva já está longe, a rua quente lá fora, os cúmulos se acumulando sobre Nova Jersey, a hora do rush chegando, tudo muito longe do lugar onde ela está, seja lá onde for, palmilhando algum interior exclusivo do DeepArcher, a sequência de cliques por ela percorrida desaparecendo atrás dela como pegadas no ar, como conselhos dados de graça que não foram ouvidos, de modo que Maxine conclui que a coisa vai mesmo acontecer, seja lá o que for, seja lá o que estiver escrito no contrato.

20.

Sempre com a ajuda do prestativo investigador Nozzoli, Maxine conseguiu uma foto de Eric Jeffrey Outfield tirada para o documento de identidade, e munida da foto, além de uma pequena lista fornecida por Reg dos lugares mais frequentados por Eric, numa noite abafada de agosto ela vai até o Queens, a uma boate de striptease chamada Cherchez la Chochotte. Fica numa rua que corre paralela ao Long Island Expressway, com um cartaz de neon que representa uma stripper de ar lascivo, piscando um olho de cada vez.

"Oi, me mandaram falar com o Stu Gotz."

"Lá nos fundos."

Será que ela estava esperando um camarim de musical da Broadway? O que ela encontra é uma espécie de banheiro feminino reformado a tapa, dividido em baias, e por aí vai — se bem que em algumas delas há estrelas de purpurina coladas nas portas —, garrafinhas vazias de bebida espalhadas no chão, beatas e baratas, lenços de papel usados, nada que lembre um cenário de Vincente Minnelli.

Stu Gotz está em seu escritório, com um cigarro numa das mãos e um copo de papel com algum conteúdo ambíguo na outra. Em breve o cigarro será jogado dentro do copo. Ele corre os olhos por Maxine de alto a baixo. "Quer fazer um teste, a noite das MILFs é terça, pode vir."

"Terça é a noite da minha reunião de Tupperware."

A reação é um olhar lúbrico e pensativo. "Bom, se você quiser agora…"

"Na verdade, é mais uma investigação que eu estou fazendo, sabe? Preciso localizar um dos seus frequentadores."

"Você é da polícia?"

"Não exatamente, sou tipo uma contadora."

"Bom, não vá pensar por causa dessa atmosfera familiar que eu conheço todo mundo aqui pelo nome. Até conheço, mas é tudo a mesma coisa, não é? Bando de fracassado."

"Pô. É assim que você fala da sua clientela?"

"Uns *geeks* desempregados que na verdade ficam mais à vontade, com todo respeito, batendo punheta na frente duma tela do que em qualquer situação da vida real. Desculpa a falta de solidariedade. Pode pegar aí à vontade, qual é o seu manequim? É trinta e seis, não é? Não se preocupa que você vai achar alguma coisa do seu tamanho."

Bem, Maxine não é mais trinta e seis desde o tempo em que trinta e seis era mesmo trinta e seis, e não como hoje, quando por motivos comerciais um manequim trinta e seis pode ser equivalente até o que antigamente era cinquenta. Ou mais. Ela tem o bom senso de não agradecer o comentário jocoso, apenas dá de ombros e começa a examinar o que há dentro de um guarda-roupa surrado encostado na parede, cheio de lingerie que alguém deve achar glamorosa, roupas de interesse para subculturas específicas — hábito de freira, uniforme escolar, traje de princesa guerreira — e sapatos de salto agulha, cada par mais, digamos, sedutor que o anterior, não exatamente sapatos de grife, mais de depósito da Payless, o tipo de sapato que faz os podólogos sonharem com Ferraris e aulas particulares de golfe com Tiger Woods.

Ela escolhe um par de sapatos de plataforma de um azul-esverdeado brilhante, mais uma malha cavada coberta de lantejoulas e meias longas, da mesma cor. Tudo perfeito, só que... "Ah, sr. Gotz?"

"Tudo lavado a seco e desinfetado, minha querida, dou minha palavra." De algum modo ainda desconfiada, Maxine veste o traje sedutor por cima da meia-calça, respira um pouco, pensativa, e atravessa uma cortina de cristais Swarovski falsos, adentrando a penumbra barulhenta e gélida de ar-condicionado da Cherchez la Chochotte. Duas ou três moças estão postadas ao longo do bar, espaçadas, massageando a boceta, fixando a distância com um olhar semidesbundado. Pelo visto há um poste desocupado, e Maxine parte em direção a ele, pois curiosamente ela sabe fazer alguns movimentos, graças à academia onde vai malhar de vez em quando, a Poste e Postura, bem ao sul da rua 14, naquela região vanguardista onde a *pole dance* já faz parte do repertório ginástico, embora no Upper West Side ainda seja considerada por muitos — mais exatamente, por Heidi — uma coisa fatalmente ignominiosa.

"Maxi, sua pobre reprimida, por que é que você não compra um vibrador, ouvi dizer que tem uns à venda que são capazes de funcionar até com você."

"Heidi, sua caretona moralista, por que é que você não vem comigo uma vez, experimenta o poste, quem sabe você não acaba redescobrindo a garota da fuzarca que tem dentro de você."

O plano de Maxine é improvisar um quadro de noite das MILFs enquanto dá uma geral nos rostos da plateia, na tentativa de encontrar um que bata com o da foto do documento de Eric.

Segundo Reg, por conta de algumas questões conspiratórias do Eric — coisa de *geek* —, o jovem ás da informática raspou o bigode que aparece naquela foto oficial, mas por ora não mudou a cor do cabelo.

Ela faz questão de tirar da bolsa um pacote de Perfex e, com caprichos de dona de casa, desinfetar o poste, lentamente acariciando-o de alto a baixo enquanto lança olhares tímidos a seu redor. A iluminação azul fluorescente tinge todas as peles do mesmo tom pálido, como se estivessem permanentemente manchadas por excesso de radiação de catodo.

Stu Gotz, ou outra pessoa qualquer, tem a bondade de pôr para tocar uma seleção da noite das MILFs, contendo muita disco music, mais umas faixas de U2, Guns N' Roses, Journey. E, para agradar aquele público, um excesso de Moby para o gosto de Maxine, com a possível exceção de "That's When I Reach for My Revolver".

Os peitos de Maxine nunca foram considerados Peitões, se bem que os peitólogos aqui reunidos não estão nem aí para isso, desde que os peitos em questão estejam nus. A única parte do seu corpo em que ninguém vai estar prestando atenção são seus olhos. O tal Olhar Masculino do qual lhe falam desde os tempos do segundo grau não vai cruzar com sua contraparte feminina tão cedo.

No decorrer de uma sequência de movimentos que é mais do que feijão com arroz mas não chega a ser *coq au vin*, e que inclui inversões básicas, descidas helicoidais e bolinações no poste de cabeça para baixo etc. e tal, Maxine percebe um cidadão isolado numa curva remota do bar, bebendo dir-se-ia implacavelmente, como depois será constatado, Jägermeister com Bacardi 151, por um canudinho fosforescente enfiado num copo de papel de meio litro que ele trouxe para a boate, e não manifestando nenhum sinal de intoxicação alcoólica, o que pode ser indício de imunidade antinatural ou de desespero incurável. Maxine se espicha em direção a ele, e não dá outra — o próprio Eric Jeffrey Outfield, o *supergeek*, igualzinho, tirante a ausência de bigode e a presença de uma mosca recém-cultivada no queixo, à foto do documento. Traja uma calça cargo com um padrão de camuflagem cujas cores sugerem uma zona de combate remotíssima, se não extraterrestre, e uma camiseta que proclama, em fonte Helvetica, <P> *GEEK* DE VERDADE USA PROMPT DE COMANDO </P>, e mais um Bat-cinto que faz mais barulho que um chocalho e contém controles remotos para televisão, som e ar-condicionado, além de caneta laser, bipe, abridor de garrafa, alicate, voltímetro e lente, todos tão minúsculos que é difícil imaginar que tenham alguma funcionalidade.

Mais ou menos nessa hora começa a tocar "Canned Heat" do Jamiroquai, com uma batida de baixo a que Maxine jamais conseguiu resistir, e numa espécie de êxtase pós-disco por alguns instantes ela esquece por que motivo está ali, ignora o poste e entrega-se à dança pura e simples, e quando a música se transforma em "Cosmic Girl" Maxine está dançando de cócoras no bar, bem em frente a Eric, que parece estar mais fascinado pelos sapatos fluorescentes dela do que por qualquer outra coisa, e lá ela permanece até que a fita termina e todo mundo dá uma parada, quando então Maxine se instala no balcão num banco ao lado do dele.

"Estou sem nota de um", ele vai logo dizendo.

"Amorzinho, é a ressaca do NASDAQ, todo mundo se ferrou, é uma merda, mas de repente você pode me fazer um favor, eu sou nova aqui e você tem cara de ser pelo menos um semi-habitué, será que você sabe onde que fica a sala VIP?"

"Também não tenho de vinte, não."

"Sem compromisso."

"E daqui a pouco você vai dizer 'peraí!'." Ele contempla

seu drinque letal com um olhar irônico por alguns instantes, como se a resposta a algum problema pessoal seu estivesse prestes a emergir, impressa num dos lados de um dodecaedro, depois ginga devagar e cuidadosamente se põe de pé. "Estou indo pro banheiro, vem, fica no caminho."

Ele a faz seguir para os fundos e descer uma escada. A luz pende cada vez mais para a extremidade vermelha do espectro. Lá de baixo emanam arranjos românticos para cordas que Maxine imaginava terem sido aposentados nos anos 70, e que agora não parecem nem um pouco mais convidativos do que na época.

"Estou aqui, se você quiser conversar. É de graça. Palavra de honra."

A sala VIP é de proporções aconchegantes, mais parece um quarto de despejo. Telas de vídeo, algumas mostrando apenas ruído, outras com velhos filmes pornográficos em Kodachrome de baixa resolução, estão espalhadas aqui e ali nas paredes. Nas mesas, mulheres sozinhas dando um tempo para fumar um cigarro. Outras montadas em clientes na penumbra de veludo manchado das "cabines de privacidade" nos fundos. Há um minibar com duas prateleiras contendo garrafas cujos rótulos Maxine não identifica de imediato. "Você é nova aqui", observa a moça do bar com cara de dondoca, com uma voz arrogante pouco condizente com o beicinho do qual ela emerge. "Bem-vinda ao paraíso dos *geeks*. O primeiro *mojito* é por conta da casa, depois é com você."

"Abrindo o jogo", diz Maxine, "eu não estou nessa, nao, achei que hoje era a noite das MILFs, pelo visto me enganei."

"Trouxe um cliente?"

"Só o sobrinho da minha vizinha, ela me pediu pra ficar de olho nele. Um amor de menino, sabe, o problema é que não sai da internet o dia todo."

Quando então a cabeça de Eric surge por entre as contas da cortina.

"Epa, esse aí não, esse já mandaram pastar, ô tarado, quer que eu chame o Porfirio de novo pra ele te mostrar onde que fica a rua?"

"Tudo bem", Maxine sorrindo, dando de ombros, saindo pela porta afora. "Tranquilo."

"Babacas", murmura Eric, "eu tenho culpa de gostar de pé?"

"Onde que você mora? Eu te levo em casa."

"Manhattan, sul."

"Vem, eu pago o táxi. Espera só eu trocar de roupa um minuto."

"Eu espero lá fora."

"Qual é desse Pezeiro", Stu Gotz quer saber quando ela já está à paisana de novo. "Olha as más companhias."

"Ah, trabalho é trabalho."

"Por falar nisso — aproveito pra te oferecer um contrato de um mês, desde que você participe do nosso Seminário Introdutório, que vai te apresentar as muitas variedades de tecnoescrotidão e desajuste psicossocial que infelizmente tendem a predominar na nossa clientela."

Ela aceita o cartão, que algum dia pode acabar lhe sendo útil, ainda que nenhum dos dois seja capaz de imaginar como, no momento.

Eric mora num estúdio no quinto andar de um prédio sem elevador na Loisaida Avenue, com um banheiro sem porta encaixado num canto e no outro um micro-ondas, uma cafeteira e uma minipia. Caixas de bebidas usadas para guardar objetos pessoais estão empilhadas a esmo, e a maior parte do pouco espaço livre do assoalho está coberto de roupa suja, caixas vazias de pizza e de comida chinesa para viagem, garrafas vazias de Smirnoff Ice, exemplares velhos de *Heavy Metal*, *Maxim* e *Anal*

Teen Nymphos Quarterly, catálogos de sapatos para mulheres, discos de SDK, controles de jogos e cartuchos de Wolfenstein, DOOM e outros. A tinta está descascando em trechos selecionados do teto, e o acabamento da janela é basicamente sujeira da rua. Eric encontra uma ponta de cigarro um pouco mais comprida que as outras dentro de um tênis de corrida que ele está usando como cinzeiro e a acende, se arrasta até a imunda cafeteira elétrica, verte um pouco de café frio do dia anterior numa caneca em que há um retângulo contornado pelas palavras CSS É DEMAIS. "Ah. Quer um pouquinho?"

Eles acendem um baseado, Eric confortavelmente instalado no chão. "Bom", com uma voz que ela espera que esteja bem firme, "e essa história de pé?"

"Vem cá, tira o sapato, não se preocupe. Não pisa no chão, não, pode pôr eles em mim."

"Boa ideia."

Há muito tempo, aliás nunca antes seus pés receberam tanta atenção. Maxine tem um momento de pânico, perguntando-se — será que eu sou uma pervertida, de permitir uma coisa dessas? Eric, com um sorriso extrassensorial, olha para ela e balança a cabeça. "É, sim."

Os pés de Maxine repousam no colo dele por um tempo, e não há como não perceber que ele, bom, está de pau duro. Na verdade, para fora da calça e entre os pés dela, e meio que indo para cima e para baixo... Não que esse tipo de coisa aconteça com ela muitas vezes, e talvez por isso ela começa a explorar, tímida, a possibilidade de manejar, ou talvez "pedejar", o órgão excitado, ela que sempre conseguiu usar os dedos dos pés para pegar meias, chaves e moedas caídas, as solas, seria efeito da cannabis?, com uma sensibilidade inexplicável, em particular junto aos calcanhares, lugar que, segundo lhe disseram os reflexologistas, está diretamente ligado ao útero... ela desliza os dedos lisos de um dos pés sob as bolas dele e com os do outro começa a acariciar o pênis, depois de algum tempo troca os pés, só para ver o que acontece, movida apenas pela curiosidade intelectual, é claro...

"Eric, que é isso, você... gozou, nos meus pés?"

"Hm, é, quer dizer, não exatamente, eu estou de camisinha, não é?"

"Por quê, medo de pegar fungo?"

"Não se ofenda, é que eu gosto de camisinha, às vezes eu boto só por botar, sabe?"

"O.k..." Maxine olha rapidamente para o pau dele, e suas lentes de contato viram do avesso e voam para longe. "Eric, desculpe, mas isso aí é alguma doença de pele nojenta?"

"Isso? Ah, não, é só uma camisinha de grife, da Coleção Expressionista Abstrata da Jontex, se não me engano, pega aí..." Tira o preservativo e faz menção de entregar a ela.

"Precisa não, precisa não."

"Foi bom pra você?"

Mas que gracinha. E aí? Foi? Ela inclina a cabeça e sorri, torcendo para não parecer personagem de comédia enlatada.

"Você não costuma fazer isso sempre."

"Nem tanto, como diz o Daddy Warbucks..." Agora ele está com aquela expressão atenta de garoto que saiu com a namorada. Deixe de ser besta uma vez na vida, Maxine. "Escute aqui, Eric. Vamos abrir o jogo, tudo bem?" Conta a ele o que havia combinado com Reg.

"O quê? Você foi naquela boate de propósito, atrás de mim? Pô, Reg, valeu, cara. Qual é a dele de ficar me vigiando?"

"Fica tranquilo, tenta me ver como uma versão careta de você, vê se me entende. Você é que banca o fora da lei, altas aventuras na deep web, quem você acha que se diverte mais, eu ou você?"

278

"Certo." Eric lhe dirige um olhar rápido — Maxine está a observá-lo, senão não teria percebido. "Você acha que a deep web é divertida, de repente eu devia te levar lá um dia desses. Pra te mostrar como é."

"Ótimo. Combinado."

"Falando sério?"

"Pode ser uma coisa romântica."

"Romantismo é raro, é mais uma coisa bem direta, diretórios que você tem que acessar e buscar por conta própria, porque nenhum rastreador faz isso, não tem nenhum link que leve lá. De vez em quando pinta um lance bizarro, tipo assim uma coisa que alguém, a hashslingrz sei lá, quer manter escondido. Ou então site perdido porque o link quebrou, ou a empresa faliu, ou todo mundo está cagando pra ele..."

A deep web, para o senso comum, consiste basicamente em sites obsoletos e links quebrados, um grande depósito de lixo. Como no filme A *múmia* (1999), algum dia virão aventureiros aqui para escavar relíquias de dinastias remotas e exóticas. "Mas isso é só aparência", segundo Eric — "por trás disso tem todo um labirinto invisível de obstáculos, colocados lá de propósito, tem lugares que dá pra entrar, outros que são fechados. Esse código de comportamento secreto você tem que aprender e obedecer. É um lixão, mas tem uma estrutura."

"Eric... e se tivesse uma coisa lá no fundo que me interessa pesquisar..."

"Ehhh. E eu achando que você me amava pelo meu perfil psicossexual. Eu devia ter adivinhado. É a história da minha vida."

"Não, não, nada disso — o site que eu estou falando, de repente ele nem existe, é um negócio do tempo da Guerra Fria, pode ser só uma fantasia maluca, viagem no tempo, óvnis, controle mental..."

"Sinistro. Continua."

"Talvez esteja muito criptografado. Se eu quisesse entrar, eu ia precisar de um *geek* totalmente fodão nessas coisas de criptografia."

"É comigo mesmo, mas..."

"Pô, eu contrato você, eu sou profissional, pergunta pro Reg."

"Claro que ele vai dizer que é, foi ele que juntou nós dois. Ele devia estar me cobrando por ter encontrado você." Segurando um dos sapatos dela com um ar, digamos, esperançoso.

"Você não estava pretendendo..."

"Até estava, mas se você tem que ir, eu entendo, deixa que eu calço você..."

"Esse sapato é meio informal demais, você não acha? Você tem cara de gostar mais de Manolo Blahnik."

"Sabe o Christian Louboutin? O daqueles saltos agulha de doze centímetros? Sinistro."

"Acho que já vi umas imitações."

"Imitação, por mim, tudo bem."

"Da próxima vez, quem sabe..."

"Promete?"

"Não?"

Quando ela chega em casa, o telefone está tocando. Fora do gancho. Vários recados na secretária, todos de Heidi.

Que quer saber, em última análise, por onde Maxine andou.

"Fazendo contatos. Uma coisa importante, Heidi."

"Ah. Eu só estava querendo saber... quem é o novo carinha."

"O no..."

"Vocês foram vistos outro dia lá no café sino-dominicano. Diz que estavam muito envolvidos, um só tinha olhos pro outro."

"Tipo", ela provavelmente não devia estar dizendo isso, "FBI ou coisa parecida, Heidi, é trabalho... Eu pus os gastos na conta de viagem e entretenimento."

"Você põe tudo nessa conta, Maxine, bala de hortelã, guarda-chuva de jornaleiro, o que eu e o Carmine não conseguimos entender é por que você vive pedindo pra gente te ajudar a entrar no banco de dados do Centro Nacional de Informações sobre o Crime, ainda mais agora que você está saindo com esse tipo Eliot Ness."

"Aliás, por falar nisso..."

"Outra vez? O Carmine, não que ele se incomode, de modo algum, mas ele quer saber se dava pra você retribuir um desses favores que ele está fazendo pra você."

"Retribuir como?"

"Bom, por exemplo, em relação ao cadáver do Deseret e esse mafioso que pelo visto você também está namorando ao mesmo tempo."

"Quem, o Rocky Slagiatt? Quer dizer que agora ele virou suspeito? E que história é essa de namorando?"

"É, claro, nós ficamos achando que você e o sr. Slagiatt estão..." A essa altura, o sorriso debochado, que é a marca registrada de Heidi, está estampado em sua voz.

Maxine mergulha por um minuto num dos exercícios de visualização de Shawn, no qual sua Beretta, bem à mão, transformou-se numa colorida borboleta californiana, dedicada, tal como a Mothra, à causa da paz. "O sr. Slagiatt está me ajudando num caso de apropriação indébita, a confiança mútua é essencial, motivo pelo qual não dá pra eu entregar ele às autoridades, não é, Heidi."

"O Carmine só quer saber", Heidi implacável, "se o sr. Slagiatt alguma vez mencionou o ex-cliente dele, o falecido Lester Traipse."

"Papo sobre investidor de risco? Isso a gente não costuma fazer, não."

"Quebra o clima no silêncio de depois, eu sei, o que eu não

entendo é como você acha tempo pra sair com um burocrata de Washington nas horas vagas…"

"Quem sabe ele é uma pessoa interessante…"

"'Interessante'. Ah." O irritante "ah" em staccato de Heidi. "E o Hitler dançava bem, tinha um excelente senso de humor, puta que o pariu, não dá pra acreditar, a gente assiste os mesmos filmes no Lifetime, é sempre um cara assim que acaba sendo sociopata, que come a recepcionista, rouba o dinheiro do leite das crianças, que envenena aos poucos a noiva inocente botando inseticida na granola dela."

"Tipo assim…", inocentemente, "*cereal killer?*"

"Só porque uma vez eu te fiz propaganda de policial? Você acreditou?"

"Ele não é policial. A gente não casou. *Oi?* Heidi? Pelo amor de deus, para com isso."

21.

Depois de um dia perambulando pela enorme bacia comercial da interface SoHo-Chinatown-Tribeca, Maxine e Heidi
se veem uma tardinha no East Village procurando um bar onde
Driscoll vai cantar com uma banda *nerdcore* chamada Pringle
Chip Equation, quando súbitas lufadas de um cheiro, a essa distância ainda não intenso, mas estranhamente nítido em sua pureza, enquanto elas caminham pelo lusco-fusco úmido, começam
a assediá-las. Logo, descendo o quarteirão, gritando em pânico,
apertando o nariz e por vezes a cabeça, vêm civis correndo.
"Acho que já vi esse filme", diz Heidi. "Que cheiro é esse?"

Eis que aparece Conkling Speedwell, empunhando seu Naser, que aliás parece ter sido usado recentemente, com o cone
cravejado de LEDs a piscar com truculência. Vem acompanhado
de um pequeno destacamento de seguranças particulares com
uniformes de combate de grife, dotados de ombreiras em forma
de frasco de Chanel nº 5, com FORÇA DA FRAGRÂNCIA escrito na
parte da tampa, e o logotipo do C espelhado ladeado por pistolas
Glock.

"Uma armação policial", Conkling explica. "Um caminhão cheio de mercadoria falsa vinda da Letônia, a gente fingiu que ia fazer uma compra, mas foi tudo por água abaixo." Aponta para um infeliz trio de minimafiosos de Pardaugava, semidesmaiados junto a uma porta. "Eles vão se recuperar, é só choque de aldeído, acertei o lóbulo principal, maximizei o almíscar sintético pré-guerra e essência de jasmim, certo?"

"É o que qualquer um faria no caso." E por falar em química, o que, cá entre nós, está rolando de repente entre Heidi e Conkling?

"Vem cá… você está usando Poison?" O nariz de Conkling, na penumbra, ganhou uma luminescência que pulsa lentamente.

"Como que você adivinhou?" Batendo cílios e o escambau. E o mais irritante é que justamente o Poison há muito tempo gera atrito entre Heidi e Maxine, em particular por Heidi insistir em usar a fragrância em elevadores. Por toda a cidade, às vezes até anos depois, há elevadores que ainda não se recuperaram da passagem de Heidi, por mais rápida que tenha sido, alguns deles tendo até sido obrigados a frequentar Clínicas de Recuperação para Elevadores a fim de se desintoxicar. "Você tem que parar de se sentir culpado, você foi uma vítima…"

"Eu devia ter fechado a porta pra ela e subido até o último andar…"

Nesse ínterim, lá vem a polícia, mais o esquadrão antibombas, duas ambulâncias e a equipe da SWAT.

"Ora, quem eu vejo, o garoto."

"Moskowitz, o que é que você está fazendo aqui?"

"Eu estava com um pessoal lá na Krispy Kreme e por acaso captei esse cheiro no dispositivo… Ora, e não é ele aí, com as luzinhas piscando, o famigerado Naser?"

"Ah… o quê, isso aqui? Não, não, é só um brinquedo pras crianças, ouve só", acionando com um botão de disfarce um chip de som que começa a tocar "Baby Beluga".

"Muito bonito, e que espécie de idiota você acha que eu sou, Conkling?"

"Um idiota prodígio, eu diria, mas olha só, Jay, tem uma van aí cheia de Chanel nº 5 que é bem capaz de se perder antes de chegar na delegacia se ninguém ficar de olho."

"Ora, pois é o perfume favorito da minha querida patroa."

"Bem, nesse caso."

"Conkling", Maxine adoraria ficar para um papo, mas "se você por acaso conhece um bar aqui nesse pedaço chamado Vodkascript, a gente está procurando por ele."

"Vocês passaram, uns dois quarteirões pra aquele lado."

"Se você quiser nos acompanhar", Heidi tentando conter a empolgação excessiva.

"Não sei quanto tempo a gente vai ficar aqui..."

"Ah, vamos", diz Heidi. Hoje ela traja jeans e um conjuntinho de camiseta e blusa de malha num tom pouco aconselhável de tangerina, apesar, ou por causa do qual Conkling está encantado.

"Pessoal, a gente termina essa papelada lá na rua 57, o.k.?", diz Conkling.

Foi rápido, hein. Pensa Maxine.

No Vodkascript eles encontram um ambiente cheio de rastafinancistas, cibergóticos, programadores desempregados, moradores do norte de Manhattan sempre em busca de uma vida menos vazia, todos espremidos dentro de um ex-boteco de bairro sem ar-condicionado e com excesso de amplificadores, ouvindo a Pringle Chip Equation. A banda toda usa armações de óculos de nerd e, como todos os fregueses, sua em bicas. O guitarrista principal empunha uma Epiphone Les Paul Custom, e o tecladista pilota um Korg DW-8000, havendo também um músico que toca uma variedade de metais e um percussionista munido de uma ampla gama de instrumentos tropicais. A convidada especial de hoje, Driscoll Padgett, de vez em quando participa como vocalista. Maxine nunca imaginou que o repertório de indumentárias de Driscoll incluísse o popular "pretinho básico", e no entanto lá está o próprio, em sua mais recente edição. Cabelo preso no alto, revelando, para surpresa de Maxine, um daqueles rostinhos docemente hexagonais de modelo em início de carreira, olhos e lábios com pouca maquiagem, o queixo decidido como se ela estivesse começando a encarar a vida a sério. Um rosto, Maxine é levada a concluir, que finalmente desabrochou...

> Bons tempos do Beco,
> ninguém ficava a seco,
> a gente era os donos do pedaço...
> *geeks* a mil por hora,
> naquela nova aurora,
> donos do tempo e do espaço...

> Ao sul daquela placa
> da DoubleClick, nós éramos
> rebeldes com uma causa,
> nerds só temporários,
> em breve milionários
> com um mero clique do mouse...

> Era real?
>   era mais
> do que um devaneio
> na hora do recreio,
> um sonho que não volta nunca mais?
> Será que a gente sentia...
> bem perto da beira da tela,
> o mundo real nos deixando pra trás...

Quando aquele tempo feliz
de altos e baixos, boas-novas
e manobras erradas some à distância,
as ruas continuam pululando
de gente jogando e sonhando
tal como era no tempo
que deixou tanta saudade e ânsia...
Agora estou num lugar novo,
o aluguel é alto, as datas mentem,
Não somos mais a bola da vez,
Me procura, não desiste,
Quem sabe, embora mais triste,
Um dia você me encontra
Outra vez...

No intervalo, Driscoll acena para eles e se aproxima.

"Driscoll, Heidi, e esse aqui é o Conkling."

"Ah, sei, o cara cismado com", olha depressa para Maxine, "o Hitler. E aí, como que ficou aquela história?"

"Hitler", Heidi piscando violentamente, espalhando pedaços de rímel, como se fosse um astro do rock que ela e Conkling tivessem em comum.

Puta merda, Maxine semimurmura, tendo descoberto apenas recentemente a velha obsessão de Conkling não com Hitler em geral, e sim com a questão ainda mais pontual — qual era o cheiro de Hitler? Exatamente? "Quer dizer, claro que era o cheiro típico de vegetariano, não fumante, mas... qual a colônia que Hitler usava, por exemplo?"

"Sempre achei que fosse 4711", Heidi respondendo um pouco mais depressa do que faria uma pessoa normal.

Conkling fica mesmerizado na mesma hora. O tipo de coisa que se vê nos primeiros desenhos animados de Disney. "Eu também! Onde que você..."

"Só um chute, o Kennedy também usava, não é? E os dois homens, mutatis mutandis, tinham o mesmo tipo de, tá ligado, carisma?"

"Isso mesmo, e se o Kennedy jovem pegou a colônia do pai — na literatura tem vários exemplos do modelo de transmissão de pai pra filho —, a gente sabe que o Joseph Kennedy admirava Hitler, de modo que faz sentido que ele quisesse ter o mesmo cheiro que ele, e se você leva em conta que na frota do almirante Dönitz todo submarino era constantemente perfumado com 4711, eram barris e mais barris em cada viagem, e que além disso o Dönitz foi escolhido pessoalmente por Hitler para ser seu sucessor..."

"Conkling", Maxine delicadamente e não pela primeira vez, "isso não implica que o Hitler gostava de submarino; àquela altura não tinha mais ninguém em que ele confiasse, quer dizer, qual é a lógica do raciocínio?"

De início, achando que Conkling estava apenas desenvolvendo uma tese em voz alta, Maxine estava disposta a encarar a coisa com condescendência. Mas logo começou a ficar vagamente alarmada, reconhecendo, por trás da fachada de curiosidade saudável, o olhar fixo do fanático. A certa altura ele mostrou a Maxine uma "foto divulgada pela imprensa na época" em que Dönitz dá de presente a Hitler um gigantesco frasco de 4711, com a etiqueta claramente legível. "Pô", tendo o cuidado de não agitar Conkling, "merchandising é isso aí, hein. Posso xerocar isso?" Era só uma ideia, mas ela queria mostrar a foto a Driscoll.

Imediatamente, a moça revirou os olhos. "Isso é Photoshop. Olha só." Driscoll abriu seu laptop, clicou em alguns websites, digitou umas palavras de busca e por fim exibiu uma foto de julho de 1942 de Dönitz e Hitler, idêntica à de Conkling, só que nela os dois homens limitam-se a trocar um aperto de mãos. "É só aumentar o ângulo do braço do Dönitz alguns graus, encontrar uma imagem do perfume, pôr do tamanho que você quiser e colocar na mão dele, e deixar o braço do Hitler tal como está, que parece que ele vai pegar o vidro, está vendo?"

"Acha que vale a pena contar isso pro Conkling?"

"Depende de onde ele arranjou a foto e quanto pagou por ela."

Quando Maxine, nada tímida, perguntou a ele, Conkling pareceu ficar constrangido. "Sabe esses encontros pra trocas... em Nova Jersey... sempre pintam umas coisas do nazismo, não é... Olha, pode ter uma explicação — pode ser uma foto de propaganda nazista autêntica, não é, que eles mesmos alteraram, pra fazer um cartaz, ou..."

"Mesmo assim, você devia consultar um perito — ah, Conkling, tem alguém na outra linha, vou ter que desligar."

Desde então, ela tenta manter os contatos com ele no plano profissional. Conkling atenua as referências a Hitler, mas isso só tem o efeito de deixar Maxine nervosa. Talentos extremos como o desse *überschnozz*, ela aprendeu há muitos anos no campus da Universidade da Fraude de Nova York, muitas vezes têm uma telha a menos.

Heidi, é claro, acha isso fofo. Quando Conkling sai de fininho para ir ao banheiro, ela se inclina até suas cabeças se encostarem e murmura: "Aí, Maxine, tudo bem com você?".

"Você quer dizer", ligando a chave de amiguinha da protagonista, "tipo assim 'Bird Dog' dos Everly Brothers, bem, que eu saiba o Conkling não é codorna de ninguém no momento, além disso você só ataca homem casado, não é, Heidi?"

"Aahhh! Você nunca vai..."

"E o Carmine, passional, italiano e é claro que ciumento, uma receita infalível pra Naser versus Glock no clímax do filme, não é?"

"Eu e o Carmine estamos numa felicidade besta, não, eu

estou só pensando em você, Maxine, minha melhor amiga, não quero ser uma pedra no seu caminho…"

Quando então Conkling volta do banheiro, e o nível do sacarômetro desce para níveis menos alarmantes.

"Banheiro fascinante. Não chega a ter a complexidade de um Welcome to the Johnsons, por exemplo, mas é cheio de histórias velhas e novas."

Telefonema de Axel da secretaria da Receita, a última do Vip Epperdew, pelo visto ele quebrou a fiança e fugiu da jurisdição. "O jovem casal sumiu também. Talvez pra outro lado, talvez todos juntos."

"Quer que eu te arrume um cara bom em localizar pessoas?"

"Pra quê? O problema não é mais nosso. A Muffins and Unicorns está em recuperação judicial, as contas do Vip estão todas bloqueadas, as obrigações tributárias estão sendo negociadas, a mulher dele está pedindo o divórcio e está prestes a tirar licença de corretora imobiliária, é happy end pra tudo que é lado. Peraí que vou pegar um lenço de papel."

Maxine, para quem a conta do Uncle Dizzy é uma espécie de tutorial para controle da raiva, passa uma ou duas horas examinando xeroxes dos recibos e diários de Diz, faz um intervalo e encontra Conkling examinando números antigos da revista Fraud. "Por que que você não falou nada?"

"Você parecia estar muito ocupada. Não quis te interromper. Só um parecer sobre aquele produto, o 9:30 — consultei uma colega, a gente se conhece desde os tempos da IF&F. Ela é que tem o dom da olfação — ela pré-cheira coisas que ainda vão acontecer. Às vezes um cheiro atua como gatilho. Dessa vez foi mais um detonador — ela deu uma cheirada na amostra de ar que levei a ela e foi como se fosse óxido nitroso." Sua amiga já estava há semanas num estado de pânico, ofegante, acordando no meio da noite sem motivo, instigada de leve, mas com insistência, por um *sillage* invertido, uma trilha deixada pelo futuro. "Ela diz que ninguém que esteja vivo jamais sentiu um cheiro assim, como o acorde tóxico que ela tem captado, amargo, indólico, cáustico, 'como respirar agulhas', é o que ela diz. Moléculas patenteadas, substâncias sintéticas, ligas metálicas, tudo sujeito a uma oxidação catastrófica."

"O que quer dizer o quê, incêndio?"

"Pode ser. Ela já antecipou vários incêndios, inclusive uns grandes."

"E aí?"

"Ela vai embora de Nova York. Dizendo a todo mundo pra fazer a mesma coisa. Como a colônia 9:30 tem uma ligação com Washington, D.C., ela também não vai pra lá, não."

"E você, vai ficar em Nova York?"

Um mal-entendido. "Esse fim de semana? Não ia, não, mas aí conheci uma pessoa e mudei de ideia."

"Uma pessoa."

"A sua amiga daquele dia, a que usava Poison."

Baixou o anãozinho Dengoso. "A Heidi. Bem, só posso te parabenizar pelo seu gosto em matéria de mulher."

"Espero que isso não crie nenhum problema entre vocês."

Uma reação retardada que ela vem treinando ao longo dos anos. "O quê? Quer dizer que você acha que nós vamos entrar numa de Alexis e Krystle se atracando à beira da piscina, pra decidir quem namora você, Conkling? Seguinte, vou fazer a coisa certa e voltar pro meu marido, se ele me quiser."

"Você parece… irritada por algum motivo, desculpe."

"Como o Horst está pra chegar um dia desses, um pouco impaciente, estou, sim, mas não com você."

"O seu marido sempre esteve em jogo, eu percebi isso desde o início — bom, mais exatamente, eu cheirei isso, e daí em diante fiz questão de manter minhas relações com você só no plano profissional, se por acaso você não percebeu."

"Ah, Conkling. Espero que não tenha sido inconveniente pra você."

"Até que foi. Mas na verdade eu vim aqui foi pra te perguntar se você viu ela hoje?"

"A Heidi? A Heidi…" Mas ela tem que apertar o botão de pausa. Tem, sim. A ética nesse ponto recomenda que ela, bom, não exatamente alerte, mas mencione a ele um ou dois probleminhas de caráter de Heidi. Mas o Conkling, tadinho, está desesperado para falar sobre ela, e qual é o signo dela, qual a banda que ela mais gosta e não sei que mais…

Faça-me o favor. "O que é que você quer, a minha bênção? Está me achando com cara de rabino. Que tal eu te preparar um relatório de auditoria? É comigo mesmo."

Melancólico, embora ensaiado: "Acho que eu e você levamos a coisa até onde dava pra ir".

"É, de repente nós dois, quem sabe", Maxine finge refletir.

"Com a Heidi, você não acha que… é só o Naser, hein?"

"Você quer ser valorizado pelo que você é."

"É só mostrar o Naser que as pessoas ficam tirando conclusões precipitadas. Tem mulher que não resiste a uma ligação com a esfera militar. Eu nunca fui desse tipo de coisa, no fundo eu quero mesmo é trabalhar num escritório. Não sou como…"

"O quê?"

"Deixa pra lá."

É loucamente improvável que ele estivesse prestes a mencionar Windust. Loucura, certo? Mas, se não era ele, então quem?

22.

Às três da madrugada o telefone toca, no sonho parece ser a sirene de um carro da polícia que a está perseguindo. "Vocês não têm todas as provas", ela murmura. Apalpa a mesa de cabaceira e pega o aparelho.

Os efeitos sonoros que vêm do outro lado da linha parecem indicar uma falta de familiaridade com telefones. "Porra, esse negócio é muito doido. Peraí, o que é isso — parece que vai parar de tocar, qual é..." Aparentemente, é Eric, que está acordado desde as três da madrugada da véspera e está prestes a esmagar e cafungar mais um punhado de Adderalls.

"Maxine! Você tem falado com o Reg?"

"Hmm, o quê?"

"O e-mail dele, o telefone, a campainha da casa, é um bando de link morto. Não encontro ele no trabalho nem no celular. Não consigo falar com ele em lugar nenhum."

"Quando foi a última vez que você falou com ele?"

"Semana passada. Já é caso de eu ficar preocupado?"

"De repente ele foi pra Seattle, só isso."

Eric cantarola alguns compassos do tema de Darth Vader.

"Então você acha que não é nada mais sério."

"A hashslingrz? Eles demitiram o Reg, você está sabendo."

"É, quer dizer, eu também fui demitido, o Reg é um cara decente e me mandou um cheque de indenização, mas sabe como é, agora que eu tinha privilégios de entrar em qualquer lugar da hashslingrz, quanto menos eu tenho a ver com eles, mais difícil pra mim é me desligar deles. Aliás, eu estava pretendendo descer lá de novo, mas achei que era melhor falar com você..."

"Na hora que eu estava dormindo. Valeu."

"Ah, que merda, é mesmo, vocês dormem, eu..."

"Tudo bem." Ela se levanta e se arrasta até o computador. "Você está a fim de companhia? Me mostra como navegar na deep web, está bem? A gente tinha combinado de ir lá."

"Claro, pode entrar na minha rede, eu te passo as senhas, te levo lá..."

"Deixa só eu fazer um café..."

Logo os dois estão conectados e descendo lentamente, afastando-se da madrugada nova-iorquina e adentrando uma escuridão fervilhante, deixando para trás os rastreadores da superfície que passam de um link a outro, os banners e os *pop-ups* e os grupos de usuários e as salas de chat que se autorreplicam... descendo até onde eles possam começar a passar de um a outro bloco de endereços apropriados onde cibervalentões protegem o perímetro, centros de operação de produtores de *spam*, video games considerados por algum motivo violentos ou ofensivos ou intensamente belos demais para o mercado tal como ele é definido atualmente...

"Tem uns bons sites de podólatras também", comenta Eric, como quem não quer nada. Para não falar em manifestações mais proibidas do desejo, começando com pornografia infantil e se tornando cada vez mais venenosas a partir daí.

Maxine surpreende-se ao constatar como é densamente povoada aquela região abaixo dos rastreadores. Aventureiros, peregrinos, gente que vive de mesada, amantes fugitivos, posseiros, devedores fujões, casos de fuga dissociativa e um grande número de empresários nerds, entre eles Promoman, a quem Eric apresenta Maxine. Seu avatar é um *geek* simpático com óculos de armação quadrada que ostenta um par de cartazes de homem-sanduíche com seu nome, tal como faz sua ajudante, a curvilínea Sandwichgrrl, com cabelos literalmente de fogo, um GIF cheio de polígonos de uma fogueira em cima do rosto de uma pré-adolescente em estilo mangá.

"Propaganda na deep web, a onda do futuro", Promoman saúda Maxine. "Agora é a hora de se posicionar, pra já estar bem colocado quando os rastreadores chegarem aqui, o que vai acontecer em breve."

"Peraí — você realmente acredita que anúncio aqui no fundo vai gerar renda?"

"Atualmente só dá arma, droga, sexo, ingresso pra jogo dos Knicks…"

"Só essas coisas ultrassofisti", intervém a Sandwichgrrl.

"Ainda é um território virgem. Você pode achar que vai ficar assim pra sempre, mas os colonizadores estão chegando. Os engravatados, os novatos. Já dá pra ouvir soul music de branco vindo ao longe. Já tem meia dúzia de projetos bem financiados de fazer software pra rastrear a deep web…"

"Tipo assim", sugere Maxine, 'Ride the Wild Surf'?"

"Só que esse verao vai acabar rapidinho, assim que eles chegarem aqui embaixo, tudo vai ser gentrificado antes que dê tempo de dizer 'capitalismo tardio'. Aí vai ficar igualzinho ao que é lá no raso. Link a link, tudo vai ficar controlado, protegido e respeitável. Uma igreja em cada esquina. Os bares todos com licença pra vender álcool. Quem ainda quiser gozar de liberdade vai ter que montar no cavalo e procurar outra praia."

"Se você está procurando pechincha", aconselha Sandwichgrrl, "tem umas boas nos sites da Guerra Fria, mas não demora pros preços começarem a subir."

"Vou mencionar isso na nossa próxima reunião da diretoria. Por enquanto vou só dar uma olhada."

O bairro não é muito promissor. Se houvesse um Robert Moses na deep web, ele já ia estar gritando: "Este quarteirão está condenado!". Remanescentes quebrados de velhas instalações militares, comandos já desativados há muito tempo, como se ainda houvesse torres de transmissão para um tráfego-fantasma em promontórios longínquos naquela escuridão profana, treliças abandonadas e corroídas cobertas de trepadeiras com folhas de um tom desbotado de verde venenoso, usando frequências táticas abandonadas antes usadas em operações que a falta de verbas silenciou há muito tempo... Mísseis criados para derrubar bombardeiros russos a hélice, nunca usados, desmontados pelo chão, como se tivessem sido sucateados por uma população miserável que só sai no momento mais profundo da noite. Gigantescos computadores valvulados, que ocupam uma área de dois mil metros quadrados, eviscerados, cheios de buracos vazios e fios arrancados. Salas de reunião abandonadas, com detalhes de plástico dos anos 60 rachados e amarelados, consoles de radar com telas circulares, mesas ainda ocupadas por avatares de altos funcionários diante de mapas com luzes piscando, ondulando como cobras hipnotizadas, imagens corrompidas, paralisadas, virando pó.

Maxine observa que um desses mapas tem no centro a ponta leste de Long Island. A sala tem uma aparência familiar, austera e implacável. Ela tem uma dessas inspirações erráticas. "Eric, como que a gente entra nessa aí?"

Um rápido sapateado sobre o teclado, e logo eles estão lá dentro. Se não é uma das salas subterrâneas que ela viu em Montauk, é quase isso. Aqui os fantasmas são mais visíveis. Camadas de fumaça de cigarro pairam imóveis no espaço sem janelas. Operadores de radar contemplam suas telas. Subalternos virtuais entram e saem com pranchetas e café. O oficial no comando, um coronel, os encara como se estivesse prestes a lhes pedir uma senha. Aparece uma caixa de texto. "Acesso limitado a indivíduos autorizados do Comando de Defesa Aérea da Região 7 do Departamento de Investigações Especiais."

O avatar de Eric dá de ombros e sorri. A mosca do queixo pulsa num tom incandescente de verde. "Criptografia bem antiquada, espera só um minutinho."

O rosto do coronel enche a tela, desfazendo-se de quando em quando, manchado, reduzido a pixels, atravessado por ventos de ruído e olvido, links rompidos, servidores perdidos. Sua voz foi sintetizada algumas gerações atrás e jamais atualizada, os movimentos dos lábios não estão mais sincronizados com as palavras, se é que antes estavam. O que ele diz é o que se segue.

"Há uma prisão terrível, a maioria dos informantes acha que fica aqui mesmo nos Estados Unidos, se bem que temos também informações russas que afirmam que ela é pior que os trechos mais horríveis do gulag. Com típica relutância russa, eles não dão o nome. Seja lá onde for, dizer que é brutal é pouco. Eles matam você, mas mantêm você vivo. A misericórdia é inexistente.

"É uma espécie de centro de treinamento de recrutas para viajantes no tempo. A viagem no tempo, pelo visto, não é para turistas civis, não é só entrar na máquina, não, tem que ser de dentro para fora, com a mente e o corpo, e navegar no Tempo é uma disciplina implacável. Exige anos de dor, trabalho duro e perda, e não há redenção — redenção de coisa alguma.

"Como o período de treinamento é longo, o programa prefere recrutar crianças, que são sequestradas. Na maioria, meninos.

São levados sem seu consentimento e sistematicamente reprogramados. Designados para equipes secretas enviadas em missões governamentais para a frente e para trás no Tempo, com ordens de criar histórias alternativas que sejam favoráveis aos níveis superiores de comando que os enviaram nas missões.

"Eles devem estar preparados para os rigores extremos desse tipo de trabalho. Passam fome, apanham, são sodomizados, operados sem anestesia. Nunca mais vão voltar a ver seus familiares e amigos. Caso isso aconteça por acidente, durante uma missão ou por uma simples contingência, eles têm ordem de matar imediatamente qualquer pessoa que os reconheça.

"Estão em vigor estratégias-padrão de desviar a atenção do público. Abdução por óvnis, desaparecimento no sistema penal, programas semelhantes ao Projeto MKUltra são algumas das narrativas utilizadas com sucesso."

Vamos supor... digamos, um garoto pré-adolescente foi abduzido por volta de 1960. Quarenta e poucos anos atrás. Ele agora estaria com cinquenta anos, por aí. Caminhando entre nós, ainda que podendo desaparecer sem aviso prévio, enviado vez após vez para as selvas cruéis do Tempo, para sobrescrever o destino, reescrever o que outras pessoas julgam estar escrito. Provavelmente não eram garotos dali de Long Island, melhor pegar alguém de longe, a milhares de quilômetros de onde moravam, porque aí eles ficariam desorientados, seriam mais fáceis de controlar.

Ora, e quem, entre as antes insuspeitas centenas de pessoas no Rolodex de Maxine, se encaixaria nesse perfil? Muito depois de voltar à superfície, deixando Eric a sós naquela madrugada, retornando às exigências nada poéticas do dia, ela dá por si imaginando uma história pregressa para Windust, um garoto inocente, abduzido por alienígenas terráqueos, e quando ele tem idade suficiente para entender o que aconteceu, é tarde demais, sua alma já pertence a eles.

Maxine, peraí. De onde ela tirou a ideia de jerico de que ninguém está além da redenção, nem sequer um assassino pago do FMI? Mesmo levando em conta que a internet não é uma fonte confiável, Windust pode ser acusado de uma safra de mortes de inocentes que o coloca tranquilamente na companhia de outros assassinos mais famosos que constam no livro *Guinness*, só que tudo foi acontecendo aos poucos, um assassinato amortizado de cada vez, em jurisdições longínquas onde nem a lei nem a mídia vão incomodá-lo. Então, finalmente a gente o vê em pessoa, com aquele jeitão de professor, a tendência não muito simpática a fazer escolhas fatalmente erradas em questões de moda, e aí se torna impossível conectar as duas histórias. Muito embora sabendo que não é uma boa ideia, talvez por não haver mais ninguém a quem contar, Maxine conclui que tem de falar sobre isso com Shawn.

Shawn não está, foi consultar seu próprio terapeuta, e assim Maxine fica na antessala a folhear revistas de surfe. Ele chega lépido e fagueiro, com dez minutos de atraso, equilibrado em alguma onda de bem-aventurança.

"Integrado com o universo, obrigado", ele a saúda, "e você?"

"Também não precisa exagerar, Shawn."

Até onde ela sabe, Leopoldo é um analista lacaniano que foi obrigado a abandonar uma clientela respeitável em Buenos Aires alguns anos atrás, principalmente por efeito de políticas neoliberais sobre a economia de seu país. A hiperinflação do período Alfonsín, as demissões em massa da era Menem-Cavallo, mais a obediência do regime às decisões do FMI, devem ter lhe parecido uma versão enlouquecida da Lei do Pai, e depois de aturar muita coisa Leopoldo concluiu que não havia muito futuro na cidade mal-assombrada que ele tanto amava, e assim abandonou sua clientela, suas salas luxuosas no bairro conhecido como Villa Freud, e partiu rumo aos Estados Unidos.

Um dia Shawn estava numa cabine telefônica em Nova York, na rua, dando um daqueles telefonemas realmente imprescindíveis, tudo que podia dar errado estava dando errado, ele enfiava uma moeda atrás da outra, não tinha sinal, os robôs estavam cagando para ele, até que por fim teve um típico acesso de raiva nova-iorquino, batendo com o fone no gancho enquanto gritava *Giuliani, seu filho da puta*, quando ouviu uma voz, humana, real, tranquila. "Está com um probleminha aí?" Mais tarde, é claro, Leopoldo admitiu que arranjava clientes assim, visitando lugares onde acontecem com frequência crises de saúde mental, como as cabines telefônicas de Nova York, tendo antes o cuidado de retirar qualquer placa indicando que o aparelho estava fora de serviço. "É, é uma espécie de atalho ético", julga Shawn, "mas são menos sessões por semana, e nem sempre duram cinquenta minutos. E depois de algum tempo comecei a perceber as semelhanças entre Lacan e o zen."

"Hã?"

"A completa fajutice do ego, basicamente. Quem você pensa que é não tem nada a ver com quem você é. Que é muito menos, e ao mesmo tempo…"

"Muito mais, sei, obrigado por esclarecer esse ponto, Shawn."

Levando-se em conta a história de vida de Leopoldo, o momento realmente parece apropriado para trazer à baila o assunto Windust. "O seu analista alguma vez fala sobre a economia argentina?"

"Raramente, é um assunto doloroso. O pior insulto pra ele é chamar a pessoa de filho de neoliberal. Essas políticas destruíram a classe média argentina, foderam com um número incontável de vidas. Pode não ser tão ruim quanto ser desaparecido, mas realmente é uma merda, *loquesea*. Por que que você quer saber?"

"Um cara que eu conheço estava metido nisso, no início

dos anos 90, agora está em Washington, mas ainda fazendo o mesmo trabalho sujo, e eu estou preocupada com ele, sou que nem o sujeito que está segurando brasa viva. Não consigo largar. Faz mal pra minha saúde, e nem tem beleza nenhuma, mas assim mesmo eu tenho que ficar segurando."

"Quer dizer que você está amarrada num, tipo assim, criminoso de guerra republicano? Tem usado camisinha, eu espero?"

"Valeu, Shawn."

"Ah, nem vem, você não ficou ofendida de verdade."

"Não fiquei 'de verdade'? Espera um minuto. Isso aqui é um Buda de ferro fundido, certo? Olha só." Põe a mão na cabeça do Buda, a qual, é claro, no momento que ela a toca, encaixa-se com perfeição na sua mão, como se tivesse sido desenhada para ser o cabo de uma arma. No mesmo instante, todos os impulsos hostis se acalmam.

"Já vi a folha corrida dele", tentando não dar uma de Patolino, "ele tortura gente com aguilhão elétrico, ele bombeia água de aquífero para obrigar fazendeiro a largar terra, destrói governos inteiros em nome de uma teoria econômica maluca que de repente ele nem acredita nela, não tenho nenhuma ilusão sobre o tipo de pessoa que ele é…"

"Ou seja, é um adolescente incompreendido, ele só precisa conhecer a moça certa pra ele, que sabe menos ainda que ele? Você voltou pro colegial? Disputando os garotos que vão estudar medicina ou fazer fortuna em Wall Street, mas no fundo sonhando em fugir com o maconheiro, o ladrão de carro, o valentão de lanchonete…"

"É, Shawn, e não esquece do surfista. Vem cá, de onde você tirou autoridade pra dizer isso? O que acontece na sua clínica quando você quer salvar uma pessoa mas acaba perdendo ela?"

"Eu só faço o que Lacan chama de 'despersonalização benévola'. Se eu entrasse numa de querer 'salvar' meus clientes, você acha que eu ia conseguir o quê?"

"Salvar muita gente?"

"Nada disso."

"Hm… não salvar ninguém?"

"Maxine, acho que você está com medo desse cara. Ele é o Anjo da Morte, ele está atrás de você, e você está tentando escapar dele sendo charmosa."

Putz. Não seria o caso de sair batendo a porta, dizendo por cima do ombro, de modo digno porém inequívoco, vá tomar no cu? "Bom. Deixa eu pensar um pouco."

23.

Brooke e Avi finalmente voltam aos Estados Unidos, com cara de quem passou o ano todo num estranho antikibutz onde as pessoas se dedicam a ficar o tempo todo olhando para telas, evitando o sol e jamais deixando de fazer todas as refeições. Assim que olha para Brooke, Elaine imediatamente a leva à Megareps, uma academia do bairro, e negocia para ela uma inscrição de sócia temporária enquanto Brooke faz hora na lanchonete no andar térreo, contemplando *muffins*, *bagels* e *smoothies* de modo não exatamente objetivo.

Maxine não está ansiosa para ver a irmã, mas pensa que tem obrigação de ao menos dar um pulo lá. Quando chega, fica sabendo que Elaine e Brooke estão no World Trade Center examinando o potencial de compras não explorado da Century 21. Ernie supostamente foi ao Lincoln Center assistir um filme quirguiz badalado, mas na verdade escapuliu para o multiplex Sony e lá foi ver *Velozes e furiosos*, de modo que Maxine passa noventa minutos encantadores na companhia de seu cunhado, Avram Deschler, que está cuidando da língua *à la polonaise* de Elaine, sendo cozinhada lentamente o dia inteiro, inundando a cozinha com um cheiro de início intrigante, depois inescapável. A questão das visitas dos agentes federais, é claro, vem à tona.

"Acho que é só uma verificação de segurança."

"De...?"

"Você já ouviu falar de uma firma de segurança informática chamada hashslingrz?"

Maxine desvia o olhar para o bico do sapato. "Vagamente."

"Eles recebem muito trabalho do governo federal, da NSA etc., e me ofereceram um emprego, aliás eu começo daqui a duas semanas." Esperando, no mínimo, uma manifestação de admiração deslumbrada.

Então aquelas visitas de agentes federais eram só por isso? Me desculpe, mas Maxine não acha provável. Verificação de segurança é uma tarefa rotineira, e aqui tem alguma coisa mais profunda escondida.

"Quer dizer que... você conheceu o chefão, o Gabriel Ice."

"Ele foi pessoalmente até Haifa pra me recrutar. A gente tomou café da manhã num lugar especializado em faláfel, em Wadi Nisnas. Parece que ele conhecia o dono. Eu disse a ele quanto eu queria de salário, benefícios, e ele topou. Não ficou pechinchando, não. A camisa toda suja de tahine."

"Um cara simples."

"Isso mesmo."

Como se passando a esmo de um assunto a outro: "Avi, você está sabendo alguma coisa sobre um software chamado Promis?".

Uma pausa grávida de implicações. "Uma história já velha. Uma briga complicada com a Inslaw, a coisa foi parar no tribunal, diz que o FBI roubou o programa e por aí vai. Mas o Mossad é que se deu bem nessa história. Pelo que me contam."

"E o boato de que teria um *backdoor*..."

"Não tinha na versão original, mas uns fregueses insistiram, e aí o programa foi modificado. Mais de uma vez. Aliás, ele está sempre em evolução. A versão de hoje, você nem reconhece mais. É o que me disseram."

"Já que eu comecei a te alugar, alguém me falou de um chip de computador, um vendedor israelense, quem sabe você não está sabendo, o tal chip fica quietinho no computador do freguês absorvendo dados, de vez em quando transmitindo o que foi recolhido pra pessoas interessadas?"

Ele não chega a dar um salto nem nada, mas seus olhos começam a olhar a sua volta. "A Elbit faz um, que eu saiba."

"Você já, tipo assim, esbarrou fisicamente num deles?"

Por fim Avram a encara e fica a olhá-la fixamente, como se Maxine fosse uma espécie de tela, e ela conclui que atingiu o ponto dos rendimentos decrescentes.

Daí a pouco Brooke e Elaine chegam do centro, com certo número de sacolas da Century 21, e também uma estranha geleia de mocotó vegana em cujas profundezas cristalinas pode-se ficar olhando com crescente fascínio, não sem alguma perplexidade. "Lindo", segundo Elaine, "que nem um Kandinsky tridimensional. Combina muito bem com língua."

Língua *à la polonaise* é um prato de infância de todos ali. Maxine quando pequena achava que era uma performance em cima de uma peça clássica para piano. O dia inteiro uma língua de boi em conserva está na fervura, num *tsimmis* complicado que leva pedaços de damasco, purê de manga, cubos de abacaxi, cerejas descaroçadas, geleia de toranja, dois ou três tipos de passa, suco de laranja, açúcar e vinagre, mostarda e suco de limão, e, o que é essencial, por motivos perdidos em algum nimbo sonolento de tradição, biscoitos de gengibre — da Nabisco, por falta de opção, já que a Keebler parou de fabricar os biscoitos Sunshine uns dois anos atrás.

"Se ela esquecer de novo os biscoitos de gengibre", Ernie finge resmungar, "vai dar amanhã no *Daily News*."

As irmãs se abraçam desconfiadas. A conversação evita todo e qualquer contato com temas polêmicos até o momento em que surge na tevê da sala um *talk show* do canal 13 pilotado por um intelectual de Washington, Richard Uckelmann, intitulado *Pensando com Dick*, que tem como convidado hoje um funcionário do ministério israelense que Brooke e Avi costumavam encontrar em festas. O assunto em discussão é um tópico sempre em evidência, as colônias israelenses na Cisjordânia. Depois de um minuto e meio, embora pareça mais tempo, de propaganda governamental, Maxine explode: "Espero que esse cara não tenha tentado vender nenhum terreno a vocês".

Era justamente a deixa que Brooke vinha esperando. "Falou a doutora sabe-tudo", num tom um pouco esganiçado, "sempre com um comentário pronto. Queria ver qual era o comentário esperto que você ia fazer se saísse numa patrulha à noite, levando bomba dos *arabushim*."

"Meninas, meninas", murmura Ernie.

"Não, você quer dizer 'menina, menina'", diz Maxine, "porque sou eu que estou sendo atacada."

"A Brooke só quis dizer que ela já esteve num kibutz e você não", Elaine pondo panos quentes.

"Sei, o dia todo no shopping Grand Canyon em Haifa, gastando o dinheiro do marido, kibutz coisa nenhuma."

"E você, você nem marido tem."

"Beleza, um bate-boca. Foi justamente pra isso que eu vim aqui." Sopra um beijo para a geleia de mocotó, que parece estremecer em resposta, e olha a sua volta em busca da bolsa. Brooke, emburrada, vai para a cozinha. Ernie vai atrás dela, Elaine lança um olhar melancólico para Maxine, Avi finge estar absorto na televisão.

"Tudo bem, tudo bem, mãe, eu vou me comportar, eu... Eu ia dizer uma coisa sobre a Brooke, mas acho que o momento já passou, faz trinta anos." Depois de algum tempo Ernie sai da cozinha comendo um biscoito de gengibre, Maxine vai para lá e encontra a irmã picando batatas para fazer panquecas. Maxine encontra uma faca e começa a cortar cebolas, e por algum tempo as duas trabalham em silêncio, nenhuma querendo ser a primeira a falar, Deus nos livre se sair alguma coisa parecida com "desculpa".

"Oi, Brooke?", Maxine por fim. "Posso te alugar um pouco?"

Um dar de ombros, tipo, e eu tenho opção?

"Eu saí com um cara que disse que já foi do Mossad. Eu não sabia se ele estava me enrolando ou o quê."

"Ele tirou o sapato e a meia do pé esquerdo e..."

"Ué, como é que você sabe?"

"Em qualquer noite, em qualquer bar de paquera em Haifa, você sempre encontra algum joão-ninguém que pegou um marca-texto e fez três pontos na sola do calcanhar. É uma lenda urbana sobre uma tatuagem secreta, enrolação total."

"E ainda tem alguma garota que cai nessa?"

"Você nunca caiu?"

"Ah, peraí, judeu tatuado? Posso estar desesperada, mas eu me ligo nos detalhes."

Todo mundo se comporta bem no resto da noite. A língua *à la polonaise* vem numa travessa de louça inglesa Wedgwood que Maxine só se lembra de ter visto no Seder. Ernie afia uma faca com um gesto dramático e começa a cortar a língua com tanta cerimônia quanto faria com um peru no Dia de Ação de Graças.

"E aí?", pergunta Elaine, depois que Ernie prova o prato.

"Uma máquina do tempo gastronômica, amor, uma madeleine judaica, com gostinho de bar mitzvah." E canta dois compassos de "Tzena, Tzena, Tzena" como comprovação.

"A receita é da mãe dele", explica Elaine, "quer dizer, menos a manga, que ainda não tinha sido inventada."

* * *

A Edith do Yenta Expresso está na entrada, fazendo hora na porta do estabelecimento como se para fisgar fregueses. "Maxine, veio um cara aqui outro dia procurando você. A Daytona também não estava, ele me pediu pra te dizer que ia voltar."

"Iih", tendo uma daquelas intuições súbitas. "Usava um sapato chique?"

"Beirando os mil dólares, da Edward Green, couro de cobra, o que aliás é bem apropriado. Mas é bom você ter cuidado, ele é problemático."

"Um cliente?"

"Conhecido no bairro. Não me leve a mal, solidão, tudo bem, é meu feijão com arroz, solidão e desespero é comigo mesmo. Mas esse cara..."

"Não me olha assim não, Edith, por favor. Não tem nada de romântico nessa história."

"Eu trabalho aqui há trinta anos, vai por mim, se a coisa é ou não é romântica? Pode apostar que é."

"Veio aqui atrás de mim. Você disse que ele vai voltar."

"Não se preocupa, não, já dei um toque no *Times*, vão escrever o teu nome direitinho."

Não dá outra — tal como se Edith estivesse grampeada, um telefonema de Nicholas Windust. Quer tomar um brunch com ela numa brasserie pseudoparisiense no East Side. "Se você está me convidando", Maxine dá de ombros, encarando a coisa como uma modesta devolução do imposto de renda.

Já Windust, ao que parece, encara a coisa como um encontro amoroso. Senão não dá para entender por que ele está usando o que ele parece imaginar que seja um traje de *hipster* — jeans, paletó de tropical clássico, camiseta cor de xarope alucinógeno, um acúmulo de incongruências que poderia causar sua expulsão da linha L do metrô. Maxine contempla a indumentária pelo tempo necessário, dá de ombros: "É um estilo".

Ele quer ficar do lado de dentro, Maxine se sente mais segura perto da rua e o tempo está bom hoje, e assim, sem essa de aconchegante, eles ficam do lado de fora. Windust pede um ovo quente e um *bloody mary*, Maxine quer meia toranja e café numa tigela. "Incrível o senhor ter tempo pra mim", com um sorriso descaradamente falso. "Pois então! O meu cunhado está de volta a Nova York, não posso imaginar que o senhor tenha outro motivo pra me procurar."

"Ficamos intrigados quando soubemos que ele foi contratado pela hashslingrz.com. Aliás, gostei da sua roupa, Armani, não é?"

"É só uma ponta de estoque da H&M, mas obrigado por reparar." Mas que tom de flerte é esse, para com isso, Maxine, quando é que você vai...?

"O que parece indicar um interessante cruzamento de interesses, se Avram Deschler é, como a gente suspeita, um agente do Mossad."

Maxine recorre a um Olhar Vazio que aprendeu com Shawn e que muitas vezes lhe tem sido útil. "Isso é muito acadêmico pra mim."

"Pode bancar a boba se quiser, mas eu fiz uma pesquisa sobre você, você é a mocinha que pôs o Jeremy Fink na cadeia. Prendeu a gangue dos Manalapan Ponzoids em Nova Jersey. Foi até a Grand Cayman disfarçada de cantora de coro de reggae, detonou dez bilhões e meio de francos suíços em dinheiro vivo e pulou fora no jatinho da gangue."

"Não, isso foi a Mitzi Turner. Vivem confundindo a gente. A Mitzi é que é fodona, eu sou só uma mãe que trabalha fora."

"Seja lá como for, levando-se em conta o número de serviços que a hashslingrz está fazendo para o governo federal..."

"Olha aqui, ou bem o Avi é uma fantasia sua, sabotador hacker e assassino do Mossad, ou então é só mais um *geek* entre tantos outros tentando se virar na vida fora do circuito governamental de Washington — seja como for, não entendo o que é que eu tenho a ver com isso."

Windust abre uma pasta 007 de alumínio, que pelo visto é sua casa portátil, já que contém estojo de barbear e cuecas limpas, e depois de remexer nela encontra e retira uma pasta de papelão. "Antes do próximo encontro dele com o Gabriel Ice, talvez você se interesse por dar uma olhada nisto."

Sem poder ver os olhos de Windust, Maxine se fixa em sua boca, procurando o quê, uma nota de rodapé? Mas não, ele está apenas sorrindo para ela, e não é nem mesmo um sorriso simpático, é mais como se ele tivesse nas mãos as cartas decisivas do jogo, ou uma arma apontada para o coração dela.

Embora sem muita vontade de pegar num objeto que esteve em contato direto com a roupa íntima de Windust, Maxine é uma investigadora de fraudes cujo princípio básico é Nunca Se Sabe, e assim sendo ela pega a pasta com as pontas dos dedos e a guarda em sua bolsa Kate Spade.

"Deixando claro", ela acrescenta mais que depressa, "que como diria, ou cantaria, a Deborah Kerr, ou a Marni Nixon... isso não é da minha..."

"Eu estou deixando você nervosa?"

Ela arrisca uma rápida olhadela de soslaio e constata, atônita, que há no rosto dele agora uma expressão que não estaria fora de contexto num bar de encontros ao sul da rua 14, numa noite de sábado, naquele horário avançado em que a mercadoria mais valiosa já saiu porta afora, devidamente acompanhada, e a xepa da feira não é lá muito apetitosa. O que é que está havendo?

Ela se recusa a reagir àquela expressão. Instaura-se um silêncio, que se prolonga, e não é apenas um silêncio, como confirma sua olhadela, que sem querer resvala para aquele outro indicador de sentimentos interiores. Na verdade, é uma ereção bem volumosa, e o pior é que ele percebeu que ela olhou.

"Então é isso, deixa eu voltar ao trabalho", é, num momento de idiotice impensada, a única coisa que ela consegue resmungar. Mas não se mexe, sequer pega a bolsa.

"Tome aí, quem sabe assim fica mais fácil", escrevendo alguma coisa num guardanapo. Numa era mais saudável, ou talvez apenas mais distante, poderia ser o nome de um bom restaurante, ou uma sugestão de negócios. Hoje, na melhor das hipóteses pode-se dizer que seja um convite à porra-louquice e ao erro. Um endereço que não fica perto de nenhuma estação do metrô, ela percebe. "Que tal na hora do rush, é a melhor hora pra não ser visto, pra você está bom?"

Entre as muitas coisas que ela não percebeu antes inclui-se esse tom de voz dele, imperativo, não particularmente sedutor. E no entanto não chega a ser um corta barato. E o que contaria como tal, ela se pergunta. Windust levanta-se, faz uma mesura e vai embora, deixando a conta para ela pagar. Depois de ter dito que era ele quem estava convidando. Mais uma vez, o que é que ela tem na cabeça?

Como se fosse um anjo bom trazendo uma última oportunidade de agir de modo responsável, Conkling materializa-se na sala de espera sem anunciar, como costuma fazer. "Epa", Daytona com um gesto dramático de repulsa, "quase me matou de susto; qual é a tua de deixar entrar esses caras aí que não têm nada a ver, o tempo todo?" Nesse ínterim, Conkling está agindo de um modo muito estranho, por motivos lá dele.

"O que foi? Está sentindo algum cheiro."

"Aquele cheiro masculino de novo — colônia 9:30 para homens. Tem alguma coisa aqui dando sinais." Como um sabujo num filme policial, Conkling segue o *sillage* até o escritório de Maxine e termina na bolsa dela. "Secou muito pouco, de modo que deve ter sido nas últimas duas horas."

Ah, é claro. Windust. Ela remexe dentro da bolsa, pega a pasta que ele lhe deu. Conkling folheia os papéis. "É isto."

"É um cara que, hmm, eu tomei o brunch com ele, é de Washington."

"Tem certeza que não tem nenhuma ligação com o Lester Traipse?"

"É só um ex-colega de faculdade meu." Ué! Por que essa súbita relutância em passar informações sobre Windust a Conkling? Qual o motivo? Que ela prefere não pensar agora? "Funcionário de médio escalão da Agência de Proteção ao Meio Ambiente, de repente essa colônia está em alguma lista de poluentes tóxicos?"

Os pensamentos dela vão longe, e ninguém tenta chamá-los de volta. Teria Windust, em tempos mais simpáticos e juvenis, frequentado a velha boate 9:30 tal como Maxine ia à Paradise Garage? Talvez em vindas aos Estados Unidos, entre uma e outra ação malévola no resto do mundo, ele tenha ouvido o Tiny Desk Unit e o Bad Brains em sua fase de banda local, talvez o cheiro da colônia 9:30 seja sua última, sua única ligação com o jovem ainda não totalmente corrompido que ele já foi? Talvez Maxine esteja afundando cada vez mais num pântano de idiotice sentimentaloide? Talvez o cacete. Cai na real, Windust estava lá quando Lester foi morto, talvez até tenha sido ele quem o matou.

Merda.

Que fim levaram as possibilidades de um episódio romântico hoje? De repente está mais com cara de pesquisa de campo.

Enquanto isso, Conkling quer falar sobre, grande novidade, a princesa Heidrofobia. Quando Maxine finalmente consegue tirar aquele chato obsessivo de sua sala, resta-lhe uma mísera meia hora para se preparar para, digamos assim, seu encontro de trabalho com Windust. Quando dá por si, está em casa, imobilizada diante do closet de seu quarto, perguntando a si mesma por que motivo seu cérebro está zerado. Policloreto de vinila, talvez algo vermelho vivo, embora não inadequado, de algum modo está excluído da lista. Jeans, também, nem pensar. Por fim, no fundo do fundo, no horizonte de eventos do olvido final, ela se dá conta da presença de um terninho chique, de um tom discreto de roxo, descoberto há muito tempo numa queima de estoque nas Galeries Lafayette e guardado por motivos entre os quais a nostalgia provavelmente não está incluída. Maxine tenta imaginar de que modo Windust poderia ler aquela indumentária. Se é que ele vai ler, e não começar a arrancar logo de uma vez... Mensagens incessantes de seu Vértice, se ela não quer dizer Vórtice, da Feminilidade estão se acumulando, sem que tenham resposta.

24.

O endereço, num trecho do extremo sudoeste do Hell's Kitchen, em meio a viadutos que rasgam indiferentes um bairro cujos fragmentos desconectados foram deixados ao deus-dará, lofts, estúdios de gravação, lojas de mesas de sinuca, estabelecimentos em que se aluga equipamento de filmagem, oficinas de desmonte... Profundos entendedores do mercado imobiliário que Maxine conhece garantem que esse bairro é a bola da vez. O reordenamento urbano está no ar. Algum dia a linha 7 do metrô vai ser estendida até aqui, com uma estação no Javits Center. Algum dia haverá parques e condomínios de muitos andares e hotéis de luxo para turistas. No momento, ainda é uma região varrida pelo vento, de difícil acesso, que visitantes de outros planetas, chegando aqui em séculos vindouros, quando Nova York já estiver esquecida há muito tempo, vão concluir que era um espaço cerimonial, até mesmo religioso, usado para espetáculos públicos, sacrifícios em massa, almoços no meio do expediente.

Hoje há uma enorme concentração de policiais por toda a Décima Primeira Avenida e nos quarteirões entre ela e a Décima. Maxine dá graças por não estar de carro. O taxista, obrigado a descascar esse abacaxi, acha que pode ser um treinamento da polícia, uma simulação da tomada do Javits Center por terroristas.

"Mas quem", indaga Maxine, "ia querer fazer isso?"

"Bom, vai que está rolando o Auto Show. Ia estar cheinho de carro e caminhão. Aí os caras podiam vender esses carros e com o dinheiro eles compravam bomba, metralhadora, o caralho a quatro", o motorista claramente já imaginou algo assim, "ficar com os carros mais maneiros, tipo Ferrari e Panoz, usar os caminhões como veículo militar, ah, e eles também iam precisar de carreta pra transportar carro, tipo Peterbilt 378, sei lá. E... e os carros realmente especiais, Hispano-Suiza, Aston Martin, desses eles iam pedir resgate."

"'Dez milhões de dólares, senão a gente detona esse carro'?"

"Pelo menos entortar a antena, eles não iam foder o carro a sério e prejudicar o preço de revenda, né?" Para todos os lados, policiais pululam, montam guarda, marcham em passo acelerado para cima e para baixo. No alto, no céu iluminado de pré-outono, os óvnis realizam suas pacientes operações secretas de reconhecimento de terreno. De vez em quando um policial, megafone em punho, aproxima-se do táxi, faz cara feia e aos berros manda circular.

Por fim chegam ao endereço, que parece ser um edifício de seis andares, com apartamentos alugados, feio, abandonado, que fatalmente um dia será demolido e substituído por um enorme condomínio. À noite, talvez uma janela acesa por andar. Aquilo faz Maxine pensar no bairro onde ela mora como era nos anos 80, quando todos os prédios foram transformados em cooperativas. Moradores que não podem ou não querem se mudar. Promotores imobiliários, doidos para derrubar tudo, agindo de modo muito desagradável.

Quando ela toca a campainha, tem a impressão de passar

dez minutos sendo objeto de olhares e risadinhas de meia vizinhança reunida, até que um ruído estridente que poderia ser qualquer coisa espoca no pequeno alto-falante.

"Sou eu — Maxine."

"Nnggahh?"

Ela grita seu nome outra vez e tenta enxergar através do vidro sujo. Não se ouve nenhum zumbido que indique a porta sendo destrancada. Por fim, quando ela está se virando para ir embora, eis que vem Windust abrir a porta.

"A fechadura eletrônica não funciona, nunca funcionou."

"Obrigada pela informação."

"Eu queria ver quanto tempo você ia esperar."

Corredores desolados, nunca varridos e pouco iluminados, que se prolongam por uma extensão maior do que as dimensões externas do prédio parecem indicar. Paredes brilhando, um brilho nada saudável, tons sinistros de amarelo e verde-limo, cores de dejetos hospitalares... Aberto a todo tipo de penetração, além dos invasores que de vez em quando se tornam visíveis e imediatamente somem, como alvos num video game de tiro em primeira pessoa. O carpete foi removido dos corredores. Os vazamentos não estão sendo consertados. A tinta se desprega das superfícies. Lâmpadas fluorescentes com prazo de validade já estourado pendem do teto, a zumbir, arroxeadas.

Segundo Windust, cães sem dono vivem no subsolo e saem de lá ao cair da tarde, zanzando pelos corredores a noite toda. Foram trazidos para intimidar os últimos moradores, para forçá-los a ir embora do prédio, e acabaram abandonados à própria sorte assim que a conta da ração não coube mais no orçamento.

Dentro do apartamento, Windust não perde tempo. "Deita no chão." Parece estar numa espécie de frenesi erótico. Ela olha para ele.

"Agora."

Não seria o caso de dizer, "Sabe o que mais? Vá tomar no cu, o que aliás você vai até achar mais divertido", e sair pela porta afora? Não, em vez disso, docilidade instantânea — Maxine se ajoelha. Rapidamente, sem mais conversa, se bem que uma cama seria um lugar mais apropriado, ela se vê compartilhando o tapete com meses de poeira acumulada, a cara no chão, a bunda para cima, a saia levantada, as unhas não muito bem cuidadas de Windust rasgando metodicamente a meia-calça cinza transparente que ela levou no mínimo vinte minutos na Saks, não muito tempo atrás, para escolher, e o pau dele a penetra com tanta facilidade que ela certamente já estava molhada sem se dar conta do fato. As mãos dele, mãos de assassino, a agarram com força nas cadeiras, o lugar exato, o lugar onde um conjunto demoníaco de receptores nervosos dos quais até então ela não tinha plena consciência aguardavam a hora de ser usados como botões num joystick... impossível saber se é ele que está se mexendo ou se é ela... uma distinção na qual Maxine só vai se deter muito depois, é claro, se é que vai mesmo fazer tal coisa, embora para algumas pessoas seja crucial...

No chão, à altura de uma tomada, por um segundo ela imagina que consegue ver um clarão forte de energia imediatamente atrás das fendas paralelas. Alguma coisa passa correndo pela periferia de seu campo visual, algo do tamanho de um camundongo, e é Lester Traipse, a alma tímida, traída, de Lester, em busca de um santuário, abandonada por todos, principalmente por Maxine. Ele está diante da tomada, põe a mão no espelho, abre uma das fendas como se fosse uma porta, olha para trás de relance, pedindo desculpas, funde-se com aquela luminosidade aniquiladora. Desaparece.

Maxine grita, ainda que não por Lester, não exatamente.

Naquela luz melancólica, Maxine procura no rosto de Windust sinais de emoção. Para uma rapidinha, foi até boa, se bem que Deus nos livre de haver olhos nos olhos aqui. Por outro lado, ele pelo menos usou camisinha — peraí, peraí, como se não bastasse esses impulsos de colegial, agora ela ainda vai ficar listando pontos positivos e negativos?

Lá fora, em vez de um amplo panorama de luzes, cada uma delas iluminando um drama nova-iorquino específico, tem-se apenas uma modesta vista de um andar baixo, caixas-d'água pousadas como foguetes antiquados em telhados que foram impermeabilizados pela última vez por mãos de imigrantes mortos há gerações, as luzes das outras janelas mediadas por colchas usadas como cortinas, estantes cheias de brochuras com lombadas quebradas, traseiros de televisores, persianas baixadas por antigos inquilinos e nunca mais levantadas.

Há um arremedo de cozinha, onde os armários, mantendo a tradição dos endereços provisórios, estão cheios de objetos que uma longa e invisível sequência de caixeiros-viajantes e técnicos e viajantes em geral imaginou que seriam necessários durante suas estadas, nas noites em que não tinham vontade ou permissão para se aventurar pelas ruas… formas estranhas de massa, latas com fotos de comidas não identificadas feitas com filmes coloridos de tipos desconhecidos, sopas com nomes impronunciáveis, salgadinhos onde nada consta no espaço onde deveriam vir as informações nutricionais. Na geladeira ela vê apenas uma solitária beterraba, plantada, dir-se-ia com insolência, num prato. Há indícios de mofo verde-azulado, visualmente até interessantes, mas…

"Tem tempo pra um café?"

"Tudo bem, eu tenho que voltar."

"Reunião de pais na escola, é claro. Eu também devia ligar pra Dotty."

"Essa Dotty é..."

"Minha mulher."

Ha. Com uma pausa interior cujo sentido é e daí? Com essa são quantas esposas agora, duas? E o que é que você tem a ver com isso, Maxine? Por fim, a pergunta que não quer calar — ele fez questão de esperar até agora para dizer que é casado?

Windust encontrou uma caixa coberta com caracteres japoneses, contendo coisas que parecem ser salgadinhos de alga marinha, os quais ele começa a devorar, com todos os sinais de um bom apetite. Maxine fica olhando, não exatamente enojada, ou não ainda.

"Quer provar? É... especial... Olha, Maxine... não sou um cara frio."

Explosão de romantismo é isso aí. Não é frio, imagine. Por outro lado, foi numa "fria" que ela entrou. Uma lufada de vento interior lhe traz a fragrância do 9:30, e com ela a lembrança da cobertura do Deseret, e mais uma vez Lester Traipse.

"Eu hoje estou com a cabeça em outro lugar", Maxine não vê problema em dizer, "por conta de um caso, na verdade não é da minha área, mas enfim. Capaz de você ter visto no noticiário. Um assassinato, Lester Traipse?"

Sujeitinho frio, frio. "Quem?"

"Foi num prédio na minha rua, o Deseret. Você por acaso já esteve lá alguma vez? Quer dizer, já que você se interessa tanto pelo Gabriel Ice, que por acaso é um dos proprietários do edifício."

"Ora, ora."

O que é que ela esperava, uma cena de confissão no tribunal? Ele sabe que eu sei, pensa Maxine, de modo que por hoje já chega.

Dentro do táxi que ele não desceu para vê-la tomar, seguindo rumo ao norte — onde, ela consegue perguntar a si mesma interiormente, com dificuldade, que eu estava com a porra da cabeça? E o pior, ou será que é o melhor, é que agora mesmo não seria preciso muito para fazer com que ela, isso mesmo, desse meia-volta, interrompesse o festival de ódio no programa de rádio que o taxista está ouvindo, e com voz certamente trêmula pedisse que ele a levasse de volta para a caverna escura e selvagem daquele assassino, para mais uma rodada.

Ela só lê o folheto dado por Windust depois, ainda naquela tarde. Há uma série de tarefas limítrofes, subitamente fascinantes, a serem feitas, organizar as esponjas debaixo da pia por tamanho e cor, passar uma fita limpadora no gravador de videocassete, examinar os menus de entrega de restaurantes para eliminar as duplicatas. Por fim Maxine pega o tal folheto, com sua aura já esmaecida de punk rock. A capa não estampa título, autor, logotipo, nenhuma espécie de identificação. Dentro, ela encontra um minidossiê no qual ficamos sabendo de saída, indicando a importância da informação para a pessoa que o compilou, que Gabriel Ice é judeu, e no entanto continua a participar da transferência ilegal de milhões de dólares para uma conta em Dubai controlada pelo Fundo para o Desenvolvimento da Paz (FDP), organização *wahhabista* que, pelo menos segundo o folheto, é sabidamente uma financiadora do terrorismo.

"Por quê", indaga o texto, retórico, "sendo judeu, Ice daria um apoio financeiro tão abundante a inimigos de Israel?" Entre as explicações possíveis estão ganância pura e simples, trabalho de agente duplo e auto-ódio judaico.

Uma dúzia de páginas tentam seguir o itinerário do dinheiro pelos meandros do esquema de *hawala* descoberto por Eric, a começar pela firma de importação e exportação Bilhana Wa-ashifa em Bay Ridge, daí, via o refaturamento de remessas para os Estados Unidos de halvah, pistache, essência de gerânio, grão-de-bico, vários tipos de *ras el hanout*, e remessas para o estrangeiro de telefones celulares, *MP3 players* e outros produtos eletrônicos simples, DVDs, principalmente episódios antigos de *SOS Malibu* — dados reunidos por alguma comissão de gente sem noção, que espantosamente não conhece os princípios fundamentais de contabilidade, tudo jogado no papel de qualquer jeito, de modo que depois de meia hora de leitura os olhos de Maxine estão rodando cada um para um lado e ela não faz ideia se o documento é um autoelogio ou uma confissão de fracasso muito bem disfarçada. No frigir dos ovos, conclui-se que eles estão sabendo do esquema de *hawala* — puxa, que coisa, hein. E o que mais? A última página tem como cabeçalho "Ações recomendadas" e traz a lista esperada de sanções contra a hashslingrz, revogação do certificado de segurança, abertura de processo, cancelamento de contratos ainda em vigor e uma nota de rodapé preocupante: "Opção X — consulte o Manual". Manual esse que, é claro, não está incluído.

O que levou Windust a mostrar-lhe aquilo? A probabilidade de que seja uma arapuca, um modo de fazê-la entrar num fria, continua aumentando. Já quase na hora de o sol nascer, Maxine dá por si numa remontagem onírica de *Estranha passageira* (1942), na qual versões de Paul Henreid, no papel de Jerry, e de Bette Davis, como Charlotte, estão prestes a fazer mais uma pausa para fumar. Como sempre, Jerry elegantemente põe dois cigarros na boca e acende ambos, mas dessa vez quando Charlotte estende a mão para ganhar o seu, Jerry mantém entre os lábios os dois cigarros e continua a fumá-los, com um sorriso simpático, soprando grandes nuvens de fumaça, até só restarem duas guimbas molhadas a pender de seu lábio inferior. Entrecortadas com essa cena, vemos tomadas de Charlotte cada vez mais ansiosa. "Ah... ah, certo... claro que, se você..." Maxine acorda gritando, com a impressão de que há alguma coisa na cama com ela.

Tendo constatado recentemente a credulidade talvez ilimitada dos yuppies colecionadores, uma gangue de falsificadores de charutos está em atuação numa tabacaria da rua 30 oeste, oferecendo charutos cubanos "contrabandeados" por vinte dólares a unidade, um preço atraente para a época, e também uma linha de charutos "raros" e "antigos", entre os quais seleções da coleção pessoal de J. P. Morgan, unidades mastigadas utilizadas em filmagens de Groucho Marx, e incunábulos fumáveis tais como o primeiro charuto cubano de Cristóvão Colombo, mencionado por Las Casas em sua *Historia de las Indias*. Por incrível que pareça, essas falsificações estão todas sendo vendidas pelos preços anunciados, e um fundo de cobertura local está pagando somas astronômicas a esses espertalhões, baixando as despesas como viagens e entretenimento, e embolsando o que a imprensa, quando ficar sabendo, chamará de "propinas polpudas". Uma manhã, uns dois dias depois, Maxine está começando a se sentir em casa com esse caso sempre em aberto quando Daytona entra sacudindo a cabeça, olhos virados para baixo e para a direita. Relembrando o que aprendeu numa oficina de neurolinguística em Atlantic City, Maxine observa: "Você voltou a falar sozinha".

"Não me vem com esse papo cabeça, não, tem uma ligação na linha um. Vê se você consegue acalmar esse aí."

Graças a seu cunhado Avi, seu telefone agora está ligado a um milagroso analisador de voz israelense, cujo algoritmo supostamente consegue detectar a diferença entre mentiras "ofensivas" e "defensivas", além da categoria Mentirinhas Inofensivas. Não dá para saber o que foi que Windust aprontou com Daytona, mas seja o que for que o está incomodando hoje, nada tem de brincadeira.

"Você leu o material que eu te passei?"

Que tal, foi legal aquele dia, não consigo mais parar de pensar em você, e por aí vai? Encerre logo essa conversa, porra. Em vez disso, a Miss Simpatia sai com esta — "Eu já sabia quase tudo, mas obrigada assim mesmo".

"Você sabia que o Ice é judeu."

"É, e o Super-Homem também é, por quê, voltamos a 1943? Mas que obsessão é essa?"

"Ele contratou o seu cunhado."

"E daí? Você está dizendo que judeu só contrata judeu, é isso?"

"A questão é que o Mossad... Eles são aliados dos Estados Unidos, mas só até certo ponto. Ora cooperam, ora não cooperam."

"Isso mesmo, é o zen judaico, muito comum, o Al Jolson uma hora está pintado de preto cantando jazz, e logo depois está cantando na sinagoga, você lembra? Vou te sugerir uma leitura, *As grandes correntes da mística judaica*, de Gershom Scholem, que deve esclarecer alguma dúvida que você ainda tiver, e agora me deixa retomar o trabalho, porque meu tempo é limitado e não dá pra eu ficar me ocupando com um telefonema como o seu. A menos que você tope abrir o jogo logo de uma vez."

"Nós sabemos a quantia que o Ice tem desviado, pra onde vai o dinheiro, sabemos quase com certeza quem está recebendo. Mas por enquanto só temos fios soltos. Você leu o material, viu como a coisa está espalhada. A gente está precisando de uma pessoa que saiba lidar com fraudes, capaz de juntar tudo numa narrativa coerente que a gente possa passar adiante pros escalões superiores."

"Me desculpa, mas essa não dá pra engolir mesmo. Você está me dizendo que no teu enorme banco de dados você não consegue encontrar nenhum mentiroso profissional, nem unzinho? Porque mentir é o que vocês fazem, é a especialidade de vocês, porra." Não esqueça também, Maxine diz a si própria, que romantismos à parte este é o sujeito que estava lá quando Lester Traipse foi largado debaixo da piscina do Deseret.

"Ah, a propósito." Discreto como um caminhão de lixo. "Você já ouvir falar da Escola de Hackers Civis de Moscou?"

"Não. Nunca."

"De acordo com alguns dos meus colegas, ela foi criada pela KGB, ainda é um braço da espionagem russa, uma de suas missões é destruir os Estados Unidos através da guerra cibernética. Os seus amiguinhos Micha e Gricha se formaram lá recentemente, ao que parece."

Está bem, espionagem, reflexos russofóbicos, tudo isso é de se esperar, mas mesmo assim, que cara de pau. "Você não gosta que eu ande com russo. Me desculpa, mas eu pensava que essa história de Guerra Fria tinha acabado. Por quê, eles são ligados à máfia, ou o quê?"

"Hoje em dia a máfia russa e o governo têm vários interesses em comum. Só estou lhe dando um toque pra que você pense bem com quem você anda."

"Pior que no tempo do colegial, sério, a gente sai uma vez com um cara e ele fica achando que é dono da gente."

Um estalo irritado, e a ligação é encerrada.

25.

Esperando por Maxine, na caixa de correio de sua casa, um pequeno envelope acolchoado exibe um carimbo de algum lugar nos cafundós dos Estados Unidos. Talvez um estado começado por M. De início ela imagina que seja dos meninos ou de Horst, mas não há nenhum bilhete, apenas um DVD dentro de um estojo plástico.

Ela põe o disco no aparelho, e de repente surge na tela a imagem inclinada da vista de um terraço de edifício, em algum lugar no extremo West Side, com o rio e Nova Jersey ao longe. Pela luminosidade, é de manhã cedo. O registro automático indica 7ho2minoo, mais ou menos uma semana atrás, congelado por um instante antes de começar a avançar. A trilha sonora é cheia de sons irregulares, sirenes de ambulâncias distantes, um caminhão de lixo bem perto, um helicóptero passando ou talvez pairando sobre o lugar. A câmara está ou atrás ou dentro de uma estrutura que sustenta a caixa-d'água do prédio. No terraço há dois homens com um míssil apoiado no ombro, talvez um Stinger, e um terceiro que passa a maior parte do tempo gritando num celular munido de uma comprida antena flexível.

Por longos intervalos de tempo, quase nada acontece. O diálogo não está muito claro, mas estão falando em inglês, e os sotaques não são muito marcados, não são de nenhum lugar afastado das costas Leste e Oeste. Reg (só pode ser ele) retomou seu velho estilo de fazer zoom o tempo todo, registrando cada jato que passa no céu e depois voltando à rotina no terraço.

Por volta das 8h30, observando uma movimentação no telhado de um edifício próximo, a câmara faz uma panorâmica em direção a ele e centra o zoom num vulto munido de um fuzil AR15, que ele prende num bipé, depois se deita para atirar, levanta-se, remove o bipé, vai até o parapeito do terraço e apoia a arma nele, escolhendo várias posições até achar a que lhe parece a melhor. Seus únicos alvos parecem ser os caras que estão com o Stinger. Mais interessante ainda, ele não faz nenhuma tentativa de se esconder, como se os caras do Stinger soubessem que ele está lá e não estivessem ligando para isso.

Pouco depois, o cara do celular aponta para o céu e todos parecem entrar em ação, fazendo mira ao alvo, que parece ser um Boeing 767 que segue para o sul. Eles rastreiam o avião como se estivessem se preparando para atirar, mas não atiram. O avião segue adiante, e depois de algum tempo some atrás dos prédios. O cara ao telefone grita, "O.k., vamos encerrar", e a equipe guarda tudo e desce do terraço. O atirador no outro prédio também desapareceu. Ouve-se o vento e há um curto período de silêncio na rua.

Maxine telefona para March Kelleher. "March, você sabe postar vídeo no seu blog?"

"Claro, desde que a largura de banda permita. Você está com uma voz estranha, tem alguma coisa interessante?"

"Uma coisa que você devia ver."

"Vem aqui."

March mora entre a Columbus e a Amsterdam, a poucos

quarteirões dali, numa rua transversal onde Maxine já não lembra há quanto tempo ela não vai. Se é que já foi alguma vez. Uma lavanderia, um restaurante indiano em que ela nunca reparou. Essa antiga vizinhança porto-riquenha sobrevive, arranhada e suja, presa em casa, encerrada, seus textos originais tendo sido reescritos de modo implacável — as gangues dos anos 50, o tráfico de drogas vinte anos atrás, tudo isso morrendo diante de todos, na indiferença yuppie, à medida que a construção de arranha-céus, livres de qualquer autoquestionamento, continua avançando em direção ao norte. Algum dia, bem próximo, todo o bairro será uma extensão do Midtown, e um por um os melancólicos prédios de tijolo escuro, os conjuntos habitacionais, os velhos miniprédios de apartamentos com nomes anglo-saxônicos sofisticados e colunas clássicas ladeando as entradas estreitas e janelas em forma de arco e escadas de incêndio de ferro forjado já enferrujadas serão todos demolidos e terraplanados, formando o aterro da desmemória.

O edifício de March, o St. Arnold, é um intruso de tamanho médio, construído antes da guerra, num quarteirão só de prédios baixos de arenito pardo, com uma aparência conscientemente decadente que Maxine associa a mudanças frequentes de proprietários. Hoje há um caminhão de mudança de uma firma desconhecida estacionado à frente, pintores e estucadores trabalhando no hall, placa de Fora de Serviço em um dos elevadores. Maxine é alvo de um número anormalmente elevado de olhares desconfiados antes de ter permissão para entrar no único elevador que funciona. Esse nível elevado de segurança, é claro, pode ser consequência de muitos dos moradores estarem envolvidos em atividades ilícitas e serem obrigados a subornar os empregados.

March usa chinelos em forma de tubarões, com chips sonoros nos saltos, de modo que quando ela anda ouve-se o tema de abertura de *Tubarão* (1975). "Onde que eu encontro esse chinelo? O preço não importa, eu posso contar como despesa da firma."

"Vou perguntar pro meu neto, ele comprou com a mesada dele — dinheiro do Ice, mas se passou pelas mãos do menino, eu considero que foi lavado."

Vão para a cozinha, piso de ladrilhos provençais antigos e uma mesa de pinho sem pintura, grande o bastante para que as duas se sentem diante dela e ainda sobre espaço para o computador de March, uma pilha de livros e uma cafeteira elétrica. "Isso aqui é o meu escritório. Mas e aí, o que é?"

"Não sei direito. Se é mesmo o que parece ser, devia ter um aviso de radioatividade."

Põem o disco para tocar, e March, compreendendo do que se trata desde o início, murmura puta merda, fica se remexendo na cadeira e franzindo a testa até que aparece o sujeito do fuzil, então se inclina um pouco para a frente, atenta, derramando um pouco de café no exemplar caro demais do *Guardian* daquela manhã. "Porra, não dá pra acreditar." Quando termina: "Bom". Põe mais café na xícara. "Quem filmou isso?"

"O Reg Despard, um documentarista que eu conheci que estava trabalhando num projeto sobre a hashslingrz..."

"Ah, me lembro do Reg, a gente se conheceu na nevasca de 96, lá no World Trade Center, havia uma greve de zeladores de prédios, um monte de coisa esquisita acontecendo, segredos, subornos. Quando a coisa terminou, a gente se sentia que nem ex-combatente. Combinamos que se pintasse alguma coisa importante, eu seria a primeira a pôr no meu blog. Se a largura de banda permitisse. A gente acabou perdendo contato, mas um belo dia a gente se encontra de novo. Você acha que isso parece o que eu acho que parece?"

"Uns caras quase derrubam um avião, mudam de ideia na última hora."

"Ou então é um ensaio geral. Alguém planejando derrubar um avião. Por exemplo, alguém do setor privado, trabalhando para o atual governo dos Estados Unidos."

"Mas por quê que..."

Os irlandeses não costumam rezar em silêncio de repente, mas é o que March parece estar fazendo por algum tempo. "Está bem, então tudo isso é falso, ou uma cilada. Faz de conta que eu sou o *Washington Post*, está bem?"

"Está bem." Maxine estende a mão em direção ao rosto de March e começa a fazer movimentos de quem vira as páginas de um jornal.

"Não, não. Quer dizer, que nem naquele filme sobre o caso Watergate, sabe? Jornalismo responsável e o escambau. Em primeiro lugar, esse disco é uma cópia, certo? Isso quer dizer que o original do Reg pode ter sido alterado de muitas maneiras. Aquele registro de dia e hora pode ser falso."

"E quem seria o falsário, na sua opinião?"

March dá de ombros. "Alguém que está querendo fazer o Bush pagar o pato, se é que um pato pode pagar o pato? Ou será um dos homens do Bush que quer fazer ele parecer vítima, armando uma arapuca pra alguém que está armando uma arapuca pro Bush..."

"Está bem, mas vamos dizer que seja um ensaio geral. Quem é o atirador no telhado do outro prédio?"

"Ele está ali pra obrigar os outros a fazer o que eles têm que fazer?"

"E com quem que o cara do celular está falando, ou berrando?"

"Peraí, você já sabe o que eu acho. Os caras do Stinger estavam falando em inglês, eles devem ser civis contratados, porque a ideologia republicana é essa, privatizar sempre que possível — e quando os laboratórios de som conseguirem limpar o diálogo e transcrever tudo, esses mercenários vão se foder porque não fizeram uma varredura completa do terraço. Como foi que o Reg te mandou isso, se você pode me dizer?"

"Me mandou sem eu pedir."

"Como é que você sabe que foi o Reg? Pode ter sido a CIA."

"Está bem, March, a coisa é toda falsa, eu vim aqui só pra fazer você perder seu tempo. O que é que você me aconselha a fazer, nada?"

"Não, a gente tem que descobrir que terraço é esse, pra começo de conversa." Assistem à gravação mais uma vez. "Bom, ali está o rio... ali é Nova Jersey."

"Não é Hoboken. Não tem ponte, então fica ao sul de Fort Lee..."

"Peraí, um minuto. Aquilo ali é a Port Imperial Marina. O Sid vai lá às vezes."

"March, eu nem queria dizer isso, eu nunca estive lá, mas tenho uma sensação sinistra que esse telhado..."

"Então não diz."

"... é a porra do terraço do..."

"Maxi?"

"Deseret."

March olha fixamente para a tela. "Não dá pra dizer, os ângulos não estão muito nítidos. Pode ser vários prédios naquele trecho da Broadway."

"O Reg andou vigiando esse prédio. Vai por mim, foi lá, sim. Eu sei porque sei."

Cuidadosa, como se falasse com uma doida: "De repente não é você que quer que seja o Deseret?".

"Por quê?"

"Foi onde acharam o Lester Traipse. Vai ver que você quer estabelecer uma ligação."

"Vai ver que tem mesmo, March, a vida inteira esse prédio me deu pesadelos, e eu aprendi a confiar nos meus pesadelos."

"Não deve ser difícil descobrir se é mesmo lá."

"Eu frequento o elevador de serviço de lá, vou te arrumar um ingresso como convidada pra piscina, aí a gente dá um jeito de conseguir subir no terraço."

Após percorrer um labirinto de escadas de incêndio e corredores pouco frequentados, as duas emergem num lugar descoberto, perto de uma passarela entre duas seções do prédio, própria para adolescentes aventureiros, amantes clandestinos, criminosos endinheirados em fuga, e seguindo por esse caminho vertiginoso chegam a uma escada de ferro que por fim a leva ao terraço, exposto ao vento que sopra sobre a cidade.

"Cuidado", March escondendo-se atrás de um respiradouro. "Uns sujeitos com acessórios de metal."

Maxine agacha-se ao lado dela. "É, eu tenho o disco deles, acho."

"É aquela equipe do míssil outra vez? O que é isso que eles estão carregando?"

"Não parece ser Stingers. Não seria mais prático ir até lá e perguntar a eles?"

"Então eu sou o seu marido, e isso aqui é um posto de gasolina? Vai lá, se é o que você quer."

Assim que se levantam aparece mais um grupo saindo do elevador.

"Peraí", March inclinando os óculos escuros, "eu conheço ela, é a Beverly, da Associação de Inquilinos."

"March!" Um aceno tão vigoroso que certamente é auxiliado por remédios tarja preta. "Que bom te ver aqui."

"Bev, o que houve?"

"Os sacanas da cooperativa de novo. Sem falar pra ninguém, alugaram um espaço aqui em cima pra pôr antena de celular.

Esses caras", indicando os trabalhadores, "estão tentando instalar umas antenas que vão atingir o bairro todo. Se ninguém fizer nada, o cérebro da gente vai ficar brilhando no escuro."

"Pode contar comigo, Bev."

"March, hm…"

"Vamos, Maxine, a favor ou contra, o bairro é teu também."

"Está bem, por ora, mas é mais uma crise de culpa que você fica me devendo."

"Por ora" acaba sendo, é claro, o resto do dia, que Maxine passa no terraço. Toda vez que ela resolve ir embora, tem mais uma minicrise, instaladores, supervisores, síndicos entrando na discussão, depois chega a equipe da Eyewitness News, filma um pouco, depois mais advogados, ativistas que acordam tarde, *flâneurs* e abelhudos entrando e saindo de cena, cada um com sua opinião.

Naquele momento mais parado da tarde em que não se tem ânimo nem mesmo para consultar o relógio, March, como se lembrando de que está ali para procurar pistas, abaixa-se e pega uma tampa de alguma coisa, com rosca, descolorida pela exposição ao tempo, com diâmetro de cinco, seis centímetros, amassada, aqui e ali algumas inscrições semiapagadas feitas com pincel atômico. Maxine olha, apertando os olhos. "O que é isso, árabe?"

"Tem uma aparência meio militar, não é?"

"Você acha…"

"Vem cá… se incomoda se eu mostrar isso pro Ígor? Só pra tirar a teima."

"O Ígor pode ser o gênio do crime, tudo bem assim mesmo?"

"Lembra do Kriechman, o proprietário daquela ação de despejo?"

"Claro. Quando a gente se conheceu, você estava num protesto contra ele."

"Uns dois anos depois, por motivos de negócios, é claro, o Ígor se irritou com ele, foi até Pound Ridge e largou piranhas na piscina do doutor."

"E aí eles ficaram amigos pra sempre?"

"O doutor entendeu o recado, desistiu do que estava fazendo, sei lá o que era, e desde então está educadíssimo. Por isso eu concluí que o Ígor é um mafioso do bem, pra quem o mercado imobiliário é só uma atividade secundária."

Fazem uma reunião dentro da ZiL, que está atravessando Manhattan, indo de uma bandalheira a outra.

"Claro, tremendo flashback, uma peça de lança-mísseis Stinger. Tampa de compartimento de líquido de arrefecimento de bateria."

"Já dispararam um Stinger contra você", observa March, conscienciosa.

"Eu e meus amigos, nada pessoal. Depois de Afeganistão, Stingers de lá ficaram com *mujahidin*, foram pra mercado negro, muitos CIA comprou depois. Eu organizei uma dessas operações de venda, CIA topava qualquer preço, dava pra ganhar cento e cinquenta mil dólares de uma tacada só."

"Isso faz muito tempo", diz Maxine. "Será que ainda tem algum por aí?"

"Tem muitos. Mundo inteiro, deve ter sessenta, setenta mil unidades, fora imitações chinesas... Menos aqui, Estados Unidos, por isso essa é interessante. Se me permite perguntar... onde você achou?"

March e Maxine entreolham-se. "Que mal faz?", pergunta-se Maxine.

"Na verdade, a última vez que alguém disse isso..."

"Você sabe que quer me dizer", Ígor sorridente.

Elas contam tudo, sem deixar de fora uma rápida sinopse do DVD. "E quem foi que filmou?"

Pelo visto, Reg e Ígor também andaram fazendo lá seus negócios. Conheceram-se em Moscou quando a febre de adoção de bebês russos nos Estados Unidos estava no auge, Reg filmando bebês candidatos para ajudar os pediatras de todo o país a aconselhar possíveis pais adotivos. Como havia um potencial de fraude, a ideia era fazer mais do que fotografar bebês posando para closes, mostrar os pequenos pegando objetos, rolando no chão, engatinhando, o que implicava que Reg atuasse até certo ponto como diretor, ou ao menos instigador. "Rapaz muito simpático. Grande entendedor de cinema russo. Sempre em Mercado Gorbuchka comprando quilos de DVDs, *pirátstvo*, é claro, mas nada de filme de Hollywood, só russo — Tarkóvski, Dziga Viértov, *Dama de cachorrinho*, pra não falar em maior filme de animação já feito, *Iójik v tumane* (1975)."

Maxine ouve fungações espasmódicas e olha no banco da frente, onde Micha e Gricha estão ambos com os olhos rasos d'água e o lábio inferior trêmulo. "Eles, ah, também gostam desse filme?"

Ígor sacode a cabeça, impaciente. "Porco-espinho, coisa russa, não pergunta, não."

"Isso que está escrito na tampa da bateria, o que é, você consegue ler?"

"É pachto, 'Deus é grande', pode ser legítimo, pode ser falsificação de CIA pra parecer coisa de *mujahidin*, encobrindo alguma aprontação deles."

"Bom, já que você puxou esse assunto, tem uma outra…"

"Vou ler seu pensamento. Faca Spetsnaz, certo?"

"Com a lâmina que voa, que supostamente matou Lester Traipse…"

"Pobre Lester." Uma estranha mistura de compaixão e advertência no rosto.

334

"Iih…" Mais um relacionamento em jogo, faz sentido. "A história da faca, pelo que eu concluí, é uma pista falsa."

"Spetsnaz não atira faca feito bala, Spetsnaz lança faca. Faca balística pra *tcháinik*, que não sabe lançar, tem medo chegar perto, não quer fazer barulho de tiro. E mais…", fingindo hesitar, "… lâmina que encontraram no Lester, sabe, primo distante meu trabalha em polícia, viu em sala de provas, e olha só, *podióbka* de merda, nem Ostmark, de repente chinesa, ou coisa mais barata ainda. Quem sabe um dia eu conto mais a você, mas não o que os Flintstones chamam de página saída de história. Muita coisa pra pensar no momento."

"Tudo bem, você me conta só o que você se sentir à vontade pra falar, Ígor. Mas enquanto isso, o que é que a gente faz a respeito da outra arma? Aquela arma high-tech no terraço do prédio? E se essa história for uma bomba-relógio?"

"Posso ver DVD? Pura nostalgia, sabe?"

26.

Cornelia telefona e, tal como ameaçou antes, quer ir fazer compras. Maxine imagina que seja na Bergdorf ou na Saks, mas em vez disso Cornelia a põe dentro de um táxi, e quando ela se dá conta, estão indo para o Bronx. "Sempre quis comprar na Loehmann's", Cornelia explica.

"Mas nunca te deixaram entrar porque... tem que estar acompanhada de alguém que seja judeu?"

"Estou ofendendo você."

"Nada pessoal. Só um pouco de história. Você tem consciência, eu espero, que essa não é mais a Loehmann's lendária. Aquela saiu de lá, sei lá, no final dos anos 80?"

Quando Maxine e Heidi eram meninas, a loja ainda ficava na Fordham Road, e uma vez por mês, mais ou menos, as mães delas as levavam lá para ensiná-las a fazer compras. A Loehmann's naquele tempo adotava a política de não permitir trocas, de modo que era preciso acertar logo na primeira vez. Era uma espécie de treinamento de recrutas. Proporcionava disciplina e desenvolvia reflexos. Heidi pegou o jeito mais que depressa, como se numa outra encarnação tivesse sido uma superestrela do comércio de modas. "É estranho, eu me sinto em casa, como se fosse essa a minha verdadeira personalidade, não sei explicar."

"Eu sei", disse Maxine. "Você é uma consumidora compulsiva."

Para Maxine, não era nada de tão cósmico. O provador não tinha nenhuma privacidade, era "comunal", como as pessoas diziam na época, cheio de mulheres em diferentes graus de nudez e atitude provando roupas metade das quais era do tamanho errado, mas mesmo assim dando conselhos de graça a todas que pareciam estar precisadas, ou seja, todo mundo. Era como o vestiário na Julia Richman, sem a inveja e a paranoia. E agora aquela *Wasp* com colar de pérolas quer levá-la de volta àquele tempo.

A nova Loehmann's fica mais ao norte, num antigo rinque de patinação, ao que parece, já quase em Riverdale, bem junto ao barulho implacável do Deegan Expressway, e Maxine tem que se conter para não soltar um grito de reconhecimento — as mesmas fileiras intermináveis de roupas empilhadas e manuseadas, o mesmo tristemente famoso provador no fundo, cheio, ela é capaz de apostar, de compras equivocadas e vestidos de formatura de filme de horror, espalhando lantejoulas para todos os lados. Cornelia, por outro lado, assim que entra na loja fica fascinada. "Ah, Maxi! Amei o lugar!"

"É, bem…"

"A gente se encontra nas caixas registradoras, por volta de uma hora, pra almoçar, certo?" Cornelia desaparece num miasma de algum composto de formaldeído, seja lá qual for, que os vendedores de roupas põem nos produtos que lhes dão esse cheiro, e Maxine, não se sentindo exatamente claustrofóbica, é mais uma espécie de intolerância retroativa, sai da loja, anda pelas ruas, depois se lembra que se seguir um pouco pelo Deegan, passando da divisa de Yonkers, vai chegar ao Sensibility, o campo de tiro para mulheres aonde ela acaba de enviar o pagamento de mais um ano de filiação, e que, para vir à Loehmann's, por algum motivo ela lembrou-se de trazer sua Beretta.

Ora. Cornelia vai ficar horas nas compras. Maxine vê um táxi largando o passageiro, e dez minutos depois está preparada para entrar em ação no Sensibility, já na linha de tiro, munida de óculos protetores, tampões auriculares e protetor de cabeça, com um copo de plástico cheio de cartuchos, dando um tiro depois do outro. Os adeptos de games que enfrentem seus zumbis, Hans Solo os TIE Fighters, Hortelino Troca-Letras seu coelho incapturável, para Maxine o alvo sempre foi aquela figura icônica conhecida pelos policiais como o Meliante, aqui numa versão em fúcsia e verde-Ray-Ban. Ele parece um delinquente juvenil envelhecido, com um daqueles topetes brilhosos dos anos 50 e cara de mau e talvez um esgar de míope. Hoje, mesmo quando aquela imagem está encostada na berma, ela consegue acertar uns bons tiros na cabeça, no peito e até na virilha — o que muitos anos atrás talvez fosse um problema, se bem que depois de algum tempo Maxine concluiu que as muitas dobras de pano que o artista faz irradiarem-se da virilha do alvo talvez devam ser entendidas como um convite para mirar lá também. Ela passa algum tempo praticando disparos duplos. Por alguns instantes, faz de conta — só de brincadeira, não é? — que está atirando em Windust.

No hall, já de saída, Maxine está pedindo um táxi no telefone público quando esbarra em ninguém menos que seu antigo parceiro no furto de vinho, Randy, visto pela última vez saindo do estacionamento do farol em Montauk. Hoje ele parece estar com a cabeça em outro lugar. Os dois se recolhem a um sofá debaixo de um pôster em tamanho mural da cena de abertura de A carta (1940), em que Bette Davis finge dar seis tiros em David Newell, que não aparece nos créditos, mas que talvez tenha recebido alguma outra forma de agradecimento.

"Sabe o que o filho da puta do Ice aprontou? Descobriu que eu tive acesso à casa dele. Alguém deve ter feito um levantamento dos vinhos na adega. Pegou o número da minha placa com as câmaras de vídeo de circuito fechado."

"Que chato. Sem consequências legais, eu espero."

"Até agora, nenhuma. Pra falar com franqueza, dou graças por ter conseguido sair de lá. Tenho ouvido umas coisas muito doidas." Luzes estranhas na madrugada, visitantes com olhos esquisitos, cheques sem fundo devolvidos com inscrições ilegíveis. "De repente, começaram a aparecer em Montauk equipes de tevê desses canais que falam de temas paranormais. Policial fazendo hora extra, investigando incidentes misteriosos, inclusive aquele incêndio na casa do Bruno e da Shae. Imagino que você já soube da última do Westchester Willy?"

"A última que eu soube é que ele estava foragido."

"Está lá em Utah."

"O quê?"

"Os três, eu soube por uma carta que chegou ontem pelo correio, vão se casar. Os três juntos."

"Quer dizer que eles fugiram pra casar?"

"Dá uma olhada." Um cartão impresso com flores, sinos, cupidos, inscrições numa fonte riponga não muito fácil de ler.

Maxine, começando a sentir um pouco de náusea, lê o suficiente. "É um convite pro chá de panela deles, Randy? Quer dizer que em Utah é legal três pessoas se casarem?"

"Legal não deve ser, não, mas sabe como é, você encontra uma pessoa num bar, as pessoas começam a dizer coisas que não têm nada a ver, e daí a pouco, essa garotada age por impulso, e pronto, eles entram numa."

"Você, ããh, está pretendendo ir nessa festa?"

"Difícil decidir o que a gente dá pra eles. Um jogo de toalhas Ela, Ele e Ele? Uma pia tripla pro banheiro?"

"Um jogo de cozinha de trinta peças."

"Por aí vai. Deve ter um mandado federal de prisão de fugitivos correndo contra eles, você podia ganhar uma graninha legal, você vai até lá, de repente eu vou com você pra te dar apoio."

"Eu não sou caçadora de recompensa, Randy. Sou só uma contadora que se espanta de ver que a relação continua depois que o dinheiro foi apreendido. Aliás, acho até fofo. Pelo visto, estou virando minha mãe."

"É, incrível ver que a Shae e o Bruno seguraram a barra do Willy. A gente começa a ficar meio desiludido com a humanidade, e aí as pessoas te passam a perna."

"No meu trabalho", Maxine diz mais a si própria do que a Randy, "as pessoas te passam a perna e depois de algum tempo você começa a ficar desiludido."

Ela volta à Loehmann's praticamente na hora exata em que Cornelia emerge da multidão de mulheres na sala dos fundos, que ficaram esse tempo todo atacando as pilhas de roupas em promoção, olhando com descrença para as etiquetas de grifes, consultando via celular suas filhas adolescentes tamanho 30. Maxine identifica em Cornelia sintomas de um caso avançado de Soco, Síndrome Obsessiva de Consumo em Outlets.

"Você está passando fome, vamos comer alguma coisa antes que você desmaie", e saem as duas em busca de um almoço. No tempo da Fordham Road, Maxine se lembra, pelo menos dava para encontrar um *knish* decente no bairro, um *egg cream* clássico. Perto do novo endereço tem uma Domino's Pizza e um McDonald's, e uma delicatéssen possivelmente pseudojudaica, Bagels 'n' Blintzes, e é lá, naturalmente, que Cornelia faz questão de comer, tendo ouvido falar nela, sem dúvida, no jornalzinho de alguma organização de caridade, e as duas se instalam num reservado, cercadas pelas compras de Cornelia, que só com muita boa vontade poderiam ser caracterizadas como "impulsivas", e que dariam para encher uma caçamba das boas.

Pelo menos não é um salão de chá para senhoras no Midtown. A garçonete, Lynda, é uma típica veterana de delicatéssen, que basta ouvir Cornelia por dois segundos para começar a resmungar, "Acha que eu sou a empregadinha dela", enquanto Cornelia deixa claro que quer pão de centeio "judaico" em seu sanduíche de *pastrami* de peru com rosbife. Chega o sanduíche: "E você garante que isso é pão de centeio *judaico*".

"Vou perguntar pra ele. Oi!" Aproximando o sanduíche do rosto. "Você é judeu? A freguesa quer saber antes de te comer. O quê? Não, ela é gói, mas como os góis não têm essa história de kosher, o que eles fazem é ficar cheio de nove-horas com a comida", e por aí afora.

Maxine apresenta a Cornelia o refrigerante Cel-Ray da Dr. Brown, põe num copo para ela. "Prova, champanhe judaica."

"Interessante, mais pra *demi-sec* — ô Lynda, por favor, será que você tem isso aqui mais seco, talvez *brut*..."

"Sh-shh", diz Maxine, se bem que Lynda, percebendo que se trata de uma gozação de *Wasp*, a ignora.

Durante o papo de almoço, Maxine fica sabendo muita coisa sobre o casamento dos Slagiatt. Embora a atração fosse perversa e imediata, Cornelia e Rocky, ao que parece, não exatamente se apaixonaram, porém caíram numa clássica *folie à deux* nova-iorquina — ela, fascinada pela ideia de casar com um membro de uma Família Imigrante, esperando encontrar a Alma Mediterrânea, comida de primeira, uma aceitação total da vida, inclusive atividades sexuais italianas difíceis de imaginar, e ele antegozando a iniciação nos Mistérios da Classe A, segredos de elegância, etiqueta e tiradas espirituosas na alta sociedade, além de uma quantidade ilimitada de dinheiro velho para tomar emprestado sem ter que se preocupar muito com a cobrança de dívida, ou pelo menos com o tipo de cobrança que ele conhece.

Imagine-se a decepção mútua quando eles se deram conta

da realidade da situação. Os Thrubwell, Rocky constatou, longe de ser a dinastia de classe alta que ele imaginava, são uma tribo vulgar de gente que tira meleca do nariz, com o senso de elegância e a capacidade de conversação de crianças criadas por lobos, e com uma renda coletiva que a Dun & Bradstreet mal se dá ao trabalho de registrar. Cornelia, por sua vez, ficou igualmente atônita quando viu que os Slagiatt, a maioria dos quais vivia num arquipélago suburbano bem a leste da divisa do condado de Nassau, e para quem a coisa mais próxima a uma festa italiana era fazer um pedido de entrega na Pizza Hut, não eram muito chegados a "calor humano", nem mesmo entre eles, educando as crianças, por exemplo, não com a gritaria e as palmadas calorosas que ela fora levada a imaginar depois de passar a adolescência vendo cinema neorrealista no Thalia Theatre, e sim com olhares frios, silenciosos, até mesmo, há que reconhecer, patologicamente frios.

Já na lua de mel, passada no Havaí, Rocky e Cornelia começaram a trocar olhares do tipo "o que foi que eu fiz". Mas o Havaí era o paraíso, com uqueleles em vez de harpas, e às vezes o paraíso consegue se impor. Uma noite, quando assistiam a um pôr do sol após uma trepada, "garotas *Wasps*", declarou Rocky, com um trêmulo de adoração na voz. "É."

"Nós somos poderosas. Também temos uma organização criminosa, caso você não saiba."

"Hein?"

"A Prada Nostra."

Uma espécie de compreensão compassiva brotou, e foi crescendo. Cornelia continuou a insistir, enfática, que para os Thrubwell a maior parte da Alta Sociedade era composta de descendentes de imigrantes e arrivistas, e Rocky continuou a cantar "Donna non vidi mai" quando a contemplava no chuveiro, muitas vezes comendo uma fatia de pizza siciliana ao cantar.

Mas à medida que foram se aproximando, também passaram a conhecer quem eles julgavam estar enganando.

"O seu marido tende a escapulir para dimensões extras", arrisca Maxine.

"Lá no bairro coreano chamam ele de '4-D'. Aliás, ele tem poderes paranormais. Acha que você está tendo problemas, mas não quer 'se meter', como ele costuma dizer." Cornelia com um daqueles complexos movimentos de sobrancelha típicos das *Wasps*, talvez uma coisa genética, que exprime compaixão com um subtexto tipo por favor, não quero ter que lidar com mais uma fracassada...

Mesmo não sendo essa a intenção, porém, uma *mitzvah* em potencial deve ser explorada. "Sem querer fazer gênero, é um vídeo que caiu nas minhas mãos. Eu não ia ficar achando que era o caso de me preocupar se a coisa não fosse política, da pior maneira possível, talvez até internacional, e acho que na situação em que eu me vejo realmente estou precisando de um conselho."

Sem qualquer hesitação que Maxine tenha percebido: "Nesse caso, você devia entrar em contato com o Chandler Platt, ele tem o maior talento pra facilitar as coisas e é um amor de pessoa".

O que dispara um alarme na cabeça de Maxine, pois ou ela muito se engana ou então conhece o tal Platt, um figurão no mundo das finanças e um mediador influente com acesso às altas rodas, além de ter o que Maxine julga ser um faro, tão bem calibrado quanto um mapa de artilharia, que lhe indica qual o lado que mais vai favorecê-lo pessoalmente. Ao longo dos anos os dois se encontraram em diversas ocasiões sociais, na interseção entre a munificência do East Side e o sentimento de culpa do West Side, e, a lembrança lhe vem agora, é possível que Chandler uma vez tenha agarrado seu peito por alguns segundos, mais num ato reflexo do que qualquer outra coisa, em alguma situação num vestiário, nada sério. Ela acha pouco provável que ele se lembre.

E há mediadores e mediadores. "E esse talento dele — inclui o dom de saber fechar a boca?"

"Ah. Isso, é entregar a *la mano di Dio*, como diz don Corleone."

Chandler Platt tem um espaçoso escritório numa esquina no Midtown, na Hanover, Fisk, uma firma de advocacia de alto calibre, em uma daquelas caixas de vidro que formam o corredor da Sexta Avenida, de onde se descortina uma vista que inspira delírios de grandeza. Elevador privado, esquema de fluxo de trânsito que torna impossível tanto saber quantos negócios estão em andamento quanto esquecer que espécie de negócios transcorrem aqui. As cores predominantes são âmbar profundo e vermelho-czar. Um estagiário asiático menor de idade leva Maxine à presença de Chandler Platt, instalado atrás de uma escrivaninha feita com um tronco de *kauri* da Nova Zelândia com quarenta mil anos de idade que mais parece um imóvel do que um móvel, levando o observador descompromissado, mesmo um que tenha uma opinião bastante convencional a respeito desses assuntos, a se perguntar quantas secretárias caberiam com conforto debaixo daquela mesa, e que amenidades poderiam ser oferecidas no espaço em questão — banheiro, acesso à internet, *futons* para permitir que as moçoilas trabalhem em vários turnos? Essas fantasias mórbidas são ainda mais estimuladas pelo sorriso de Platt, situado numa região indefinida entre a lascívia e a benevolência.

"Que prazer, sra. Loeffler, há quanto tempo, mesmo?"

"Ah... algum momento no século passado?"

"Não foi naquele almoço no San Remo, pra levantar fundos pra campanha do Eliot Spitzer?"

"Pode ser. Nunca imaginei o senhor num evento do Partido Democrata."

"Ah, eu e o Eliot somos velhos conhecidos. Desde os tempos da Skadden, Arps, talvez até antes."

"E agora ele é secretário da Justiça e está atrás de vocês como antes estava atrás dos mafiosos." Se é que há alguma diferença, ela por um triz não acrescenta. "Que ironia, hein?"

"Custos e benefícios. No frigir dos ovos, ele tem sido bom pra nós, afastando alguns elementos que acabariam nos atacando."

"A Cornelia deu a entender que o senhor tem amigos em todos os lugares."

"A longo prazo, tem menos a ver com rótulos do que com todo mundo acabar bem. Uns até acabam ficando meus amigos mesmo, no sentido pré-internet do termo. A Cornelia, por exemplo, certamente. Há muitos anos eu tentei conquistar a mãe dela, que teve o bom senso de me mandar pastar mais que depressa."

Maxine trouxe o DVD de Reg e um pequeno aparelho Panasonic, que Platt, sem saber direito onde ficam as tomadas, deixa que a própria Maxine ligue na parede. Ele sorri olhando para a pequena tela de tal modo que faz Maxine se sentir como uma neta mostrando um videoclipe ao avô. Mas quando a equipe do Stinger se prepara para entrar em ação...

"Ah. Ah, espere um minuto, o botão de pausa é aqui, a senhora podia..."

Ela aperta o botão. "Algum problema?"

"Essas armas, elas são... mísseis Stinger ou algo parecido. Um pouco fora da minha área de competência, a senhora há de entender."

E se ela quisesse ouvir conversa fiada, era só procurar o bar mais próximo. "Claro, eu esqueço a toda hora, vocês são mais chegados a Mannlicher-Carcano."

"Eu e Jackie Kennedy éramos muito amigos", ele retruca, gélido, "e acho esse seu comentário ofensivo."

"Ofensivo, ora, eu sabia que isso era um equívoco." Ela já está de pé, pegando sua bolsa Kate Spade, achando-a mais leve que de costume. Claro, o único dia em que ela devia ter trazido a porra da Beretta. Estende a mão em direção ao aparelho de DVD para ejetar o disco. A essa altura os reflexos diplomáticos de Platt já assumiram o poder, ou isso ou a obsessão de controlar tudo típica dos *Wasps*. Murmurando algo assim como "Espere, espere", aperta um botão secreto, que rapidamente faz o estagiário entrar com uma cafeteira e uma variedade de biscoitos. Maxine pergunta a si própria se as bandeirantes não estariam envolvidas nessa história, o que não era nada apropriado. Platt assiste ao resto da gravação em silêncio.

"Bem. Provocativo. A senhora me daria um minutinho?" Recolhendo-se a uma sala interior e deixando Maxine com o estagiário, parado na porta e dirigindo-lhe um olhar que ela gostaria de classificar como inescrutável, mas isso seria racismo. Não havendo informações completas sobre os ingredientes, é claro que ela se recusa a atacar os biscoitos.

"E aí... como é o trabalho? É a sua primeira etapa na carreira de advocacia?"

"Espero que não. Na verdade eu sou um rapper."

"Tipo assim, Jay-Z?"

"Eu sou mais o Nas. Como a senhora é capaz de estar sabendo, eles dois estão brigando no momento, aquela velha rivalidade Queens-Brooklyn de novo, eu detesto tomar partido, mas... 'The World Is Yours', como é que alguém pode chegar perto disso?"

"Você se apresenta em público, em boates?"

"Sim. Aliás, vou me apresentar em breve, peraí." Tendo pegado em algum lugar um clone de TB-303 com caixas de som embutidas, ele liga o sintetizador na tomada e começa a dedilhar uma linha de baixo numa escala pentatônica maior. "Ó só."

Tentando dar uma de Biggie ou de Tupac
Com um cofrinho Mao Tsé-tung de laca
e o Screamin Jay Hawkins em Hong Kong
confundindo chinês com vietcongue
e em filme antigo era sintomático —
escandinavo no papel de asiático,
e branco azedo bancando Kublai Khan
e o sueco Warner Oland virando Charlie Chan
e um outro sueco, já não me lembro quem,
encarnando o famoso general Yen
e Bette Davis engrossou com Gale Sondergaard
e levou dela uma facada, Deus a guarde,
como se estivessem as duas otárias
no pátio de alguma penitenciária
bem longe do bairro chinês
vejam vocês —

"Ah, Darren", Chandler Platt reentrando de modo um tanto brusco, "quando você puder, dava pra me trazer aquelas cópias da carta da Braun, Fleckwith? E chama o Hugh Goldman, por favor?"

"Demorou, sangue bom", desligando o sintetizador e indo em direção à porta.

"Obrigado, Darren", Maxine sorri, "gostei da música — do pouco que o sr. Platt me permitiu ouvir."

"Ele é até muito tolerante. Na faixa dele a maioria não gosta de *gongsta rap*."

"Vo... Eu percebi uma ou duas, não sei, referências raciais..."

"De propósito. Neguinho vai cair de pau em mim, me chamando de japa e tingue-lingue e o cacete, e aí eu já puxo o assunto antes." Ele lhe entrega um CD num estojo de plástico. "Uma seleção, espero que você curta."

"Ele dá de graça", Chandler Platt piscando os olhos em intervalos regulares e sem motivo, como um personagem de desenho animado de baixo orçamento. "Cometi o erro de perguntar uma vez como que ele pretende ganhar dinheiro. Ele respondeu que dinheiro não é o que importa, mas nunca me explicou o que é que importa. Eu fico horrorizado, é uma coisa que está na base da Bolsa." Pega um biscoito de *chocolate chip* e fica a contemplá-lo. "Quando eu estava no começo da minha carreira, 'ser republicano' era só adotar uma espécie de ganância com princípios. Você agia de tal modo que você e os seus amigos se dessem bem, com profissionalismo, acima de tudo você trabalhava e só embolsava o dinheiro depois de suar a camisa. Pois o partido agora está numa fase ruim. Esta geração — agora virou quase uma coisa religiosa. É o final dos tempos, não precisa mais ter responsabilidade. Eles estão livres desse ônus. O Menino Jesus cuida da carteira dos assuntos terrenos, e ninguém se ressente dos juros transitados que Ele embolsa..." De repente, e, do ponto de vista do biscoito, com brutalidade, ele morde o biscoito, espalhando farelos. "Não vai mesmo provar um, eles são... Não? Tudo bem, eu acho que vou..." Pegando mais um, ou melhor, dois ou três. "Acabei de falar com umas pessoas. Uma conversa muito estranha, tenho que admitir. Pelo menos eles atendem o telefone."

"Então não foi uma conversa típica de profissionais do ramo."

"Não, uma outra coisa, uma coisa... estranha. Quer dizer, nada que fosse dito com todas as letras, mas foi como se..."

"Peraí. O senhor não está me dizendo que..."

"... como se eles já soubessem o que vai acontecer. Este... evento. Eles sabem, e não vão fazer nada."

Será mais uma tentativa de assustar as pessoas comuns para que a gente continue implorando proteção? Seria o caso de ficar mesmo assustada? "Eu não criei nenhum problema pro senhor, espero."

"'Problema.'" Maxine acha que já viu a maior parte das expressões de desespero a que têm acesso os homens nessa faixa de renda, mas o que aparece por alguns instantes no rosto dele pediria que se abrisse uma nova pasta. "Problemas com essa gente? Nunca dá pra se ter certeza, na verdade. Se bem que, havendo alguma situação desagradável, eu confiaria sem hesitação no Darren, ele se garante em tudo, desde *nunchaku* até... bom, mísseis Stinger, tenho certeza, e mais outras coisas ainda. Fique tranquila com relação à minha segurança, minha jovem, e cuide da sua. Tente evitar atividades de natureza terrorista. Ah, se incomoda de sair pelos fundos? A senhora nunca esteve aqui, certo?"

A saída dos fundos passa por perto do cubículo de Darren. Maxine olha lá dentro e o vê parado junto à janela, um quarto do perfil de seu rosto, virado para baixo, olhando, vendo, cinquenta andares abaixo, em Nova York, aquele abismo específico, com uma intensidade que ela reconhece da tela de abertura do DeepArcher. Valeria a pena entrar de repente, quebrar a concentração dele com perguntas do tipo você conhece a Cassidy, você posou para o Arqueiro, fazendo o rapaz manifestar sua irritação de *gongsta* sabe-se lá como, larga do meu pé, mulher... Será que ela está tão desesperada assim para achar uma ligação literal entre aquele garoto e alguma imagem vista na tela, quando ela sabe o tempo todo que não há ligação nenhuma, que a figura estava lá, desde sempre, mais nada, que Cassidy, graças a alguma intervenção a que ninguém é capaz de dar nome, conseguiu chegar até aquela presença silenciosa, esticada na beira do mundo, e copiou o que lhe ficou na memória e imediatamente esqueceu como se volta para lá...

A cabeça zumbindo de pensamentos intranquilos, Maxine sai à rua e se dá conta que está bem perto da Saks. Quem sabe meia hora de variações em torno da moda, não se trata de fazer compras, terá o efeito de trazê-la de volta ao rés do chão. Ela vai até a Quinta Avenida pela rua 47. E quem não o faria, sabendo que ali fica o bairro dos joalheiros? Não apenas pela possibilidade, ainda que remota, de ver de longe as pedras exatas, montadas do modo preciso, que ela sempre quis a vida toda, mas também pelo ar geral de trama, a sensação de que nada, ninguém naquele quarteirão, está onde está por acaso, que saturando o espaço, tão invisíveis quanto os comprimentos de onda que levam as novelas até os lares, dramas complexos de muitas facetas pululam para todos os lados.

"Maxine Tarnow? Não é?" Parece ser Emma Levin, a professora de krav maga de Ziggy. "Vim encontrar com o meu namorado pra gente almoçar."

"Quer dizer que vocês dois estão... procurando brilhantes? Será... o brilhante? Ah! Será que estou ouvindo sinos batendo...?" Não. Ela não pode ter dito isso em voz alta. Disse mesmo? Estará ela se transformando em Elaine sem querer, tal como Larry Talbot vira lobisomem, por exemplo?

Naftali, o namorado que já foi do Mossad, é segurança de um joalheiro da rua. "Quem vê pensa que a gente se conheceu há anos no trabalho, ele foi conhecer a academia, e pimba! Magia! Mas não, foi num serviço de conserto. Agora, o mesmo relâmpago..."

"O Ziggy vive contando histórias do Naftali desde que começou a fazer krav maga. Causou a maior impressão nele, coisa que não é fácil, não."

"Lá está ele. Meu príncipe." Naftali finge estar fazendo hora em frente a uma loja, um *flâneur* que numa fração de segundo, em silêncio, pode ser acionado, transformando-se na cólera divina. Segundo Ziggy, a primeira vez que Naftali foi à academia, Nigel na mesma hora lhe perguntou quantas pessoas ele já havia matado, e com um dar de ombros ele respondeu: "Perdi a conta". Quando Emma lhe dirigiu um olhar feroz, acrescentou:

"Sei lá... não lembro, né?". Talvez fosse só uma gozação, mas Maxine não fazia questão de tirar a prova. Corpo enxuto, cabelo bem curto, terno preto, rosto simpático visto a meio quarteirão que readquire, à medida que entra em foco, todo um histórico de cortes e fraturas e sentimentos contidos por motivos profissionais. Se bem que para Emma Levin ele abre uma exceção. Eles sorriem, se abraçam, e por um segundo nada brilha mais que aqueles dois no quarteirão.

"Ah, você é a mãe do Ziggy. O cara durão. Como é que ele está curtindo as férias?"

Durão? O pequeno Ziggurat da mamãe? "Está lá pros lados do Iowa, ou Illinois, um dos dois. Praticando krav maga todos os dias, aposto."

"Um bom lugar pra ir", Naftali falando um pouco mais depressa, e Emma sorrindo para ele.

Como uma pessoa que já foi de falar impulsivamente, Maxine entra em sintonia com ele, mas mesmo assim, curiosa para saber o que ele está quase dizendo, tenta: "Eu bem que queria dar um jeito de sair da cidade por uns tempos".

Ele a observa com atenção, não exatamente sorrindo, mas satisfeito, como alguém que já participou de tantos interrogatórios que conhece bem a etiqueta do negócio. "Aqui, sabe, você fica conhecendo um monte de histórias. O problema é que a maior parte delas é conversa fiada."

"O que não adianta nada, pra quem é do tipo que se preocupa."

"É o seu tipo? Não parece."

"Naftali Perlman", resmunga Emma, "para com isso, ela é casada."

"Separada", Maxine, batendo os cílios.

"Está vendo como ela é possessiva?", Naftali sorrindo. "Nós vamos almoçar, quer vir conosco?"

"Tenho que ir pro trabalho, mas obrigada."

"O seu trabalho… você é… modelo?"

De modo muito preciso, Emma Levin vira um dos pés para o lado, inclina o cotovelo e seu rosto assume uma expressão de filme de kung fu.

"Essa mulher é das minhas!" Um aperto explícito que Emma, na verdade, não evita.

"Juízo, crianças. *Shalom.*"

27.

Os garotos telefonam uma noite de Prairie du Chien ou Fond du Lac ou coisa parecida para dizer a ela que voltam para casa dentro de dois dias.

Então, como diz e canta Ace Ventura, tudo bem. Maxine anda de um lado para o outro preocupada, convencida de que largou provas de mau comportamento bem à vista que vão não exatamente criar problemas com Horst, porém obrigá-la a levar em conta os sentimentos dele, coisa que, apesar das aparências, é bem possível que ele tenha. Ela começa a pensar nas pessoas com quem andou — tirando Windust — desde que Horst partiu. Conkling, Rocky, Eric, Reg. Em cada um desses casos ela pode alegar que foi a trabalho, o que seria ótimo se Horst fosse a Secretaria da Receita Federal.

Já Heidi não chega a ajudá-la muito. "De repente você e o Carmine podiam aparecer lá em casa, digamos, por acaso?", Maxine sugere.

"Você está achando que vai ter algum problema?"

"Emoções, talvez."

353

"Hmmm?... Então o que você está dizendo na verdade é que você quer que o Horst veja que estou com alguma pessoa, porque você está na paranoia de que de repente ainda esteja rolando alguma coisa entre mim e o Horst? Maxi, como você é insegura. Será que algum dia você vai parar com isso?"

Heidi parece tensa nesses últimos dias, mesmo levando em conta o estado normal dela, de modo que Maxine não fica muito surpresa quando sua amiga de infância faz questão de não aparecer na sua casa, nem com Carmine nem sem ele, quando os homens do clã Loeffler chegam ruidosamente, no maior barato de açúcar, ocupando o corredor e entrando pela porta adentro.

"Oi, mãe. Estava com saudade."

"Ah, meninos." Ela se ajoelha no chão e abraça os filhos até que todo mundo fica muito constrangido.

Todos estão usando bonés da Kum & Go, trouxeram até um para Maxine, que ela põe na cabeça. Foram a tudo que é lugar. Floyd's Knobs, Indiana. Duck Creek Plaza em Bettendorf. Chuck E. Cheese e Loco Joe's. Cantam para ela o anúncio da Hy-Vee. Mais de uma vez.

Quando chegaram em Chicago, antes de mais nada fizeram uma viagem sentimental, o que para Horst tinha como ponto de partida a LaSalle Street, seu primeiro campo de batalha, onde ele foi um daqueles aventureiros que, com gestos complicados, enfrentava o pregão todos os dias em que a Bolsa abria. Começou na Merc, atuando no mercado de futuros de eurodólares, negociando para os clientes e para si próprio, envergando um paletó de corretor com listras verde e magenta, em tons discretos, com um crachá contendo um nome de três letras. Quando o pregão encerrava, por volta das três da tarde, ele tirava o uniforme e ia até a Junta Comercial de Chicago e dava uma passada no Ceres Cafe. Quando a CME resolveu proibir o *double trading*, Horst foi um dos muitos que migraram para a Junta, onde esses escrúpulos não existiam, se bem que a atividade com eurodólares era sensivelmente menos intensa. Por algum tempo se concentrou em títulos da dívida pública, mas logo, como se atendendo a um impulso vindo das profundezas de seu DNA do Meio-Oeste, começou a participar dos pregões agrícolas, e quando deu por si estava mergulhado no interior do país, inalando o aroma de punhados de trigo, examinando soja para ver se havia mancha púrpura, caminhando em plantações de cevada, apertando grãos, inspecionando glumas e pedúnculos, conversando com fazendeiros e oráculos meteorológicos e reguladores de sinistros — ou, como ele dizia a si próprio, redescobrindo suas raízes.

Seja como for, as fazendas vêm e vão, mas o que realmente fisga a pessoa é Chicago. Horst levou seus filhos à lanchonete dos corretores na Junta e também ao Brokers Inn, onde eles comeram o lendário e imenso sanduíche de peixe, e a tradicionais churrascarias do Loop onde as peças de carne são expostas na vitrine da frente e os garçons se dirigem aos meninos como "cavalheiros". Onde a faca de churrasco posta ao lado do prato não é uma vulgar faquinha com dentes de serra e cabo de plástico, e sim uma lâmina de aço afiada em pedra, rebitada numa peça de carvalho talhada a mão. Sólida.

Os avós, durante toda a estada na casa deles, ficaram na maior felicidade, e da varanda da casa os meninos ficavam a contemplar a lua do Iowa, maior do que qualquer lua que eles já tinham visto, nascendo atrás de umas arvorezinhas com silhueta em forma de pirulito, e ninguém nem pensava no que estaria passando na televisão, que estava ligada na sala, porém mais como iluminação do que como qualquer outra coisa.

Comeram em shoppings por todo o Iowa, no Villa Pizza e no Bishop's Buffet, e Horst os fez provar um *maid-rite*, bem como variações locais em torno do *louisville hot brown*. Verão e Oeste adentro, viram o vento percorrer diferentes trigais e atravessaram silêncios rurais quando escurece no meio da tarde e relâmpagos brotam no horizonte. Procuraram jogos eletrônicos em shoppings decadentes, em sinucas à beira-rio, em bares frequentados por estudantes perto de universidades, em sorveterias escondidas em galerias. Horst não tinha como não observar o quanto aqueles lugares, em sua maioria, haviam se tornado relativamente abandonados em comparação com os velhos tempos, os soalhos menos varridos, o ar-condicionado menos intenso, a fumaça mais espessa do que nos verões do Meio-Oeste de muitos anos atrás. Os meninos jogavam em máquinas antigas, vindas da longínqua Califórnia, supostamente programadas pelo próprio Nolan Bushnell. Jogaram Arkanoid na Ames and Zaxxon de Sioux City. Jogaram RoadBlasters e Galaga e Galaga 88, Tempest e Rampage e Robotron 2084, que Horst considera o melhor jogo eletrônico de todos os tempos. O que mais jogavam, sempre que o encontravam, era Time Crisis 2.

Pelo menos Ziggy e Otis. A grande vantagem do jogo era que os dois meninos podiam jogar na mesma máquina e um ficar de olho no outro, enquanto Horst ia se ocupar com alguma missão relativa a commodities.

"Vou só dar uma passada nesse bar aqui um minuto, meninos. Coisa de trabalho."

Ziggy e Otis continuavam atirando, Ziggy normalmente com a arma azul e Otis com a vermelha, pisando ou não nos pedais, conforme quisessem buscar proteção ou sair atirando. A certa altura, indo comprar mais fichas, eles reparam que há dois garotos locais que ficam a vê-los jogar, porém, ao contrário do que costuma acontecer nesses lugares, não dão nenhum palpite. Embora não estejam babando nem levem armas de verdade, pelo menos até onde os meninos podem perceber, irradiam aquela aura vaga de ameaça que é uma das coisas menos simpáticas do Meio-Oeste. "Qual é?", pergunta Ziggy, no tom mais neutro possível.

356

"Vocês são nerds?"

"Nerds, como assim?", retruca Otis, que está com um chapéu *porkpie* azul-escuro e óculos escuros do Scooby-Doo com lentes verdes. "O barato é esse, tem que encarar."

"Nós somos nerds", anunciou o mais baixo dos dois.

Ziggy e Otis olham para eles com cuidado e veem dois suburbanos normais. "Se vocês são nerds", Ziggy cauteloso, "então como é que são os não nerds daqui?"

"Não sei direito", diz o maior, Gridley. "É difícil de encontrar com eles, quase sempre, mesmo de dia."

"Especialmente de dia", acrescenta Curtis, o outro.

"Ninguém faz tanto ponto assim no Time Crisis. Normalmente."

"Nunca, Gridley. Menos aquele garoto de Ottumwa."

"É, mas aquele é um ET. De uma dessas galáxias distantes. Vocês são ETs?"

"O negócio é basicamente acumular pontos bônus." Ziggy demonstra. "Sabe esses caras de terno laranja? Esses são novos no serviço, são os que atiram pior no jogo, eles valem cinco mil cada tiro, mas cinco mil aqui", *pow!*, "cinco mil ali", *pow!*, "aos poucos vai subindo."

"A gente nunca encontra tantos assim."

"Ah", Ziggy com naturalidade, como se todo mundo soubesse, "a próxima vez que você vê o Chefão se afastando de você…"

"Agora!" Otis aponta.

"Isso, você acerta o chapéu dele — está vendo? — bem depressa, quatro vezes, aponta um pouco acima da cabeça dele — e agora você não precisa partir direto pra cima daquele tanque, primeiro você entra nesse beco cheio desses caras de laranja. Acerta eles na cabeça que você ganha pontos bônus."

"Vocês são de Nova York?"

"Você sacou", diz Ziggy. "Por isso que a gente gosta de jogo de atirar."

"E de lancha?"

"Sei lá, parece uma coisa meio bobinha."

"Já jogou Hydro Thunder?"

"Já vi jogar", Otis admite.

"Vamos lá", diz Gridley. "A gente mostra pra vocês como que faz pra entrar nos barcos bônus desde o começo. Tem um barco da polícia com canhão, Armed Response, que tem tudo a ver com vocês."

"E você senta num *subwoofer*."

"Meu irmão é meio estranho."

"Ô, eu esqueci de você, Gridley."

"Vocês são irmãos? A gente também é."

Assim, Horst, voltando do bar depois de cobrir uma chamada de margem, combinar um *spread* de soja entre julho e novembro, processar as últimas informações sobre trigo duro vermelho de inverno de Kansas City e matar um número indeterminado de garrafas *longneck* de Berghoff, encontra seus filhos gritando com uma empolgação que poderia ser qualificada de inusitada, pilotando lanchas envenenadas por uma Nova York pós-apocalipse, semissubmersa, sufocando na névoa, penumbrosa, com as atrações turísticas afetadas de maneiras pitorescas. A Estátua da Liberdade com uma coroa de algas. O Word Trade Center inclinado num ângulo perigoso. As luzes da Times Square apagadas de modo a formar grandes manchas irregulares de escuridão, talvez em lugares onde houve conflitos urbanos recentemente. Ziggy está no Armed Response, e Otis pilota o *Tinytanic*, uma versão em miniatura do famoso transatlântico destruído. Gridley e Curtis desapareceram, como se fossem agentes de uma outra realidade, cuja função no mundo real fosse lançar Ziggy e Otis na paisagem destruída do que pode vir a ser o futuro da cidade onde eles moram, como se saber pilotar uma lancha venha a se tornar necessário para enfrentar desastres futuros na Big Apple, tais como o aquecimento global, entre outros.

"Por isso, mãe, a gente estava pensando, não dava pra gente se mudar pra um lugar menos ameaçado? Murray Hill? Riverdale?"

"Bom... a gente mora no sexto andar..."

"Então a gente podia pelo menos arranjar um bote salva-vidas, deixar perto da janela?"

"Cadê espaço? Ah, vamos parar com essa história, seus maluquinhos."

Depois que os meninos se deitam, Maxine tentando se acomodar diante de mais um filme na tevê sobre baby-sitter assassina, Horst chega-se a ela cheio de dedos: "Tudo bem se eu ficar aqui por uns tempos?".

Resistindo ao impulso de se fazer de mal-entendida: "Essa noite, você quer dizer".

"Talvez mais um pouco?"

Mas o que é isso? "Quanto tempo você quiser, Horst, a gente ainda está dividindo os custos da casa." Com o máximo de cordialidade de que ela é capaz no momento, quando ela preferia estar vendo uma atriz que fez carreira em seriados fingindo ser uma jovem Mãe em Perigo.

"Se for problema, eu fico em outro lugar."

"Os meninos vão adorar, imagino."

Ela vê a boca de Horst se abrir e fechar outra vez. Ele faz que sim e se recolhe à cozinha, da qual pouco depois vêm sons da geladeira sendo aberta e saqueada.

O drama na televisão está chegando ao clímax, a trama malévola da baby-sitter começa a fazer água, ela acaba de agarrar o Bebê e tenta fugir com ele, usando sapatos de salto alto nada apropriados, por um lugar cheio de crocodilos, perseguida por policiais que parecem modelos de catálogo de grife que não sabem direito de que lado da arma sai a bala — tudo filmado à noite, claro — quando Horst emerge da cozinha com um bigode de chocolate, na mão um pote de sorvete.

"Tudo escrito em russo. O tal do Ígor, certo?"

"É, ele importa de lá, sempre uma quantidade excessiva, eu ajudo a dar conta duma parte do que sobra."

"E em troca da generosidade dele..."

"Horst, é trabalho, ele", na maior tranquilidade, "tem oitenta anos e é a cara do Brejnev, você já comeu meio quilo, quer que eu chame o médico pra te fazer um lavagem estomacal?"

Horst, semimiraculosamente segurando a peteca: "Não, esse troço é uma delícia. Próxima vez que você falar com o tal Ígor, pergunta pra ele se eles têm de chocolate com macadâmia? Quem sabe maracujá?".

Maxine passa a manhã seguinte na Morris Brothers, procurando artigos de volta às aulas para os meninos, voltando para casa por volta da hora do almoço. Ela está prestes a abrir uma caixa de iogurte quando Rigoberto toca o interfone. Mesmo naquele alto-falante de baixa fidelidade, dá para ouvir o toque de deslumbramento na voz dele. "Sra. Loeffler? Tem uma visita pra senhora." Uma pausa, como se tentando decidir como dizê-lo. "Eu, eu tenho quase certeza que é a Jennifer Aniston que quer falar com a senhora."

"Rigoberto, por favor, você é um nova-iorquino sofisticado." Ela vai até o olho mágico, e depois de alguns instantes não é que sai do elevador e vem pelo corredor uma versão cinemascope da própria Rachel Green, a do "eu amo Ross, eu não amo Ross", em pessoa. Maxine abre a porta antes que pensamentos do tipo *psicopata com máscara de celebridade* tenham tempo de se formar.

"Jennifer Aniston, antes de mais nada preciso dizer que eu sou a maior fã do seu programa..."

Driscoll sacode os cabelos. "É mesmo?"

"Você está igualzinha a ela. Não me diga que o Murray e o Morris..."

"Isso mesmo, e obrigada pela dica, mudou minha vida. Eles mandaram te dizer quem sentem a sua falta e esperam que você ainda não esteja chateada com aquele probleminha do secador."

"Coisa de nada, emergência federal, metade da companhia de energia esburacando a rua, ficar chateada por quê? Vem aqui na cozinha, meu estoque de Zima acabou, mas tem cerveja. Eu acho."

Rolling Rock, duas garrafas que por algum motivo Horst não viu, bem no fundo da geladeira. Elas se sentam à mesa de jantar.

"Toma", Driscoll empurrando para ela um envelope cinza e cor de vinho mais ou menos do tamanho e forma de um disquete antigo, "é pra você."

Dentro, um cartão de papel caro, com escrita feita por calígrafo.

Sra. Maxine Tarnow-Loeffler
o primeiro grande
Baile Anual de *Rentrée*, ou
Dança dos *Geeks*
na noite de sábado, oito de setembro de 2001
Tworkeffx.com
Bebida liberada
Roupa opcional

"Que é isso?"

"Ah, eu estou numa tal de uma comissão."

"Deve ser importante, quem é que tem grana pra dar uma festança dessas hoje em dia?"

Bom, parece que o Gabriel Ice, quem mais que podia ser, recentemente adquiriu a Tworkeffx, que constrói e faz manutenção de redes privadas, descobriu que tinha uma verba especial para festas, que estava há anos em depósito, à espera de alguma coisa tipo este "fim do mundo tal como o conhecemos".

Maxine fica irritada. "Esse tempo todo, e ninguém pensou em mexer nessa verba? Idealismo, é? Os ladrões com que eu lido diariamente, nenhum deles, por mais idiota que seja, ia deixar passar uma coisa dessas. Até que chega a porra do Ice, é claro. Quer dizer que ele banca o anfitrião simpático sem gastar um tostão do bolso dele."

"É, mas até que uma festança agora não vai cair mal, apesar de que a indústria está demitindo deus e o mundo. Bebida liberada, não precisa mais nada."

À medida que se aproxima o *Labor Day*, todo mundo começa a ligar para Maxine, gente com quem ela não tem contato há anos, uma colega do Hunter College que lhe faz um longo relato da vez em que, numa noite de bebedeira irresponsável, Maxine salvou sua vida no momento exato chamando um táxi, gente de outras cidades fazendo sua peregrinação outonal a Nova York, que tão animados como os nova-iorquinos que vão para o Norte para apreciar o espetáculo das árvores ganhando tons outonais vêm para ver espetáculos de decadência, viajantes sofisticados que passaram todo o verão em fabulosas atrações turísticas e agora estão de volta, preparados para matar de tédio todo mundo que eles conseguirem reunir com suas fitas de vídeo e narrativas de pechinchas fantásticas, inesperadas incursões à classe executiva, vida com os nativos, safáris na Antártica, festivais de gamelão na Indonésia, excursões de luxo aos boliches de Liechtenstein.

Horst, ainda que não fique exatamente o dia todo bundeando em casa, está se dedicando aos meninos, mais até, com base nas lembranças cada vez mais desfocadas que Maxine guarda do Período Horst, do que jamais se dedicou antes, levando-os para ver uma partida dos Yankees, descobrindo a última sala de *skee-ball* de Manhattan, até mesmo se oferecendo para levar os meninos para uma atividade tradicional que ele sempre evitou, o corte do cabelo antes da volta às aulas.

A barbearia, El Atildado, fica abaixo do nível da rua. Há um ar-condicionado subártico, números antigos de *OYE* e *Novedades*, e noventa por cento das conversas, tal como os comentários sobre o jogo dos Mets na televisão, é em espanhol caribenho. Horst acaba de se ligar no jogo, que é contra os Phillies, quando vem pela rua, desce a escada e entra na barbearia um cidadão com uma camiseta de Johnny Pacheco, carregando uma churrasqueira completa, com bujão de gás inclusive, que ele está tentando vender por um preço atraente. Essas coisas são comuns na El Atildado. Miguel, o proprietário, sempre educado, tenta explicar pacientemente por que motivo nenhum dos presentes vai se interessar, observando como é complicado levar um trambolho daqueles pelas ruas, para não falar na polícia, que está de olho na barbearia e volta e meia manda os mesmos policiais à paisana, grandalhões anglo-saxônicos que até mesmo uma criança de colo seria capaz de identificar quem são, que chegam pisando no freio e entram arrebentando. Aliás, segundo um porteiro do quarteirão que está ali no intervalo do trabalho e dá as caras só para passar os mais recentes informes policiais, essa cena está prestes a se repetir. Seguem-se algumas conversas tensas em voz baixa. Com dificuldade, o cara da churrasqueira consegue dar meia-volta e subir a escada com sua mercadoria, e um minuto depois lá vem o Vigésimo Distrito, representado por um policial com uma camisa havaiana que não consegue ocultar por completo sua pistola Glock, gritando: "Diz logo onde que ele está, a gente acabou de ver ele na Columbus, se eu descobrir que ele estava aqui vocês vão se foder na minha mão, vocês sabem muito bem o que eu estou dizendo, bando de cucaracha, vai rolar merda pra vocês, *mierda honda, tu me comprendes*", e por aí vai.

"Ih, ó só", exclama Otis, enquanto seu irmão faz sinal para calar a boca, "é o Carmine — oi! Oi, Carmine!"

"Oi, pessoal." Os olhos do detetive Nozzoli se fixam na tevê. "E aí, como é que eles estão se saindo?"

"Cinco a zero", diz Ziggy. "O Payton acaba de fazer um *home run*."

"Pena que eu não posso assistir. Tenho que ir atrás de um marginal. Abraço pra tua mãe."

"'Abraço pra tua mãe'?", Horst pergunta, depois que termina o *inning* e começam os comerciais.

"Ele e a Heidi estão namorando", Ziggy tranquilizando-o. "Ela às vezes aparecia lá em casa com ele."

"E a sua mãe…"

E assim vem à tona também que Maxine está trabalhando com a polícia, com alguns policiais, os meninos não sabem direito quais. "Ela agora está mexendo com casos criminais?"

"Acho que é por causa de um cliente dela."

O olhar de Horst, voltado para o céu, fica melancólico. "Clientes bacanas…"

Mais tarde Maxine encontra Horst na sala de jantar tentando montar uma mesa de computador para Ziggy, vários dedos já sangrando, óculos de leitura quase escorregando do nariz suado, misteriosos prendedores de metal e plástico espalhados pelo chão, folhas de instruções rasgadas voando por toda parte. Gritos. A expressão mais ouvida é "a porra da IKEA".

Como milhões de homens em todo o mundo, Horst odeia a gigantesca empresa sueca de móveis para montar. Ele e Maxine uma vez desperdiçaram todo um fim de semana tentando encontrar a filial de Elizabeth, Nova Jersey, localizada perto do aeroporto para que o bilionário que tem a quarta maior fortuna do mundo possa economizar em transporte enquanto os menos afortunados passam um dia inteiro se perdendo na New Jersey Turnpike e seus arredores. Por fim conseguiram chegar a um estacionamento do tamanho de um condado, e viram, reluzindo ao longe, um templo, ou museu, dedicado a uma teoria de domesticidade demasiadamente alienígena para que Horst conseguisse se inteirar dela. Aviões de carga pousavam silenciosamente perto dali. Toda uma seção da loja era dedicada à substituição de peças e prendedores que vieram errados ou faltando, o que na IKEA não é coisa rara. Dentro da loja propriamente dita, fica-se andando por toda a eternidade de um ambiente burguês, ou "cômodo da casa", a outro, seguindo uma trajetória fractal que faz o possível no sentido de ocupar todo o espaço disponível. As saídas são claramente identificadas, só que é impossível chegar a elas. Horst está perplexo, de um modo potencialmente violento. "Olha pra isto. Um banco de botequim chamado Sven? Um costume sueco tradicional, chega o inverno, o frio é terrível, depois de algum tempo você começa a ter uma relação que jamais imaginou com a mobília?"

Eles já estavam casados havia anos quando Horst admitiu que não era uma pessoa doméstica — o que, àquela altura, não foi uma surpresa para ninguém. "Meu espaço ideal é um quarto de motel não muito vagabundo nas profundezas do Meio-Oeste, num deserto, mais ou menos na época das primeiras nevadas do inverno." A cabeça de Horst, de fato, é toda uma enorme nevasca de quartos de motéis em espaços distantes, descampados, varridos pelo vento, lugares aos quais Maxine jamais conseguirá chegar, muito menos habitar. Cada episódio cristalino caído nessa sua noite particular, uma única vez, irrepetível. Tudo resultando numa brancura hibernal que é ilegível para ela.

"Para com isso. Dá um tempo." Ela liga a tevê, e os dois ficam assistindo o canal da meteorologia por algum tempo, com o som desligado. Um meteorologista âncora diz uma coisa e o outro olha e responde algo, depois olha para a câmara e balança a cabeça. Então eles trocam, e o outro fala enquanto o segundo balança a cabeça.

Talvez aquela amabilidade formal seja contagiosa. Maxine dá por si falando de seu trabalho, e Horst, por improvável que seja, prestando atenção. Claro que não é da conta dele, mas o que é que tem fazer uma recapitulação? "O tal documentarista, Reg Despard — e o gênio da informática megaparanoico, Eric — eles dois encontram alguma coisa suspeita na contabilidade da hashslingrz, e o Reg vem me mostrar o que eles encontraram, acha aquilo sinistro, uma coisa de proporções globais, talvez ligada ao Oriente Médio, mas também talvez muito *Arquivo X*, por aí." Pausa, magistralmente disfarçada de intervalo para respirar. Esperando que Horst fique irritado. Mas ele só faz piscar, por enquanto devagar, o que talvez seja sinal de certo grau de interesse. "Bom, pelo visto o Reg desapareceu, misteriosamente, mas pode só ter ido pra Seattle."

"O que você acha que está rolando?"

"Ah. O que eu acho? E eu lá tenho tempo pra achar alguma coisa? Agora a polícia federal também está me investigando, supostamente por causa da Brooke e do marido dela que teria uma ligação com o Mossad, o que talvez seja, como é mesmo que se diz lá na sua terra, conversa pra boi dormir."

Horst agora está segurando a cabeça entre as duas mãos, como se fosse bater uma falta com ela no futebol americano. "Rola, Cássia e Azeviche! O que é que eu posso fazer pra ajudar?"

"Sabe uma coisa?" De onde saiu isso, e até que ponto ela está falando sério? "Sábado vai ter uma festança de nerds no Centro, sabe? E, e eu vou precisar de um acompanhante, pois é. Pode ser?"

Ele meio que aperta os olhos. "Claro." Uma meia pergunta. "Vem cá… Eu vou ter que dançar?"

"Sei lá, Horst, às vezes, quando a música é legal… sabe, de repente a pessoa tem que dançar?"

"Hm, não é isso, é que…" Horst quase chega a ser fofo quando fica sem jeito. "Você nunca me perdoou por não ter aprendido a dançar, não é?"

"Horst, o que é que você quer, que eu fique pisando em ovos por causa das coisas que você não fez? Se você quiser, eu te ensino uns passos básicos agora mesmo, você acha que ajuda?"

"Desde que eu não tenha que rebolar, porque tudo tem limite, não é?"

Ela dá uma olhada na sua coleção de CDs, põe um disco para tocar. "Vamos lá. Isso é merengue, bem simples, é só você ficar parado que nem um silo, se de vez em quando você tiver vontade de mexer um pé, melhor ainda."

Os garotos vão à sala depois de algum tempo e encontram os dois num abraço formal, dançando devagar a cada duas batidas de "Copacabana".

"Direto pro gabinete do diretor, vocês dois."

"Isso mesmo, e é pra já."

28.

Um final de tarde quente. Bem na hora em que as cores do pôr do sol estão se espraiando no céu de Nova Jersey e chega ao ápice o tráfego de bicicletas de entrega de comida no bairro e as árvores se enchem de diálogos de pássaros que atinge um crescendo quando se acendem as luzes da rua, com trilhas de vapor dos voos que partem naquela tarde se destacando no céu, Horst e Maxine, tendo deixado os meninos na casa dos avós, estão no metrô, indo em direção ao SoHo.

A recém-adquirida Tworkeffx, desde o início do atual período de glória, pagando um aluguel caríssimo, está instalada numa espécie de *palazzo* italiano, com uma fachada de ferro fundido que imita calcário, um efeito fantasmagórico agora à noite, iluminada pelos postes da rua. Ao que parece, toda a população do Beco do Silício, no passado e no presente, está convergindo ali. Ouve-se o barulho da comemoração vários quarteirões antes de se chegar lá. Uma trilha sonora de vozes festivas com destaques de notas de soprano e baixo contínuo da música que está tocando lá dentro, pontuada de estática e distorção a todo o volume dos walkie-talkies dos seguranças.

Não há como não reparar em certa ênfase à nostalgia instantânea. A ironia dos anos 90, já um tanto expirada a data de validade, está de novo no auge aqui. Maxine e Horst passam pelos leões de chácara à porta em meio a um vórtice de falsos moicanos e dégradés e *emos*, cabeleiras à Beatles e cabeças zeradas e imitações de bonés da Von Dutch, tatuagens temporárias, baseados presos entre lábios, Ray-Bans da era Matrix, camisas havaianas, as únicas camisas ali com colarinhos, fora a que Horst está usando. "Meu Deus", ele exclama, "parece que eu estou no Iowa!" Aqueles que o ouvem são tão descolados que não se dão ao trabalho de lhe dizer que é justamente essa a ideia.

Muito embora o boom da internet, outrora um elipsoide de chamar a atenção, esteja agora, num tom de rosa vivo, prestes a gotejar do queixo trêmulo da era, talvez não passando de um vestígio da respiração rasa que lhe resta, na festa de hoje não se mediram gastos. O tema do evento, oficialmente "1999", tem um subtexto mais sinistro de Denegação. Logo fica claro que todos resolveram fingir por uma noite que ainda estão vivendo os anos de fantasia que antecederam a queda, e dançar à sombra do temido bug do milênio, que agora virou história e não assusta mais ninguém, mas que segundo esse delírio consensual ainda não chegou, todos aqui presentes permanecendo congelados no momento cinderélico da meia-noite da virada do milênio, quando no próximo nanossegundo todos os computadores do mundo não conseguirão registrar corretamente a mudança de ano e ocasionarão o Apocalipse. É o que passa por nostalgia numa época de Transtorno de Déficit de Atenção generalizado. As pessoas tiraram as camisetas pré-virada dos sacos plásticos em que estavam arquivadas — O BUG DO MILÊNIO ESTÁ CHEGANDO, VÉSPERA DO ARMAGEDOM, MÁQUINA DE FAZER AMOR PROTEGIDA DO BUG DA VIRADA, EU SOBREVIVI… Decididos, como Prince repete insistentemente, a comemorar como se fosse 1999.

O aparelho de som da era soviética, roubado de um estádio falido em algum lugar da Europa Oriental, também toca a todo o volume Blink-182, Echo and the Bunnymen, Barenaked Ladies, Bone Thugs-n-Harmony e outras velharias sentimentais enquanto cotações da Bolsa dos tempos áureos da NASDAQ correm num friso eletrônico que se estende por todo o perímetro do salão, embaixo de gigantescas telas de LED, de quatro por seis metros, em que se sucedem num loop imagens históricas como o testemunho de Bill Clinton no tribunal, "Depende do que o significado da palavra 'é' é", o outro Bill, o Gates, levando uma torta na cara na Bélgica, o trailer do Halo, trechos da série de animação *Dilbert* e a primeira temporada do *Bob Esponja*, os anúncios da Boo.com dirigidos por Roman Coppola, Monica Lewinsky como apresentadora do *Saturday Night Live*, Susan Lucci finalmente ganhando o Daytime Emmy pelo papel de Erica Kane, enquanto a música do Urge Overkill com o nome da personagem toca ao fundo.

O bar retrô, cheio de complexos entalhes de temas neoegípcios, foi levado pela Tworkeffx da sede de um empreendimento semimístico no norte de Manhattan que estava sendo convertido, como toda estrutura de escala comparável em Nova York, num prédio residencial. Se alguma magia ainda permeia aquelas velhas peças de nogueira do Cáucaso, ela está aguardando a hora de se manifestar. O que perdura esta noite é a recorrência à memória saudosa dos bares com birita liberada dos anos 90, onde todos os presentes se lembram de ter bebido de graça, noite após noite, bastando estar ligado à *startup* do momento. Os barmen de hoje são em sua maioria hackers ou traficantes de rua que ficaram sem trabalho depois de abril de 2000. Os que não resistem a dar toques sobre as bebidas gratuitas são egressos da Razorfish, ainda as pessoas mais inteligentes do salão. Aqui não tem nenhum encalhe de supermercado, só rola Tanqueray Nº

Ten, Gran Patrón Platinum, The Macallan, Elit. Fora as garrafas de PBR, é claro, numa bacia cheia de gelo picado, para aqueles que têm dificuldade de enfrentar toda uma noitada sem uma dose de ironia.

Se alguém está discutindo negócios hoje, é em alguma outra parte da cidade, onde o tempo é valioso demais para ser gasto em festas. O faturamento do terceiro trimestre está afundando na privada, o fluxo de negócios está lento como soro pingando num tubo, os orçamentos das empresas de informática estão tão congelados como as margaritas servidas num bar de Palo Alto, o XP da Microsoft acaba de emergir da versão beta, mas já se ouvem murmúrios de nerds e reclamações de *geeks* a respeito de segurança e questões de compatibilidade com programas antigos. Há recrutadores discretamente sondando a multidão, mas não se vê nenhuma pulseira com cor codificada, os hackers à procura de trabalho para ganhar uns trocados têm que recorrer à intuição para saber quem é que está contratando.

Mais tarde os que estão aqui vão se lembrar principalmente da verticalidade do evento. As escadarias, os elevadores, os átrios, as sombras que parecem saltar do teto em ataques constantes aos grupos que se formam e se desfazem lá embaixo... os dançarinos semiaparvalhados, à luz dos estroboscópios, não exatamente dançando, e sim parados no mesmo lugar e subindo e descendo no ritmo da música.

"Não parece ser muito complicado", Horst comenta, meio que para si próprio, mergulhando na animada comoção de *aliasing* temporário.

"Maxi, oi!" É Vyrva, de cabelo armado, olhos vivamente maquiados, com um pretinho básico e sapatos de salto agulha. Justin, em algum lugar atrás dela, põe a cabeça para a frente e, com um sorriso de doidão, mexe as sobrancelhas. Até mesmo no meio daquela decadência pululante, ele continua a ser o simpático californiano de sempre, com uma camiseta na qual se lê SOU HACKER DE PERL. Lucas também está lá, com seu jeans descolado de garotão e uma camiseta Defcon dessas que dizem "eu identifiquei o agente federal".

"Epa, sai pra lá, Kim Basinger. Com você aí eu me sinto mais mal-ajambrada do que nunca, Vyrva."

"O quê, esse trapo velho, a cadela dorme em cima dele, ela me emprestou pra eu sair hoje." Sem olho no olho, o que não faz parte do perfil de Vyrva, o olhar dela vai direto para as telas gigantescas no alto como se procurasse por alguma coisa ali, talvez um videoclipe fatal. Maxine não faz tomografia cerebral, mas tem uma longa experiência com gente com nervos à flor da pele.

"Um senhor salão de baile, hein. Parece festa temática de bar mitzvah. O tal do Ice gastou os tubos, deve estar por aí."

"Não sei, não estava procurando por ele."

"Já eu", diz Lucas, "acho que ele deve estar em algum concurso de mijar pra trás com o Josh Harris. Lembra daquela festa da virada do milênio lá na pseudo? Que durou meses?"

"Tipo assim", pergunta Justin, "todo mundo nuns quartos de plástico transparente, neguinho trepando em público, onde? Onde?"

"Oi, Maxi." Eric, cabelo pintado num tom suave de verde-cinza, olhar de cantada, sorriso que, devidamente analisado, talvez pendesse mais para o lado amarelo do espectro. Maxine detecta a presença invisível de Horst, perto dali, olhando para eles, prestes a entrar em modo de coração partido. *Oy vey.* "Você viu *meu marido* por aí?" Bem alto para que Horst ouça, se ele estiver por perto.

"O seu o quê?"

"Ah", tom normal, "meio que quase ex-marido, eu não mencionei isso?"

"Maior surpresa", murmurando animado, "e olha só o que você está usando, Giuseppe Zanotti, certo?"

372

"Stuart Weitzman, errou, mas peraí, tem uma pessoa aqui que você devia conhecer, chegada a Jimmy Choo se não me engano." É Driscoll, a versão anistoniana radical, fazendo disparar um pisca-pisca numa tela do Lobodex do Amor de Maxine, seu aplicativo cerebral de localização de pessoas para encontros amorosos. "A menos que vocês já se conheçam…"

Lá vai você outra vez, Maxine, por que é que ela não consegue resistir a essas forças ancestrais de *yenta* que tentam controlá-la? Pare de bancar a casamenteira, as festas resolvem isso melhor do que qualquer *yenta*, é economia de escala ou algo do gênero, com certeza. Eric aperta os olhos, fazendo charme. "A gente não… num daqueles eventos da Cybersuds, você tentou me jogar dentro do rio ou coisa parecida? Não, não, ela era mais baixa que você."

"Talvez um evento sem cerveja?", tipo papo de Rachel com Ross, "alguma *installfest* do Linux?" Números de telefones rabiscados com canetinha na palma da mão ou algum ritual semelhante, e Driscoll some na multidão.

"Vem cá, Maxi", Eric ficando sério, "tem uma pessoa que a gente precisa encontrar. O sócio do Lester Traipse, o canadense."

"O Felix? Ele ainda está em Nova York?" Por algum motivo, não é uma boa notícia. "Qual o problema dele?"

"Ele está precisando falar com você, alguma coisa a ver com o Lester Traipse, mas ele está paranoico, não para em lugar nenhum, vai a tudo que é festa."

"Agindo como criança pra ter sensação de segurança." Sobre o Lester, o que será?

Felix sumiu desde aquela noite no caraoquê e agora de repente quer conversar. Onde ele estava quando o sócio dele, que tanto confiava nele, foi assassinado? Em Montreal, longe do perigo? Ou então em Montauk com Gabriel Ice, tramando contra Lester? O que poderia ser tão urgente hoje que Felix precisa falar com Maxine, é o que ela se pergunta.

"Vamos dar uma busca pseudoaleatória nos banheiros."

Maxine vai atrás de Eric, mergulhando na goela fervilhante daquele espaço de trabalho transformado em cenário de festa, correndo os olhos pela multidão, vendo de relance Horst na pista dando os mesmos saltos no eixo dos zês que todo mundo está dando, e pelo menos não visivelmente entediado.

Eric faz sinal para ela entrar numa porta e seguir por um corredor que dá num banheiro unissex sem privacidade. Em vez de uma fileira de mictórios, há cortinas contínuas de água descendo por paredes de aço inoxidável, junto às quais os cavalheiros, e também as damas que quiserem, estão convidados a mijar, havendo para os menos aventureiros cabines de acrílico transparente que em tempos de maior prosperidade na Tworkeffx também permitiam que a patrulha antiembromação identificasse quem não estava trabalhando, enfeitadas por dentro por grafiteiros de grife, sendo um dos motivos mais populares paus entrando em bocas, e também sentimentos como MORTE AOS BUNDAS-MOLES DA MICROSOFT e LARA CROFT TEM PROBLEMAS POLIGONAIS.

Nada de Felix. Pegam a escada e vão subindo andar por andar, ascendendo a salões iluminados de ilusão, vasculhando escritórios e cubículos cujos móveis foram comprados a preço de banana de empresas de informática falidas, que em breve seriam, por sua vez, engolidas por saqueadores como Gabriel Ice.

Festa por toda parte. Mergulhando e sendo engolidos... Rostos em movimento. A piscina dos empregados cheias de garrafas de champanhe vazias a boiar. Yuppies com cara de que aprenderam a fumar ontem conversando aos berros. "Outro dia provei um Arturo Fuente brilhante!" "Demorou!" Um desfile de narizes inquietos cheirando carreiras em espelhos art déco redondos resgatados de hotéis de luxo demolidos há anos, que remontam à última vez em que Nova York viveu um frenesi econômico tão intenso quanto este que acaba de chegar ao fim.

Entrando e saindo de uma série de banheiros temáticos, mictórios gigantescos de bares irlandeses que quase engolem o usuário, privadas vintage com trabalho em baixo-relevo com cem anos de idade, caixas-d'água embutidas na parede com descargas acionadas por correntes, outros espaços, menos iluminados e menos elegantes, que tentam evocar o clima de banheiros clássicos de boates do centro da cidade, que não levam uma esguichada de desinfetante desde meados dos anos 90, com uma única privada, sofrida e tóxica, que obriga os usuários a entrar em fila.

Felix não está em nenhum desses lugares. Chegando por fim ao último andar, Eric e Maxine adentram o patriarca dos banheiros pós-modernos, uma área do tamanho de uma *piazza* revestida de ladrilhos ocre, azul-claro e vinho desmaiado, reciclados de uma mansão da Broadway, com três dúzias de cabines, bar, saleta de televisão, som e DJ, o qual, enquanto uma matriz seis por seis de dançarinos dançam o *electric slide* sobre o piso antigo, toca o hino da *disco music*, que em outros tempos frequentou as paradas de sucessos, do Nazi Vegetable —

No banheiro [Ritmo frenético]

Eu me sinto tão abjeto,
O cérebro lá no teto,
No banhei-ro!
[Corinho feminino] — No banhei-ro!
Tenho pó, ecstasy e fumo,
Todas as coisas que eu consumo,
No banhei-ro!
(Tudo, tudo, no banhei-ro!)
Vim só fazer um xixi, e
Estou há uma semana aqui,

No banhei-ro!...
(Banheiro! Banheiro!)
É espelho e cromado de montão,
Lá em casa num tem disso não!
No banhei-ro —
Oi garotas e-e
[Clímax]
Garotões,
A noite é que é o barato,
Dia é um troço muito chato,
Use e não abuse, é olhar
Só, sem pegar, porque vale
Dinheiro,
Fica na tua no ba-nhei-ro —
Nada como um encontro emocionante
Entre cheiros de desinfetante,
Neste lugar solitário...
Tem música tema, que nem no cinema,
Quem não baixa a calça é otário!
Vem pro
Banheiro! Pra quem dança depois da descarga
A vida não é mais tão amarga!

Nem todo mundo é beneficiado por uma juventude desperdiçada. Contemporâneos de Maxine na adolescência se perderam nos banheiros das boates dos anos 80, entraram e nunca mais saíram, alguns deram sorte e se tornaram descolados demais ou caretas demais para curtir aquele ambiente; outros, como Maxine, participaram e agora de vez em quando têm um flashback, tipo luzes epileticogênicas, Mandrix à venda na pista de dança, cortes de cabelo que exprimem atitudes de subúrbios distantes... as neblinas de spray de cabelo! As meninas-horas gastas diante de espelhos! A estranha desconexão entre melodia e letra nas canções, "Copacabana", "What a Fool Believes", histórias dramáticas, até mesmo trágicas, narradas ao ritmo de uma música estranhamente saltitante...

O *electric slide* é uma dança em que os dançarinos formam filas, virando noventa graus de vez em quando, que faz Maxine lembrar de bar mitzvahs que se perdem no passado, desde a velha Paradise Garage da sua adolescência e a única fração da semana que era importante na época, a noite de sábado em que ela saía de casa de fininho a uma ou uma e meia da madrugada, pegava o metrô, saltava na Houston e andava aquele quarteirão interminável até a King Street, esgueirava-se por entre os leões de chácara na porta e entrava em comunhão temporária com os outros aficionados do lugar, e dançava a noite inteira naquele mundo de fantasia, e esperava até a hora do café da manhã, tomado numa lanchonete qualquer, para ficar bolando a história que ia contar para os pais dessa vez... e daí a pouco está procurando lenço de papel na bolsa porque isso tudo acabou, é claro, outra expulsão para um mundo mais gélido, onde nem todos conseguiram chegar, por causa da aids e do crack e não vamos esquecer da porra do capitalismo tardio, de modo que só uns poucos encontraram refúgio...

"Hm, Maxine, você está...?"

"Estou. Não. Estou bem... o quê?"

Eric faz um gesto com a cabeça, e eis que, em meio aos complexos detalhes art nouveau do soalho, no meio da formação, Maxine se depara com o escorregadio, possível cúmplice de assassinato, Felix Boïngueaux, com um terno de malha dupla dos tempos da disco music num tom de coral berrantemente saturado, sem dúvida adquirido numa liquidação, um impulso de comprador logo seguido de arrependimento, por cima de uma camiseta com um logotipo que contém uma folha de bordo canadense e as palavras THE EH? TEAM. A formação dos dançarinos muda e eles passam a formar duplas, quando então Felix se aproxima, suando e nervoso.

"E aí, Felix, *ça va?*"

"Terrível, isso do Lester, né?" Olhando bem nos olhos sem piscar, tremenda cara de pau.

"Era sobre isso que você queria falar comigo, Felix?"

"Eu não estava em Nova York quando aconteceu."

"Eu disse alguma coisa? Se bem que, né, o Lester realmente acreditava que você estava protegendo ele."

A possibilidade de abalar aquele sujeito é tão escassa quanto gordura em Ally McBeal. "Quer dizer que você continua investigando o caso."

"Estamos mantendo um arquivo aberto." O "nós" investigativo. Deixe que ele pense que há um terceiro envolvido, o qual contratou Maxine. "Você tem alguma pista pra nos dar?"

"Talvez. E talvez você vá correndo contar pra polícia ou coisa parecida."

"Não sou ligada à polícia, Felix, quem é é a Nancy Drew, uma comparação que não é muito lisonjeadora, você precisa entender isso."

"É, mas foi você que tentou prender o Vipster", Felix enquanto isso olhando de esguelha, desconfiado, para Eric, que sem nenhum problema se recolhe à maré de gente dançando, bebendo e se drogando.

Ela finge um suspiro. "É por causa da *poutine*, não é, você nunca vai me perdoar, mais uma vez, Felix, desculpa eu ter feito aquele comentário — uma bobagem, um ataque gratuito."

Entrando na brincadeira: "Em Montreal é um diagnóstico do caráter — quem resiste à *poutine* resiste à vida".

"Posso pensar nisso", contemplando a festa a seu redor, "depois? Segunda-feira? É uma promessa."

"Olha lá, o Gabriel Ice." Indicando com a cabeça o bar, onde o generoso anfitrião pontifica para um grupinho de admiradores.

"Conhece ele pessoalmente?"

Maxine se dá conta de que talvez seja isso que lhe interessa saber. "Já conversamos pelo telefone. Deu pra sentir que ele acha o tempo dele precioso."

"Vem, vou te apresentar a ele, a gente anda fazendo umas coisas juntos."

Claro que eu sei, seu sacana. Atravessam o salão pululante até chegarem a ouvir o que o esguio magnata está dizendo, menos uma conversa de festa do que uma espécie de fala de vendedor.

Os olhos de Ice, emoldurados por uma armação Oliver Peoples, são menos expressivos do que muitos que Maxine já viu numa peixaria, se bem que há casos de cidadãos que parecem imunes ao desejo e na verdade são ultrassuscetíveis, perigosamente suscetíveis, não sabem como lidar com o desejo depois que ele pula a cerca, como é fatal que aconteça, e corra em direção às montanhas. Lábios finos e cuidadosos. No seu trabalho Maxine encontra muitos rostos desse tipo, não sabem o que querem, nem o quanto querem, nem o que fazer com o que querem depois de obtê-lo.

"Cada vez mais servidores juntos no mesmo lugar, gerando um nível de calor que começa a dar problema em pouco tempo, a menos que você gaste uma grana com ar-condicionado. A solução", proclama Ice, "é ir pro norte, botar os servidores num lugar onde dissipar calor não é difícil, usar fontes de energia renováveis, tipo hídrica e solar, usar o calor resultante pra ajudar a sustentar as comunidades que se formarem em torno do *data center*. Comunidades protegidas por cúpulas em toda a tundra do oceano Ártico.

"Meus irmãos *geeks*! Os trópicos são bons pra mão de obra barata e férias sexuais, mas o futuro está lá no *permafrost*, um novo imperativo geopolítico — conseguir controlar o suprimento de frio como um recurso natural de valor incalculável, com o aquecimento global, mais crucial ainda..."

Essa ideia de ir para o norte tem algo de sinistramente familiar. Segundo um corolário da Lei de Godwin que só é válido no Upper West Side, o nome de Stálin, tal como o de Hitler, tem cem por cento de probabilidade de vir à baila em qualquer discussão que se estenda muito, e Maxine lembra-se agora que Ernie lhe falava que o georgiano genocida tinha um plano, nos anos 30, de colonizar a região ártica com cidades dentro de cúpulas e exércitos de jovens técnicos, o que configura, como Ernie sempre fazia questão de observar, trabalho forçado, enfatizando sua argumentação ao mostrar um disco de setenta e oito rotações com a gravação de A *atraente menina de Zajopinsk*, uma obscura ópera do tempo dos expurgos, com duetos de baixo e tenor, num russo estrangulado, sobre estepes geladas e noite termodinâmica. E agora lá está Gabriel Ice, num baile de máscaras capitalista, com esse papo neostalinista.

Aah, meu Deus, que coisa mais decadente, como foi que chegamos a isto? Um palácio alugado, a negação da passagem do tempo, um megacapitalista esquiando nas encostas mais íngremes do setor de informática crente que é um astro do rock. O problema não é que Maxine seja impossível de enganar, é mais que ela detesta ser enganada, e quando ela vê alguém se esforçando demais para enganá-la sua reação é sacar o revólver. Ou, no caso em questão, virar as costas e seguir em direção à escada, deixando Felix e Gabriel Ice para se entenderem, dois sacanas que se merecem.

Será que Nora Charles tem que aturar esse tipo de coisa? E Nancy Drew? As festas que elas frequentam têm salgadinhos sofisticados e gente bonita. Mas é só Maxine tentar dar uma saída para espairecer um pouco e pronto, a coisa sempre termina assim. Compromissos de dias úteis, sentimentos de culpa, fantasmas.

Por algum motivo, porém, ela consegue ficar até o final do baile. Horst, talvez pegando carona em fumaças alheias, reverte a sua velha forma de rato de festa, e só dá ele no salão. Maxine acaba se envolvendo e até mesmo atuando como árbitra em discussões de nerds sobre assuntos impenetráveis para ela. Ela cochila no banheiro uma ou duas vezes, e se tem algum sonho, é difícil distingui-lo daquela grande vaga invisível a seu redor, desacelerando, perdendo as cores, chegando ao preto e branco quase silencioso, até que chega a hora do CD ~/. Para fechar os festejos, tocam "Closing Time", do Semisonic, uma despedida do velho século em quatro acordes. A nerdistocracia antiga e a nova então lentamente, e ao que parece com relutância, saem para a rua, naquele prolongado setembro que está presente em caráter virtual desde a penúltima primavera, aprofundando-se mais e mais. Vestindo os rostos de rua outra vez. Rostos que já estão sofrendo um ataque silencioso, como se de algo que os espera mais adiante, algum bug do milênio da semana de trabalho que ninguém imagina, as multidões lentamente se espalhando pelas ruelas lendárias, os efeitos das drogas já começando a dissipar-se, naquele despir de véus diante da luminosidade do alvorecer, um mar de camisetas que ninguém está lendo, um clamor de mensagens que ninguém está recebendo, como se o verdadeiro texto da história das noites do Beco, gritos de socorro que devem ser atendidos e não perdidos, as entregas da kozmo às três da madrugada para sessões de código e festas de fragmentação de papel que duravam a noite toda, as transas que pintavam e sumiam, as bandas nas boates, as canções com ganchos prestes a atacar em emboscada numa hora vazia, os empregos com reuniões sobre reuniões e patrões sem noção, as irreais sequências de zeros, os modelos empresariais que mudavam de uma hora para outra, as festas de *startup* todas as noites da semana, nas quintas-feiras tantas que não era possível dar conta de todas, quais desses rostos tão requisitados pelo tempo, pela era cujo fim eles passaram a noite comemorando — quais deles saberão enxergar o futuro, em meio aos microclimas de código binário, atravessando todo o planeta por fibras escuras e cabos de par trançado e hoje em dia sem fio, em espaços privados e públicos, em agulhas cibernéticas a piscar o tempo todo, naquela tapeçaria inquieta, imensamente costurada e descosturada a serviço da qual todos eles em algum momento ficaram sentados a ponto de se entrevar — à forma do dia iminente, um processo aguardando execução, prestes a ser revelado, um resultado de busca sem instruções sobre o modo como se deve procurá-lo?

No rádio do táxi, a caminho de casa, há muita conversação em voz alta, em árabe, que de início Maxine imagina que seja um programa com a participação dos ouvintes, quando o taxista pega um telefone e entra na história. Maxine olha para a identificação do motorista colada ao para-brisa. O rosto da foto não dá para discernir, mas o nome é islâmico, Mohammed de tal.

É como ouvir uma festa rolando na sala ao lado, se bem que Maxine percebe que não há música, não há risos. Emoções intensas, sem dúvida, porém mais próximas do choro ou da raiva. Homens falando, se atropelando, gritando, interrompendo. Umas duas vozes talvez sejam femininas, se bem que mais tarde parecerá que eram homens com vozes mais finas. A única palavra que Maxine reconhece, e ela a ouve mais de uma vez, é Inxalá. "'Seja o que for' em árabe", Horst explica.

Estão aguardando o sinal abrir. "Se for a vontade de Deus", corrige o taxista, semivirando-se para trás, de modo que Maxine o vê de frente. O que ela vê naquele rosto vai fazer com que ela demore para pegar no sono. Ou, ao menos, é assim que ela há de se lembrar da cena.

29.

O *spread* no jogo Jets-Indianapolis de domingo é de dois pontos. Horst, leal a suas origens como sempre, aposta uma pizza com Ziggy e Otis que os Indianapolis Colts vão ganhar, o que de fato acontece, uma surra com vinte e um pontos de diferença. Peyton Manning não perde nenhuma. Vinny Testaverde é um pouco menos consistente, e consegue nos cinco minutos finais, por exemplo, perder a bola na linha de duas jardas dos Colts para um jogador da defesa que em seguida corre noventa e oito jardas com a bola e marca um *touchdown*, enquanto Testaverde sozinho corre em seu encalço e os outros Jets ficam só olhando, e Ziggy e Otis se valem de um vocabulário enfático que o pai deles não vê como censurar.

É uma noite quente, e em vez de telefonar para a pizzaria todos resolvem andar até a Columbus Avenue, rumo à Tom's Pizza, um estabelecimento que em breve se reduzirá a um item da memória coletiva do Upper West Side. É a primeira vez em anos, Maxine pensará algum tempo depois, que eles fazem alguma coisa juntos como uma família. Instalam-se numa mesa ao ar livre. A nostalgia está à espreita, prestes a saltar sobre eles numa emboscada. Maxine relembra os tempos em que os meninos eram pequenos, sendo a prática comum nas pizzarias do bairro na época cortar a comida em quadradinhos que coubessem na boca de uma criança pequena. Quando a criança já consegue manejar uma fatia inteira sem ajuda, é uma espécie de etapa cumprida. Mais tarde, com o uso de aparelhos ortodônticos, há um retorno aos quadradinhos. Maxine olha de relance para Horst, procurando indícios externos de uma memória ativa, mas que nada, o velho Sensibilidade Zero se limita a enfiar pizza na boca num ritmo regular enquanto tenta fazer os meninos perder a conta de quantas fatias já comeram. Isso, por si próprio, pensa Maxine, já pode ser considerado uma tradição familiar, não particularmente admirável, mas paciência, vá lá.

Depois, já de volta em casa, com Horst instalado à frente da tela de seu computador: "Venham ver isso aqui. Negócio estranho".

A tela está cheia de números. "É a Bolsa de Chicago, mais pro final da semana passada, estão vendo? Houve um aumento repentino e anormal de opções de vendas pra United Airlines. Milhares de opções de vendas e relativamente poucas de compras. Hoje a mesma coisa está acontecendo com a American Airlines."

"Opção de venda", pergunta Ziggy, "é vender a curto prazo?"

"É quando você acha que o preço das ações vai cair. E o volume de negócios está muito, muito alto — seis vezes o normal."

"Só essas duas empresas aéreas?"

"Só. Estranho, não é?"

"Informação privilegiada", imagina Ziggy.

Na segunda à noite Vyrva liga para Maxine com voz de pânico. "Os rapazes estão entrando em parafuso. Parece que essa fonte de números aleatórios que eles estão hackeando de repente deixou de ser aleatória."

"E você está me dizendo isso porque…"

"Posso dar uma passadinha aí com a Fiona?"

"Claro." Horst está num bar de esportes em algum lugar assistindo a *Monday Night Football*. Os Giants e os Broncos, em Denver. Pretende dormir no apartamento do seu colega de eterna adolescência Jake Pimento, que mora em Battery Park City, e de lá depois ir trabalhar no Trade Center.

Vyrva chega toda à flor da pele. "Eles estão gritando um com o outro. Isso nunca é bom sinal."

"Como foi a colônia de férias, Fiona?"

"Sinistro."

"Quer dizer que não foi uma merda."

"Isso mesmo."

Otis, Ziggy e Fiona se instalam diante de Homer Simpson, no papel de um contador, logo ele, num filme *noir*, ou talvez *jaune*, chamado *D.O.H.*

Vyrva dando os primeiros sinais de perplexidade materna. "De repente ela começou a fazer filmes de Quake. Alguns já estão on-line, ela já tem seguidores. Estamos coassinando contratos de distribuição. Um monte de cláusulas. A gente não faz ideia do que está assinando, é claro."

Maxine faz pipoca. "Dorme aqui. O Horst não volta hoje, espaço não falta."

Mais uma dessas noitadas sonolentas, nada de especial, as crianças vão dormir sem maiores dramas, na tevê programas bons de assistir sem som, nenhuma confissão profunda, conversas sobre trabalho. Vyrva telefona para Justin por volta de meia-noite. "Agora eles estão em harmonia. Pior do que a alternativa. Acho que vou dormir aqui, sim."

* * *

Na manhã de terça todos vão juntos para a Kugelblitz, ficam fazendo hora na entrada até que dá o sinal, Vyrva vai pegar um ônibus para o outro lado da cidade, Maxine segue para o trabalho, passa numa tabacaria para comprar um jornal e vê que está todo mundo apavorado e deprimido ao mesmo tempo. Alguma coisa ruim está acontecendo no centro da cidade. "Um avião acaba de bater no World Trade Center", segundo o indiano da tabacaria.

"O quê, um avião particular?"

"Um jato comercial."

Epa. Maxine vai para casa e liga a tevê na CNN. E pronto. O que já era ruim só faz piorar. O dia inteiro. Por volta de meio-dia, ligam da escola para dizer que as aulas vão ser suspensas o resto do dia, por favor venha buscar seus filhos.

Todo mundo está uma pilha. Cabeças sacodem para dizer sim ou não, pouca conversa fiada.

"Mãe, o papai estava no escritório hoje?"

"Ele dormiu no Jake essa noite, mas acho que ele tem trabalhado mais em casa, no computador. O mais provável é que ele não foi lá não."

"Mas ele deu notícia?"

"Todo mundo está tentando falar com todo mundo, as linhas estão congestionadas, ele vai ligar, não estou preocupada, não, fiquem tranquilos, está bem?"

Os meninos não engolem essa. Claro que não. Mas fazem que sim com a cabeça assim mesmo e tocam para a frente. Esses dois são incríveis. Ela dá as mãos a eles, um de cada lado, e vão assim até em casa, e embora esse tipo de coisa remeta à infância deles e normalmente os irrite, hoje eles deixam.

O telefone começa a tocar em breve. Sempre que ela se levanta de um salto para atender, na esperança de que seja Horst, uma vez é Heidi, a outra é Ernie e Elaine, ou os pais de Horst ligando do Iowa onde tudo está uma hora mais perto da inocência do sono. Mas daquele pedaço de carne que, Maxine espera, ainda compartilha sua vida, não vem nada. Os meninos ficam no quarto deles vendo aquela foto constante das torres a fumegar, já muito distantes. Maxine a toda hora dá uma passada por lá. Trazendo coisas de beliscar, tanto as aprovadas por ela quanto as não aprovadas, petiscos que os meninos nem sequer tocam.

"Estamos em guerra, mãe?"

"Não. Quem disse isso?"

"Esse cara, o Wolf Blitzer."

"Normalmente um país vai à guerra contra outro país. Acho que quem fez isso não foi nenhum país."

"No noticiário falaram que são os sauditas", informa Otis. "De repente a gente está em guerra contra a Arábia Saudita."

"Impossível", observa Ziggy, "a gente precisa do petróleo deles."

Como se por percepção extrassensorial, o telefone toca, e é March Kelleher.

"É o incêndio do Reichstag", ela saúda Maxine.

"É o quê?"

"Aqueles nazistas filhos da puta lá de Washington precisam de um pretexto pra dar um golpe de Estado, e agora eles conseguiram. Este país está indo pras cucuias, e o problema não são os árabes, é o Bush e a corriola dele."

Maxine não tem tanta certeza. "Parece que eles não têm ideia do que estão fazendo, foram pegos de surpresa, é mais como Pearl Harbor."

"Isso é o que eles querem que você pense. E quem foi que disse que Pearl Harbor não foi armação?"

Elas estão mesmo tendo essa discussão? "A questão nem é

fazer isso com o povo deles, mas por que é que eles iam fazer isso com a economia deles?"

"Você nunca ouviu dizer que 'pra ganhar dinheiro tem que gastar dinheiro'? Uma oferenda aos deuses negros do capitalismo."

Então Maxine tem uma ideia. "March, aquele DVD do Reg, o míssil Stinger…"

"Eu sei. A gente se ferrou."

O telefone toca. "Você está bem?"

Babaca. Até parece que ele se preocupa com ela. Não é a voz que Maxine aguarda ansiosamente. Ao fundo, um pandemônio burocrático, telefones tocando, subalternos levando esporros, fragmentadoras de papel rodando sem parar.

"Quem é?"

"Se quiser conversar, você tem o meu telefone." Windust desliga. "Conversar", será que isso quer dizer "trepar"? Ela não ficaria surpresa, esse nível de desespero, é claro que tem caras tão fodidos que seriam perfeitamente capazes de usar a tragédia que está se desenrolando no centro da cidade para conseguir descolar uma trepada fácil, e pelo que ela conhece de Windust ele pode muito bem ser um deles.

Nenhuma notícia de Horst até agora. Ela tenta não se preocupar, acreditar no que ela mesma disse aos meninos, mas está preocupada, sim. Aquela noite, bem tarde, depois que os meninos vão se deitar, ela fica acordada diante da televisão, cochilando, sendo acordada por microssonhos de alguém entrando no apartamento, cochilando outra vez.

Em algum momento daquela noite, Maxine sonha que é um camundongo que está correndo solto entre as paredes de um enorme prédio que, ela sabe, é os Estados Unidos, se aventurando em cozinhas e despensas à procura de comida, batalhando porém livre, e em plena madrugada ela se sente atraída pelo que identifica como uma espécie de ratoeira humanitária, no entanto não consegue resistir à isca, não coisas tradicionais como creme de amendoim ou queijo, e sim alguma comida mais sofisticada, patê ou trufas, talvez, e no instante em que ela entra naquela pequena estrutura sedutora, o peso de seu corpo é suficiente para acionar a mola de uma porta que se fecha, sem fazer muito barulho, e não pode mais ser aberta. Ela se vê dentro de um espaço de vários andares, alguma espécie de evento, uma reunião, talvez uma festa, cheia de rostos desconhecidos, camundongos como ela, mas não mais exatamente, ou apenas, camundongos. Ela se dá conta de que aquele lugar é um espaço de transição entre a liberdade no ambiente silvestre e algum outro meio no qual, um por um, todos eles serão lançados, e que aquilo só pode ser análogo à morte e ao além-morte.

E tem uma vontade desesperada de acordar. E depois que acorda, de estar em outro lugar, até mesmo em um falso paraíso de *geeks* como o DeepArcher.

Maxine se levanta da cama, suando, vai ao quarto dos meninos, que estão roncando, segue até a cozinha, fica parada olhando para a geladeira como se para uma televisão capaz de lhe dizer alguma coisa que ela precisa saber. Ouve ruídos vindo do quarto de hóspedes. Tentando não nutrir esperanças, não hiperventilar, entra no quarto na ponta dos pés e é mesmo Horst, sim, roncando na frente do canal BioPiX, o único canal de televisão hoje que não está apresentando a cobertura completa da catástrofe, como se fosse a coisa mais natural do mundo estar vivo e estar em casa.

"Denver ganhou por trinta e um a vinte. Eu dormi no sofá do Jake. No meio da noite, acordei, não consegui voltar a pegar no sono na hora." Muito estranho estar ali, no Battery Park, à noite. Fez Horst pensar nas noites de Natal nos seus tempos de menino. Papai Noel lá no alto, invisível, a caminho, em algum lugar do céu. Tão silencioso. Tirando o ronco de Jake no quarto. E aquele bairro, mesmo quando não dá para ver as torres do Trade Center, a gente sente a presença delas, sentia, como o ombro de uma pessoa a seu lado num elevador. E lá fora, à luz do sol, aquela massa enorme de alumínio, nevoenta…

Na manhã seguinte está um pandemônio lá fora, quando Jake consegue se lembrar de onde fica o café, e Horst liga a tevê no noticiário, sirenes, helicópteros, toda a vizinhança, logo em seguida eles observam pelas janelas que as pessoas estão saindo, indo em direção ao rio, imaginam que talvez seja uma boa ideia seguir o exemplo delas. Rebocadores, ferryboats, iates particulares encostando na margem, recebendo gente na marina, cada um cuidando da sua embarcação, uma extraordinária coordenação de esforços: "Acho que não havia ninguém comandando, as pessoas simplesmente vinham e enchiam o barco. Eu fui parar em Nova Jersey. Num motel".

"Típico de você."

"A televisão não era muito boa. Só mostrava a atualização do noticiário."

"Quer dizer que se vocês não tivessem resolvido ir dormir…"

"No tempo da Bolsa, eu conhecia um cristeiro, trabalhava com café, que me falou que era a graça divina, uma coisa que você não pede. Ela simplesmente vem. Claro que pode também ir embora a qualquer momento. Que nem naquele tempo em que eu sempre sabia como apostar no eurodólar. Aquelas vezes que a gente vendeu ação da Amazon, pulamos fora da Lucent quando o preço das ações chegou a setenta dólares, lembra? Não era eu que 'sabia' nada. Era alguma coisa que sabia. De repente aparecem duas linhas a mais no código cerebral, vá saber. Eu só fazia obedecer."

"Mas então... se foi esse mesmo talento estranho que protegeu você..."

"Como é que pode? Como é que prever o comportamento do mercado pode ser a mesma coisa que prever um desastre horroroso?"

"Se forem duas formas diferentes da mesma coisa."

"Isso é anticapitalismo demais pra mim, minha querida."

Mais tarde ele reflete: "Você sempre achou que eu era uma espécie de *idiot savant*, você é que era a pessoa ligada nas coisas, com senso prático, e eu era só um bobalhão dotado de um talento, que não merecia a sorte que tinha". Primeira vez que ele diz isso a ela em pessoa, se bem que está na cara que já fez isso mais de uma vez a uma ex-esposa imaginária, sozinho à noite em quartos de hotéis espalhados pelo país e no estrangeiro, onde às vezes a televisão fala idiomas dos quais ele só conhece o bastante para se virar, o serviço de quarto é sempre a comida pedida por outro hóspede, coisas que ele aprendeu a suportar com espírito de curiosidade aventureira, dizendo a si próprio que, se não fosse por essas situações, ele jamais teria provado, por exemplo, guisado de jacaré com picles fritos nem pizza de olhos de carneiro. O dia de trabalho para ele é sopa no mel (aliás, uma vez, em Ürümqi, lhe serviram sopa de pato no café da manhã) sem nenhuma ligação clara com o resto, os cafundós do dia, as retraduções das três da madrugada apropriadas ao medo de sonhos indesejados, as paisagens ininteligíveis das sombras urbanas divisadas pelas janelas. Massas azuis venenosas que ele não quer ver, mas mesmo assim a toda hora ele abre um pouco as cortinas e olha pelo tempo que for necessário. Como se lá fora estivesse acontecendo alguma coisa que ele não pode perder.

No dia seguinte, quando Maxine e os meninos estão saindo para ir à Kugelblitz, "Posso ir também?", pergunta Horst.

Claro. Maxine observa outros casais de pais, alguns que não se falam há anos, vindo juntos levar e pegar os filhos, qualquer que seja a idade ou o grau de independência deles. O diretor, Winterslow, está na entrada da escola, cumprimentando as pessoas que chegam, uma por uma. Sério e polido e, pela primeira vez, sem falas pomposas. Ele está tocando as pessoas, apertando ombros, abraçando, segurando mãos. No hall há uma mesa com folhas recolhendo assinaturas de voluntários para trabalhar no local da atrocidade. Todos ainda estão meio aparvalhados, tendo passado o dia anterior sentados ou em pé diante da televisão, em casa, num bar, no trabalho, olhando fixamente como zumbis, incapaz de processar o que estavam vendo. Toda uma população de telespectadores reduzidos a seu estado default, mudos, indefesos, cagando-se de medo.

No seu blog, March Kelleher não perde tempo, e logo entra no que ela chama de sua modalidade velha esquerda. "Dizer que isso é coisa de islamistas maus é conversa fiada, e nós sabemos que é. Vemos os closes oficiais na tela da tevê. Aquela cara de mentiroso disfarçado, aquele brilho nos olhos de quem seguiu os doze passos. Basta olhar para esses rostos que a gente sabe que eles são culpados dos piores crimes imagináveis. Mas quem é que está com pressa de imaginar? De fazer a associação terrível? Como também ninguém estava na Alemanha em 1933, quando os nazistas incendiaram o Reichstag um mês depois que Hitler se tornou chanceler. Não, é claro, que se esteja querendo dizer que Bush e seus asseclas tenham eles próprios preparado os acontecimentos de Onze de Setembro. Só mesmo um cérebro completamente comprometido pela paranoia, só mesmo um antiamericano louco de pedra, para sequer aventar a possibilidade de que aquele dia terrível tivesse sido deliberadamente programado como pretexto para impor alguma 'guerra' orwelliana interminável e os decretos de emergência que em breve entrarão em vigor. Não, não, nem pensar.

"Mas há também uma outra coisa. Nosso anseio. Nossa necessidade profunda de que isso seja verdade. Em algum lugar, em algum desvão escuro da alma nacional, precisamos nos sentir traídos, até mesmo culpados. Como se fôssemos nós que criamos Bush e sua gangue, Cheney e Rove e Rumsfeld e Feith e os outros todos — nós que convocamos o relâmpago sagrado da 'democracia', e depois a maioria fascista da Suprema Corte acionou uma chave e Bush levantou-se do leito e começou a atacar. E tudo que aconteceu então é culpa nossa."

Uma semana depois, mais ou menos, Maxine e March vão tomar café da manhã no Piraeus Diner. Agora há uma enorme bandeira nacional na vitrine, e um cartaz com os dizeres UNIDOS VENCEREMOS. Mike está sendo mais solícito do que nunca com os policiais que entram procurando uma refeição gratuita.

"Dá uma olhada." March lhe entrega uma nota de um dólar, nas margens da qual, no anverso, alguém escreveu com uma esferográfica: "O World Trade Center foi destruído pela CIA — a CIA de Bush pai vai transformar Bush filho em presidente perpétuo e herói". "Recebi essa nota de troco hoje de manhã na mercearia da esquina. Menos de uma semana depois do ataque. Chame isso do que você quiser, mas não deixa de ser um documento histórico." Maxine lembra que Heidi tem uma coleção de notas de um dólar enfeitadas, que ela vê como a parede de banheiro público do sistema monetário norte-americano, com piadas, xingamentos, slogans, números de telefone, George Washington com o rosto pintado de negro, chapéus esquisitos, cabelo *black power* e *dreadlocks* e penteado à Marge Simpson, baseado aceso na boca e balõezinhos contendo todo tipo de falas, da mais espirituosa à mais idiota.

"Seja lá qual for a narrativa oficial que acabar ficando", dizia Heidi, "são esses os lugares onde a gente deve olhar, não nos jornais nem na televisão, mas nas margens, nos grafites, nas falas descontroladas, nas pessoas que têm pesadelo dormindo em público e gritam durante o sono."

"Essa mensagem na nota em si não me surpreende, o que causa espanto é a rapidez com que ela apareceu", diz March agora. "Como foi rápida a análise."

Querendo ou não, Maxine tornou-se a questionadora oficial de March e exerce seu papel de bom grado, normalmente, embora nesses últimos dias, como todo mundo, ela ande se sentindo desconcertada. "March, desde que a coisa aconteceu, eu já não sei mais em que acreditar."

Mas March, implacável, traz à baila o DVD de Reg. "Imagine que houvesse uma equipe com um Stinger aguardando ordens pra derrubar o primeiro 767, aquele que bateu na Torre Norte. De repente tinha uma outra equipe em Nova Jersey pronta pra acertar o segundo, que estaria dando uma volta e vindo do sudoeste."

"Por quê?"

"Garantia de anticompaixão. Alguém tem medo que os sequestradores não levem a operação a cabo. São cabeças ocidentais, que não engolem a ideia de se matar a serviço de uma causa. Aí eles ameaçam derrubar os aviões a bala se os caras amarelarem na última hora."

"E se os sequestradores mudarem de ideia, o que acontece se a equipe do Stinger também mudar de ideia e não derrubar o avião?"

"Isso explicaria a presença do outro atirador na cobertura do outro prédio, que o pessoal do Stinger sabe que ele está lá, mirando neles até que aquela parte da missão seja cumprida. Quer dizer, assim que o cara que está com o telefone souber que o avião fez o que fez — aí todo mundo recolhe suas coisas e vai embora. É dia claro, mas não tem muito risco de ser visto porque toda a atenção está concentrada no centro da cidade."

"Socorro! Bizantino demais, para com isso!"

"Eu tento, mas o Bush atende meus telefonemas?"

Horst, enquanto isso, está intrigado com outra coisa. "Lembra que uma semana antes disso acontecer, teve aquelas opções de venda da United e da American Airlines? Justamente as duas empresas dos aviões sequestrados? Pois bem, parece que na quinta e na sexta também houve um excesso de opções de venda da Morgan Stanley, da Merrill Lynch e mais umas outras empresas parecidas, todas com escritórios no Trade Center. Você, como investigadora de fraude, o que acha disso?"

"Conhecimento prévio do declínio do preço das ações. Quem que fez todas essas transações?"

"Até agora, ninguém se manifestou."

"Agentes misteriosos que sabiam o que ia acontecer. No estrangeiro, talvez? Por exemplo, nos Emirados?"

"Eu tento não abrir mão do meu bom senso, mas…"

Maxine vai almoçar na casa dos pais, e Avi e Brooke estão lá, como era de se esperar. As irmãs se abraçam, ainda que não se possa dizer que calorosamente. Não há como não falar sobre o Trade Center.

"Ninguém na hora tinha nada a dizer", Maxine, observando a certa altura que há um logotipo dos New York Jets no quipá de Avi, "'que coisa horrível' era o comentário mais profundo que se ouvia. O mesmo ângulo da câmara, a telefoto estática das torres soltando fumaça, a mesma notícia que não é notícia, a mesma idiotice vazia dos programas matinais…"

"Eles estavam em estado de choque", Brooke murmura, "como todo mundo no dia, por quê, você não estava?"

"Mas por que ficar mostrando a mesma coisa, o que era que

a gente estava esperando, o que era que ia acontecer? Alto demais pras mangueiras, vá lá, de modo que o incêndio vai acabar se extinguindo ou passar pros outros andares ou — ou então o quê? O que é que eles estavam fazendo, se não nos preparando pro que veio depois? Primeiro cai uma torre, depois a outra, e quem é que ficou surpreso? Àquela altura isso já não era inevitável?"

"Você acha que as redes de tevê já sabiam antes de acontecer?" Brooke, ofendida, feroz. "De que lado você está, você é americana ou o quê?" Agora totalmente indignada: "Essa tragédia horrível, horrível, toda uma geração traumatizada, guerra com o mundo árabe a qualquer momento, e nem mesmo isso está a salvo da sua ironiazinha idiota de esquerda? O que é que falta agora, uma piada sobre Auschwitz?".

"Foi a mesma coisa quando mataram o Kennedy", Ernie tentando, com certo atraso, acalmar os ânimos com um papo nostalgia. "Também ninguém queria acreditar na história oficial. E aí de repente surgiu um monte de coincidências estranhas."

"Você acha que foi coisa do governo, pai?"

"O principal argumento contra as teorias de conspiração é sempre que teria que envolver gente demais, e alguém fatalmente ia abrir o bico. Mas pensa só no aparato de segurança dos Estados Unidos, esses caras são *Wasps*, mórmons, membros da Skull and Bones, fazem tudo em segredo. São treinados, às vezes desde o berço, pra nunca entregar nada. Se existe disciplina em algum lugar é entre eles. De modo que, é claro, é possível, sim."

"E você, Avi?" Maxine virando-se para o cunhado. "O que é que estão dizendo na 4360,0 quilo-hertz?" Na bucha. Mas ele dá um salto violento. "Epa, será que eu me enganei, e é mega-hertz?"

"Que porra é essa?"

"Olha essa linguagem", Elaine no piloto automático antes de se dar conta de que foi Brooke, a qual parece estar procurando uma arma.

396

"Propaganda árabe!", exclama Avi. "Antissemitismo nojento. Quem te falou sobre essa frequência?"

"Vi na internet", Maxine dando de ombros, "os radioamadores sabem disso há milênios, são as chamadas estações E10, mantidas pelo Mossad em Israel, na Grécia, na América do Sul, as vozes são de mulheres que frequentam as fantasias eróticas dos radioamadores do mundo inteiro, recitando mensagens alfanuméricas, em código, é claro. Muitos acreditam que são mensagens aos agentes, pagos ou não, espalhados pela diáspora. Dizem que logo antes da atrocidade o tráfego na frequência estava muito pesado."

"Todo mundo que odeia os judeus nesta cidade", Avi assumindo um tom ultrajado, "está pondo a culpa do atentado no Mossad. Estão até dizendo que os judeus que trabalhavam no Trade Center, todos eles ligaram no dia dizendo que estavam doentes e que iam faltar, alertados pelo Mossad através da" — dedos em aspas — "rede secreta deles."

"E os judeus dançando no capô daquela van em Nova Jersey", Brooke bufando de raiva, "vendo tudo desabar — não esqueça dessa história."

Mais tarde, quando Maxine se prepara para ir embora, Ernie vai ter com ela no hall. "Você chegou a ligar pro tal cara do FBI?"

"Liguei, e sabe o que mais? Ele acha que o Avram é mesmo do Mossad, ouviu? Está a postos, batendo o pezinho ao ritmo de um *klezmer* que só ele ouve, aguardando a hora de ser ativado."

"As malévolas conspirações judaicas."

"É, mas observa que o Avi nunca fala sobre o que ele estava fazendo em Israel, nem ele nem ela, e também não conta o que veio fazer aqui na hashslingrz. A única coisa que eu garanto é que o trabalho é bem pago, é esperar pra ver, ele vai dar pra vocês uma Mercedes no aniversário de casamento."

"Um carro nazista? Ótimo, eu vendo…"

30.

Se você só lê o Jornal de Referência", talvez pense que a cidade de Nova York, tal como a nação, unida pela dor e pelo choque, enfrentou o desafio do jihadismo global participando da cruzada do bem que a turma do Bush agora chama de Guerra ao Terror. Se pesquisar outras fontes — a internet, por exemplo —, você talvez tire uma conclusão diferente. Na imensa anarquia indefinida do ciberespaço, em meio a bilhões de fantasias privadas, negras possibilidades começam a emergir.

A coluna de fumaça e destroços pulverizados de alvenaria e seres humanos é levada pelo vento para o sudoeste, em direção a Bayonne e Staten Island, mas dá para sentir o cheiro até no norte da ilha. Um cheiro amargo, químico, de morte e combustão, que ninguém se lembra de já ter sentido nesta cidade e que perdura por semanas. Embora todos que moram ao sul da rua 14 tenham sido diretamente afetados de uma maneira ou outra, para boa parte da cidade a experiência chegou em segunda mão, basicamente via tevê — quanto mais ao norte se está, mais indireta a experiência que se teve, histórias contadas por familiares que trabalham mais ao sul, amigos, amigos de amigos, conversas telefônicas, boatos, folclore, à medida que entram em ação forças cujo interesse fundamental é assumir o controle da narrativa o mais depressa possível, e o dado histórico concreto reduz-se ao terrível perímetro cujo centro é o *"Ground Zero"*, uma expressão da Guerra Fria usada naqueles relatos hipotéticos de guerras nucleares que eram tão populares no início dos anos 60. Jamais houve a possibilidade remota de um ataque nuclear soviético ao centro de Manhattan, e no entanto aqueles que usam repetidamente a expressão *"Ground Zero"* o fazem sem vergonha nem consciência etimológica. A ideia é incutir certo tipo de tensão nas pessoas. Tensão, medo e impotência.

Por uns dois dias, a West Side Highway silencia. Quem mora entre Riverside e West End estranha a ausência do ruído de fundo e tem dificuldade para dormir. Na Broadway, enquanto isso, a coisa é diferente. Carretas transportando guindastes hidráulicos, tratores e outros equipamentos pesados seguem em comboios ruidosos rumo ao centro da cidade, dia e noite. Aviões de combate roncam nos céus, helicópteros pairam por horas a fio, bem perto das coberturas, sirenes soam vinte e quatro horas por dia, de segunda a segunda. Cada unidade do corpo de bombeiros perdeu algum membro no Onze de Setembro, e todos os dias os moradores do bairro deixam flores e refeições prontas à porta do quartel local. Empresas que tinham escritórios no Trade Center realizam complexas cerimônias em homenagem àqueles que não tiveram tempo de escapar, com gaitas de fole e guardas de honra de fuzileiros navais. Corais infantis das igrejas e escolas de toda a cidade se programam com semanas de antecedência para participar de eventos solenes no *"Ground Zero"*, sendo "America the Beautiful" e "Amazing Grace" de inclusão obrigatória. O local da atrocidade, o qual era de se esperar que se tornasse sagrado ou ao menos inspirasse um pouco de respeito, mais que depressa se torna motivo de sagas intermináveis de negociação política, com discussões e acusações, a respeito de seu futuro no mercado imobiliário, tudo devidamente sacramentado como "notícia" pelo Jornal de Referência. Alguns ouvem estranhos ruídos subterrâneos originados no Cemitério de Woodlawn no Bronx, que acabam sendo identificados como Robert Moses se revirando na cova.

Após cerca de trinta e seis horas de estupefação, recomeçam os ódios étnicos tradicionais, com a ferocidade tóxica de sempre. Afinal, estamos em Nova York, né? Bandeiras nacionais surgem por toda parte. Nos halls dos prédios e nas janelas dos apartamentos, nos telhados, nas fachadas das lojas e nas mercearias de esquina, nos restaurantes, nos caminhões de entregas e nas vendas de cachorros-quentes, em motos e bicicletas, em táxis dirigidos por seguidores do islã, que entre um e outro turno de trabalho fazem cursos de espanhol como segunda língua na esperança de se fazerem passar por membros de uma minoria um pouco menos desrespeitada, se bem que onde quer que latinos tentem exibir alguma variante, como a bandeira de Porto Rico, eles são imediatamente xingados e denunciados como inimigos da pátria.

Naquela manhã terrível, passou-se a dizer mais tarde, num raio de muitos quarteirões em torno das torres, não se viu um único carrinho de comida, como se a população de donos de carrinhos de comida, que na época se supunham ser em sua maioria muçulmanos, tivesse sido alertada. Através de alguma espécie de rede. Alguma rede secreta de árabes malévolos, que talvez já existisse havia anos. Os carrinhos desapareceram, e assim aquela manhã já teria começado com menos conforto, obrigando as pessoas a irem para o trabalho sem os costumeiros cafés, folheados, *donuts* e garrafas d'água, apojaturas sinistras para o que viria a acontecer.

Fantasias como essa se apossam da imaginação coletiva. Bancas de jornal nas esquinas são vasculhadas, e suspeitos de aparência islâmica são levados aos montes. Grandes centros de comando provisórios da polícia brotam em vários pontos nevrálgicos, especialmente no East Side, em lugares onde, por exemplo, uma sinagoga próspera e alguma embaixada árabe ocupam o mesmo quarteirão, e por fim essas instalações deixam de ser provisórias, tornando-se com o tempo uma parte permanente da paisagem urbana, praticamente aparafusados à calçada. Do mesmo modo, navios sem nenhuma bandeira visível, fingindo ser cargueiros, surgem no rio Hudson, lançam âncora e se tornam, para todos os fins práticos, ilhas privadas pertencentes a órgãos de segurança não identificados, cercadas por áreas fechadas a qualquer outra embarcação. Barreiras policiais surgem e somem ao longo das avenidas que vão ou vêm dos principais túneis e pontes. Jovens membros da Guarda Civil, envergando uniformes de faxina limpos, munidos de armas e pentes de munição, patrulham a Pennsylvania Station e a Grand Central Station e o Port of Authority. Os feriados e datas festivas tornam-se motivo de preocupação.

Ígor na secretária eletrônica em casa. Maxine atende. "Maxi! DVD de Reg — tem cópia com você?"

"Em algum lugar." Ela liga o viva voz, encontra o disco e o coloca para tocar.

Maxine ouve uma garrafa batendo num copo. A essa hora do dia? "*Za chástie.*" Depois, uma sequência ritmada de baques contra madeira, como uma cabeça batendo numa mesa. "*Pizdiets*! Vodca de Nova Jersey, cento e sessenta graus, afastar de chama!"

"Hm, Ígor, você queria..."

"Ah. Muito bonita filmagem de Stinger, obrigado, me lembra velhos tempos. Você sabe que havia mais."

"Além da cena na cobertura?"

"Faixa escondida."

Não, ela não sabia. Nem ela nem March.

São cenas não editadas do anônimo projeto hashslingrz de Reg, nerds olhando para monitores, como era de se esperar, mais um amplo escritório dividido em cubículos, laboratório e espaços recreativos, inclusive uma meia quadra de basquete de tamanho oficial, com cerca de metal em volta, dentro da qual correm yuppies brancos e asiáticos, distribuindo cotoveladas intencionais e desperdiçando *jump shots*, trocando aos gritos insultos indignados com autêntico sabor de asfalto urbano.

O que ela estava meio que esperando ver é a cena em que Reg entra pela porta errada e aparecem jovens árabes imersos na elaboração de um aparelho eletrônico.

"Você sabe o que é isso, Ígor?"

"Vircator", ele explica. "Oscilador com catodo virtual."

"Pra que é que serve? É uma arma? Provoca uma explosão?"

"Eletromagnético, invisível. Faz pulso grande de energia pra danificar equipamento eletrônico de inimigo. Frita computador, frita conexão de rádio, frita televisão, qualquer coisa por perto."

"Grelhado é mais saudável que fritura. Vem cá", ela resolve arriscar, "você já usou um negócio desses, Ígor? Em campo?"

"Não existia em meu tempo. Mas recentemente comprei alguns. Vendi também."

"Tem mercado pra isso?"

"Muito mercado na área militar agora. Em mundo inteiro tem forças armadas usando vircatores de curto alcance, pesquisa muito bem financiada."

"Esses caras do filme — o Reg acha que eles são árabes."

"Faz sentido, equipamento de arma eletrônica quase sempre vem em árabe. Mas teste de campo perigoso mesmo é em Rússia."

"Os vircatores russos, eles são, sei lá, considerados muito bons?"

"Por quê? Quer comprar um? Conversa com *padónki*, eles trabalham com comissão, eu fico com porcentagem."

"Eu só queria entender por que, se esses caras são tão bem financiados como a gente acha que os árabes costumam ser, eles estão se dando ao trabalho de fabricar o equipamento por conta própria."

"Eu olhei filme quadro a quadro, eles não estão construindo de zero, estão modificando equipamento que já existe, talvez imitação estoniana que compraram em algum lugar."

Então pode ser apenas um exercício, sem visar um produto final, um bando de nerds trabalhando juntos, mas e se for mesmo mais um motivo de preocupação? Será que alguém ia realmente tentar lançar um pulso eletromagnético poderoso no meio de Nova York, ou de Washington, D.C., ou será que esse aparelho do filme é para ser levado para alguma outra parte do mundo? E qual seria o envolvimento de Ice nessa história?

Não há mais nada no disco. O que faz com que uma pergunta ainda maior esteja prestes a levantar a tromba e começar a urrar. "Está bem. Ígor. Me diz. Você acha que pode haver alguma ligação com…?"

"Ah, meu Deus, Maxi, espero que não." Servindo-se de mais uma dose de vodca de Nova Jersey.

"Então o que é?"

"Vou pensar. Você pensa também. A gente pode chegar a conclusão desagradável."

Uma noite, sem que o interfone tenha zumbido, Maxine ouve batidas tímidas à porta. Pelo olho mágico de grande angular ela vê uma jovem trêmula, com uma cabeça frágil raspada a zero.

"Oi, Maxi."

"Driscoll. O teu cabelo. Que houve com a Jennifer Aniston?" Esperando mais uma história do Onze de Setembro, com referências à frivolidade da juventude e à descoberta da seriedade. Mas não: "A manutenção era cara demais pra mim. Concluí que uma peruca de Rachel custa só 29,95 dólares e fica igualzinho ao corte, não dá pra perceber a diferença. Olha só". Encolhe o ombro, pega a mochila, que, Maxine percebe agora, é grande o bastante para uma expedição ao Himalaia, remexe dentro dela, encontra a peruca, põe na cabeça, tira da cabeça. Umas duas vezes.

"Deixa eu adivinhar por que você veio aqui." A coisa tem acontecido em todo o bairro. Refugiados, impedidos de entrar em seus apartamentos no sul de Manhattan, sejam chiquérrimos ou modestos, vêm bater à porta de amigos que moram mais para o norte, acompanhados de esposas, filhos, por vezes babás, choferes e cozinheiras, tendo realizado exaustivas pesquisas e análises de custos e benefícios e concluído que, no momento, essa é a melhor solução para eles e suas entourages. "Semana que vem, quem sabe, não é? Vamos pensar em uma semana de cada vez." "Um dia de cada vez é melhor." Os yuppies do Upper West Side aceitam generosamente esses exilados urbanos, fazer o quê, e por vezes amizades profundas se tornam ainda mais profundas, e por vezes são destruídas de vez...

"Tudo bem", é o que Maxine diz a Driscoll agora, "pode ficar no quarto de hóspedes", que por acaso está vazio, já que pouco depois do Onze de Setembro Horst mudou-se para o quarto de Maxine, o que não incomodou a nenhuma das duas partes envolvidas, e que, se ela tocasse no assunto com qualquer pessoa, não surpreenderia ninguém. Aliás, ninguém tem nada a ver com isso, é ou não é? Ainda é difícil para ela se dar conta do quanto estava sentindo falta dele. E as tais "relações conjugais", está rolando trepada? Ora se não está, e o que é que você tem a ver com isso, hein? Trilha sonora? Frank Sinatra, se você realmente quer saber. O si bemol mais pungente de todo o repertório de *lounge music* ocorre na canção de Cahn & Styne, "Time After Time", começando no trecho *"in the evening when the day is through"*, principalmente quando é a voz de Sinatra que chega lá, numa gravação em vinil que por acaso faz parte da discoteca da casa. Em momentos assim Horst fica indefeso, e Maxine já aprendeu há muito tempo a aproveitar as oportunidades. Deixando que Horst pense que a iniciativa foi dele, é claro.

Duas horas depois de Driscoll é a vez de Eric, arcando com o fardo de uma mochila ainda maior que a dela, despejado sem aviso prévio por um proprietário para quem a tragédia coletiva serviu como uma boa desculpa para pôr na rua Eric e os outros inquilinos, e depois converter o prédio em cooperativa e embolsar dinheiro público ainda por cima.

"Hm, é, tem lugar sim, se você não se incomoda de dividir o espaço. Driscoll, Eric, vocês se conheceram naquela festa, lá na Tworkeffx, vocês lembram, se entendam aí, não briguem…" E se afasta resmungando com seus botões.

"Oi." Driscoll pensa em jogar os cabelos para trás, pensa duas vezes.

"Oi." Logo eles descobrem que têm uma série de interesses em comum, entre eles a música do Sarcófago, cuja discografia completa está incluída na coleção de CDs de Eric, bem como bandas norueguesas de *black metal*, como Burzum e Mayhem, que em pouco tempo se tornam a trilha sonora que acompanha as atividades do quarto de hóspedes, as quais começam tão logo Eric vê que Driscoll está usando uma camiseta com o logotipo do Stilnox. "Stilnox, maior barato! Você tem?" Se tem. Pelo visto, eles têm em comum o gosto por esse sonífero recreativo, que, se você tomar e se obrigar a permanecer acordado, produz alucinações semelhantes às do ácido, além de incrementar muitíssimo a libido, de modo que em pouco tempo eles começam a foder como adolescentes, o que aliás, a rigor, eles eram até bem pouco tempo atrás, tendo como outro efeito colateral a perda de memória, motivo pelo qual nenhum dos dois se lembra direito do que aconteceu até a próxima vez que a coisa se repete, e aí é como amor à primeira vista novamente.

Ao se depararem com Ziggy e Otis, o casalzinho animado exclama, mais ou menos em uníssono: "Vocês são de verdade?" — pois um dos efeitos alucinógenos do Stilnox é provocar a visão de criaturinhas ocupadas com uma série de atividades caseiras. Os meninos, embora fascinados, tendo sido criados numa cidade grande, sabem manter distância. Quanto a Horst, mesmo que ele ainda se lembre de Eric do baile dos *geeks*, a lembrança foi levada embora pela enxurrada dos eventos recentes, e seja como for a ligação de Eric com Driscoll ajuda a conter quaisquer reações tipicamente horstianas de ciúme doentio. A invasão de seu mundo doméstico razoavelmente sereno por forças dedicadas a sexo, drogas e rock and roll não parece ser tomada por ele como uma ameaça. Tudo bem, pensa Maxine, vamos ficar todos amontoados por uns tempos, tem gente que está vivendo coisas bem piores.

O amor, embora floresça para uns, fenece para outros. Heidi aparece um dia sob uma nuvem escura, bem reconhecível, de aborrecimento.

"Ah, não", exclama Maxine.

Heidi faz que não com a cabeça, depois faz que sim. "Namorar policial, nada a ver. Qualquer garota nessa cidade, independente do Q.I., de repente vira uma debiloidezinha que quer ser protegida por um homão grandão fortão que atua em emergências. Tá na moda, tá? Me inclui fora."

Contendo o impulso de perguntar se Carmine, incapaz de

resistir a toda a atenção que vem recebendo, andou pulando a cerca: "Mas o que aconteceu exatamente? Quer dizer, não precisa ser exatamente, não".

"O Carmine está lendo os jornais e entrou no barato deles. Acha que é um herói."

"E não é?"

"Ele é um investigador do distrito. Não é dos primeiros a chegar numa emergência. Passa a maior parte do tempo num escritório. O mesmo trabalho que sempre fez, às voltas com ladrão de galinha, pequeno traficante, marido que bate na mulher e nos filhos. Mas de repente ele entrou numa que está na linha de frente da Guerra ao Terror e que eu devia ser mais respeitosa com ele."

"E desde quando você é respeitosa? Então ele não sabia disso?"

"Ele gostava de mulher com atitude. Foi o que ele disse. Eu achava. Mas depois do atentado…"

"É, não tem como reparar que as atitudes estão se intensificando." Os policiais nova-iorquinos sempre foram arrogantes, mas agora passaram a estacionar na calçada rotineiramente, a gritar com os civis a três por dois, cada vez que um garoto tenta pular por cima da roleta o serviço de metrô é interrompido e veículos policiais de todo tipo, terrestres e aéreos, convergem no local do crime e lá permanecem. O Fairway lançou tipos de café com nome de distrito policial. As padarias que abastecem os cafés inventaram um enorme *donut* com geleia chamado "Herói", que imita a forma do chamado *hero sandwich*, para servir aos fregueses policiais.

Heidi está escrevendo um artigo para a *Revista de Cartografia da Memesfera* com o título "Estrela ascendente heteronormativa, companheira escura homofóbica", o qual afirma que a ironia, tida como elemento-chave do humor gay urbano que se popularizou nos anos 90, tornou-se mais uma vítima do Onze de Setembro porque de algum modo ela não impediu que a tragédia acontecesse. "Como se a ironia", Heidi resume para Maxine, "praticada por uma quinta-coluna desmunhecada, tivesse sido a causa dos acontecimentos do Onze de Setembro, por tirar o país do sério — enfraquecendo o controle da 'realidade'. E assim todo tipo de faz de conta — menos o estado de denegação em que o país já está — tem que ser abolido. Agora tudo tem que ser ao pé da letra."

"É, os meninos estão passando por isso na escola também." A sra. Cheung, uma professora de inglês que, se a Kugelblitz fosse uma cidadezinha, seria a chata do bairro, anunciou que os alunos não vão mais ser obrigados a ler obras de ficção. Otis está apavorado, Ziggy nem tanto. Maxine às vezes entra no quarto deles e eles estão assistindo a *Rugrats, os anjinhos* ou reprises de *A vida moderna de Rocko*, e eles gritam na mesma hora: "Não conta pra senhora Cheung, não!".

"Já reparou", prossegue Heidi, "que de repente *reality show* na tevê a cabo é que nem cocô de cachorro na rua? Claro, é pros produtores não terem que pagar atores de verdade. Mas peraí! Não é só isso, não! Alguém quer que esse país de telespectadores fique achando que todo mundo finalmente caiu na real, ficou sério e agora sabe tudo sobre a condição humana, se libertou das ficções que desencaminhavam as pessoas, como se o interesse por vidas inventadas fosse uma espécie de dependência em droga que foi curada pela queda das torres. Por falar nisso, o que é que está rolando no quarto de hóspedes?"

"Uns garotos com quem eu fiz uns trabalhos. Moravam no centro. Refugiados do atentado."

"Eu pensei que era o Horst vendo pornografia na internet."

Numa outra ocasião Maxine teria se saído com "Ele só fazia isso na época que estava com você", mas agora pensa duas vezes antes de mencionar Horst nos duelos verbais que ela e Heidi gostam de travar, porque... bom, não pode ser lealdade a Horst, não é? "Hoje ele está no Queens, foi pra lá que eles levaram a Bolsa de Mercadorias."

"Eu pensava que ele já tinha ido embora há muito tempo. Pra aqueles lados", indicando com um gesto vago as regiões d'além-Hudson. "Fora isso, tudo bem?"

"O quê?"

"Você sabe, em relação, sei lá, ao Rocky Slagiatt?"

"Tudo tranque, que eu saiba, por quê?"

"Imagino que o Rocky deve estar rindo à toa, não é?"

"E eu lá sei?"

"Quer dizer, agora que o FBI está transferindo pra Guerra ao Terror os agentes que atuavam contra a máfia."

"Quer dizer que o Onze de Setembro acabou sendo uma bênção pra Cosa Nostra, Heidi."

"Não é o que eu quis dizer. Foi uma tragédia horrível. Mas não foi só isso. Você não percebe como todo mundo está regredindo? O Onze de Setembro infantilizou os Estados Unidos. O país teve uma oportunidade de crescer, mas em vez disso voltou pra infância. Ontem eu estou na rua, atrás de mim tem duas adolescentes levando uma dessas conversas de adolescente: 'Aí eu falei "Caraca!", sabe, e aí ele, sabe, "Eu não falei que não estava saindo com ela"', e quando eu finalmente me virei pra olhar pra elas, não é que são duas mulheres da minha idade? Mais velhas que eu! Da tua idade, falando daquele jeito, sabe. Parece que ficaram presas numa bolha do tempo."

Curiosamente, Maxine acaba de passar por uma experiência semelhante na Amsterdam Avenue. Todo dia útil, a caminho da Kugelblitz, ela tem reparado num grupo de três meninos parados na esquina esperando o ônibus da escola, a Horace Mann ou outra qualquer, e um dia desses, talvez uma manhã de neblina, ou talvez a neblina estivesse dentro dela, algum sonho que não havia se dissipado por completo, mas o que ela viu dessa vez, parados exatamente no mesmo lugar, foram três homens de meia-idade, grisalhos, vestidos de maneira menos juvenil, e no entanto ela percebeu, estremecendo um pouco, que eram os mesmos garotos, os mesmos rostos, só que quarenta ou cinquenta anos mais velhos. Pior ainda, eles olhavam para ela com uma intensidade estranha, consciente, concentrados nela em particular, sinistros naquela manhã nevoenta. Maxine olhou para a rua. Os carros não eram modelos mais avançados, no céu só se viam as aeronaves costumeiras da polícia e das Forças Armadas, a voar ou pairar, os prédios mais pobres não haviam sido demolidos e substituídos por arranha-céus, de modo que ela continuava no "presente", não? Alguma coisa, portanto, devia ter acontecido com aqueles garotos. Mas na manhã seguinte tudo tinha voltado ao "normal". Os garotos, como sempre, não prestavam atenção nela.

Afinal, que merda é essa que está acontecendo?

31.

Quando leva essa pergunta a Shawn, ela constata que seu guru, à maneira dele, também entra em parafuso. "Lembra aquelas estátuas gêmeas do Buda que eu te falei? Esculpidas numa montanha no Afeganistão, que foram dinamitadas pelos talibãs na primavera? Vê alguma coisa parecida?"

"Budas gêmeos, torres gêmeas, uma coincidência interessante, e daí?"

"As torres do Trade Center também eram religiosas. Elas representavam o que este país adora acima de todas as coisas, o sacratíssimo mercado, sempre a porra do mercado."

"Então é uma coisa de religião, é o que você está dizendo?"

"E não é uma religião? Esse pessoal acredita que a Mão Invisível do Mercado manda em tudo. Eles fazem guerra contra as religiões que estão em competição com eles, como o marxismo. Embora tudo indique que o mundo é finito, segundo a fé cega deles os recursos nunca vão se esgotar, os lucros vão continuar aumentado pra sempre, que nem a população do mundo — mais mão de obra barata, mais gente viciada em consumo."

"Você fala que nem a March Kelleher."

"É, ou então", aquele sub-risinho que é sua marca registrada, "é ela que fala que nem eu."

"Certo, mas ouve isso, Shawn..." Maxine lhe fala sobre os meninos da esquina e de sua teoria sobre uma dobra no tempo.

"Você viu o quê, tipo zumbis?"

"Uma pessoa, Shawn, uma pessoa que eu conheço, talvez morta, talvez viva, chega de zumbi."

O.k., mas agora tem uma outra suspeita, não tem como não qualificar como maluca, que começou a florescer naquele sol californiano do consultório de Shawn, que é o seguinte — de repente aqueles "garotos" na verdade são agentes do Projeto Montauk, viajantes do tempo, abduzidos anos atrás e reduzidos a uma servidão inimaginável, sérios e grisalhos depois de tanto tempo de serviço, no momento encarregados de vigiar Maxine expressamente, por motivos que ela jamais virá a conhecer. Talvez também mancomunados por algum motivo, por que não, com a gangue de *script kiddies* que trabalha para Gabriel Ice... aahhh! Paranoia da braba!

"Está bem", num tom tranquilizante, "posso abrir o jogo? Isso também tem acontecido comigo. Vejo na rua pessoas que eram pra estar mortas, às vezes até mesmo pessoas que eu sei que estavam nas torres quando elas caíram, que não podem estar aqui, mas estão."

Ficam algum tempo se entreolhando, caídos no chão do botequim da história, sentindo-se nocauteados, não sabendo como se levantar e tocar para a frente num dia que de repente está cheio de buracos — familiares, amigos, amigos de amigos, números de telefone no Rolodex, que não estão mais aqui... a sensação sinistra, às vezes, pela manhã, de que o país em si não está mais aqui, porém foi substituído, tela por tela, por outra coisa, algum pacote que contém uma surpresa, obra de gente que conseguiu conservar a cabeça e está com os dedos prontos para clicar.

"Desculpa, Shawn. O que você acha que pode ser?"

"Além de eu sentir muita falta delas, não faço ideia. Será só porque essa cidade, com um excesso de caras, está enlouquecendo a gente? Será que está havendo uma volta dos mortos por atacado?"

"Você preferia se fosse no varejo?"

"Lembra aquela cena do noticiário local, logo depois que cai a primeira torre, uma mulher vem correndo pela rua e entra numa loja, assim que ela fecha a porta vem uma nuvem negra horrível, cinzas, destroços, varrendo a rua, passa pela vitrine como se fosse um furacão... foi esse o momento, Maxi. Não em que 'tudo mudou'. Em que tudo foi revelado. Nenhuma grande iluminação zen, mas uma lufada de negrume e morte. Nos mostrando exatamente o que a gente passou a ser, o que a gente sempre foi."

"E o que a gente sempre foi é...?"

"Pessoas que já eram pra ter morrido. Que estão se dando bem. Nem aí pra quem está pagando o pato, quem está morrendo de fome, vivendo amontoado, pra que a gente possa ter comida, casa, um quintal no subúrbio, tudo isso a um preço camarada... No resto do planeta, a cada dia a conta aumenta. E enquanto isso a única ajuda que a mídia nos dá é chorar os mortos inocentes, buá, buá. Buá, o caralho. Sabe uma coisa? Todos os mortos são inocentes. Não existe morto que não seja inocente."

Depois de uma pausa: "Você não vai explicar isso, ou então...".

"Claro que não, é um *koan*."

Naquela noite, o som pouco habitual de risos vindo do quarto. Horst está em decúbito diante da tevê, tomado por uma hilaridade, para ele, irreprimível. Por algum motivo está assistindo à NBC, e não ao canal BioPiX. Um cara tímido, de cabelo comprido e óculos escuros de lentes âmbar, está fazendo comédia *stand-up* num programa de variedades.

Um mês depois da pior tragédia da vida de todo mundo, Horst está espocando de tanto rir. "Que foi, Horst, é uma reação retardada por perceber que você não morreu?"

"Estou feliz por estar vivo, sim, mas esse tal de Mitch Hedberg é muito engraçado."

Ela não viu Horst rir de verdade muitas vezes na vida. A mais recente deve ter sido o episódio "Deixei cair o parafuso no atum" do Kenan e Kel, quatro ou cinco anos atrás. Às vezes alguma coisa provoca nele uma risadinha, mas é raro. Sempre que alguém lhe pergunta como é que ele não está rindo de uma coisa que faz todo mundo rir, Horst explica que, para ele, o riso é sagrado, uma cutucada momentânea dada por algum poder do universo, só que é trivializado pelos risos enlatados. Ele tem pouca tolerância para o riso imotivado e vazio. "Pra muita gente, especialmente em Nova York, rir é uma maneira de falar alto sem ter que dizer nada." Nesse caso, aliás, por que é que ele ainda está aqui?

Indo para o trabalho um dia ela esbarra em Justin. Aparentemente, por mero acaso, mas talvez nada aconteça mais por acaso, talvez a Lei Patriótica tenha proibido o acaso, junto com todas as outras proibições. "Podemos conversar?"

"Dá uma subida."

Justin desaba numa poltrona no escritório de Maxine. "É sobre o DeepArcher. Lembra que logo antes do atentado ao Trade Center, a Vyrva deve ter te contado, aconteceu um negócio meio estranho com os números aleatórios que a gente estava usando?"

"Vagamente, vagamente. A coisa normalizou?"

"E alguma coisa normalizou?"

"O Horst disse que a Bolsa de Valores enlouqueceu também. Logo antes."

"Você já ouviu falar do Projeto Consciência Global?"

"É... um negócio californiano."

"Não, é em Princeton. Os caras têm uma rede de trinta a quarenta geradores de eventos aleatórios espalhados pelo mundo, e os resultados chegam no site de Princeton de modo ininterrupto, sendo misturados pra gerar essa cadeira de números aleatórios. Fonte de primeiríssima, pureza excepcional. Com base na teoria de que se nossas mentes estão todas realmente conectadas, de alguma maneira, qualquer evento global importante, uma catástrofe, o que for, vai aparecer nos números."

"Os números vão ficar menos aleatórios, é o que você está dizendo."

"Isso. Pois bem, pra que ninguém possa rastrear o DeepArcher, a gente precisa de uma fonte de números aleatórios de alta qualidade. O que a gente fez foi criar em nível global um conjunto de nódulos virtuais em computadores de voluntários. Cada nódulo só existe pelo tempo suficiente pra receber e retransmitir, depois desaparece — a gente usa os números aleatórios pra estabelecer um padrão de ativação e desativação de nódulos. Assim que ficamos sabendo dessa fonte de Princeton, eu e o Lucas entramos no site e baixamos o produto na pirataria. Tudo corre bem até a noite de 10 de setembro, quando de repente os números que vêm de Princeton começam a se afastar da aleatoriedade, mas se afastar de modo abrupto, drástico, sem explicações. Você pode conferir, os dados estão postados no site pra tudo mundo ver, é uma coisa... eu diria que é assustadora se eu soubesse o que ela quer dizer. Ficou assim todo o dia 11 e mais uns dias depois. Então, do mesmo modo misterioso, tudo voltou a ser quase perfeitamente aleatório, como antes."

"Sei..." E, afinal, por que é que ele está contando isso para ela? "E seja o que for, a coisa terminou?"

"Terminou, mas durante aqueles dias o DeepArcher ficou vulnerável. A gente quebrou o galho com números de série tirados de notas de um dólar, o que funciona direitinho pra alimentar um gerador primitivo de números pseudoaleatórios, mas mesmo assim as defesas do DeepArcher começaram a se desintegrar, tudo ficou mais visível, mais fácil de acessar. De repente, pessoas que não eram pra entrar conseguiram entrar. Assim que os números do Projeto voltaram a ficar aleatórios, a porta de saída deve ter ficado invisível pros intrusos. Nesse caso, eles ficariam presos dentro do programa. Podem estar lá até agora."

"Não é só clicar em 'Sair'?"

"Não se eles estiveram tentando fazer a engenharia reversa do site pra chegar ao nosso código-fonte. O que é impossível, mas mesmo assim eles podem comprometer boa parte do que está lá."

"Pra mim, é mais um motivo pra partir pro código aberto."

"O Lucas diz a mesma coisa. Eu queria poder…" É tamanho seu ar de perplexidade que Maxine liga o foda-se e diz: "Se você já ouviu essa, me avisa que eu paro de contar. Um cara está andando com uma brasa viva na mão…".

Aquela noite, assim que entra em casa, Maxine sente um cheiro gostoso. Horst está preparando o jantar. Pelo cheiro, parece que são vieiras e carne ensopada à provençal. De novo. Claro, o Especial da Culpa. Por uma estranha invariância dos parâmetros matrimoniais, ultimamente Horst está se transformando, de modo insuportável, num pai de família caseiro. Uma noite dessas Maxine chegou em casa tarde, todas as luzes estavam apagadas, de repente ela é atacada na altura dos tornozelos por um aparelho mecânico, que acabou se revelando um robô aspirador de pó. "Querem me matar!"

"Achei que você ia gostar", disse Horst, "é o Roomba Pro Elite, recém-saído da fábrica."

"Com exclusivo dispositivo pega-esposa."

"Aliás, só vai ser lançado agora no outono, este aqui eu comprei numa venda especial de pré-lançamento. É o futuro chegando, meu bem."

Sem ironia. Impensável um ou dois anos atrás. Nesse ínterim, é a vez de Maxine sentir esses, hmm, impulsos extradomésticos. O que parece justo, em se tratando de uma pessoa que gosta de ver as contas equilibradas. Culpa? O que é isso?

Eric e Discoll entram e saem de casa juntos e separadamente e de modo imprevisível, se bem que respeitam as vésperas de dias de aula e um toque de recolher informal às onze da noite. Sempre que não estão em casa a essa hora é porque resolveram dormir em outro lugar, o que não é problema para ninguém, e evita que Maxine fique preocupada. Os meninos, de qualquer modo, tal como o pai deles, continuam dormindo de modo imperturbável.

Um dia Maxine encontra Eric no quarto de hóspedes com uma embalagem de oitocentos gramas de neutralizador de odores de tecido Febreze, borrifando suas roupas sujas, peça por peça. "Tem uma lavanderia no porão, Eric. A gente te empresta o sabão."

Ela larga a camiseta que está segurando numa pilha de roupa já purificada e continua a apontar o spray para o ouvido, como se estivesse prestes a se suicidar com ele. "O sabão já vem com fragrância primaveril?" Rendimentos decrescentes. Mas ele também está com uma expressão preocupada.

Acionando sua antena: "Tem alguma coisa, Eric?".

"Passei a noite em claro de novo por causa dessa história. A porra da hashslingrz. Não consigo parar de pensar nisso."

"Quer um café? Vou fazer café."

Indo à cozinha com ela: "Aquele fluxo de dinheiro da hashslingrz para os Emirados, está lembrada? Banco em Dubai e o caralho a quatro, eu fiquei o tempo todo repisando isso, e se aquele dinheiro foi usado para financiar o atentado contra o Trade Center? Nesse caso, o Ice não é só mais um babacoide da internet, ele é um traidor da pátria".

"Alguém lá em Washington concorda com você." Faz para Eric um pequeno resumo do dossiê que Windust lhe entregou, encharcado daquela colônia punk rock dele.

"É, e o tal do 'Fundo para o Desenvolvimento da Paz', ele é mencionado?"

"Eles acham que é uma espécie de fachada para desviar dinheiro pras contas dos jihadistas."

"Pior ainda. É uma fachada, sim, mas é da CIA, fingindo ser jihadista."

"Não fode."

"Pode ter sido o efeito do Stilnox, ou então a coisa já estava na minha frente e eu simplesmente não via, mas o fato é que agora os véus estão caindo um por um, e lá está a própria Mata Hari. Tudo isso foi só uma maneira de financiar um bando de grupos anti-islâmicos clandestinos na região. Em troca disso, o Ice ganha uma comissão sobre toda essa quantia, mais uma nota preta de consultoria."

"Pô, o cara é um patriota."

"Ele é um filho da puta ganancioso", a cabeça de Eric agora imersa num nimbo de gotículas de espuma à Patolino, "passar a eternidade no *lounge* de um motel em Houston, Texas, com uma seleção de músicas de Andrew Lloyd Webber tocando sem parar pra ele era um destino bom demais. Pode assinar embaixo do que eu estou dizendo, Maxine. Eu vou foder com esse cara."

"Quer dizer você vai aprontar alguma coisa em breve."

"Talvez."

"Não bastou uma noite na cadeia, e agora você está planejando fazer ataque de negação de serviço?"

"Contra o Ice isso é muito pouco. Se toda empresa comandada por um babaca merecesse um ataque DOS não ia sobrar ninguém no setor de hi-tech. Mas deixa eu te mostrar a minha última invenção, é uma espécie de hors-d'oeuvre."

Eric pega seu laptop. Ele recentemente lançou o Vomit Kurser, cujo nome é uma homenagem ao malfadado Comet Cursor dos anos 90, desenvolvido em parceria com uma *bruja* de um bairro onde ele morava antes. Através de anúncios *pop-up* vistosos porém falsos, prometendo saúde, riqueza, felicidade etc., o Kurser sub-repticiamente vai rogando pragas das antigas em alvos selecionados — clicou, se fodeu. Por algum motivo, como a feiticeira latina explicou a Eric, a internet tem uma estranha afinidade com a dinâmica das maldições, especialmente quando escritas em linguagens mais antigas que o HTML. Via as incontáveis motivações cruzadas do mundo cibernético, os destinos dos internautas que saem clicando a torto e a direito são alterados para pior — cai o sistema, perdem-se dados, contas bancárias são saqueadas, tudo isso sendo de se esperar por estar ligado aos computadores, mas também problemas no mundo real, tal como espinhas no rosto, infidelidade conjugal, casos insolúveis de descarga disparada, levando os observadores com inclinações metafísicas a se convencerem ainda mais de que a internet é apenas uma pequena parte de um contínuo integrado muitíssimo maior.

"Isso vai derrubar o sistema do Ice? Ele é judeu, não está nem aí pra *santería*, essa história toda está parecendo paranoica demais até mesmo pra você, Eric."

"Se você não acredita, tudo bem, isso é só o trailer, não é a atração principal; além disso eu estou corrompendo o malloc(3) dele, que agora está rodando bolsinha na esquina, vai ter que passar anos fazendo terapia pra voltar ao normal."

"Se cuida, que eu acho que já vi esse filme, e ele acaba mal. No final dos créditos aparece uma nota — 'atualmente está cumprindo pena de prisão perpétua numa penitenciária federal'."

Maxine nunca viu essa expressão no rosto dele. Assustado, mas decidido também. "Aqui não tem tecla Esc. Não tem cartucho de truque da GameShark, não tem manipulação de estouro de buffer, acabou a brincadeira, agora pra mim a única saída é ir mais fundo."

Coitado do garoto. Ela quer tocá-lo, mas não sabe onde. "Isso aí pode ser complicado."

"Tudo bem. Você faz ideia de quantos filhos da puta dos grandes tem na lista de clientes do Ice? O mínimo que eu posso fazer é mostrar aos outros hackers e crackers como entrar em uns lugares legais. Virar um guru clandestino."

"E se alguns desses seus colegas já estiverem do outro lado? E entregarem você pra polícia federal?"

Ele dá de ombros. "Vou ter que ser um pouco mais cuidadoso do que eu era nos meus tempos de *script kiddie*."

"Algum dia, Eric, vão inventar a máquina do tempo, a gente vai poder reservar passagens on-line, todo mundo vai poder voltar atrás, talvez mais de uma vez, e reescrever tudo para ser como devia ter sido, não magoar as pessoas que a gente magoou, não fazer as escolhas que foram feitas. Perdoar o empréstimo, não faltar àquele almoço. Claro que no início as passagens vão custar os olhos da cara, enquanto não amortizar o custo do desenvolvimento do produto…"

"De repente vai ter um programa de milhagem, em que a gente ganha anos de bônus? Eu ia acumular uma porrada de anos."

"Que é isso, rapaz. Você é muito jovem pra se arrepender de tanta coisa."

"Pois eu tenho arrependimento até sobre nós dois."

"Como assim, nós dois?"

"Aquela noite, depois do Cherchez la Chochotte."

"Uma lembrança gostosa, Eric. Acho que a infidelidade podológica ainda não é considerada crime. Não."

"Você contou pro Horst?"

"Ainda não surgiu o momento apropriado. Ou, vendo a coisa por outro ângulo, contar pra quê? Você contou pra Driscoll?"

"Não, garanto que não…"

"Você garante que não…" Dando-se conta de que tirou os sapatos e está esfregando um pé no outro. Um gesto que expressa, no mínimo, nostalgia.

"Posso te perguntar mais uma coisa?"

"Talvez…?"

"Sabe, existem mesmo essas criaturinhas que saem debaixo da serpentina, com… vassourinhas, e pás de lixo, e…"

"Eric, não. Não quero ouvir falar nisso."

32.

Na manhã seguinte Reg Despard telefona, lá do horizonte do oeste. "Estou olhando pra Space Needle enquanto a gente conversa."

"O que é que ela está fazendo?"

"Dançando macarena. Você está bem? Eu ia te ligar, logo depois das torres, mas eu estava viajando, e quando finalmente cheguei aqui comecei a procurar casa e..."

"Ainda bem que você escapou a tempo."

"Deu no rádio do carro, pensei em dar meia-volta. Mas não, toquei em frente. É a tal culpa do sobrevivente."

"Hipnose interestadual. Não entra numa, não, Reg. Agora você está aí na terra das Riot Grrrls, com aqueles pinheiros saudáveis e briquete de carvão fingindo que é café e não sei que mais, certo? Por favor. Fica frio."

"Eu só vejo o que dá no noticiário, mas parece que as coisas aí estão difíceis."

"Muito luto, as pessoas ainda estão nervosas, a polícia para pra revistar todo mundo que dá na veneta, examinam mochila

— mais ou menos como era de se esperar. Mas em termos de atitude a vida continua, na rua não tem nada de muito diferente, não. Você já arranjou trabalho?"

Ele hesita. "Estou fazendo bico na Microsoft."

"Epa."

"É, o traje obrigatório demora pra gente acostumar, aquele equipamento de respiração e a armadura de Stormtrooper…"

"Já esteve com as meninas?"

"Não estou querendo forçar a barra, mas…"

"Você é nova-iorquino, forçação de barra é o que elas esperam de você."

"Me convidaram pra jantar outro dia. O marido que cozinhou. Caldeirada à provençal, ingredientes locais. Um *chenin blanc* do Yakima Valley. A Gracie ainda está com aquele olhar de quem está com um homem novo fascinante na vida, como se eu precisasse ver isso. Mas as meninas… não sei como dizer… Estão mais caladas do que eu me lembro que elas eram. Não emburradas, nada de cara feia nem beiço, não, uma ou duas vezes elas até sorriram. Talvez pra mim, não deu pra ter certeza."

"Reg, eu espero que isso dê certo."

"Maxine, me diga uma coisa." Iih… "Essa linha que a gente está falando, ela é…"

"Se não for, nós todos estamos ferrados. O quê."

"Aquele DVD."

"Interessante. Uma ou duas tomadas de cena você podia ter usado um nível de bolha…"

"Eu ficava acordando às três da manhã."

"Pode ter sido um monte de coisa, Reg."

"Aqueles caras na cobertura, aqueles árabes na sala fechada lá na hashslingrz. Sessões de treinamento. Só pode ser isso."

"Se o Gabriel Ice está envolvido numa grande operação secreta, então… você está insinuando que…"

"A equipe do Stinger tem cara de mercenários do setor privado, mas mesmo assim teria que ter aprovação de altos escalões do governo."

"É o que o Eric também acha. E a March Kelleher, bem, nem precisa dizer, não é? Você se incomoda se ela postar o vídeo?"

"A ideia era isso mesmo, tentar espalhar dez, vinte DVDs na esperança que alguém que tivesse banda larga postasse pelo menos um deles. Um dia vão inventar uma espécie de Napster pra vídeo, vai ser uma coisa rotineira postar qualquer coisa e compartilhar com todo mundo."

"Como é que alguém ia ganhar dinheiro fazendo isso?" Maxine não consegue entender.

"Sempre tem um jeito de ganhar dinheiro com qualquer coisa. Não é o meu departamento. Pra mim, se divulgar já está ótimo."

"Aumentar o tráfego, torcer pra que o efeito de rede entre em funcionamento, é, parece um plano comercial de verdade, infelizmente bem conhecido."

"Desde que o material caia na rede. E alguém ponha um HTML pra ficar fácil passar adiante."

"Você realmente acha que o pessoal do Bush está por trás disso."

"E você não acha?"

"Eu sou só uma investigadora de fraude. Bush, ah, não começa. A coisa dos árabes, eu tenho esses reflexos judaicos, e aí tenho que me segurar pra não entrar em paranoia por esse lado também."

"Certo. Tudo bem, não quero desrespeitar ninguém, estou fazendo o possível pra mudar de fase, Reg 2.0, não violento, Costa Oeste, xô estresse."

"Te cuida. Me manda mais algum filme se pintar. Ah, só mais uma coisa, Reg?"

"Você não pede, manda."

"Você acha que eu devia vender a descoberto as minhas ações da Microsoft?"

Na vez seguinte em que Maxine e Cornelia saem para almoçar, elas combinam de se encontrar na Streetlight People. Maxine traz para Rocky uma cópia xerox do arquivo da hashslingrz que Windust lhe deu.

"Olha aí como que a hashslingrz está gastando o seu dinheiro."

Rocky corre a vista por uma ou duas páginas com uma expressão de curiosidade. "Quem gerou esse troço?"

"Uma agência anônima em Washington, está na cara que é alguém a fim de se vingar, mas não faço ideia do que seja. Se escondendo atrás de um desses *think tanks* de merda."

"Seja como for, vem em boa hora, a gente está tentando ver como pular fora da hashslingrz, posso mostrar isso pro Spud e a diretoria?"

"Se eles conseguirem entender, claro, mas o que é que vocês estão pensando em fazer agora, recapitalizar?"

"Provavelmente, não tem nenhuma oferta pública inicial pintando, nenhuma incorporação nem aquisição, eles estão com muito trabalho pro governo, está mesmo na hora de pular fora. O dinheiro, é claro, mas tem uma outra coisa lá, tipo assim... posso dizer que eles são do mal?"

"Que papo é esse? No sentido que a IBM ou a Microsoft são do mal, é o que você quer dizer."

"Você já olhou nos olhos desse cara? É tipo assim, ele sabe que você sabe que a barra pode pesar de verdade, e ele está cagando e andando?"

"Eu pensava que era só eu."

"Nenhum de nós sabe até que ponto essa história pode se complicar, nem sabe pra quem que eles trabalham na verdade, mas se até mesmo em Washington tem gente se preocupando agora", indicando o dossiê, "então é hora de vender as ações."

"Donde eu concluo que não estou mais investigando o caso."

"Mas estará pra sempre no meu Rolodex."

"Para com isso", Cornelia entrando na conversa. "Ele vive dizendo a mesma coisa pra mim, não leva isso a sério não."

"Mulherio, rua pr'ocês, que eu tenho que trabaiá."

Como Cornelia parece acreditar que Maxine só come alimentos kosher, elas acabam indo para mais uma déli "judaica", o Mrs. Pincus's Chicken Soup Emporium. Uma franquia, ainda por cima. Ninguém lá dentro parece ser de Nova York. Por sorte, Maxine e Cornelia estão com mais apetite para jogar conversa fora do que para comer *gefilte fish* de autenticidade duvidosa.

Depois de algum tempo, Cornelia, com a destreza de um prestidigitador escolado, tira do que parece ser um baralho bem embaralhado de temas para conversas de almoço o tópico das famílias e dos excêntricos encontrados no seio delas.

"Minha posição", diz Maxine, "é não começa, senão daqui a pouco a gente está de novo no *shtetl*, às voltas com magia negra."

"Ah, me conta. A minha família, bom... disfuncional é apelido. Tem até um que trabalha pra CIA."

"Só um? Eu pensava que era a família toda."

"Só o primo Lloyd. Bom, que eu saiba."

"Ele pode falar sobre o trabalho dele?"

"Talvez não. A gente nunca sabe direito. É... é o Lloyd, sabe."

"Sei... quer dizer, não sei, não."

"Você tem que entender que eu estou falando sobre os Thrubwell de Long Island, que não se confundem com o ramo da família de Manhattan, não que a gente entre nessa de eugenia, nada disso, mas às vezes é difícil não concluir que tem alguma coisa de DNA pra explicar uma situação que, no final das contas, se repete."

"Um alto percentual de…"

"Idiotas, basicamente, hmm… Mas não quero ser mal-entendida, o primo Lloyd sempre foi uma criança simpática, eu e ele sempre nos demos bem, nas reuniões de família a comida que ele jogava nas pessoas nunca me atingia pessoalmente… Mas tirando as agressões à mesa, o verdadeiro talento dele, eu diria até compulsão, era a deduragem. Ele vivia xeretando, observando as atividades menos públicas das pessoas, tomando notas detalhadas, e quando as anotações dele não eram muito convincentes, é constrangedor dizer isso, ele inventava coisas."

"Ou seja, um agente da CIA nato."

"Sempre na lista de espera deles, até que ano passado surgiu uma vaga no escritório do inspetor-geral."

"Tipo Assuntos Internos? Quer dizer, ele dedura gente da CIA? Não é perigoso pra ele?"

"São mais coisas assim como roubo do almoxarifado, estão sempre pegando munição pra usar em armas privadas, sabe? Isso é que parece ser um dos principais interesses do primo Lloyd."

"Quer dizer que ele está trabalhando no 'D.C. agora', como diriam Martha and the Vandellas. Ele faz algum outro trabalho adicional? Quer dizer, tipo consultoria?"

"É bem provável. Idiota tem lá seus gastos, afinal, os remédios, os pagamentos frequentes a chantagistas e policiais corruptos, o chapéu pontudo de bobo, que tem que ser feito sob medida… mas eu realmente espero, Maxine, que você não tenha nenhum problema com a CIA."

Por que dispararam de repente os alarmes de dissimulação? "Com uma outra agência, não a CIA, mas vindo da mesma direção, sim, e sabe, pensando bem, até tem uma coisa que eu gostaria de conversar com o seu primo..."

"Quer que eu peça a ele pra contatar você?"

"Obrigada, Cornelia, fico lhe devendo uma... quer dizer, como ainda não conheci o Lloyd, fico devendo meia."

"Não, obrigada, Maxine, isso aqui é maravilhoso. Tão..." com um gesto que percorre toda a déli, como quem não encontra palavras.

Maxine, lábios cerrados e olhos apertados, um mais do que o outro, sorri. "Étnico."

O primo Lloyd, que felizmente não participa dos círculos de paquera de Nova York, onde esse tipo de açodamento lhe valeria uma rejeição instantânea, liga para Maxine na manhã seguinte bem cedo. Ele parece estar tão nervoso que Maxine resolve tranquilizá-lo com um papo genérico de investigador de fraudes. "No momento está tudo convergindo num *think tank* daqui chamado TANGO, o senhor já ouviu falar nele?"

"Ah. Quentíssimo atualmente. Muito popular com a turma do George W."

"Uma pessoa de lá, um agente chamado Windust, está me dando um pouco de trabalho, não consigo achar nada sobre ele, nem mesmo informações biográficas oficiais, ele é protegido por senhas no mais alto grau, é um *firewall* atrás do outro, não tenho recursos pra passar por eles." Pobrezinha de minzinha. "E se de repente ele estiver envolvido, sei lá... em malversação..."

"E, sem querer me meter... vocês dois são... amiguinhos?", tentando cobrir a palavra com gosma gutural.

"Hmm. De novo, pra quem estiver ouvindo, não faço parte da turma de fãs dele e não sei praticamente nada sobre ele, só sei que é uma espécie de capanga da escola Milton Friedman, que atua o tempo todo no sentido de manter o mundo em condições favoráveis pra pessoas talvez semelhantes ao senhor."

"Ah, não quis ofender, absolutamente... Vou tentar ver o que eu posso fazer. Nossos bancos de dados — eles são famosos no mundo todo, a senhora sabe. Tenho autorização de ver coisas que só podem ser vistas e não copiadas, não deve ser muito trabalhoso."

"Fico aguardando ansiosamente."

Graças ao *pen drive* entregue por Marvin, é claro, Maxine já tem a maior parte do currículo de Windust, de modo que, se ela está pedindo a intervenção de Lloyd, não é tanto pelas informações que ele possa vir a encontrar... Aliás, Maxine, por que é mesmo que você está na cola desse sujeito, hein? Será uma obsessão justificada pelo intento de incriminar o provável assassino de Lester Traipse, ou será a sensação de estar mal-amada, com saudade das curiosas técnicas de carícias preliminares daquele arrancador de calcinhas? Põe ambivalência nisso!

Se o tal Lloyd for tão idiota quanto sua prima Cornelia diz que ele é, em pouco tempo Windust deve ficar sabendo que a CIA está interessada nele. O mais provável é que ele passe a se cuidar, como qualquer um. No momento, pequenos incômodos são o máximo que Maxine tem a seu dispor, aqui no rés do chão, sem nenhum horizonte moral mais amplo, sem ter como competir naquele nível de elite, naquele esquema de pirâmide planetário no qual os patrões de Windust sempre apostam todas as fichas, com seus mitos do ilimitado expressos em termos tão melífluos. Ela não imagina como sair de seu histórico de escolhas prudentes e atravessar o deserto dessa hora precária, na esperança de encontrar o quê? algum refúgio, algum DeepArcher americano...

33.

Maxine tem um estoque de senhas variáveis enviadas por Vyrva, que mudam a cada quinze minutos, em média, para entrar no DeepArcher. Dessa vez, ela não tem como não reparar nas profundas mudanças ocorridas no site. O que antes era uma estação ferroviária agora é um porto espacial da era dos Jetsons, cheio de ângulos estranhos, torres irregulares ao longe, cercados lentiformes sobre estacas, um tráfego de discos voadores riscando o céu de neon. Lojas duty-free yuppificadas, algumas delas com marcas offshore que ela não reconhece nem mesmo a fonte em que estão escritas. Anúncios para todos os lados. Nas paredes, nas roupas e na pele dos figurantes que compõem a multidão, como anúncios *pop-up* saídos do Invisível a lançar-se na cara do observador. Maxine fica a imaginar se… não dá outra, lá estão eles, parados junto à entrada de um Starbucks, um casal de ciberflanêurs que são ninguém menos que os amigos de Eric do mundo da publicidade, Promoman e Sandwichgrrl.

"Um bom lugar pra fazer hora", diz Sandwichgrrl.

"Pra fazer negócios, então", acrescenta Promoman. "Maior

animação. Esse pessoal aí parece ser só um pano de fundo virtual, né? Pois são usuários de verdade."

"Não me diga. Mas não tem um tremendo esquema de encriptação?"

"Mas tem também o *backdoor*, não está sabendo?"

"Desde quando?"

"Semanas... meses?"

Quer dizer que a janela de vulnerabilidade do Onze de Setembro que tanto preocupava Lucas e Justin, pelo visto com razão, não apenas permitiu a entrada de gente indesejável como também fez com que alguém — Gabriel Ice, agentes do governo, simpatizantes do governo, outras forças desconhecidas que já estavam de olho no site — ainda por cima instalasse um *backdoor*. Maxine sai clicando a torto e a direito, chegando após algum tempo a uma espécie de nimbo sinistro, como um refletor numa boate quando você se dá conta de que vai vomitar ainda naquela noite, tem um momento de dúvida, resolve ignorá-lo, clica no centro daquela mancha de luz nauseabunda, e então por algum tempo tudo fica negro, o negro mais profundo que ela jamais viu numa tela.

Quando a imagem reaparece, ela tem a impressão de estar a bordo de um veículo a navegar no espaço profundo... há um menu para escolher a visualização, e passando por alguns instantes para um ponto de vista exterior, ela descobre que não está num veículo isolado, e sim numa espécie de comboio, sendo que a conexão entre as naves não é nada simples, são espaçonaves de diferentes idades e tamanhos a avançar numa eternidade ampliada... Heidi, se alguém lhe perguntasse, diria que há ali alguma influência de *Battlestar Galactica*.

Lá dentro Maxine encontra corredores feitos de uma substância sintética reluzente futurista, corredores longos como avenidas, imensas distâncias interiores, sombras esculpidas, tráfego em meio a um crepúsculo que se adensa verticalmente, pedestres atravessando passarelas, aeronaves de passageiros e de carga a brilhar, em movimento constante... É só código, diz Maxine a si própria. Mas quem, entre tantas pessoas sem rosto e não creditadas, poderia ter criado esse código, e por quê?

De repente abre-se como *pop-up* uma janela em pleno ar, solicitando a presença de Maxine no passadiço e dando-lhe uma série de instruções. Alguém deve tê-la visto fazendo *log-in*.

No passadiço Maxine encontra garrafas de bebida vazias e seringas usadas. A cadeira do comandante é uma espreguiçadeira La-Z-Boy das antigas, num tom execrando de bege, coberta de queimaduras de cigarro. Nas anteparas há cartazes baratos de Denise Richards e Tia Carrere presos com fita adesiva. Dos alto-falantes sai hip-hop, no momento Nate Dogg e Warren G, interpretando uma música que fez muito sucesso na Costa Oeste em meados dos anos 90, "Regulate". Tripulantes entram e saem, ocupados com diversas atividades, mas ninguém parece estar com muita pressa.

"Bem-vinda ao passadiço, sra. Loeffler." Um jovem de aparência grosseira, barba por fazer, bermuda cáqui e uma camiseta manchada com os dizeres *"More cowbell"*. A atmosfera muda. A trilha sonora emenda no tema do game Deus Ex, a iluminação diminui, o passadiço é arrumado por cibergnomos invisíveis.

"E aí, cadê todo mundo? O comandante? O imediato? O oficial cientista?"

Arqueando uma sobrancelha e apalpando a parte de cima das orelhas, como se para ver se eram pontudas: "Lamento, nosso lema é 'Oficial, nem fodendo'". Fazendo sinal para que ela se aproxime das janelas de observação dianteiras. "A majestade do espaço, saca só. Porrilhão de estrelas, cada uma no seu pixel."

"Incrível."

"Pode ser, mas é só código."

Uma antena se move. "Lucas, é você?"

"Que flagra!" Por um momento a tela é invadida por padrões psicodélicos do visualizador do iTunes.

"Quer dizer que você está aqui pra resolver problemas de *backdoor*, pelo que me disseram?"

"Hm, não é bem isso não."

"Ouvi dizer que o site está escancarado."

"É o problema de ser proprietário, mais cedo ou mais tarde pinta um *backdoor*."

"E por você, tudo bem? E o Justin?"

"Tudo bem, na verdade a gente não estava satisfeito com o modelo antigo."

Modelo antigo. Ou seja... "Uma notícia importante, deixa eu ver se adivinho."

"Isso mesmo. A gente resolveu partir pro código aberto. Acabei de lançar o TAR."

"Quer dizer que... qualquer pessoa...?"

"Que tiver paciência de tentar, se conseguir, tudo bem. Já estamos trabalhando numa tradução pra Linux, aí os amadores vão vir em bandos."

"Quer dizer que a grana preta..."

"Não é mais uma opção. De repente, nunca foi. Eu e o Justin vamos ter que continuar dando duro mais um tempo."

Maxine contempla o fluxo constante de estrelas, vasos cabalísticos despedaçados na Criação dando forma a todas essas gotas de luz, a jorrar do ponto único que as gerou, também conhecido como universo em expansão... "O que acontece se eu clicar num desses pixels aqui?"

"Você pode dar sorte. Nada que a gente tenha escrito. Pode dar num link pra algum lugar. Você pode também passar o resto da sua vida explorando o Vazio e não chegando a parte alguma."

"E esta nave — ela não está a caminho do DeepArcher, ou está?"

"É mais uma expedição. Uma exploração. Quando os primeiros vikings começaram a navegar pelos mares do Norte, tem uma história que eles acharam um puta de um buracão no teto do mundo, um redemoinho profundo que sugava o navio pro fundo, que nem um buraco negro, pra não sair nunca mais. Hoje você vai à web da superfície, tanta conversa fiada, tanto produto à venda, tanto spam e anúncio e dedo que não tem mais o que fazer, todo mundo naquela luta ferrenha que eles chamam de mercado. Enquanto isso, aqui no fundo, mais cedo ou mais tarde em algum lugar profundo, tem que haver um horizonte entre o codificado e o não codificado. Um abismo."

"É isso que você está procurando?"

"Eu e alguns outros." Os avatares não exprimem anseios, mas Maxine capta alguma coisa. "Já outros tentam evitar isso. Depende de qual é a sua."

Maxine fica mais algum tempo perambulando pelos corredores, puxando conversa em ocasiões aleatórias, seja lá o que significa "aleatório" nesse contexto. Começa a ter a sensação sinistra de que alguns dos novos passageiros podem ser refugiados do evento do Trade Center. Nenhuma prova concreta, talvez seja só por ela estar com o Onze de Setembro na cabeça, mas para onde quer que ela olhe agora, tem a impressão de ver sobreviventes enlutados, terroristas estrangeiros e nativos, intermediários, paramilitares, que podem ter participado daquele dia ou então estão só dizendo que participaram como parte de algum conto do vigário.

Para os que talvez sejam vítimas de verdade, retratos foram trazidos para cá por entes queridos para que eles tenham uma existência após a morte, rostos digitalizados a partir de fotos de família... alguns tão desprovidos de emoção quanto um *emoticon*, outros exibindo um repertório de sentimentos, euforia, timidez diante da câmara, depressão aguda, alguns estáticos, outros animados em *loops* de GIF, cíclicos como o carma, fazendo piruetas, acenando, comendo ou bebendo o que tinham nas mãos no casamento, bar mitzvah ou noitada em que estavam quando a foto foi tirada.

No entanto, é como se eles quisessem interagir — eles olham nos olhos, sorriem, inclinam a cabeça como quem espera uma reposta. "Sim, o que foi?" ou "Algum problema?" ou "Agora não, está bem?" Se essas vozes não são as verdadeiras vozes dos mortos, se, como alguns acreditam, os mortos não falam, então as palavras foram postas em suas bocas por quem pôs seus avatares no site, e o que eles parecem dizer é o que os vivos querem que eles digam. Alguns começaram a fazer blogs. Outros estão escrevendo código e fazendo acréscimos aos arquivos do programa.

Maxine para num café numa esquina e logo engrena uma conversa com uma mulher — talvez seja uma mulher — que tem uma missão a cumprir na fronteira do universo conhecido. "Esse bando de ignorante entrando e se metendo é que nem na web de superfície. Eles fazem a gente afundar mais ainda, até as profundezas escuras. Muito além de qualquer lugar onde essas pessoas se sentiriam bem. E é lá que fica a origem. Tal como um telescópio poderoso leva a gente mais longe no espaço físico, mais perto do momento do big bang, aqui, quanto mais fundo a gente vai, mais a gente se aproxima da região de fronteira, o limiar do inavegável, a região de informação zero."

"Você está participando desse projeto?"

"Vim só dar uma olhada. Ver quanto tempo eu consigo ficar bem na beira do princípio antes do Verbo, quanto tempo consigo olhar pra lá sem sentir vertigem — dor de cotovelo, náusea, o que for — e cair dentro dele."

"Você tem e-mail?", Maxine quer saber.

"Agradeço a intenção, mas talvez eu não volte mais. Quem sabe um dia você checa a sua caixa de entrada e eu não estou mais lá. Vamos. Vem comigo."

Chegam a uma espécie de plataforma de observação, apoiada num cantiléver perigoso da nave, que dá para uma região de radiação elevada e dura, vácuo, ausência de vida. "Olha."

Seja lá quem for, a mulher não tem nas mãos um arco e flecha, seu cabelo é bem mais curto, mas dá para Maxine perceber que ela está olhando para baixo no mesmo ângulo íngreme, com o mesmo foco distante no infinito, que a figura que aparece na página de abertura do DeepArcher, contemplando um vazio incalculavelmente fértil de links invisíveis. "Tem um brilho leve, depois de algum tempo você percebe — uns dizem que é um vestígio, tipo radiação, do big bang, da memória, no nada, de ter sido alguma coisa um dia…"

"Você é…"

"O Arqueiro? Não. Esse não fala."

De volta ao espaço carnal, precisando de algum modo falar com alguém a respeito do novo — e, ela não demora para concluir, irreconhecível — DeepArcher, Maxine liga para o celular de Vyrva. "Estou entrando no metrô neste momento, eu volto a ligar quando tiver sinal de novo." Maxine não é macaca velha em relação a desculpa esfarrapada de usuário de celular, mas ela sabe muito bem identificar sinais de nervosismo na voz. Meia hora depois, Vyrva, supostamente tendo acabado de chegar do East Side, aparece no escritório em carne e osso, arrastando um saco de lixo grosso cheio de Beanie Babies. "Tempo de dia das bruxas!", exclama, retirando do saco, um por um, pequenos morcegos, abóboras sorridentes com chapéu de bruxa, ursos fantasmagóricos, ursos com capa de Drácula, "a Fantasminha Fantástica, olha só a abóbora dela, não é uma gracinha?"

Hmmm, Vyrva tem algo de ligeiramente frenético hoje, é bem verdade que o East Side às vezes tem esse efeito sobre as pessoas, mas — seus circuitos de ex-investigadora de fraudes agora em pleno funcionamento — Maxine pensa que os Beanie Babies talvez tenham funcionado como uma fachada esse tempo todo, encobrindo atividades menos aceitáveis...

Como vai o Justin, como vai a Fiona, perguntas puramente fáticas — um movimento rápido de globos oculares, talvez? — "Eles... quer dizer, todo mundo anda meio estressado agora, mas..." Vyrva coloca uns óculos de armação de metal e lentes violeta, cinco dólares no camelô, mil razões possíveis para esse exato gesto nesse exato momento, "a gente veio pra Nova York, todos nós, tão inocentes... Lá na Califórnia era divertido, escrever código, escolher a solução mais elegante, pegar uma festa sempre que possível, mas aqui, cada vez mais a coisa é..."

"Mais madura?", talvez excessivamente reflexiva.

"Certo, os homens são crianças, todo mundo sabe, mas agora parece que eles estão se entregando a um vício secreto que não conseguem controlar. Eles não querem abrir mão daqueles meninos inocentes, a gente percebe, é uma incoerência terrível, a esperança infantil e a depravação do espaço carnal nova-iorquino, está ficando insuportável."

Cara Abby, uma amiga minha está com um problema sério...

"Quer dizer, insuportável pra você... de algum modo... emocionalmente."

"Não", Vyrva a olha nos olhos por uma fração de segundo, "pra todo mundo, insuportável tipo, sabe, mais que isso não dá mais pra aguentar." Num tom leve mas ao mesmo tempo rascante, muito comum no mundo profissional habitado por Maxine. Talvez também um pedido de compreensão, de preferência gratuita. É assim que o cliente fica quando a auditoria começa a desencavar dados que ele pensava ter enterrado a sete palmos por todo o sempre, e o homem da Receita Federal está sentado à sua escrivaninha, o ar-condicionado atochado ao máximo, com uma expressão pétrea no rosto, fumando uma cigarrilha, esperando.

Tendo o cuidado de não incluir nenhum subtexto por ora: "Será que não é só excesso de trabalho?".

"Não. Não pode ser pressão por conta do código-fonte, agora isso acabou. Não conta pra ninguém, não, mas agora vai ser código aberto."

Fingindo que é novidade para ela: "Vão dar de graça? Eles já estudaram como fica a questão do imposto?".

Segundo Vyrva, Justin e Lucas foram uma noite ao bar feericamente iluminado de um motel para turistas na rua cinquenta alguma coisa, no West Side. Telões ligados em canais de esportes, árvores artificiais, algumas delas com seis metros de altura, garçonetes com cabelos louros compridos, um balcão de mogno de bar tradicional. Muitos participantes de convenções. Os dois sócios estão tomando *king kongs*, uma mistura de uísque Crown Royal com licor de banana, e correndo os olhos pelo salão em busca de rostos conhecidos, quando ouvem uma voz com a qual o tempo não foi lá muito camarada dizendo: "Um Fernet-Branca, por favor, dose dupla, e um copo de ginger ale?", e Lucas finge cuspir seu drinque. "É ele! Aquele maluco da Voorhees, Krueger! Ele está atrás de nós, quer o dinheiro dele de volta!"

"Você está paranoico?", é a esperança de Justin. Eles se escodem atrás de uma bromélia de plástico e ficam apertando a vista. A embalagem está um pouco diferente agora, mas parece ser mesmo Ian Longspoon, visto pela última vez uns anos atrás, na corrida de carrinhos de rolimã de Sand Hill. Sendo abordado naquele instante por um sujeito compacto com óculos Oakley M Frame e um terno verde-abacate neon. Justin e Lucas imediatamente reconhecem Gabriel Ice, que parece achar que está radicalmente disfarçado.

"O Ice marcou um encontro secreto com o nosso antigo investidor de risco pra falar sobre o quê?", pergunta Lucas.

"O que é que eles podem ter em comum?"

"Nós!", os dois ao mesmo tempo.

"A gente precisa dar uma olhada naqueles guardanapos de papel, e rápido!" Por acaso eles conhecem o segurança do lugar, e daí a pouco já estão no escritório dele, examinando uma parede cheia de monitores de televisão em circuito fechado. Dando um zoom na mesa de Ice e Longspoon, eles conseguem divisar uns diagramas esquisitos, manchados, cheios de setas, quadrados, pontos de exclamação e símbolos que parecem ser jotas gigantescos, para não falar nos eles...

"O que você acha?"

"Pode ser qualquer coisa, não é?"

"Peraí, estou tentando pensar..." Cada um olhando para a tela um pouco, mexendo com o zoom para aumentar a imagem ainda mais, até que depois de algum tempo os dois estão na maior paranoia, e o segurança amigo deles, já irritado, põe a dupla para fora.

"O que os rapazes concluíram", resume Vyrva, "é que o Ice estava tentando convencer a Voorhees, Krueger a invocar ordens judiciais, ficar com a empresa e depois vender os ativos — o código-fonte do DeepArcher, acima de tudo — pra ele, Ice."

"Foda-se", Justin mais tarde naquela mesma noite, com um rancor inesperado, "já que ele quer, então pode levar."

"Nunca te vi assim, rapaz, como é que vai ser a próxima vez que a gente precisar sumir?"

"Não vou precisar mais." Justin, num tom um pouco melancólico.

"Talvez eu precise", Lucas declara.

"A gente inventa outro lugar."

"Justin, esta cidade está acabando com a gente, a gente não era assim, não."

"Eu não acredito que na Califórnia ia ser melhor. A mesma corrupção, nós dois andamos nas mesmas ruas juntos, você sabe onde todas elas vão dar, aqui ou lá."

Vyrva, embora tecnicamente uma *shiksa*, deixa os dois irem em frente, intervindo de vez em quando de um jeito maternal, oferecendo coisas para comer e guardando para si sua irritação. Agora, com Maxine: "Por falar em sumir. Tem vezes…".

Lá vem o lamento do estelionatário. Maxine seria capaz de dar uma oficina sobre Movimentações do Globo Ocular. "E…"

"E se eles estão perdidos, aí eu fico achando", quase inaudível, "que talvez a culpa seja minha."

Entra Daytona com um saco cheio de folheados e uma garrafa plástica de café. "Aí Vyrva, sangue bom, qual é!"

Vyrva é safa o bastante para se levantar e bater bunda com Daytona e contribuir com oito compassos da canção raramente ouvida "Soul Gidget", até que Daytona, olhando para ela, comenta: "Você devia mais era cantar 'A Whiter Shade of Pale', você parece que está anoréxica, está precisando comer uma *costeleta de porco*! Com couve!".

"E torta de pêssego sulista", Vyrva, pálida, mas entrando no jogo.

"É isso aí", Daytona saindo com uma mesura. "Mas sem maionese!"

"Vyrva…"

"Não, tudo bem. Quer dizer, não está tudo bem, não, ah, Maxi… Eu ando me sentindo tão culpada!"

"Se você não é judia, tem que pagar uma taxa, porque a patente é nossa, ouviu?"

Sacudindo a cabeça: "O que que eu faço, porque estou muito assustada, eu estou nisso até a ponta dos cabelos!".

"E o Lucas, ele também está?"

"O Lucas? Não. O Lucas?" Puta porque Maxine não está entendendo.

"Epa. A gente está falando sobre outra pessoa? Quem?"

"Por favor... eu realmente achava que podia ajudar. Era pela Fiona, pelo Justin, por todos nós. Ele disse que os rapazes podiam pedir o que quisessem."

"Alguém", Maxine enquanto uma ficha do tamanho de um Sonrisal finalmente cai dentro dela, "alguém que queria pôr as mãos no código-fonte do DeepArcher achou que se namorasse a mulher de um dos sócios ia conseguir entrar na história, é mais ou menos por aí?"

"Maxi, você tem que acreditar..."

"Não, isso aí eram os Mets no campeonato de 69, isso cai na sua prova de cidadania nova-iorquina, mas eu me pergunto quem, entre tantas dezenas de pretendentes, seria escroto o bastante pra tentar um golpe desses, peraí, peraí, está na ponta do meu cérebro..."

"Eu podia ter te contado, mas você odeia ele tanto..."

"Como todo mundo odeia o Gabriel Ice, concluo que você não contou pra ninguém."

"E é um sacana tão vingativo que se eu tentasse terminar com ele, ele ia contar tudo pro Justin, destruir meu casamento, minha família... Eu ia perder a Fiona, tudo..."

"Para com isso, isso aí é a pior de todas as hipóteses. A coisa podia se resolver de um monte de maneiras diferentes. Há quanto tempo isso está rolando?"

"Desde Las Vegas, ano passado. A gente até deu uma rapidinha no Onze de Setembro, o que é pior ainda..."

Maxine, sem conseguir conter uma contração facial: "Você não está querendo dizer que se acha culpada pelo desastre, não, não é? Aí era maluqueira demais, Vyrva".

"É o mesmo tipo de desleixo. Não é?"

"Mesmo tipo que o quê? É aquele papo de frouxidão de valores morais? A família americana está enfraquecida, e é por isso que a Al-Qaeda sequestra avião e derruba o Trade Center?"

"Eles viram como a gente está, o tipo de pessoa que a gente virou. Pessoas frouxas, indiferentes. Acomodadas. Concluíram que era um alvo fácil e acertaram."

"Confesso que não consigo ver uma relação de causa e efeito, mas de repente é uma limitação minha."

"Sou uma adúltera!" Vyrva chorando baixinho.

"Ah, para com isso. No máximo, adolescêntera."

Mas quem, numa situação como essa, não fica interessado em saber de um ou dois detalhes? O confortável apartamento de solteiro de Ice em Tribeca, por exemplo, banheiro mais ou menos do tamanho de uma quadra de basquete profissional, com uma enorme coleção de absorventes de todas as marcas, tamanhos e capacidade de absorção, frascos de xampu e condicionador com rótulos ilegíveis porque foram fabricados em países longínquos, equipamentos de salão de beleza, desde rolinhos de cabelo até um imenso secador vintage, desses que a pessoa não senta embaixo, mas *entra* nele, mais uma seleção de camisinhas que faz o caixa de uma farmácia da rede Duane Reade parecer uma máquina de banheiro de posto de gasolina.

"O problema", depois de assoar o nariz, "é que as trepadas eram sempre maravilhosas."

"Um amante sensível e delicado."

"Porra nenhuma, ele é um filho da puta. Você já experimentou coito anal?"

Será que Maxine quer mesmo ouvir esses detalhes?

Será que o McDonald's vende hambúrguer?

"Faz sentido", num tom animador. "A especialidade dele, é ou não é?"

34.

Chega o Dia das Bruxas. Ao sul da rua 14 nos últimos anos a data virou um festival importante da cidade, com um desfile cuja cobertura televisiva chega a rivalizar com o da Macy's no Dia de Ação de Graças. No Yupper West Side as atividades se assemelham mais a uma festa de bairro, a rua 69 é fechada ao trânsito, os espaços entre os prédios são transformados em casas mal-assombradas, artistas se apresentam, vende-se comida, as multidões aumentam a cada ano, e é aí que Maxine costumava levar os meninos para pedir balas de porta em porta, terminando na rua 79, às vezes na 86, entrando nos halls de prédios diferentes. Mas esse ano, segundo se diz, a paranoia pós-Onze de Setembro talvez tenha o efeito de diminuir ou mesmo cancelar essas atividades de rua, embora a cara do prefeito apareça em todos os canais locais, curiosamente assemelhando-se à máscara de borracha que a imita vendida nas lojas temporárias que abrem nessa época do ano, durão como sempre, recomendando aos nova-iorquinos que enfrentem o terror comemorando o Dia das Bruxas como sempre.

"A família do Jadgeep vai dar uma festa de Dia das Bruxas", diz Ziggy, um comentário que não parece nada acidental.

Este é o garoto da turma de Ziggy que criava códigos aos quatro anos de idade, Maxine relembra, e por acaso ele mora no Deseret. "Bem apropriado. Aquele prédio é mal-assombrado."

"Tem alguma coisa errada no Deseret, mãe?" Otis arregalando os olhos e, portanto, em cumplicidade com o irmão.

"Tudo", responde Maxine.

"Mas fora isso", Zig sereno.

"Vocês vão pedir bala só dentro do prédio?"

"Não precisa mais ir a nenhum outro lugar, o Dias das Bruxas de lá é lendário. Cada apartamento faz uma decoração com tema de terror diferente."

"E… isso não tem nada a ver com a irmã do Jagdeep. Aquela que é muito precoce em matéria de…"

"Peitaria", arrisca Otis, sendo em seguida obrigado a esquivar-se de um súbito golpe de krav maga fraternal. "Você não vai esbarrar nela não, Zig, ela vai estar em alguma festa", correndo, perseguido por Ziggy, "lá no Village, ela só sai com aluno da NYU…"

Horst com um rosto imperturbável, porém modulado por um sorriso sacana: "Hoje tem jogo, com o El Duque, talvez o Curt Schilling, a gente podia ficar em casa assistindo pela tevê…".

"Compra pra mim amendoim e Cracker Jack?"

Otis resolveu que vai se fantasiar de Vegeta, com o cabelo cheio de gel para formar pontas, usando um traje prateado e azul adquirido em algum site asiático estranho, entregue quase antes que ele tivesse tempo de clicar em "Adicionar ao meu carrinho". Ziggy vai de Empire State com um macaco de brinquedo preso mais ou menos à altura do pescoço. Vyrva e Justin topam acompanhar os meninos, marcando encontro com eles no Deseret.

Eric e Driscoll vão para o desfile no Village, fantasiados

respectivamente de porta lógica NAND ("Eu digo sim pra tudo") e Aki Ross, do filme *Final Fantasy*: "O corte de cabelo que todo mundo sonha ter, sessenta mil fios, cada um animado separadamente, banda largona, se bem que essa peruca aqui", Driscoll sacudindo a cabeça numa pequena demonstração, "é tipo assim bem qualquer coisa".

"Cansou da Rachel, né?"

"Bola pra frente."

Heidi faz uma rápida visita, com um vestido bege bem verão, peruca escura de cabelos curtos e despenteados, óculos com uma armação metálica enorme e um estranho colar de flores de plástico, talvez desses que brilham no escuro, pendurado no pescoço. "Você me parece vagamente familiar", Maxine diz, "você é quem mesmo?"

"Margaret Mead", responde Heidi. "Hoje vou dar um mergulho antropológico no mundo urbano primitivo, querida, vai ser imersão total. Saca só o que eu achei na Canal Street."

"Abre a mão, não dá pra ver, o que é?"

"Filmadora digital, essa aqui normalmente só se acha no Japão. A bateria dura horas, e estou levando mais baterias sobressalentes, e aí dá pra filmar a noite toda."

"Mas você parece estar ansiosa."

"E não é pra estar? Todos os impulsos pop da história concentrados numa única noite por ano, e se eu não souber pra que lado apontar a lente, e se eu não filmar uma coisa realmente crucial?"

"Escuta só", era o tipo de coisa que acontecia com elas quando eram garotas, "não vai entrar numa de histeria, baixo o facho, seja uma boa princesa."

"Ah, Lady Tampax, obrigadíssima, você é tão prática…"

"E além disso acabei de passar no caixa eletrônico, de modo que se você precisar de alguém pra te pagar fiança, já sabe."

Ao anoitecer, Maxine e Horst pegam o maior cesto de papéis da casa e o enchem de guloseimas de diferentes marcas em tamanhos avantajados, entre elas Swedish Fish, PayDays e Goldenberg's Peanut Chews, depois deixam o cesto no hall do elevador, penduram uma placa de "Favor não incomodar" pendurada na maçaneta e se recolhem ao quarto, deixando que as festividades do Dia das Bruxas transcorram como tiverem que transcorrer, as ruas do Upper West Side se transformando num pseudópode do exotismo de Greenwich Village, depois de passarem um ano inteiro como uma espécie de Dubuque nova-iorquina.

Dentro do apartamento, o clima é, dir-se-ia, bem festivo, Maxine montando em Horst por quase uma hora, não que isso seja da conta de ninguém, é claro, e gozando várias vezes, até que por fim consiga uma sincronia feroz com o orgasmo de Horst, e pouco depois, por efeito de alguma pista extrassensorial vindo da televisão, que estava com o som desligado, eles emergem do aparvalhamento pós-orgiástico a tempo de presenciar o *home run* de Derek Jeter na décima entrada, e mais uma típica vitória dos Yankees. "Isso aí!", Horst começando a gritar com um êxtase incrédulo. "E quando filmarem a vida dele tem que ser com o Keanu Reeves!"

"Ué. Você odeia tudo que é de Nova York", observa Maxine.

"Ah. Bom, eu já rodei todo o Arizona, não tenho nada contra o Arizona, mas apostei uns trocados nos Yankees, na verdade foi um chute…" Prestes a embarcar num papo meio sem rumo…

"É mesmo?" Talvez não, Horst. "Olha, como amanhã é dia de aula, acho que eu vou dar um pulo lá no Deseret pra ver como as coisas estão indo."

"É, meu bem, foi curto mas deu pra curtir, não é, então enquanto isso eu fico vendo os melhores momentos da partida."

Isso vindo de Horst, Maxine sabe, é praticamente uma declaração de amor. Mas alguma coisa a faz concentrar sua atenção no que está se passando fora de casa, no Deseret, na estranha comemoração macabra vertical que certamente estará rolando por lá.

Lua cheia ainda um pouco gibosa, não tendo ainda chegado ao zênite, e sua nêmese da adolescência, o porteiro Patrick McTiernan, em seu posto, com um uniforme azul-escuro ostentando os dizeres The Deseret em dourado, juntamente com divisas douradas nas mangas, dragonas douradas, uma *fourragère* dourada caída sobre o ombro direito. O nome dele acima do bolso esquerdo. Dourado. Talvez seja uma fantasia de Dia das Bruxas. Ou então os anos se passaram e Patrick acumulou todas aquelas condecorações, inclusive a papada de um Distinto Cavalheiro de Idade. Naturalmente, não reconhece Maxine, nem em seus tempos de garota nem como mais uma usuária anônima da piscina, e, constatando que ela não faz parte de um grupo de adolescentes bêbados, deixa-a entrar.

Os Singh moram no décimo andar, os elevadores estão ou todos ocupados ou quebrados por excesso de peso, e Maxine, tendo ouvido dizer que faz bem à saúde, topa subir pela escada. O velho prédio soturno está mesmo animado hoje. Escada e corredores pululam de pequenos Tios Sam, Estátuas da Liberdade, bombeiros, policiais e soldados com uniformes de combate, para não falar em Shreks, Bobs Construtores, Bobs Esponjas e Patricks e Sandys Bochechas, Rainhas Amidalas, personagens de Harry Potter com óculos de Quadribol, capas de Grifinória e chapéus de bruxos. As portas dos apartamentos estão todas escancaradas, e de dentro deles vem toda uma variedade de trilhas sonoras, entre elas "Ain't Never Gonna Do It Without the Fez On" de Steely Dan. Os moradores, como sempre, foram fundo, gastando uma nota preta em efeitos especiais de casa mal-assombrada, luz negra, geradores de fumaça, som Sensurround, zumbis animatrônicos, bem como atores ao vivo contratados por merrecas aviltantes, guloseimas da Dean & DeLuca e da Zabar's, e sacos de presentes cheios de geringonças digitais, echarpes da Hermès e passagens de avião para lugares como Taiti e Gstaad.

No apartamento dos Singh, Prabhnoor e Amrita estão fantasiados de Bill Clinton e Monica Lewinsky. Máscaras de borracha e tudo mais. Prabhnoor está distribuindo charutos. Amrita, com um vestido azul, naturalmente, segura um microfone de caraoquê desligado cantando docemente "I Did It My Way". Parecem pessoas muito agradáveis. Todo mundo está bêbado, basicamente de vodca, a julgar pelas garrafas vazias empilhadas nos cantos e atrás do bar, embora garçons vestidos de Dróides de Batalha estejam circulando com bandejas de champanhe, além de canapés de filé-mignon e sanduíches de lagosta. Vyrva, com uma fantasia de Beanie Baby Pikachu, como era de se esperar, aproxima-se de Maxine admirada: "Que fantasia fantástica! Você está igualzinha a uma mulher adulta!".

"Como estão se saindo os meninos?"

"Muito bem, capaz da gente ter que alugar um caminhão de mudança. O Justin está andando por aí com eles, batendo em todas as portas. Uma superfesta de Dia das Bruxas, não é?"

"É. Não sei por que eu estou sentindo tanta hostilidade de classe."

"Isto aqui? Comparado com o que rolava no Beco dois anos atrás? Uma típica festa de *startup*? Isto aqui é só uma nota de rodapé, minha querida. Um comentário."

"Você está em Nova York há tanto tempo, Vyrva, que está começando a falar que nem o meu pai."

"O Justin está com celular, quer que eu chame ele e..."

"Estamos no Deseret, em outro planeta, a tarifa de *roaming* aqui deve ser uma fábula, vou ficar só dando um rolé, obrigada."

E Maxine sai a explorar aquele prédio precisadíssimo de um bom exorcismo, que nunca lhe pareceu minimamente simpático. Flanqueando os corredores que mais parecem ruas, onde cem anos atrás carroças de entrega puxadas por pôneis, levantadas até aqui por enormes elevadores hidráulicos, deixavam nas portas dos apartamentos latões de leite, cestos de flores, caixas de champanhe, hoje Maxine encontra sofisticadas simulações de Camp Crystal Lake, túmulos de múmias, o laboratório art déco de Frankenstein todo em preto e branco. A hospitalidade dos moradores é, digamos assim, proativa. Não demora para ela dar por si, sem sequer arquear a sobrancelha, passando a mão em sacos cheios de guloseimas pesados demais para uma criança levantar.

À medida que vai ficando mais tarde, a idade média dos entrantes aumenta proporcionalmente, e aumenta também a ênfase na maquiagem em torno dos olhos, purpurina, meias-calças arrastão, machados cravados em crânios, sangue falso. Era inevitável que alguém viesse fantasiado de Osama bin Laden, e Maxine esbarra em dois Osamas, que ela reconhece, mais depressa do que ela desejaria, como Micha e Gricha.

"Nós pensamos em fantasia de Torres Gêmeas", explica Micha, "mas concluímos que OBL ia ofender mais ainda."

"Então por que vocês não foram pro Village, que é onde estão as câmaras de tevê?"

Eles trocam um olhar tipo "será que a gente confia nela?".

"É por motivo", Maxine adivinha, "privado, não público."

"É Dia das Bruxas, porra, não é?"

"É homenagem", explica Micha.

Homenagem a quem? Aqui no Deseret, é claro, só podia ser a Lester Traipse, o verdadeiro fantasma deste Dia das Bruxas, Lester o cara cheio de onda que acabou vitimado por uma lâmina balística antes de terminar seu serviço, condenado a errar por aqueles corredores seculares até que a justiça seja feita, ou por toda a eternidade, o que vier primeiro. Lester era uma criatura do Beco do Silício, Beco até a alma, e no Beco as histórias nunca são curtas e muitas vezes são grossas, é não apenas um bairro midiagênico de sonhos recém-extintos, mas também o mais recente representante de uma tradição nova-iorquina de Becos Que É Melhor Evitar, sombras cheias de vozes mentalmente instáveis, sons que ecoam na alvenaria, gritos de desolação urbana, ruídos metálicos menos inocentes que velhas latas de lixo fustigadas pelo vento.

"Vocês eram amigos do Lester? Tinham relações profissionais com ele?" Dito de outro modo, que ligação concreta poderia haver... mas de repente é isso mesmo, a ligação não é nada concreta, é fantasmagórica. É Dia das Bruxas, porra.

"Lester era *podónok* como nós", Micha corando um pouco, como se envergonhado da fajutice da explicação, "amigo de hackers sacanas do mundo todo."

"Inclusive", Maxine tendo uma ideia, "da ex-União Soviética. De repente a coisa teve a ver com a polícia secreta?"

Micha e Gricha rindo sem graça, um olhando para o outro para ver, como logo fica claro, qual vai ser o primeiro a dar um tapa no outro para fazê-lo cair em si e demonstrar respeito pelo falecido. Coisa de presidiário.

"Vocês dois", com jeito, cuidadosa, "realmente estudaram naquela Escola de Hackers Civis em Moscou, não é?"

"Academia Úmnik!", exclama Micha. "Aquela gente, não, nem pensar!"

"Nós não! Nós somos só *tcháiniki*!"

"De Bobrúisk!" Micha balançando a cabeça vigorosamente.

"Não sabemos nem sentar virado pra teclado!"

"Sem querer xeretar, mas é que de repente o Lester pisou no calo do Gabriel Ice, que como vocês certamente sabem é *assim* com o sistema de segurança nacional dos Estados Unidos. Então é natural que o serviço de informações russo tivesse interesse nas atividades dele."

"Ele é dono deste prédio", Gricha meio que não consegue se conter, provocando um olhar de seu comparsa. "Se está aqui hoje, quem sabe nós esbarramos nele. Ele ou um homem dele. Quem sabe não vão gostar de ver gêmeos Osama. Não é? Tipo Mortal Kombat."

Anotação mental — sondar Ígor, que deve saber que merda é essa. Rabiscada com letra ilegível num post-it virtual, grudado num lóbulo cerebral raramente usado, que acaba descolando e caindo, mas de qualquer modo uma pulga atrás da orelha.

Uma farândola de criadas francesas, prostitutas com roupa de trottoir e minidominatrixes, nenhuma delas ainda saída da escola fundamental, chega subindo a escada. "Olha só! Eu não falei?"

"Caraca!"

"Sinistro!"

Micha e Gricha sorriem de orelha a orelha, levam a mão ao coração e fazem uma pequena mesura. *"Tha tso kalan yee?"*

"Tha jumat ta zey?"

O que tem o efeito de fazer as moçoilas darem ré, num frenesi, e descerem a escada correndo, enquanto Micha e Gricha gritam para elas alegremente: *"Wa alaikum u ssalam!"*.

"É hebraico?", Maxine pergunta.

"Pachto. Desejando paz a elas e perguntando que idade vocês têm, vocês vão sempre a mesquita?"

"Lá vêm os meus filhos."

A fantasia de Empire State de Ziggy foi devidamente grafitada com spray, e alguém colocou um minúsculo boné dos Red Sox na cabeça do King Kong. O cabelo de Otis continua implacavelmente vertical, e ele, cavalheiro como sempre, está carregando o saco de Fiona juntamente com o seu.

"Fiona, bonita fantasia, me ajuda, é de…"

"Misty."

"A garota do Pokémon. E esta aqui é…"

Imba, amiga de Fiona, que está vestida de Psyduck, o companheiro cronicamente deprimido de Misty.

"A gente escolheu no cara e coroa", diz Fiona.

"A Misty é líder de academia", explica Imba, "mas é impaciente demais. O Psyduck tem poderes, mas é muito infeliz." Em sincronia, ela e Fiona põem as mãos nos lados da cabeça igual a S. Z. Sakall e emitem o som característico do personagem, "psi, psi, psi". Ocorre a Maxine que Psyduck, embora japonês, podia muito bem ser judeu.

"Boa noite, Suporte Técnico, como posso abusar de vocês?" Justin hoje está caracterizado como Dogbert, o cachorro de Dilbert obcecado pelo poder, com óculos de lentes azuis em vez de incolor. Maxine faz as apresentações.

"Você é *o* Justin McElmo?" Primeira vez que Maxine ouve um desses brucutus usar um artigo definido.

"Não sei, de repente tem outros por aí."

"De DeepArcher", explicita Gricha.

"São só dois viciados em Game Boy", murmura Maxine.

"Vocês dois já estiveram lá? Desde quando?" Justin menos alarmado do que curioso.

"Desde 11 de setembro mais ou menos. Antes era muito mais difícil de hackear. Então de repente, dia de atentado, fica mais fácil. Depois fica impossível de novo."

"Mas vocês continuam entrando."

"Não dá pra não entrar!"

"*Pizdátchie*", Gricha entusiasmado, "sempre alguma história nova, gráficos novos, diferente toda vez."

"Tudo evoluindo", diz Micha. "Conta pra nós, Justin. Faz parte de projeto?"

"Evoluir?" Justin parece surpreso. "Não, era pra ser uma coisa só, tipo assim, sabe, atemporal? Um refúgio. A-histórico, era a ideia minha e do Lucas. E agora, o que é que vocês estão vendo, hein?"

"Mesma *govno*", diz Gricha. "Política, mercados, expedições, porrada."

"Não é roteiro de video game, você sabe. Lá embaixo a gente não é *gamer*, é viajante."

Uma boa abertura para ensejar uma troca de cartões de visita.

Antes de se afastarem para aprontar mais alguma, os dois capangas chamam Maxine para uma conversa em particular. "DeepArcher — você conhece também. Já esteve lá."

"Hm", nada a perder, "pois é, tipo assim, é só código, não é?"

"Não! Maxine, não!", com o que tanto pode ser fé ingênua ou loucura varrida, "é lugar de verdade!"

"É refúgio, não faz mal se você é pobre, sem casa, presidiário fodido, *obijenka*, condenado à morte…"

"Morto…"

"DeepArcher sempre aceita você, protege você."

"Lester", cochicha Gricha, olhando para cima em direção à piscina, "alma de Lester. Entende? Stingers em telhado. Aquilo." Um gesto de cabeça que abarca toda a véspera de Todos os Santos, em direção ao ponto distante onde ficava o Trade Center, passando por cima da invisível multidão de centenas de milhares de mascarados comemorando nas ruas iluminadas e semi-iluminadas, chegando ao buraco fedorento com nome do tempo da Guerra Fria na extremidade sul da ilha.

Maxine faz que sim, fingindo ver o que não vê. "Obrigada. Se cuidem." Ela recolhe Ziggy e Otis, que estão devorando trufas da Teuscher como se fossem gotas de chocolate da Hershey's, e juntos eles saem pelos portões ameaçadores do Deseret em direção ao lar.

"Boa noite pr'ocês", despede-se Patrick McTiernan.

É, mas agora que seria oportuna a lembrança Maxine não

453

se recorda de nenhuma daquelas piadas de *leprechaun* que ela já ouviu ao longo da vida.

Horst ainda está acordado, agora vendo Anthony Hopkins em A *história de Mikhail Barishnikov*, intensamente absorto, uma colher de sorvete Urban Jumble imobilizada a trinta centímetros de sua boca e pingando em seu sapato.

"Papai, papai! Acorda!"

"Olha só", Horst piscando. "O velho Hannibal dançando que nem gente grande."

Após sua expedição antropológica do Dias das Bruxas, Heidi se tornou uma pessoa diferente. "Crianças de todas as idades vivendo esse momento pop cultural abrangente. Tudo desabando no tempo presente, tudo em paralelo. Mimese e performance." Depois de algum tempo, ela parece ficar um pouco incoerente. Em lugar algum julgou encontrar uma cópia perfeita de nada. Nem mesmo pessoas que diziam "Ah, eu vou fantasiado de mim mesmo" eram réplicas autênticas de si próprias.

"É deprimente. Eu achava a Comic-Con estranha, mas aquilo era a Verdade. Tudo que existe está ao alcance de um mouse. A imitação não é mais possível. O Dia das Bruxas acabou. Nunca imaginei que as pessoas pudessem ficar sabendo das coisas a esse ponto. O que aconteceu com todos nós?"

"E como você sempre fica apontando um culpado…"

"Ah, pra mim a culpa é da porra da internet. Sem dúvida."

Maxine não está ansiosa por telefonar para Ígor. Seja qual for o desequilíbrio cármico que houver entre ele e Gabriel Ice, ela estava evitando a ligação até ser obrigada a agir pelo encontro com Micha e Gricha, um lembrete que veio de fora do mundo diurno a que Maxine preferia ficar circunscrita. Além disso, os alegres capangas, ao que parece, andam investigando a hashslingrz por motivos ocultos, e provavelmente cabe a ela descobrir quais são eles, ainda que não tenha esperança de encontrar maiores detalhes.

Ígor está saltitante. Até demais. Agindo como se estivesse desde todo o sempre aguardando este telefonema.

"Olha, Ígor, não tem ninguém me pagando pra descobrir quem foi que matou o Lester…"

"Você sabe quem foi. Eu também sei. Polícia não quer agir. É questão de…" Será que ele está tentando obrigá-la a dizê-lo?

"Justiça."

"Restituição."

"Ele morreu. Restituir o quê?"

"Você nem imagina."

"Não imagino mesmo. Especialmente se for coisa da KGB e você e os seus capangas forem agentes."

Um silêncio que ela é obrigada a classificar de bem-humorado. "Agora não se fala mais em KGB, é FSB, é SVR. Desde que Putin começou, KGB é gente velha em governo."

"O que for. O Ice estava totalmente envolvido no financiamento de grupos antijihadistas. A Rússia também tem problemas com islamistas. Será tão absurdo assim imaginar que os dois países estão cooperando? E que eles se irritaram quando o Lester começou a embolsar um bônus não autorizado?"

"Maxine. Não. Não foi só por causa de dinheiro."

"Oi? Então foi o quê?"

Ele fez uma pausa ligeiramente excessiva. "Lester viu demais."

Maxine tenta lembrar-se daquela última vez que conversou com Lester, no Setembro Eterno. Certamente foi dito algo que ela não percebeu, ou foi um lapso, alguma coisa. "Se ele entendeu o que estava vendo, ele não teria contado pra alguém?"

"Ele tentou. Ligou pra meu celular. Véspera de pegarem ele. Não pude atender. Deixou mensagem comprida em correio de voz."

"Ele tinha o número do seu celular."

"Todo mundo tem. Por causa de meu trabalho."

"Qual o recado que ele deixou?"

"Coisa muito doida. Cadillacs Escalades tentando empurrar ele pra fora de Long Island Expressway. Telefonemas pra esposa, ameaças a filhos. Eu, meu pessoal, ele achava que nós podíamos ter ligações. Ajudar a chegar a acordo."

"Tipo o quê?"

"Ele esquece o que viu, eles não matam ele. Boa sorte."

"E o que ele viu...?"

"A essa altura já estava maluco. Já tinham conseguido botar ele maluco. Nem precisava matar. Mais uma coisa a restituir. Você quer causa e efeito racional, mas é aqui, infelizmente, que coisa não é mais documentada. Lester disse: 'Única opção que tenho é DeepArcher'. Fiquei sabendo de DeepArcher de *padónki*, e aí faço ideia de que é, mas não sei de que ele está falando."

Refúgio. Enquanto ela estava sendo comida como uma cadela por um dos assassinos dele.

No dia da Maratona de Nova York, sete semanas depois da atrocidade, a lembrança do dia terrível ainda reverberando, numa atmosfera que dá para ser chamada de patriótica, milhares de corredores participam em memória do Onze de Setembro e suas vítimas, desafiando a possibilidade de que a coisa volte a acontecer, medidas de segurança máxima, a Verrazano Bridge totalmente policiada, todo o tráfego do porto suspenso, nada visível no céu além dos helicópteros em sua vigilância incessante...

Por volta do meio-dia, indo à feira de pulgas semanal numa

escola de ensino médio próxima, Maxine observa, primeiro um por um, depois num fluxo, yuppies com capas térmicas de poliéster — os super-heróis das finanças de repente partindo para o balcão de saldos — começando a chegar do parque. Na esquina da 77 com a Columbus o fluxo já virou uma multidão. Gente gritando e berrando e se abraçando, bandeiras desfraldadas por toda parte.

Sentado, exausto, na calçada, junto com uma fileira de outros corredores a recuperar-se do evento no qual suas reluzentes capas oficiais anunciam sua participação, alguém que parece ser Windust.

O primeiro encontro presencial desde aquela noite romântica nos confins do West Side. "Não diz pra ninguém que você me viu", ainda um pouco ofegante, "é um vício, principalmente agora, logo depois do Onze de Setembro, tanta morte, pra que se esforçar pra arriscar mais ainda? E no entanto", com um gesto cansado e abrangente, "nós estamos aqui." A menos que ele tenha comprado de alguém na rua a capa de suvenir e Maxine esteja sendo enrolada mais uma vez.

"É muito profundo pra mim."

Um sorrisinho de flerte. "É, eu lembro."

"É, mas tem vezes que um centímetro é até demais. Tudo bem, você deve estar cheio de substâncias químicas por efeito da corrida. Já consegue ficar em pé? Te pago um café." Claro, Maxine, e por que não um folheado de queijo também? Será que ela está maluca? Isso é a última coisa que ela devia fazer. Mas a Mãe Judia, sentada quietinha num canto escuro, escolheu esse momento para se levantar de um salto, acender a luminária chique comprada na Scully & Scully e empurrar Maxine para mais uma vergonhosa demonstração de solicitude *eppes-essen*. Por um segundo, ela torce para que Windust esteja cansado demais. Porém a boa forma dele prevalece, e ele se levanta, e antes que

Maxine consiga pensar numa desculpa os dois vão parar numa lanchonete retrô na Columbus, originária dos anos 80, quando estava no auge esse bairro agora relevante apenas para turistas interessados em história das subculturas. Hoje o lugar está bombando de maratonistas se reabastecendo de cafeína. Ninguém está falando alto demais, porém, de modo que há cinquenta por cento de possibilidade de rolar uma conversa, pelo menos dessa vez.

Que espécie de ex, ela se pergunta, Windust poderia ser considerado? Ex-transa, ex-equívoco, ex-rapidinha, talvez ex-trupício? A essa altura ela devia mais era fazer de conta que nada havia acontecido, e em vez disso lá está aquela pasta de arquivo fosforescente piscando para ela — contas por acertar.

Lá fora passam multidões gritando parabéns, rindo alto demais, se empanturrando de comida, exibindo as capas. Na tela de abertura do triunfo Windust é um solitário pixel de descontentamento. "Estão esfregando isso na cara dos árabes, ó. Olha pra eles. Um bando de gente sem noção, que se acha dona do Onze de Setembro."

"Qual o problema? Eles compraram de você, todos nós compramos, você tomou o nosso precioso sofrimento, processou e vendeu de volta pra nós, como qualquer outro produto. Me diz uma coisa? Quando o negócio aconteceu? O Dia em que Tudo Mudou, onde que você estava?"

"No meu cubículo. Lendo Tácito." A rotina do sábio guerreiro. "Segundo a argumentação dele, que é muito bem-feita, Nero não tocou fogo em Roma pra pôr a culpa nos cristãos."

"Já ouvi essa história antes, não sei onde."

"Vocês querem acreditar que a coisa foi só uma pegadinha, alguma superequipe invisível forjou as informações, imitou a falação dos árabes, controlou o tráfego aéreo, as comunicações militares, a mídia civil — tudo muito bem coordenado, sem nenhuma falha, nenhum vacilo, toda uma tragédia montada pra parecer um atentado terrorista. Nem vem. Minha queridinha civil tão esperta. Vou te dizer uma coisa. Ninguém do meu ramo é tão competente assim."

"Você está me dizendo que eu não preciso mais ficar preocupada com essa história? Certo. Que alívio. Enquanto isso, vocês conseguiram o que queriam, a Guerra ao Terror de vocês, uma guerra sem fim, e segurança no emprego."

"Pra alguns, pode ser. Não pra mim."

"Então vocês não precisam mais de assassino profissional? Conta outra."

Ele olha para baixo, para seus abdominais, seu pau, seus sapatos, um par de Mizuno Waves com um esquema de cores que agride a vista e que não envelheceu bem. "Na verdade, a aposentadoria está próxima."

"Então vocês têm opção de pular fora? Corta essa."

"Bom… dadas as opções existentes, a gente tenta arrumar alguma coisa na iniciativa privada."

"Economizando uns trocados, uma ilha na Flórida, um iatezinho com a geladeira cheia de Dos Equis e congêneres…"

"Pena que eu não posso dar maiores detalhes."

Segundo o dossiê do *pen drive* que Marvin trouxe no verão passado, o portfólio de Windust está cheio de bens estatais privatizados espalhados pelo Terceiro Mundo. Maxine imagina alguns hectares abençoados em algum recanto retrocolonial fora do mapa, um lugar "seguro", seja lá o que isso quer dizer, fora da matriz de segurança, protegido das mudanças de regime efetuadas pelos Estados Unidos, crianças com AK-47s, desflorestamento, tempestades, fome e outras agressões planetárias do capitalismo tardio… na companhia de alguém de confiança, algum Tonto absoluto, mantendo vigilância no perímetro enquanto os anos passam… Levando em conta seu passado, será que Windust pode mesmo confiar na lealdade de alguém?

Ela devia já ter captado o sentido da estranha opacidade dos olhos de Windust hoje, um déficit que não pode ser atribuído apenas ao cansaço secular. "Aposentadoria" é um eufemismo, e por algum motivo ela não consegue acreditar que Windust tenha participado da maratona como parte de um regime de exercícios cardíacos para a meia-idade. Cada vez mais ele lhe dá a impressão de estar verificando uma lista de tarefas a serem finalizadas antes de tocar para a frente.

Nesse caso, Maxine, chega de flerte, já dá para sentir uma corrente de ar frio entrando por alguma dobra descosturada da tessitura do dia, e não vale a pena investir mais nada além de "Vamos ver, você tomou quantos, três?, *gigaccinos*, e depois os *bagels*..."

"Três *bagels*, mais a omelete à Denver de luxo, você comeu a simples..."

Na calçada, nenhum dos dois consegue encontrar uma fórmula que lhes permita se despedir com um mínimo de dignidade. Após mais trinta segundos de silêncio, eles acabam acenando com a cabeça e virando-se cada um para um lado.

A caminho de casa, Maxine passa pelo quartel de bombeiros do bairro. Os homens estão trabalhando num dos caminhões. Maxine reconhece um cara que ela sempre vê no Fairway comprando quantidades enormes de comida. Eles sorriem e se cumprimentam de longe. Garoto bonitinho. Fossem outras as circunstâncias...

E, como sempre, elas são escassas. Maxine caminha contornando as flores do dia largadas na calçada, que serão recolhidas em breve. A lista de bombeiros desse quartel que morreram no Onze de Setembro é guardada em algum lugar mais íntimo, longe dos olhos do público; quem quiser consultá-la é só pedir, mas às vezes é mais respeitoso não exibir uma coisa assim num cartaz.

Se não é pelo dinheiro, nem pela glória, e se às vezes a pessoa vai e não volta mais, então o que é? O que é que leva esses caras a vir para o trabalho, enfrentar um turno de vinte e quatro horas e continuar trabalhando, mergulhar vez após vez em prédios em ruínas, cortando estruturas de aço, salvando pessoas, recuperando partes de corpos, para acabar doente, assolado por pesadelos, desrespeitado, morto?

Seja lá o que for, será que Windust seria capaz de sequer reconhecer essa coisa? O quanto ele se afastou das realidades do trabalho cotidiano? Que refúgio ele já buscou? E, se encontrou algum, qual?

Com a proximidade do Dia de Ação de Graças, o bairro, com ou sem atrocidades terroristas, vai voltando à sua insuportável normalidade, chegando ao auge na véspera do feriado, quando ruas e calçadas ficam apinhadas de gente que veio a Nova York para ver O Enchimento dos Balões para o desfile da Macy's. Polícia por toda parte, segurança máxima. À frente de cada lugar que vende comida há filas estendendo-se pela porta afora. Estabelecimentos onde normalmente se pode entrar, pedir uma pizza para viagem e esperar apenas o tempo que leva para se assar o pedido agora estão levando no mínimo uma hora para atender um freguês. Na calçada cada pedestre é um Mercedes bípede arrogante — esbarrando, rosnando, tocando em frente na marra sem sequer balbuciar o já esvaziado eufemismo local: "Com licença".

Nessa noite Maxine se vê metida nessa exibição de clássicos comportamentos nova-iorquinos, tendo cometido o erro de se oferecer para comprar um peru se Elaine topasse prepará-lo, e para piorar fez o pedido antecipadamente no Crumirazzi, uma loja de comida gourmet perto da 72. Chega lá já depois da hora do jantar e constata que o lugar está mais abarrotado que o metrô no horário de pico, cheio de cidadãos ansiosos por abastecer suas comemorações do Dia de Ação de Graças, e a fila do peru dando oito ou dez voltas e se arrastando devagar, quase parando. As pessoas já estão se tratando aos gritos, e a civilidade, como todos os outros produtos nas prateleiras, está em vias de se esgotar.

Um fura fila serial está avançando na fila do peru, um macho alfa grandalhão cujas habilidades sociais, se existem, ainda estão na versão beta, intimidando uma por uma as pessoas que estão à sua frente.

"Com licença!" Enfiando-se na frente de uma senhora de idade que está imediatamente atrás de Maxine.

"Fura fila atacando", grita a senhorinha, tirando do ombro a bolsa e preparando-se para brandi-la.

"Pelo visto você não é daqui", Maxine para o meliante, "porque em Nova York isso que você está fazendo, sabe, é considerado delito."

"Estou com pressa, sua vaca, cai fora, ou você quer resolver isso lá fora?"

"Ah, que é isso. Depois de todo o trabalho que você teve pra chegar até aqui? Seguinte, vai me esperar lá fora, está bem? Prometo que não vou demorar muito."

Passando para a modalidade indignação: "Tenho uma casa cheia de crianças que precisam de comida…" mas é interrompido por um grito que vem da plataforma de carregamento: "Ô babaca!" e eis que vem, sobrevoando as cabeças da multidão como uma bala de canhão, um peru congelado, que acerta o yuppie pentelho bem na cabeça, derrubando-o no chão, e vai parar nas mãos de Maxine, que fica olhando para ele como Bette Davis contemplando um bebê com o qual, inesperadamente, ela se vê obrigada a dividir a cena. Ela entrega o projétil à senhora atrás dela. "Isso aqui é seu, eu acho."

462

"O quê? Depois de encostar nele? Não, obrigada."

"Eu aceito", diz o sujeito que está atrás da senhorinha.

À medida que a fila avança, todos fazem questão de pisar em, e não contornar, o fura fila derrubado.

"É bom ver a cidade voltando ao normal, né." Uma voz conhecida.

"Rocky, o que é que você está fazendo aqui nestas bandas?"

"É a Cornelia, ela não concebe o Dia de Ação de Graças sem a marca de recheio de peru que ela come desde a infância, na Dean & DeLucca não tem mais e a Crumirazzi é o único outro lugar em Nova York que vende."

Maxine aperta a vista para ler o que está escrito no saco de plástico gigantesco nas mãos dele. "'Squanto's Choice, autêntica receita tradicional *Wasp*.'"

"Usa pão branco antigo…"

"'Antigo…'"

"Wonder Bread do tempo em que ainda não vinha fatiado."

"Setenta anos é muito tempo, Rocky. Não fica mofado?"

"Fica duro feito cimento. Eles têm que quebrar com britadeira. Dá um toque especial. Por que é que você está esperando nessa fila? Eu achava que você era uma pessoa tipo *speedy*."

"Eu quis ajudar a minha mãe. Deu errado, como sempre. Isso aqui está um jardim zoológico, porra. Cena do crime cármico. Você pensa que essas vibrações não passam pra comida?"

"Família inteira reunida este ano, é?"

"Vai dar no *Post* amanhã. 'Entre os que foram detidos para observação…'"

"Ah, sabe o teu amigo de Montreal? O tal Felix, do antizapper? Vamos liberar um empréstimo-ponte pra ele, o Spud Loiterman tem um sexto sentido e disse que é pra gente ir fundo."

"E então, vai querer me contratar agora ou esperar até o Felix estar, como diz o Bobby Darin, 'além do mar'?"

"É, eu sei, ele está aprontando, é isso mesmo, eu também já fui assim, entendo como é, e além disso quem sou eu pra entrar em disputa com o Dean Martin da Dissonância?"

35.

No final das contas, o Dia de Ação de Graças acaba não sendo tão horroroso assim. Provavelmente em parte por causa do Onze de Setembro. Há um lugar vazio à mesa, como no Seder, não para o profeta Elias, mas para qualquer uma das almas desconhecidas para as quais as profecias falharam naquele dia. O ambiente sonoro é suave, sem asperezas. Ernie e os meninos se instalam diante da tevê para assistir à maratona anual de *Guerras nas estrelas*, Horst e Avi falam sobre esporte, cheiros de comida se espalham pelos cômodos, Elaine entra e sai da sala de estar, da despensa e da cozinha, ela sozinha um exército de gnomos que vivem dentro da parede, Maxine e Brooke ao final da tarde conseguem chegar à paridade na troca de indiretas sem que nenhuma arma letal tenha sido exibida, a comida, como tantas vezes acontece quando Elaine cozinha, é uma espécie de viagem no tempo, o peru felizmente livre de urucubacas apesar de suas origens na Crumirazzi, os doces de algum modo escapando da tendência fatal de Brooke a pesar a mão, entre eles o que Otis, numa crítica elogiosíssima, considera uma torta de abóbora normal. Ernie poupa todos os presentes de qualquer discurso e limita-se a gesticular em direção à cadeira vazia com o copo de sidra de maçã. "A todo mundo que devia estar comemorando hoje mas não está."

Na hora de ir embora, Avi pergunta a Maxine discretamente: "O seu escritório — lá tem alguma entrada dos fundos?".

"Você quer ir lá sem ser visto. De repente… a gente podia tomar café da manhã em algum lugar?"

"Hmm…"

"Público demais; está bem, faz o seguinte, dá a volta no quarteirão, tem um portão pra entregas que costuma estar aberto, você entra no pátio, vira à direita, tem uma porta laranja, você entra e pega o elevador de serviço, meu escritório é no terceiro andar. Me telefona antes."

Avi chega sorrateiro no escritório, disfarçado, com um jeans apertado demais para ele, uma camiseta com os dizeres ALL YOUR BASE ARE BELONG TO US, um boné Kangol modelo 504 creme diante do qual Daytona manifesta espanto, fingindo ajustar os óculos. "Pensei que era o Samuel L. Jackson aqui com a gente. A tua clientela está ficando chique demais pra euzinha, dona Maxine!"

"Você não conhece meu cunhado?" Avi tira o boné, exibindo o quipá. Os dois trocam um aperto de mãos desconfiado.

"Então vou agitar um café aí."

"Chegou na hora, Avi, o cara da pastelaria acaba de passar por aqui."

"Estou até pra te perguntar, onde que tem neste bairro agora? A gente tem ido até o centro, agora que fechou o Royale da rua 72."

"Se você souber, diz pra mim. A gente tem que mandar vir lá da 23. Senta aí, por favor; ah, o café, obrigada, Daytona."

"Só vou ficar um minutinho, tenho que ir bater ponto. Fiquei de passar um recado pra você."

"Do próprio Ice, aposto. Por que vocês dois não usam o telefone?"

"Bom, não é só isso, não. Tem uma coisa estranha que eu preciso te perguntar, também."

"Se o recado do teu patrão é pra eu parar de investigar a auditoria da hashslingrz, pode dizer pra ele que tudo bem, na verdade desde o Onze de Setembro que essa história está parada."

"Acho que ele tem um serviço pra você."

"Com todo respeito, não topo."

"Não, e acabou?"

"Cada pessoa é diferente, Avi, e ao longo dos anos devo ter trabalhado pra um ou outro marginal, mas esse tal de Ice, espero que vocês dois não tenham se tornado amigos, ele é, não sei como dizer…"

"Ele também faz elogios rasgados a você."

"Nesse caso, o que é que ele me propõe? Que eu me enfie embaixo de um caminhão?"

"Ele acha que está sendo roubado por alguém não identificado, alguém dentro da empresa."

"Ah, para com isso. E ele precisa de uma ex-investigadora de fraudes certificada pra essa história dele parecer verossímil? Vou te contar um tremendo segredo, Avi, esse alguém não identificado é o próprio Ice, juntamente com a mulher dele, que talvez esteja levando uma grana na história, pois como você deve se lembrar ela é a diretora de contabilidade, não é? Lamento ter que dizer isso, mas há meses, talvez anos, o Ice está roubando a própria empresa."

"O Gabriel Ice está… praticando apropriação indébita?"

"É, o que por si só já é desprezível, e agora ainda por cima está se queixando de empregado desonesto? Ele é o vigarista mais manjado da praça, e agora quer pôr a culpa num fodido qualquer que não tem dinheiro pra pagar um bom advogado. Meu diagnóstico? Peculato óbvio, o seu patrão é um ladrão. São dez segundos de consulta, depois eu te mando a fatura."

"Ele está sendo investigado? Ele vai ser acusado?" Tão plangente que Maxine por fim estende a mão e dá um tapinha no ombro do cunhado.

"Ninguém vai levar isso pra justiça, talvez haja um certo grau de curiosidade no nível federal, mas o Ice tem amigos lá, provavelmente vai chegar uma hora em que todo mundo resolve negociar em segredo e a coisa nunca vai chegar aos tribunais nem sair dos confins de Washington. Eu e você, nós contribuintes, é claro que vamos acabar um pouquinho mais pobres, mas está todo mundo cagando pra nós, mesmo. O seu emprego está garantido, não se preocupe."

"O meu emprego. Pois é, isso é a outra coisa."

"Aah, quer dizer que alguém não está satisfeito?" Com uma voz que ela costuma usar na rua para se dirigir a crianças pequenas desconhecidas que estão botando a boca no mundo.

"Não, e também não sou nem o Dunga nem o Mestre. Se esta cidade fosse um hospício, a hashslingrz era a ala dos paranoicos — socorro, o inimigo, olha, eles estão aí, estão por toda parte! É que nem Israel num daqueles dias."

"E do ponto de vista de quem está no seu lugar de trabalho, nessa analogia com Israel cercado por todos os lados por fanáticos árabes assassinos, os fanáticos são…"

Um dar de ombros desconjuntado, ligeiramente desesperado. "Seja lá quem for, não é só paranoia, não, tem mesmo alguém na nossa cola, pessoas misteriosas que entram nas nossas redes, puxam conversa nos bares pra pegar alguma informação confidencial."

"Está bem, deixando de lado o que poderia ser, me desculpa, uma política deliberada da empresa de manter todos os empregados paranoicos... E a Brooke, ela se queixa de alguém fazendo *stalking* com ela, ou assédio, comentários considerados de mau gosto até mesmo aqui em Nova York?"

"Tem uns dois caras."

"Ih..." Torcendo para que dessa vez os circuitos de sua intuição não estejam funcionando bem: "Uma espécie de dupla de hip-hop russo?".

"Engraçado você mencionar russos."

Pizdiets. "Olha, se são os dois caras em que eu estou pensando, provavelmente não é nada sério."

"Provavelmente."

"Não posso te dizer com certeza, mas posso dar um telefonema. Vou ver o que está acontecendo, e enquanto isso pode tranquilizar a Brooke."

"Na verdade, não estou falando sobre essas coisas com ela."

"Você é mesmo um *mensch*, Avi, sempre evitando estressar a Brooke, sorte dela."

"Bom, não exatamente... a cláusula de confidencialidade menciona explicitamente as esposas, sabe?"

Quando ele está saindo, Daytona exibe as unhas. "Adorei você em Pulp Fiction, rapaz. Aquela citação da Bíblia? Hmmm!"

Por volta das cinco da manhã Maxine acorda no meio de um daqueles irritantes subpesadelos recorrentes, dessa vez envolvendo Ígor e uma enorme garrafa de vodca com nome de jogador de basquete lituano, que ele insiste em apresentar a ela como se fosse uma pessoa. Maxine levanta-se da cama e vai à cozinha, onde encontra Driscoll e Eric tomando seu costumeiro café da manhã, uma garrafa de Mountain Dew com dois canudinhos. "Eu estou querendo te falar isso há um tempo", Driscoll começa, e olhando um para o outro como dois cantores country num espetáculo beneficente, ela e Eric começam a cantar o velho tema do seriado *The Jeffersons*, "Movin on Out" ("De mudança").

"Peraí. Mas não 'pro East Side'."

"Não", diz Eric, "pra Williamsburg."

"Está todo mundo indo pro Brooklyn. Acho que nós somos os últimos do Beco do Silício que ainda estão por aqui."

"Não foi por nada que a gente fez, espero."

"Não é vocês, é Manhattan em geral", explica Driscoll. "Não é mais como era, talvez você tenha percebido."

"É a ganância", Eric explica. "Quando as torres caíram, a gente ficou pensando que a cidade ia dar um *reset*, o mercado imobiliário, Wall Street, uma oportunidade de recomeçar jogando limpo. E olha só como está, pior do que antes."

Ao redor deles, a Cidade Que Nunca Dorme está começando a não dormir mais ainda. Luzes se acendem nas janelas do outro lado da rua. Bêbados que estão na rua desde muito depois da hora de fecharem os bares gritam de irritação. No quarteirão, um alarme de automóvel dispara com um pot-pourri de sons estrepitosos. Nas avenidas, máquinas pesadas entram em modalidade de stand-by, preparando-se para posicionar-se bem embaixo das janelas de cidadãos que imprudentemente continuam na cama. Pássaros sem noção ou teimosos, que não saíram da cidade antes que chegasse o inverno que já se aproxima, agora começam a discutir os motivos que os levam a adiar a terapia aviária.

Maxine, ocupada com a preparação do café da manhã, contempla com tristeza os dois pássaros migratórios de seu apartamento. "Então, no Brooklyn vocês vão morar juntos ou separados?"

"Isso mesmo", Eric e Driscoll respondem em uníssono.

Maxine olha para o teto por um instante.

"Desculpe. 'Ou' inclusivo."

"Coisa de *geek*", Driscoll explica.

* * *

Windust já deu vários telefonemas nervosos, e também insultuosos, quando Maxine chega no escritório. Daytona, curiosamente, acha graça.

"Lamento te expor a isso... Ele não fez comentários racistas, eu espero."

"Ele, até que não, mas..."

"Ah, Daytona." Maxine atende a próxima ligação. Windust parece estar realmente perturbado. "Calma, você vai furar o meu alto-falante."

"Aquela filha da puta irresponsável, o que é que ela pensa que está fazendo? Será que ela sabe quantas pessoas ela acabou de colocar numa situação de perigo?"

"'Ela', no caso, é...?"

"Você sabe o que eu estou falando, porra, Maxine, você teve alguma coisa a ver com isso?"

"Com...?" Ela tem que admitir que lhe faz bem à alma vê-lo nesse estado. Depois de algum tempo, consegue fazê-lo desembuchar. Pelo visto, March Kelleher finalmente postou as imagens de Reg captadas na cobertura do Deseret. Obrigada, March, mas por que tanta demora, hein?

"Deixa eu olhar."

March — Maxine imagina sua expressão marota ao falar — tentando manter certa neutralidade: "Muitos de nós sentem necessidade de uma narrativa simplista envolvendo vilões islâmicos, e facilitadores como o Jornal de Referência dão a maior força. Tadinhos dos Estados Unidos, por que é que esses estrangeiros maus nos odeiam tanto, deve ser porque a gente tem toda essa liberdade, e odiar a liberdade é uma coisa muito doente, não é? Pensando, enquanto isso, em todos aqueles terrenos prontos para receberem prédios depois que a demolição foi realizada.

Mas se você está interessado em contranarrativas, clique no link abaixo para ver uma equipe armada de Stinger numa cobertura de Manhattan. Compare teorias e contrateorias. Apresente você mesmo a sua versão".

Realmente, nem precisa de convite. A internet virou um carnaval de paranoicos e provocadores, um pandemônio de comentários que talvez não se tenha tempo para ler por completo nem por toda a duração projetada do universo, mesmo com trechos cortados por violarem os protocolos da rede, mais as gravações e vídeos caseiros, entre eles uma fala melíflua do porta-voz do Deseret, Seamus O'Vowtey: "A segurança do nosso prédio é a melhor da cidade. Isso só pode ser coisa de algum inquilino".

"Pô, que chato", Maxine não muito sincera.

"É só isso que você…"

"Não, é outra coisa — levei anos pra conseguir entrar no prédio, e agora toda uma equipe com míssil e tudo simplesmente se instala na cobertura."

"Nem adianta pedir pra ela tirar esse vídeo, imagino?"

"Já devem ter baixado um milhão de cópias."

"Aqui no trabalho a merda bateu no ventilador. Eu mesmo passei por um mau pedaço, na verdade virei um fugitivo, tenho que entrar e sair de casa em segredo, a última vez que eu tive notícia da Dotty foi de madrugada, ela falou que tinha umas vans suspeitas na rua, agora ela está totalmente off-line, sei lá quando vou poder estar com ela…"

"De onde que você está ligando, que eu estou ouvindo chinês ao fundo?"

"Chinatown."

"Ah."

"Imagino que deve ser complicado você vir aqui se encontrar comigo."

"Por quê?" Que merda é essa? "Quer dizer, pra quê?"

"Todos os meus cartões de banco pararam de funcionar."

"E, me desculpe, você quer dinheiro emprestado? O meu dinheiro?"

"Emprestado não é bem o termo, porque dá a entender que vai haver um futuro em que eu vou poder te devolver."

"Você está começando a me assustar um pouco."

"Ótimo. Dá pra você me trazer o bastante só pra eu poder ir pra Washington?"

"É, eu vi esse filme, não era a Elizabeth Taylor que fazia o teu papel?"

"Eu sabia que você ia entrar nessa."

Hoje, ela diz a si própria enquanto segue para o centro da cidade, todos os biscoitinhos da sorte estão gritando: "Não vá se meter com esse filho da puta!". Esse homem não merece piedade, Maxine, o melhor que você pode fazer é deixar que ele se foda. Está sem dinheiro, buá buá, com os métodos de ação que lhe são costumeiros assaltar uma loja de conveniência não vai ser nada fora do comum para ele, de preferência uma loja em Nova Jersey, ele já deve estar a meio caminho de Washington. E lá está Maxine, correndo para se encontrar com ele com uma pasta cheia de cédulas. Mas a cadeia de causalidade que parece estar em jogo aqui talvez mereça uma conferida. March posta o vídeo, Windust é obrigado a fugir e não tem mais acesso a sua fonte de dinheiro. Não há como não ligar os pontos — Windust, se não estava por trás de toda a operação na cobertura do Deseret, no mínimo era responsável pela segurança e fez merda. Qualquer pessoa ligada na internet, até mesmo o civil mais ingênuo, entende o que era que Windust tinha que manter em segredo. Então, está na cara que o castigo dele vai ser sério, talvez extremo, não é?

No banco de trás, ela acompanha pelo vídeo a trajetória do táxi por Manhattan, a passo de lesma, traçada pelo GPS, e começa a ter pensamentos infrutíferos. Será aquela tal maldição ameríndia, se você salva a vida de uma pessoa você passa a ser responsável por tudo que acontece com ela dali em diante? Deixando-se de lado as teorias malucas de que os índios americanos são as tribos perdidas de Israel e por aí vai, será que ela salvou a vida de Windust muito tempo atrás sem se dar conta disso, e agora a invisível burocracia do carma está enviando a ela essas mensagens — ele quer você, por isso vá!

Maxine encontra Windust debaixo de um toldo, junto com diversos chineses, aguardando o ônibus, perto da Manhattan Bridge. Depois de assistir à cena do outro lado da rua por um minuto, ela se dá conta de que as pessoas que estão à esquerda e à direita de Windust estão falando uma com a outra através dele. O fodão sabe-tudo pelo visto está atuando como intérprete entre dois dialetos do chinês. Windust vê que Maxine está olhando para ele, faz sinal com a cabeça, gesticula, fique onde você está. E vem se aproximando dela. Com uma cara nada boa. Na verdade, parece estar nas últimas.

"Chegou na hora certa. Acabo de gastar meus últimos dólares comprando a passagem do ônibus pra Washington."

"Aqui tem terminal de ônibus?"

"Pega na rua, o que barateia a passagem, é a pechincha do século; você é judia, como que pode não estar sabendo disso."

"Seu envelope."

Em vez de contar as notas como uma pessoa normal, Windust com um gesto discreto sopesa o envelope, o tipo de coisa que, com o tempo, para uma pessoa acostumada a fazer pagamentos desse modo, vira um gesto automático.

"Obrigado, meu anjo. Não sei quando…"

"Me paga quando você puder, uma coisa que eu não tenha que declarar como renda. Talvez comprada no andar térreo da Tiffany's — não, peraí, como é mesmo o nome dela, Dotty? Não, você não vai querer que ela fique sabendo."

Windust está examinando o rosto dela. "Brincos. Brilhantes puros. Com o seu cabelo preso…"

"Na verdade, eu sou mais chegada a brinco tipo aro." Ela mal tem tempo de pensar em acrescentar "Isso é muita baixaria?" quando chegam os disparos, invisíveis, silenciosos até que acertam uma parede e então se fazem ouvir e ricocheteiam por todo o bairro, a essa altura Windust já agarrou Maxine e a puxou para baixo atrás de uma caçamba cheia de entulho.

"Puta merda. Você…"

"Peraí", ele aconselha, "só um minuto, não peguei bem o ângulo, pode ter vindo de qualquer lado. Qualquer lugar aí", indicando com a cabeça os andares mais altos dos prédios que os cercam. Eles veem o calçamento fragmentar-se mais ainda, com a formação do que será depois visto com apenas mais alguns buracos entre outros. Do outro lado da rua, as pessoas ao que parecem não perceberam nada. A brisa traz um som distante, lento e repetido. "Não sei por quê, eu imaginava que viessem três rajadas. Isso aí parece mais uma AK. Aguenta aí."

"Eu sabia que devia ter saído com meu colete de Kevlar."

"Pros seus amigos na máfia russa, distância é sinal de respeito, quer dizer, ser assassinado com uma AK-47 é uma honra."

"Porra, você deve ser superimportante, hein."

"Daqui a quinze segundos", consultando o relógio, "pretendo desaparecer e levar minha vida. Pra você, talvez seja melhor ficar aqui mais um pouco antes de retomar a sua."

"Você é demais, eu imaginei que você ia me agarrar pelo braço e a gente ia sair correndo pra algum lugar, que nem no cinema. Com os chineses saindo da nossa frente. Ou será que eu tinha que ser loura?" Enquanto isso, correndo a vista pelas janelas dos andares superiores, abrindo a bolsa, pegando a Beretta, desativando a trava.

"Bem", Windust indicando com a cabeça que chegou a hora. "Você cobre minha retirada."

"Aquela ali, a que está aberta, você acha que tem perigo?" Não há resposta. Ele já se foi, como dizem os Eagles. Maxine sai de trás da caçamba andando de lado e dá dois tiros na janela, gritando: "Filhos da puta!".

Meu Deus, Maxine, de onde saiu isso? Ninguém atira de volta. As pessoas no ponto de ônibus começam a apontar e fazer comentários. De olho no trânsito, ela aguarda a passagem de um veículo mais alto que possa lhe dar cobertura, o qual acaba sendo um caminhão de mudanças com o nome MUDANÇAS MITZVAH escrito em falsas letras hebraicas e a imagem do que parece ser um rabino enlouquecido com um piano nas costas, e Maxine se escafede dali.

É, como diz Winston Churchill, nada é mais empolgante que ser alvo de tiros que erram o alvo, se bem que no caso de Maxine há também uma consequência negativa, que vem algumas horas mais tarde, na entrada da Kugelblitz depois das aulas, na presença de um punhado de mães do Upper West Side que possuem, entre outros talentos, o de perceber o mais sutil incremento no nível de tensão das outras pessoas, não que Maxine chegue a cair no choro, mas seus joelhos não estão muito firmes, e talvez ela se sinta um pouco aérea...

"Tudo bem, Maxine? Você está tão... inexplicável."

"Um desses momentos em que tudo acontece, Robyn, e você?"

"Enlouquecida com o bar mitzvah do Scott, você não imagina o trabalho, o serviço de bufê, o DJ, os convites. E o Scott, o *aliyah* dele, ele ainda não conseguiu decorar, como isso do hebraico ser da direita pra esquerda a gente está com medo de ele acabar com dislexia, sabe?"

"Bom", com a voz mais racional que ela é capaz de assumir na ocasião, "vocês podiam deixar de lado a Torá e escolher uma passagem de, sei lá, Tom Clancy? Não é lá muito tradicional, é verdade, aliás nem judeu ele é, imagino, mas sei lá, uma coisa em que apareça o Ding Chavez?", percebendo depois de alguns segundos que Robyn está olhando para ela de um jeito esquisito e que as pessoas estão começando a se afastar. Por sorte, nesse exato momento as crianças saem correndo do prédio, e as sub-rotinas dos pais entram em funcionamento, levando Maxine e Ziggy e Otis a descer a escada e chegar à rua, onde ela observa que Nigel Shapiro está usando uma caneta fina para clicar no teclado minúsculo de um objeto curvo, verde e roxo, que cabe no bolso. Não parece ser um Game Boy. "Nigel, o que é isso?"

Levantando a vista depois de alguns instantes: "Isso aqui? É um Cybiko, foi minha irmã que me deu, todo mundo lá no La Guardia tem, o lance é que ele não faz barulho. É sem fio, olha, dá pra mandar mensagem pra todo mundo na turma e ninguém te ouve".

"Quer dizer que se eu e o Ziggy cada um tivesse um desses, a gente podia trocar mensagem?"

"O alcance é só tipo assim, um quarteirão e meio. Mas, falando sério, sra. Loeffler, é a onda do futuro."

"Imagino que você vai querer um, Ziggy."

"Eu já tenho, mãe." Isso e sabe-se lá o que mais. Maxine tem um momento de oscilação de sobrancelhas. Rede privada é isso aí.

O telefone do escritório toca, um tema robótico, e Maxine atende. É Lloyd Thrubwell, um tanto agitado. "Aquela questão que a senhora pediu informações? Lamento, mas não tenho muito mais o que lhe dizer."

Peraí, deixa eu consultar meu dicionário de expressões oficiais de Washington... "Você recebeu ordens no sentido de não me dizer mais nada, certo?"

"A pessoa em questão foi tema de um memorando interno, aliás vários. Não estou autorizado pra dizer mais nada."

"Você já deve estar sabendo, mas atiraram em Windust e em mim ontem."

"Na esposa dele", apenas se divertindo um pouco, "ou no seu marido?"

"Vou entender que isso quer dizer 'Graças a Deus vocês dois estão bem'."

Um trecho com a mão tapando o bocal do telefone. "Espere, perdão, é uma coisa séria, é claro. Já estamos investigando." Um curto silêncio, no qual o analisador de estresse de Avi claramente já está ultrapassando o nível de Mentira Escancarada. "A senhora ou ele tem alguma teoria a respeito da identidade do atirador?"

"Levando em conta todos os inimigos que o Windust fez ao longo de toda uma carreira fazendo serviços sujos em prol da pátria, não é, Lloyd, fica muito difícil imaginar quem pode ter sido."

Mais comentários abafados. "Tudo bem. Se a senhora tiver algum contato com a pessoa em questão, por mais indireto que seja, fique sabendo que nós desaconselhamos de modo enfático tais contatos." O mostrador da engenhoca de Avi agora assumiu um tom de vermelho vivo e começou a piscar.

"Porque não querem que eu me meta em assuntos da Agência ou por outro motivo?"

"Outro motivo", cochicha Lloyd.

O ruído de fundo muda quando alguém entra na extensão e uma outra voz, uma voz que ela nunca ouviu antes, ao menos fora do mundo dos sonhos, lhe aconselha: "Ele está pensando na sua segurança pessoal, sra. Loeffler. A avaliação que fazemos do irmão Windust é que ele é um quadro altamente qualificado, mas não está sabendo de tudo. Lloyd, é só isso, pode sair da linha agora". A ligação cai.

36.

Algum dia, no período natalino, Maxine gostaria de encontrar na tevê uma versão revisionista do *Conto de Natal* de Dickens, em que Scrooge, para variar, seja o mocinho. Por anos a fio o capitalismo vitoriano corrompeu sua alma, transformando um inocente menino num velho avarento que sacaneia todo mundo, principalmente seu contador aparentemente honesto, Bob Cratchit, que na verdade vem há anos roubando esse pobre velho sofrido e vulnerável, adulterando seus registros e fugindo periodicamente para Paris, onde gasta o dinheiro roubado em champanhe, jogatinas e coristas, enquanto o Pequeno Tim e o resto da família passam fome em Londres. No final, em vez de Bob levar Scrooge à redenção, é através de Scrooge que Bob volta a ser um bom sujeito.

Todo ano, quando chega a época do Natal e do Chanuca, essa história começa a se confundir com a realidade do trabalho de Maxine. Ela dá por si trocando os sinais, deixando de lado Scrooges óbvios e se concentrando em Cratchits secretamente pecaminosos. Os inocentes são culpados, os culpados estão irremediavelmente perdidos, tudo está de cabeça para baixo, é uma contradição natalina do capitalismo tardio, nem um pouco relaxante.

Tendo ouvido, vindo pela janela, a mesma interpretação emocionada de "Rudolph the Red-Nosed Reindeer" mil vezes, tocada num trompete na rua, sempre exatamente igual, nota por nota, e por fim achando isso — como é mesmo que se diz — um pé no saco, Maxine, Horst e os meninos resolvem dar um tempo juntos e seguem até o terminal de ônibus de Port Authority, onde se encontra o último boliche de Nova York que ainda não foi yuppificado.

No terminal, a caminho do andar de cima, em meio a uma multidão de viajantes, vigaristas, ladrões de senhas bancárias e policiais à paisana, Maxine observa um vulto animado sob uma gigantesca mochila, talvez seguindo para algum lugar que, imagina ele, não tenha tratado de extradição com os Estados Unidos. "Me esperem só um minutinho." Ela avança no meio da turba e exibe um sorriso sociável. "Ora, Felix Boïngueaux, *ça va*, voltando pra Montreal, é?"

"Esta época do ano, você está maluca? Vou pra um lugar com sol, brisas tropicais e garotas de biquíni."

"Alguma jurisdição simpática no Caribe, imagino."

"Não, estou só indo pra Flórida, obrigado, e eu sei o que você está pensando, mas isso tudo é coisa do passado, eh? Agora sou um homem de negócios respeitável, pagando seguro de saúde pros empregados e tudo mais."

"Soube do teu empréstimo ponte através do Rocky, parabéns. Não te vejo desde a Dança dos *Geeks*, lembro que você estava mergulhado numa conversa com o Gabriel Ice. Conseguiu fechar algum negócio?"

"Talvez uma consultoriazinha." Vergonha nenhuma. Felix agora é uma conta a pagar do sujeito que talvez tenha mandado matar o ex-sócio dele. Talvez tenha sido desde o começo.

"Tenho uma ideia. Vai numa sessão de espiritismo e pergunta ao copo o que o Lester Traipse acha disso. Você me disse uma vez, ou deu a entender com muita ênfase, que sabia quem ma…"

"Não venha me pedir nomes", um tanto nervoso. "Você quer que a coisa seja simples, só que não é, não."

"Só uma coisa — honestidade total, está bem?" Procurando olhares furtivos nesse aqui? Nem pensar. "Depois que pegaram o Lester — você tinha algum motivo pra pensar que tinha alguém atrás de você também?"

Uma pergunta capciosa. Se diz que não, Felix admite que está sendo protegido, e aí a próxima pergunta é "Por quem?". Se diz que sim, deixa aberta a possibilidade de que seja capaz de apresentar provas, por mais constrangedoras que sejam, por um bom preço. Felix fica matutando a questão, imóvel como uma porção de *poutine* para viagem, no meio da multidão de viajantes, falsos Papais Noéis, crianças conduzidas na coleira, vítimas alcoolizadas de almoços de fim de ano no trabalho, gente chegando do escritório com horas de atraso, mas dias antes do prazo: "Algum dia ainda vamos ser amigos", Felix ajeitando a mochila, "eu prometo".

"Espero que sim. Boa viagem. Toma um *mai tai* congelado em memória do Lester."

"Quem era ele, mãe?"

"Ele? Ah, um dos gnomos que ajudam o Papai Noel, vindo a negócios de Montreal, que é uma sucursal comercial do polo Norte, o clima de lá é parecido, não é?"

"Isso de gnomo de Papai Noel não existe", afirma Ziggy, "aliás…"

"Para com isso, menino", murmura Maxine, mais ou menos ao mesmo tempo em que Horst o aconselha: "Chega".

Pelo visto, vários amigos de Otis e Ziggy, mais novos que eles, andam espalhando que Papai Noel não existe.

"Eles não sabem o que estão falando", diz Horst.

Os meninos olham de esguelha para o pai. "Você está com quarenta, cinquenta anos, e acredita em Papai Noel?"

"Acredito, sim, e se esta cidade desgraçada está tão metida a besta que não acredita mais, então ela que vá tomar no" — olhando a sua volta, histriônico — "cu, o qual, a última vez que eu verifiquei, ficava lá pelos lados do Upper East Side."

Enquanto eles se instalam no Leisure Time Lanes, alugam sapatos de boliche, examinam o repertório de frituras etc., Host explica que, tal como os clones de Papai Noel nas esquinas, os pais também são agentes do bom velhinho, agindo *in loco Noelis*. "Aliás, quanto mais perto da noite de Natal, mais *loco*. É que hoje em dia o polo Norte não tem mais muita indústria propriamente dita, os anõezinhos foram aos poucos saindo da linha da produção e atuando mais em execução e entrega, terceirizando as encomendas de brinquedos. Hoje em dia quase todas as transações passam pela Noelnet."

"Pelo quê?", perguntam Ziggy e Otis.

"Ora. Ninguém acha difícil acreditar na internet, não é, que é uma coisa realmente mágica. Então por que não acreditar numa rede virtual privada pros negócios do Papai Noel? Ela resulta em brinquedos de verdade, presentes concretos, entregues até a manhã de Natal, qual a diferença?"

"O trenó", Otis mais que depressa. "As renas."

"Só é rentável em regiões cobertas de neve. Com o aquecimento global e com a importância crescente dos mercados do Terceiro Mundo, a sede da empresa no polo Norte teve que começar a subcontratar companhias locais pra fazer as entregas."

"E nessa Noelnet", Ziggy implacável, "tem senha?"

"Criança não entra", Horst mais do que disposto a mudar de assunto, "tipo assim, vocês também não podem ver filme de pirata, não é?"

"O quê?"

"Filme de pirata? Por que que não pode?"

"Porque é proibido pra menores. Vem cá, um de vocês me ajuda a programar essa tabela de escore, eu me enrolo todo..."

Eles ajudam com prazer, mas Maxine compreende, com um daqueles lampejos de percepção natalina, que o alívio será apenas temporário.

March Kelleher, nesse ínterim, tornou-se ainda mais difícil de encontrar. Nenhum dos porteiros do St. Arnold já ouviu falar nela, nenhum dos seus telefones sequer está ligado à secretária eletrônica, apenas tocam sem parar, culminando num silêncio enigmático. Segundo seu blog, ela está sendo alvo das atenções da polícia e dos órgãos auxiliares da polícia, públicos e privados, num grau assustador, obrigando-a a enrolar seu *futon* todas as manhãs, pegar a bicicleta e instalar-se num lugar diferente, tentando não dormir na mesma casa muitas noites seguidas. Ela tem uma rede de amigos que rodam a cidade de bicicleta munidos de PCs portáteis compilando para ela uma lista crescente de pontos de wi-fi gratuitos, e ela tenta não usar o mesmo ponto muitas vezes. Leva seu iBook num estojo cor de lima e entra na rede sempre que consegue encontrar um ponto de acesso grátis.

"A coisa está ficando estranha", March reconhece num registro de seu blog. "Estou sempre um ou dois passos à frente, mas nunca se sabe qual o equipamento que eles têm, o quanto ele é avançado, quem trabalha para eles e quem não trabalha para eles. Não me entendam mal, eu adoro nerds, numa outra encarnação eu seria tiete de nerd, mas até mesmo eles se vendem, é quase como se numa época de muito idealismo também fossem enormes as chances de as pessoas se corromperem."

"Depois dos atentados de 11 de setembro", March pontifica

certa manhã, "no meio de todo aquele caos, aquela confusão, discretamente abriu-se um buraco na história dos Estados Unidos, um vácuo de responsabilidade, dentro do qual começaram a desaparecer recursos humanos e financeiros. Nos tempos do simplismo hippie, as pessoas diziam que a culpa era da 'CIA' ou de 'uma operação clandestina secreta'. Mas agora temos um novo inimigo, sem nome, que não aparece em nenhum organograma nem nenhum orçamento — sabe-se lá, de repente até a CIA tem medo dele.

"Talvez esse inimigo seja imbatível, talvez haja uma maneira de reagir. O que talvez seja necessário é um quadro de guerreiros dedicados, dispostos a sacrificar tempo, renda, segurança pessoal, uma irmandade dedicada a uma luta incerta que pode se prolongar por várias gerações e pode, apesar de tudo, terminar numa total derrocada."

Ela está pirando, pensa Maxine, isso é papo de Jedi. Ou então aquele discurso de formatura no verão passado, na Kugelblitz, era mesmo uma profecia, que agora está se realizando. Pelo visto, March a esta altura já deve estar dormindo no parque, levando suas coisas em sacolas da Zabar's, os cabelos grisalhos desgrenhados, sem tomar banho quente há algum tempo, aproveitando as chuvas de inverno. Seria o caso de Maxine se sentir culpada por ter lhe dado o vídeo de Reg?

Vyrva aparece uma manhã depois de deixar as crianças na escola. Não que entre ela e Maxine tenha havido um afastamento, não exatamente. Uma das regras de base do universo dos investigadores de fraudes é que numa noite de sábado qualquer um pode estar jogando buraco com alguém, a identidade desse alguém quase nunca tendo mais importância do que o escore do jogo.

Nariz enfiado na xícara de café, Vyrva anuncia: "Aconteceu finalmente. Ele me dispensou".

"Mas que cachorro."

"Bom... eu meio que provoquei ele."

"E ele não..."

"Não se vingou porque o DeepArcher agora é código aberto? Nada disso, ele adorou, com isso ele conseguiu a coisa de graça, não vai ter que pagar um preço que daria pra eu, Fiona e Justin irmos morar numa cobertura de doze cômodos em Manhattan."

"Ah?" Mercado imobiliário, está aí um sinal de volta à saúde mental. "Vocês andaram procurando casa?"

"Eu andei. Ainda preciso convencer o Justin, ele está com saudade da Califórnia."

"E você não está."

"Lembra de um filme chamado *Lawrence da Arábia* (1962), um cara vai da Inglaterra pro deserto, de repente se dá conta de que está em casa?"

"Você lembra de um filme chamado *O mágico de Oz* (1939), em que..."

"Está bem, está bem. Mas essa é a versão em que a Dorothy começa a mergulhar no mercado imobiliário da Cidade de Esmeraldas."

"Depois de ter uma relação imprópria com o Mágico."

"O qual terminou comigo, me mandou pastar, uma pecadora, mas eu vivo com a minha culpa, sou livre, sim, vai por mim."

"Então por que essa cara?" Maxine se permite uma vez por ano fazer sua imitação de Howard Cosell, e hoje é o dia. "Vyrva, você está chafurdando em lacrimosidade."

"Ah, Max, eu estou me sentindo totalmente, sabe, tipo assim, usada?"

"Ora, você não é uma mulher de se jogar fora, pelo menos quando não está chorando, mas e se não foi só por interesse comercial, e se ele realmente sentia tesão por você" — ela está mesmo dizendo isso? — "só tesão puro e simples, desde o início?"

Aí mesmo é que as torneiras se abrem. "Ele é tão doce! E eu mandei ele tomar no cu, magoei ele, sou uma filha da puta..."

"Vou te dar uma dica." Passa para ela um rolo de toalhas de papel. "Com conhecimento de causa. Mais poder de absorção que lenço de papel, e a gente gasta menos, gera menos lixo."

Daytona, como se tivesse tomado uma decisão de final de ano, abandona o papel de negra caricata por um minuto. "Sra. Loeffler?"

"Ih..." Olhando a sua volta à cata de gente querendo se vingar, cobradores, policiais.

"Não, é só a conta Ehbler-Cohen? Que tem aquele plano de benefícios totalmente zureta? Eles estavam escondendo o plano na planilha. Olha só."

Maxine olha. "Como que você..."

"Foi sorte minha, por acaso eu tirei meus óculos de leitura, e de repente, apesar de fora de foco, a coisa estava ali. Uma tabela com excesso de células vazias."

"Por favor, me explica isso levando em conta que eu sou uma anta completa, não entendo nada de planilha, quando me falam em Excel eu fico achando que é uma nova marca de pilha."

"Olha, você clica no menu Ferramentas, clica em Auditoria, e com isso você vê tudo que está rolando nas células da fórmula, e... saca só."

"Ah. Pô." Acompanhando: "Legal". Balançando a cabeça de admiração, como se fosse uma demonstração de culinária. "Muito bom. Eu é que nunca ia pegar isso."

"Bem, a senhora estava trabalhando numa outra coisa, aí eu tomei a liberdade..."

"Onde que você aprendeu isso, se você não se incomoda de eu perguntar?"

"Supletivo. E esse tempo todo a senhora achando que eu estava indo no NA? Ha, ha. Estou fazendo um curso de contador auditor. Mês que vem presto concurso pra tirar licença."

"Daytona! Que maravilha! Mas por que esse segredo todo?"

"Não queria que a senhora ficasse achando que eu estava dando uma de Ann Baxter em *A malvada*."

O Natal chega e vai embora, e ainda que não seja uma data especial para Maxine, é para Horst e os meninos, e este ano para ela é mais fácil entrar na onda deles, ainda que, como era de se esperar, na noite antes do Natal ela dê por si gritando de desespero na Macy's à meia-noite, seu cérebro como sempre um milk-shake convulsionado, no jirau da loja rejeitando uma ideia para presente depois da outra, de repente um tapinha cálido e simpático em seu ombro — aaahh! O dr. Itzling! O dentista de Maxine! A este ponto chegamos!

Mas em algum lugar, no meio daquele torvelinho de ouro-pel, há também fragrâncias que vêm do forno ao longo de toda a semana, Horst e sua receita de gemada tradicional, talvez tóxica, os amigos e parentes que vêm e vão, entre eles contraparentes distantes que sempre acabam contando piadas de *mohel*, um especial natalino com os personagens de *Beast Wars* no Radio City Music Hall, em que Optimus Primal, Rhinox, Cheetor e o resto da turma ajudam um colégio de ensino médio a montar um espetáculo de Natal atuando como os animais da manjedoura, os meninos, mimadíssimos, sentados de manhã cedo numa montanha de papel de embrulho e pacotes impossíveis de reciclar, dos quais emergiram consoles de video games, bonecos, DVDs, artigos esportivos, roupas que eles talvez venham a usar, talvez não usem nunca.

No meio disso surgem estranhos momentos de inatividade,

reservados para visitas mais espectrais, daqueles que não podem ou não quereriam estar presentes ali — entre esses, num distanciamento tipicamente incômodo em relação ao clima de festa, Nick Windust, de quem não há nenhuma notícia recente, mas por que motivo haveria notícia dele, ora. Em algum lugar naquele campo de indiferença nômade, viajando no ônibus chinês rumo a um futuro de roteiros imprecisos e opções reduzidas. Por quanto tempo isso vai continuar?

"Nick."

Ele está silencioso, esteja onde estiver. Tornou-se mais um carneiro americano de cujo paradeiro os pastores por ora não fazem ideia, em algum lugar no território elevado acima desta hora catastrófica, paralisado em algum despenhadeiro no meio de uma tempestade.

Na segunda-feira depois dos feriados, a Kugelblitz volta às aulas, Horst e Jake Pimento estão em Nova Jersey procurando uma sala para o escritório, Maxine devia tentar cochilar mais uma hora ou então pegar no trabalho, mas ela sabe onde devia mesmo estar, e assim que se vê sozinha em casa prepara doze xícaras de café, instala-se diante do monitor, faz o *log-in* e parte em direção ao DeepArcher.

A abertura do código certamente acarretou mudanças. Agora o lugar está cheio de espertinhos, yuppies, turistas e babacas que escrevem códigos para tudo que eles acham que querem e instalam, até que um outro panaca vem e desinstala tudo. Maxine entra sem ter muito claro na cabeça o que vai encontrar pela frente.

Na tela, pois, surge um deserto, ou melhor, *o* deserto. Tão vazio quanto as estações ferroviárias e terminais espaciais de uma era mais inocente eram apinhados de gente. Aqui não há nenhuma amenidade de classe média, além de setas que permitem ao usuário perscrutar o horizonte. É um lugar onde as pessoas sobrevivem. Os movimentos são absolutamente nítidos, todos os pixels estão funcionando a contento, a radiação que vem de cima provoca cores perigosas demais para tripletos hexadecimais, uma trilha sonora de vento de deserto ao rés do chão. É isso que ela terá que atravessar, explorando um deserto que é não apenas um deserto, à procura de links invisíveis e não definidos.

Ainda não em desespero, ela parte, fazendo zooms e panorâmicas, subindo e descendo dunas e *wadis* de uma pureza profunda com laivos delicados de tons minerais, passando por baixo de rochas e picos, grandes espaços vazios em que Omar Sharif continua não surgindo a cavalo, numa miragem. A coisa devia ser apenas mais um video game para adolescentes sociopatas, só que não há tiroteios, pelo menos não até agora, não há enredo, nem detalhes sobre o destino, nem manual a consultar, nem lista de maneiras de roubar. Será que alguém ganha vidas extras? Será que se ganha até mesmo essa primeira vida?

Ela faz uma pausa em meio a macabros melismas de vento. Digamos que a coisa toda tem a ver com perder, não com achar. O que foi que ela perdeu? Maxine? Oi? Em outras palavras, o que é que ela está tentando perder?

Windust, sempre Windust. Nas suas explorações cotidianas, fora da rede, teria ela alguma vez, no passado pré-Onze de Setembro, de algum modo clicado no exato pixel invisível que a levou a ele? Teria ele feito o mesmo e desse modo entrado na vida dela? Como é que um deles pode desfazer esse processo?

Alternando entre a visão horizontal e a do alto, ela descobre uma maneira de variar o ângulo entre elas, de modo que, como um arqueólogo ao raiar do dia, ela agora consegue ver essa paisagem desértica num ângulo muito fechado, rente ao chão, que lhe permite visualizar aspectos do relevo que seriam invisíveis de qualquer outro ponto de vista. Esses aspectos acabam sendo fontes férteis para os links que lhe são necessários para avançar. Em pouco tempo ela se vê passando gradualmente para estações retransmissoras, oásis, só muito raramente com um viajante vindo em sentido contrário, vindo de seja lá o que for que existir mais adiante, sem ter muito que dizer além de alusões cifradas a algum rio gelado, não canalizado, na outra margem do qual há uma cidade feita de um metal raro, impenetrável, cinzento e reluzente, um mistério encerrado em si próprio, aonde só se tem acesso após uma demorada troca de senhas e contrassenhas...

Começam a surgir estruturas à sua frente, urubus aparecem no céu. De vez em quando, ao longe, vultos humanos, envoltos em capas e capuzes, imóveis, roupas agitadas pelo vento, mais altos do que pediria a perspectiva, observam Maxine. Nenhuma tentativa de aproximar-se nem de dar boas-vindas. Mais à frente, depois do bairro de casas de adobe que agora surge ao redor dela, Maxine sente uma presença. O céu muda, começando a ficar saturado, assumindo um tom pálido de azul, enquanto a paisagem ganha uma luminosidade estranha, aproximando-se de Maxine, ganhando velocidade, correndo até envolvê-la.

Onde, exatamente, ela deveria entrar em pânico? A cidade, a casbá, seja lá o que for, passa e deixa Maxine numa escuridão de Terceiro Mundo, iluminada apenas por fogos episódicos. Depois de algum tempo, tateando no escuro, ela encontra petróleo. Um enorme jato negro, súbito, ressoando nos graves, negro sobre negro, eleva-se para o céu, surgem prospectores saídos do nada, com geradores e holofotes, em cuja luz não dá para ver até onde vai o esguicho. O sonho de todo explorador, e para muitos deles a razão de ser da viagem. Maxine fica boquiaberta, tira uma foto virtual, mas segue em frente. Não muito tempo depois, o petróleo explode em chamas, e o fogo permanece visível lá atrás por um bom tempo.

Uma noite cuja duração não pode ser selecionada por preferência. Uma noite de vigília cuja objetivo é transformar o viajante num explorador cego do desconhecido, praticamente perdido naquela expansão vazia. Jamais se concentrar em qualquer coisa que possa ser vista.

À hora da alvorada virtual, quem Maxine encontra senão Vip Epperdew, no alto de uma serra contemplando o deserto. Ela não tem certeza de que ele a reconhece. "Como vão a Shae e o Bruno?"

"Acho que estão em Los Angeles. Já eu estou em Las Vegas. Acho que nós três não estamos mais juntos."

"O que aconteceu?"

"A gente estava no MGM Grand, eu estava num caça-níqueis dos Três Patetas, tinha acabado de conseguir três Larrys, um Moe e uma torta na mesma linha, me virei pra me gabar da minha sorte e a Shae e o Bruno tinham sumido. Peguei meu dinheiro, saí atrás dos dois, eles tinham ido embora. Eu sempre imaginava que se um dia eles me largassem, eu ia ficar em alguma situação pública constrangedora, algemado a um poste de iluminação, sei lá. E não é que eu estava totalmente livre, como qualquer cidadão comum, o quarto do hotel pago e crédito no cassino pra durar uns dois dias no mínimo."

"Deve ter sido uma coisa perturbadora."

"Na hora eu ainda estava muito ligado no caça-níqueis. Quando me toquei que os garotos não iam voltar, eu já tinha ganhado o bastante pra alugar um conjugado em North Las Vegas. De lá pra cá estou indo no embalo." Agora Vip é um jogador profissional de caça-níqueis, por enquanto ainda lucrando um pouco, um habitué, conhecido em toda a cidade, dos cassinos chiques às lojas de conveniência. Ele adquiriu uma atitude coerente com sua nova vida. Encontrou sua vocação.

"Gostou do meu carrão?" Descendo uma ladeira num Citroën Sahara, modelo dos anos 60, motor na frente e atrás, tração nas quatro rodas para andar no deserto, amorosamente reproduzido em detalhe, parece um 2CV normal só que com um estepe na capota. "Só foram produzidos seiscentos, ganhei o de verdade por conta de um par de valetes que ninguém acreditou que eu tinha. É pôquer *high card*, se você quiser a gente joga uma rodada. Sabe por que eu gosto deste site?", olhando para a paisagem vazia a seu redor. "Porque não é Las Vegas. Não tem cassino, o jogo é honesto. Aqui número aleatório é aleatório mesmo."

"É o que me disseram uma vez. Hoje em dia, tenho minhas dúvidas. Você devia ter cuidado — Vip? Você está lembrado de mim?"

"Meu bem, eu não lembro nem da minha última partida."

Ela encontra um link que a leva a um oásis, um jardim trezentos e sessenta graus saído do paraíso islâmico, mais água do que jamais fluiu na terra de onde ela está vindo, palmeiras, piscinas com bares dentro, vinho e fumaça de cachimbo, melões e tâmaras, trilha sonora musical com predomínio da escala frígia dominante. Dessa vez, aliás, ela vê Omar Sharif em pessoa, dentro de uma tenda, jogando bridge e exibindo aquele seu sorriso irresistível. E então, sem nenhuma introdução,

"Oi, Maxine." O avatar de Windust é uma versão mais jovem dele, um sabe-tudo iniciante, ainda não corrompido, com mais inteligência do que ele merece ter.

"Nunca imaginei que ia te encontrar aqui, Nick."

É mesmo, é? Então não é isso que ela queria que acontecesse? Que alguém, alguma ciber-yenta conhecedora de todo o seu passado on-line desde sempre, estivesse guiando cada clique seu, cada movimento de cursor? Sabendo o que ela quer antes mesmo que ela soubesse?

"Você conseguiu chegar em Washington direitinho?" E se isso parecer que ela está perguntando cadê o meu dinheiro, foda-se.

"Não completamente. Agora tem zonas de exclusão. Em volta da minha casa, minha família. Tenho dormido pouco. Pelo visto, eles me soltaram de vez. Finalmente. Tudo ficou escuro, todo mundo no meu caderninho de endereços, até mesmo os que não têm nome, só número."

"Onde você está, quer dizer, fisicamente?"

"Num ponto de wi-fi. Um Starbucks, acho."

Ele acha. Ela se vê obrigada, inesperadamente, a respirar fundo. Esta é praticamente a primeira coisa que ele diz em que ela acredita. Agora ele não faz a menor ideia de onde está. Um raio transparente de sentimento atravessa Maxine, algo que ela só vai identificar depois. Isso porque há muito tempo ela não sente piedade por ninguém.

Abruptamente, Maxine não sabe quem teve a iniciativa, eles se veem de volta no deserto, deslocando-se em alta velocidade, não exatamente voando, porque isso significaria que ela está dormindo e sonhando, sob uma lua crescente que emite mais luz do que devia, passando por formações rochosas criadas pelo vento que Windust de repente contorna para se esconder atrás delas, de algum modo puxando Maxine para junto de si.

"Alguém está atirando em nós?"

"Ainda não, mas a gente tem que partir do pressuposto de que alguma coisa está nos seguindo, tudo que a gente faz, e guardando a informação na memória de curto prazo. Eles vão detectar um padrão de fuga a esconderijos. Então a gente surpreende eles ficando num lugar desprotegido…"

"'A gente'? Eu até que gosto de me esconder atrás das pedras. São as mesmas pessoas que estavam atirando em nós com uma AK aquela vez?"

"Nada de sentimentalismo."

"Por que não? A gente podia estar vivendo exatamente assim. Amantes foragidos."

"Ah, grande ideia. Seus filhos, sua casa, sua família, seu trabalho e sua reputação, em troca de uma fatalidade barata pra todos aqueles que você não pode salvar. Pra mim, deu certo." O avatar olha para ela, um olhar fixo, sem remorso, tudo aquilo uma fachada calculada, é bem verdade, mas seja lá quem forem "eles", Maxine precisa acreditar que são muito piores do que Windust se tornou depois, trabalhando para eles. Eles encontraram nele aquele dom descuidado de crueldade infantil e o trabalharam, desenvolveram e utilizaram, aumentando-o pouco a pouco, até transformar Windust num sádico profissional com um cargo GS-1800, sem nenhum escrúpulo. Nada conseguia atingi-lo, e ele achava que ia simplesmente continuar sempre assim, até depois da aposentadoria. Otário. Babaca.

Ela está furiosa e impotente. "O que é que eu…"

"Nada."

"Eu sei. Mas…"

"Eu não saí atrás de você. Foi você que clicou em mim."

"Eu?"

Um silêncio prolongado, como se ele estivesse discutindo consigo próprio e finalmente os dois entrassem em acordo. "Eu vou estar lá naquele lugar. Não posso garantir uma ereção."

"Ah. Você topa se abrir com alguém?"

"Eu estava pensando mais, sabe, você me arranja dinheiro?"

"Vou ver quanto eu consigo roubar dos meninos."

37.

Devido a um provável bloqueio mental à James Bond, Maxine tem evitado recorrer à Walther PPK com mira laser, recorrendo à sua arma secundária, a Beretta, a qual, se as armas fossem conscientes de suas carreiras, bem que podia pleitear uma promoção. Mas dessa vez ela pega a escada, remexe no fundo do armário e pega a PPK. Pelo menos não é o modelo feminino com madrepérola cor-de-rosa na coronha. Verifica as baterias, liga e desliga o laser. Nunca se sabe quando uma moça pode precisar de um laser.

Sai de casa e mergulha numa dessas tardes hibernais opressivas, o céu acima de Nova Jersey é uma pálida bandeira de guerra da antiquíssima nação do inverno, com faixas horizontais, a de cima violeta, a de baixo amarelo-claro, anda até a Broadway para procurar um táxi, nessa hora em que a maioria dos táxis está seguindo para Long Island City sem vontade de pegar passageiros. De fato, é o que acontece. Maxine só consegue táxi quando as luzes da cidade já estão se acendendo e começa a escurecer.

Chegando ao prédio do "aparelho", ela aperta a campainha da portaria, espera, espera, nada acontece, a porta está trancada, mas há luzes nas frestas. Maxine examina a fechadura e vê que está trancada, mas sem ferrolho. Após anos de experiências com diferentes cartões de crédito e de lojas, ela encontrou a combinação ideal de força com flexibilidade nos cartões plásticos de jogos que os meninos vivem trazendo do ESPN Zone. Pegando um deles, ajoelha-se por um momento e consegue abrir a porta antes mesmo de ter tempo de pensar se isso é uma boa ideia.

Roedores em abundância, sombras rápidas que riscam o caminho a sua frente. Ecos nas escadas, gritos em outros andares, ruídos não humanos que ela não consegue identificar. Nos cantos, sombras espessas como gordura, onde não se enxerga nada por mais forte que seja a lâmpada. Corredores iluminados de modo irregular, e aquecimento, quando há, apenas em algumas serpentinas, de modo que alguns trechos são gelados, indicando a presença de forças espirituais malévolas, de acordo com ex-seguidores de seitas Nova Era que Maxine conhece. Num dos corredores, um alarme de incêndio com bateria já quase descarregada repete um apito estridente e desolado. Ela se lembra de ouvir Windust dizer que é ao pôr do sol que os cachorros aparecem.

A porta do apartamento está aberta. Maxine pega a PPK, acende o laser, solta a trava de segurança e entra cautelosa. Os cachorros estão ali, três, quatro deles, em torno de alguma coisa estendida entre ela e a cozinha. Há um cheiro que não é preciso ser cachorro para detectar. Maxine afasta-se da porta para o caso de algum deles querer ir embora depressa. Sua voz até agora está bem firme: "Vamos lá, Totó — parado aí!".

Suas cabeças se levantam, os focinhos são mais escuros do que precisavam ser. Ela avança, deslizando na parede. O objeto permanece imóvel. Ele se anuncia, o centro das atenções, mesmo morto, ainda tentando administrar a situação.

Um dos cachorros sai correndo porta afora, dois a enfrentam rosnando, um outro permanece junto ao cadáver de Windust esperando que os demais deem cabo da intrusa. Olhando para Maxine com — não um olhar canino, Shawn se estivesse aqui certamente confirmaria — o rosto antes do rosto. "Eu não vi você ano passado em Westminster, o melhor da sua categoria?"

O cão mais próximo é uma mistura de *rottweiler* com sabe-se lá o quê, e o pontinho vermelho está posicionado no centro de sua testa, não vacilando, e sim, felizmente, firme como uma rocha. O bicharoco para, como se para ver o que vai acontecer.

"Vem", ela sussurra, "você sabe o que isso é, meu chapa, está apontado diretamente pro teu terceiro olho... vamos... isso não precisa acontecer..." Os rosnados cessam, os cães, atentos, vão em direção à porta, o macho alfa na cozinha finalmente recua do cadáver e — estará ele acenando com a cabeça para Maxine? — junta-se aos outros. Ficam esperando lá fora, no corredor.

Os cães produziram danos dos quais ela tenta desviar a vista, e há também o cheiro. Recitando para si própria um poemeto da infância longínqua,

Morto, disse o mé-di-co,
Ao olhar e ver aquilo,
Morto, disse a moça
Da bolsa de cro-co-dilo...

Trôpega, vai até o banheiro, liga o exaustor e ajoelha-se no piso gelado debaixo das pás ruidosas. O conteúdo da privada, de modo discreto porém perceptível, eleva-se um pouco, como se tentando se comunicar. Ela vomita, tomada por uma visão de todos os esgotos de todos os escritórios desolados e espaços provisórios esquecidos da cidade, todos desaguando, via uma gigantesca rede de tubulações, num único cano, uma ventania ruidosa e constante de gases anais, mau hálito e tecidos apodrecidos, descarregando, como era de se imaginar, em algum lugar em Nova Jersey... e enquanto isso, dentro das grades de cada um desses milhões de exaustores, gordura vai se acumulando para sempre nas fendas e grades, e a poeira que sobe e desce se acumula ali, ao longo dos anos, formando uma penugem negra, pardacenta, secreta... luz azulada e implacável, papel de parede com padrão de flores em preto e branco, sua própria imagem instável no espelho... Há vômito na manga de seu casaco, ela tenta lavá-la com água fria, nada dá certo.

Maxine volta para o presunto silencioso no outro cômodo. De seu cantinho, a Moça da Bolsa de Crocodilo fica observando, silenciosa, com olhos sem brilho, apenas a curva de um sorriso vagamente discernível nas sombras, a bolsa pendurada num ombro, seus conteúdos para sempre ocultos porque a gente sempre acorda antes de vê-los.

"O tempo está passando", a Moça cochicha, num tom simpático.

Mesmo assim, Maxine fica por um minuto observando o falecido Nick Windust. Era um torturador, matou muita gente, enfiou seu pau dentro dela, e no momento ela não sabe direito o que está sentindo, só consegue focalizar as botas dele, feitas sob medida, que naquela luz têm um tom sujo de marrom-claro. O que é que ela está fazendo aqui? Porra, será que ela veio para cá correndo na esperança de impedir que isso acontecesse?... Pobres daquelas botas idiotas...

Ela faz uma rápida revista aos bolsos dele — nem carteira, nem dinheiro, seja em notas ou em moedas, nem chaves, nem agenda, nem celular, nem cigarros nem fósforos nem isqueiro, nem remédios nem óculos, apenas uma coleção de bolsos vazios. Isso é que é ir embora limpo. Pelo menos ele é coerente. Não estava naquela por dinheiro. As sacanagens neoliberais certamente teriam algum outro atrativo, diferente e agora incognoscível, para ele. No final de tudo, a única coisa que ele tinha, com o outro mundo já se aproximando, era sua folha corrida, à qual os que lhe deram fim o entregaram. Uma folha extensa, muitos anos, muito peso.

Então com quem ela estava falando, lá no oásis do Deep-Archer? Se Windust, a julgar pelo cheiro, já estava morto havia algum tempo, ela tem duas alternativas problemáticas — ou bem ele estava falando com ela do além ou bem era algum impostor, e o link poderia ter sido inserido por qualquer um, não necessariamente uma figura amistosa, espiões, Gabriel Ice... Um garoto de doze anos qualquer na Califórnia. Por que acreditar no que foi dito então?

O telefone toca. Ela dá um pequeno salto. Os cachorros se aproximam da porta, curiosos. Atender? Melhor não. Depois de cinco toques, uma secretária eletrônica na cozinha é acionada a todo volume, de modo que ela não tem como não ouvir. Uma voz desconhecida, um sussurro alto e áspero. "Nós sabemos que você está aí. Não precisa atender, não. É só pra te lembrar que hoje é véspera de dia de aula, e você nunca sabe quando seus filhos podem precisar de você."

Puta que o pariu. Puta que o pariu.

A caminho da porta, Maxine passa por um espelho, olha para ele no automático, vê uma figura indefinida em movimento, talvez ela própria, provavelmente outra coisa, a Moça outra vez, toda na sombra com exceção de um brilho emitido por sua aliança, cuja cor, se desse para sentir o gosto da luz, coisa que por um momento lhe parece possível, teria de ser caracterizado como levemente amargo.

Lá fora não há nenhum policial em lugar nenhum, nem táxis, escuridão de início de inverno. Frio, começando a ventar. O brilho das ruas habitadas está muito distante. Ela entrou numa noite diferente, numa cidade completamente diferente, uma daquelas cidades de game de tiro em primeira pessoa em que você pode ficar rodando de carro aparentemente para sempre, mas da qual é impossível sair. Os únicos sinais de habitação humana visíveis são alguns figurantes virtuais ao longe, nenhum deles lhe oferecendo a ajuda que ela necessita. Maxine remexe dentro da bolsa, encontra o celular, e é claro que não consegue sinal num lugar tão afastado da civilização, e mesmo se pudesse, a bateria está quase zerada.

Talvez o telefonema fosse apenas um aviso, só isso, talvez os meninos não estejam correndo perigo nenhum. Talvez a essa altura seja uma idiotice pressupor tal coisa. Vyrva ficou de pegar Otis na escola, Ziggy deve estar no krav maga com Nigel, mas e daí. Todos os lugares de seu dia que lhe pareciam seguros agora não são mais, porque a única questão agora é — onde é que Ziggy e Otis estarão protegidos de todo mal? Quem, de todos aqueles que fazem parte da rede dela, ainda é de fato confiável?

Talvez fosse melhor, ela diz a si própria, não entrar em pânico ali. Ela se imagina solidificando-se, tornando-se não exatamente uma estátua de sal, algo entre isso e uma estátua comemorativa, férrea e angulosa, de todas as mulheres de Nova York que antes a irritavam por ficarem paradas no meio-fio fazendo sinal para táxis, embora não houvesse nenhum táxi a vista num raio de quinze quilômetros — e assim mesmo estendendo o braço em direção à rua vazia e ao tráfego inexistente, não em súplica, e sim numa estranha atitude altiva, um gesto secreto capaz de desencadear um alerta para todos os táxis — "Mulher braba parada na esquina com o braço esticado! Bora! Bora!".

Não obstante, aqui, transformando-se numa versão de si própria que ela não reconhece, involuntariamente Maxine vê seu próprio braço se estender ao vento que vem do rio, e tenta, na ausência de toda esperança, no fracasso da redenção, invocar uma fuga mágica. O que ela via naquelas mulheres talvez não fosse altivez, no final das contas, e sim na verdade um ato de fé. A rigor, pôr o pé na rua em Manhattan é justamente isso.

Voltando ao espaço carnal de Manhattan, o que ela termina fazendo é conseguir de algum modo atravessar as transversais escuras e impoliciadas até chegar à Décima Avenida, onde encontra, seguindo em direção ao norte da ilha, uma superabundância de bigorrilhos iluminados sobre o teto de alegres automóveis amarelos, trafegando no lusco-fusco como se o asfalto, feito um rio negro, fluísse incessantemente rumo ao norte, e todos os táxis e caminhões e carros de suburbanos estivessem apenas sendo arrastados por ele...

Horst ainda não chegou em casa. Otis e Fiona estão no quarto dos meninos, em plena discordância criativa, como sempre. Ziggy está sentado diante da tevê, como se tivesse tido um dia sem nada de especial, assistindo a *Scooby na América Latina!* (1990). Maxine, depois de uma rápida passagem pelo banheiro para se reformatar, sabendo muito bem que não devia começar logo com o questionário, entra e senta-se ao lado dele mais ou menos na hora do intervalo comercial.

"Oi, mãe." Ela tem vontade de envolvê-lo num abraço interminável. Em vez disso, deixa que ele recapitule o enredo para ela. Salsicha, que por algum motivo teve permissão para dirigir a van, se enrolou e cometeu alguns erros de pilotagem, de modo que o quinteto aventureiro foi parar em Medellín, Colômbia, na época a capital de um famigerado cartel de tráfico de cocaína, e lá eles se deparam com a trama de um agente corrompido da Drug Enforcement Administration americana, o qual tenta assumir o controle do cartel fingindo ser o fantasma — é claro — de um chefe do tráfico que foi assassinado. Com a ajuda de um bando de meninos de rua de lá, porém, Scooby e seus amigos frustram o plano.

O desenho recomeça, e o vilão é levado à justiça. "E eu teria conseguido", ele se queixa, "se não fossem aqueles muchachos enxeridos!"

"E então", no tom mais inocente de que ela é capaz, "como foi o krav maga hoje?"

"Engraçado você me perguntar isso. Estou começando a entender."

Logo depois da aula, Nigel saiu para procurar sua baby-sitter, e Emma Levin estava estabelecendo o perímetro de segurança, quando Ziggy ouviu um apito vindo de sua mochila.

"Ih. O Nige." Ziggy pegou seu Cybiko, olhou para a tela e começou a apertar botões com uma canetinha. "Ele está na Duane Reade logo depois da esquina. Tem uma van parada na frente da drogaria com uns caras mal-encarados dentro, e o motor em ponto morto."

"Que legal, um teclado de bolso, dá pra, sei lá, mandar e-mail nesse troço?"

"É mais tipo SMS. Você acha que essa história da van é preocupante?"

De repente, uma súbita luz fortíssima e um barulho alto. "Aha!", murmurou Emma, "o detonador."

Saíram correndo pela porta dos fundos e viram um grupo grande de homens, com aparência de paramilitares, piscando, cambaleando e xingando. Um cheiro geral de queima de fogos.

"Posso ajudar vocês em alguma coisa?" Emma rapidamente passando para a direita e indicando a esquerda para Ziggy. O intruso virou-se para onde ela estava e pareceu fazer menção de pegar alguma coisa. O brutamontes não voou muito longe, mas quando caiu no chão estava tão confuso que Emma não precisou mais do que uns poucos gestos econômicos, com a ajuda de Ziggy, para deixá-lo fora de combate.

"Além de amador, é burro. Então ele não sabe com quem está se metendo?"

"A senhora é demais, sra. Levin."

"Claro, mas eu me referia a você. Você faz parte da minha unidade, Zig, ninguém mexe com a gente, ele não foi muito longe, não."

Ela revista o invasor e encontra uma Glock com um pente colossal. O olhar de Ziggy fica remoto, como se voltado para alguma questão interior. "Hmm... talvez não seja um civil, mas também não é lá muito profissional, então o que é?"

"Terceirizado?"

"Era o que eu estava pensando."

"Então você faz parte de uma célula, mesmo."

Um dar de ombros. "Estou a postos vinte e quatro horas por dia, de segunda e segunda. Quando precisam de mim, eu vou. Parece que é o caso agora. Vou soltar mais uma granada de atordoamento, depois a gente olha no porão, encontra uma empilhadeira manual e larga esse idiota em algum lugar pros amigos deles da van pegarem depois."

Subiram o quarteirão com o pistoleiro desmaiado e o largaram junto ao meio-fio ao lado de um aparador de madeira prensada, quebrado, inchado e entortado pela água da chuva. Discutiram a questão de ligar ou não para 911, concluíram que mal não fazia. "Foi isso. O Nigel é claro que ficou puto de não ter participado."

"E... isso tudo foi uma coisa que você viu no *Power Rangers* ou sei lá onde", diz Maxine, esperançosa.

"É um carma ruim mentir sobre uma coisa dessas... Mãe? Você está bem?"

"Ah, Ziggurat... Felizmente não aconteceu nada com você.

Estou muito orgulhosa, como você se saiu bem… A sra. Levin também deve estar. Posso ligar pra ela depois?"

"Pode ligar que ela vai confirmar tudo."

"Não, é só pra agradecer, Ziggy."

Otis e Fiona saem aos berros do quarto.

"Ó só, Fiona, se você acabar com a cláusula de perpetuidade, você vai se arrepender."

"Isso é só conversa fiada, o Satjeevan diz que eu posso pular fora quando eu quiser."

"Você acredita nisso? Ele está recrutando gente."

"Você está agindo que nem um namorado ciumento."

"Como você é madura, Fiona."

Horst entra em casa piscando muito, bate o olho em Maxine. "Preciso levar um papo rápido com a mãe de vocês, meninos", segura-a por um dos pulsos e delicadamente a leva até o quarto.

"Você está tremendo, está mais branca que Greenwich, Connecticut, numa quinta-feira. Não há motivo pra ficar preocupada, meu bem. Falei com a professora do Zig, é só um típico marginal de Nova York, é pra enfrentar essa gente que eles aprendem krav maga." Ela sabe em que aquele rosto honesto de sabe-tudo pode se transformar, sabe que é melhor deixar o barco correr a menos que prefira desabar sob o peso da, digamos culpa, melhor fazer que sim com a cabeça, com um ar distante e infeliz. Que Horst acredite nessa história de marginal típico. Há mil coisas nessa cidade a se temer, talvez duas mil, e muito mais coisas que ele provavelmente nunca vai saber. Todos os silêncios, todos os anos, todas as infidelidades de investigadora de fraudes sem as trepadas, mais, inesperadamente, algumas trepadas de verdade, e agora o sujeito morreu. Não há como improvisar em torno do que aconteceu hoje, a primeira coisa que Horst vai querer saber é, esse cara que morreu, você estava saindo com ele? E Maxine vai estourar, você não sabe do que está falando, e aí ele vai acusá-la de pôr em risco a vida dos meninos, e aí ela vai perguntar onde que você estava quando devia estar aqui com eles, e por aí afora, e pronto, vai ser toda aquela merda de antigamente, tal como era. Então melhor calar a boca agora, Maxine, mais uma vez, cale essa boca.

No dia seguinte Emma Levin telefona dando a notícia de um buquê anônimo, em que predominam as rosas, entregue na academia dela, com um bilhete em hebraico dizendo que tudo ia acabar bem.

"Seu namorado, talvez?"

"O Naftali sabe que flor existe, ele vê no florista da esquina, mas até hoje ele acha que é coisa de comer."

"Então talvez...?"

"Talvez. Também, ninguém paga a gente pra ser Shirley Temple. Vamos esperar pra ver."

Mas talvez, pelo menos, não seja um mau sinal? Nesse ínterim, tendo Avi e Brooke acabado de se mudar para um prédio perto de Riverside, pagando pelo apartamento um preço cuja obscenidade é coerente com o salário de Avi na hashslingrz, Maxine agora tem uma desculpa quase plausível para esconder os meninos por algum tempo no apartamento dos avós, num prédio com esquema de segurança à altura de qualquer um que se possa encontrar na capital de nosso país. Horst dá a maior força ao plano, por estar redescobrindo sua quase ex-esposa como objeto de desejo. "Não consigo explicar..."

"Ótimo, então não explica."

"É que nem cometer adultério, só que é diferente, né?"

Muito elegante da parte dele. Maxine imagina que deve haver uma relação misteriosa com as vibrações de mulher liberada que ela está emitindo, querendo ou não, e também com a suspeita paranoica de Horst dirigida a todo homem, fantasma ou o que for, que chegue tão perto dela que possa lhe passar a mão na bunda, e como não é necessária uma grande alteração no nível de tara dela para se sentir lisonjeada por isso, Maxine deixa que ele pense o que quiser pensar, o que de modo algum prejudica o clima de tesão reinante.

Ainda por cima, um dia, sem mais nem menos, Horst entrega a ela as chaves do Impala.

"Pra quê que eu vou querer isso?"

"Pode precisar."

"Por exemplo?"

"Nada concreto, só uma intuição minha."

"Uma o quê, Horst?" Ela aperta os olhos. A aparência dele está normal. "Tudo bem com você? Quer dizer, dada a sua intolerância a qualquer arranhão?"

"Ah, os gastos com lanternagem correm por sua conta, claro."

O que não quer dizer que ele passe o dia todo bundeando em casa. Uma noite ele e seu companheiro de corrida, Jake Pimento, que não está mais morando no Battery Park, e sim em Murray Hill, fazem uma noitada com um bando de investidores de risco d'além-mar que têm interesses recém-adquiridos em terras raras, as quais Horst, guiado por sua percepção extrassensorial, decidiu que serão a próxima commodity quente do mercado, e Maxine resolve ir dormir com seus pais e os meninos.

Maxine adormece cedo, mas acorda a toda hora. Fragmentos de sonhos, ciclos dos quais ela não consegue sair. Ela se olha num espelho, um rosto aparece atrás dela, seu próprio rosto, porém cheio de intenções malévolas. Durante toda a noite essas vinhetas provocam vez após vez uma vibração vazia em seu coração. A certa altura, ela dá o chega. Está se debatendo entre os lençóis úmidos, murmurando. Alguém sobe e desce a Broadway num carro cuja buzina toca os oito primeiros compassos do tema de *O poderoso chefão*, de Nino Rota. Repetidamente. Isso acontece uma vez por ano, e pelo visto é hoje.

Maxine começa a fazer a ronda do apartamento. Os meninos empilhados em beliches, a porta um pouco entreaberta, entreaberta para ela, é o pensamento agradável que lhe ocorre, cônscia de que um dia as portas dos quartos deles estarão fechadas e ela terá que bater. O escritório de Ernie, que ele divide com uma máquina de lavar e uma de secar, um venerando monitor CRT da Apple numa mesa, sempre ligado, na sala de jantar o pequeno museu que Elaine mantém, de lâmpadas que funcionaram por muito tempo neste apartamento, cada uma num estojo de espuma, com etiquetas especificando a data em que foram instaladas e a data em que queimaram. Ao que parece, as lâmpadas Sylvania de um certo período foram as que mais duraram.

Da sala da tevê vem o som de música clássica. Mozart. Nessas extensões áridas da programação da madrugada, ela encontra Ernie vidrado na tela, rosto transfigurado pelo brilho da velha Trinitron, assistindo a um filme obscuro, que aliás nem chegou a ser distribuído, *Don Giovanni* segundo os irmãos Marx, com Groucho no papel-título. Ela entra descalça, na ponta dos pés, e senta-se no sofá ao lado do pai. Há uma tigela de plástico de pipoca, grande demais até para duas pessoas, que Ernie depois de algum tempo empurra em direção a Maxine. Durante um recitativo ele recapitula o filme. "Eles eliminaram a figura do Comendador, de modo que não tem dona Anna, nem dom Ottavio, e aí, sem assassinato, vira uma comédia." O papel de Leporello é representado por Chico e Harpo simultaneamente, um para as piadas e outro para as gags visuais, Chico falando depressa na ária do catálogo, por exemplo, enquanto Harpo corre atrás de dona Elvira (Margaret Dumont, no papel que ela nasceu para interpretar), beliscando, apalpando e buzinando sua buzina de bicicleta, bem como depois acompanhando na harpa a ária "Deh, vieni alla finestra". Masetto é um barítono de estúdio que não é Nelson Eddy, Zerlina é Beatrice Pearson, muito jovem, dublada e mais do que apresentável, atriz que mais tarde haveria de interpretar outro papel de *ingénue*, contracenando com John Garfield, em *Força do mal* (1948).

Finda a ópera, Ernie aperta o botão que emudece o aparelho e espalma as mãos, meio que dando de ombros, como um baixo fazendo uma mesura diante da plateia. "Então? Primeira vez que te vejo assistir uma ópera até o fim."

"Não sei, pai, deve ser por causa da companhia."

"Gravei pros meninos, acho que tem a ver com eles."

"É troca cultural, vi eles jogando Metal Gear Solid com você outro dia."

"Melhor que o lixo televisivo que antigamente você e a Brooke assistiam."

"Ah, você realmente odiava todos aqueles seriados policiais. Quando você nos pegava vendo um deles, desligava a tevê e botava a gente de castigo."

"Até parece que isso melhorou. Bons tempos, aqueles detetives particulares e criminosos simpáticos. A propaganda política depois dos anos 60 acabou com tudo isso, é a bota na cara, como dizia o Orwell, perseguição e prisão sem parar, policial e mais policial. Então a gente não tinha que proteger vocês dessas coisas, proteger as suas mentes sensíveis? E adiantou? Sua irmã votando no Likud, e você perseguindo uns pobres-diabos que estão só tentando pagar o aluguel."

"Está bom que a tevê daquela época era lavagem mental, mas hoje em dia isso não acontece mais. Ninguém controla a internet."

"Está falando sério? Pode acreditar nisso enquanto você puder, Poliana. Você sabe qual a origem desse seu paraíso on-line? Começou no tempo da Guerra Fria, quando os *think tanks* estavam cheios de gênios imaginando guerras nucleares. Pastinha 007 debaixo do braço, óculos de tartaruga, aquela aura de santidade de acadêmico, indo pro trabalho todo dia pra imaginar as mil maneiras do mundo acabar. A sua internet, naquele tempo o Departamento de Defesa chamava de DARPAnet, e a intenção original era garantir a sobrevivência do comando e controle dos Estados Unidos depois de uma troca de bombas nucleares com os soviéticos."

"O quê."

"Isso mesmo, a ideia era criar tantos nódulos que por maiores que fossem as perdas, eles sempre iam conseguir formar uma rede com o que sobrasse."

Aqui na capital da insônia ainda faltam horas para o dia nascer, e uma inocente conversa entre pai e filha pode enveredar por caminhos assim. Vinda lá debaixo, pelas janelas, eles ouvem a paisagem sonora do mundo sem lei da rua de madrugada, freadas, gritos, canos de escape, risos nova-iorquinos, altos demais, triviais demais, freios que entram em ação tarde demais, seguidos de um baque de gelar o coração. Quando era pequena, Maxine achava que essa barulheira noturna era fruto de problemas tão distantes que não tinham importância, como as sirenes. Agora está sempre perto, faz parte do pacote.

"Você chegou a ir fundo nessas coisas da Guerra Fria, papai?"

"Pra mim, era técnico demais. Mas tinha um pessoal da Bronx Science High School, eu andava com eles… Um tipo maluco de Yale, um garoto legal, a gente ia ao centro da cidade, ganhava uns trocados jogando pingue-pongue. Ele foi pro MIT, arrumou emprego na RAND Corporation, mudou pra Califórnia, a gente perdeu o contato."

"De repente ele não trabalhava nessa coisa de fim do mundo."

"Eu sei, eu tenho mania de julgar as pessoas, pode me pichar. Mas só quem viveu esse tempo é que sabe, menina. Agora todo mundo acha que o governo Eisenhower foi uma época antiquada, engraçadinha, chatinha, mas aquilo tinha um preço, por baixo de tudo era terror puro. Meia-noite eterna. Se você parava um minuto só pra pensar, você mergulhava naquilo, era fácil. Muitos mergulharam. Uns piraram, uns até se suicidaram."

"Papai."

"É, e a sua internet foi inventada por eles, essa coisa mágica que agora se intromete nos menores detalhes da nossa vida, que nem um cheiro, nas compras, nos trabalhos domésticos, no dever de casa, nos impostos, absorvendo a nossa energia, consumindo o nosso tempo precioso. E não tem inocência, não. Em lugar nenhum. Nunca teve. Essa rede foi concebida em pecado, o pior de todos. E à medida que ela foi crescendo, nunca deixou de ter no fundo do coração um desejo de morte pro planeta, um desejo amargo e gelado, e não fica achando que isso mudou, não, menina."

Maxine continua catando no meio do piruá as últimas pipocas que restam. "Mas a história não para, como você sempre diz pra gente. A Guerra Fria acabou, não é? A internet continuou a evoluir, era uma coisa militar e agora é civil — hoje são salas de chat, a World Wide Web, compras on-line, o pior que se pode dizer é que talvez esteja ficando um pouco comercializada. E vê só como ela está empoderando bilhões de pessoas, a promessa, a liberdade."

Ernie começa a trocar de canais, como se irritado. "Você fala em liberdade, mas a coisa é baseada em controle. Todo mundo conectado, nunca mais ninguém vai se perder, é impossível. Agora é dar o próximo passo, conectar a rede a esses telefones celulares, e pronto, é uma rede total de vigilância, inescapável. Lembra dos quadrinhos do *Daily News*? O rádio de pulso do Dick Tracy? Isso vai estar em toda parte, os caipiras todos vão fazer tudo pra ter um também, as algemas do futuro. É o sonho do pessoal do Pentágono, lei marcial no mundo todo."

"Então foi de você que eu herdei a paranoia."

"Pergunta pros teus filhos. Veja esse game, o Metal Gear Solid — quem é que os terroristas sequestram? Quem é que o Snake está tentando resgatar? O chefe da DARPA. Pensa nisso, certo?"

"Papai."

"Não precisa acreditar em nós, pergunta pros seus amigos no FBI, sabe, aqueles policiais bonzinhos com o banco de dados do Centro Nacional de Informações sobre Crimes? Cinquenta, cem milhões de arquivos? Eles vão confirmar, aposto."

Ela entende que aquilo é uma indireta, e pelo visto é mesmo. "Olha, papai. Tenho que te contar…" E conta. O vácuo implacável do fim de Windust. Devidamente atenuado, tendo em vista as preocupações de avô, claro, não mencionando, por exemplo, o lance de krav maga de Ziggy.

Ernie ouve a narrativa até o fim. "Vi alguma coisa no jornal. Morte misteriosa, dizia que ele era um especialista de um *think tank*."

"Claro. Disseram que ele fazia execuções sumárias? Que era um assassino?"

"Não. Mas sendo do FBI, da CIA, isso está subentendido."

"Papai, a comunidade de pequenos estelionatários com que eu trabalho, nós temos um código de ética de perdedores, quer dizer, lealdade, respeito, só caguetar se não tiver outro jeito. Mas esse pessoal aí, eles já estão um caçando o outro antes de tomar o café da manhã, os dias do Windust estavam contados."

"Você acha que foi a gente dele mesmo que matou? Eu imaginava que fosse vingança, pensa só em quantas pessoas no Terceiro Mundo que devem ter ficado com raiva dele ao longo dos anos."

"Você esteve com ele antes de mim, foi você que me passou o cartão de visita, você podia ter dito alguma coisa."

"Mais do que eu já estava dizendo? Quando você era pequena, eu sempre fiz o que pude pra você não virar mais uma adoradora idiota da polícia, mas a partir de um certo ponto cada um comete seus próprios erros." Então, no tom mais hesitante que ela já o viu adotar: "Maxeleh, você não...?".

Olhando mais para seus próprios joelhos do que para seu pai, ela finge explicar. "Todos esses vigaristazinhos, eu nunca passei a mão na cabeça deles, mas o primeiro criminoso de guerra de verdade que eu encontro eu viro tiete, ele tortura e mata gente, sempre se dá bem, e eu fico revoltada, horrorizada? Nada disso, eu penso que ele pode sair dessa. Ele ainda pode largar isso tudo, ninguém é tão mau assim, ele tem que ter consciência, ele tem tempo, ainda pode compensar o mal que já fez, só que agora não dá mais..."

"Sh. Shh. Tudo bem, menina", estendendo a mão timidamente em direção ao rosto dela. Não, isso não resolve nada, ela sabe que não está sendo de todo honesta, na esperança de que Ernie, ou para se proteger ou por uma inocência verdadeira que ela não tem coragem de violar, tome o que ela diz ao pé da letra. E é o que ele faz. "Você sempre foi assim. Eu sempre esperava que você mudasse, largasse disso, ficasse fria como todos nós, e ao mesmo tempo rezava pra que isso não acontecesse. Você voltava da escola, aulas de história, cada vez era um pesadelo novo, os índios, o Holocausto, crimes que eu já tinha endurecido há anos pra me proteger deles, eu ensinava essas coisas mas já não sentia elas tanto assim, e você ficava indignada, uma indignação veemente, com os punhos cerrados, como que alguém era capaz de fazer uma coisa dessas, como que essas pessoas dormiam à noite? E o que é que eu podia dizer? A gente te passava os lenços de papel e dizia, adulto é assim mesmo, tem uns que agem assim, você não precisa ser igual a eles, você pode ser melhor. Era tudo que a gente conseguia dizer, uma desculpa patética, mas vou te dizer uma coisa, nunca descobri o que é que a gente devia ter dito. Você acha que eu estou satisfeito com isso?"

"Os meninos me perguntam as mesmas coisas agora, eu não quero que eles fiquem iguais aos colegas dele, uns escrotinhos cínicos metidos a besta — mas o que vai acontecer se o Ziggy e o Otis começarem a sentir demais essas coisas, papai, este mundo em que a gente vive pode destruir os dois, com a maior facilidade."

"Não tem alternativa, o jeito é confiar neles, confiar em você, e o Horst também, que pelo visto ele está de volta…"

"Já faz algum tempo. Talvez nunca tenha ido embora."

"Bom, quanto a esse tal sujeito, melhor deixar que outra pessoa mande flores e faça discurso elogioso. Como dizia o Joe Hill, não se lamente, se organize. E se você aceita um conselho de moda desse seu pai chique, use roupa mais colorida, não abuse do preto, não."

38.

Assim, é na manhã seguinte, naturalmente, no consultório de Shawn, que ela se permite desmilinguir-se por completo, não com os pais nem com o marido nem com a amiga do peito Heidi, não — e sim diante de um psicopatético surfista para quem a pior tragédia é um dia com ondas de apenas trinta centímetros de altura.

"Quer dizer que… você tinha mesmo sentimentos por esse cara."

"Tinha sentimentos", jargão californiano, favor traduzir, não, peraí, melhor não. "Shawn? Está bem, você estava certo, eu estava errada, e sabe o que mais, vá se foder, quanto que eu ainda lhe devo, vamos fazer as contas porque aqui eu não volto nunca mais."

"Nossa primeira briga."

"Primeira e última." Por algum motivo ela não se mexe.

"Maxine, chegou a hora. Eu chego a esse ponto com todo mundo. Agora você tem que enfrentar a Sapiência."

"Espero que não tenha nada a ver com sapinho."

Shawn baixa a persiana, põe para tocar uma fita de *trance*

music marroquina, acende um bastão de incenso. "Está preparada?"

"Não. Shawn..."

"Lá vai. A Sapiência. Se prepara para copiar." Ela continua em seu tapete de meditação, ainda que a contragosto. Respirando fundo, Shawn proclama: "É o que é é... é é o que é". Permite que se instaure um silêncio, prolongado mas talvez não tão profundo quanto a sua respiração. "Anotou?"

"Shawn..."

"Isso que é a Sapiência. Repete."

Com um suspiro pronunciado, ela obedece, acrescentando: "O que depende, é claro, do que a sua definição da palavra 'é' é".

Está bem, uma coisa um pouquinho diferente. Afinal, nunca houve outra alternativa, não é? Retomando a pequenez do cotidiano, fazendo de conta que a vida voltou ao Normal, enrolando-se, tremendo de frio em pleno inverno das contingências, no cobertor roto das despesas do início do ano, reuniões na escola, irregularidades na conta da tevê a cabo, um dia a dia pululando de fantasias de uma espécie de marginalidade para a qual a palavra "fraude" muitas vezes é um eufemismo elegante, vizinhos do andar de cima para quem o conceito de calafetagem da banheira é uma ideia insólita, sintomas nas vias respiratórias superiores e nas partes inferiores do tubo intestinal, tudo isso fundado na esperança ingênua de que as mudanças sempre serão tão graduais que vai dar para administrá-las, com uma apólice de seguros, com equipamento de segurança, com dietas saudáveis e exercícios regulares, e de que o mal não vai irromper de repente no céu para explodir as torres ilusórias da convicção de que se está protegido dessas coisas...

A cada dia que se encerra e Maxine vê que nada aconteceu com Ziggy e Otis, sobe um milésimo de ponto seu nível de confiança na possibilidade de que ninguém esteja atrás deles, na verdade, de que ninguém a responsabilize pelo que Windust fez, seja lá o que for que ele fez, de que o provável assassino de Lester Traipse, Gabriel Ice, não esteja irradiando energias malévolas no coração de sua família através de Avi Deschler, que cada vez mais parece aquele garoto no filme de horror de adolescentes, o qual, no fim, a gente descobre que estava possuído. "Que nada", Brooke tranquila, "ele provavelmente está só fazendo alguma experiência. Uma coisa gótica, sei lá." Curiosamente, de uns dias para cá Maxine volta e meia dá por si procurando a irmã, compreendendo que, em meio a todos os sinais e sintomas de patologia urbana, Brooke historicamente tem sido seu melhor indicador, seu detector tóxico de alta sensibilidade, e constata, intrigada, que em seu comportamento ela nos últimos tempos tem demonstrado uma estranha tendência antirresmungante, uma disposição para abrir mão de suas velhas obsessões por pessoas e compras, uma... aura? Aahh! Não, não pode ser. Ou será que pode?

"Está bom, vamos abrir o jogo. Pra quando que é?"

"Hmm? 'Quando que é? Quando que é o quê, a... Ah. Ah, Maxine, você é o máximo, como que você descobriu? Eu só contei pro Avi ontem."

"Coisa de irmã, extrassensorial, se você assistir mais filme de horror você vai entender. E o Avi, como que ele reagiu?"

"Muitíssimo bem."

Não é exatamente o que Avi diria. Ele agora uma vez por semana entra de fininho pelo portão das entregas, contornando a xeretice reprovativa de Daytona, e vem contar a Maxine suas melancólicas histórias a respeito da hashslingrz, como se ela pudesse recorrer a algum arsenal de superpoderes.

O local de trabalho de Avi tornou-se um ninho de ratos de

ambição, disputas de poder, carreirismo, punhaladas nas costas, traições e delações. O que outrora lhe parecia simples paranoia inspirada pela competição agora se tornou um fato sistêmico, havendo mais inimigos internos do que externos. Vez por outra, ele dá por si usando a palavra "tribal". E mais:

"Posso usar seu banheiro rapidinho?"

O que se tornou para Avi uma FAQ. Como também os olhos vermelhos com pálpebras semicerradas, nariz escorrendo, papo bobo e dispersivo, de modo que começam a soar alarmes. Um dia Maxine lhe dá um tempo, depois vai atrás dele até o banheiro, onde encontra o cunhado com um limpa-contato de computador enfiado no nariz, em flagrante de abuso de inalante.

"Avi, faça-me o favor."

"É ar engarrafado, inofensivo."

"Lê o rótulo. Só se for num planeta com atmosfera de fluoroetano. Agora, enquanto isso, aqui no planeta Terra, em breve você vai virar pai de família."

"Obrigado. Eu devia estar eufórico, não é? Pois não estou, não, estou é ansioso, preciso arranjar outro emprego, o Ice me pegou de mau jeito, como que eu posso pagar as prestações do apartamento, sustentar uma família, sem um salário fixo?"

"O Ice", lá vai Maxine pôr panos quentes mais uma vez, "só está preocupado em saber quem está querendo meter o bedelho na companhia, e também com a cláusula de confidencialidade. Se você conseguir convencer esse cara que você não representa nenhuma ameaça nesses dois quesitos, ele mesmo vai fazer questão de te arrumar o emprego perfeito."

Mas ela não consegue largar o DeepArcher. Desde que o site passou a ser de código aberto e deu ingresso a meio mundo, pessoas que nunca são quem dizem ser, adquirindo um conjunto de menus de opções do tamanho do código da Receita Federal, agora lá pode-se encontrar qualquer um, bandos de pessoas com tempo para jogar fora como turistas, ou curiosos como policiais, é o fim do mundo explorável por rastreadores web tal como o conhecemos, hackers de discos ROM, criadores de jogos *homebrew*, hereges de RPG, sempre a apagar e refazer, desautorizar, reclamar, redefinir uma lista crescente de contribuições a elementos gráficos, instruções, encriptação, escapismo... o site está na moda, e é tal a demanda reprimida que pelo visto essa gente estava há anos esperando por isso. Maxine consegue inserir-se naquela multidão, invisível e à vontade. Não exatamente viciada, se bem que um dia ela por acaso sai no mundo carnal por um segundo, olha para o relógio na parede, faz as contas e percebe que três horas e meia se passaram sem mais nem menos. Por sorte não há ninguém por perto além dela mesma para perguntar o que é que ela está procurando ali, porque a resposta é pateticamente óbvia.

Sim, ela sabe que o DeepArcher não ressuscita gente, obrigada pela observação. Mas uma coisa estranha está acontecendo com o dossiê de Windust, aquele que ela copiou em seu computador logo depois que Marvin lhe trouxe o *pen drive* que o continha. De vez em quando ela dá umas escapadelas para consultá-lo, ultimamente com pontadas colorretais de medo, porque agora cada vez que ela entra no arquivo coisas novas foram acrescentadas. Como se — o que deve ser moleza, já que o *firewall* dela é o mesmo há várias gerações — alguém estivesse hackeando sua máquina a torto e a direito.

"Segundo uma teoria proposta recentemente", por exemplo, "o indivíduo em questão, ainda que não seja um agente duplo no sentido clássico, teria seus próprios objetivos pessoais. De acordo com arquivos até recentemente mantidos secretos, isso talvez tenha começado a acontecer em 1983, quando o indivíduo teria auxiliado a fuga de uma cidadã guatemalteca, em quem o Archivo estava interessado por se tratar de um elemento subversivo com o qual o indivíduo estava casado na época." E outras atualizações semelhantes, todas, curiosamente, não negativas, e algumas francamente elogiosas. A que leitor esse tipo de material era dirigido? À própria Maxine apenas? A qual se beneficiaria de saber que vinte anos atrás Windust ainda era capaz de realizar uma boa ação, salvando sua então esposa, Xiomara, dos assassinos fascistas para os quais ele estava oficialmente trabalhando?

As suspeitas imediatas recairiam sobre o próprio Windust, tentando melhorar sua imagem, só que isso é uma loucura porque Windust morreu. Ou bem é coisa de trapaceiros de Washington a fazer das suas ou bem a internet se transformou num meio de comunicação entre os dois mundos. Maxine começa a perceber presenças na tela que ela deveria ser capaz de identificar, presenças vagas, efêmeras, que desaparecem num único pixel anônimo. Talvez não. Bem mais provável que Windust permaneça na obscuridade, num terrível alhures.

Embora seus criadores neguem qualquer intenção metafísica, no DeepArcher essa opção permanece em aberto, ao lado de outras explicações mais mundanas — assim, quando Maxine inesperadamente esbarra em Lester Traipse, em vez de concluir que é alguém se fazendo passar por Lester por algum motivo, ou um *bot* pré-programado com falas para toda e qualquer ocasião, ela não vê por que não o tratar como a alma do falecido.

Só para se livrar logo da pergunta: "Aí, Lester, diga lá. Quem foi o culpado?".

"Interessante. Normalmente a primeira coisa que as pessoas querem saber é como é estar morto."

"Está bem, como é…"

"Ha, ha, pergunta capciosa, não morri, eu fugi da minha

vida. Quanto ao nome do culpado, como é que eu vou saber? Combinei pelo telefone deixar um pacote de dinheiro comprimido como primeiro pagamento para o Ice debaixo da piscina do Desert à meia-noite, e quando eu vi eu estava aqui, perambulando, com o dedo espectral enfiado no cu metafísico."

"Segundo o Ígor Dachkov, você dizia que estava tentando encontrar refúgio no DeepArcher. Então é com você que eu estou falando agora, Ígor? Micha, Gricha?"

"Acho que não, eu uso artigo definido o tempo todo."

"Está bem, está bem. Vamos supor que existe uma beira em algum lugar. E além dela um vazio. Se você está aí…"

"Desculpe. Isso aqui é só um randomizador de endereço, não é? Você quer profecia, sei, se quiser eu profetizo, mas tudo que eu vou dizer é balela."

"Pelo menos me deixa fazer você subir? Seja lá quem você for."

"Como assim? Pra superfície?"

"Um pouco mais pra perto."

"Pra quê?"

"Sei lá." Ela não sabe, mesmo. "Se for mesmo você, Lester, não gosto de pensar que você está perdido aqui no fundo."

"A ideia é justamente essa. Dá uma boa olhada na web de superfície e depois me diga se não é um horror. Que belo favor você iria me fazer, Maxine."

É como se fosse uma reunião familiar lá embaixo. Em seguida, quem Maxine encontra senão seus filhos, Ziggy e Otis. Tendo todo um universo em expansão para escolher, em meio às torrentes globais os meninos encontraram arquivos gráficos de uma versão de Nova York tal como era antes de 11 de setembro de 2001, antes de a sra. Cheung fazer sua proclamação austera a respeito de realidade e faz de conta, agora reformatada como a cidade pessoal de Zigotisópolis, apresentada numa paleta suave baseada em processos cromáticos antiquados como os que a gente encontra em cartões-postais de antanho. Alguém, em algum lugar no mundo, desfrutando daquela misteriosa suspensão do tempo que produz a maior parte dos conteúdos da internet, pacientemente codificou esses veículos e ruas, essa cidade que jamais poderá existir. O velho planetário Hayden, o Commodore Hotel da era pré-Trump, lanchonetes da parte norte da Broadway que há anos fecharam as portas, *smorgasbords* e bares que oferecem almoços gratuitos, onde os habitués ficam perto da porta da cozinha para serem os primeiros a se servir do que estiver sendo servido, cinemas que durante o verão anunciam, em placas de letras azuis cercadas por pingentes de gelo, AQUI DENTRO ESTÁ FRESCO, o Madison Square Garden ainda na esquina da rua 50 com a Oitava Avenida, o Jack Dempsey's ainda do outro lado da rua, e na velha Times Square, antes das prostitutas, das drogas, salões de *pinball* como o Fascination, com máquinas tão clássicas que hoje só yuppies excessivamente remunerados podem se dar ao luxo de comprá-las, e cabines de gravação onde se espremem meia dúzia de garotas para gravar o *cover* do último compacto de Eddie Fisher em acetato. Os veículos retrôs nas ruas, embora indefinidos quanto à marca e ao ano, são abundantes e estão sempre em movimento. Ernie e Elaine, prováveis fontes de tudo isso, gritariam de entusiasmo se vissem.

Maxine vê os meninos, mas eles não a veem. Não há senhas, mas mesmo assim ela hesita antes de fazer o *log-in* sem ter sido convidada, afinal a cidade é deles. Aqui as prioridades são outras, as paisagens urbanas do DeepArcher de Maxine são obscuramente interrompidas, lugares de indiferença e abuso e cocô de cachorro na calçada, e ela não quer descobrir mais coisas assim do que o estritamente necessário naquela cidade mais benévola que eles criaram, com suas cores antiquadas, seus arbustos de um verde amarelado, suas calçadas anil e fluxos de tráfego excessivos. Ziggy está com o braço sobre o ombro do irmão, e Otis olha para ele com uma adoração sem reservas. Eles perambulam por aquele cenário virtual ainda não corrompido, já à vontade nele, sem se preocupar com segurança, salvação, destino...

Não liguem para mim, não, meninos, eu vou só ficar aqui na página dos visitantes. Ela resolve tocar no assunto, com cuidado, com jeito, quando todos se reencontrarem no espaço carnal, ou de carne de soja, onde quer que ele fique agora. Porque a verdade é que começou a acontecer uma coisa estranha. Cada vez mais Maxine acha difícil distinguir a Nova York "real" de traduções suas, como a Zigotisópolis... como se a toda hora ela se visse tragada por um vórtice que a leva cada vez mais longe no espaço virtual. É uma possibilidade com certeza imprevista no projeto comercial original, a de que o DeepArcher transborde para o perigoso hiato entre tela e rosto.

Das cinzas e da ferrugem desse inverno pós-mágico, elementos contrafactuais começam a surgir, como pequenos goombas. Numa manhã de vento, bem cedo, Maxine está caminhando pela Broadway quando eis que a tampa de uma quentinha de alumínio, de uns vinte e poucos centímetros, vem calçada abaixo impelida pelo vento, deslizando sobre a beira, uma beira fina como um sonho logo antes do amanhecer, tentando o tempo todo cair para o lado, porém o fluxo de ar ou alguma coisa — a menos que seja algum nerd a digitar num teclado — a mantém em pé por uma distância implausível, meio quarteirão, um quarteirão, espera o sinal abrir, depois mais meio quarteirão até que finalmente sai da calçada e entra debaixo das rodas de um caminhão e é por ele achatada. Realidade? Animação digital?

No mesmo dia, depois do almoço num restaurante árabe onde nem sempre é possível excluir a possibilidade de toxinas psicodélicas no tabule, Maxine se dá conta de que está passando por perto do Uncle Dizzy's e lá está o próprio, virando a esquina, com o caminhão de entrega de sempre à frente, gritando "Vai! Vai!". Ela para para olhar por uma fração de segundo mais do que devia, e Dizzy a vê. "Maxine! Era com você mesmo que eu queria falar!"

"Não, Diz, não era, não."

"Toma aí. É pra você. Em reconhecimento." Estendendo-lhe uma caixinha de tampa com dobradiça, que parece ter dentro um anel.

"O que é isso, uma proposta de noivado?"

"Acabo de receber do atacadista, novo em folha. É chinês. Nem sei quanto eu devo cobrar."

"Porque…"

"É um anel de invisibilidade."

"Hm, Diz…"

"Sério, quero te dar, toma, experimenta."

"E… se eu puser eu fico invisível."

"Garantia pessoal do Uncle Dizzy."

Sem saber direito por que está fazendo isto, ela enfia o anel no dedo. Dizzy rodopia duas vezes e começa a apalpar o ar. "Cadê ela? Maxine! Você está aí?" e por aí vai. Ela é obrigada a esquivar-se dele.

Quanta babaquice. Ela tira o anel e o devolve. "Toma. Seguinte, põe você agora."

"Você tem certeza que…" Ela tem, sim. "Está bem, foi você que quis." Dizzy põe o anel no dedo e abruptamente desaparece. Procurando por ele, Maxine acaba gastando um tempo que não devia, não consegue encontrá-lo, os passantes começam a olhá-la com curiosidade. Ela volta para o escritório, percebe que de algum modo seu dia foi estragado por essa questão do que é ou não é real, entrega os pontos por volta das quatro e vai até a rua 72, que em breve será classificada como Midtown, onde encontra Eric saindo do Gray's Papaya com um cúmplice adolescente cheio de sinais evidentes de ilegalidade.

"Maxine, este aqui é o Cetona, meu parceiro, a especialidade dele é retrato pra identidade falsa, você pode nos ajudar a procurar."

"Procurar o quê?"

Uma van branca, explica Eric, de preferência estacionada, sem amasso, sujeira, logotipo nem nada escrito. Eles sobem e descem alguns quarteirões, vão até a Avenida Central Park West e voltam, até que acham uma van aprovada por Cetona, que manda Eric fazer pose ao lado dela, pega uma câmara com flash e diz para ele sorrir. Tira cerca de meia dúzia de fotos e depois vão até a Broadway, onde entram numa loja de bagagens baratas, o que aciona todos os sensores de alerta de Maxine, pois dentro de uma dessas simpáticas malas com rodinhas em exposição certamente pode se encontrar qualquer item contrabandeado que você e a polícia forem capazes de imaginar. Depois de um rápido intervalo para fazer download, Cetona volta com uma seleção de fotos três por quatro de Eric. "Qual você prefere, Maxine?"

"Essa aqui está boa."

"Cinco, dez minutos", diz Cetona, seguindo para o equipamento de impressão e plastificação nos fundos da loja.

"Alguma que vocês estão aprontando", ela arrisca, "e que é melhor eu nem ficar sabendo?"

Eric fica meio arisco. "É pra se eu tiver que sair de Nova York de repente." Pausa, como se para pensar. "Sabe, as coisas estão ficando meio esquisitas, né?"

"Se estão." Maxine lhe fala sobre a tampa da quentinha e o desaparecimento de Uncle Dizzy. "Sei lá, parece que a virtualidade anda atacando."

Eric também notou. "De repente é esse pessoal do Projeto

Montauk de novo. Tipo assim, viagem no tempo, pra frente e pra trás, interferência na cadeia de causa e efeito, e aí quando a gente vê as coisas se desmancharem, virando pixel e sumindo, uma história ruim que ninguém previu, até mesmo a meteorologia ficando esquisita, é porque o pessoal dos efeitos especiais está aprontando alguma."

"É possível. Não é mais difícil de acreditar que o noticiário da tevê. Mas não tem como a gente saber. Quem chega muito perto da verdade desaparece."

"Pode ser que antes a gente estava vivendo numa janelinha privilegiada, e agora as coisas estão voltando a ser como sempre foram."

"Você prevê, ah, problemas pela frente?"

"Só uma sensação estranha sobre a internet, que a coisa acabou, não a bolha tecnológica, nem o Onze de Setembro, só uma coisa fatal da própria história da rede. Que estava lá desde o começo."

"Você está falando que nem o meu pai, Eric."

"Pensa só, a cada dia tem mais fracassário que usuário, os teclados e as telas são só portais pra sites que a Diretoria quer que todo mundo fique viciado, compras, games, punheta, *streaming* de lixo…"

"Puxa, Eric, como você julga tudo. Que tal um pouco daquilo que o Buda chama de compaixão?"

"Enquanto isso a hashslingrz e os outros vivem proclamando a 'liberdade na internet' ao mesmo tempo que vão entregando o ouro pro bandido… Eles se dão bem, porque todos nós estamos solitários, carentes, desrespeitados, doidos pra comprar qualquer porcaria que faça a gente acreditar que a gente faz parte de alguma coisa maior… Nós somos peças de um jogo, Maxi, e o jogo é de cartas marcadas, e ele só vai terminar quando a internet — a verdadeira, o sonho, a promessa — for destruída."

"Então, cadê o comando de Desfazer?"

Uma espécie de tremor quase invisível. Talvez ele esteja rindo por dentro. "De repente tem muito hacker por aí interessado em resistir. Gente fora da lei que trabalha de graça, que não vai ter piedade com qualquer um que tentar usar a rede pra fins malévolos."

"Guerra civil."

"Por aí. Só que os escravos nem sabem que são escravos."

É apenas depois, nos desertos nada promissores de janeiro, que Maxine se dá conta de que Eric estava se despedindo à sua maneira. Meio que a coisa tinha que acontecer, mas ela esperava um afastamento virtual lento, sob o toldo luminoso de sites de vendas e blogs de fofocas, atravessando uma luz incerta, ultrapassando véu após véu de encriptação, mergulhando mais e mais fundo na deep web. Não, em vez disso um belo dia, pof — não tem mais linha L, nem Cherchez la Chochotte, de repente escuridão e silêncio, mais uma fuga clássica, deixando apenas a vaga esperança de que talvez ele ainda exista do lado de cá das grades.

Driscoll, por outro lado, continua em Williamsburg, ainda respondendo e-mails.

"Obrigada por me perguntar se estou de coração partido, eu nunca soube o que pensar mesmo. O Eric desde o início tinha, sei lá, uma espécie de destino alternativo, é isso? De repente não é, mas você deve ter notado. No momento tenho que lidar com uns problemas mais imediatos, tipo excesso de gente rachando o apartamento, falta de água quente, roubo de xampu e condicionador, preciso me concentrar em ganhar mais dinheiro pra poder ir morar sozinha, e se pra isso eu tiver que trocar de fase, passar as horas do dia fechada num cubo em algum lugar do outro lado da ponte, que seja. Por favor, não vá se mudar pro subúrbio nem nada assim por ora, está bem? Talvez eu dê uma passada aí se der tempo."

Tudo bem, Driscoll, 3-D e "realidade objetiva" seriam coisas legais se você conseguisse, se está deste ou daquele lado do rio é menos importante do que deste ou daquele lado da tela. Maxine continua descontente com o vírus epistemológico que anda atacando, só evita Horst, o qual, tipicamente imune, logo começa a atuar como último recurso para determinar o que é realidade. "E aí, papai, isso é real? Não é real?"

"Não é real", Horst olhando de relance para Otis enquanto assistem, por exemplo, a Ben Stiller em *A história de Fred Mac-Murray*.

"É uma sensação muito estranha", ela confidencia, num impulso, a Heidi.

"Claro", Heidi dá de ombros, "é a QIGAP, a velha Questão da Incerteza Granada-Asbury Park. Um problema eterno."

"Dentro do mundo fechado e incestuoso da academia, é o que você quer dizer, ou…"

"Aliás, capaz de você gostar do site deles", no mesmo tom ranzinza, "pra vítimas com esse problema de distinguir uma coisa da outra, que te faz sofrer tanto, Maxi…"

"Obrigada, Heidi", com uma entonação ascendente, "e o Sinatra, creio eu, estava cantando sobre o amor."

Estão no aeroporto JFK, na sala VIP da classe executiva da Lufthansa, tomando uma versão orgânica de champanhe com suco de laranja, enquanto todos os outros presentes estão tentando ficar de porre o mais depressa possível. "Mas afinal, tudo é amor, não é", Heidi correndo os olhos pelo recinto à procura de Conkling, que foi fazer uma exploração nasal do ambiente.

"Esse problema real/virtual não te incomoda, Heidi."

"Acho que eu sou uma garota tipo Yahoo! Eu clico pra entrar, clico pra sair, não vou muito longe, não, nada muito…", a característica pausa de Heidi, "profundo."

O City College está de férias, e Heidi está indo com Conkling para Munique, na Alemanha. Quando Maxine soube disso, uma seção wagneriana de metais começou a soar ruidosamente nos corredores da sua memória de curto prazo. "Tem a ver com..."

"Ele" — agora não era mais "Conkling", Maxine reparou — "comprou recentemente de um colecionador um frasco de colônia 4711, que soldados americanos resgataram no final da guerra do banheiro privado de Hitler em Berchtesgaden... e..." Aquela velha expressão heidiana de "o que é que você tem a ver com isso".

"E o único laboratório forense no mundo equipado pra analisar chatos pubianos de Hitler por acaso fica em Munique. Claro que é importante ter certeza, é que nem gravidez, não é?"

"Você nunca entendeu ele", esquivando-se com agilidade do sanduíche semiconsumido com que Maxine, num ato reflexo, tentou atingi-la. De fato, até hoje ela não entende Conkling, o qual acaba de entrar na sala VIP quase saltitante. "Estou pronto! E você, Menina Veneno, está pronta pra enfrentar essa aventura?"

"Tudo em cima", Heidi meio que no piloto automático, é a impressão de Maxine.

"De repente vai ser agora, não é, o primeiro passo seguindo aquele *sillage* obscuro, passando por tanto tempo e tanto caos, pra chegar ao Führer vivo..."

"Você nunca se referiu a ele assim antes", Heidi se dá conta.

A resposta de Conkling, que provavelmente seria uma idiotice, é interrompida por uma jovem no sistema de alto-falantes anunciando o voo para Munique.

Hoje em dia há mais uma barreira a ser passada, por conta do Onze de Setembro, na qual as autoridades descobrem num dos bolsos internos de Conkling o frasco talvez histórico de 4711. Falas nervosas em alemão coloquial nos alto-falantes. Seguranças armados de duas nações convergindo nos suspeitos. Ih, Maxine se lembra, tem uma coisa agora de não se poder embarcar no avião levando líquidos... por detrás de uma barreira de plástico à prova de balas, ela tenta passar esta informação, com gestos de charada, para Heidi, que em resposta lhe dirige um olhar feroz, com um arquear de sobrancelhas cujo sentido é "não fique aí parada, arranje um advogado".

Horas depois, voltando para Manhattan num táxi: "De repente foi até melhor assim, Heidi".

"É, lá em Munique ainda deve haver uns vestígios de carma ruim", Heidi concordando, num tom que, pode-se dizer, quase exprime alívio.

"Nem tudo está perdido", irrompe Conkling. "Posso mandar por um *courier* com seguro, e a gente só perdeu um dia, minha flor tuberosa."

"A gente se reestrategiza", Heidi promete.

"Marvin, você está à paisana. Cadê o seu traje da kozmo?"

"Vendi tudo no eBay, meu bem, sinal dos tempos."

"Por um dólar e noventa e oito cêntimos, qual é?"

"Por uma grana que você nem sonha. Nada morre mais, o mercado dos colecionadores é o mundo do além, e os yuppies são os anjos."

"O.k. E esse troço que você está me trazendo aqui..."

O que mais poderia ser senão outro CD, mas é só depois do jantar, com Horst devidamente instalado diante da tevê assistindo a Alec Baldwin em *A história de Ray Milland*, que Maxine, nao exatamente ansiosa, resolve dar uma olhada. Mais uma tomada em travelling, dessa vez através de um para-brisa sofrendo um ataque de granizo, de algum veículo de grande porte. Apesar do mau tempo, dá para ver uma paisagem serrana, céu cinzento, riscos e manchas de neve, nenhuma referência horizontal até que um viaduto surge de repente, e então ela se dá conta de que a câmara está inclinada, e a conclusão é que quem a está segurando só pode ser Reg Despard.

E não é apenas Reg — como se lendo os pensamentos de Maxine, a câmara vira para a esquerda, e então se vê que quem está dirigindo, com boné de malha, charuto de vilão, barba de uma semana e tudo mais, é o velho parceiro de travessuras deles, Eric Outfield mais uma vez, emergindo das profundezas, ou seja lá de onde.

"*Break break* perneta e por aí vai", Eric sorridente, "e um feliz Ano-Novo, com atraso, pr'ocê e os teus, Maxi."

"Idem idem", acrescenta, invisível, Reg.

"Maior carma, eu e o Reg sempre se esbarrando por aí."

"Dessa vez o vilão aqui estava cercando o campus da Microsoft e deu um jeito de ultrapassar fisicamente o portão…"

"Interesse comum em falhas de segurança."

He, he. "Motivações diferentes, claro. Nesse ínterim pinta esse outro lance."

"Ó a nossa saída."

Já fora da estrada interestadual, depois de umas duas curvas, eles estacionam numa parada de caminhão. A câmara vai até a traseira do trailer, Eric em close-up faz uma cara séria. "Isso aqui é tudo segredo secretíssimo. Esse CD que você está assistindo tem que ser destruído assim que você terminar de ver, você corta em pedacinhos e põe no micro-ondas, e um belo dia vai virar um documentário longa-metragem, mas não agora."

"Dois caras num caminhão?" Maxine pergunta à tela.

Eric destrancando a porta e abrindo: "Você nunca viu isso, está bem?". Ela consegue ver, enfiadas no trailer, fileiras e fileiras de equipamento eletrônico se estendendo até o infinito, LEDs brilhando na penumbra. Ouve o zumbido das ventoinhas. "Tudo montado especialmente pra resistir a choques, especificado nos menores detalhes, é o que eles chamam de servidor *blade*, os galpões estão cheios dessa tralha, tudo hoje em dia a preço de banana, como era de se esperar, e quem", Eric no meio de uma alegre nuvem de fumaça de charuto, "você deve estar pensando, ia querer comprar um monte de servidores, na verdade nós somos uma verdadeira frota, rodando por aí, totalmente impossível de detectar, vinte e quatro horas por dia, de segunda a segunda? Que tipo de dados esse povo deve estar levando nos discos rígidos, hein etc. e tal."

"Não pergunta", Reg dá uma gargalhada. "Por ora é tudo experimental. Pode acabar sendo um grande desperdício do nosso tempo e do dinheiro de um financiador desconhecido."

Uma respiração tranquila atrás do ombro de Maxine. Por algum motivo ela não dá um salto nem grita, pelo menos não muito, apenas faz uma pausa na reprodução. "Parece que é lá na garganta de Bozeman", Horst chuta.

"Como está o seu filme, meu bem?"

"Intervalo comercial, já chegou na época em que estão filmando *Farrapo humano* (1945), uma bela participação especial de Wallace Shawn no papel de Billy Wilder, mas olha, não fica mal impressionada por isso que você está vendo, não, está bem? Lá é um lugar bem legal, você ia até gostar… No verão, quem sabe um dia a gente…"

"Eles querem que eu destrua esse CD, Horst, por isso, se você não se importa…"

"Eu nunca vi, estou cego e surdo, mas peraí, aquele ali é o tal Eric, não é?"

Talvez um pouco de inveja na voz, mas agora sem aquele toque de lamúria marital. Ela olha de relance para seu rosto e o flagra contemplando a serra coberta de neve como um exilado, um desejo tão visível, vendo-se outra vez atravessando nevascas com um vento implacável, sozinho nas autoestradas do extremo Norte. Como que ela pode se acostumar com aquela nostalgia hibernal?

"Seu filme já deve ter recomeçado, caminhoneiro. Em matéria de modelo de masculinidade, o Ray Milland não é dos piores, por que você não toma umas notas?"

"É, eu sempre adorei *O monstro de duas cabeças* (1972)."

Maxine continua a ver o CD. O caminhão está em movimento outra vez. Quilômetros cinzentos, nada proféticos, se sucedem. Depois de algum tempo, Eric diz: "Não estamos em guerra civil, não, aliás, como você pode estar pensando. Aquele nosso papo da última vez que a gente se viu. Nem mesmo forte Sumter. Só um passeiozinho na interestadual. Fase de desenvolvimento hi-tech. A gente pode estar indo pra qualquer lugar, Alberta, Territórios do Noroeste, Alasca, vamos ver aonde isso vai nos levar. Infelizmente e-mail não vai rolar mais, mas a gente está num lugar onde você não ia querer levar tua família, não. Conteúdo inapropriado, e ainda por cima vai cair o sistema de um jeito que você não vai gostar. Daqui pra frente o contato vai ser meio que intermitente. Quem sabe um dia…". A tela fica preta. Maxine dá um *fast-forward* para procurar mais coisa, mas pelo visto terminou, mesmo.

39.

Às vezes, no metrô, a composição em que Maxine está é lentamente ultrapassada por um trem parador ou por um expresso que segue na outra pista, e na escuridão do túnel, à medida que as janelas do outro trem passam lentamente por ela, os painéis iluminados aparecem um por um, como uma série de cartas de tarô sendo expostas à sua frente. O Sábio, o Sem-Teto, o Ladrão Guerreiro, a Mulher Atormentada... Depois de algum tempo Maxine compreendeu que os rostos emoldurados nesses painéis são precisamente os rostos aos quais, de todos os milhões que há na cidade, ela devia estar prestando mais atenção, em particular aqueles cujos olhares cruzam com o dela — são eles os mensageiros que, no dia em questão, trazem os comunicados que vêm do que quer que seja o Terceiro Mundo do Além, onde os dias são montados um por um por operários não protegidos por nenhum sindicato. Cada mensageiro leva os adereços necessários para a composição de seu personagem, sacolas de compras, livros, instrumentos musicais, brotando da escuridão e mergulhando de novo na escuridão, tendo apenas um minuto para transmitir as informações de que Maxine necessita. A certa altura, naturalmente, ela começa a se perguntar se não estará desempenhando idêntico papel para algum rosto que, de uma outra janela, olha para o seu.

Um dia, no trem expresso que vai da rua 72 em direção ao centro da cidade, um parador sai da estação ao mesmo tempo, e como no final da plataforma os trilhos de um se aproximam dos do outro, ocorre um zoom lento centrado numa janela específica da outra composição, um rosto que está nessa janela, claramente ali para atrair a atenção de Maxine. É uma mulher alta, tipo de morena exótica, boa postura, com uma bolsa no ombro que por um instante, desviando seu olhar dos olhos de Maxine, ela abre, tirando de dentro um envelope que ela exibe em frente à janela, indicando depois com a cabeça a próxima parada, que será a da rua 42. Nesse ínterim, o trem de Maxine acelera e lentamente a afasta do outro.

Se isso é uma carta de tarô, seu nome é A Mensageira Indesejada.

Maxine salta na Times Square e fica esperando ao pé de uma escada de saída. O trem parador chega, sibilando, e a mulher se aproxima. Em silêncio, ela faz sinal para que Maxine entre no comprido túnel para pedestres que vai até o Port of Authority, em cujas paredes ladrilhadas veem-se as mais recentes informações sobre filmes prestes a entrar em cartaz, discos, brinquedos para yuppies, moda, tudo que você precisa para se tornar um urbanoide por dentro das coisas está exposto nas paredes desse túnel. Ocorre a Maxine que se o inferno fosse uma estação rodoviária em Nova York, seria esta a sua versão de DEIXAI TODA ESPERANÇA.

A uma distância de meio metro de seu rosto o envelope já exala o odor inconfundível do arrependimento, decisão infeliz, luto improdutivo — colônia masculina 9:30. Maxine sente um frio no estômago. Nick Windust ergueu-se da cova, faminto, insaciável, e o que quer que seja o conteúdo daquele envelope, ela preferia não conhecê-lo.

Há algo escrito do lado de fora,

Eis o dinheiro que lhe devo. Infelizmente, não são os brincos. *Adiós.*

Com um olhar de esguelha irritado, Maxine contempla o envelope, na expectativa de encontrar apenas um fantasma do maço gordo que antes lá havia, e constata, surpresa, que ele contém a quantia completa, em notas de vinte. Mais um pequeno bônus, o que não é o tipo de coisa que Windust faz. Fazia. Estando-se em Nova York, como explicar que ninguém tenha passado a mão nesse envelope? Provavelmente tem a ver com a identidade da mensageira...

Ah. Vendo que os olhos da outra mulher começam a se estreitar, o bastante para que ela o perceba, Maxine arrisca. "Xiomara?"

O sorriso da mulher, naquele fluxo colorido e ruidoso de indiferença urbana, vem como um chope por conta da casa num bar onde ninguém conhece você.

"Não precisa me explicar como você conseguiu entrar em contato comigo."

"Ah. Eles sabem como encontrar pessoas."

Xiomara passou toda a manhã na Universidade Columbia, coordenando um seminário sobre questões centro-americanas. O que explica, talvez, a presença dela no trem parador, mas não explica mais nada. Sempre há outras justificativas secundárias, algum intercomunicador na bolsa de Xiomara, por enquanto só disponível para membros da comunidade de segurança... mas ao mesmo tempo não seria vergonha nenhuma aceitar uma explicação mágica, portanto Maxine deixa andar. "E no momento você está indo pra..."

"Bom, pra Brooklyn Bridge. Você sabe como nós vamos pra lá daqui?"

"Pega o ônibus até a estação Lexington, de lá pega a linha 6, como assim 'nós'?" Maxine quer saber também.

"Sempre que venho a Nova York eu gosto de atravessar essa ponte a pé. Se você tiver tempo, achei que você podia vir comigo."

Entra em ação, automaticamente, a modalidade mãe judia.

"Você já tomou café da manhã?"

"Hungarian Pastry Shop."

"Então a gente vai até o Brooklyn e lá a gente come de novo."

Maxine não saberia dizer o que esperava encontrar — tranças, joias de prata, saias compridas, pés descalços — pois bem, surpreendentemente trata-se de um tipo de beleza internacional, uma mulher sofisticada, de terninho, e não é um traje dos anos 80 herdado de alguém, não, e sim um paletó mais estreito nos ombros, como manda a moda, mais comprido embaixo, sapatos de respeito. Maquiagem impecável. Perto dela, Maxine deve parecer alguém que acaba de lavar o carro.

De início as duas são cautelosas, polidas, e sem que nenhuma delas se dê conta do fato logo é como se estivessem num programa matinal de entrevistas na televisão. Almoçando com a Ex-Namorada do Ex-Marido.

"Quer dizer que o dinheiro você pegou com a Dotty, a viúva em Washington?"

"Uma das mil tarefas que ela de repente descobre que tem que cumprir."

E é também possível que, dada a profundidade da cumplicidade washingtoniana que corre paralelamente ao, e imediatamente atrás do, universo visível, Xiomara esteja aqui hoje por ordem não exatamente de Dotty, e sim de elementos interessados em saber até que ponto Maxine está disposta a ir em busca da verdade a respeito da morte de Windust.

"Você e Dotty estão em contato."

"A gente se conheceu uns dois anos atrás. Eu estava em Washington com uma delegação."

"O seu… o marido dela estava lá?"

"Muito pouco provável. Ela me fez jurar que guardaria segredo, fomos almoçar no Old Ebbitt, um lugar barulhento, cheio de gente do governo Clinton, nós duas pedimos salada, fingindo não ver o Larry Summers num reservado do outro lado do restaurante, pra ela foi tranquilo, mas eu me sentia como se estivesse fazendo um teste pra trabalhar num filme."

"E o assunto da conversa, é claro…"

"Dois maridos diferentes, na verdade. Quando a gente se conheceu, ele era uma pessoa que ela não teria reconhecido, um garoto no começo da carreira que não sabia em que confusão a alma dele estava metida."

"E quando a Dotty e ele se conheceram…"

"Acho que aí ele já não precisava da ajuda de ninguém."

Clássica conversa nova-iorquina, pessoas almoçando e falando sobre a vez em que almoçaram em algum outro lugar. "Quer dizer que vocês duas tiveram uma boa conversa."

"Mais ou menos. Já perto do final, a Dotty disse uma coisa esquisita. Você já ouviu falar nos maias, no jogo que eles jogavam, uma versão primitiva de basquete?"

"Vagamente", Maxine tenta se lembrar, "um aro vertical, taxa elevada de faltas, algumas delas descaradas, muitas vezes fatais?"

"A gente estava na rua tentando pegar um táxi, e a troco de nada a Dotty disse uma coisa mais ou menos assim — 'O inimigo mais temível é silencioso como uma partida de basquete maia transmitida pela tevê'. Quando observei educadamente que no tempo dos maias não havia televisão, ela sorriu, como um professor que fez o aluno dizer justamente o que ele queria ouvir. 'Então dá pra você imaginar o quanto ele é silencioso', entrou num táxi que eu nem vi chegar e desapareceu."

"Você acha que ela estava se referindo…", ah, diz logo, "à alma dele?"

Xiomara olha Maxine nos olhos e faz que sim. "Anteontem, quando ela me pediu pra te entregar esse dinheiro, ela falou sobre a última vez que eles se viram, a vigilância, os helicópteros, os telefones mudos e cartões de crédito cancelados, e me disse que tinha voltado a pensar neles dois como companheiros de luta. Talvez fosse só pra bancar a boa viúva de espião. Mas eu dei um beijo nela assim mesmo."

É a vez de Maxine fazer que sim.

"O lugar onde eu me criei, em Huehuetenango, foi lá que eu e Windust nos conhecemos, ficava a menos de um dia de viagem de uma rede de cavernas que todo mundo achava que ia dar no Xibalbá. Os primeiros missionários cristãos pensavam que as histórias sobre o inferno iam nos assustar, mas a gente já tinha o Xibalbá, literalmente 'lugar do medo'. Lá tinha uma quadra de jogo que era a mais terrível de todas. A bola tinha umas… lâminas saindo delas, de modo que as partidas eram letais. O Xibalbá era — é — uma enorme cidade-estado subterrânea, governada por doze Senhores da Morte. Cada Senhor tem seu exército de mortos-vivos, que vagam pelo mundo da superfície trazendo sofrimentos indizíveis para as pessoas vivas. O Ríos Montt com aquelas campanhas genocidas… não é muito diferente.

"O Windust começou a ouvir histórias sobre o Xibalbá assim que a unidade dele chegou no país. De início ele achou que mais uma vez as pessoas estavam se divertindo às custas de um gringo, mas depois de algum tempo… acho que ele começou a acreditar, mais do que eu jamais acreditei, pelo menos a acreditar num mundo paralelo, muito abaixo dos pés dele, onde um outro Windust estava fazendo as coisas que ele estava fingindo não fazer aqui em cima."

"Você sabia…"

"Suspeitava. Tentava não enxergar demais. Eu era muito jovem. Eu sabia do aguilhão elétrico, 'autodefesa' era a explicação que ele dava. O nome que as pessoas deram a ele era Xooq', que é escorpião em queqchi. Me apaixonei por ele. Imagino que eu me achava capaz de salvá-lo. E no final foi o Windust que me salvou." Maxine sente um zumbido estranho nas beiras do cérebro, como um pé dormente tentando acordar. Com Xiomara ainda dentro do perímetro do amor de recém-casada, ele sai da cama sem fazer barulho, faz o que ele veio para a Guatemala para fazer, volta para a cama, na pior hora da madrugada, encosta o pau na bunda dela, como que ela podia não saber? Como que ela ainda podia acreditar em inocência?

Disparos de fuzil automático todas as noites, chamas coloridas a pulsar irregularmente no céu. Pessoas começavam a abandonar a aldeia. Um dia Windust chegou no escritório onde estava trabalhando e viu que o lugar tinha sido abandonado, e tudo que ali havia de confidencial tinha sido retirado. Nenhum sinal da canalha neoliberal com a qual ele havia se infiltrado na cidade. Talvez por terem aparecido no meio da noite camponeses irritados portando machetes. Alguém havia escrito SALSIPUEDES MOTHERFUCKERS em batom na parede de um cubículo. Um barril de petróleo de cinquenta e cinco galões, nos fundos do prédio, cheio de cinzas e papéis chamuscados, ainda fumegava. Nenhum ianque à vista, muito menos os mercenários israelenses e taiwaneses que estavam atuando com eles, todos de repente recolhidos ao Invisível. "Ele me deu mais ou menos um minuto pra fazer a mala. A blusa que eu usei no nosso casamento, umas fotos de família, uma meia com alguns quetzais dentro, uma pequena pistola SIG Sauer .22 que ele não gostava de usar e insistiu pra que eu levasse."

No mapa, a fronteira do México não ficava longe, mas muito embora eles seguissem primeiro pelo litoral, longe das montanhas, o terreno era acidentado, e havia obstáculos — patrulhas do Exército, sanguinários comandos especiais Kaibil, guerrilheiros que atirariam no primeiro gringo que vissem. Volta e meia Windust murmurava, "Temos um probleminha", e eles tinham que se esconder. Demorou dias, mas por fim conseguiram chegar no México, sãos e salvos. Pegaram a estrada em Tapachula e foram para o norte de ônibus. Uma manhã, na rodoviária de Oaxaca, estavam sentados sob um teto de sapé quando Windust de repente ajoelhou-se diante de Xiomara e lhe ofereceu um anel, com o maior brilhante que ela jamais vira.

"Que é isso?"

"Esqueci de te dar uma aliança de noivado."

Ela tentou enfiá-lo no dedo, mas o tamanho estava errado. "Tudo bem", disse ele, "quando você chegar a Washington, quero que você venda essa aliança." E foi só naquele momento, com aquele "você" em vez de "nós", que ela compreendeu que ele estava indo embora. Ele beijou-a, em despedida, e tendo realizado talvez a última boa ação em seu CV, escafedeu-se da rodoviária. Quando ela caiu em si e tentou correr atrás dele, Windust já havia desaparecido nas estradas duras e frias de um destino setentrional do qual ela imaginara poder protegê-lo.

"Uma menina boba. A agência dele cuidou da anulação, arranjou um emprego pra mim na Insurgentes Sur, depois de algum tempo dei por mim sozinha, ninguém mais estava interessado em me seguir, comecei a trabalhar cada vez mais com grupos de exilados e comissões de reconciliação, Huehuetenango continuava lá, a guerra não ia terminar nunca, era como a velha piada mexicana, *de Guatemala a Guatapeor.*"

Haviam caminhado até Fulton Landing. Manhattan tão próxima, tão nítida hoje, e no entanto no Onze de Setembro o rio era uma barreira quase metafísica. Aqueles que testemunharam o atentado dali ficaram assistindo, de um lugar seguro embora não acreditassem mais em segurança, ao horror daquele dia, vendo as legiões de almas traumatizadas atravessando a ponte, cobertas de pó, cheirando a demolição e fumaça e morte, olhos vidrados, em fuga, em estado de choque. Enquanto a coluna de fumaça terminal ascendia.

"Você se incomoda se nós atravessarmos a ponte de novo, até o *Ground Zero*?"

Tudo bem. Apenas mais uma turista em Nova York, mais uma parada obrigatória. Ou seria esse o objetivo dela desde o início, e Maxine estava sendo manipulada? "Aquele 'nós' outra vez, Xiomara."

"Você nunca esteve lá?"

"Depois que a coisa aconteceu, não. Aliás, faço o possível para evitar. Você vai me denunciar à patrulha do patriotismo?"

"É por mim. Virou uma obsessão."

Elas estão de novo na ponte, vivendo o máximo de liberdade que a cidade concede, entre uma e outra condição, um vento afiado vindo do porto a anunciar alguma coisa escura que agora paira sobre Nova Jersey, não a noite, não ainda, alguma outra coisa, a caminho, sendo atraída como se pelo histórico vácuo imobiliário no lugar onde antes ficava o Trade Center, trazendo truques ópticos, uma luz melancólica.

Deslizam como criadas em direção ao quarto de quem vela um pesadelo cívico e recusa qualquer conforto. Passam ônibus abertos, levando turistas com ponchos de plástico, todos iguais, com o logotipo da empresa de turismo. Na esquina da Church com a Fulton há uma plataforma de observação, onde civis podem olhar por cima da cerca de arame e das barricadas para ver os caminhões de entulho e guindastes c tratores a reduzir uma pilha de destroços que ainda está com dez ou doze andares de altura, para contemplar o que deveria ser a aura em torno de um lugar sagrado, só que não é. Policiais com megafones organizam o tráfego de transeuntes. Os prédios mais próximos, danificados mas ainda em pé, alguns, como se luto, tendo as fachadas cobertas por redes negras, um deles exibindo uma imensa bandeira norte-americana presa nos andares mais altos, estão reunidos num testemunho mudo, as janelas escuras, sem vidraças, a olhar fixamente. Camelôs vendem camisetas, pesos de papel, chaveiros, *mouse pads*, canecas de café.

Maxine e Xiomara ficam a observar por um momento. "Nunca chegou a ser a Estátua da Liberdade", diz Maxine, "nunca foi um monumento nacional querido, mas era geometria pura. Há que reconhecer isso. E eles reduziram tudo a pixels."

E eu conheço um lugar, ela tem o cuidado de não acrescentar, onde você percorre uma tela vazia, clicando em minúsculos links invisíveis, e tem uma coisa lá a sua espera, latente, talvez até geométrica, talvez implorando, como a geometria, para ser negada de uma maneira igualmente horrenda, talvez uma cidade sagrada toda feita de pixels esperando a hora de ser recomposta, como se fosse possível fazer uma catástrofe andar para trás, as torres se reerguendo das ruínas negras, os pedaços e as vidas, por mais que tenham sido vaporizados, recuperando a integridade...

"O inferno não tem que ser subterrâneo", Xiomara olhando para cima, revendo a memória desaparecida do que outrora se elevara ali. "O inferno pode ser no céu."

"E Windust..."

"A Dotty disse que ele veio aqui mais de uma vez depois do Onze de Setembro. Ele frequentava o lugar. Um serviço que ficou incompleto, foi o que ele disse a ela. Mas não acredito que o espírito dele esteja aqui. Acho que está no Xibalbá, que se juntou de novo ao irmão gêmeo mau."

As estruturas-fantasmas condenadas parecem aproximar-se uma da outra, para trocarem impressões. Algum patrulheiro da polícia cármica está dizendo vamos circular, gente, terminou, não tem nada pra ver aqui. Xiomara pega Maxine pelo braço e elas saem, num chuvisco premonitório de algo maior, uma metrópole tomada pelo crepúsculo.

Mais tarde, no apartamento, numa cerimônia de viuvez, Maxine se vê sozinha por um momento e apaga as luzes, pega o envelope cheio de dinheiro e inala os últimos vestígios daquela colônia de punk rock, tentando recuperar algo tão invisível, incorpóreo e inexplicável quanto o espírito dele...

O qual está agora no submundo maia, perambulando por uma paisagem funérea de torcedores de basquete maia, famintos, infectos, metamorfoseantes, loucos, assassinos. Tal como a arena Boston Garden, só que diferente.

E mais tarde, deitada ao lado de Horst a roncar, sob o teto claro, as luzes da cidade filtradas pelas persianas, logo antes de mergulhar no REM, boa noite. Boa noite, Nick.

40.

Há algo particularmente esquisito nas academias de ginástica nova-iorquinas à noite, especialmente quando a economia está desacelerada. Como não consegue mais se obrigar a ir nadar na piscina do Deseret, que lhe parece estar amaldiçoada, Maxine entrou para a academia high-tech de sua irmã Brooke, a Megareps, pertinho dali, mas ainda não está de todo acostumada com aquele espetáculo noturno de yuppies em esteiras, andando para parte alguma enquanto assistem à CNN ou ao canal de esportes, empregados de firmas da internet que foram demitidos e não estão em boates eróticas nem absortos em MMOs, todos correndo, remando, levantando halteres, misturando-se com obsessivos em imagem corporal, convalescentes de pés na bunda e pessoas tão desesperadas que estão procurando companhia aqui em vez de num bar. Pior ainda, reunidas no balcão da lanchonete, que é onde Maxine, saindo daquele tipo estranho de chuvisco de final de inverno que a gente ouve tamborilando no guarda-chuva ou na capa impermeável, mas, quando olha, constata que nada está ficando molhado, encontra March Kelleher, digitando em seu laptop, cercada de restos mortais de *muffins* e uma série de copinhos de café de papel que ela está usando, para irritação de boa parte dos outros presentes, como cinzeiros.

"Não sabia que você era sócia daqui, March."

"Só entrei por causa do wi-fi de graça, a cidade está cheia de *hot spots*, esse aqui eu não uso há algum tempo."

"Tenho seguido o seu blog."

"Me passaram uma informação importante sobre o seu amigo Windust. Tipo assim, ele morreu, por exemplo. Devo postar a notícia? Devo dar pêsames?"

"Não a mim."

March desliga a tela e contempla Maxine com olhar neutro. "Você sabe, nunca te perguntei nada."

"Obrigada. Você não ia achar muito interessante, não."

"E você, achava?"

"Não sei."

"Tendo tido uma longa e melancólica carreira de sogra, a única coisa que eu aprendi foi a não dar conselho. Se tem alguém que precisa de conselho no momento, sou eu."

"Opa, é comigo mesmo. Qual foi?"

Ela fecha a cara. "Morrendo de preocupação com a Tallis."

"E desde quando isso é novidade?"

"Cada vez pior, não aguento mais, a coisa sempre tem que partir de mim, fico tentando achar um jeito de encontrar com ela. E ligar o foda-se. Me diz que é uma péssima ideia."

"É uma péssima ideia."

"Se você quer dizer que a vida é curta, tudo bem, mas com o Gabriel Ice no pedaço, como você certamente sabe, pode ficar mais curta ainda."

"O quê? Ele anda ameaçando a Tallis?"

"Os dois se separaram. Ele expulsou ela de casa."

Bom. "Sorte dela."

"Mas ele não vai deixar a coisa ficar por isso, não. É o que me diz minha intuição. A Tallis é minha filhinha."

Está bem. O Código das Mães determina que contra esse tipo de conversa não há argumentos. "Mas sim", fazendo que sim com a cabeça, "eu posso ajudar?"

"Me empresta a tua arma." Pausa. "Brincadeira."

"Mais uma pessoa com porte de armas, grande ideia..."

"É só uma metáfora."

Tudo bem, mas se March, já foragida, vivendo num certo nível de perigo, crê que Tallis está correndo esse tipo de risco... "Quer que eu faça um reconhecimento de terreno antes, March?"

"Ela é inocente, Maxine. Ah. Porra, ela é tão inocente."

Andando com gângsteres da costa do golfo do México, metida em lavagem de dinheiro internacional, não sei quantas violações da legislação federal, inocente? Ora... "Como assim?"

"Todo mundo acha que sabe mais do que ela. Aquela triste ilusão de cada indivíduo metido a sabichão nesta cidade desgraçada. Todo mundo acha que vive no 'mundo real', e ela não."

"E aí?"

"Aí que isso é que é ser uma 'pessoa inocente'". No tom de voz que se usa quando se acha que o interlocutor precisa que lhe expliquem alguma coisa.

Tallis, expulsa do imponente lar no East Side que antes dividia com Ice, encontrou um closet convertido em apartamento num dos arranha-céus mais novos nos confins do Upper West Side. Mais parece máquina do que prédio. Claro, metálico, muito espelhado, com um número de andares de dois dígitos, varandas que dão a volta no prédio e lembram aletas de refrigeração, sem nome, apenas um número tão bem escondido que menos de um de cada cem moradores do pedaço sabe onde ele fica.

Nessa noite, Tallis está acompanhada por um número de garrafas suficiente para abastecer o bar de um restaurante chinês de porte médio, e de uma delas, no gargalo, ela está bebendo um líquido azul-turquesa chamado Hpnotiq. O qual ela não oferece a Maxine.

Esse trecho antigo e remoto da borda da ilha já foi pátio de manobras de trens. Nas profundezas, composições ainda atravessam túneis entrando e saindo da Pennsylvania Station, buzinas soando acordes de si maior com sexta, profundas como sonhos, enquanto fantasmas de grafiteiros de túneis e invasores com os quais as autoridades civis não sabem o que fazer — expulsar, ignorar, reexpulsar — passam pelas janelas dos trens na penumbra, sussurrando mensagens de impermanência, enquanto muito acima deles, nesse prédio construído com orçamento baixo, moradores vêm e vão, tão implacavelmente efêmeros quanto viajantes num hotel de estação ferroviária oitocentista.

"A primeira coisa que eu notei", não se queixando exatamente para Maxine, mas para qualquer um que lhe dê ouvidos, "foi que eu estava sistematicamente sendo barrada nos sites que eu costumo frequentar. Não conseguia mais fazer compras on-line, nem conversar em salas de chat, e depois nem mesmo fazer transações normais da empresa. No final, onde eu tentasse entrar eu sempre esbarrava numa espécie de muralha. Caixas de diálogo, mensagens *pop-up*, a maioria delas com ameaças, outras com pedidos de desculpas. A cada clique que dava eu ia mergulhando no exílio."

"Você conversou sobre isso com seu patrão-marido?"

"Claro, enquanto ele gritava e jogava minhas coisas pela janela, dizendo que eu ia me dar muito mal. Uma discussão bem adulta."

Casamentos. O que dizer nesses casos? "Não esquece do reporte de perdas e tudo o mais, hein?" Realizando uma rápida

AUO, ou Avaliação de Umidade Ocular, Maxine por um momento pensa que Tallis vai se debulhar, mas com alívio constata, numa transição súbita, a ação sempre irritante da Unha, a aproximar-se e afastar-se dos lábios,

"Você está descobrindo segredos sobre o meu marido… alguma coisa que você queira me contar?"

"Por enquanto não tenho provas de nada."

A outra faz que sim, como se já esperasse ouvir aquilo. "Mas, sei lá, ele é suspeito de alguma coisa?" O olhar migra para um canto neutro, a voz suaviza-se até perder qualquer rispidez. "*O geek que não conseguia dormir.* Um filme de terror de faz de conta que a gente fingia estar vivendo. O Gabe era um amor de garoto, muito tempo atrás."

E lá vai ela embarcar na máquina do tempo, enquanto Maxine investiga o estoque de birita. Dali a pouco Tallis está rememorando uma das várias cerimônias religiosas depois do Onze de Setembro a que ela compareceu representando a hashslingrz, em meio a uma delegação de executivos de olhos bem secos que aguardavam a hora de ir embora dali para decidir quais as próximas ações que iam vender a descoberto, quando ela percebeu que um dos tocadores de gaita de foles, improvisando apojaturas em "Candle in the Wind", lhe parecia vagamente familiar. Constatou que era um ex-colega de quarto de Gabriel na faculdade, Dieter, que tinha virado gaitista de foles profissional. Depois foi servido um bufê, durante o qual ela e Dieter começaram a conversar, tentando evitar piadas sobre kilts, se bem que Dieter certamente não havia se transformado em Sean Connery.

Havia muito trabalho para gaitistas de foles no momento. Dieter, que abrira uma firma do tipo *S Corporation*, juntamente com dois outros ex-colegas da Universidade Carnegie Mellon, desde o Onze de Setembro estava com excesso de trabalho, eram casamentos, bar mitzvahs, inaugurações de lojas de móveis…

"Casamentos?", diz Maxine.

"Por estranho que pareça, ele diz que um lamento fúnebre num casamento sempre provoca risadas."

"Imagino."

"Eles não pegam muito enterro de policial, parece que os policiais têm recursos próprios, quase sempre são cerimônias privadas como aquela em que a gente estava. O Dieter começou a filosofar, disse que a coisa estava ficando estressante às vezes, era como fazer parte de algum serviço de emergência, estar sempre de prontidão, esperando uma chamada pra entrar em ação."

"Esperando o próximo…"

"É."

"Você acha que talvez ele seja um indicador importante?"

"O Dieter? Tipo assim, os gaitistas de foles são avisados antes de acontecer o próximo? Muito estranho, não é?"

"Bom, depois disso — você e o seu marido começaram a se encontrar socialmente com o Dieter?"

"Isso mesmo. Capaz até de ele e o Gabe terem feito algum negócio juntos."

"Claro. Ex-colega de quarto é pra isso mesmo."

"Dava a impressão que eles estavam planejando algum projeto, mas nunca me contaram nada, e seja lá o que for, nunca apareceu nos registros da firma."

Um projeto em comum, Gabriel Ice e uma pessoa cuja carreira depende de grandes tragédias públicas. Hmmm. "Vocês convidaram ele lá pra Montauk?"

"É, convidamos, sim…"

Súbita música de teremim, e fique fria, Maxine. "Essa separação pode acabar sendo uma coisa boa pra você, Tallis, e enquanto isso, você… tem ligado pra sua mãe."

"Acha que eu devia ligar?"

"Já devia até ter ligado." Outra coisa, "Olha, não é da minha conta, mas…"

"Se tem um cara. Claro. Se ele pode ajudar. Boa pergunta." Pegando a garrafa de Hpnotiq.

"Tallis", tentando ao máximo evitar um tom de cansaço, "eu estou sabendo do seu namorado, e esse cara muito provavelmente está de conchavo com o seu marido, e pra ser franca essa história toda não é nada que você está pensando..." E lhe repassa a versão resumida da folha corrida de Chazz Larday, inclusive a combinação com Ice para ficar com a esposa dele. "É uma armação. Até agora você tem feito tudo exatamente que o seu maridinho quer que você faça."

"Não. O Chazz..." Será que o resto da frase será "... me ama"? Maxine dá por si pensando na Beretta em sua bolsa, mas Tallis a surpreende. "O Chazz é uma pica que vem junto com um texano, de modo que uma coisa é o preço da outra, por assim dizer."

"Peraí." Na periferia do campo de visão de Maxine, alguma coisa está piscando há algum tempo. Ela verifica que é uma pequena câmara de tevê de circuito fechado situada num canto escuro do teto. "Isto aqui é um motel, Tallis? Quem pôs esse troço aqui?"

"Não estava aqui antes."

"Você acha que..."

"Faz todo sentido."

"Você tem uma escada?" Não. "Uma vassoura?" Um esfregão. As duas se revezam batendo na câmara, como se fosse uma *piñata* high-tech maligna, até ela desabar no chão.

"Vou te falar uma coisa, você devia ir pra um lugar mais seguro."

"Onde? Ficar com a mamãe? Ela praticamente virou uma sem-teto, ainda mais comigo, ela não consegue cuidar nem dela mesma."

"A gente encontra um lugar, mas eles acabam de ficar sem sinal, vão vir pra cá, a gente precisa cair fora."

Tallis joga alguns pertences dentro de uma bolsa a tiracolo das grandes, e as duas vão para o elevador, descem vinte andares, saem do saguão cheio de detalhes dourados, do tamanho da Grand Central Station, com arranjos de flores que devem custar centenas de dólares por dia...

"Sra. Ice?" O porteiro, encarando Tallis com um misto de apreensão e respeito.

"Não por muito tempo", diz Tallis. "Dragoslav. O que foi."

"Vieram dois caras, disseram que vão voltar 'em breve'."

"Só isso?" Expressão de perplexidade.

Maxine tem uma ideia. "Estavam cantando rap em russo, por acaso?"

"Esses mesmo. Por favor diga a eles que eu dei o recado? Quer dizer, eu prometi a eles."

"Eles são gente boa", diz Maxine, "não se preocupa, não."

"A senhora me desculpa, mas preocupação é pouco."

"Tallis, você não andou..."

"Eu não conheço esses caras. Você, pelo visto, conhece. Alguma coisa que você gostaria de me dizer?"

As duas já estão na calçada. A luz do dia se esvaindo para os lados de Nova Jersey, nenhum táxi por perto, e a estação do metrô fica a quilômetros. Logo em seguida, virando a esquina, aparentemente com freios novos, nada menos que a ZiL-41047 de Ígor, toda embonecada a ponto de parecer uma *chmaravozka*, calotas douradas com LEDs vermelhos a piscar, antenas high-tech e listras — para cantando pneu ao lado de Tallis e Maxine, e de dentro saltam Micha e Gricha, usando idênticos óculos escuros Oakley OvertheTop e armados de submetralhadoras Bizon PP-19, com as quais fazem sinal para que as duas entrem no banco de trás da limusine. Maxine é revistada de modo profissional, ainda que não exatamente cortês, e a Tomcat em sua bolsa entra para a lista de itens indisponíveis.

"Micha! Gricha! E eu que pensava que vocês fossem cavalheiros!"

"Você vai receber de volta seu *puchka*", Micha com um simpático sorriso inoxidável, instalando-se ao volante e arrancando espalhafatosamente.

"Reduzir complicação", acrescenta Gricha. "Lembra *Três homens em conflito*, três um mirando em outro? Lembra aflição só de assistir?"

"Não me levem a mal, não, mas o que é está acontecendo?"

"Até cinco minutos atrás", diz Gricha, "plano simples, pegar e levar Pamela Anderson bonitinha aqui."

"Quem", pergunta Tallis, "eu?"

"Tallis, por favor, deixa eu… E agora o plano não é mais tão simples?"

"Não esperava você também", diz Micha.

"Ah. Vocês iam sequestrar a Tallis e cobrar resgate do Gabriel Ice? Deixa eu morrer de rir só um pouquinho, meus caros. Tallis, você conta pra eles ou eu conto?"

"Iiih", os dois brutamontes em uníssono.

"Pelo visto vocês não estão sabendo. Eu e o Gabe vamos dar entrada num processo de divórcio horroroso. No momento meu futuro ex está tentando me deletar, deletar minha existência, da internet. Acho que ele não vai pagar nem a gasolina de vocês, me desculpem."

"*Govno*", a duas vozes.

"Só se foi ele mesmo que contratou vocês, pra me tirar do caminho."

"Gabriel Ice, filho de puta", Gricha indignado, "oligarca de merda, ladrão, assassino."

"Até aqui, *nichevó*", Micha, alegre, "mas ele também trabalha pra polícia secreta americana, e por isso somos inimigos pra sempre — temos juramento, mais velho que *vóri*, mais velho que gulag, nunca ajudar polícia."

"Pena pra quem viola", acrescenta Micha, "é morte. Não é só o que eles fazem com você. Morte em espírito, entendeu?"

"Ela está nervosa", Maxine mais que depressa, "não teve nenhuma intenção de ser desrespeitosa."

"Quanto vocês pensavam que ele ia pagar?", Tallis ainda quer saber.

Uma troca de comentários bem-humorados em russo que, imagina Maxine, deve ser algo assim como "Essas porras dessas americanas só estão interessadas em preço delas em mercado? País de putas".

"Tipo Austin Powers", Micha explica, "dizendo a Ice: 'Ah, comporte-se!'."

"*Shagadelic!*", exclama Gricha. Os dois trocam um *high five*.

"Temos missão hoje", prossegue Micha, "e pegar sra. Ice era só questão de segurança, pra se alguém se meter a besta."

"Acho que não vai dar certo, não", diz Maxine.

"Foi mal", diz Tallis. "A gente pode saltar?"

A essa altura eles já saíram da Cross County Parkway e tomaram a Thruway, tendo acabado de passar pelo celeiro e o silo de mentira de Stew Leonard, figura lendária na história das fraudes em pontos de venda, e seguem rumo à ponte que Otis costumava chamar de Chimpan Zee Bridge.

"Pressa pra quê? Programa agradável. Conversar. Relaxem, moças." Há champanhe na geladeira. Gricha pega charutos El Producto cheios de maconha e os acende, e não demora para que efeitos secundários comecem a se manifestar. No sistema de som, os rapazes prepararam uma seleção de raps e hits russos dos anos 80, que inclui o hino estradeiro do DDT, "Ti niê odin" ("Você não está sozinho") e a romântica balada "Viéter".

"Afinal, pra onde a gente está indo?", Tallis subitamente coquete, como se na esperança de que a situação termine numa orgia.

"Norte de estado. Hashslingrz tem torre de servidores secreta em serra, não é?"

"Nas montanhas Adirondack, lago Heatsink — vocês realmente pretendem levar a gente até lá?"

"É", diz Maxine, "é meio longe, não é?"

"Quem sabe vocês não vão chegar até lá", Gricha acariciando sua Bizon de modo ameaçador.

"Ele está sendo idiota", Micha explica. "Passou anos em Vladímirskii Tsentral, aprendeu nada. A gente tem que encontrar com tal de Iúri em Poughkeepsie, deixa vocês em ferroviária."

"Se vocês querem ir lá na torre", Tallis pegando sua agenda e encontrando uma folha em branco, "eu desenho um mapa pra vocês."

Gricha apertando os olhos. "Não precisamos matar vocês nem nada?"

"Ah, você não vai querer me matar com essa arma enorme?" Evitando o olho no olho até mais ou menos chegar em "essa".

"Mapa ajuda", Micha tentando bancar o capanga simpático.

"O Gabe me levou lá uma vez. Tem umas cavernas subterrâneas bem fundas perto do lago. Uma coisa bem vertical, muitos níveis, os andares do elevador todos têm números negativos. A propriedade já foi usada como colônia de férias, Camp... um nome indígena, Ten Watts, Iroquois, uma coisa parecida..."

"Camp Tewattsirokwas", Maxine por um triz não grita ao lembrar.

"Isso mesmo."

"É 'vaga-lume' em mohawk. Pelo menos foi o que nos disseram."

"Você fez colônia de férias lá, meu Deus?"

"Seu Deus que nada, Tallis, alguém tinha que fazer." Camp Tewattsirokwas foi criado por um casal de trotskistas, os Gimelman de Cedarhurst, na época do caso Schachtman, em meio a bate-bocas épicos que duravam a noite inteira, e ainda não estava muito tranquilo no tempo em que Maxine foi para lá, bem representativo das instituições insuportáveis espalhadas na época por toda a região serrana do estado de Nova York. Comida de bandejão, competições, canoas no lago, cantando "Marching to Astoria", "Zum Gali Gali", bailes — aaahhh! Wesley Epstein!

No Camp Tewattsirokwas, os conselheiros adoravam apavorar a garotada com lendas locais sobre o lago Heatsink — que nos tempos de outrora os índios evitavam o lugar, com medo dos seres que viviam nas profundezas, arraias em forma de manta que emitiam luz ultravioleta, gigantescas enguias albinas que andavam na terra além de nadar na água, com rostos demoníacos, que falavam em iroquois sobre os horrores que aguardavam os incautos que ousassem mergulhar o dedão do pé naquela água...

"Manda ela parar", Gricha estremecendo, "ela está me assustando."

"Está explicado por que o Gabe se deu tão bem no lugar", comenta Tallis. Ice teria escolhido o lago Heatsink por ser o mais profundo e mais gelado de todas as montanhas Adirondack. Maxine relembra a fala dele na Dança dos *Geeks*, sobre a migração para os fiordes setentrionais, os lagos subárticos, onde os fluxos antinaturais de calor gerado pelos equipamentos dos servidores podem começar a corromper os últimos bolsões de inocência do planeta.

O som do carro começa a tocar "Ride Wit Me", na interpretação de Nelly. Enquanto a Thruway estende em torno da ZiL toda uma melancólica paisagem hibernal de fazendas pequenas, campos congelados e árvores que dão a impressão de que nunca mais voltarão a ter folhas, Micha e Gricha começam a saltitar no banco, cantarolando *Hey! Must be the money!*".

"Sem querer me meter", claro que não, Maxine, "mas imagino que vocês não estão indo lá só pra beliscar alguma coisa na máquina de vender lanche."

Mais uma troca de comentários em russo de presidiário. Olhares suspeitos. Em alguma área pouco usada de seu cérebro, Maxine compreende que com facilidade as atividades de uma pessoa enxerida podem se tornar perigosas, mas mesmo assim ela insiste. "É verdade o que ouvi dizer", adotando o tom de voz criminosamente saliente de Elaine, "que as torres de servidores, por mais que tentem ser secretas, são todas alvos fáceis, porque elas emitem uma assinatura que os mísseis orientados por radiação infravermelha podem captar?"

"Mísseis? Desculpa."

"Hoje não tem míssil. Experiência em pequena escala, só isso."

Param num posto de gasolina, Micha e Gricha levam Maxine até o porta-malas da ZiL e o abrem. Uma coisa comprida, cilíndrica, flanges com cavilhas, peças que parecem elétricas... "Legal, e qual é o lado que a gente cheira... Ah, porra, peraí, eu sei o que é isso! Eu vi no filme do Reg! É um vircator, não é? Então vocês... deixa eu ver se adivinho, vocês vão atacar a torre de servidores com um pulso eletromagnético?"

"Shh-shh", Micha cauteloso.

"Só dez por cento de potência", Gricha a tranquiliza.

"Vinte, talvez."

"Experimental."

"Vocês não deviam me mostrar isso", Maxine pensando, por um lado não é nuclear, menos mal, por outro, não esqueça que eles são malucos.

"Ígor falou pra confiar em você."

"Se alguém me perguntar, não vi nada, por mim tudo bem, *nitchevó*, a hashslingrz a meu ver está há muito tempo merecendo um puxão de orelhas."

"*Po khui*", Gricha sorrindo, "servidor de Ice vira torrada."

Claro que Maxine vê esse tipo de atitude o tempo todo,

confiança cega, desastre para o adversário, só que nunca dá certo. Ah, esta viagem não vai acabar bem. Não vai dar em orgia nem em sequestro, Deus os livre, é coisa de nerd, uma viagem para muito além do conforto de um monitor, para uma noite cada vez mais ártica bem na cara do inimigo.

De volta na estrada, agora Gricha substituindo Micha ao volante: "O esquema de segurança lá deve ser pesado", Maxine, como se só agora a ideia lhe tivesse ocorrido, "como é que vocês vão fazer?".

"É", Tallis com voz de garota durona, "vocês vão dar com o carro no portão?"

Micha arregaça a manga, exibindo uma de suas tatuagens de prisão, a Sempre Virgem Maria Mãe de Deus segurando seu bebê, Jesus, em cuja testa, mais ou menos na posição do terceiro olho, Maxine divisa um pequeno caroço do tamanho de uma espinha, que não costuma se encontrar em bebês. "Implante de transponder", explica Micha. "Descobrimos em conversa exploratória com *niáchetchka* bonitinha que conhecemos em bar."

"Tiffany", relembra Gricha.

"Todo mundo que trabalha em hashslingrz ganha um desses, pra segurança saber onde está tempo todo."

Peraí. "Então o marido da minha irmã está com um implante desses? Desde…"

Um dar de ombros. "Dois meses. Até próprio Ice tem. Você não sabia?"

"E você, Tallis?"

"Até eu conseguir trazer meu dermatologista lá de São Martinho pra ele retirar."

"E quando você sumiu do monitor, o maridinho não disse nada?"

A unha charmosa. "Acho que eu só estava pensando em Chazz e em mim, e em esconder o caso do Gabe."

"Mais uma vez, Tallis", Maxine não quer bancar o trator, mas as informações não penetram na outra. "O Gabe sabia, foi ele que planejou tudo, claro que ele não criou problema." Garota teimosa. Como será que March lidava com essa teimosia?

O interior da limusine ganhou um desfoque gaussiano por efeito da fumaça de charutos baratos e maconha cara. O clima fica alegre. E também menos cauteloso. Os rapazes admitem, por exemplo, que suas tatuagens não são de todo legítimas. Pelo visto, na Rússia, tendo sido detidos por pequenas transgressões internáuticas nos termos do artigo 272, acesso ilegal, eles nunca ficaram presos o tempo suficiente para merecer autênticas tatuagens de presidiários, e por isso o jeito foi se virarem depois, durante uma bebedeira, num estúdio de tatuador no Brooklyn que faz imitações para aqueles que querem se fazer passar por mais perigosos do que são na realidade. Durante uma troca de comentários alegres, Micha e Gricha discutem quem faz mais questão de se fazer passar por fodão, e as submetralhadoras Bizon são brandidas, apenas, Maxine espera, por motivos retóricos.

"O Ígor me falou, da última vez que a gente conversou", Maxine enxerida, "que a pinimba que vocês têm com o Ice não tem nada a ver com a KGB..."

"Ígor não sabe o que vamos fazer agora."

"Claro que não, Micha. Digamos que ele oficialmente não sabe de nada e vocês estão aqui apenas por conta própria. Continuo sem entender por que vocês não atuam a uma certa distância, tipo assim, via internet. Transbordamento de dados, negação de serviço, sei lá."

"Institucional demais. Coisa de escola de hacker. Eu e Gricha preferimos sacanagem de perto. Você não reparou? Assim fica mais pessoal."

"Bom, se é pessoal..." Ela não chega a mencionar Lester Traipse, mas uma expressão enrugada, quase simpática, semelhante à que Stálin gostava de exibir nas fotos de publicidade, surge no rosto de Micha.

"Não é só Lester. Por favor. Ice merece, você sabe, todo mundo sabe. Mas melhor você não saber história toda."

Machismo tipo Deimos e Fobos de jogador de video game, anjos vingadores de verdade, qual será a verdade? Talvez o que motivou a ação de hoje não seja apenas Lester, mas não seria Lester o bastante? O que ele viu, seja lá o que for, que não era para ele ter visto, o que fez com que seu fim se elevasse, sinistro e vaporoso, acima das planilhas de fluxos secretos de capital, era algo que não podia ser permitido a um civil...

"Está bem, mas que tal um *pouquinho* de informação histórica?"

Os dois rapazes trocam um olhar maroto. O *anasha* pode causar efeitos estranhos num homem. Até mesmo em dois homens.

"Você ouviu falar de salto HALO", diz Micha. "Ígor conta história pra todo mundo."

"Especialmente mulher bonita", diz Gricha.

"Mas não foi salto HALO não. Foi salto HAHO."

"Isso... descer rindo tempo todo, não, peraí, Grande Altitude..."

"Abertura em grande altitude. Paraquedas abre, tipo assim, a vinte e sete mil pés de altitude, você e sua unidade voam cinquenta, sessenta quilômetros, empilhados em céu, quem vai mais embaixo leva receptor de GLONASS..."

"Tipo GPS russo. Uma noite Ígor está encarregado de inserção, dá merda geral em operação, *praporstchik* entra em pânico por falta de oxigênio, vento espalha todo mundo por meio Cáucaso, GLONASS para de funcionar. Ígor consegue descer bem, mas agora está sozinho. Não faz ideia onde está acampamento-base. Usa bússola e mapa pra achar resto de unidade. Dias depois, sente cheiro. Aldeiazinha, totalmente massacrada. Criança, velho, cachorro, tudo."

"Tudo carbonizado. É aí que Ígor tem crise espiritual."

"Ele sai de Spetsnaz — mais ainda, quando tem dinheiro, cria programa pessoal de reparação."

"Mandando dinheiro pros tchetchenos?", espanta-se Maxine. "Isso não é considerado traição?"

"É muito dinheiro, mas a essa altura Ígor está bem protegido. Pensa até em converter pra islã, mas tem muito problema. Guerra termina, segunda guerra começa, gente que ele estava ajudando vira guerrilheiro. Situação fica complicada. Tem tchetcheno de tudo que é tipo."

"Uns gente boa, outros nem tanto."

Nomes de organizações de resistência que Maxine tende a confundir. Mas agora, bem, não exatamente uma lâmpada — é mais a extremidade de um El Producto — acende-se acima de sua cabeça.

"Quer dizer que o dinheiro que o Lester estava desviando do Ice…"

"Ia pra gente ruim, via fachada *wahhabista* fajuta. Ígor sabia pegar dinheiro antes de tudo se misturar em conta em Emirados. Ele facilita trabalho pra Lester, fica com pequena comissão. Tudo *djef*, até que alguém descobre."

"O Ice?"

"Quem está por trás de Ice? Diz pra nós."

"E o Lester…" Maxine se dá conta de que disse o nome sem querer.

"Lester era que nem porco-espinho em neblina. Só tentando achar amigos dele."

"Coitado do Lester."

O quê, quer dizer que vai tudo acabar em chororô, aqui?

"Saída 18", Micha anuncia, soltando fumaça, olhos brilhando: "Poughkeepsie". E na hora certa.

A estação ferroviária fica logo depois da ponte. Esperando no estacionamento encontram Iúri, um tipo atlético, alegre, encostado num Hummer que ostenta os estigmas de uma longa vida em estradas difíceis, atrelado a um trailer avantajado, com um gerador para a arma de pulso eletromagnético. Com base nos geradores de trailer que já viu, Maxine calcula dez a quinze mil watts. "Dez por cento de potência" talvez seja só uma maneira de falar.

Ainda têm tempo de pegar o trem das 22h59 para Nova York. "Até logo, pessoal", Maxine acenando, "tomem cuidado, não vou dizer que aprovo o que vocês vão fazer, sei que se os meus filhos arranjarem um vircator…"

"Toma, não esquece", discretamente lhe devolvendo a Beretta.

"Vocês têm consciência de que agora eu e a Tallis somos partícipes de algum ato criminoso, provavelmente até terrorista."

Os *padónki* trocam um olhar esperançoso. "Você acha?"

"Primeiro, porque é federal, a hashslingrz é um órgão da segurança nacional…"

"Eles não querem saber disso agora", Tallis arrastando Maxine pela plataforma. "Nerds de merda."

Os rapazes acenam pelas janelas enquanto dão a partida no carro. "*Do svidánia Maksi! Poká, bielokurva!*"

41.

No trem, a caminho de casa, Maxine deve ter dormido. Ela sonha que ainda está dentro da ZiL. A paisagem lá fora congelou-se num severo inverno russo, campos nevados e um pedaço de lua no céu, iluminação dos tempos das viagens de trenó. Uma aldeia inundada de neve, o pináculo de uma igreja, um posto de gasolina fechado após o expediente. A cena muda para os irmãos Karamázov, o dr. Jivago e outros, cobrindo distâncias hibernais como esta, sem atrito, mais depressa do que qualquer outra coisa, de repente consegue-se realizar mais de uma tarefa por viagem, uma revolução na tecnologia romântica. Em algum lugar entre o lago Heatsink e Albany, no meio do descampado escuro, uma frota de utilitários pretos com apenas os faróis de neblina acesos, a caminho, para interceptar. Maxine entra num círculo sem saída; à medida que ela se aproxima da superfície, o sonho vai se transformando numa planilha que ela não consegue entender. Acorda quando já estão na altura do Spuyten Duyvil com o rosto adormecido de Tallis mais próximo do dela do que era de se esperar, como se em algum momento durante o sono os rostos tivessem se aproximado ainda mais.

Chegam na Grand Central Station por volta de uma da madrugada, com fome. "Imagino que o Oyster Bar já esteja fechado."

"Quem sabe o apartamento agora já está seguro", Tallis arrisca, sem que nem ela própria acredite no que diz, "vamos lá, a gente acha alguma coisa."

O que elas encontram, na verdade, é um bom motivo para sair de novo. Tão logo saltam do elevador ouvem a trilha sonora de um filme de Elvis. "Ih", Tallis procurando as chaves. Antes que ela tenha tempo de encontrá-las, a porta se escancara, e um vulto não muito imponente desperta emoções. Por trás dele, numa tela, Shelley Fabares dança em torno de uma placa que anuncia, SOU MÁ.

"Que é isso?" Maxine sabe o que é, ela rodou meia Manhattan atrás dele não muito tempo atrás.

"É o Chazz, que supostamente não devia saber desse apartamento."

"O amor dá um jeito", responde Chazz, rebolante.

"Você veio por causa da câmara de espionagem."

"Você está de sacanagem, detesto essas coisas, meu bem, se eu soubesse eu mesmo que tinha quebrado."

"Vá embora, Chazz, diz pro teu cafetão que já era."

"Por favor, só um minuto, gatinha, confesso que no começo era mesmo armação, mas…"

"Não me chama de 'gatinha'."

"Filhote de felina! Estou implorando."

Ah, que grande patife, aliás nem tão grande assim. Tallis entra com passo firme, sacudindo a cabeça, e vai para a cozinha.

"Oi, Chazz", Maxine o cumprimenta como se à distância, "é um prazer finalmente conhecer você, li a sua folha corrida, uma leitura fascinante, me diga uma coisa, como que uma pessoa com tanto enquadramento no código penal acaba trabalhando com fibra?"

563

"Todas essas estripulias do passado? Tenta virar essa página em vez de me julgar, quem sabe você não vai perceber que tem até um lado bom?"

"Deixa eu ver — muita experiência em vendas."

Concordando com a cabeça, simpático: "A ideia é atingir o cliente quando ele está desorientado demais pra pensar. Sabe ano passado, quando estourou a bolha da internet? A Darklinear começou a contratar gente adoidado. O cara ficava se sentindo especial".

"Ao mesmo tempo, Chazz", Tallis por alguns instantes entrando na modalidade boa anfitriã, pegando cerveja, pastinhas, sacos de chips, "meu futuro ex-marido não estava pagando pro teu patrão toda aquela grana só pra euzinha ficar ocupada."

"Ele está mesmo só comprando fibra, mais nada, um cara totalmente banda-larga, pagando salário top, tentando instalar o máximo de cabo, em fábrica, em firma, primeiro só no Nordeste, agora em qualquer lugar no país…"

"Consultas muito bem pagas", Maxine imagina.

"Lá vem você. E é tudo legal, talvez até mais do que certas coisas…", parando para trocar de marcha.

"Ahh, qual é, Chazz, você nunca tentou esconder o desprezo que você sente por mim, pelo Gabe, pela nossa companhia."

"Realidade e faz de conta, é só isso que eu dizia, minha carnívora de pequeno porte, meu negócio é só logística e infraestrutura. Fibra é um negócio concreto, você passa a fibra pelo conduíte, você pendura, você enterra, você corta. Ela tem peso. O teu marido é rico, pode até ser inteligente, mas ele é como todo mundo nesse ramo, vocês vivem num sonho, nas nuvens, flutuando na bolha, acha que isso é real, mas devia era pensar duas vezes. Isso só existe enquanto a energia está ligada. O que acontece quando a rede elétrica cai? O combustível do gerador acaba e eles derrubam os satélites, bombardeiam os centros de operação, e aí vocês voltam ao planeta Terra. Toda aquela falação, toda aquela música de merda, aqueles links todos, tudo isso acaba."

Maxine por um momento imagina Micha e Gricha, surfando em alguma costa atlântica estranha, esperando com suas pranchas bem longe da praia, no inverno, no escuro, esperando a onda que ninguém, além de Chazz e mais umas duas pessoas, verá se aproximando.

Chazz faz menção de pegar mais um punhado de chips mexicanos apimentados e Tallis afasta o saco da mão dele. "Pra você, chega. Boa noite, e vai logo contar pro Gabe o que você tem que contar pra ele."

"Não posso, porque não estou mais trabalhando pra ele. Chega de bancar o palhaço no circo dele."

"Que bom, Chazz. Quer dizer que você veio aqui por iniciativa própria, só pra me ver, que bonitinho?"

"Pra te ver e porque eu não estava aguentando mais. Aquele cara estava esgotando minha energia."

"Engraçado, é o que a mamãe sempre dizia sobre ele."

"Sei que você e a sua mãe andam de mal, mas você devia tentar dar um jeito nisso, Tallis."

"Desculpa, são duas da manhã, a programação diurna da tevê só começa daqui a umas horas."

"A sua mãe é a pessoa mais importante na sua vida. A única que amassa a batata bem do jeito que você gosta quando faz purê. A única que entendeu quando você começou a andar com uma gente que ela achava insuportável. Mentiu sobre a sua idade no cinema pra vocês poderem assistir juntas filme de terror adolescente. Ela não vai durar muito tempo, aproveita ela enquanto você pode."

E sai pela porta afora. Maxine e Tallis ficam se entreolhando. O Rei continua a cantar. "Eu ia te aconselhar a largar ele",

Maxine pensativa, "e te dar um bom safanão... mas agora acho que vou só dar o safanão."

Horst apagou no sofá vendo A *história de Anton Tchékhov*, estrelando Edward Norton, com Peter Sarsgaard no papel de Stanislávski. Maxine tenta ir até a cozinha na ponta dos pés, mas Horst, não sendo um tipo doméstico, acostumado ao ritmo dos motéis mesmo quando dorme, acorda estrebuchando. "Maxine, que diabo."

"Desculpa, eu não queria..."

"Onde que você estava até essa hora?"

Não tendo ainda mergulhado no delírio a ponto de dar uma resposta literal: "Estava com a Tallis, que terminou com aquele babaca, ela se mudou pra um outro apartamento, estava precisando de companhia".

"Certo. E ainda não instalou o telefone. E o teu celular? Ah — estava sem bateria, imagino."

"Horst, o que é que está havendo?"

"Quem é, Maxine? Melhor ficar sabendo logo que só depois."

Aahhh! Será que o vircator no porta-malas da ZiL ligou sem querer e um lóbulo secundário a atingiu de raspão, e o efeito ainda não passou? Porque ela dá por si afirmando agora, convicta de que o que está dizendo é mesmo verdade: "Não tem ninguém além de você, Horst. Sua anta emocionalmente travada. Nem nunca vai ter".

Um pequeno receptor horstical que está desbloqueado consegue captar a mensagem tal como ela foi emitida, de modo que ele não entra de sola na modalidade Ricky Ricardo, versão Meio-Oeste, apenas agarra a própria cabeça no tradicional estilo lance livre e começa a desfocar um pouco suas reclamações.

"Pois eu liguei pra hospital. Liguei pra polícia, pra estação de tevê, companhia de fiança, depois peguei a sua agenda. Por que diabo você tem o telefone da casa do Uncle Dizzy?"

"A gente se fala de vez em quando, ele acha que eu sou a oficial de livramento condicional dele."

"E-e aquele italiano que você vai no caraoquê?"

"Fui *uma* vez, Horst, com ele e mais um grupo de pessoas, não pretendo repetir o programa tão cedo."

"Hah! Não 'tão cedo', mas algum dia, certo? Eu socado em casa, comendo demais pra compensar, e você aí nas baladas da vida, de vestido vermelho, 'Can't Smile Without You', cantando em dueto, com algum instrutor de academia do outro lado da ponte ou do túnel..."

Maxine tira o casaco e o cachecol e resolve ficar uns minutos. "Horst. Meu bem. Uma noite dessas a gente vai no bairro coreano e faz esse programa, está bem? Eu arrumo um vestido vermelho. Você sabe cantar a duas vozes?"

"Hein?" Perplexo, como se todo mundo soubesse. "Claro. Desde garoto. Só me deixaram entrar na igreja depois que eu aprendi." Maxine, anote aí — mais um item na lista de coisas que você não sabia sobre esse cara...

Talvez eles tenham cochilado no sofá por um instante. De repente o dia nasce. Lá fora no corredor, o Jornal de Referência é jogado no chão junto da porta dos fundos. O filhote de terra-nova do décimo segundo andar começa a manifestar-se por efeito de trauma de separação. Os meninos dão início a suas idas e vindas da geladeira. Ao verem os pais no sofá, começam a cantar uma versão hip-hop de "Reunited and It Feels So Good", Ziggy declamando aquela letra amor-flor-dor com a voz de crioulo revoltado mais enfática que ele consegue improvisar a essa hora da manhã, enquanto Otis faz a percussão eletrônica.

O Pulso em Memória de Lester Traipse, o nome que Maxine dá mentalmente ao evento, só aparece no noticiário local do interior do estado, nada no Canadá e nas redes nacionais, e logo em seguida desaparece da mídia. Nenhuma imagem vai sobreviver, nenhum registro. Micha e Gricha também não deixam marca na história contemporânea. Ígor dá a entender que talvez os dois tenham sido enviados de volta para seu país, talvez até para o gulag, algum acampamento numerado no Extremo Oriente. Tal como a aparição de um óvni, os acontecimentos daquela noite entram nos domínios da fé. Frequentadores de botequins do interior afirmam que, dentro de uma circunferência de raio desconhecido nas montanhas Adirondack naquela noite, todas as telas de televisão ficaram apocalipticamente escuras — cenas decisivas de filmes, moças semifamosas com microssaias e saltos agulha detonando a mais recente iniciativa artística de alguém, manchetes esportivas, infomerciais sobre eletrodomésticos mágicos e misturas de ervas que trazem de volta a juventude, reprises de comédias enlatadas criadas em tempos mais esperançosos, todas as formas de realidade cuja unidade básica é o pixel, tudo desapareceu sem sequer um suspiro no meio da madrugada. Talvez fosse apenas uma pane numa estação repetidora no alto de um morro, mas era como se todo o mundo tivesse sido reinicializado, por um breve ciclo, ao som lento dos tambores dos iroquois da pré-história.

Avi Deschler chega em casa do trabalho mais alegre. "O servidor no norte do estado? Tudo bem, a gente passou a usar o que fica na Lapônia. Mas tem uma notícia melhor ainda", animado, "eu acho que vou ser demitido."

Brooke olha para o próprio ventre como um geógrafo contempla um globo terrestre. "Mas…"

"Peraí — eu ainda não disse qual vai ser a indenização."

"É, mas se falarem em 'indenização adicional'", Maxine aconselha, "quer dizer que depois você não pode entrar com um processo."

Gabriel Ice não se manifesta, o que não é de se estranhar. Muito ocupado, no mínimo, Maxine espera.

"A Tallis deve estar se sentindo um pouco menos ameaçada", ela tenta tranquilizar March. "A sua filha é uma boa moça, não é a loura burra que dá a impressão de ser à primeira vista."

"Ela subiu muito no meu conceito", o que surpreende Maxine, para quem March sequer faz ideia do que seja o remorso. "Boa demais pra mãe incompetente que eu fui. Lembra quando eles eram pequenos e ainda seguravam a mão da gente na rua? Eu andava na minha velocidade normal e eles tinham que pular pra conseguir me acompanhar, aonde que eu ia com tanta pressa que não podia nem caminhar com meus filhos?" Prestes a dar início a algum ato de contrição.

"Algum dia a incompetência parental vai ser um evento olímpico, a Mishpochatona, de repente você não vai nem passar na seleção, enquanto isso corta essa, você sabe que já fez coisas piores."

"Muito piores. Depois passei anos me recusando a pensar nisso. Agora eu fico dizendo, como que…"

"O que você mais quer agora é estar com a Tallis. Olha, você está nervosa, só isso, March, vocês duas podiam vir aqui em casa, é um território neutro, a gente toma um café, encomenda um almoço", que acaba sendo do Zippy's Appetizing da rua 72, onde ainda é possível pedir, por exemplo, um gigantesco sanduíche de rocambole de carne com fígado de galinha e maionese em pão de cebola, uma raridade em Nova York desde a segunda metade do século passado, consta no parágrafo dedicado à Zippy's pelo menu de comida em domicílio que Tallis escolhe imediatamente.

"Você realmente consegue comer uma coisa dessas?", March, apesar de um olhar repreensivo de Maxine.

"Comer, não, mãe, minha ideia era só ficar olhando pro sanduíche um minutinho, tudo bem?"

March pensa rápido: "É que, já que você vai pedir... deixa eu provar um pedacinho? Se não for fazer falta?".

"Há quanto tempo você é judia?", uma indireta de Maxine.

"Onde que você acha que eu aprendi a comer o que eu como?" Tallis, com um gesto passivo-agressivo envolvendo a unha. "As refeições que você pedia, eu ia abrir a porta e encontrava um pequeno *exército* de entregadores carregando sacos..."

"Dois. No máximo. E foi só aquela vez."

"Obesidade, problemas cardíacos, não estou nem aí, o importante é a quantidade, não é, mamãe?"

Esse comentário talvez peça uma intervenção. "Meninas", Maxine anuncia, "a conta a gente divide, certo? Quem sabe, antes mesmo da entrega, a gente já podia... March, você pediu o Sunrise Special, com porção dupla de carne, bacon e salsicha, mais panqueca de batata e uma porção extra de panqueca de batata e..."

"Essa é minha", diz Tallis.

"Tudo bem, e o sanduíche de rocambole... a salada de batata que vem com o sanduíche é mais cinquenta centavos..."

"Mas você pediu a porção extra de picles, e aí ficam elas por elas..." A coisa degenera, tal como Maxine esperava, na velha operação de contabilidade no almoço, nem pensar em dinheiro de verdade numa mesa de verdade, o que, ao mesmo tempo que consome uma energia que poderia ser utilizada em alguma outra coisa, mesmo assim vale a pena se tiver o efeito de manter todos, de algum modo, com um pé na realidade. O risco, ela reconhece, é que aquelas duas são perfeitamente capazes de usar o almoço com o fim estratégico de gerar ansiedade suficiente para diminuir ou extinguir o apetite de alguém, tomara que não o de Maxine, pois ela própria está aguardando o Turkey Pastrami Health Combo, cujo menu promete brotos de alfafa, champignons, abacate, maionese light e mais uns adicionais redentores. Este pedido provocou olhares de repulsa nas outras duas, o que é ótimo; finalmente alguma coisa sobre a qual elas estão de acordo, já é um bom começo.

Matemática competitiva, erros de verdade e erros táticos, o cálculo da gorjeta, a divisão do imposto sobre a venda, a coisa ainda está rolando quando Rigoberto toca a campainha. O entregador é um só, mas é bem verdade que ele parece estar trazendo a comida numa espécie de carrinho.

Pouco depois toda a superfície da mesa da sala de jantar está coberta de caixas, latas de refrigerante, papel encerado, filme de PVC, sanduíches e porções extra, e todo mundo está se empapuçando, sem se importar para onde a coisa vai, desde que vá para a boca. Maxine faz uma pausa para observar March. "E aquela história de 'artefato corrupto do…' sei lá do quê, mesmo?"

"Iaitcchhh guaaiiutcchindo", March faz que sim tirando a tampa de mais uma caixa de salada de repolho.

Quando a glutonaria perde um pouco de pique, Maxine começa a pensar em como levantar o assunto do pequeno Kennedy Ice, quando a mãe e a avó tomam a dianteira. Segundo Tallis, o marido está agora tentando ficar com a guarda.

"AH, não", March explode. "Nem pensar. Quem é o seu advogado?"

"A Glick Mountainson."

"Eles me salvaram num processo de difamação uma vez. São bons de briga. Como é que está andando a coisa?"

"Me disseram que minha única vantagem é não estar brigando pelo dinheiro."

"Você não, ããh, não está interessada no dinheiro?", Maxine mais curiosa do que chocada.

"Menos que eles — eles estão trabalhando com honorários contingentes. Vocês me desculpem, mas eu só penso no Kennedy."

"Pra mim não precisa pedir desculpa, não", diz March.

"Até que eu preciso sim, mãe… Mantendo vocês afastados esse tempo todo…"

"Bom, vamos abrir o jogo. A verdade é que de vez em quando a gente se encontra rapidinho, quando dá."

"Ah, isso ele me contou. Com medo de eu ficar zangada."

"Você ficou?"

"O problema é com o Gabe, não comigo. Então ficou entre nós."

"Claro. Nem pensar em provocar a ira do patriarca." Maxine, vendo que está prestes a se formar a expressão útil, só que nem sempre, "me fazendo de capacho", preventivamente pega um picles que por algum motivo havia sido esquecido e o insere na boca de March.

E assim prossegue o almoço e cai a tarde, com o horário de verão ainda garantindo uma claridade excessiva para o inverno em que a maioria dos nova-iorquinos ainda julga estar. Maxine, Tallis e March vão para a cozinha, e de lá saem para a rua, passando por postes de iluminação que já começam a se acender, em direção ao apartamento de March.

A certa altura Maxine se lembra de ligar para Horst. "Hoje nós somos todas mulheres, aliás."

"E eu perguntei?"

"Que bom, você está melhorando. Talvez eu precise do Impala também."

"Você vai cruzar a divisa do estado, por acaso?"

"Por que, tem algum, sei lá, problema federal?"

"Só uma avaliação de riscos, mais nada."

"Não deve chegar a tanto, estou só perguntando."

* * *

Tallis por acaso olha para a rua pela janela. "Merda. É o Gabe."

Maxine vê uma enorme limusine branca como a neve estacionando à frente do prédio. "Parece familiar, mas como é que você sabe que...", quando então ela vê as diagonais repetidas do logotipo da hashslingrz pintadas no teto.

"Ele tem um satélite de comunicações pessoal", Tallis explica.

"Os empregados do prédio são todos aparentados, meio que membros eméritos da Mara Salvatrucha", diz March, "de modo que não deve ter nenhum problema."

"Se eles sabem reconhecer um maço de notas de cem dólares", murmura Tallis, "o Gabe vai chegar aqui a qualquer minuto."

Maxine agarra a bolsa, que felizmente hoje está tão pesada quando devia estar. "Tem uma outra saída, March?"

Elevador de serviço até o subsolo, porta de incêndio dá para o pátio dos fundos. "Vocês esperem aqui embaixo", diz Maxine, "que eu volto com o carro o mais depressa possível."

O estacionamento que ela usa, o Warpspeed Parking, é logo depois da esquina. Enquanto estão trazendo o Impala, ela rapidamente dá um tutorial sobre o novo plano de aposentadoria Roth IRA a Hector, o cara do portão, que foi mal informado a respeito das vantagens de trocar o plano tradicional.

"Sem multa? Não agora, você vai ter que esperar cinco anos, Hector, infelizmente."

Ela volta ao prédio de March e encontra todo mundo na calçada à frente do edifício, no meio de uma bate-boca feroz. O motorista de Ice, Gunther, está esperando ao volante da limusine, em ponto morto. Longe de ser o orangotango nazista que Maxine esperava encontrar, é apenas um sujeito com cara de ex-morador da ilha Rikers, talvez excessivamente embonecado, que usa os óculos escuros na ponta do nariz para caberem os cílios longuíssimos.

Resmungando, Maxine estaciona em fila dupla e entra na brincadeira. "March, vem cá."

"Assim que eu matar esse filho da puta."

"Não se meta", aconselha Maxine, "a vida dela é problema dela."

Relutante, March entra no carro enquanto Tallis, surpreendentemente calma, tem uma discussão adulta com Ice.

"Você não precisa de advogado, Gabe, você precisa é de um médico."

Ela quer dizer psiquiatra, mas a essa altura Gabe não parece bem nem mesmo no plano físico, o rosto vermelho e inchado, um tremor que ele não consegue controlar. "Escuta uma coisa, sua vaca, eu compro todos os juízes que eu precisar comprar, mas você nunca mais vai ver o meu filho. Nunca mais, porra."

O.k., pensa Maxine, se ele levantar a mão, é hora de apelar para a Beretta.

Ele levanta a mão. Tallis se esquiva com facilidade, mas a Tomcat passa a ser mais um fator em jogo.

"Isso não rola", Ice observando o cano da arma com cuidado.

"Como assim, Gabe?"

"Eu não morro. Não há possibilidade de eu morrer."

"Escroto e maluco", March pela janela do carro.

"Melhor entrar aqui com a sua mãe, Tallis. Gabe, é bom saber disso", Maxine calma e contente, "e sabe por que você não morre? Porque você cai na real. Começa a pensar sobre isso mais a longo prazo e, o mais importante de tudo, vai embora."

"Isso…"

"Isso é o que vai rolar."

O mais estranho a respeito da rua de March é que ela seria rejeitada por qualquer produtor em busca de uma locação para uma externa, qualquer que seja o gênero do filme, por ser bem-comportada demais. Nessa dobra do espaço-tempo, mulheres vestidas como Maxine não apontam armas para pessoas. Deve ser alguma outra coisa o que ela tem na mão. Ela deve estar oferecendo algo a ele, algo de valor que ele não quer aceitar, quer pagar uma dívida, talvez, que ele finge perdoar e vai acabar aceitando.

"Ela esqueceu de dizer", March não consegue se conter e grita pela janela, "que um dia você deixa de ser senhor do universo, continua sendo um babaca, começa a surgir um monte de concorrentes do nada e você tem que se virar pra não perder a sua fatia do mercado, e a sua vida deixa de ser sua e passa a ser dos poderosos que você sempre adorou."

Pobre Gabe, tendo que ficar sob a mira de uma arma ouvindo um sermão da futura ex-sogra, uma esquerdista empedernida por todo o sempre.

"Tudo bem com vocês?", grita Gunther. "Eu tinha uns ingressos pra *Mamma mia*, está quase na hora de começar, não dá mais tempo nem de dar uma de cambista."

"Tenta cobrar como dedução pra atividades culturais, Gunther. E você trate de cuidar bem dele também", Maxine adverte Ice enquanto ele anda de costas cuidadosamente e entra na limusine. Ela espera até que o compridíssimo veículo chegue à esquina e vire, senta-se ao volante do Impala, aumenta o volume do rádio, que está tocado uma canção de Tammy Wynette gravada em algum lugar além-rio, e segue cuidadosamente para o outro lado da cidade.

"Garanto que ele anotou a sua placa", diz March.

"Ou seja, alerta geral, chamando todos os carros."

"Mais *drones* com bombas do que carros, provavelmente."

"Justamente por isso", Maxine manobrando aquele monstro com direção automática por uma série de ruas mal iluminadas, "vamos evitar pontes e túneis, ficando aqui mesmo na cidade, a ideia é se esconder à vista de todo mundo."

E assim, após um passeio turístico contra um amplo panorama de luzes subindo e descendo a West Side Highway, acabam chegando de volta ao Warpspeed Parking. Olhando pelo retrovisor, que ainda não mostra outra coisa que não a rua escura e vazia: "Tudo bem se eu mesma estacionar o carro, Hector? Você não viu a gente não, certo?".

"Isso aí, *mami*."

Penetrando regiões cada vez mais profundas de tijolos cada vez mais gastos, corroídos por gerações de fumaça de gasolina. O cano de escape do Impala está em casa, como um cantor adolescente no banheiro de meninos de um colégio.

March acende um baseado e, depois de algum tempo, parafraseando Cheech & Chong, rosna: "Se fosse eu, eu tinha atirado".

"Você ouviu o que ele disse. Acho que faz parte do contrato dele com os Senhores da Morte pra quem ele trabalha. Ele está protegido. Foi embora porque tinha uma arma carregada apontada pra ele, só por isso. Ele vai voltar. A coisa não vai terminar assim."

"Você acha que ele estava falando sério quando disse que vai afastar o Kennedy de mim?" Tallis com um *tremolo* na voz.

"Pode não ser tão fácil. Ele vai ficar fazendo cálculos de custos e benefícios e vai ver que tem gente demais caindo em cima dele, vindo de tudo que é lado, a Comissão de Valores Mobiliários, a Receita Federal, o Departamento de Justiça, não tem como comprar todo mundo. Isso e mais os concorrentes, uns amistosos, outros não, guerrilheiros hackers, mais cedo ou mais tarde aqueles bilhões vão começar a diminuir, e se ele tiver juízo vai fazer as malas e se mandar pra um lugar tipo Antártica."

"Espero que não", diz March, "já não chega o aquecimento global? Os pinguins..."

Talvez seja por causa do interior luxuoso — quarenta anos depois, com as vibrações ainda não de todo extintas de fantasias adolescentes no Meio-Oeste que se entranharam no vinil de um tom metálico de turquesa, os tapetes de tecido, os cinzeiros transbordando de pontas de cigarro antigas, algumas com marcas de batom de uma cor fora do mercado há anos, cada uma com a história de alguma vigília romântica, alguma perseguição em alta velocidade, seja lá o que for que Horst tenha visto naquele museu do desejo sobre rodas quando respondeu ao anúncio no *Pennysaver* sabe-se lá quanto tempo atrás, disposição mental e contexto, como dizia o dr. Tim, agora, nesse momento, envolveu todas elas, tirou-as dos campos nada promissores das preocupações sobre o futuro e trouxe-as, cá dentro, para o descanso, a distensão, cada uma entregue a seus próprios sonhos.

E quando elas se dão conta já amanheceu. Maxine está deitada no banco da frente, March e Tallis estão acordando lá atrás, e todas estão se sentindo tortas.

Saem à rua, onde mais uma vez, da noite para o dia, as pereiras todas floresceram. Mesmo nessa época do ano ainda pode nevar, estamos em Nova York, mas no momento a alvura das ruas vem das flores nas árvores, cujas sombras emprestam uma textura às calçadas. É a hora delas, a grande virada do ano, dura alguns dias, depois vai tudo parar nas sarjetas.

O Piraeus Diner está emergindo de mais uma noite cheia de hipsters drogados, baladeiros que não conseguiram encontrar ninguém com quem passar a noite, noctívagos que perderam os últimos trens para os subúrbios. Refugiados daquela metade do ciclo em que o sol está escondido. Seja o que for que eles julgavam necessário, café, um cheeseburger, uma palavra amiga, a luz do amanhecer, eles passaram a noite em claro, vigilantes, e conseguiram ao menos ver o que queriam, ou então cochilaram e o perderam mais uma vez.

Maxine toma um café rápido e deixa March e Tallis com uma mesa cheia de comida para rediscutirem suas pendengas alimentares. Voltando ao apartamento para pegar os meninos e levá-los para a escola, percebe um reflexo numa janela de um dos últimos andares do céu cinzento do amanhecer, nuvens atravessando um borrão de luz, de uma claridade antinatural, talvez o sol, talvez outra coisa. Ela olha para o leste para ver o que pode ser, mas seja lá o que for o que está brilhando, continua, do ângulo em que ela está, atrás dos prédios, fazendo com que eles permaneçam imersos em suas próprias sombras. Ela vira a esquina do seu quarteirão e deixa a pergunta para trás. É só quando já está dentro do elevador de seu prédio que começa a perguntar-se de quem é a vez de levar os meninos para a escola. Ela já não lembra.

Horst está semiconsciente diante de Leonardo DiCaprio em *A história de Fatty Arbuckle*, e não parece pronto para sair. Os meninos já estão a sua espera, e é claro que é nesse momento que Maxine se lembra do ocorrido não muito tempo atrás, nas profundezas do DeepArcher, na cidade virtual deles, Zigotisópolis, os dois parados tal como agora, envoltos numa luz tão precária como esta, prestes a sair em sua cidade tranquila, ainda protegidos dos rastreadores e *bots* que um dia, mais cedo do que tarde, virão para tomá-la em nome do mundo indexado.

"Acho que estou um pouco atrasada, meninos."

"Vá pro seu quarto", Otis jogando a mochila no ombro e saindo, "você está, tipo assim, de castigo."

Ziggy a surpreende com um beijo à distância que não foi pedido. "Até logo mais na porta da escola, o.k.?"

"Só um minutinho, eu vou já com vocês."

"Precisa não, mãe. A gente é do bem."

"Eu sei, Zig, esse é que é o problema." Mas Maxine espera à porta enquanto eles seguem pelo corredor. Nenhum dos dois olha para trás. Ela os vê entrar no elevador, ao menos.

ESTA OBRA FOI COMPOSTA PELO GRUPO DE CRIAÇÃO EM ELECTRA E
IMPRESSA PELA GEOGRÁFICA EM OFSETE SOBRE PAPEL PÓLEN SOFT
DA SUZANO PAPEL E CELULOSE PARA A EDITORA SCHWARCZ
EM JUNHO DE 2017

A marca FSC® é a garantia de que a madeira utilizada na fabricação do papel deste livro provém de florestas que foram gerenciadas de maneira ambientalmente correta, socialmente justa e economicamente viável, além de outras fontes de origem controlada.